DIE PANAMA-AFFÄRE

ERIC ZENCEY

DIE PANAMA-AFFÄRE

Ein historischer Roman

Aus dem Amerikanischen
von
Matthias Müller

Kiepenheuer & Witsch

1. Auflage 1998

Titel der Originalausgabe: *Panama*

Aus dem Amerikanischen von Matthias Müller

Umschlaggestaltung: Silke Niehaus, Düsseldorf
Umschlagfoto © Bavaria Bildagentur
Gesetzt aus der Walbaum Standard (Berthold)
bei Kalle Giese Grafik, Overath
Druck und Bindearbeiten:
Graphischer Großbetrieb Pößneck, Pößneck
ISBN 3-462-02704-2

Für Kathryn

Der Autor dankt dem Vermont Council on the Arts für die großzügige Unterstützung während der Vorbereitung von Teilen dieses Manuskripts. Dank auch an Alexandra Altman, Paul Garstki, Louise Glück, Barry Goldensohn, Kate Greenspan, Wilfred Hamlin, Coleen Kearon, Deborah Schupack und Elaine Segal für ihre engagierte Durchsicht des Manuskripts und konstruktive Kritik. Brigid Clark, Kathryn Davis, Carrie Grabo, Christopher Noël und William Vander Clute bin ich den größten Dank schuldig. Sie lasen das Manuskript in vielen seiner verschiedenen Phasen und halfen mir, es zu dem zu machen, was es geworden ist. Ohne sie kein Buch.

5. September 1892

Ancon, Panama

IN DEN TROPEN BRICHT DIE NACHT plötzlich herein. Die Sonne stürzt senkrecht zum Horizont, nähert sich ihm nicht in einem Bogen, wie in gemäßigteren Klimazonen. In der kurzen tropischen Dämmerung taucht die Dunkelheit aus der Luft auf, als würde sie aus dem transparenten Nichts zwischen den Dingen heraussickern, als wäre sie, dachte Henry Adams, eine farblose, nur mit den Augen wahrnehmbare, sämige Flüssigkeit, zurückgehalten nur durch die erdrückende Kraft der Sonne.

In der Dunkelheit konnte er nicht mehr viel erkennen. Er hatte zu lange am Fenster gestanden, um zu beobachten, wie die Schatten immer länger wurden, wie das Relief des Urwaldbaldachins immer dunkler wurde und schließlich ganz verschwand. Keine Sterne, kein Mond.

Er wandte sich vom Fenster ab und ging vorsichtig nach rechts, schob sich tastend vor, die Hände zur Wand hin ausgestreckt. Er beeilte sich, da er annahm, daß bald einer von Hays Adjutanten kommen würde, um die Lichter anzumachen. Als er die Wand erreichte, ließ er die Hände behutsam über die glatte, ebene Oberfläche gleiten. Einheimisches Mahagoni, das hatte er am Nachmittag gesehen. Die Photographie, die er suchte, hatte sich auf Augenhöhe eines Mannes von durchschnittlicher Größe befunden. Adams griff hoch, fuhr mit den Händen langsam in weiten Bögen über die Wand.

Er fand den Holzrahmen und nahm ihn schnell vom Haken. Auch als er sich das Bild direkt vors Gesicht hielt, konnte er nichts erkennen. Er hätte daran denken sollen, eine Lampe mitzunehmen. Aber nein, das hätte ausgesehen, als wäre der Diebstahl vorsätzlich geplant worden. So konnte er sich leichter einreden, er hätte spontan gehandelt. Außerdem schützte ihn die Nacht vor Entdeckung.

Langsam, mit kleinen Schritten, bewegte sich Adams zur Tür. Unter seinem Jackett verborgen hielt er die Photographie von Jules Dingler, Chefingenieur der französischen Compagnie Universelle du Canal Interocéanique de Panama.

Adams war zwei Wochen zuvor in Kolumbien eingetroffen. Vom Deck des Dampfers aus betrachtet, der ihn in den Hafen von Colón gebracht hatte, schien die Provinz Panama ganz aus Weite und Grundfarben zu bestehen. Hoch über der Bucht glitten Kumuluswolken in langen Formationen dahin, die hohen Gipfel in der Ferne stießen Rauchfahnen aus. Weiße Wolken, blauer Himmel, grünes Land, und überall das leuchtende Orange zurückgelassener französischer Maschinen und Geräte. Sein Dampfer kam an einem riesigen rostigen Schwimmbagger vorbei, dessen Ruderhaus und abgeschrägter Derrickkran mit zusammengeketteten Eimern aus dem Hafen hervorlugte. Am Kai fädelte sich der Verkehr durch Haufen vor sich hinrostender Förderwagen und dem verbogenen Gitterwerk eines Kranwracks. In dem Dorf waren hier und dort Gebäude mit Bergungsgut repariert oder dekoriert worden: identische flache Eisenplatten. Die grellen Farben, die sperrige Größe der französischen Maschinen, und vor allem die Hitze, die intime, verstohlene Hitze, die auf jeden Zentimeter seines Körpers drückte, ließen Panama wie eine absolute Grenzerscheinung der Erde erscheinen, ein Ort, wo Temperatur, Farbe und Wahrnehmung irgendwie elementarer, penetranter waren, vielleicht in der Lage, die Sinnesorgane zu durchdringen und einen unmittelbaren und dauerhaften Eindruck auf der Seele zu hinterlassen.

Auf der Bahnfahrt von Colón nach Ancon, wo Hay ihn abholen sollte, hatte er flüchtige Blicke auf überwucherte Lichtungen werfen können, die wie Nischen im Mauerwerk einer Kathedrale vom Bahndamm abgingen. Sie enthielten jedoch keine Heiligenstandbilder, sondern kaputte, verrostete Maschinen, leuchtend orangerote Blitze im umschlingenden Grün. Auf Tahiti hatte er gesehen, wie Rost sich von tropischer Hitze ernährt und seinen Wirt mit einem gesegneten Appetit verschlingt – ihn eigentlich oxydiert. Mit dieser langsamen Zersetzung absorbierte die Natur die Maschinen, zog sie wieder zurück in die Erde hinein, der sie vom Menschen abgerungen worden waren, als wäre der Dschungel neidisch auf diese Errungenschaft, als versuchte er zu beweisen, daß das, was er am meisten verabscheute, nicht bloß ein Vakuum ist, sondern etwas Allgemeineres: Anderssein, jegliches Anderssein. Während er da auf der Holzlattenbank im Zug saß, in einer unbequemen stockgeraden Haltung, die Zehenspitzen auf den Boden drückte, um zu vermeiden, daß seine Beine peinlich in der Luft baumelten, hatte Adams über den Gedanken gelächelt, daß die Natur ihn, Enkel und Urenkel eines Präsidenten, gutheißen könnte, weil er es unterlassen hatte, den Platz in der Politik einzunehmen, der schon ein Geburtsrecht der Adams zu sein schien.

In Ancon fuhr der Zug in den von den Franzosen erbauten Bahnhof ein, dessen Dach schon durchhing, aber noch nicht eingestürzt war, und der nun in seiner Größe keinen Sinn mehr machte. Adams fragte sich, ob die Panamaer von Ancon das Gefühl hatten, von ihrer Vergangenheit überschattet zu werden, ob sie dieses ägyptische, römische oder athenische Gefühl hatten, daß ihr alltägliches Leben durch das Gewicht der Monumente, die sie überragten, in eine banale Gleichheit gepreßt wurde. Und was wäre, wenn der Verlust von Ruhm nicht mit so etwas Dauerhaftem wie Stein gemessen würde, sondern mit Holz, mit bloßem unbeständigem Holz? Würde das nicht die Plötzlichkeit dieses Verlusts betonen? Dann entdeckte er John Hay auf dem Bahnsteig, bärtig, in tropischer Khaki-Montur, Arme und Nacken feucht von Schweiß. Während der Zug langsamer wurde, suchte Hay die Fenster nach Adams ab.

Adams stand auf und entfernte sich vom Fenster. Er wollte Hay überraschen. Seine lederne Reisetasche in der einen Hand und den Strohhut in der anderen, ging er den Mittelgang hinunter.

Panama, zumindest Ancon, war der reinste Hochofen. Unter seiner Kleidung war Adams am ganzen Körper feucht. Vom Trittbrett des Wagens aus beobachtete er Hay einen kurzen Moment, bevor er ihn rief. Mit seiner glatten, sonnengebräunten Haut und den dunklen Augen erinnerte sein Freund ihn irgendwie an ein Wassersäugetier – nervös um sich blickend, den hochgereckten Kopf wie witternd innehaltend. Ein Otter. Wie ein alter, weißschnäuziger Otter. Hay war an Kinn und Schläfen ergraut, und sein langer Schnurrbart war schon völlig weiß, die dunklen Haare an Wangen und Kiefer waren dagegen kurz.

Hay befand sich bereits seit einem Monat in Panama, auf einer Mission für das State Department, über die er sich nur vage geäußert hatte, was untypisch für ihn war. Für Adams fiel das kaum ins Gewicht: Es bedurfte keiner besonderen Intelligenz, um zu folgern, daß Hays Anwesenheit in Panama mit der in Kürze ablaufenden französischen Kanalkonzession zu tun hatte und mit den Arbeiten und Anlagen, die die Franzosen bereits Jahre zuvor aufgegeben hatten. Man brauchte auch kein Hellseher zu sein, um zu erkennen, daß die Vereinigten Staaten das Land waren, das das größte Interesse daran hatte, das französische Projekt mit neuen Mitteln voranzutreiben. Ein Blick auf die Weltkarte zeigte, daß Amerikas Zukunft als Kontinentalmacht davon abhing. Ob geheim oder nicht, Hays Mission war leicht durchschaubar.

Adams rief zu Hay herüber, und im nächsten Moment umarmten sie sich auf dem Bahnsteig. Beide waren nicht gerade groß. Adams war der kleinere von beiden, aber auch Hay wußte aus täglicher Erfahrung, wie man sich fühlte, wenn man zu den Leuten aufschauen mußte, mit denen man redete. In seinem neuen Haus in Washington, am Lafayette Square, gegenüber dem Weißen Haus, hatte Adams Anweisung gegeben, alle Stuhlbeine zu kürzen, damit seine Füße bequem auf dem Boden ruhen konnten. Hay, der neben Adams wohnte, war seinem Beispiel noch nicht gefolgt, hatte es aber vor. In der Gesellschaft des anderen konnten beide das Gefühl haben, daß es die übrige Welt war, deren Proportionen nicht stimmten.

»Ist Ihnen heiß? Haben Sie Hunger?« fragte Hay.

»Beide Fragen kann ich mit ja beantworten.«

»Gegen die Hitze kann ich nichts machen. Aber sobald wir Sie untergebracht haben, kümmere ich mich ums Essen.« Adams ließ den Blick über das verlassene Bahnhofsgebäude und die Hütten des dahinterliegenden Dorfes schweifen. Er nahm den scharfen Geruch von Kanalisation wahr. Was immer die Franzosen mit ihren sensationell hohen Ausgaben geschaffen haben mochten, Hausbau und Kanalisation konnte es nicht gewesen sein – jedenfalls nicht hier.

Hay ergriff seinen Arm und lotste ihn zum Gepäckbüro. Das Laufen brachte Adams unter seinem Bart erneut ins Schwitzen und er spürte, wie der Schweiß unter seinem Hut herunterlief und sich am Kinn sammelte. Der Strohhut schützte zwar seinen kahlen Kopf vor der Sonne, wirkte aber auch wie eine Art Ofen. Im Frachtbüro der Bahn stellten sie fest, daß die Dienstleistungen nicht dem nordamerikanischen Standard entsprachen – und wenn Laufen schon Arbeit war, dann war das Tragen seiner Koffer eine unvorstellbare Anstrengung, selbst wenn Hay ihm dabei half. Er war verärgert, und dann zu ausgelaugt, um noch verärgert zu sein.

Es begann eine holprige Fahrt in Hays schlecht gefedertem Wagen, ein einheimisches Modell, das von einem kleinen Gaul mit wiegendem Gang gezogen wurde. Während Hay ihm erläuterte, wie und wo sie untergebracht waren, versuchte Adams, in der Hitze jegliche Anstrengung zu vermeiden, aber das wurde durch die Bewegungen des Wagens zunichte gemacht. Der französische Verwaltungsbeamte habe sich sehr hilfsbereit gezeigt, gestatte ihnen sogar, in der *folie Dingler* zu wohnen, in dem Haus, das für Jules Dingler auf der Spitze von Monte Ancon erbaut worden war. Dingler sei ein interessanter Fall, erzählte Hay. Er sei Chefingenieur der Kanalarbeiten in Panama gewesen, ein Mann, dessen Glaube an die Macht moralischer Rechtschaffenheit als Schutz gegen Krankheit nicht ausgereicht hatte, seine Familie vor der Malaria zu retten. Kein Jahr, nachdem sie ihm nach Panama gefolgt waren, wurden seine Frau und seine Tochter von der Krankheit dahingerafft. Man erinnerte sich wegen dieser Tragödie an ihn, und wegen der Hybris, mit der er in der Zeit vor Panama aus dem sicheren Paris verkündet hatte, daß für jene, die ein anständiges Leben führten, das Klima nicht tödlich sei. Man täte ihm Unrecht, ihn wegen seines Stolzes zu verurteilen. Ohne Frau, ohne Kind, muß ihn jeder Tag an das Versagen seines Glaubens erinnert haben. Und doch konnte man seine Verantwortung für den Tod seiner Familie nicht unkommentiert lassen. Deshalb wurde sein Haus, für örtliche Verhältnisse durchaus herrschaftlich, und angemessen für den Architekten des schon als zukünftiges Achtes Weltwunder gepriesenen Bauwerks, durch einen Akt der Übertragung allgemein *la folie Dingler* genannt.

Während Hay erzählte, schlingerte der Wagen auf einer tiefgefurchten Straße aus dem Ort hinaus und wurde von einer Nebelbank aus Vegetation umschlossen, deren seltsame Formen ein Eigenleben zu haben schienen, jedes blattähnliche Gebilde eine fremdartige Hand, eine Klinge oder Ranke, die sich reckte, gestikulierte, greifen, umschlingen wollte. Adams wich vor der Berührung zurück. »Wie alt war Dingler?« fragte er.

Hay sah ihn von der Seite an. »Ich weiß nicht. Wieso?«

»Nur so.« Adams wollte wetten, daß Dingler jung gewesen war – vielleicht Mitte dreißig. Jung genug, um der Generation anzugehören, für die Dampfkraft keine Neuheit mehr war; jung genug, um keine andere Welt gekannt, um die Macht von Kohle und Stahl als gegeben akzeptiert zu haben, als Teil der lebensnotwendigen Dinge. Jung genug, um zu glauben, daß alles, was es über die korrodierende Wirkung von Macht auf das Ich zu wissen gab, im Spiegel ihrer glatten, gutgeölten Oberfläche gelesen werden könne. Nun, vielleicht hatte ihn der üppige Rost der Tropen eines Besseren belehrt.

Adams war im Begriff zu sprechen, einen Scherz zu einem beiden vertrauten Thema einzubringen – sie seien alt und so gut wie nutzlos in dieser Welt, ungeachtet Hays anhaltender Beschäftigung im State Department – aber Hay sprach zuerst. »Irgendwas von Lizzie gehört? Wie geht's ihr?«

»Gut, soviel ich weiß«, antwortete Adams in neutralem Ton.

»Kommt sie auch mit nach Paris?«

»Das hat sie gesagt.« Adams überlegte sich kurz, Hay zu verschweigen, was er sonst noch wußte. »Auch nach Le Havre. Da treffen wir uns. Dann weiter nach Pontorson.« Sie würden gemeinsam eine Woche in der Normandie verbringen. »Sie hat gesagt, sie kommt nur nach Europa, um mich früher zu sehen.«

Hay schwieg einen Moment. »Das klingt doch ... tröstlich.«

»Mmmm.« Wollte er denn getröstet werden? Was wollte er überhaupt?

»Sie tut Ihnen sehr gut. Das ist offensichtlich.«

»Freunde sind wichtig«, räumte Adams ein.

»Das habe ich nicht gemeint.«

Adams wußte, daß er das nicht gemeint hatte, sagte aber nichts.

»Sie ist nicht glücklich«, fuhr Hay fort. Dann, direkter: »Ihr wird jedenfalls nicht die Achtung entgegengebracht, die sie verdient.«

Adams betrachtete seinen Schuh und dachte zum ersten Mal, daß das glatte schwarze Leder, die Nähte und die Ziersticke keinerlei Ähnlichkeit mit dem Fuß im Innern hatten. Er drehte seinen Fuß, um ihn aus verschiedenen Winkeln zu betrachten. »Dies ist meine posthume Existenz, Hay«, sagte er schließlich. »Ich habe mich inzwischen behaglich in ihr eingerichtet.«

»Zu behaglich«, murmelte Hay.

Adams schüttelte lächelnd den Kopf, und für eine Weile fuhren sie in freundschaftlichem Schweigen dahin.

La folie Dingler, das sie nach einem für das Pferd schweißtreibenden Aufstieg auf Monte Ancon erreichten, wurde, so fand Adams, seinem Namen nicht gerecht. Es war ein schlicht geschnittener, quadratischer, einstöckiger Kasten mit einem Mansardendach und konnte kaum als luxuriös, groß oder gar als verrückt bezeichnet werden. Die einzige Besonderheit war die Veranda, die um das ganze Haus herum verlief und von der aus nach Norden und Süden spiegelgleich zwei überdachte Gänge in den Urwald ragten: Kundschafter – architektonisch gesehen – die die französische Mission in Panama symbolisierten, um dem Urwald Ordnung und Zivilisation zu bringen, wobei sie noch den praktischen Zweck erfüllten, zwei ebenfalls mit Mansardendächern versehene Pavillons mit dem Haus zu verbinden.

Hay machte einen kurzen Rundgang mit Adams, während zwei Fähnriche der Marine sein Gepäck in sein Zimmer trugen. »Dingler war nicht lange in Panama, nur ein paar Jahre«, erklärte Hay, während er Adams aus dem Salon führte. »Lange genug, um seine Familie zu verlieren. Ein Monat, nachdem seine Frau gestorben war, wurde er heimgeschickt. Er hat dieses Haus für sie gebaut, aber sie hat nie darin gelebt.« Ein Blick verriet ihm, daß Hay das gleiche dachte wie er: *Wie das Haus am Lafayette Square.* Hay zeigte ihm das Arbeitszimmer, wo Adams in der Tür verweilte, während Hay weiter zur Küche ging und munter über Essen und über irgendein Durcheinander plauderte, zu dem es am Vortag beim Essen gekommen war. Adams folgte ihm, hörte aber kaum zu. Er war mit seinen Gedanken in dem getäfelten Raum mit dem hölzernen Schreibtisch, dem Stuhl aus Eichenholz, der Batterie dunkler Aktenschränke und dem Blick auf den Urwald. Auf der einen Seite des Raumes stand eine kleiderschrankgroße Vitrine mit einem gleichmäßigen Raster runder Fächer, von denen jedes eine Papierrolle enthielt – geometrische Karten des Kanalverlaufs, vermutete er, die jeden Moment auf dem Tisch entrollt und studiert werden konnten. Unglaublicherweise befanden sich in dem Raum immer noch die persönlichen Gegenstände des Chefingenieurs – sein Schreibgerät, Löscher, Handlöscher, Stifte, an der Wand gerahmte Photographien, auf einer Ecke des Tischs ein paar ledergebundene Bücher.

Der Rundgang endete draußen, in einem Pavillon, mit einem Blick auf die Karibik weit im Norden. Hay nannte ihm die Namen der größeren Gipfel im Süden, und während er von dem Gesamtvolumen der französischen Ausschachtungsarbeiten erzählte, von den Schwierigkeiten, mit denen Dingler sich herumschlug, von der chronischen Unterkapitalisierung, dem unaufhörlichen Geldbedarf, dem Dauerregen, den Todesfällen und Seuchen, die die Arbeiten lähmten, versuchte Adams sich vorzustellen, wie dieser Blick dem Mann erschienen sein mochte, der einmal damit gerechnet hatte, ihn auf Dauer vor sich zu haben. In weiter Ferne, im Nordwesten, wären am Horizont die Rauchfahnen der in Culebra arbeitenden Schaufelbagger zu sehen gewesen, dort in der Kerbe zwischen Gold Hill und Contractor's Hill. Hay zufolge war der Culebra-Durchstich das schwierigste Teilstück des gesamten Kanals. Selbstverständlich, daß der Chefingenieur genau an dieser Stelle gestanden und sein Werk betrachtet hätte, sein Schicksal aus dieser

Entfernung gemessen hätte. Wie ein Stammeshäuptling, der Blutzeichen las, hätte er die Rauchwolken, die von dem Durchbruch aufstiegen, forschend betrachtet, in diesen Dämpfen, die aus den Eingeweiden des Planeten aufstiegen, irgendeine Andeutung auf die Zukunft gefunden. Hier, zu Hause, wäre Dingler mit Sicherheit außer Hörweite der Kolonnenführer gewesen, die, weil sie nach Kubikmeter bezahlt wurden, ihre Männer manchmal zu Tode quälten oder mit einer zu voreiligen Sprengstoffzündung töteten. Er hätte nicht das Kreischen von Metall auf Felsen gehört, wenn die Schaufeln sich in den brüchigen Schiefer schoben, der unter dem vom Regen aufgeweichten Lehm lag. Er hätte nicht gesehen, wie Männer, von Gelbfieber geschwächt, in dem hüfttiefen Schlamm zusammenbrachen, der in der Regenzeit von den Hängen heruntersickerte ... hätte sich nicht mit dem Wahnwitz auseinandersetzen müssen, von dem Hay gesprochen hatte, daß nämlich hier im Durchstich durch die Kombination von steil abfallendem Muttergestein und durchnäßter Lehmschicht auf jede Schaufel ausgehobener Erde zwei Schaufeln Erde wieder in das Loch rutschten. Das hätte er alles gewußt, dachte Adams, aber es wäre von ihm erwartet worden, trotz all dieser Probleme nicht aufzugeben, die klebrige Last der Details zu überwinden. Vielleicht war es ihm möglich gewesen, von dem Aussichtspunkt dieses Pavillons Culebra als eine saubere, leblose Abstraktion zu sehen. Oder vielleicht war es nicht mehr als ein entferntes Panorama – eine Kopfgeburt, von seinem Willen in Szene gesetzt, ein Produkt seiner Autorität, die größte Herausforderung, der er sich jemals gestellt hatte und stellen würde, all das, ja, aber vor allem eine Arena, die er nach Gutdünken betreten und verlassen konnte – nicht eine Welt, von der er jemals annehmen würde, daß sie in seine eigene eindringen könnte, sich in sein Heim schleichen und ihm seine Familie, sein Glück entreißen könnte.

Ein Mann könnte an den Aufgaben gemessen werden, an denen er scheitert, dachte Adams. Dinglers Scheitern war hier für alle Augen sichtbar im Urwald ausgebreitet. Sein eigenes Scheitern war weniger offensichtlich gewesen, weniger Gegenstand öffentlicher Betrachtung. Es war sein eigenes Versagen, das stand fest, aber an seinen Wurzeln befanden sich Dingler und seinesgleichen: Ingenieure ohne Weitblick und Visionen, ohne eine klare Vorstellung davon, wem sie dienten und was sie bewegte, selbst während sie in Bewegung waren und dienten. Das Industriezeitalter hatte den Menschen nach seinem eigenen Bildnis umgeformt. Neue Menschen brauchten eine neue Art von Leitfiguren. Und hier, in Dingler, hatten sie eine solche gefunden. In seiner Kategorie war er bis in jede Einzelheit identisch mit allen anderen. Als Produkt von Kohle, Stahl und Dampf, die ihn geformt hatten, trug er deren Prägung und war in dieser Hinsicht ebenso austauschbar wie irgendeins der maschinengepreßten Revolverteile, mit denen Colonel Colt die Produktion revolutioniert hatte. Und was war mit den Individualisten, mit denen, die nicht hineinpaßten? Was war mit jenen, die erleben mußten, wie Politik von einer moralischen Staatskunst zu einer bloßen Auflösung von Kräften wurde, und die verstanden, daß eine solche Verwandlung einen Verlust bedeutete, einen großen Verlust?

Die neue Welt bezahlte einen nicht dafür, daß man ihre Ethik in Frage stellte. Nein, Adams war irrelevant, von Leuten wie Dingler verdrängt, vom Optimismus von Kohle und Dampf.

Und hier, dachte Adams und blickte über die großartige Weite des Urwalds unter ihm, hier war der Optimismus einer noch größeren Kraft begegnet. Hier, in Panama, waren Kohle und Dampf besiegt worden.

Hätte Hay es gesehen, hätte er Adams' Lächeln für Zufriedenheit halten können.

Adams entschuldigte sich gleich nach dem Abendessen, indem er Müdigkeit vorschützte, aber auf dem Weg nach oben machte er einen Abstecher in Dinglers Arbeitszimmer. Kurz nachdem er sich an den Schreibtisch gesetzt hatte, fiel sein Blick auf ein paar gerahmte Photographien, die rechts an der Wand hingen. Er stand auf, um sie genauer zu betrachten. Auf der ersten waren ein Dutzend Männer abgebildet, die auf ein paar breiten Stufen standen, zehn vorne und zwei dahinter. Über den unteren Teil der Photographie war mit weißer Tinte in einer gleichmäßigen, nach links geneigten Handschrift eine Bildunterschrift gesetzt worden: *Direktorat, 25. Januar 1883, Paris*. Hinter den beiden Männern war gerade noch eine Aufschrift zu erkennen, die auf einer Glastür stand: Die Buchstaben *COMPAGN* führten in einem Bogen nach oben und verschwanden hinter einer Schulter in einem grauen Anzug, während unten, in einer geraden Linie, *CANAL INT* stand und abrupt am Ellbogen desselben Mannes endete. Compagnie irgendwas de Canal Inter, Inter, Interocéanique. Das war's. Compagnie Universelle, genau. So hatte die Gesellschaft geheißen, die vor fünf oder sechs Jahren bankrott gemacht hatte.

Er war überrascht, daß er sich daran erinnern konnte. Damals hatte er die Ereignisse in der Welt nicht gerade aufmerksam verfolgt.

Hay stand plötzlich neben ihm. »Das hier«, sagte er, mit dem Finger auf die weißhaarige Gestalt tippend, die mit todernster Miene in Habachtstellung in der zweiten Reihe stand, »ist Ferdinand de Lesseps. Der Unternehmer par excellence. Er hat den Suezkanal gebaut, ohne die geringste Ausbildung als Ingenieur. Er war ein reiner Organisator, *Le Grand Français*, wie er genannt wurde. In Suez hat er Glück gehabt, hier Pech. Na ja, man kann es Pech nennen – oder kriminelle Dummheit. Das ist der, von dem ich Ihnen erzählt habe – der, der einfach den Finger auf die Karte gelegt hat und gesagt hat: ›Hier, grabt ihn hier.‹ Trassenprüfung, das war nichts für ihn! Neben ihm sein Sohn Charles.«

Im Gegensatz zur wilden Mähne seines Vaters hatte der Sohn schütteres Haar. Er sah aus, als versuchte er, seinem Vater an Würde und Gemessenheit ebenbürtig zu sein, was ihm aber nicht ganz gelang. Nicht Würde, sondern argwöhnische Wachsamkeit schien das hervorstechende Merkmal des Mannes zu sein. »Er war einer der Direktoren der Firma. Die anderen kenne ich nicht.«

»Der da muß Dingler sein.«

Adams zeigte auf einen anderen Mann mit schütterem Haar, klein, mit einem runden Gesicht und einem langen, nach unten geschwungenen Schnurrbart. Er stand vorne in der Mitte und drückte seinem Nachbarn zur Linken die Hand. Seine schwerlidrigen Augen ließen ihn traurig aussehen, trotz des Lächelns auf seinem Gesicht. »Er ist auch auf dem anderen Bild, hier.« Derselbe Mann linste von einem Pferd herab in die Kamera, vor dem Tor eines im Rohbau befindlichen Hauses, eines einstöckigen Hauses, dessen dürre Rippen in einen weiten wolkenlosen Himmel ragten. Obwohl die Form des Hauses noch kaum mit Holz umrissen war, war es sofort zu erkennen: Der Rahmen für die umlaufende Veranda war schon vorhanden, an beiden Enden durch das deutliche Skelett eines Pavillons mit Mansardendach verankert. Neben dem Mann, ebenfalls zu Pferde, waren eine Frau und zwei Kinder zu sehen, ein Junge und ein Mädchen, achtzehn oder neunzehn Jahre alt, beide sehr entspannt aussehend auf ihren prächtigen starken Pferden. Die Frau und das Mädchen saßen im altmodischen Damensattel. Hinter der Frau war ein Weidenkorb zu sehen, wie für ein Picknick. Jules Dingler und seine Familie in glücklicheren Zeiten.

Adams ging näher heran, um Dingler genauer zu betrachten, ob er im Gesicht des Mannes irgendeinen Hinweis auf dessen Zukunft entdecken konnte. Sein Blick wanderte zwischen den beiden Photographien hin und her, während er die daumengroßen Gesichter verglich. Er fand, daß Dingler auf der ersten Photographie, vor dem Büro der Gesellschaft, jünger aussah, weniger von Sorge gezeichnet, aber Adams wußte, daß man Unterschiede fand, wenn man welche erwartete. Interpretierte er Geschichte nicht durch ihr Resultat, wenn er, selbst in dem früheren Bild, eine traurige Weisheit in Dinglers Blick zu erkennen meinte, einen deutlichen Unterschied zu der Heiterkeit auf den Gesichtern der Männer, die ihn flankierten? Auf der zweiten Photographie konnte er im Gesicht des Mannes die gleiche Intelligenz feststellen. Die Zügel in der linken Hand, streckte er die rechte nach seiner Tochter aus, als wollte er ihre Hand halten. Die Geste verlieh ihm eine bestimmte Dynamik, die nicht zu der förmlichen Steifheit paßte, mit der er, ebenso wie seine Frau und seine Kinder, das Klicken des Kameraverschlusses erwartete.

Nachdem er das Bild des Mannes gesehen hatte, begriff Adams: Er und Dingler waren Opfer derselben Sache, derselben unentrinnbaren Macht. Sicher, Dingler hatte dieser Macht gedient, hatte in der Vorhut gedient, wo er von ihren allzu ehrgeizigen Erwartungen zerschmettert worden war, von der Hybris ihres Versuchs, einen Weg zwischen den Ozeanen zu bauen. Und er, Adams, in keinerlei Hinsicht ein Kämpfer für diese Sache, war in einem Seitenarm zurückgelassen worden, von einer Welt überholt, die Menschen seines Schlages nicht mehr zu brauchen schien. Doch bei all ihrer scheinbaren Unähnlichkeit waren sie vereint, zwei Hälften eines Ganzen, Vorder- und Rückseite, zwei Seiten einer Medaille, von der anschwellenden Masse mittelmäßiger Menschen an den Rand des kulturellen Lebens gedrängt, von einem Typus Mensch, der immer mehr die Oberhand gewann, der immer mehr zu einem Geschöpf der Macht wurde, von außen gesteuert von einer Logik, die notwendig und unwiderlegbar war, zumindest auf der Ebene, auf dem sie ihr begegneten. Solche Menschen waren unfähig, einen eigenen Standpunkt zu beziehen, unfähig, wirklich autonom zu handeln. Ja, er und dieser arme Ingenieur waren ein Paar. Daß sie zufällig beide einen Verlust erlitten hatten, daß ihnen nur ihre neuen, verwaisten Häuser geblieben waren, bestätigte das nur.

Hay zeigte auf das zweite Bild. »Das müssen die Pferde sein, die er dann erschossen hat.«

»Was?«

»Am Tag, nachdem er seine Frau begraben hatte. Er ging an den Ställen vorbei und sah ihr Pferd, ihr Lieblingspferd. Irgendwas ist mit ihm passiert – wahrscheinlich hat ihn die Wut gepackt. Er hat alle Pferde in eine Schlucht gebracht und dort erschossen. Zwei Wochen später befand er sich auf einem Schiff Richtung Frankreich.«

Adams' Frau, Clover, hatte nie ein Lieblingspferd gehabt.

»Adams?« erkundigte sich Hay. »Ist irgendwas mit Ihnen?«

Nicht Wut, nein, nicht das, aber irgend etwas anderes. Eine zwanghafte Beschäftigung mit den Dingen, durch die das Leben weiterging. Negierung, als Antwort auf Negierung. Das wird es gewesen sein. Er selbst hatte Tagebücher verbrannt, seine eigenen und Clovers, Seite um Seite, im Kamin des neuen Hauses.

»Glauben Sie, es hätte irgend jemand was dagegen, wenn ich das Bild mitnehme? Als Andenken?«

Hay sah ihn verwundert an. »Es war sehr freundlich von den Franzosen, uns hier wohnen zu lassen.« Er runzelte die Stirn. »Das ist keine Art, ihre Gastfreundschaft zu erwidern.«

24. September 1892

Mont-Saint-Michel

Vom Rand der Plattform, zweihundertvierzig Fuß über den glänzenden Marschwiesen, ließ Adams den Blick hinunter zum Fuß der Befestigungsmauer gleiten, die fast hundert Fuß senkrecht zum Felsen abfiel. Als er sich hinauslehnte, die Unterarme auf die Balustrade gestützt, wurde ihm schwindlig. Das Mauerwerk störte sein Schwerkraftgefühl, stellte soviel Masse dar, daß es einen eigenen Sog erzeugte. Adams brachte sich wieder ins Gleichgewicht, indem er aufs Wasser hinausblickte. Dann, seiner Neugier nachgebend, sah er wieder die Mauer hinunter und versuchte, den genauen Augenblick des Wechsels zu erwischen.

»Onkel Henry! Gib bitte acht! Was machst du denn da?«

Amanda Cameron stand, offenkundig besorgt, in respektvoller Entfernung da. Seine Wunschnichte, so nannte er sie. Die Bezeichnung ›Onkel‹ drückte das, was er für sie empfand, ziemlich genau aus – eine Mischung aus Verbundenheit, Interesse und Zuneigung. »Ich mache mir nur ein Bild von der Höhe«, sagte er. »Es geht ganz schön tief hinunter. Willst du mal sehen?«

»Um Himmels willen, nein. Ich will nur, daß du von da wegkommst.«

Ganz das Kind ihrer Stiefmutter, dachte er, von ihrer Direktheit bezaubert. Vorsichtig trat er von der Balustrade zurück. Seine Füße hatten den Boden kein einziges Mal verlassen, er hatte sich in keinem Moment gefährdet gefühlt. »Mutter hat gesagt, ich soll dich suchen«, sagte sie, als er ihr auf festem Boden gegenüberstand. »Sie hat gesagt, wir sollten jetzt unser Picknick machen. Und dann will sie diesen Ausflug machen. Oder hattest du das vergessen?« Als ein Windstoß ihr leuchtendes Sommerkleid aufblähte, hielt sie schnell ihren Hut fest und band sich die Schleife unterm Kinn fest. Mit ihren sechzehn Jahren kam jedesmal, wenn er sie sah, die erwachsene Frau ein bißchen mehr zum Vorschein, und manchmal empfand er diese Veränderung als etwas unbeschreiblich Trauriges.

»Nein, habe ich nicht. Sag ihr, ich habe es nicht vergessen. Sag ihr, ein richtiger Rundgang beginnt hier draußen, hier auf der Plattform, mit der Betrachtung des Ozeans. Mit ›dem unendlichen Beben des Ozeans‹, wie Ludwig XI. es beschrieben hat. Das sind die Worte, die er auf die Innenseite des Kragens des Saint-Michel-Ordens eingravieren ließ, den er gegründet hatte. Man muß versuchen, die Abtei von ihrem Standort aus zu verstehen, ein Gebäude, das sich an einen Abgrund klammert. Jeder Stein wurde im Bewußtsein von Gefahr, von Abgeschiedenheit geformt.« Er hatte gedacht, ihr Interesse wecken zu können, aber er merkte, daß er an ihr vorbeiredete. »Würdest du ihr bitte sagen, daß ich sie hier erwarte?«

Er blickte Amanda hinterher, wie sie das Pflaster vor der Kirchentür überquerte. Er seufzte. Ein Gefallen Elizabeth zuliebe: Weil sie darum gebeten hatte, würden sie zum Mittagessen den Bastionsfelsen verlassen und dann mit der kleinen Bahn zurückkehren. »Zu sehr eingepfercht«, hatte sie am Morgen beim Frühstück im Hotel gemeint. »Ich konnte kaum schlafen, weil ich ständig dachte, daß ich hier nicht mehr wegkönnte.« Er hatte einen Blick von ihr aufgeschnappt, den Amanda, da war er sich sicher, nicht sehen sollte.

Sie verließen die Bahnstation und begannen auf einem geeigneten Weg den Aufstieg zu einem bewaldeten Hügel. Amanda kraxelte flink eine Baumwurzelleiter hinauf, aber Elizabeth brauchte Adams' Hilfe, mußte sich auf seinem Arm abstützen, während sie mit der anderen Hand ihre Röcke vom Boden hochraffte. »Die kommen einem wirklich ordentlich in die Quere, nicht? Da kann man als Frau ja direkt zum *Sansculotte* werden.« Sie lächelte, und zum hundertsten Mal sah er, wie perfekt das Schieferblau ihrer Augen war, hier und dort schwarzgestreift, vom Schwarz ihrer Wimpern eingerahmt, vollkommene Wimpern neben dem cremigen Weiß ihrer Haut, ihre vollkommene Haut neben dem dunklen, weichen Braun ihres Haares. Sie hatte ihre langen, lockigen Haare zu einem geflochtenen Knoten nach hinten gezogen, so daß ihre quadratische Stirn von Ringellocken eingerahmt war. Elizabeth, die legendäre Schönheit: Wieviel von dem Vergnügen, das er in ihrer Gesellschaft empfand, ließ sich auf diese rein äußerliche Erscheinung zurückführen? Gewiß war es ein Vergnügen, mit ihr zusammenzusein, gewiß war das Vergnügen zum Teil ein ästhetisches. Sie hatte Mühe, Halt für die Füße zu finden, und so nahm er ihre Hand in seine: klein, warm, weich, weiß. Sie erklommen den beschwerlichen Hang, und mit einem Lächeln ließ sie seine Hand los.

Nach einigen Minuten weiteren Anstiegs kamen sie zu einer Lichtung: Ein geeigneter Picknickplatz, mit einem Ausblick auf die Festung, wogende Wiesen und auf das Wasser der Bucht, das jetzt mit der Flut zurückkam. Hier stellten sie fest, daß der Tag strahlend und klar und süß und warm geworden war – einer von diesen Tagen, dachte Adams, der für die Existenz Gottes sprach.

Sie setzten sich auf die ausgebreitete Decke, und Adams teilte den Inhalt ihres Korbes aus – Fleischscheiben, Käse, Brot, Gewürze, Obst. Während sie aßen, betrachteten sie die anschwellende Flut. Elizabeth war so in diesen Anblick versunken, daß sie vergaß weiterzuessen.

»Elizabeth? Woran denken Sie gerade?« sagte Adams leise zu ihr. Er lag fast zurückgelehnt da, auf einen Ellenbogen gestützt, die Füße zeigten bergab auf die Bucht hinunter.

»Ach, ich habe gerade daran gedacht – gedacht, was wir alles zusammen unternehmen könnten.« Ein weiterer gefühlvoller Blick, einer, dem Adams auswich, indem er zu Amanda hinübersah. Sie verstand, was er meinte: Es wäre das beste, die Tochter ihres Mannes mit einzubeziehen. »Es ist doch Amandas erster Besuch in Paris, nicht, mein Liebling? Und, oh, wir haben Pläne, große Pläne. Da ist natürlich der Louvre. Und Notre-Dame. Und die großen Märkte von Les Halles – die muß sie sehen. Ihr Vater will an einem Abend auf jeden Fall in die Oper gehen, aber ich glaube, sie ist noch ein bißchen zu jung. Ein Geschmack, auf den du noch nicht gekommen bist, nicht wahr, Amanda? Es gibt soviel zu sehen, du wirst ganz aufgeregt sein, bestimmt.«

Elizabeth sprach weiter, redete von den Geschäften und Herrlichkeiten von Paris, und den wunderbaren Dingen, die sie und Amanda erleben würden. Und bevor er es sich versah, hatte sie ihm in ihrer Begeisterung ein Versprechen abgerungen: Er würde mit ihnen eine ganztägige Stadtbesichtigung machen. Es war ein Versprechen, das er bereitwillig gab, und tatsächlich konnte er sich kaum etwas vorstellen, was er lieber täte. Aber ihre Vorgehensart hinterließ eine kleine Unebenheit auf der glattpolierten Oberfläche seiner Zufriedenheit. Sie hatte selbstverständlich angenommen, daß er mit ihnen kommen wollte, daß er gar nicht anders könnte, als sich bereitwillig in ihre Pilgerreise zu Les Halles, zum Louvre, zur Opéra und den übrigen kulturellen und historischen Sehenswürdigkeiten von Paris einspannen zu lassen. Sie war leicht zu begeistern, begegnete jedem und allem in ihrem Leben mit offenen Armen. Er konnte nicht bestreiten, daß ihm das indirekt geholfen hatte. Aber er spürte, wie sie ihn in eine ungewohnte Richtung zog, vorwärts, einer Zukunft entgegen, deren Gestalt er nicht genau erkennen konnte, wie sie ihn zuversichtlich und in einem kaum spürbaren Prozeß in ein neues Beziehungsnetz hineinzog. Was es bedeutete, konnte er nicht sagen. Er mußte darüber nachdenken.

Niemand bemerkte die sich nähernde Frau. Ihre Stimme, das sanfte, kehlige »Entschuldigen Sie«, der amerikanische Akzent, war das erste, was sie von ihr wahrnahmen. Adams drehte sich um und blickte hoch, in die Sonne, und sah einen Moment lang nur eine mit einem Lichtkranz umrandete Silhouette, ein unlesbares Gesicht in tiefem Schatten.

»Ich glaube, wir hatten noch nicht das Vergnügen«, sagte er. Er zog eilig die Beine an, um sich zu erheben. »Henry Adams.«

»Miriam Talbott.« Für einen kurzen Augenblick meinte er Marian gehört zu haben, Clovers richtiger Name, und fühlte, wie eine Lanze der Erwartung seinen Magen durchbohrte. Noch bevor er sich erhoben hatte, war es schon wieder vorüber. Ihr Gesicht, auf derselben Höhe wie seins, schien nur aus ihren Augen zu bestehen, deren zwei wesentliche Merkmale er gleichzeitig registrierte: Blau. Intelligent. Das dunkle Himmelblau wiederholte sich in der Kappe, die sie auf dem Kopf trug, und die runde Form ihrer Augen bildete einen Kontrast zu ihrem eckigen Kinn, in dem sich ein so tiefes Grübchen befand, das aussah wie hineingemäht. Ein Farbklecks an ihrer Schläfe tönte ihr blondes Haar, und ein weiterer färbte eine Strähne blau, die unter ihrer Kappe hervorlugte. Sie trug jungenhafte Kleidung. Ihre dunkle Wollhose und formlose schwarze Jacke sahen bequem und alt aus. Die Geschmeidigkeit ihres Auftretens verrieten ebensoviel Selbstsicherheit wie Geist und Witz.

Er erkannte, daß sie den Eindruck haben mußte, er und seine beiden Begleiterinnen seien eine Familie - Elizabeth, Mitte dreißig, war zwanzig Jahre jünger als er, aber er war auch nicht älter als Senator Cameron, ihr Ehemann - und diese indirekte Intimität erschien ihm falsch. Am liebsten hätte er sofort alles erklärt, begnügte sich aber mit einer deutlichen Artikulierung von Elizabeths Familiennamen, als er sie vorstellte. Die Frau lächelte, beugte sich vor, um zuerst Elizabeth und dann Amanda die Hand zu geben. Danach kam sie zu der Angelegenheit, die ihr Sorgen bereitete. Sie schlug einen bedauernden, aber bestimmten Ton an und konnte ihn bald davon überzeugen, daß es leichter wäre, wenn er und die Damen umzögen, als wenn sie in ihrer Bildkomposition die Gewichtungen um den leeren Fleck herum neu ausrichtete, den die Anwesenheit der kleinen Gruppe verursachen würde. Eine Malerin! Wie faszinierend. Er wollte gerne mehr erfahren. Es sei für sie sicher nicht leicht, in dieser Welt zurechtzukommen, als Frau, und dazu auch noch in ihrem Alter, aber er könne sich vorstellen, daß die Blaustrümpfe sicher dazu beigetragen hatten, daß sich den Frauen ganz allmählich mehr Möglichkeiten in der Gesellschaft eröffneten. Trotzdem, so viele Malerinnen gebe es auch nicht, das stehe außer Zweifel ...

Gott, er plapperte. Er sah zu Elizabeth hinüber, war sich aber unsicher, was er dort sah. Sie wandte sich ab, anstatt seinen Blick zu erwidern. Fand sie die Kleidung der jungen Frau zu provozierend männlich? Es war offensichtlich, daß Elizabeth nicht das gleiche Interesse wie er an dem Gespräch zeigte. Er überlegte sich, ob er Miss Talbott bitten sollte, sich zu ihnen zu gesellen, aber sie wirkte, als hätte sie es eilig. Er fragte sich, wo sie ihre Staffelei hatte. »Natürlich ziehen wir um«, versicherte er ihr, ohne auch nur mit einem Blick Elizabeths Zustimmung einzuholen, in der Meinung, die Kunst habe schließlich Vorrang. Er stellte befriedigt fest, daß Miss Talbott lächelte.

Elizabeth bewegte sich, und für Adams' geübtes Auge war ihr Urteil offenkundig: Sie starrte beharrlich auf den Festungsfelsen, die Lippen dünn und fest zusammengepreßt, und obwohl ihre Mundwinkel höher waren als ihre Lippen, so daß man sagen konnte, sie lächelte, signalisierte ihre Miene alles andere als Vergnügen. Ihr Gastgeberinnengesicht nannte er es, denn sie setzte es auf, wenn sie sich entschieden hatte, angesichts einer für sie unerfreulichen Situation die Etikette zu wahren.

Und plötzlich wurde ihm klar, daß es in ihrer Anwesenheit schon allzu oft zu Situationen gekommen war, in denen er sich wie eine Katze fühlte, der man die Krallen gezogen hatte.

»Sagen Sie«, wandte er sich an Miss Talbott, »hätten Sie etwas dagegen – ich meine, könnte ich – dürfte ich mir ansehen, was Sie gerade malen?«

Die Frau musterte ihn eingehend. Daß sie seine Frage zum Anlaß nahm, ihn genauer unter die Lupe zu nehmen, amüsierte ihn, und er versuchte, ihren Blick so gut er konnte zu erwidern, ohne zu lächeln. Pech. Die Bewegung seines Mundes entging ihr nicht. »Ja«, sagte sie schließlich. »Ich denke schon.«

Er wertete dies als eine Einladung. »Wenn Sie mich entschuldigen würden, Elizabeth?«

»Natürlich.« Sie glättete den Stoff ihres Kleides über ihrem Schoß. Sie sah ihm nicht in die Augen, sondern wandte sich geistesabwesend zur Bucht um. Als Adams sich nach zwanzig Metern umsah, saß sie immer noch so da und starrte auf das Wasser. Wie Lots Frau konnte er nicht widerstehen, einen Blick auf das Tableau zu werfen, das durch seinen Fortgang entstanden war. Amanda winkte, was ihn aufmunterte.

Er folgte Miss Miriam Talbott über die Wiese, den Hang hinauf, von der Bucht weg. Oben kamen sie durch einen toten Obstgarten, dessen Apfelbäume grau und dürr in Reih und Glied standen, wie die Pensionäre in ihren verblichenen Uniformen, die man auf den Pariser Trottoirs vor dem Invalidendom Luft schnappen sehen konnte. Er mußte schnell gehen, um mit ihr Schritt zu halten, und als die Äste ihren Weg verengten, blieb er dicht hinter ihr. Es tat gut, sich zu bewegen.

»Sie sind Amerikanerin, nicht wahr?«

»Ja«, erwiderte sie, ohne sich umzusehen.

»Leben Sie jetzt hier?« fragte er, womit er Frankreich meinte.

»Nein.«

»Und wo dann?« Die Frage geriet ihm etwas zu scharf, da er außer Atem war.

»In Paris. Ich studiere dort.«

»Aha«, sagte er, *»la vie de bohème.«* Sie verließen den Obstgarten und betraten hohes Gras, das mit jedem Schritt flüsternd gegen seine Kordhose strich. »Was hat Sie nach Paris geführt?« Er wartete auf ihre Antwort. Vielleicht hatte sie ihn nicht gehört. »Ich habe immer schon gemeint«, sagte er, »daß ein Aufenthalt in Paris für jede Art von Bildung wichtig ist. Es gibt eigentlich nur wenige Amerikaner, die wirklich verstehen, wie die Welt aussieht, wenn sie von einem anderen Land aus betrachtet wird. Für jeden, der in der Industrie eine verantwortungsvolle Position anstrebt, sollten wir ein Jahr Paris zur Pflicht machen. Ich glaube, für Maler ist es das schon längst.«

Als sie nichts erwiderte, begann Adams sich allmählich zu fragen, ob es nicht ein Fehler gewesen war, sich ihr anzuschließen. Sie kamen zu einem schlammigen Stoppelfeld und gingen daran entlang, um die scharfe Ecke herum, wo die Erde in der kräftigen Spätsommersonne dunkel und weich war. Auf der anderen Seite des Feldes bog die junge Frau in einen Weg ein, der von zwei Steinmauern gesäumt wurde. Jetzt war wieder genug Platz, um nebeneinander zu gehen, aber er hielt sich weiter hinter ihr und erfreute sich an dem Anblick ihrer schwungvoll ausschreitenden Beine. Sie ging schnell, und er mußte einen Schritt zulegen, um nicht hinter ihr zurückzufallen. Der Weg führte bergauf, zu beiden Seiten lagen Weiden, nach links hinunter hatte man einen Blick auf die Bucht. Auf der rechten Seite drängte sich eine Scheune an den Weg heran, deren Steinfundament Bestandteil der Mauer war. Die Scheune roch nach Erde und sonnenwarmem Holz, und er meinte die Spur wahrnehmen zu können, die der Duft durch die Luft zog. Als sie die Spitze des niedrigen Hügels erreicht hatten, blieb die junge Frau stehen und sah sich nach ihm um, dann stieg sie, ohne auf ihn zu warten, über die Mauer.

Er folgte ihr.

Auf dem Feld sah er ihre Staffelei, ihren Hocker und einen Kasten für Farben und Pinsel. Das Feld war, wie er feststellte, eine Weide. Er gab acht, wo er hintrat. Durch eine Art optischer Täuschung kippten ihm die Bucht, der Felsen von Mont-Saint-

Michel und die Felder um Pontorson herum entgegen, wie die Bühne in einem griechischen Amphitheater. Ihm war nicht schwindlig; vielleicht war es eine Illusion, die durch die Höhe zustandekam. Die Flut hatte die Bucht zu einem Teil des Ozeans gemacht, des großen bebenden Ozeans, der sich zum weitentfernten Horizont erstreckte. So hoch waren sie gar nicht gestiegen, und doch bot sich hier eine bessere Aussicht, als er es für möglich gehalten hätte. Elizabeth und Amanda waren durch die Entfernung sehr geschrumpft, gerade noch sichtbar über den spindeldürren Ästen des Obstgartens. Er konnte sie kaum auseinanderhalten. Die eine sammelte bei der Decke irgendwelche Sachen auf, während die andere in der Nähe stand.

»Eine Verschandelung der Landschaft sind wir ja nicht gerade.« Wenn sie sich nicht irgendwie im Obstgarten verstekken wollten, wäre es enorm schwierig, aus dem Blickfeld der Malerin zu verschwinden. Miss Talbott erwiderte nichts, sondern nahm ihre Pinsel und begann zu arbeiten. Adams ging hinüber, um sich das Gemälde anzusehen.

Auf dem Bild waren die Hügel, die Bucht und die Felder, die direkt vor ihnen lagen, dunkel umrandet, ein Effekt, durch den die Szene zunächst etwas Zweidimensionales bekam. Die Bucht schwebte in der Nähe des oberen Bildrandes, ein riesiges Becken, in dem eine gelegentliche Andeutung von einem flüssigen Blau-Orange aus dem allgemeinen Bräunlich-Grau hervortrat, das die Künstlerin für die Darstellung des Wassers gewählt hatte. Ein breites blaues Band deutete den Himmel an, der auf die Szene hinabdrückte. Unterhalb der Bucht waren die Hügel und Felder so schlicht und tot wie Tatsachen, obwohl sie durch die Farbschattierung eine gewisse Tiefe bekamen, ein nur angedeutetes leuchtendes Gelb, das wie Stoppeln hervortrat, was dem Auge schließlich eine zugrundeliegende geometrische Struktur suggerierte: Dieses Feld war eine Ebene, die sich zum Blau eines erfundenen Flusses abwinkelte; jener

Hügel war die Spitze einer riesigen abgeflachten Kugel. Die hier eingesetzten Pinselstriche, kräftig und bewegt, vermittelten ein Gefühl der Bewegung innerhalb starrer Formen. Die Künstlerin enthüllte die Mittel der Perspektive, die jeder Maler für die Organisierung seiner Arbeit verwendete. Sie weigerte sich, sie zu verbergen, weigerte sich, diese Illusion auszunutzen. Er fand diesen Gedanken faszinierend – beunruhigend. Das Wasser auf dem Bild wirkte still, aber auch da hatte sie ein Gefühl ferner Unruhe und Tiefe erzeugt, mit winzigen blauschwarzen Sicheln, die ohne deutliche Grenzen mit der Fläche verschmolzen. Im unteren Drittel des Bildes arbeitete sie gerade an den Ästen des toten Obstgartens, der sich hinter einem Hügel erhob und sich mühsam zum Himmel streckte.

»Es gefällt mir«, sagte Adams.

Die junge Frau drehte sich um und musterte ihn skeptisch. »Sie brauchen nicht höflich zu sein. Es muß nicht jedem gefallen.«

»Es gefällt mir wirklich«, beharrte er. »Die Art und Weise, wie Sie den formalen Aspekt Ihrer Arbeit sichtbar machen, auf die Geometrie aufmerksam machen – als wollten Sie die Illusion Ihrer Kunst zerstören, als sollte der Betrachter sie gleichzeitig schauen und durchschauen.«

»Sie scheinen sich ja wirklich ganz gut auszukennen.« Sie wechselte die Pinsel und tupfte auf ihre Palette. Adams bemerkte, wie sich ihr Mund zu einem Lächeln verzog.

»Meine Frau und ich ...« Adams fand es nötig, etwas zu erklären. »Wir haben früher, äh, gesammelt. Hauptsächlich Gemälde. Bevor sie starb.« Wieso erzähle ich ihr das, fragte er sich.

»Oh.« Sie sah zu ihm hinüber, wartete, bis sich ihre Blicke trafen. »Es tut mir leid.«

Adams machte eine Handbewegung, die signalisierte, daß er das Thema ohne weitere Erklärung auf sich beruhen lassen wollte.

»Nun«, sagte sie, »wie Sie sehen, stellt die menschliche

Gestalt eine Anomalie in dieser Landschaft dar. Ich könnte um Sie herummalen, nehme ich an, so tun, als wären Sie nicht da, aber das würde den Rhythmus stören. Ich muß mich konzentrieren.«

»Ja, natürlich. Wir werden umziehen«, versprach Adams. Er wollte noch nicht gleich wieder gehen. Vielleicht konnte er ihr irgendwie behilflich sein. La Farge würde ihre Arbeit interessieren, könnte sie, wenn sie wieder in New York war, vielleicht hier und dort einführen. »Dürfte ich fragen, ob Sie ...« Er hielt inne und räusperte sich. Er war, gemessen an der Kürze ihrer Bekanntschaft, zu aufdringlich und hatte einen Moment lang Zweifel an seinen Absichten gehegt. Er beschloß, das Thema zu wechseln. »Werden Sie die Abtei ins Bild bringen?«

»Ich weiß noch nicht.« Sie warf ihm einen Blick zu und lächelte. »Ich werde das Bild *Mont-Saint-Michel* nennen.« Sie griff in ihren Kasten, zog einen farbenverschmierten Lappen hervor, und während sie die Spitze ihres Pinsels darauf drehte, meinte sie: »Wenn ich das tue, weiß ich nicht, ob sie dann noch gezeigt werden muß.«

Als sie ihr Picknick beendet hatten, stiegen Adams, Elizabeth und Amanda wieder die gewundene Gasse durch das Dorf hinauf – ein Weg, der sich spiralförmig nach rechts wandte, in der mittelalterlichen Ikonographie symbolisierte dies die Zukunft, wie Adams bemerkte – vorbei an der aus dem dreizehnten Jahrhundert stammenden unverwüstlichen Schwelle von Madame Poulards Hotel gleich hinter dem Festungstor, wo sie übernachtet hatten. Adams fiel auf, daß die Stimmung des Felsens jetzt verändert war. Ebbe bringt die Wunder des Meeresbodens ans Tageslicht. Mit ihren stinkenden und doch vitalen Gerüchen und ihrer Eigenart, nur vorübergehend zu enthüllen, wirkt die Ebbe anomal und daher irgendwie festlich. Bei Flut nahm die Insel ihren eigentlichen Charakter wieder an: düster, bedrohlich, in einer wässrigen Feste weggeschlossen.

Während ihres Spazierganges hielt Elizabeth in einer Hand einen Sonnenschirm gegen die Sonne, die andere schob sie unter Adams' Arm. Anfangs hielt sie sich nur leicht an ihm fest, ihre behandschuhte Hand zwischen seinen Arm und Körper gesteckt, ihre Finger kaum spürbar auf der Innenseite seines Ellbogens. Aber dann zog sie ihn an ihren Körper heran und drückte, zuerst zögernd, aber dann bestimmter, seinen Bizeps gegen ihre weiche Brust. Sie hielt ihn dort länger, als man dem zufälligen Kontakt beim gemeinsamen Spazierengehen zuschreiben konnte, der Unebenheit des Pflasters unter ihren Füßen oder überhaupt irgendeinem funktionalen Zweck, der entstehen könnte, wenn ein Mann einer Frau den Arm bot. Anfangs dachte er, daß sie die Atmosphäre bedrohlicher Isolation, die die Wiederkehr der Ebbe geschaffen hatte, ebenso empfand wie er oder daß sie vielleicht irgendein Problem hatte, bei dem er ihr helfen sollte. Aber er entdeckte in ihrem klaren Gesicht und den großen blauen Augen weder den verärgerten Blick einer Frau, die plötzlich von einem Steinchen in ihrem Schuh geplagt wurde, noch den verständnisvollen Blick eines Menschen, der mit seinen Gedanken in Einklang ist, sondern das verschlagene Lächeln einer Möchtegern-Verschwörerin. Er sagte nichts. Er lächelte bloß zurück und tätschelte ihre Hand.

Während ihres Spazierganges drückte sie seinen Arm wieder und wieder. Ihm fiel auf, daß diese Berührungen eindeutiger und länger ausfielen, je weiter sie Amanda voraus waren. Manchmal streichelte sie mit den Fingern leicht die Innenseite seines Arms und griff einmal kurz nach unten, um seine Hand zu halten, wobei sie ihn immer noch an ihren Busen drückte. Sie gestattete ihm eine Intimität, die er außerhalb seiner Ehe bis dahin nicht erlebt hatte. Gewiß, es war eine flüchtige Intimität, und sie wurde seinem Arm gewährt (nicht gerade das Körperteil, das für seine Sensibilität berüchtigt ist), und sie wurde von Schichten von Kleidung gedämpft, vom Oberteil ihres Kleides und von wer-weiß-welcher Unterwäsche und von seinem eigenen Hemd und seiner Anzugjacke. Trotzdem, von diesem ersten weichen Druck ihrer Brust, locker eingebunden in eine Konstruktion aus unnachgiebigem Walknochenkorsett (unverkennbar, selbst durch die Kleidung hindurch), hatte sein Herz schneller geschlagen. Das war eine delikate Situation, vor den Augen der Tochter ihres Ehemannes!

Mit vierundfünfzig hielt er sich für weit entfernt von sexuellen Bedürfnissen oder Interessen, entdeckte aber, daß er gegen das Kompliment nicht immun war, das ihre Intimität ihm machte. Und so wurde ihr seit langem währender Flirt, der Jahre zuvor im öffentlichen geistigen Austausch an seinem eigenen Eßtisch begonnen hatte und durch Zeit und Umstände in eine offensichtlichere, aber immer noch blutleere, sichere, weil für sie undenkbare Werbung verwandelt wurde, der er unauffällig (in Briefen höchst bequem) und persönlich (weniger häufig) Nachdruck verlieh, immer mit aufgesetzter Rücksicht und nur so, wie es ihm paßte, ein Flirt, den er teilweise aus ehrlich empfundenem Interesse aufrecht hielt, aber eigentlich als Hemmnagel an ihren Status als schönste Ehefrau Washingtons – dieser Flirt wurde, indem sie seinen Arm an ihre Brust drückte, in etwas anderes verwandelt. Elizabeth hatte sie beide vom vertrauten Feld der Unterhaltung auf einen neuen und unbekannten Boden geführt, an einen Ort, wo das bis dahin Undenkbare nicht mehr außerhalb des Bereichs des Möglichen lag. Zwischen ihnen war nicht mehr das Kissen eines züchtigen, alltäglichen Flirts. Nein, jetzt gähnte da nur noch ein leerer Raum, gefüllt mit der Möglichkeit tatsächlicher, körperlicher Liebe, ein Raum, in dem sich Körper, nicht Worte, begegnen könnten.

Als Erwiderung hatte er nur gelächelt und ihre Hand getätschelt, unsicher, was er tun könnte, außer sich zurückzuziehen. Er würde diese Annäherung mit Würde und Anerkennung akzeptieren. Er würde in seinem Arm so viel fühlen, wie er konnte, ohne ihn wegzuziehen oder durch stärkeren Druck noch mehr Entgegenkommen zu provozieren. Und so gingen sie schweigend dahin, er sich auf einmal seines Bizeps bewußt und ganz und gar konzentriert auf jede Nuance ihrer Körperhaltung, auf jeden Augenblick, den sie an seiner Seite verbrachte.

Als sie Amanda wieder eingeholt hatten, verspürte er das Bedürfnis, ein Gespräch zu beginnen. Er sollte ihnen schließlich den Mont-Saint-Michel zeigen. Das war schließlich der Grund gewesen, warum sie in der Normandie geblieben waren, während Donald Cameron und John Hay nach Paris weitergefahren waren. Also, warum nicht jetzt damit beginnen, mit den allgemeinsten Hintergrundinformationen? Er hatte bis spät in die Nacht seinen Reiseführer gelesen und war bereit. »Der Erzengel Michael hat Höhen geliebt«, sagte er unvermittelt zu beiden. »Er steht für die Kirche und den Staat, beide militant. Er ist der Bezwinger Satans, des mächtigsten aller geschaffenen Geister, Gott am nächsten. Sein Platz ist dort, wo die Gefahr am größten ist – deswegen findet man ihn hier auf dem Berg angesichts der Gefahr des Meeres. Er blickt auf den Ozean, den weiten, unbekannten Ozean – der, praktisch gesehen, Heimstatt von Engländern, Wikingern und Piraten ist, von heftigen Stürmen und von zahllosen Gefahren für die braven Bürger dieses Landes. Poetischer formuliert, könnte man sagen, der Mont markiert den Rand des Kontinents und des Lebens an sich.« Wenn er nervös war, spielte er den Pedanten – ein Überbleibsel aus seiner Zeit als Geschichtsprofessor in Harvard. Das wußte er, aber er konnte es nicht lassen. »Im mittelalterlichen Denken symbolisierte der westliche Ozean die zukünftige Zeit, Sonnenuntergang, alles was endet, und natürlich auch die Gefahr, die von Gottes Urteil ausging. Der Mont ist eine Art Tor zwischen dieser Welt und der nächsten, und Michael ist der Wächter. Ich glaube, er war auch ein Tor für die Heiden, die hier eine Art primitives Sanktuarium hatten. Bevor unsere guten Kirchenleute sie vertrieben.«

»Und für Sie? Ist er für Sie auch ein Tor?« fragte Elizabeth.

»Wie meinen Sie das?«

Sie kippte ihren Sonnenschirm nach vorn, richtete ihn auf den westlichen Horizont. »Da drüben liegt Panama. Sie kommen aus dem Westen zu uns, aus der Zukunft. Vielleicht aus diesem ›posthumen Leben‹, das Sie führen?« Sie wandte sich zu ihm um, die Lippen zu einem unterdrückten Lächeln geschürzt, und drückte seinen Arm wieder an ihre Brust. »Wir hätten Ihnen ein Begrüßungskomitee entgegenschicken sollen. Und auch Reporter, von den Zeitungen.« Sie imitierte verschiedene männliche Baritonstimmen: »›Was haben Sie dort gesehen, Mr. Adams?!‹ ›Und die Eingeborenen, Sir, wie würden Sie die beschreiben?‹ ›Und das Essen?‹«

»Kein Begrüßungskomitee. Ein ›Bon voyage‹-Komitee. Aber ein umgekehrtes ›Bon voyage‹-Komitee. Nach oben fallendes Konfetti, Champagnerkorken, die wieder in die Flaschenhälse hineingesaugt werden. Und am Schluß marschiert alles wieder vom Schiff herunter, rückwärts, den Landungssteg hinunter und jeder wieder in sein jeweiliges Leben zurück.«

Elizabeth zog die Augenbrauen hoch. »Nicht sehr festlich, würde ich sagen. Kaum die Art von Verabschiedung, die ein Mann für seine zweite Lebenshälfte braucht.«

»Das käme darauf an«, sagte er vorsichtig, »ob die zweite Hälfte eine Verabschiedung von der ersten bedeuten würde.« Hatte er sie mißverstanden, daß sie auf etwas Tieferes anspielte? Er schwächte seine Antwort ab: »Finden Sie nicht? Ein Mann, der beabsichtigt, daß sein Leben so bleibt, wie es ist ...« Er ließ die Fortsetzung des Gedankens unausgesprochen.

Er sah, wie sich in Ankündigung einer Antwort eine ihrer langen Augenbrauen hob, sah, wie sich ihr Mund öffnete, aber in dem Moment erspähte Amanda das besonders lebendig wirkende Kruzifix, das auf halber Höhe des Pilgerpfads steht. Für Adams war ihr laut geäußertes Erstaunen eine willkommene

Ablenkung. »Eine Gelegenheit, sich zu bilden«, sagte er und lächelte abschätzig über sich selbst. Elizabeth hielt sich an ihm fest, paßte sich seinem schnelleren Schritt an. An Amandas Seite hörte er sich ihre Meinung zum Standbild an und bemerkte dann, daß es die Neigung zum Schaurigen offenbar schon seit Ewigkeiten gebe und die Kirche das schon früh für ihre Zwecke genutzt hatte. Es war eine Jahrhunderte zurückreichende Tradition. Sie beutete fleißig nicht nur Christus, sondern auch die Leben der Heiligen aus. Die Martern, die ihnen zugefügt wurden, waren legendär. So wie im übrigen auch die Martern, die Sündern zugefügt werden sollten, deren Schicksal auch Gegenstand einer grausigen künstlerischen Tradition war.

Vom Kruzifix führte er sie zu anderen Themen – der Damm und die Bahn, die Ausflügler zum Mont brachte, eine moderne und umstrittene Annehmlichkeit, ohne die die Abtei fast fünf Jahrhunderte ausgekommen war. Zu den Gezeiten, den bedrohlichen Gezeiten, die die Abtei bis zum Bau des Dammes durch das regelmäßige Abgeschnittensein geschützt hatten. Umstritten, aber vielleicht unvermeidlich, jetzt da der Tagesausflug die Pilgerfahrt als Hauptgrund für den Besuch des Mont verdrängt hatte.

Er redete zwanghaft, erzählte ihnen Dinge über die Abtei, die sie nicht wissen wollten, aber er wußte nicht, wie er aufhören sollte. Romanische Bögen und gotische Bögen, die Entwicklung des Gewölbebaus, der heilige Aubert, der, nachdem ihm der Erzengel Michael erschienen war, auf dem Berg eine Andachtsstätte errichten ließ, und dessen Begeisterung für Gott und den Erzengel ihn veranlaßte, die Spitze des Berges nicht abzuflachen, sondern bei dem Bau des Bergklosters dem natürlichen Gefälle zu folgen, ein Verfahren, das zu ehrgeizig für die Kirchentürme war. Adams wußte dank des Reiseführers genauestens Bescheid. Als er zum Thema Glasmalerei kam, spielte er auf seinen für den nächsten Morgen geplanten Ausflug nach Chartres an, wo die Kunst des Glasmalers angeblich ihre höchste Vollendung gefunden hatte.

»Wo fahren Sie hin? Mit wem?«

»Nach Chartres. Mit dem Zug. Mit Miss Talbott.« Er merkte, daß Elizabeth nicht erfreut war. »Um mir Glasmalerei aus dem zwölften Jahrhundert anzusehen. Sie sagt, die Fenster sollen ganz großartig sein. Es wird dazu beitragen, meine Sinne zu schärfen. Meinen Sinn für das Ästhetische«, beeilte er sich hinzuzufügen. »Etwas über Malerei zu lernen. Kunst.«

Zum ersten Mal, seit sie mit ihrem gewundenen Aufstieg begonnen hatten, ließ Elizabeth ihre Hand von seinem Arm gleiten. Er versuchte, ihre Miene zu entziffern, aber sie hielt ihren Sonnenschirm gegen ihn geneigt. Und als sie innerhalb der Merveille waren, dieser großen gemauerten Böschung, die die Kirche stützt, ging Elizabeth, mit Amanda im Schlepptau, ohne ihn die Stufen hinauf. Sie wirkte wütend.

25. September 1892

Chartres

»Achten Sie auf das Blau«, flüsterte Miriam. »Das Blau ist das Licht in einem Fenster. Licht hat nur im Kontrast einen Wert, es bezieht sich also alles auf das Blau. Das ist das erste, was man lernen muß, wenn man mit Glasmalerei arbeitet: wie man mit Blau umgeht.« Sie und Adams saßen im Schiff der Kathedrale und verrenkten die Hälse, um die drei Spitzbogenfenster und die große Rose über dem Westeingang zu betrachten. »Um den Blauton genau zu treffen, den sie haben wollten, haben sie Linien hineingeritzt, es abgedeckt, es mit kleinen Kreisen von Weiß und Gelb unterlegt oder mit winzigen Pigmenttropfen versehen. Sie müssen alles ausprobiert haben und nur das beibehalten haben, was funktioniert hat.«

Sie flüsterte, obwohl sie die Kirche ganz für sich hatten. Ihre Zischlaute hallten leise von den Steinflächen zurück. Er liebte ihre rauhe flüsternde Stimme, die nicht Zartheit und Ruhe suggerierte, sondern gedämpfte Kraft, willentlich gebündelte Energie. Und ihre Meinung über Glasmalerei fand er provozierend. Er würde es seinem Freund La Farge erzählen müssen – seinem Freund John La Farge, dem Maler, dem Erzieher seiner Sinne, der schon seit einiger Zeit mit Glasmalerei experimentierte und die Deckkraft als ein neues, interessantes Element entdeckt hatte. Miriam beugte sich vor, um ihm das Binokel zu reichen. »Ich zähle ein Rot, zwei Gelb, zwei oder drei Violett oder Grün, aber Dutzende von Blau.« Er ließ den Blick über das

Fenster gleiten, die Wurzel Jesse, sah es allmählich so, wie sie es sah: Nicht als eine Schilderung der Herkunft Christi, als Stammbaum der Jungfrau, der hier zum Ruhme des Ortes vom Altar aus sichtbar plaziert worden war, sondern als Licht, Farbe, Töne und Schattierung, als Umsetzung einer Idee. Sie sprach von der perspektivelosen Komposition des Fensters, von seiner Harmonie in Linie und Maßstab, seinem ausgewogenen Verhältnis von Porträts und blauem Hintergrund. Während sie redete, erkannte er, wie vollkommen das Fenster war, wie Jesse und die vier Könige über ihm, dann die heilige Jungfrau und schließlich Christus über allen durch das Blau harmonisiert, hervorgehoben und ausgeglichen wurden. »Das ist die einzige Grundregel beim Glas: Blau ist Leben. Ohne Blau ist ein Fenster stumpf, tot, schmutzig. Man erträgt den Anblick nicht. Hier, ich zeig's Ihnen.« Sie erhob sich, nahm seine Hand und führte ihn fort.

Sie führte ihn zur Nordwand des Querhauses. »Sehen Sie? Ganz anders. Die Spitzbogenfenster besitzen eine gewisse Schönheit, aber sie sind aggressiv, sehr aggressiv.« Fünf davon füllten den Raum unter der Rose, das mittlere trug die Aufschrift *Sancta Anna*, Die heilige Anna, Mutter von Maria. Zu ihrer Rechten ein erstaunlich jugendlicher Salomon, das Zepter in der Hand, eine Krone auf blonden Locken, der leuchtende Kopf von einem Feld von Rot umgeben. Zu seiner Linken Aaron. An Annas anderer Seite David und Melchisedech. In jenem Fenster war das Porträt von Rot umgeben. Miriam tat sie ab: »Nicht so ausgeglichen. Der Künstler hat versucht, uns mit seiner Farbe zu erdrücken.«

Er sah ein, was sie meinte. »Wie kommt es zu dem Unterschied?«

Sie zuckte die Achseln. »Anderer Künstler. Anderer Mäzen. Sehen Sie sich das an.« Sie ergriff seinen Arm, um ihn zur Mitte des Querhauses zu ziehen, und Adams dachte flüchtig an Elizabeth, an die Berührung zwischen ihnen am Tag zuvor. »Kennen

Sie die Geschichte dieses Fensters? Und von dem gegenüber? Sie ist faszinierend.« Unterwegs sah er Miriam an, wollte plötzlich vergleichen und bekam sie für einen kurzen Moment im Profil zu sehen, bevor sie sich ihm wieder zuwandte. Er sah die kleine bogenförmige Linie um ihren Mundwinkel, den zarten Schwung ihrer Haut unter dem Kiefer, zwischen ihrem Kinn und dem oberen Teil des Halses. Er ließ den Blick zu ihrer Brust wandern und fragte sich, was das für ein Gefühl wäre, wenn dieser junge Körper sich an ihn drückte. Einen Augenblick lang stellte er es sich vor, bevor er spürte, wie sich seine Wangen vor Verlegenheit röteten.

»Hier gab es zwei sehr verschiedene Mäzene.« Miriam war in der Mitte stehengeblieben, gleich weit von beiden Enden des Querhauses entfernt. »Jeder bezahlte für eine ganze Wand – für Eingang, Statuen, Fenster. Und diese beiden hier führten gegeneinander Krieg. Nicht bloße Rivalität wohlgemerkt, sondern ausgewachsener Krieg des dreizehnten Jahrhunderts, ein Bürgerkrieg, der draußen tobte, während diese Fenster gebaut wurden. Die Rose von Dreux, im Süden, gegen die Rose von Frankreich, im Norden: Pierre de Dreux gegen Blanche des Castille. Blanche war Spanierin, die Witwe von Ludwig VIII., Pierre war der zweite Cousin von Philippe Hurepel. Die beiden waren über Philippes Anspruch auf den Thron in Streit geraten. Philippe war der Halbbruder von König Ludwig VIII. und war nach dessen Sohn, Ludwig IX., der nächste Anwärter auf die Krone. Er beanspruchte, wie es Brauch war, die Vormundschaft für den Knabenkönig, bis dieser die Volljährigkeit erreicht hatte. Die Königinmutter lehnte das ab. Fast alle großen Fürsten und Mitglieder der königlichen Familie ergriffen für Philippe Partei, und Pierre de Dreux war ihr Anführer.«

Adams brauchte mehrere Anläufe, um die Verwandtschaftsbeziehungen zu verstehen. »Blutfeinde«, sagte er. »Vielleicht deswegen das Rot in ihrem Fenster.« Er war sich nicht sicher, ob er das ernst meinte.

»Das könnte sehr gut sein. Vielleicht ist die Aggressivität, die Sie hier spüren, gegen ihn gerichtet –« Sie deutete mit dem Kinn in Richtung der Rose von Dreux. »Aber erstaunlich, welche Konflikte die heilige Jungfrau versöhnen konnte. Die Vereinigung sich bekriegender Seiten. Jeder Pilger des dreizehnten Jahrhunderts, der hier herkam, muß diese Lektion gespürt haben.«

»Woher wissen Sie soviel darüber?«

Sie lachte. »Ich habe eigentlich nichts für Politik übrig. Es ist eine Geschichte, die mir im Gedächtnis geblieben ist. Aus der Kunstgeschichte. Sie erklärt die Fenster.«

Sie zeigte ihm, wie die Glaser die in Konkurrenz stehenden Fenster gestaltet hatten, um die politischen Überzeugungen ihrer Stifter darzustellen. Im Zentrum der einen Rose saß die Himmelskönigin, gekrönt auf dem Thron, in einer Hand das Zepter und auf ihrem Knie Christus den König, dem sie als Regentin eindeutig diente. Um sie herum, in Vierpaßfenstern und Medaillons, gruppierten sich Symbole der Göttlichkeit (Tauben, Propheten, Engel, Throne) und dahinter Symbole Frankreichs (Lilien und, falls die Botschaft immer noch nicht eindeutig genug war, Blanches eigene Burgen). Gegenüber beanspruchte Pierre der Rebell rivalisierende Rechte: Seine Rose konzentrierte sich auf Christus den König, der, umgeben von Symbolen der Apokalypse, auf dem Thron saß, und darunter, in den Spitzbogenfenstern, standen Evangelisten und Propheten übereinander, allesamt Zeichen der Veränderung. »Blanches Wand befindet sich zur Rechten Marias, und so konnte man annehmen, daß sie die Oberhand behielt, aber sehen Sie – dadurch bekam Pierres Fenster die Südsonne.« Sie stand dort, wo die Rose von Dreux im starken Mittagslicht Farben auf den Stein warf. »Hat der Künstler das bezweckt? Einer meiner Lehrer hat gesagt, der Künstler sieht das, was der Betrachter sehen wird, und seine Genialität mißt sich daran, wieviel von dem, was gesehen wird, beabsichtigt ist. Diese

Künstler waren Genies, nicht wahr? Es war von ihnen bestimmt beabsichtigt, daß diese Lichtsäule hier auf den Boden fällt. Stellen Sie sich einen Moment lang vor, daß dies die eigentliche Kunst ist, und nicht das Fenster. Das Licht hat keine Substanz, aber Form, kein Gewicht, aber Dimension. Es existiert – man kann hindurchgehen, es sehen, es spüren –, aber man kann es nicht berühren, bewegen oder besitzen.«

Er trat zu ihr in den Kegel bunten Lichts, streckte die Hand aus, bewegte sie hin und her und beobachtete, wie die Töne und Farben darauf spielten. Das war ein Element, das in La Farges Arbeit fehlte. Sie hatte recht. Vielleicht würde er ihm doch nicht hiervon erzählen, von dieser Lektion. La Farge würde wahrscheinlich das Gesicht verziehen und ihre Gedanken als altmodisch abtun. Nein. Er würde diese Miriam für sich behalten. Sie fuhrt fort: »Es ist so dauerhaft wie eine Kathedrale und so veränderlich wie das Tageslicht. Für mich ist das Licht der Glasmalerei deshalb die Königin aller Künste.«

Und es war eine Kunst, bemerkte er, die manchmal die Natur imitierte. Das Grün, das von der Rose von Dreux herabfiel, erinnerte ihn an das Licht, das auf seiner Kutschenfahrt zu Dinglers *folie* durch das Dschungellaub gefallen war: unheimlich, beunruhigend, als besäße die Vegetation die Macht, sogar den Raum zwischen den Dingen zu schlucken, als verleihe sie dem Licht ihre Farbe.

»Der fleischfressende Dschungel«, sagte sie, als er es ihr erzählte. »Zehntausend Arbeiter hat er verschluckt, nicht wahr? Obwohl man wahrscheinlich genauso gut sagen könnte, daß die Gesellschaft sie gefressen hat.«

»Ich dachte, Sie interessieren sich nicht für Politik.«

Sie zuckte die Achseln. »Ich lese Zeitung.«

Sie blieben über zwei Stunden in der Kathedrale, beobachteten, wie das Licht die Fenster belebte, studierten Muster und Themen und spürten, zumindest ging es Adams so, allmählich die Gegenwart der heiligen Jungfrau, allein durch die

Unmittelbarkeit dieser Schönheit, die ihr zu Ehren geschaffen worden war. Er zog es vor, die schwierigen Fragen des Glaubens anderen Denkern zu überlassen: Er stand in einer Kirche, die für zehntausend Gläubige gebaut worden war, hier, weit entfernt von irgendeinem städtischen Zentrum, und allein schon diese Tatsache war beeindruckend. Wie hätte es an Festtagen aussehen können, wenn das riesige Schiff zum Bersten mit Pilgern gefüllt war, die gekommen waren, um dem Wundertätigen von Chartres zu huldigen? Was wäre es für ein Gefühl gewesen, einer von ihnen zu sein, ein Mitglied der Gilde zu sein, die ein Fenster im Lichtgaden stiftete: ein Bäcker, ein Weber, ein Gerber? Wie wäre es gewesen, ohne Erklärung die hier erzählten Geschichten zu verstehen, über Blanche und Pierre und all die Charaktere Bescheid zu wissen, die auf den Fenstern abgebildet waren, die Symbole der Herrschaft der Jungfrau zu spüren, von Kindheit an alles zu wissen, was man wissen mußte, um die Kraft dieses Bauwerks zu verstehen?

Er entschuldigte sich, um diese Gedanken in das kleine Notizbuch einzutragen, das er bei sich trug. Eine Studie über die Kraft in der Geschichte müßte dies erklären, dieses Denkmal für die heilige Jungfrau.

Als er aufblickte und sah, wie sie auf der anderen Seite des Schiffs mit beiden Händen den Riemen ihrer Reisetasche packte und den Kopf zurücklegte, um ihr Gesicht im Licht zu baden, da freute er sich. Er hatte diesen Morgen in einer nervösen Verfassung begonnen, mit einer gewissen Beklemmung: wieso hatte er sich darauf eingelassen? Die Frau war eine Fremde – was, wenn sie sich als langweilige Gesellschaft entpuppte? Er hatte niemanden, der ihn bemitleiden würde. Elizabeth war natürlich die letzte, mit deren Mitgefühl er rechnen konnte. Und was, wenn sich mitten während des Tages herausstellte, daß er lieber woanders wäre? Dann wäre es zu spät. Sollte er absagen? Das ging nicht, das wäre zu unhöflich.

Er war so nervös gewesen wie ein Schuljunge vor seinem ersten Anstandsbesuch.

Aber nach den ersten Augenblicken im Zug waren seine Ängste zerstreut worden. Er gestand ihr, daß er ihren Namen zuerst mißverstanden hatte, und das brachte sie dazu, über Namen zu reden. Sie erzählte ihm von den grausamen Spitznamen ihrer Kindheit, wie die anderen Mädchen ihr alle möglichen Namen gegeben hatten, einschließlich des einen, den sie beinahe nicht mehr losgeworden war: ›Mims‹. Etwas an der Art, wie sie ihre Anekdote erzählte, erinnerte ihn an Clover. Nichts an ihrem Aussehen, gewiß nicht, denn Clover und sie hätten kaum unterschiedlicher sein können, aber einiges an ihrer Gesichtsmimik: der Bogen ihrer Augenbraue, das kameradschaftliche, einladende Lächeln.

Als sie die steinerne Kühle der Kathedrale wieder verließen, waren sie beide froh, daß der Tag wärmer geworden war. Sie fanden ein kleines Café und aßen draußen in der Sonne zu Mittag. Anschließend brachen sie zum Bahnhof auf, wo sie feststellten, daß ihnen dank der Launen des Fahrplans ein Nachmittag auf harten Bänken und ratternden Schienen bevorstand. Eigentlich wäre es praktischer gewesen, zu warten, bis sie eine direkte Verbindung nach Paris bekamen. So wie es aussah, würden sie dafür sowieso bis kurz vor Paris fahren müssen. Aber für Adams spielte das keine Rolle: Es war Spätsommer in der Normandie, er war frei und befand sich in der Gesellschaft einer interessanten Frau. Wie anders dieser Herbst war als jene, die er als Kind gekannt hatte! Damals hatte Herbst die Rückkehr zu Stadtleben und Schule bedeutet, und September war das absolute Ende des Sommers, ganz gleich, ob er durch einen klimatischen Irrtum verlängert wurde. Während er da im Zug saß, Miriam zuhörte, wie sie von ihren Kursen auf der Kunstschule erzählte, wie sie beide rhythmisch auf ihren Plätzen hin- und hergeschaukelt wurden, war ein dunkler, ruhiger Teil seines Bewußtseins versucht, die Distanz zu messen, die er seitdem zurückgelegt hatte. September hatte immer das Ende der tropischen Zwanglosigkeit von Quincy bedeutet, wo er als Kind die Freiheit gehabt hatte, seine Tage auf der Marsch und auf den Feldern zu verbringen, die sich um den Ort herum erstreckten. Boston war Schule, Ordnung, Kontrolle. Die Alltagsroutine im Haushalt seines Großvaters dort bildete nur den naheliegendsten Teil eines reibungslos funktionierenden städtischen Regiments – diese stillschweigende Verschwörung von Erwachsenen, in die er, wie er immer schon ahnte, alsbald eingeführt würde. Einmal, als er noch ein Kind war, hatte ein Diener zu ihm gemeint, daß er vielleicht Präsident werden könnte, wenn er erwachsen war, und er war wie vor den Kopf gestoßen: Er war bis dahin noch nie auf die Idee gekommen, es nicht zu werden.

Nein, als Kind in Boston war er sich seines Platzes sicher gewesen: Im Herbst fand er sich in einem feuchten Untergeschoß der Trinitarier wieder, wo er zusammen mit einem Dutzend anderer Jungs den Unterricht von Master Towers über sich ergehen ließ, während über ihm, vor der Tür und damit außerhalb seines Blickfeldes, die Herbstnachmittage auf den Parkanlagen zunehmend kürzer wurden und den Schatten des Kirchturms immer weiter auf die Straße warfen. Er hatte angenommen, einen guten Unterricht genossen zu haben. Erst Jahre später hatte er erkannt, daß ihm in Master Towers' fensterlosem Souterrain Bildung als eine Art Buße vermittelt worden war, die in einer dunklen und modrigen Stille verrichtet wurde. Dadurch wurden die Forderungen des Intellekts in eine Finsternis gerückt, die sich im Zentrum des Lebens ausbreitete, eine Finsternis, die bis auf den schmalsten Lichtkranz die persönliche Freiheit verdunkelte, die Freiheit, das Licht aufzunehmen.

Und dann, als er erwachsen war, hatte Clovers Tod ihn gelehrt, daß die Lektion vom Licht und von der Tragödie seiner Verfinsterung durch ihre Wiederholung nicht angenehmer wurde.

Miriam war neben ihm eingeschlummert, ihr Kopf war gegen seine Schulter gesackt. Möglichst jede Bewegung vermeidend, beobachtete er sie beim Schlafen. Er schaute angestrengt, um den Anblick ihrer jungen Gestalt aufzunehmen, die mit der Bewegung des Zuges hin- und herschaukelte. Er freute sich, daß sie sich in seiner Gegenwart so offenkundig entspannte, freute sich zu sehr, um selbst irgendeine Müdigkeit zu verspüren.

Die restliche Zeit in der Normandie verbrachte er jeden Tag zumindest teilweise mit Miriam. Während sie malte, schrieb er Briefe, machte sich Notizen in seinem Tagebuch, las schläfrig in der Nachmittagssonne oder lag einfach im Gras, auf einen Ellbogen gestützt, und genoß die Weite, den Blick und das Licht. Beim Lesen hatte er oft den Eindruck, daß die Worte auf der Seite vor ihm – Worte von Corroyer, Abélard, Aquin oder selbst Chaucer, den er als Hintergrundinformation noch einmal las, nachdem sein Interesse für Kathedralen und ihre Zeit geweckt war –, daß diese Worte eine sich gegenseitig steigernde Wirkung hatten, sich irgendwo hinter seinen Augen als eine physische Präsenz verdichteten, so etwas bildeten wie die dicken, mit Gummi isolierten Brillen, die die Velozipedfahrer trugen, während sie breitbeinig auf ihren dürren Radeseln die Straßen entlangklapperten. Was er hier erfuhr, wurde zu einem Filter für die Wahrnehmung der Welt um ihn herum, die durch ihre Geschichte vertieft, angereichert und manchmal korrigiert wurde. So sehr vertiefte er sich in die Zeit des 12. Jahrhunderts, daß er mit seinem Bewußtsein die Gegenwart verließ. Er begann, das 12. Jahrhundert von innen kennenzulernen, sich dort zu Hause zu fühlen. Und es waren Augenblicke wie dieser, in der Normandie mit Miriam, die gerade malte, daß ihn seine Lektüre so vollständig davontrug, daß er tatsächlich überrascht war, aufzublicken und sie dort stehen zu sehen, in ihrer modernen Kleidung, die ihm jetzt fremd vorkam, so fremd wie seine eigene, und daß sie beide unversehrt und lebendig unter der

Sonne vorhanden waren, derselben Sonne, die auf Aquin und Chaucer geschienen hatte, auf Pierre de Dreux und Blanche de Castille, und auf jene berühmten Liebenden, Abélard und Heloïse, und im übrigen auf jede Menge guter Ehemänner und Ehefrauen, Männer und Frauen, die sich am Ende eines ausgefüllten Arbeitstages damit zufrieden gaben, gemeinsam in ein Bett aus sauberem Matratzendrell zu sinken und den Schlaf von Menschen zu schlafen, die einander vertraut waren und sich liebten, ihre Körper ineinander verschlungen und ihre Seelen durch eingespielte Gewohnheit und vertraute Nähe so geformt, daß sie sich weitgehend ergänzten. In solchen Augenblicken konnte er mit einer seltsamen Art von Vorahnung sich am ehesten vorstellen, wie er sich später einmal an diese Zeit erinnern würde: als eine der glücklichsten seines Lebens.

Anachronistischerweise erschien ihm in diesem September der graue Dezember denkbar weit entfernt.

Montag,
21. November 1892

Paris

Adams' Hände, die den Griff eines Gehstocks umklammert hielten, schaukelten mit der Bewegung des Wagens. Er und Hay saßen nebeneinander im offenen Wagen, die Gesichter von der Mittagssonne gewärmt, während Adams die vorbeiziehenden Geschäfte musterte und nach einem Rohrpostamt Ausschau hielt. Er würde bald eine Nachricht schicken müssen, wenn sie noch rechtzeitig ankommen sollte. Schneider, Hutgeschäft, Krawatten, Café, Porzellanfigurinen und Gedecke, dann ein Tabakladen, Stiefel – mit Dutzenden von Stiefeln in der Schaufensterauslage. Noch vor einigen Jahrzehnten wäre das ein sicheres Zeichen für den Schwachsinn des Schusters gewesen, jetzt aber war es ganz normal in einer Welt, wo Schuhe angefertigt wurden, bevor sie überhaupt bestellt wurden, in Standardgrößen, auf reine Spekulation hin, bevor irgendein Bedürfnis geäußert wurde. Telegraphen. Aromatisiertes Eis. Die meisten dieser Geschäfte konnten in seiner Jugend noch nicht hier gewesen sein, und der Rest verkaufte Waren, die nichts mit dem zu tun hatten, was sie vor zwanzig, fünfzig oder selbst zehn Jahren verkauft hätten. »Wissen Sie was, Hay«, sagte er und bemühte sich, neben dem hohlen Geklapper der Hufe auf den Holzplanken der Straße verstanden zu werden, »ich glaube, es ist unser besonderes Unglück, gerade in dem Moment das Bedürfnis nach Dauerhaftigkeit zu empfinden, in dem die Welt sie uns nicht bieten kann.«

»Paris hat sich verändert«, erwiderte Hay, ohne von der Zeitung aufzublicken. Wenn er den Mund geschlossen hatte, war von seinen Lippen nichts zu sehen. Sein sorgfältig gestutzter Schnurrbart traf auf seinen ebenso sorgfältig gestutzten Bart. Vielleicht knirschte er hinter diesen Haaren mit den Zähnen. Adams wurde klar, daß er beide Straßenseiten im Auge behalten mußte.

»Nicht nur Paris. Die Welt hat sich verändert.« Er hielt inne, während eine Kutsche in Armeslänge vorbeiratterte. »Verändert sich ständig«, fuhr er fort, als er sich wieder verständlich machen konnte. »Voller, weniger tolerant, weniger nachsichtig. Weniger *künstlerisch.*« Hay erwiderte nichts, aber Adams bemerkte es kaum. »Ich glaube nicht, daß es bloß daran liegt, daß ich älter werde. Vielleicht gibt es gegen Ende des Lebens eine Zeit, wo der Mensch nur noch will, daß die Welt so bleibt, wie sie ist. *Er* will so bleiben, wie er ist, und um das zu erreichen, muß die Welt auch so bleiben, wie sie ist. Ein Mann in einer sich verändernden Welt ist ein Mann, der durch die Umstände geformt wird. Finden Sie nicht?«

Hay beachtete ihn nicht. Adams sah zu ihm hinüber, gerade als ein Schwarm Stare, die auf der Straße im Pferdemist herumpickten, aufgescheucht wurde, und vor diesem aufsteigenden und bewegten Hintergrund schien Hay – die Zeitung in der Hand, den Kopf zum Lesen schiefgelegt – in sich zusammenzusinken. Adams schüttelte die Vorstellung ab. »Nehmen Sie zum Beispiel Paris, ein ideales Beispiel«, sagte er, völlig bereit, die Unterhaltung allein zu bestreiten. »Es wäre ein großer Trost für mich, das Paris meiner Jugend zu sehen. Auch das, so könnte man sagen, ist ein Ergebnis meines Alters. Ein Mann ist neugierig zu erfahren, was aus ihm geworden ist, er wird zu den Plätzen seiner Jugend gezogen, nicht bloß, um das Leben, so wie er es kannte, nachzuleben, oder auch nur, um sich daran zu erinnern – das ist schmerzlich genug – sondern aus anderen Gründen. Ich nehme an, er will ... will das genaue Maß seines eigenen jugendlichen Leichtsinns, seiner eigenen falschen Wahrnehmung der Welt ermitteln. Er will wissen, was er gelernt hat und was es für einen praktischen Nutzen gehabt hat. Um das eine wie das andere mit einiger Genauigkeit tun zu können, muß die Welt unverändert bleiben. Und sie weigert sich standhaft, das zu tun.« Adams runzelte die Stirn über diese unentrinnbare Erkenntnis.

»Adams. Würden Sie bitte so nett sein?« Hay blickte auf seine Zeitung hinunter, um zu signalisieren, daß sie seine Aufmerksamkeit beanspruchte, dann linste er an seinem Freund vorbei. »Ist das die Rue de l'Elysée?«

»Nein, die nächste.« Adams verstummte. Er hatte nun kein Publikum mehr. Aber die Frage beschäftigte ihn immer noch, als die Kutsche von der Allee abbog und dann über holpriges Kopfsteinpflaster in Richtung der britischen Botschaft fuhr. Welche Auswirkungen hatte sein Leben und die Bildung und Erziehung, die er genossen hatte, bis jetzt gehabt? Wenn die Wissenschaft einen überhaupt etwas lehrte, dann, daß sich Veränderung nur an einer Konstanten messen ließ. Wo war der konstante Teil bei seinem Problem? Hatte er sich verändert? Oder die Welt?

Daß die Welt keinen Platz mehr für einen Adams im Weißen Haus hatte, war ein klares Zeichen ihrer Veränderung, dachte er. Politik war heute nicht viel mehr als Verkehrsregulierung – und die Tugenden, die ein Präsident benötigte, unterschieden sich nicht mehr von denen der Pariser Gendarmerie, die, auf jeder Kreuzung in Paris auf einem Podest installiert, die Ströme von Kutschen, Karren, Droschken, Wagen und Omnibussen lenkte.

Sie rollten über einen kleinen baumlosen Platz, dessen Blumenbeete ihre Blütezeit schon längst hinter sich hatten, und dann in kühlere schattigere Luft hinein. Die Temperatur und der scharfe Schwefelgeruch von Bitumen ließen keinen Zweifel: Der Dezember war nicht mehr fern.

»Danke.« Die Droschke hielt vor der britischen Botschaft. Hay steckte seine Zeitung in die Tasche und kletterte über Adams. »Wir unterhalten uns später.« Er zog seinen Aktenkoffer hinter sich heraus, und Adams reichte ihm seinen Gehstock. »Bis heute abend.«

Adams nickte. Während er der Gestalt seines Freundes nachblickte, fiel ihm auf, daß die Berufskleidung der Diplomaten, von hinten betrachtet, fast nicht von Trauerkleidung zu unterscheiden war.

Mit einem kehligen Laut hustete der Kutscher den Staub der Straße aus seiner Kehle und spuckte auf den Boden. Adams zuckte zusammen. Der Mann hörte sich schwindsüchtig an. So eifrig wie möglich gab Adams sein Ziel an, den Boulevard des Capucines. Wenn sie bis zur Opéra an keinem Rohrpostamt vorbeikamen, würde er sich erkundigen.

Auf der Straße fuhren sie durch sich abwechselnde warme und kalte Luftschichten. An einer Ecke, zwischen den Schornsteinen und dem Durcheinander von Kupfer- und Schieferflächen, das sich gegen den Horizont abhob, erhaschte Adams einen flüchtigen Blick auf das von Marmorsäulen gesäumte Portal dieses Möchtegern-Parthenons, der Madeleine. Jeder, der das Original kannte, wußte, daß seine Proportionen vollkommen mit seinem Original-Standort harmonierten. Diese Nachahmung dagegen, vergraben in der Stadt, war eine Verirrung, ein derber Leviathan von Gebäude, der seine Nachbarn erdrückte. Zu solch einer Architektur war der Katholizismus herabgesunken, so anders als Chartres oder der Mont-Saint-Michel. Napoleon hatte die richtige Idee gehabt, dachte Adams: Die Madeleine eignete sich besser zum Denkmal für die Armee als zur Kirche. Und wenn es schon eine Kirche sein mußte, dann wäre jene griechische Kolonnade, die nichts von der geistigen Größe der Akropolis hatte, eher geeignet, irgendeine kalte, nüchterne, tatkräftige Sekte – wie etwa den Presbyterianismus – zu beherbergen als die gefühlsbetonten Kraftströme des Katholizismus. Auf ihre Art war die Madeleine ein ebenso entmutigendes Beispiel für das Niveau menschlichen Geschmacks wie jene neuere Monstrosität, der Eiffelturm, der zum Glück hinter ihnen lag und nicht zu sehen war.

Schließlich entdeckte er ein Rohrpostamt und bat den Kutscher anzuhalten. Er war von der Rohrpost fasziniert, von ihrem Prinzip: das Netz von Röhren, das sich unter der Stadt verzweigte, die mit Druckluft beförderten Nachrichten, die hierhin und dorthin rauschten und so schnell ankamen wie Telegramme, aber ohne die Privatsphäre zu verletzen, was bei der Telegraphie wegen des Telegraphisten unumgänglich war. Er stellte sich in einer Schlange vor dem Schalter an und beobachtete, wie der Beamte den Apparat betätigte, ohne sich von der kleinen Armee uniformierter Botenjungen stören zu lassen, die herumflitzten, Nachrichten abholten und zu ihren Fahrrädern eilten, um sie zuzustellen. Der Apparat erinnerte Adams an eine Dampfpresse oder eine Druckerpresse: Vielleicht war es das leise Zischen des Vakuums, oder der Geruch von Maschinenöl oder etwas weniger Naheliegendes, die Form des Apparats, seine Größe, die Bewegung, mit der der Beamte den Verschluß aufklappte, um eine neue Büchse hineinzuschieben, und wieder verriegelte.

Es kam Adams vor, als sei die Rohrpost in ihrem Wesen viel menschlicher, weil sie mechanisch war. Zweifellos war Elektrizität die Technik der Zukunft, aber es war leichter, die Rohrpost zu verstehen. Man konnte sie sich vorstellen. Sie stand vor einem, leise zischend, und hatte nichts Abstraktes an sich: Sie setzte Gegenstände in Bewegung, so daß das, was losgeschickt wurde, dasselbe war, was ankam. Er fand diese Vorstellung beruhigend, im Vergleich zu der Zustandsumwandlung beim Telegraphieren, wo das, was ankam, nicht physisch exakt dieselbe Mitteilung war, die man geschrieben hatte, sondern die von irgendeinem Beamten ausgeführte Transkription in eine flüchtige Zusammenballung elektronischer Impulse. Über jeder

Straße in Paris schien jetzt ein Gewirr von Drähten zu hängen – himmlische Notenlinien für eine gewaltige und verwirrende Musik, ein dichter Chor dünner Linien, die sich in regelmäßigem Rhythmus hoben und senkten, von einer Stange zur nächsten, unendliche Folge von Kruzifixen, die außer Sichtweite geriet, Welt ohne Ende, Amen. Er versuchte, sich das Knistern der elektrischen verschlüsselten Impulse vorzustellen, die von diesen Drähten in alle Richtungen getragen wurden. Daß dies Mitteilungen zwischen richtigen Menschen sein könnten, Menschen, die lebten, atmeten und weinten, Menschen, deren Leben durch das, was durch diese Drähte auf sie hinuntergeschossen kam, verändert oder beeinflußt oder einfach in die eine oder andere Richtung gestubst werden konnte – das war eine unmögliche Vorstellung. Viel besser, sich lange, polierte Rohre vorzustellen, den geölten Filzmantel der Büchsen, das mechanische Huschen von Papier von hier nach dort. Papier! Etwas Wirkliches. Papier war das, was die Menschen bewegte: Es war gegenständlich und konnte daher Gewicht haben, Macht.

Als er an die Reihe kam, fragte Adams den Schalterbeamten darüber aus, wie die Rohre und Klappenvorrichtungen funktionierten, bis die Geduld des Mannes zu Ende war. Hastig kritzelte Adams seine Mitteilung auf das Formular, das ihm hingeschoben wurde – hätte sie Lust, ihn und die Camerons an diesem Abend zur Opéra zu begleiten? –, faltete es, schrieb auf die Rückseite Miriam Talbotts Pariser Adresse, diejenige, die sie ihm gerade eine Woche zuvor gegeben hatte. Als er dem Schalterbeamten das Formular übergab, warf dieser einen Blick darauf und schüttelte den Kopf. »Das ist unmöglich. Nicht zu dieser Adresse. Nicht heute.«

»Warum?«

Der Mann war verärgert, daß er es erklären mußte: Das Rohr unter dem Fluß sei blockiert. Es werde gerade repariert. Niemand könne sagen, wie lange es dauern würde. Vorerst sei kein Verkehr möglich.

Als Adams wieder in seine Droschke stieg, gestattete er sich ein breites Lächeln. Es gab keine andere Möglichkeit: Er würde bei Miss Talbott persönlich vorbeifahren und ihr einen Besuch abstatten müssen.

Er würde es sich für den Schluß aufheben, nachdem er die Karten geholt hatte. Das wäre das beste. Es wäre eine Art Belohnung.

Als er in der Droschke den Boulevard des Capucines entlangfuhr, rückte er in die Mitte, um sich den Rücken von der Sonne wärmen zu lassen, die durch das Fenster hereinschien. Die Aussicht, Miriam zu sehen, versetzte ihn in eine so großzügige Laune, daß ihm die Rokoko-Fassade der Opéra, selbst die geflügelten Figuren und die sich aufbäumenden Pferde, die die Ecken des Gebäudes zierten, wenn schon nicht schön, dann wenigstens nicht völlig unharmonisch vorkamen. Die Pariser Opéra war das, was sich Napoleon III. unter einem Denkmal an die Kunst vorgestellt hatte, und mit ihrer Fläche von beinahe drei Morgen konnte sie diese Auszeichnung eher wegen ihres enormen Umfangs als wegen ihres raffinierten Geschmacks beanspruchen, fand Adams. Sie war ein Beispiel für eine bestimmte regressive Tendenz, die man in imperialer Architektur entdecken konnte. Der Drang zu pompöser Darstellung war verständlich – das symbolisierte natürlich den Wohlstand eines Landes –, aber wie kam es, daß Kaiser immer auf Nostalgie zurückgriffen, fast bis zur Parodie, wenn sie sich daran machten, Bauwerke der Kultur zu erschaffen? Dahinter steckte ein unschuldiger und schlichter Glaube, ein Glaube, der in den Verweisen auf alte Formen einen talismanartigen Schutz vor der Zukunft sah. Nun, dachte er, Oper war Illusion. Vielleicht verdiente sie genau so ein Gebäude wie dieses.

An der Theaterkasse in der Rue Auber kaufte er Karten für die Camerons, für sich und Miriam. Miriam hatte noch nicht zugesagt, und so war ihre Karte in gewisser Weise ein Vabanque-Spiel, aber es war ein Risiko, das Adams die Investition wert war. Mit dem größeren Risiko – nämlich Elizabeth durch die Einladung Miriams zu verärgern – beschäftigte er sich nicht weiter. Elizabeth hatte schließlich Cameron. Wenn sie zu viert wären, bestünde eine Art Symmetrie.

Am Bordstein nannte er dem Droschkenkutscher Miriams Adresse, und sie fuhren los in Richtung Süden, zum Quartier Latin.

Im Zentrum der Stadt waren die Straßen voller. Ungeachtet dessen, was er Hay erzählt hatte, fühlte Adams sich von dem Betrieb stimuliert, vom Strom der Menschen und Fahrzeuge. Einspänner, Omnibusse, Dogcarts, Gigs, Broughams, Barutschen und sogar die Postkutschen, direkt aus der Provinz, bestätigten staubbedeckt und unverwüstlich, daß Paris einen Besuch lohnte. Alle Fahrzeuge zusammen verursachten einen solchen Lärm, ein Dröhnen von Hufen, Geschirrgeklapper und ratternden Rädern, daß man Mühe hatte, sich verständlich zu machen. Die Leute mußten schreien, um sich Gehör zu verschaffen. Der Verkehr wurde wie von einer unsichtbaren und elastischen Flüssigkeit getragen, jedes Fahrzeug ein Teilchen, das mit den anderen verbunden war, mitgezogen in einem Strom, wie die Nachrichten, die durch die Telegraphendrähte über ihnen gejagt wurden, nur wirklich – die Fahrzeuge, die Passagiere beförderten, mit Gesichtern, Haaren und Kleidung, wirkliche Menschen, die schwitzten, die die unterschiedlichsten Bedürfnisse, Sehnsüchte und Sorgen hatten, von Pferden gezogen wurden, die schnaubten oder nicht, Futter fraßen und Exkremente ausschieden. Die Betrachtung dieses Bildes verursachte ein eigenartiges Hochgefühl. Und bei jeder Kreuzung löste sich der leicht dahinfließende Verkehrsstrom in ein Wirrwarr von Pferden, Rädern und zornigen Rufen auf; jedes Fahrzeug war plötzlich von den anderen abgeschnitten und befand sich in einem vollständigen Gegensatz zu jedem anderen Ding in Bewegung, während sich ein einsamer Gendarm mit wirbelnden Armen bemühte, um sein Podest herum eine kleine freie Insel von Raum und Ordnung zu schaffen. Der leichte Strom wurde zu einer Verknotung. Es kam Adams vor, als würden sich mehr Fahrzeuge und Pferde in eine Kreuzung begeben, als je wieder herauskamen.

Dann sah Adams mitten auf einer Kreuzung zwei Männer in seltsamen Uniformen, die vorwärts marschierten und mit gelben Fahnen den Verkehr auf die Seite winkten, es waren keine Gendarmen. Hinter ihnen rumpelte eine mechanische Vorrichtung mit hohen, breiten Eisenrädern: Eine Dampfmaschine, wie er erkannte, aber auf Rädern, die nicht für Schienen gebaut waren. Eine wirklich sonderbare Konstruktion. Der Kutscher fuhr zur Seite, und Adams las die Aufschrift auf der Seite der Maschine, während sie ratternd vorbeifuhr: Amt für Feuerbekämpfung, Zweites Arrondissement, Paris. Hoch oben auf einem Bock saßen zwei Männer, die mit gereckten Hälsen über den Dampfkessel der Maschine blickten und dabei verschiedene Hebel bedienten. Hinter ihnen war ein kupferner Kessel, der sich nach oben hin wie eine riesige gedrungene Vase verjüngte und aus dem kleine Wasserspritzer klatschten, immer wenn die Maschine auf dem unebenen Pflaster ins Schlingern geriet. Adams bezahlte schnell seinen Kutscher und sprang herunter, um der Maschine zu folgen, von Neugier getrieben und von dem perversen Wunsch, zu trödeln, die Erfüllung von etwas Schönem hinauszuzögern. Andere waren auch neugierig, und er reihte sich in die schlendernde Prozession ein.

Mit einem metallischen Quietschen bog die Maschine vom Boulevard in eine Seitenstraße ein. Als einer der Fahrer am Kessel ein Radventil drehte, wurde der Ton des Schnaufens höher. Adams mußte ziemlich schnell gehen, um mit der Maschine schrittzuhalten. Die Leute um ihn herum wichen plötzlich zur Seite, wie ein auseinanderstiebender Fischschwarm, so daß er für einen Augenblick allein hinter der Maschine blieb, bis auch er sah, was sie gesehen hatten – einen plötzlichen Fallstrom von Rauch und Funken – und sich zum Bordstein duckte, um ihm zu entkommen. Adams fiel auf, daß sich hinter jedem Rad eine pulverige Spur herzog, hell und funkelnd: Die Räder zermalmten das Pflaster, legten frisches Kristall im Granit frei. Vor ihnen erschien das Ziel, ein rußgeschwärztes Gebäude, umringt von Löschwagen, die die Straße blockierten und die Menge der Schaulustigen zurückhielten. Adams fiel in einen langsamen Trab, um die Maschine zu überholen. Als er den Rand der Menge erreichte, schob er sich nach vorn, duckte sich unter Ellbogen hindurch und stieß Leute sanft beiseite, bis er etwas sehen konnte.

Das Feuer war offenbar schon gelöscht. Auf dem Gehsteig waren Eimer und Leitern verstreut, Leinenschläuche, Putz und balkengroße Stücke verkohlten Holzes. Über jedem Fenster waren die Ziegelsteine versengt. Die Fenstereinfassungen umrahmten schwarze Löcher. Von einem Schild, das über die gesamte Länge des Gebäudes reichte, war nur noch das Wort *Photographie* lesbar. Feuerwehrleute in gummierten Leinenmänteln schwirrten scheinbar ziellos auf der Straße umher. Ein Teil der Mannschaft war noch an der Arbeit: Aus dem Innern des Gebäudes konnte er Schaben und Hacken hören.

Die Maschine traf endlich ein, manövrierte zwischen den Wagen und der Menge hin und her. Adams stellte mit Genugtuung fest, daß die Vertreter der alten Technologie, Pferde und Wagen, zuerst eingetroffen waren und die Arbeit erledigt hatten. Trotzdem begannen die Männer, einen Lederschlauch an den unteren Teil des großen Kessels anzuschließen, und von dort führten sie ihn zu einer Kupplung in der Nähe des Motors. Offenbar gab es für diese Maschine doch noch etwas zu tun. Es wurde ein weiterer Schlauch an die Maschine angeschlossen und zum Gebäude gezogen, während die Löschmannschaft mit rußgeschwärzten Gesichtern und scherzend das Haus verließ und die Steinstufen herunterkam. Inzwischen hatten zwei Männer Stellung bezogen, das messingverkleidete Schlauchende gepackt und nickten jetzt ihren Kollegen auf der Maschine zu, die daraufhin ihre Hebel und Ventile betätigten. Dann begann die Maschine zu schnaufen, der Schlauch schwoll langsam an, und schließlich kam ein Wasserstrahl heraus, der auf ein offenes Fenster gerichtet wurde.

Eine Bewegung im Eingang des Gebäudes erregte Adams' Aufmerksamkeit. Es erschien noch ein letzter Feuerwehrmann, der in der Armbeuge einige braune Flaschen aus dem Labor des Photographen trug. Der Mann ging ein paar Stufen hinunter, hielt dann inne und drehte sich um. Eingeengt von seinem schweren Mantel stellte er die Flaschen bedächtig auf einer Stufe ab, eine nach der anderen, in einer ordentlichen Reihe.

Adams lief ein Schauer über den Rücken. Er fand, daß er sich lange genug abgelenkt hatte. Er hatte etwas zu erledigen.

Der Rückweg zum Boulevard, durch die bewegte und neugierige Menge hindurch, die ihm entgegendrängte, verlief langsam. Auf dem Boulevard war der Verkehr praktisch zum Stillstand gekommen. Nur in der Mitte war noch ein schmaler Strom in Bewegung, gerade so breit, daß zwei Kutschen aneinander vorbeikamen. Adams trat auf die Straße hinaus, um eine Droschke auf sich aufmerksam zu machen, und stellte fest, daß schon andere da waren, die dieselbe Absicht hatten. In der Nähe der Stelle, wo seine Droschke ihn abgesetzt hatte, hatten sich ein Einspänner und ein grober Ochsenkarren mit den Rädern ineinander verkeilt. Während die Kutscher sich gegenseitig beschimpften, nutzte das Pferd des Einspänners die Gelegenheit, sich an dem Heu gütlich zu tun, mit dem der Ochsenkarren beladen war. »Provinziell«, murmelte neben Adams ein Mann mit Zylinder. »Kommen mit diesen Dingern hierher und haben keine Ahnung. Die sollte man gar nicht erst nach Paris hereinlassen.«

Als er wieder in einer Droschke saß, spürte er, wie sich die Wärme des Tages verflüchtigte. Die Straßen kühlten ab, während sich die Schattenlinie über die Fassade der Gebäude zu seiner Linken legte, eine präzise Silhouette von Bäumen auf warme Ziegel und Steine warf und die Stadt klar in den warmen, fast sommerlichen Nachmittag der oberen Etagen und die unverkennbare herbstliche Kühle unten auf der Straße teilte. Er fragte sich, was Miriam aus dem schräg einfallenden gelben Licht machen würde. Dimension, Definition, Richtung, Farbe, aber keine Substanz. Einen Moment lang stellte er sich vor, daß er gerne einmal versuchen würde, es auf der Leinwand einzufangen, so wie sie es offenbar vorhatte, aber natürlich hatte er keine Ahnung davon.

Die Straßen und Boulevards von Paris hatten während seiner Fahrt eine neue Ordnung angenommen: Sie formierten sich um eine Achse zwischen seinem und Miriams Quartier, eine Achse, die die Stadt weniger fremd und unübersichtlich machte. Alles stimmte, und er war zufrieden.

Aber nachdem sie die Seine überquert hatten, bog die Droschke ab, bog wieder ab, in die immer enger werdenden Straßen des Quartier Latin, bis Adams völlig die Orientierung verloren hatte. Die Sonne, seine treue Führerin und Gefährtin, war von einer dunklen Wolkenbank verschluckt worden, die sich aus Nordwesten über die Stadt zog und ihren schleppenden Rand in der sich vertiefenden Dunkelheit des Himmels verlor. Je enger die Straßen wurden, desto mehr wurden diese Wolken durch die oberen Partien der Gebäude verdeckt, wodurch eine Atmosphäre übernatürlicher Finsternis entstand, die sich über der Stadt ausbreitete. Die Kühle des Abends stieg vom Pflaster auf und packte einen an der Kehle. Auf dem Bürgersteig vor einer Zündholzfabrik, direkt unter einem Schild, auf dem ein flammendes Zündholz für die Erzeugnisse der Firma warb, schlug ein Fußgänger den Mantelkragen gegen die zunehmende Kühle hoch. Adams folgte unwillkürlich seinem Beispiel und schlug den Kragen hoch. Er fragte sich träge, ob Miriam gerade malte, was sie wohl trug, wie ihre Räume aussahen.

Die Geradlinigkeit, mit der sie die Stadt durchquert hatte, war inzwischen in ein Mäandern übergegangen. Der Kutscher schlug eine Route ein, die keinen Sinn ergab, denn es war keine Annäherung an ein Ziel zu erkennen. Adams hatte versucht, sich den Weg einzuprägen, hatte es aber nach den letzten Straßen aufgegeben. Alleine würde er die Adresse nie wiederfinden. Er suchte nach einem Orientierungspunkt und empfand starkes Unbehagen, als er keinen finden konnte. Die Straßen verliefen in so starken Krümmungen, daß sein Blick stets begrenzt war. Als sie an eine Kreuzung kamen, hatte er das Gefühl, vorher schon einmal dort gewesen zu sein. Fuhr der Kutscher mit ihm im Kreis?

Gerade als er sich dazu entschlossen hatte, ein Wort mit ihm zu reden, hielten sie vor einem schmalen Gebäude. Auf einem handgeschriebenen Schild war die Monatsmiete für die Unterkunft angegeben. Er bezahlte die Fahrt, bat den Kutscher, auf ihn zu warten, und stieg die Stufen zur Pension hinauf.

Drinnen brauchte Adams einen Moment, um sich an das fehlende Licht zu gewöhnen. Irgend jemand hatte sich die Mühe gemacht, den engen Flur wie ein Hotelfoyer einzurichten. An der rechten Wand standen zwei Stühle, dazwischen ein kleiner Tisch mit einer Vase frischer Blumen. Darüber befand sich eine Gaslampe, unter der ein verblaßtes Metallschild Benutzer auf französisch anwies: *Drehen, nicht ausblasen.* Links, ein paar Schritte von der Tür entfernt, begann eine lange Theke, die sich bis nach hinten zur Treppe erstreckte und den Flur abriegelte, so daß man vom Eingang aus nur nach oben gehen konnte.

Er schlug kräftig auf die Klingel und versuchte die Namen unter den runden Fächern zu lesen, in denen Post und Zimmerschlüssel lagen.

Hinter der Theke ging eine Tür auf, und ein riesiger Mensch kam herausgeschlurft. »Kann ich Ihnen helfen?« Die Stimme war nasal, weder hoch noch tief, und sogleich verspürte Adams eine Unruhe, die ihm durch Mark und Bein ging. Auf der Landkarte seiner Erfahrungen war eine Schablone verschoben worden, so daß die vertrauten Gedankengänge nicht mehr den natürlichen Umrissen der Welt entsprachen. Weder die voluminöse bestickte blaue Robe noch die Stimme noch die Züge des fettbeladenen Körpers boten einen Hinweis darauf, ob es sich um ein männliches oder weibliches Wesen handelte. Als es sich näherte, konnte Adams auf dem Kinn Bartstoppeln erkennen – für einen Mann spärlich und dünn, für eine Frau mehr, als man erwarten würde – und er bemerkte, daß die linke Gesichtshälfte entstellt war. »Ja, bitte«, antwortete er auf Englisch, während er versuchte, seine Gedanken zu ordnen, um sich auf dieses undefinierbare Wesen einzustellen. »Ich suche eine junge Frau, die hier wohnt. Miss Talbott, Miss Miriam Talbott.« Adams behielt den Blick auf den Concierge gerichtet.

»Hier wohnt niemand mit diesem Namen.« Die Stimme war pfeifend, angestrengt. Die aufgequollenen Hände lagen platt auf dem Tisch, um den massigen Körper abzustützen.

»Sie muß hier wohnen.« Adams' Blick wanderte immer wieder zu dem Kiefer, so sehr er auch versuchte, nicht hinzusehen. Die Kieferknochen waren voller Dellen und Beulen, die im Fleisch verwurzelt zu sein schienen, als wäre irgendein bösartiger Parasit unter die Haut gedrungen, um den Knochen auszuhöhlen. »Sie hat mir diese Adresse gegeben.« Er zeigte dem Concierge den Zettel, auf den Miriam in klaren Großbuchstaben ihre Adresse geschrieben hatte. Der Concierge nickte stumm: Ja, das ist die Adresse.

»Sie müssen sie kennen. Sie ist eine Studentin. Eine Malerin. Sie müssen doch sicher gesehen haben, wie sie mit ihren Farben und Bildern ein- und ausgegangen ist.« Er hatte schnell und nervös gesprochen, und ihm fiel ein, daß der Concierge vielleicht nicht so gut Englisch verstand. »Sie hat meine Größe«, sagte er langsam, seine Worte mit entsprechenden Handbewegungen unterstützend. »Helles Haar. Gelb. Blond. Blasse Haut, sehr weiße Haut, mit dunklen Augenbrauen. Dunkel, so wie das hier«, fügte er hinzu, auf die polierte Oberfläche des Tisches deutend. »Haben Sie sie gesehen?«

Der Concierge sah ihn nur mit leerem Blick an und drehte seine fleischige Handfläche auf der Theke nach oben. Adams wiederholte die Frage auf französisch, aber die Haltung des Concierge veränderte sich nicht. Dann begriff er, was von ihm erwartet wurde. Er holte seine Brieftasche hervor, zog einen Zehn-Franc-Schein heraus und legte ihn auf die Theke. Der Concierge nahm ihn mit einer erstaunlich anmutigen, wischenden Bewegung an sich und steckte ihn weg, unter die Theke, während er auf englisch antwortete: »Ja, eine solche Frau hat hier gewohnt. Sie ist ausgezogen.«

Durch die offene Tür rief eine Stimme ein einziges Wort auf französisch – einen Namen, dachte Adams, der aber so schroff ausgesprochen wurde, daß er ihn nicht verstand – und er versuchte, am Concierge vorbeizuschauen, um festzustellen, woher die Stimme kam. Durch die geöffnete Tür sah er vor einem Marmorkamin die Armlehne eines Sofas. Auf dem Sofa saß eine Frau, die ihn anfunkelte. Von dem schmalen Ausschnitt zu schließen, den er von ihr sah, schätzte er sie als Dame ein. Sie war förmlich gekleidet, in blassem Lila – vielleicht Satin – und auf ihrem braunen Haar saß ein passender lilafarbener Hut mit einem Spitzenbesatz, der einen Schleier andeutete. Sie sah normal aus, sogar attraktiv. Er hatte, wie er feststellte, halb erwartet, daß der Concierge zwischen zwei Welten vermitteln würde, dem öffentlichen Reich der Theke und einer Welt grotesker, vollständiger Deformierung im Innern. Er erwiderte den Blick des Concierge, wobei er sich möglichst auf die Augen konzentrierte. »Wann ist sie ausgezogen?«

»Ich war gerade nicht im Dienst, Monsieur, wie soll ich das wissen?«

»Gibt es eine Nachsendeadresse?« Der Concierge blickte beunruhigt drein, und Adams wiederholte die Frage auf französisch. Als Antwort erhielt er das gleiche Achselzucken.

Als Adams versuchte, noch einmal einen Blick hinter den Concierge in das Wohnzimmer zu werfen, wandte die Frau in Lila den Kopf ab. Im nächsten Moment wurde die Tür von einer unsichtbaren Hand zugeschlagen. Der Concierge lächelte ihm mit leichtem Kopfnicken zu, als wollte er ihm zeigen, daß er im Grunde ein entgegenkommender Mensch war. Adams begriff, daß er nicht mehr erfahren würde. »Wenn sie wiederkommt«, sagte Adams, in seine Brusttasche greifend, »wäre ich Ihnen dankbar, wenn Sie ihr das hier geben würden.« Er reichte dem Concierge seine Visitenkarte. Der Concierge lächelte wieder, als die Karte unter seiner Hand verschwand.

»Natürlich, Monsieur. Es freut mich, daß ich Ihnen behilflich sein konnte.« Adams fand, daß es ein spöttisches Lächeln war.

Draußen auf der Straße mußte er feststellen, daß seine Droschke in der Zwischenzeit fortgefahren war.

Bei seiner Rückkehr ins Hotel fand er in seinem Fach einen Brief von Hay vor, der an diesem Nachmittag per Rohrpost gekommen war. »Kommen Sie um 17.00 Uhr in die Abgeordnetenkammer. *Dringend.*« Für einen kurzen Moment ergriffen ihn Panik und Schuldgefühle, und er verspürte den Drang wegzulaufen. Aber nein, nein, wäre Hay hinter die Sache mit Dinglers Bild gekommen, hätte er ihn hier aufgesucht. Es gäbe keinen Grund für eine Szene in der Abgeordnetenkammer. So etwas würde Hay nicht tun. Im übrigen entbehrte sein Diebstahl nicht einer gewissen Ironie, die er Hay gerne mitgeteilt hätte und die dieser, wie er wußte, schätzen würde: Denn Adams hatte gar nicht das Bild bekommen, das er haben wollte, das Bild mit Dingler und seiner Familie vor dem Rohbau des Hauses. In der Dunkelheit hatte er das Bild daneben erwischt, das mit den ernst dreinblickenden Männern in Anzügen auf den Stufen des Büros der Kanalgesellschaft. Irgendwann würde er es vielleicht seinem Freund erzählen.

Adams schaute auf seine Uhr: Viertel vor. Bis fünf würde er es nicht mehr schaffen, aber wenn er sich beeilte, käme er nicht allzu spät. Er schrieb nur noch schnell eine Nachricht für Elizabeth, die er zu den Opernkarten legen wollte: *Hier die versprochenen Karten. Freue mich auf heute abend.* An der Rezeption gab er dem Hotelangestellten den zusammengefalteten Zettel mit den Karten und vergewisserte sich, daß er sie in das richtige Fach legte, bevor er sich auf den Weg machte.

Als seine Droschke an der Abgeordnetenkammer vorfuhr, erwartete Hay ihn schon am Bordstein, das Fahrgeld für den Kutscher bereits in der Hand. Er drängte ihn zur Eile, während sie die Stufen hinaufgingen. Sie rannten fast. Hay ergriff seinen Ellbogen, zog ihn durch die Türen, die Treppe hinauf, vorbei an den Wandgemälden und kannellierten Säulen und den Fensteralkoven, die Statuen und vergoldete Stühle mit roten Plüschsitzen beherbergten. »Ich bin froh, daß Sie rechtzeitig kommen konnten, um das hier mitzuerleben«, sagte Hay. »Geschichte, wie sie geschieht. Sie werden alles aus erster Hand sehen können.« Oben an der Treppe gingen sie in einen langen Flur mit riesigen Fenstern auf der einen Seite.

Hände können nicht sehen, dachte Adams. »*Ereignisse* geschehen«, wies er Hay gereizt zurecht. »*Geschichte* ist das, was Historiker verfassen.« Er zog seinen Ellbogen weg, zeigte sich aber bereit, mit Hay Schritt zu halten.

»Hier«, sagte Hay, während seine Hand nach einer Türklinke griff. »Es lohnt sich. Pssst!«

Sie betraten die Zuschauergalerie der Abgeordnetenkammer, dem Unterhaus des französischen Parlaments. Hays Aufforderung, leise zu sein, war völlig unnötig. Drinnen in der vollbesetzten Kammer herrschte allgemeiner Aufruhr. Die abschüssigen Publikumstribünen waren dicht mit Zuschauern besetzt, die sich in lautstarker Unterhaltung mit dem Nachbarn befanden oder zu den Abgeordneten hinunterbrüllten. Unten im Sitzungssaal, wo normalerweise die Volksvertreter auf ihren roten Plüschbänken saßen, die in konzentrischen, halbkreisförmigen Reihen aufstiegen, gab es jetzt niemanden, den es auf seinem Platz hielt, man schrie, gestikulierte, diskutierte. Nachdem Adams und Hay sich auf den Rand der hintersten Sitzreihe der Tribüne gezwängt hatten, suchte und fand Adams den Mittelpunkt der Aufmerksamkeit: ein junger Abgeordneter am

Rednerpult, direkt vor dem prunkvollen Tisch des Präsidenten. Der Mann, der dunkles, pomadisiertes Haar hatte, wartete in aller Ruhe darauf, daß der Präsident mit seinem Hammer wieder Ordnung schaffte. Seine Hände ruhten auf den Seiten des Pults. Ein drahtiger Mann, der die athletische und gespanntwachsame Ausstrahlung eines Pirschjägers hatte. »Das ist Delahaye«, brüllte Hay in Adams Ohr. »Als ich heute morgen erfuhr, daß er heute seine Rede halten wollte, habe ich Ihnen die Nachricht geschickt.«

Allmählich hatte sich die Kammer wieder soweit beruhigt, daß Delahaye fortfahren konnte. »Ich würde hier meine Ehre gegen die Ihrige setzen«, dröhnte er. »Ich werde keine Namen nennen, aber ich sage Ihnen, daß der Gestank der Korruption sogar bis in dieses Haus hineinreicht.«

Das Plenum explodierte wieder, und auch die Zuschauer fielen in das Gebrüll ein. Delahaye hob beide Hände, um die Versammlung zu beruhigen, und quittierte ihre Empörung mit einem beifälligen Nicken. Während Delahaye den Blick über den Saal schweifen ließ, beobachtete Adams, wie sein Kopf sich aus dem Profil in die Frontale drehte. Er sah gut aus: quadratische Stirn und Kieferknochen, kein Bart, aber einen kurzen, modischen Schnurrbart, weit auseinanderliegende Augen, die dunkel waren und leicht hervorstanden. Delahaye wartete, legte den Kopf leicht nach hinten, als wollte er sein Publikum mit dem Geruchssinn beurteilen. Er taxierte die Situation und befand, daß der richtige Moment gekommen war. »Hinter dieser Korruption«, wetterte er, »steckt ein böses Genie. Die Direktoren haben die Öffentlichkeit düpiert, aber dieser Mann, dieser Mann, dieses böse Genie«, wiederholte er und brüllte jetzt, um gehört zu werden. »Dieser Mann hat die Direktoren düpiert!«

»Den Namen! Den Namen!« wurde von den Bänken gerufen.

»Wenn Sie Namen hören wollen, dann müssen Sie für eine Untersuchung stimmen«, entgegnete Delahaye. »Allein in dieser Kammer wurden drei Millionen Francs verteilt. Drei Millionen Francs, die hart arbeitenden Franzosen aus der Tasche gezogen wurden, drei Millionen Francs, die sie hergaben, damit ein Kanal zu Ehren Frankreichs gebaut werde. Drei Millionen Francs, die statt dessen hier, in dieser Kammer, ausgegeben wurden, um politische Begünstigung zu erkaufen! Es wurden einhundertfünfzig Abgeordnete gekauft. Ich habe die Liste gesehen!«

Das verursachte sofort heftigen Aufruhr. Einige Zuschauer klatschten Beifall, aber vom Plenum ertönten Pfiffe und Buhrufe, und aus dem allgemeinen Lärm bildete sich langsam ein Sprechchor heraus, dem sich Stimmen aus dem ganzen Saal anschlossen: »Die Namen, die Namen!«

Hinter Delahaye war der Präsident aufgesprungen, hämmerte mit seinem Hammer, während er Delahayes Rücken anfunkelte. »Floquet«, informierte Hay Adams. »Ein ehemaliger Ministerpräsident.« Der hatte graue Haare, buschige, zusammengewachsene Augenbrauen und einen langen Schnurrbart, dessen Spitzen dank einer unvorstellbaren Menge Bartwichse seitlich mehrere Zentimeter über seine Wangen hinausragten.

»Sie können nicht einfach vor diese Kammer treten und die gesamte Versammlung beschuldigen«, rief Floquet, nachdem er mit seinem Hammer die Abgeordneten soweit zur Ruhe gebracht hatte, daß man ihn hören konnte. Vom Parkett aus ertönten weitere Rufe nach den Namen. Delahaye, dessen rhetorisches Fieber sich in einer bedrohlich ruhigen Miene äußerte, schüttelte den Kopf und strich sich mit dem Fingerknöchel über den Schnurrbart. Er musterte sein Publikum. »Stimmen Sie für die Untersuchung!«

Delahaye bahnte sich einen Weg durch die Kammer, die sich jetzt in allgemeinem Aufruhr befand, zurück zu seinem Platz. Abgeordnete brüllten aus vollem Halse, um Gehör zu finden, gingen schreiend miteinander in Beratung, drohten Delahaye mit der Faust, hielten diejenigen zurück, die mit den Fäusten drohten, hämmerten erregt auf die Tische, riefen nach Ordnung, riefen nach einer Abstimmung, stellten sich auf ihre Bänke, um besser sehen zu können. Jeder war aufgesprungen, jeder war in Bewegung, und der ruhigste Mann in diesem brodelnden Kessel war Delahaye, der mit entschlossener und verächtlicher Miene den Gang entlang zu seinem Platz zurückging.

»Loubet«, brüllte Hay in Adams' Ohr, auf den Mann zeigend, der sich von der vordersten Bank erhob und die Stufen zum Rednerpult erklomm. »Der Premier. Mit dieser Rede hat Delahaye versucht, ihn zu zwingen, eine Untersuchung der Kanalgesellschaft zu unterstützen. Mal sehen, ob es geklappt hat.«

Loubet wartete darauf, daß im Saal wieder Ruhe einkehrte. Er war ein älterer Mann und wirkte ruhig, vollkommen gelassen, als würde er auf einen Omnibus warten. Er war gut gekleidet, sein graumeliertes Haar war glattgekämmt, aber nicht pomadisiert. Das lange Kinn auf die Brust gesenkt, studierte er einige Papiere auf dem Pult, während er wartete. Adams beobachtete, wie Loubet eine Lesebrille aus der Tasche zog, sie sich auf die Spitze seiner langen Nase setzte und den Kopf zurücklehnte, um durch sie hindurchzulesen. Das hartnäckige Hämmern des Präsidenten zeigte allmählich Wirkung, und als es im Saal fast still war, lächelte Loubet und nahm die Brille wieder ab. Er breitete die Arme aus, um für Ruhe zu sorgen, als wolle er einen Segen sprechen, als sei das ganze Geschrei ihm zu Ehren veranstaltet worden.

»Meine Herren«, begann er und bedachte die Versammlung mit einem breiten Lächeln. »Solcherlei unverantwortliche Anschuldigungen haben nur eine Quelle – die hemmungslosen politischen Leidenschaften einiger weniger. Die Boulangisten« – hier wurde er von Buhrufen unterbrochen, aber er ließ sich nicht beirren –, »die Boulangisten würden nicht davor zurückschrecken, die Republik zu zerstören.« Seine letzten

Worte gingen in heftigem Gemurmel unter. Loubet hob wieder die Hände und brachte die Kammer zu Ruhe. »Ich bitte Sie! Hören Sie zu! Es steht außer Frage, daß in eine so ernste Angelegenheit Licht gebracht werden muß. Es ist mein Wunsch, allen die Abwegigkeit dieser Anschuldigungen zu beweisen. *Diese Regierung hat nichts zu verbergen.*«

»Damit ist es entschieden«, sagte Hay zu Adams, als unter den Abgeordneten eine allgemeine und, gemessen an jüngsten Maßstäben, zurückhaltende Diskussion ausbrach. »Sie werden abstimmen, das steht jetzt fest. Jetzt, da Loubet es unterstützt, müssen die Abgeordneten der Regierungspartei für die Untersuchung stimmen, ob sie wollen oder nicht. Wenn sie dagegen stimmen würden, würde die Regierung stürzen, und sie hätten trotzdem eine Untersuchung am Hals. Ich weiß nicht, warum er nachgegeben hat. Er muß die Stimmen gezählt und erkannt haben, wie der Hase läuft.«

Während die Kammer sich unter anhaltendem Gehämmer wieder beruhigte, setzte Hay Adams über den Hintergrund dieser Sitzung ins Bild. »Heute morgen wurde ein Direktor der Gesellschaft tot aufgefunden. Reinach – Jacques de Reinach. Man weiß noch nichts Genaues. Gift, habe ich gehört, vielleicht Selbstmord. Am Freitag wurde eine Vorladung auf seinen Namen ausgestellt. Die Polizisten, die sie zustellen wollten, fanden ihn an seinem Schreibtisch zusammengesunken, tot.« Adams ließ den Blick über die Galerien schweifen, während Hay neben ihm weiter erzählte. Unter ihnen war die namentliche Abstimmung im Gange. »Lesseps wurde vorgeladen und einige andere Direktoren der Gesellschaft – Henri Cottu, ein Mann namens Fontane. Auch Eiffel. Der Mann, der den Turm gebaut hat. Er hat für die Gesellschaft einige Sachen gemacht. Delahaye und die Rechten, vor allem die boulangistische Presse, haben schon seit einigen Monaten drauf herumgedroschen, weil sie einen Skandal gewittert haben, aber so richtig vorangebracht hat sie erst dieser Selbstmord.«

Adams wußte über die Boulangisten Bescheid. »Da haben wir eine treffliche Lektion in Sachen Hoffnung, Hay. Die letzten Bonapartisten Frankreichs. Das muß man sich einmal vorstellen: ein rückschrittliches politisches Programm, ihr Führer tot, und sie machen immer noch weiter. Erstaunlich, daß man es so weit bringen kann und dabei dem französischen Wähler nichts anderes anzubieten hat als Zeugnisse vergangenen nationalen Ruhms. Die Menschen sind ganz gierig danach.« Er schüttelte den Kopf. »Wie ich schon gesagt habe, Hay. Die Welt verändert sich zu schnell. Die Leute sträuben sich. Sie wollen wieder die alten Zeiten haben. Boulanger hat das gewußt, er war clever genug, das zu sehen und zu benutzen.«

»Nun, die Boulangisten werden diese ganze Panamageschichte für sich ausschlachten. Es war eine boulangistische Zeitung, die diese ganze Geschichte überhaupt aufgewirbelt hat. *La Libre Parole*, die von einem gewissen Edouard Drumont geleitet wird. Ein schlimmer Aufrührer, dieser Bursche. Wünscht sich, daß irgendeiner von diesen Adjutanten von General Boulanger an die Macht kommt, wenn schon kein Napoleon mehr da ist, und hält jeden, der ihm widerspricht, für einen beschränkten Speichellecker der Engländer. Oder der Deutschen. Ich glaube, er meint, daß die Boulangisten von allem profitieren können, was die Regierung ins Wanken bringt und Staub aufwirbelt. Und wenn er recht hat, dann ist das nicht so gut.«

»Wieso?«

Hay senkte die Stimme. »Wenn die Rechten an die Macht kommen, haben die Vereinigten Staaten weniger Aussichten, die Kanalrechte zu bekommen. Sie sind extrem militaristisch eingestellt und haben eine Schwäche für die Symbole nationaler Größe. Die würden die Kanalkonzession niemals abgeben – dafür ist sie zu wichtig. Es geht sogar das Gerücht, daß sie die Arbeiten am Kanal wieder aufnehmen lassen würden. Die Konzession läuft erst in zwei Jahren aus. Und noch später, wenn sie eine Gesellschaft dazu bringen können, Ausschachtungen vorzunehmen.«

»Werden sie gewinnen?«

»Schwer zu sagen. Mit jedem Abgeordneten, der in den Skandal verwickelt wird, verändert sich die Gleichung.« Hay schüttelte den Kopf und lehnte sich zurück. »Sozialisten, Radikale, Boulangisten, Christdemokraten, demokratische Sozialisten, republikanische Sozialisten, Royalisten, Bonapartisten. Weiß Gott, wer sonst noch alles – manchmal hat man den Eindruck, daß jeder Abgeordnete seine eigene Ein-Mann-Partei ist. Es gibt einfach zu viele unterschiedliche politische Richtungen. Ich *glaube*, der Skandal wird zur Folge haben, daß die Mitte ausgehöhlt wird – das sind diejenigen, die jetzt an der Macht sind – und nur die beiden Extreme übrigbleiben. Aber eigentlich läßt sich nichts Genaues sagen. ›Mitte‹ ist vielleicht nicht ganz die richtige Bezeichnung dafür. Es ist eher wie – wie ein Klumpen Teig, der ständig geknetet wird. Es gibt eine Linke und eine Rechte, aber die Mitte wird ständig umgeknickt und zusammengedrückt, und man kann nie genau sagen, wo ein bestimmter Teil davon landen wird. Wir werden abwarten müssen, in welche Richtung es geht.«

Adams nickte und ließ träge den Blick über die Tribüne wandern, während der Sekretär die Namen der Abgeordneten aufrief. Dort, auf der anderen Seite der Kammer, in der ersten Reihe der Tribüne, entdeckte er ein bekanntes Gesicht über einem Flecken Lila: Die Frau aus Miriams Pension, die Frau, die auf dem Sofa gesessen hatte, als der Concierge plötzlich so einsilbig geworden war. Sie lehnte sich auf ihrem Platz vor, spähte über das Geländer, beobachtete die Abgeordneten direkt unter ihr. Er folgte ihrem Blick hinunter zum Parkett der Kammer, konnte aber nicht feststellen, was oder wen sie beobachtete. Sein Blick wanderte wieder zu ihr zurück: sie runzelte die Stirn.

»Entschuldigung«, sagte Adams, sich halb erhebend, um sich an Hay vorbeizuzwängen. »Ich habe gerade jemanden gesehen, mit dem ich reden muß.«

»Wen?« Hay rührte sich nicht.

»Diese Frau dort in Lila.«

Hay folgte seinem Blick. »Oh, Léonide LeBlanc. ›Madame LeBlanc‹, wie sie von ihren, äh, Kunden genannt wird.« Hay zog die Knie zur Seite, zupfte Adams aber am Ärmel, als er vorbeiging. »Adams, das ist doch nicht gerade Ihr Typ, oder?«

Als er vom Gang aus noch einmal zu ihr hinübersah, stellte Adams fest, daß er seine erste Einschätzung von ihr korrigieren mußte. Die Frau war etwas auffälliger gekleidet, als es die Pariser Mode erlaubte. Irgend etwas an ihr, an ihrer Kleidung deutete darauf hin, daß hinter ihren Bemühungen, attraktiv zu wirken, unverblümte kommerzielle Absichten steckten. »Was macht sie hier?« fragte er Hay.

»Sie leitet ein sehr populäres Etablissement. Sehr populär unter den Abgeordneten. Es wird sogar behauptet, die Bestechung sei in ihrem Salon eingefädelt worden. Wahrscheinlich ist sie hier, um darüber zu wachen, daß nichts passiert, was ihr Geschäft schädigen könnte. Ein gesunder unternehmerischer Zug.« Hay sah Adams an, ob sein Scherz Anklang finden würde, aber Adams war in die Beobachtung der Frau vertieft. Sie schien die Blicke zu spüren, denn sie drehte sich um und blickte durch den Saal. Sie muß sie bemerkt haben, die zwei Gesichter, die sich so ganz auf sie konzentrierten. Einen Augenblick lang starrte sie zurück, raffte dann ihre Röcke und ging den Gang hinauf.

Adams stand auf und steuerte auf die Tür zu. In der Halle wandte er sich nach links und ging schnell mit hallenden Schritten über den glattpolierten Steinboden. An der Ecke bog er nach links und eilte weiter. Er hoffte, die Frau war nicht in die andere Richtung gegangen. Besorgt verfiel er in einen Laufschritt. Als er um die zweite Ecke gebogen war, war in dem langen Flur nichts von ihr zu sehen.

»Verdammt!«

Er blieb stehen, um ihren Schritten zu lauschen, hörte aber nur die von Hay hinter sich. Er war außer Atem. »Was wollen Sie von ihr, Adams? Von so einer Frau?«

»Sie ist die einzige Person, die mir helfen kann, mit einer Freundin hier in Paris Verbindung aufzunehmen.«

»Ich wundere mich über die Gesellschaft, die Ihre Freunde pflegen.« Als er keine Reaktion bekam, fuhr Hay fort: »Naja, wir können ihr jederzeit einen Besuch abstatten. Sie wohnt drüben bei der Bourse. Es kommen ebenso viele Börsenmakler zu ihr wie Abgeordnete.« Als Adams die Augenbraue hochzog, hob Hay abwehrend die Hand. »Kommen Sie jetzt nicht auf falsche Gedanken. Es gehört zur Aufgabe eines Diplomaten, solche Dinge zu wissen.«

»Na dann. Fahren wir.«

Hay schüttelte den Kopf. »Das können wir nicht. Wir haben nicht genug Zeit.« Er zog seine Uhr hervor. »Haben Sie vergessen, daß wir in die Oper gehen? Es ist schon nach sechs.«

Als er nach dem Knauf seiner Tür griff, war er überrascht, als er sich drehte und seinem Griff entzog. Die Tür ging von innen auf, und zum Vorschein kam ein gutgekleideter Mann mit grauen Haaren.

»Monsieur Henry Adams, nicht wahr? Ja? Der amerikanische Historiker. Sehr angenehm, Sie kennenzulernen. Sehen Sie, ich habe schon von Ihnen gehört. Ja. Bitte verzeihen Sie mir.« Der Mann, der Adams' Tür aufhielt, war von mittlerer Statur, etwa fünf Zentimeter größer als Adams, mit einem runden Gesicht und einer scharfen schmalen Nase. Darunter war ein kurzer, wohlgestutzter Schnurrbart. Er machte eine kleine Verbeugung und trat einen Schritt zur Seite, um Adams hereinzulassen. »Ich hatte gerade entschieden, daß Sie nicht kommen. Ich bin Hauptkommissar Charles Pettibois von der Pariser Polizei.« Sein Englisch hatte einen Londoner Salon-Akzent, der Adams noch vertraut war aus den lange zurückliegenden Zeiten, als er in der City für seinen Vater als Sekretär gearbeitet hatte. »Ich hoffe sehr, daß Sie mir diesen Hausfriedensbruch verzeihen.« Pettibois lächelte, wobei sein Schnurrbart breiter wurde und eine Reihe gleichmäßiger Zähne zum Vorschein kamen. »Ich komme zu Ihnen in einer polizeilichen Angelegenheit. Der Concierge hat mich hereingelassen.« Er zuckte entschuldigend mit den Achseln, eine Geste, mit der er ebenso sehr seine Verlegenheit andeuten wie auch um Verständnis für die Lage eines Polizeibeamten bitten wollte, der jemanden in einem Hotel aufsuchen muß, das keinen richtigen Salon besitzt, in den einen die Dienstboten führten, damit man dort warten konnte. Es gibt Umstände, schien er mit seiner Geste ausdrücken zu wollen, wo die Regeln der Höflichkeit leider außer Kraft gesetzt werden müssen. Beim Lächeln zeigten sich Fältchen in seinen Augenwinkeln. »Das Gesetz erlaubt ... aber ich sehe, Sie sind verärgert. Vielleicht ist das, was das Gesetz erlaubt, nicht immer das beste, nicht wahr?«

Für einen Moment standen sie gemeinsam an Adams' Tür, dann trat Pettibois zurück, die Hand immer noch auf dem Türknauf, und warf einen Blick in das Zimmer. »Das ist eine peinliche Situation, nicht?« meinte er. »Ich habe das Gefühl, ich müßte Sie hereinbitten, aber das ist ja absurd. Es ist schließlich Ihr Zimmer.« Er stieß ein kleines Lachen aus, brach aber ab, als er sah, daß Adams immer noch mißbilligend dreinschaute. »Es tut mir leid. Ich hätte unten auf Sie warten sollen. Das wäre richtiger gewesen. Ich habe einen Fehler begangen. O je. Bitte, Monsieur Adams, tragen Sie mir diesen Fehltritt nicht nach.« Er ließ die Tür los und ging beiläufig in die Mitte des Zimmers. Adams folgte ihm, ohne die Tür zuzumachen. »Verzeihen Sie mir, Monsieur Adams?«

»Ich verzeihe Ihnen.« Er empfand es als eine empfindliche Verletzung seiner Privatsphäre, jemanden in seinen Räumen vorzufinden, und da war noch das praktische Problem, daß er sich beeilen mußte. »Was wünschen Sie? Ich bin auf dem Weg in die Oper.«

»Ah, die Oper. Ein vorzüglicher Zeitvertreib. Nun, die Bezeichnung Zeitvertreib ist vielleicht eine ungebührliche Herabwürdigung. Die höchste Form der Kunst, finden Sie nicht? Das hat Wagner gesagt. Ein Deutscher.« Der Kommissar zuckte die Achseln. »Insgesamt ein unangenehmes Volk, aber ich glaube, wir können ihm ausnahmsweise einmal seine Nationalität verzeihen, nicht? Gewiß ist die Oper der Gipfel der dramatischen

Kunst. Die sublime Vereinigung von Handlung und Musik, die bis in die Seele ihrer Zuhörer dringt, durch das Drama der Geschichte vereint und verstärkt. Künstlichkeit in schamloser Reinkultur. Kein bißchen Anspruch auf Realismus.« Er lächelte. »Ich bin selber ein großer Anhänger der Oper, obwohl ich sie selten besuche. Es ist, glaube ich –« Er hielt inne und schürzte die Lippen. »Aber verzeihen Sie mir. Ich sehe, daß ich Ihnen auf die Nerven gehe. Tut mir leid. Der Grund meines Besuchs. Ja. Ich bin hier, um Sie zu bitten, mich in die Stadt zu begleiten, um eine kleine Sache aufzuklären. Auf rein freiwilliger Basis natürlich.«

Was immer es sein mochte, dachte Adams, es konnte warten. »Ja?«

»Es geht um eine Identifizierung«, sagte der Kommissar, so einschmeichelnd wie möglich. »Müßte sich in wenigen Minuten erledigen lassen. Eine gewisse Miriam Talbott hat leider ein vorzeitiges Ende gefunden.«

Wenn die Seele mit dem Tod konfrontiert ist, findet man Trost im Vertrauten. Während Adams in Pettibois' Wagen durch die Straßen von Paris fuhr, waren seine Gedanken so nichtssagend wie Klischees, so ähnlich wie in seiner Kindheit schwache Teewickel Linderung verschafften, wenn er Halsentzündung hatte. Er sah, daß die Pflastersteine von einem kurzen Regenschauer glänzten, sah einen Lampenanzünder eine Grimasse schneiden, als er eine Leiter anhob. Adams sah alles überscharf. Seine Augen, die nichts verstanden oder sahen, wurden von Einzelheiten verführt, Teile der Welt, die so fein, winzig und unbedeutend waren wie die Körner eines Stuckwerks. Pettibois hatte Fragen an ihn, aber Adams fegte sie mit einer Hand fort. Er wollte sich ungestört konzentrieren. Da war irgendwas, was ihm vertraut war, irgendein Gedanke, irgendeine Verbindung in seiner Erfahrung. Was war es? Er war noch ein Junge gewesen, als sein Vater einmal einen Mann angeheuert hatte, der die

Tür seines Arbeitszimmers verlegen sollte. Er erinnerte sich, wie er zugesehen hatte, wie die massive Wand bis zum nackten Lattenwerk abgetragen wurde, erinnerte sich an den Putzstaub, der wie Nebel im ganzen Haus hing, erinnerte sich, wie seine Mutter gesagt hatte, daß er sich mit seinem Husten noch den Tod holen würde. Er hatte dem Arbeiter mit der unbefangenen Aufmerksamkeit eines Kindes zugesehen, wie er Putz in einem Eimer mischte, wie der glatte neue Putz von der Kelle rollte. Er war von einem Sack fasziniert gewesen, den der Gipser hatte, ein Sack, aus dem er eine Handvoll glänzender glatter Haare zog, lange glänzende Haare, wie die, die seine Mutter und seine Schwester sich abends auskämmten, ein Ritual, bei dem er immer gern zusah. Er hatte beobachtet, wie der Gipser die Hand in diesen Sack steckte, einen ganzen Kopfvoll langer brauner Locken herausnahm, einige unten abschnitt und diese dann in das Weiß hineinrührte, bis sie verschwanden. Adams erinnerte sich, wie er sich gefragt hatte, wem die Haare wohl gehört hatten und wie es gekommen war, daß die Besitzerin es zugelassen hatte, daß ihre Haare für so etwas verwendet wurden. Er erinnerte sich, daß ihn das traurig gestimmt hatte.

Ihm kam eine Frage in den Sinn: »Wie ist sie gestorben?« Er sprach in die Gardine des Wagens und zog mit dem Finger die Spur eines Regentropfens nach, der auf der Außenseite herunterrann.

»Suizid. Durch Ertrinken. Sie wurde heute morgen bei einer öffentlichen Badestelle am Fluß aufgefunden.«

Adams nickte. Als seine Mutter ihn schließlich gefragt hatte, was mit ihm los sei, und er es ihr erklärt hatte, hatte sie gelacht und ihm gesagt, daß Gipser Pferdehaar benutzen, nicht Frauenhaare. Der Sack sei voll davon. Die Information vermochte ihn nicht zu beruhigen. Er war überzeugt, daß seine Mutter ihm eine Lüge erzählte, nur um ihn zu beruhigen.

Pettibois wartete darauf, daß er weiterredete. Als klar war, daß Adams nichts weiter sagen würde, schürzte Pettibois die

Lippen. »Ich verstehe, wie schwierig das für Sie sein muß. Standen Sie sich nahe? Sie standen sich nahe, nicht?« Er beugte sich teilnahmsvoll vor, und Adams konnte sehen, daß auf Pettibois' Scheitel die Haare dünner waren. Er konnte bis auf die Kopfhaut sehen.

Adams seufzte. »Ja. Ich würde sagen, daß wir uns nahestanden.«

»Dann sind Sie also nach Paris gekommen, um sie zu besuchen? Wie lange haben Sie sie gekannt?«

»Nein, nein. Einen Monat. Zwei.« Er bemerkte die Verwunderung auf Pettibois' rundem Gesicht, seine Augenbrauen schwebten nach oben wie Seifenschaum auf einer Blase, aber der Mann wirkte zu klein und entfernt, um mit ihm zu reden. Ein Wort war schwere Arbeit, ein zusammenhängender Satz eine wochenlange Mühsal. »Wir –« Nein. »Sie war –« Genauso falsch. »Ich wußte, daß sie jemand war, der –« Er brach ab und zwang sich, einen Moment lang regelmäßig zu atmen. Es war schwer zu erklären. Er konnte unmöglich die ganze Wahrheit erzählen – die Befriedigung, die er in ihrer Gesellschaft empfunden hatte, und das körperliche Vergnügen, von ihr berührt zu werden, ihren atmenden Körper dicht an seinem zu spüren, an diesem Tag im Zug. Und wenn sich das schon der Beschreibung entzog, wieviel schwieriger war es dann, die tiefere, reinere Verbundenheit zu beschreiben, die er verspürte, das gegenseitige Verständnis, das sich, wie er wußte, zwischen ihnen entwickelte, ein Band, das zu gleichen Teilen aus gemeinsamen Interessen, der Hingabe an die Kunst und Sympathie füreinander ... Nein. Aber er mußte erklären. »Sie war Malerin, eine begabte junge Frau. Ich wußte, wir würden gute Freunde werden, wir würden –« Er konnte nicht weiterreden. »Verzeihung«, brachte er nur noch heraus.

»Ja, ja. Ich verstehe. Ihre Ergriffenheit kann ich vollkommen verstehen. Es ist eine Schande, eine furchtbare Schande.«

Der Wagen trug sie über die Seine auf die Ile de la Cité, diese wie ein Boot geformte Insel, die im Herzen von Paris vertäut ist, umschifft von den Frachtkähnen und Taxi-Barkassen, die ständig auf dem Fluß hin- und herfuhren. Sie passierten ein Straßenstück, dessen Pflaster aufgerissen war, die ausgehobene Erde war hüfthoch gestapelt und gegen den Verkehr mit Pfählen und Seilen abgesichert, die mit leuchtendem Stoff durchgeknotet waren. Auf diese Insel war die Stadt gegründet. Hier war eines der Monumente mittelalterlicher Architektur erbaut worden, die Kathedrale von Notre-Dame. Und hier, direkt im Schatten dieser Kathedrale, am Kopf der Insel, wo vor Generationen der derbe und unzivilisierte Stamm der Franken die Leichname seiner Angehörigen hingeschleppt hatte, damit der sumpfige Schlamm sie verschluckte, stand das Leichenschauhaus. Es war ein Gebäude mit einer leeren, anonymen Front, niedrig gebaut, so schlicht und armselig wie die Mehrheit seiner Kunden. Sie hatte im Licht gestanden, wie konnte sie hier herkommen?

Drinnen begrüßte Pettibois den Leichenbeschauer, einen rundlichen Mann in einem weißen Kittel, der hinter einem unordentlichen Tisch saß und etwas aus einer Papiertüte aß. Der Leichenbeschauer wischte sich die Hände am Kittel ab, erhob sich wortlos und schob seinen massigen Körper durch die Schwingtür neben seinem Schreibtisch. Pettibois und Adams folgten ihm.

Sie betraten einen großen Raum mit einem Steinboden und hohen, schmalen, nachtschwarzen Fenstern. Gaslampen, die in regelmäßigen Abständen an den Wänden hingen, beleuchteten die etwa ein Dutzend Tische aus weißem, massivem Marmor, die in einer langen Reihe standen. Am Fußende jedes Tisches befand sich ein gekachelter Kanal und ein Abfluß im Steinboden. Zwischen den Tischen gab es keine Schatten, keine Stellen, in die der zögernde Zeuge seine Gedanken projizieren könnte, wo sie vor dem erbarmungslosen Licht Schutz finden konnten. Auf einigen Tischen lagen mit weißen Laken verhüllte Gestalten, deren Zustand sich aber durch nichts verbergen ließ, andere Tische waren leer, nur nackter weißer Stein. Der Leichenbeschauer trat zum Kopfende eines der Laken und blieb abwartend stehen. Als Pettibois und Adams neben ihm standen, ergriff er das Wort:

»Weiblich, weiß, Anfang zwanzig. Jetzt?«

Pettibois bejahte mit einem kleinen Nicken. Der Leichenbeschauer zog das Tuch zurück.

Manche Leute sagen, daß der Tod die Züge des Verstorbenen adelt. Adams hatte es mehr als einmal gesehen. Als seine Schwester Louisa nach zehn Tagen körperzermarternder Tortur schließlich dem Wundstarrkrampf erlegen war, war sie im Tod so friedlich geworden, wie sie es in seiner Erinnerung an jenen regnerischen Nachmittagen gewesen war, wenn er sie in der Bibliothek fand, eingenickt, die Seiten eines Buches an ihre Brust gedrückt, die sich mit jedem leisen Atemzug hob und senkte. Sowie er von dem Unfall erfahren hatte, war er von England zu ihr nach Florenz gefahren, bevor von irgendeiner Infektion die Rede gewesen war, als es noch so aussah, als würde sie schlimmstenfalls mit einem gebrochenen Bein fertig werden müssen. Ihr Pferd war durchgegangen, hatte sie aus ihrem Wagen geschleudert. Er war bis zum Schluß bei ihr geblieben, hatte an ihrem Bett gewacht, während die Krankheit fortschritt und ihren Körper mit gnadenlosen Verrenkungen quälte. Er wußte, daß er ihr wenig Trost bieten konnte und sie noch weniger empfangen konnte. Während der ganzen Zeit seiner Wache lastete auf ihm das Wissen von dem, was käme, die einzig mögliche Auflösung. Er stellte sich ihren Tod wie die Stelle eines Stroms vor, an der er sich in zwei Arme teilte. In dem einem wäre das einzige, was übrigblieb, ihr Körper, leblos und stumm, der in der stillen Luft des Zimmers abkühlte, bis er sich von der gefühllosen physischen Materie, dem zufälligen Mobiliar des Lebens um sie herum, in nichts mehr unterschied – bis auf eins: Die Dinge hatten eine andere Vergangenheit.

Und der andere Arm des Stromes, das wäre die Erinnerung an sie. Die würde auch bleiben, fest und unverändert. Im Tod erreicht der Mensch eine Art Beständigkeit. Wer sie gewesen war, blieb jetzt unberührt von den Angriffen des Lebens und des Zufalls, unberührt von der Kraft ihres Willens, ihrer Entscheidungen. Sie war jetzt so fixiert und unveränderlich wie der Lauf eines Flusses im Winter, eingefroren in einem selbstgeschaffenen Kanal, zur Erstarrung gebracht durch das Bedürfnis aller Hinterbliebenen, die Bedeutung ihres Lebens zu verinnerlichen. Sie war die Abtrünnige gewesen, die Schwester, die entflohen war. Das ist es, was sie war, was sie je werden konnte. Wenn der Tod irgendein obskurer Wechsel an der Grenze von Erinnerung und Existenz ist, sind jene, die dich kennen und am Leben bleiben, Beteiligte an diesem Vorgang. Und für Louisa war letztendlich auch Florenz nicht weit genug von Boston entfernt gewesen, um die Ansprüche der Familie zum Schweigen zu bringen. In Wirklichkeit war sie gar nicht entkommen.

Clover auch nicht. Und auch sie hatte eine innere Sammlung im Tode gefunden, eine Weisheit, die zu ihr gekommen war, endgültig und wahr, um ihren Zügen eine Schönheit zu verleihen, die sie im Leben kaum gekannt hatten, was es ihm unerträglich machte, sie zu betrachten, selbst ihm, der sein Erleben gewohnheitsgemäß durch das dunkle Sieb der Ironie filterte. War diese Friedlichkeit der Toten die Quelle allen Glaubens, die Quelle aller eindrucksvollen Überzeugungen, daß es ein Leben danach gab? Forderten die Lebenden von den Toten, daß sie nun endlich etwas wußten, wissen müßten, etwas Wichtiges?

Aber als er das Gesicht der Frau vor sich betrachtete, sah er, daß nicht immer der Körper im Tod die zeitlichen Sorgen überwindet. Diese Frau hatte bis zum letzten Augenblick gehofft und gebangt, und der Tod hatte ihren blassen Zügen keinen Frieden gebracht, keine Erlösung. Ihre flachliegenden Augen standen weit auseinander, wodurch sie fast wie die eines Pferdes wirkten. Zum Glück waren sie geschlossen. Auf der Haut rechts und links des Nasenrückens waren dunkle Flecken. Vielleicht, dachte er, gewöhnt das Leben den Gesichtsmuskeln einen Ausdruck an, der sich im Tod wiederholt, so wie er erlebt hatte, daß Schüler, die mit dem Unbekannten konfrontiert wurden, sich an das Vertraute klammerten.

»Monsieur Adams?« sagte Pettibois.

»Wie?«

»Können Sie die Leiche identifizieren?«

»Das hier«, begann er, und er spürte die Macht einer Tatsache, die ihm in dem Moment klar gewesen war, als das Tuch zurückgezogen wurde, eine Erleichterung, die seine Erregung versucht hatte zu verbergen, »das hier ist nicht Miriam Talbott.«

»Sie irren sich nicht?«

»Natürlich irre ich mich nicht.«

Die Frau unter dem Tuch hatte bloß in einigen Details Ähnlichkeit mit Miriam, so daß man sich bei einem kurzen Blick oder auf größere Entfernung vielleicht irren könnte. Und im Tod rücken wir alle zu einer größeren Ähnlichkeit zusammen – die große Gemeinschaft der Sterblichen behauptet sich wieder, wenn der Atem, der unsere Andersartigkeit belebt, entweicht. Aber die Haare dieser Frau waren um mehrere Töne dunkler als Miriams, hatten nicht Miriams goldenen Glanz, und irgend etwas an ihren Zügen war anders, hatte andere Proportionen. Ihr Gesicht war an den Wangenknochen breiter, und ihr Kinn war nicht so lang wie Miriams und hatte kein Grübchen, kein einziges. Adams spürte, wie er vor Erleichterung reizbar wurde. »Dies ist nicht Miriam Talbott. Auf keinen Fall.« Wieso war er hier hergebracht worden? Wieso hatte man ihn getäuscht?

»Und doch steht in ihren Papieren der Name Miriam Talbott. Paß, Briefe, die sie bei sich hatte, gravierter Schmuck – das alles spricht für eine Identifizierung als Miriam Talbott.« Pettibois redete leise, offenkundig verwundert. »Wie erklären Sie sich das?«

»Woher soll ich das wissen?« gab Adams barsch zurück. »Vielleicht ist diese Frau eine Diebin. Vielleicht hat sie sich aus Reue über ihre Tat das Leben genommen, weil sie Miriam alles gestohlen hat. Woher soll ich das wissen?«

Pettibois erwiderte nichts, sondern nickte nur dem Leichenbeschauer zu, der das Tuch wieder zurücklegte. »Es gibt noch ein paar Papiere, die ich Sie bitten möchte zu unterzeichnen, Monsieur Adams. Folgen Sie mir.«

Am Schreibtisch wartete Pettibois darauf, daß der Leichenbeschauer aus seinen Akten die entsprechenden Formulare holte. Der dicke Mann zog eine Mappe aus einem der Holzfächer, die entlang der Wand verliefen, und mit einem geübten Stoß seines Bauches ließ er die Lade mit dem geringstmöglichen Aufwand zuschnappen. Er nahm keuchend Platz, schlug dann die Mappe auf und hielt Pettibois ein Blatt Papier hin, ohne aufzublicken. Pettibois nahm das Formular, räumte eine Ecke vom Tisch frei und begann mit dem Ausfüllen.

»Dürfte ich Sie etwas fragen, Herr Kommissar?« sagte Adams.

»Selbstverständlich.«

»Wie sind Sie dazu gekommen, sich mit mir in Verbindung zu setzen? Ich habe nicht ... Ich meine, ich ...« Adams wollte erklären, daß er sich noch nicht bei Miriam Talbott in Paris gemeldet hatte, und daß er sie erst im Herbst in Pontorson kennengelernt hatte. Aber diese Information erschien ihm zu persönlich, und er behielt sie lieber für sich. Außerdem hatte er Miriam Talbott kennengelernt, aber nicht diese Frau. »Wieso sind Sie ausgerechnet zu mir gekommen?«

»Sie hatte Ihre Visitenkarte«, sagte Pettibois, vom Schreibtisch aufblickend. »Sehen Sie, da ist sie sogar.« Pettibois wedelte beiläufig mit seinem Stift zu einem Tisch an der Wand und widmete sich wieder seiner Tätigkeit. Adams schlenderte zu dem Tisch hinüber, wo der Inhalt eines großen Lederbeutels mit dem Aufdruck PREFECTURE verstreut lag: Die persönlichen Gegenstände der Frau. Ein Kamm, eine Bürste, ein paar Centime- und Franc-Stücke, eine Zündholzschachtel, eine feuchte Brieftasche, weiter nichts. Die Papiere aus der Brieftasche waren getrennt und zum Trocknen ausgebreitet worden, und darunter entdeckte er seine Visitenkarte. Es muß die gewesen sein, die er in Miriams Hotel abgegeben hatte. Aber nein, das war ja erst diesen Nachmittag gewesen. Wie war diese Frau an eine seiner Visitenkarten gekommen? Er beugte sich vor, um sie genauer zu untersuchen. Mit einem Blick zu Pettibois, der nicht auf ihn achtete, hob er die Karte auf und prüfte die Rückseite. Da war die mit Tinte geschriebene Adresse, die er im Zug nach Chartres für Miriam aufgeschrieben hatte, immer noch lesbar. Wie hatte sie sie bekommen? »Das ist die Visitenkarte, die ich Miss Talbott gab.«

»Und doch ist sie hier, unter den persönlichen Gegenständen einer Frau, die, wie Sie behaupten, nicht Miriam Talbott ist.« Pettibois senkte den Stift und zog die Augenbrauen hoch. Er saugte beim Nachdenken die Lippen ein, so daß kleine Zwitscherlaute durch seinen Schnurrbart entwichen.

»Ja.«

Die beiden Männer sahen sich einen Moment lang an.

»Sagen Sie«, meinte Pettibois, »erkennen Sie sonst irgendwas hier wieder? Ist hier irgendwas dabei, was Sie an der anderen Frau gesehen haben?«

»Nein.«

Pettibois nickte. »Sonderbar. Sehr sonderbar. Das Vorhandensein Ihrer Visitenkarte unterstützt die Annahme, daß diese Frau eine Diebin ist. Aber was ist dann mit den anderen Gegenständen? Der Brieftasche? Dem Anhänger? Sie hätte doch nicht bloß Ihre Visitenkarte gestohlen.«

»Ich weiß. Über diese anderen Dinge kann ich nichts sagen. Ich habe Miss Talbott nie damit gesehen, aber . . .«

»Es ist schwierig, nicht wahr?«

Als Pettibois zu seiner Arbeit zurückkehrte, legte Adams seine Visitenkarte wieder auf den Tisch zurück. Es lagen noch andere Karten zum Trocknen aus. Ein Hutmacher. Ein Kürschner. Ein Optiker. Eine bestimmte Geschäftskarte erregte Adams' Aufmerksamkeit: *Jacques de Reinach.* Der Name kam ihm bekannt vor. Er kniff die Augen zusammen, um die Bezeichnung unter dem Namen zu erkennen: *La Compagnie Universelle du Canal Interocéanique.* De Reinach ... das war der Name, den Hay erwähnte hatte, der Name des Mannes, der lieber Selbstmord begangen hatte, als sich dem Gesetz zu stellen.

»Monsieur Adams, Ihre Unterschrift, wenn ich bitten darf.« Ohne sich zu erheben, hielt Pettibois Adams ein Formular hin, ein einziges Blatt, das gerollt einen Trichter bildete, der direkt zum hochblickenden Gesicht des Kommissars führte. Adams nahm es und las. Soweit er das feststellen konnte, wurde darauf die Tatsache bestätigt, daß er eine Leiche begutachtet hatte und nicht in der Lage gewesen war, sie zu identifizieren. In ein Kästchen, das mit *Identification provisoire* überschrieben war, hatte Pettibois den Namen Miriam Talbott eingetragen. Es erschien Adams nicht richtig, das Formular zu unterschreiben. »Ich habe Ihnen doch gesagt«, sagte er, indem er das Formular auf den Tisch zurücklegte, »diese Frau ist nicht Miriam Talbott.«

»Wir müssen der Leiche notgedrungen irgendeinen Namen geben. Es liegen Indizienbeweise vor, daß es sich um diese Person handelt. Bitte, Monsieur Adams, Ihre Unterschrift.« Pettibois drehte das Blatt um und schob es über den Tisch zurück. »Damit gehen Sie keinerlei Verpflichtung ein, daß Sie die Identifizierung der Leiche als Mademoiselle Talbott anerkennen.«

Adams nahm argwöhnisch den dargebotenen Stift und unterschrieb. »Die Tote war anscheinend in die Panama-Affäre verwickelt.«

»Ach?«

»Sie hat eine Visitenkarte von einem Mann, der gestern Selbstmord begangen hat. Sie muß ihn kennen.«

»Eine Schlußfolgerung, Monsieur Adams! Vorzüglich!« Pettibois strahlte. »Sie besitzen diesen meines Erachtens notwendigen Instinkt für Polizeiarbeit, diesen Wunsch, Verbindungen zu sehen, Möglichkeiten zu erkunden. Aber ich würde auf diese Karte nicht allzu großes Gewicht legen. Es gibt noch eine andere Möglichkeit.« Pettibois sprach in schnellem Französisch mit dem Leichenbeschauer, der als Erwiderung ein Grunzen von sich gab. »Na bitte, sehen Sie?« sagte Pettibois zu Adams. »Unser Leichenbeschauer, der, wenn ich das auf englisch sagen darf, an Unfähigkeit grenzt, kann nicht garantieren, daß Monsieur Reinachs persönliche Gegenstände nicht mit denen dieser armen Frau durcheinandergeraten sind. Monsieur Reinach«, sagte Pettibois und wies mit einem Kopfnicken zur Tür zur Leichenhalle, »ist selbst gerade Insasse hier. Es handelt sich zweifellos um ein bürokratisches Versehen.« Er nahm Adams seinen Stift ab, drehte den Verschluß wieder drauf und steckte ihn ein. »Verlassen Sie sich drauf, wir werden jede Möglichkeit erkunden. Überlassen Sie das uns.« Pettibois erhob sich und knöpfte sich das Jackett zu. Adams bemerkte, daß er dünn war, dünner, als die Molligkeit seines Gesichts vermuten ließ. Pettibois stand neben ihm und klopfte ihm auf die Schulter. »Ich verspreche Ihnen, keine Geschichtstraktate zu schreiben, wenn Sie mir versprechen, von weiteren privaten Ermittlungen Abstand zu nehmen«, meinte er fröhlich. »Abgemacht?«

»Geschichte erfordert sehr oft Ermittlungsarbeit.« Die Visitenkarte, dachte er, war naß gewesen, fleckig und gerollt. »Darf ich Monsieur Reinach sehen?«

»Hat unser Historiker eine Schwäche für das Morbide?«

Adams überlegte kurz, ob er eine Ausrede erfinden sollte, daß er irgendwann einmal über die Panama-Affäre schreiben und wissen wolle, wie die Schlüsselfiguren aussahen, aber er entschied sich dagegen. »Ja, wahrscheinlich schon.«

»Nun, ich sehe nicht, was es schaden kann.« Pettibois wandte sich an den Leichenbeschauer und sagte etwas auf französisch. »Maurice, wir gehen noch mal rein, um uns Romeo anzusehen«, sagte er, wenn Adams ihn richtig verstanden hatte.

Pettibois führte sie in die Leichenhalle zurück. »Der Baron war schlaganfallgefährdet. Der Mann stand unter einer enormen Belastung. Er war gerade angeklagt worden, wissen Sie, wegen seiner Rolle im Panama-Skandal. Als meine Männer ihm die Vorladung bringen wollten, fanden sie ihn tot vor.« Pettibois hielt an dem Tisch mit der bedeckten Leiche inne. »Schreckliche Dinge, er hat schreckliche Dinge getan. Jedenfalls, wenn man dem glaubt, was in der Zeitung steht. Der Arzt meint, daß die ganze Publizität um diesen Panama-Skandal einen Rückfall seiner Krankheit verursacht hat. Einen tödlichen Rückfall.« Pettibois schüttelte den Kopf und zog dann das Tuch zurück.

Adams sah in Reinachs weißem Gesicht Grausamkeit. Seine Augen waren klein und lagen tief unter den Brauen, und an seinem Nasenrücken waren Falten von einem vermutlich gewohnheitsmäßigen Stirnrunzeln. Er war bis zum Scheitel kahl und trug, wie fast jeder Pariser Mann von Bedeutung, einen Vollbart. Es war kein Gesicht, das in einer größeren Menge aufgefallen wäre, und doch war es beunruhigend vertraut. Dann fiel es ihm ein: Dinglers Bild. Dies war einer der Männer auf der Photographie, einer von diesen Direktoren der Gesellschaft. In der Rundheit seiner Züge, in der leeren Anonymität seines Gesichts sah Adams eine Fähigkeit zur Grausamkeit, die auf der Photographie nicht zu erkennen gewesen war. »Ich dachte, er hätte Selbstmord begangen.«

»Ach ja? Wer hat Ihnen das erzählt?«

Adams zuckte die Achseln. »Ein Freund.« Er sah keine Notwendigkeit, Hays Namen in die Sache hineinzuziehen.

»Nun, manchmal irren sich die Leute eben. Ich bin kein Fachmann in diesen Dingen. Der Arzt sagt Apoplexie. Blutstau im Gehirn. Zweifellos verschlimmert von seinen – seinen Ängsten.« Pettibois begegnete Adams' Blick und lächelte grimmig.

»Nannten Sie ihn vorhin nicht ›Romeo‹?«

»Sie sprechen Französisch«, sagte Pettibois lächelnd. »Er hatte den Ruf eines Mannes, der die Frauen mochte. Obwohl«, fügte er hinzu, »wenn man ihn so ansieht, könnte man sich fragen warum. Vielleicht war es ... Nun, jetzt werden wir es nie erfahren, nicht wahr?« Pettibois hantierte mit dem Tuch. »Wären Sie dann soweit, Monsieur Adams? Ich möchte Sie nicht länger aufhalten.«

»Ja. Vielen Dank.«

Pettibois begleitete ihn bis zum Bordstein und wartete, bis er eine Droschke gefunden hatte. »Die Stadt Paris bedankt sich für Ihre Hilfe und bedauert, wenn Ihnen diese unerfreuliche Aufgabe irgendwelche Unannehmlichkeiten verursacht hat«, sagte er, als Adams einstieg. Er knöpfte die Seitenvorhänge zu, während Adams Platz nahm, und beugte sich vor, um durch den Leinenstoff hindurch zu sprechen. »Ich glaube, wir werden Sie nicht mehr belästigen.«

Adams fand Hay in einer Opernloge und rief ihn, versteckt hinter dem roten Samtvorhang. Keine Reaktion. Er rief nochmal und nochmal, jedesmal lauter, bis Hay sich umdrehte.

Das alte Paar, das mit in der Loge saß, hatte ihn auch gehört, und der Mann drehte sich um und sah ihn stirnrunzelnd an. Hay winkte Adams herein, auf den leeren Platz neben sich deutend.

»Verdammt noch mal, nein! Ich muß mit Ihnen reden«, zischte Adams. Das uralte Paar drehte sich gleichzeitig um und runzelte die Stirn.

Hay entschuldigte sich und führte Adams hinaus in den Gang. »Das ist sehr untypisch für Sie, Adams«, sagte er, den Vorhang hinter sich zuziehend. »Eigentlich sollte ich Ihnen danken«, flüsterte er, als sie sich von der Tür entfernt hatten. »Mir ist wirklich nicht danach.« Seine Stimme noch weiter senkend, fügte er hinzu: »Diese Oper mißfällt mir. In höchstem Maße.«

»Es ist wichtig, Hay. Sie müssen mich zu Madame LeBlanc bringen. Jetzt. Ich muß mit ihr reden.«

»Hat das nicht Zeit?«

»Nein!« erwiderte er scharf. »Einen Tod hat es schon gegeben.« Damit unterstrich er die Dringlichkeit, wohl wissend, welche Schlußfolgerung Hay ziehen würde, eine Schlußfolgerung, die ihm selbst erst in diesem Moment klar geworden war.

Aber es war eine überaus logische Schlußfolgerung: Miriam war in Gefahr.

»Einen Tod?«

»Ja, ja, einen Tod. Ich komme gerade vom Leichenschauhaus, wo ich die Leiche identifizieren sollte. Nur konnte ich es nicht. Man dachte, es sei Miss Talbott, aber sie war es nicht.«

»Miss Talbott ist die Freundin, die Sie suchen?« Adams nickte. »Wie kommt es, daß Madame LeBlanc diese Frau kennt?«

»Das weiß ich nicht. Ich weiß nicht einmal, ob sie sie kennt. Ich weiß nur, daß ich Madame LeBlanc in der Pension gesehen habe, wo ich war, als ich Miss Talbott aufsuchen wollte. Ich glaube, sie hat den Concierge davon abgehalten, mir irgendwas zu erzählen. Ich muß sie finden. Bringen Sie mich zu ihrem Haus – oder sagen Sie mir, wo es ist.«

»Das könnte ich tun, aber es würde Ihnen nichts nützen.«

Adams wollte schon widersprechen, bremste sich aber. Hay hatte irgend etwas im Sinn. »Wieso? Was ist?«

»Sie ist hier. Ich habe sie gesehen, in einer Loge gegenüber.«

Adams wollte auf der Stelle los, aber Hay hielt ihn am Arm fest. »Sie können nicht einfach bei ihr hereinplatzen. Warten Sie bis zur Pause. Kommen Sie, setzen Sie sich zu mir.« Hay führte ihn zurück. »Es ist noch Platz. Sie können sie von dort im Auge behalten.«

Während er hinter Hay den geschwungenen Flur entlangging, roch Adams den Bratfischgeruch von heißem Eisen und fragte sich, ob es von den elektrischen Lampen kam, die in regelmäßigen Abständen an den Wänden hingen, Imitationen von Kerzenhaltern mit festen Flammen aus Glas, die ihm in den Augen schmerzten. Die beharrliche Helligkeit des Lichts warf riesige Schatten und ließ selbst die dunkelsten Farben wie eine Art Pastell erscheinen. Verschnörkelte Simse und Deckenstuck, Blattgold, Rokoko-Holzarbeiten, die Wandteppiche und Vorhänge – alles wirkte spröde, wie glasiert, aus Zucker gesponnen.

Am Eingang seiner Loge teilte Hay den Vorhang und ging hinunter zu seinem Platz. Auf der Stufe zögerte Adams. Unten von der Bühne, kaum sieben Meter entfernt, hörte er eine Männerstimme einen tröstenden, liebevollen Gesang anstimmen. Hay nahm Platz, und als er sah, daß Adams sich nicht zu ihm gesetzt hatte, drehte er sich um und deutete auf den leeren Platz neben sich. Adams schüttelte den Kopf. »Wo ist sie?« fragte er mit stummen Mundbewegungen. Hay zeigte mit dem Finger diskret über die offene Weite des Saales nach rechts, zu einer Loge auf der anderen Seite, die Adams nicht sehen konnte.

Die Frau neben Hay – eine alte Matrone mit einem grotesken Turm stumpfer grauer Haare auf dem Kopf, gekrönt von einem Diadem mit Rubinen so dick wie Pferdeaugen – bemerkte Hays Geste. Sie drehte sich um und starrte Adams hinter den Schultervolants ihres Kleides an. Ihr stark gepudertes Gesicht erinnerte ihn an ein altes Bonbon in geriffeltem Papier. Als sie ihren Fächer aufschlug und mißbilligend damit wedelte, klapperten die Armbänder an ihrem dünnen Unterarm. Adams fühlte sich abgestoßen – nicht weil sie ihn zum Schweigen bringen wollte, sondern wegen etwas anderem, der Mädchenhaftigkeit ihrer Geste, die sie absichtlich aufsetzte. Ihr Gefährte, ein alter Mann mit scharfen Zügen, geöltem weißen Haar, eingefallenen Wangen und einem langen Schnurrbart, der zu beiden Seiten seines Mundes herunterhing und ihn wie eine Klammer umrahmte, warf einen Blick über die Schulter und schniefte, während er Adams aus den Augenwinkeln musterte. Der Kragen seines Hemdes war mehrere Nummern zu groß für seinen geäderten, faltigen Hals.

Sie gaben ein passendes Pärchen ab, dachte er. Die alte Matrone und der ältliche Herzog, die getrocknete und runzlige Frucht der Aristokratie. Er versuchte, höflich zu nicken, in stummer Entschuldigung für seine schlechten Manieren, aber sie wandten sich wieder der Oper zu, ohne den Gruß zu erwidern.

Adams beschloß, sich in der Loge vorzuschleichen, bis er Madame LeBlanc sehen konnte. Aber dann dachte er: Wenn ich sie sehen kann, wird auch sie mich sehen können. Er wollte sie nicht wieder verscheuchen. Langsam, in der Hoffnung, daß er dabei nicht die Aufmerksamkeit von Hays Gastgebern erregte, kauerte er sich nieder. Wenn er klein genug war, würde er vorne an der Loge gerade so über das Geländer spähen können, und Madame LeBlanc würde nicht mehr sehen als den oberen Teil seines Kopfes. Hockend hüpfte er in kleinen Sprüngen zentimeterweise nach vorn, bis er so weit vorne war, daß er einen freien Blick auf die gegenüberliegenden Logen hatte. Er hob vorsichtig den Kopf. Er wollte nicht höher als nötig kommen, um sie sehen zu können.

Er entdeckte sie auf der gegenüberliegenden Seite des Saales, in einer Loge, von der man einen erstklassigen Blick auf die Bühne hatte. Sie sah nach vorne, die Hände im Schoß gefaltet, ihre Aufmerksamkeit dem Geschehen auf der Bühne gewidmet, wo gerade zwei Männer und eine Frau in einem Terzett schwelgten. Madame LeBlanc trug ein lilafarbenes Kleid mit einem engen und tief ausgeschnittenen Mieder, das selbst auf diese Entfernung, wie Adams sehen konnte, die Schattenlinie eines Dekolletés verriet. Auf der Bühne fiel der Sopran, in die schlichten Gewänder eines Mädchens vom Lande gekleidet, vor dem Bariton auf die Knie. Als spürte sie seinen Blick, wurde Madame LeBlanc unruhig und blickte sich im Saal um, wobei sie sich ihre Fuchsstola über die Schulter zog. Adams duckte sich, wartete einen Augenblick und hob dann wieder den Kopf. Die beiden anderen Frauen in Madame LeBlancs Begleitung waren etwas jünger als sie und etwas schicklicher gekleidet. Es saßen keine Herren in der Loge. Das war logisch, dachte Adams. Welche Gesellschaft sie privat auch pflegen mochte, in der Öffentlichkeit wollte niemand mit ihr gesehen werden.

Nachdem der Sopran in Ohnmacht gefallen war, wurde aus dem Terzett ein Duett, das den Abschluß des Aktes bildete.

Adams beobachtete Madame LeBlanc. Als sich der Vorhang senkte, spendete sie mit ihren behandschuhten Händen artig Beifall. Dann wandte sie sich zu einer ihrer Begleiterinnen um, und er duckte sich wieder. Während er dort kauerte, fühlte er sich plötzlich beobachtet. Er drehte sich um und sah, wie der Herzog und die Matrone ihn beim Applaudieren böse anstarrten. »Adams«, zischte Hay, der neben dem Herzog saß, »was machen Sie denn da?«

»Ich beobachte«, sagte Adams ruhig. Er wollte erst die dunkle Hälfte der Loge erreichen, bevor er sich wieder aufrichtete, mußte aber feststellen, daß Hüpfen rückwärtsherum nicht funktionierte. Er würde watscheln müssen. Er arbeitete sich nach hinten vor, und als er sicher war, daß man ihn nicht mehr sehen konnte, richtete er sich auf und streckte die Beine.

»Eure Exzellenz, mein Freund ist ... Entschuldigen Sie mich einen Moment.« Hay ging zu Adams in den hinteren Teil der Loge. »Ich möchte Sie vorstellen«, beharrte Hay. Er zog Adams zurück nach vorne.

»Nein!« flüsterte Adams energisch.

»Adams!« gab Hay flüsternd zurück. »Sie befinden sich in ihrer Loge. Sie müssen sich vorstellen, verdammt nochmal! Das ist der italienische Botschafter und seine Frau, um Himmels willen!«

»Sie wird mich sehen«, sagte er, mit einem Kopfnicken zu Madame LeBlanc. »Ich kann nicht da vorne hingehen. Das letzte Mal, als sie mich gesehen hat, ist sie weggelaufen.«

»Adams, Sie müssen sich ihnen vorstellen. Was soll ich denn tun, vielleicht sie hierher zu Ihnen bringen?«

Adams erschien das als eine vollkommen vernünftige Lösung. Aber er wußte, daß Hay es nicht ernst gemeint hatte. Als Repräsentant der Souveränität einer fremden Macht hätte sich der Botschafter in seiner eigenen Loge für niemanden außer für königlichen Besuch gerührt. Der Beifall hatte aufgehört, und unter dem Logengeländer schwebte das wabernde

Pausengemurmel herauf, ein Geräusch, das schnell anschwoll und die Gänge füllte.

Hay ging zurück zum Botschafter und seiner Frau, von wo er Adams zu sich winkte. »Herr Botschafter, Madame, ich würde Ihnen gerne Mr. Henry Adams vorstellen.« Sie drehten sich zu Adams um, so daß es für ihn keinen Ausweg mehr gab. Resigniert ging er zu ihren Plätzen, stellte sich neben Hay und rang sich ein Lächeln ab. Wenigstens konnte er Madame LeBlanc den Rücken zukehren. Dazu mußte er bis vor den Botschafter treten und Hay beiseite schieben. Hay war dadurch gezwungen, sich vor dem Botschafter vorbeizuzwängen, eine kleine Ungeschicklichkeit und ein Verstoß gegen das Protokoll, der nicht zu vermeiden war. Vielleicht schaffte er es, ohne Madame LeBlanc zu verscheuchen.

»Angenehm«, sagte er zum Herzog und nickte.

»Arggghhh«, erwiderte der Herzog, wobei unklar blieb, ob er die Begrüßung erwiderte oder sich nur räusperte.

»*Enchanté*«, murmelte Adams zu der Matrone, als er sich verbeugte und ihre Hand in Richtung seiner Lippen führte. Als Erwiderung gab sie ein leichtes Miauen von sich. Adams verharrte einen Moment in seiner Verbeugung und verbeugte sich dann noch tiefer, als ihm einfiel, daß er dabei unter seinem Arm hindurch einen Blick hinter sich auf die gegenüberliegende Loge werfen könnte. Tatsächlich, es klappte. Im nächsten Augenblick hatte er Madame LeBlanc gefunden, die mit einem Opernglas in seine Richtung sah. Er richtete sich auf und stellte sich vor, wie sich ihm ihr Blick, durch das Glas vergrößert, in den Rücken bohrte.

»Mr. Adams ist einer unserer besten Historiker«, sagte Hay. »Er hat vor kurzem eine Weltreise beendet, nicht wahr, Mr. Adams? Erzählen Sie dem Botschafter, wo Sie überall gewesen sind.«

»Oh ... Hawaii, Tahiti, Burma, Ceylon.« Er warf Hay einen Blick zu, versuchte, ihn von diesem Versuch abzuhalten, ihn aus der Reserve zu locken. »*Panama.*« Soll sich der Botschafter doch danach erkundigen, dachte er, und mal sehen, wie Hay dann reagiert.

»Und er hat Kathedralen besichtigt. Chartres. Notre-Dame. Und das Kloster von Mont-Saint-Michel.«

Hay mochte ins Rudern geraten sein, mochte sich an jeden Gesprächsstrohhalm klammern, dachte Adams, aber das war kein Grund, jemand anderen mit hineinzuziehen.

»Kathedralen? Kathedralen?« Der Herzog hob eine Augenbraue.

»Ja. Ein Thema, das mich zunehmend interessiert.«

»Hrrrgh. Probieren Sie Italien. Hat großartige Kirchen. Was haben die Franzosen schon gemacht? Ihre besten Arbeiten sind alle romanisch.« Die Matrone neben ihm beobachtete sein Gesicht, wartete auf seine Antwort.

»Nun ja.« Adams hoffte auf einen Hinweis von Hay, wie er fortfahren sollte. »Schon. Ich nehme an ...« Er fragte sich, wieviel höfliche Konversation man von ihm erwartete. Er versuchte, aus den Augenwinkeln zu sehen, ob Madame LeBlanc noch auf ihrem Platz war. »Italien besitzt wirklich herrliche Architektur, das stimmt. Aber ich interessiere mich eher für die Gotik.« Der italienische Botschafter sah ihn scharf an. Es war klar, daß er dachte, daß Adams seine Geschmacksverirrung offenbart hatte. Er riskierte einen schnellen Blick, konnte Madame LeBlanc aber nicht finden.

»Habe ich Ihnen erzählt, daß Mr. Adams einer unserer prominentesten Historiker ist?« fragte Hay. »Vielleicht haben Sie von seiner *Geschichte der Vereinigten Staaten von Amerika zur Zeit der Präsidenten Jefferson und Madison* gehört? Ein Meisterwerk. Bahnbrechend.«

Adams wehrte das Kompliment mit einer Handbewegung ab. »Es ist ...« Verdammt, dachte er, ich werde es wirklich tun müssen. »Äh«, sagte er, »nichts verglichen mit wirklicher Geschichte. Gibbon, zum Beispiel – *Geschichte des Verfalls und*

Untergangs des Römischen Reiches. Das war ein Historiker.« Er setzte ein Lächeln auf und überlegte sich, ob er Madame LeBlancs Blick im Rücken spürte.

»Gibbon! Pah!« erwiderte der Herzog, und es sollte so klingen, als würde er spucken, was er auch fast tat. Er zog ein Taschentuch aus der Brusttasche und betupfte sich den Mund, während er mit einer gurgelnden, feuchten Stimme fortfuhr, die Adams nervös machte: »Was hat er denn gewußt? Nichts! Überhaupt nichts! Das Christentum der Untergang von Roma. Pah!« Die Matrone starrte geradeaus und wedelte ostentativ mit dem Fächer.

Adams unterdrückte den Drang, Reißaus zu nehmen. Er wünschte, er könnte mit irgendeiner magischen Geste, mit irgendeiner Zauberformel den Botschafter und seine Gattin in einer Rauchwolke verschwinden lassen.

»Über Gibbon können die Meinungen wirklich beträchtlich auseinandergehen, meinen Sie nicht, Mr. Adams?«

Er verstand nicht.

»Der Botschafter hat offensichtlich einen deutlichen Standpunkt bezüglich Gibbon.« Die Warnung in Hays Stimme war klar.

Hay brauchte etwas von ihm. Er versuchte zu überlegen. »Das wundert mich nicht.« Er holte tief Luft. »Ich wollte nur sagen, daß sich meine bescheidenen Bemühungen, was Anspruch oder Ausführung betrifft, nicht messen können mit dem, was Gibbon so großartig versucht hat. Versucht hat – und womit er gescheitert ist, möchte ich hinzufügen. Ja, gescheitert. Gibbon – was sollen wir von Gibbon halten? Ja. Er sah, was er brachte, und er brachte die Französische Revolution. Begrenzt. Sehr begrenzt.« Adams schüttelte den Kopf und gab sich größte Mühe, betrübt auszusehen.

Der Herzog sah jetzt nicht mehr ganz so mißbilligend drein, und die Matrone lächelte Adams sogar zu. Jetzt, da er direkt vor ihr stand, sah er, daß ihr Gesicht von einer dicken weißen

Puderschicht bedeckt war, und daß sie auf jedes Augenlid einen dunkelblauen Strich gezogen hatte, was einen seltsamen puppenhaften Effekt ergab. Er zwang sich, nicht länger hinzustarren. Der Herzog nickte. »Die römische Kirche«, krächzte er. »Das ist ein Thema. Da haben Sie soviel Geschichte, soviel Sie – arrgh – nur wollen. Schreiben ... Sie ... mmmm ... darüber.«

Adams sah so ungeduldig, wie er sich traute, zu Hay hinüber, der ihm mit großen Augen einen warnenden Blick zuwarf. »Ein exzellenter Rat, Eure Exzellenz. Vorzüglich formuliert. Ich werde es mir gewiß zu Herzen nehmen.«

»*Bene, bene*«, sagte der Herzog, nickte ihm lächelnd zu und hob eine krallenartige Hand, als wollte er ihm Absolution erteilen. Plötzlich erstarrte die Hand mitten in der Bewegung, und ein erstaunter Ausdruck trat auf das Gesicht des alten Mannes. Dann krümmte er sich in einem heftigen Hustenanfall, ein feuchter, gurgelnder Husten, und saugte mit einem pfeifenden Ton die Luft scharf durch die Nase ein, bevor er erneut hustete.

»Ein Katarrh«, sagte die Herzogin steif und wedelte mit dem Fächer.

»Adams«, sagte Hay, »ich glaube, der Botschafter braucht dringend ein Glas Wasser. Könnten Sie uns bitte eins besorgen?«

»Selbstverständlich.« Aber anstatt sich umzudrehen, trat er am Botschafter und seiner Frau vorbei zu Hay. Adams zwängte sich an Hay vorbei, der dabei gegen das Geländer gedrückt wurde, und hielt sich zur Sicherheit an der Schulter seines Freundes fest. Während sie sich hin- und herschoben, um die Plätze zu wechseln, beugte Adams sich vor – was der ganze Zweck des Manövers war – und flüsterte ihm ins Ohr: »Sie sind mir etwas schuldig.«

»Für das Wasserholen?«

»Nein.« Er wechselte im Vorbeigehen zu Hays anderem Ohr. »Für das, was ich über Gibbon gesagt habe.«

Adams fand die Treppe und ging nach unten, eilte dann zu dem Flur auf der anderen Seite des Hauses. Madame LeBlancs Loge hatte sich unter der des Botschafters befunden, die dritte oder vierte von vorne. Der Botschafter konnte warten. Zur Sicherheit überprüfte er die ganze Reihe, zog Vorhänge leicht zur Seite, spähte hinein, sah die Rücken von plaudernden Männern und Frauen in Abendkleidung. Eine Loge in der Reihe war leer. Er zog den Vorhang ganz auf. Sie war verschwunden. Vom rückwärtigen Teil der Loge aus spähte er über den Saal des Opernhauses und entdeckte Hay, der immer noch stand und sich um den Botschafter kümmerte. Konnte sie ihn aus dieser Entfernung erkannt haben?

Er hörte draußen Schritte und zog sich zurück, versuchte, sich in einer Falte des Vorhangs zu verstecken. Wer immer es war, war vor der Loge stehengeblieben. Dann wurde der Vorhang geteilt, und es erschien ein Kopf: geölte Haare und glattrasiert bis auf einen modischen Schnurrbart. Der Kopf drehte sich nach links, dann nach rechts. Die weit auseinanderstehenden und hervortretenden Augen des Mannes starrten ihn direkt an. Delahaye! Unwillkürlich wich Adams zurück, aber es nützte nichts. Der Abgeordnete musterte ihn einen Moment lang, dann verschwand der Kopf wieder so plötzlich, wie er erschienen war.

Adams wartete noch einen Augenblick, um sich wieder zu fangen, bevor er sich auf den Weg Richtung Foyer machte. Er hielt Ausschau nach Delahaye und Madame LeBlanc. Was hatte der Abgeordnete von ihr gewollt?

Oben auf der großen Freitreppe blieb er stehen, um nach Madame LeBlanc Ausschau zu halten, und wurde prompt von hinten angerempelt. Er schlängelte sich aus dem Menschengewimmel heraus und bezog Stellung an der roten Marmorbalustrade, von der er ins Foyer hinunterblicken konnte. Es bot sich ihm eine Hügellandschaft aus Köpfen und federgespickten Damenhüten, die Damen mit ihren träge wallenden Gewändern, die Herren in ihrer steifen Abendgarderobe, hier und dort stiegen Fahnen von Zigarrenrauch auf. Der Culebra-Durchstich als Kostümball, dachte er. Apoll, in seinem Wagen oben an der Decke, war in blauen Dunst gehüllt.

Adams konnte sie nirgends entdecken. Hatte sie einen Hut getragen? Er konnte sich nicht erinnern, es war ihm nicht einmal aufgefallen. Er suchte die Menge nach Lila ab.

Als er sich zur Treppe umdrehte, entdeckte er auf dem Absatz in der Mitte ein vertrautes Gesicht: Elizabeth stand dort neben dem Senator. Sie war in jeder Umgebung aufsehenerregend schön. Hier, in ihrer Abendgarderobe, sah sich fast jeder, der an ihr vorbeiging, nach ihr um. Er wollte sich gerade ducken – die Camerons waren eine Komplikation, auf die er verzichten konnte –, aber Elizabeth hatte ihn schon entdeckt und winkte. Er winkte zurück. Er hatte keine Wahl. Er reihte sich wieder in den Strom der Vorbeigehenden ein und ließ sich davon zu ihnen nach unten tragen.

»Na, da sind Sie ja!« sagte Elizabeth. »Wir haben zuerst gewartet und dann oben in Ihrer Suite nachgesehen, aber Sie waren fort. Ist irgend etwas nicht in Ordnung?«

»Nein, nein, es ist nur etwas dazwischengekommen. Es tut mir leid. Eine nicht eingeplante Fahrt in die Stadt. Ich mußte in aller Eile aufbrechen. Eine Erledigung.« Von seinem neuen Aussichtspunkt aus konnte er die Menschen sehen, die unter der großen Freitreppe umherschlenderten.

»Es war sicher etwas Wichtiges.« Sie wartete auf eine Erklärung, aber er sah an ihr vorbei. Donald Cameron schaltete sich in die entstehende Pause ein. »Schön, Sie zu sehen, Adams. Freue mich, daß Sie es doch noch geschafft haben. Genießen Sie die Oper?«

»Ja.« Adams lächelte mechanisch und begegnete kurz dem Blick des Senators. »Großartig.« Er drückte sich nach vorn, um nicht von dem Menschenstrom hinter ihm mitgerissen zu werden. Da – ein Aufblitzen von Lila, am Fuß der Treppe. Er wartete darauf, daß die Frau wieder hinter den Statuetten der Endpfosten – drapierte Nymphen, die in ihren hochgesteckten Armen Kerzenleuchter hielten – ins Blickfeld kam. Nein, sie war es nicht.

»Großartig würde ich sie ja nicht nennen«, meinte Elizabeth, mit einem Seitenblick auf ihren Mann. »Ich finde sie musikalisch simpel und etwas zu politisch für meinen Geschmack. Wer ist dieser Bruneau? Weiß irgend jemand irgend etwas über ihn? Das ist das Problem mit Premieren. Man weiß einfach nicht, was einen erwartet, nicht? *Der Sturm auf die Mühle*. Da höre ich mir lieber jeden Tag *Rigoletto* an.«

»*Rigoletto* – das ist die mit dem Clown.« Donald Cameron starrte einen Mann an, der seine Frau anstarrte, als er an ihnen vorbei die Treppe hinunterging.

»Mmmm«, bestätigte Elizabeth die Bemerkung ihres Mannes, ohne den Blick von Adams zu lassen. »Es ist eine wunderbare Oper. Sie haben sie gesehen, Henry, erinnern Sie sich? Da gibt es diese Arie, die der Herzog im dritten Akt singt – *La donna è mobile*. O wie so trügerisch sind Weiberherzen. Wunderschönes Lied, aber ich bin mir nicht so sicher, ob ich mit dem Inhalt einverstanden bin. Und Sie?«

Er meinte, eine unterschwellige Bedeutung zu spüren, aber er hatte nicht genügend aufgepaßt. »Äh, nein, nicht unbedingt.« Was fragte ihn Elizabeth, was hatte er ihr gesagt? Wäre eine Bejahung angemessener gewesen?

»Äh, aber es gibt auch ›*Questa o quella*‹, diese oder jene, und da müßte man sagen, daß der Herzog selbst trügerisch ist«, wandte Cameron ein. »›Treue hält uns in lästigen Banden. Niemals hemmt mich das Auge des Gatten, seiner Eifersucht kann ich nur lachen.‹ Kein guter Nachbar, würde ich sagen. Nein. Kein wahrer Freund.« Cameron sah Adams an.

»Auf keinen Fall«, stimmte Adams zu. Einen Moment lang standen sie alle drei schweigend da, bis Adams sich wieder an seinen Auftrag erinnerte. »Sie müssen mich entschuldigen. Ich war gerade dabei, etwas für Hay zu erledigen. Ich soll für den italienischen Botschafter irgend etwas zu trinken holen.«

»Ach, da sitzen Sie«, sagte Elizabeth. »Ich dachte, wir würden alle zusammensitzen.«

»Ja, das war auch so vorgesehen, aber bei mir ist etwas dazwischengekommen«, erklärte Adams. »Ich bin gerade erst gekommen, und ich glaube, ich werde nicht mehr lange bleiben. Wegen dieser Angelegenheit. Kann man hier irgendwo ein Glas Wasser bekommen?«

»Hier, nehmen Sie das«, sagte Cameron, wühlte in einer Tasche seines Jacketts und zog einen silbernen Flacon hervor. »Ganz feines Zeug.«

Adams dankte ihm und versprach, es ihm zurückzugeben, wenn sie wieder im Hotel waren. »Mag die italienische Oper nicht«, hörte Adams Cameron zu seiner Frau sagen. »Die deutsche ist mir hundertmal lieber.« Oben auf der Treppe blickte Adams sich noch einmal um. Elizabeth hatte ihn beim Hinaufgehen beobachtet und lächelte ihn jetzt an. Er lächelte und nickte ihr zu, bevor er den Korridor hinunterging.

Als er wieder in der Loge des Botschafters war, schraubte Adams den Flacon auf und reichte ihn Hay, der ihn dem Botschafter an die Lippen hielt. Der Botschafter nahm einen Schluck, hielt dann inne und spuckte hustend auf dem Teppich aus. »*Maledizione*!« keuchte er. »Gift!« Er funkelte Adams an.

»*Che? Che?*« fragte die Matrone in einem scharfen, vogelartigen Ton.

»*Liquore*«, knurrte der Botschafter.

»*Liquore? Liquore?*« Die Matrone war entsetzt. »*Temporanza*«, sagte sie energisch zu Adams. »*Temporanza*, nein, nein, nein. Abstinenzler. *O Stelle*!« murmelte sie, den Blick abwendend, und fächerte sich Luft zu.

»Ich konnte kein Wasser finden«, erklärte Adams. »Etwas Besseres konnte ich nicht auftreiben.«

»Adams«, sagte Hay. »Der Mann ist ein Eckpfeiler der italienischen Abstinenzlerbewegung.« Er schüttelte den Kopf. »Wo haben Sie das her?«

»Von Cameron.«

Hay verdrehte die Augen. »Vielleicht«, sagte er langsam, »sollten Sie sich verabschieden. Ich finde, Sie haben für einen Abend genug angerichtet.«

Adams blickte zu dem italienischen Botschafter, der zusammengesunken auf seinem Platz saß und ihn anfunkelte, und zur Herzogin, die auf den Vorhang auf der Bühne starrte, die Lippen mißbilligend geschürzt, wodurch die puderverkrusteten Falten in ein deutliches Relief aufbrachen, wie die Linien auf einer Landkarte, die von den Berggipfeln ausgehen. »Tut mir leid«, sagte er. »Sie haben recht.« Er wies mit einer Kopfbewegung zum hinteren Teil der Loge. »Begleiten Sie mich nach draußen?« Er starrte Hay geradewegs an, womit er ihm nahelegen wollte, nicht nein zu sagen.

»Madame LeBlanc ist verschwunden«, flüsterte er, als sie den Flur erreichten. »Ich brauche ihre Adresse.«

Hay sah ihn an, bevor er langsam antwortete. »Eins fünfundsiebzig, Rue Lavoisier«, sagte er. Adams wandte sich zum Gehen. »Adams –« rief Hay ihm hinterher. »Ach, schon gut.«

»Ich komme schon zurecht«, sagte Adams zu ihm. »Keine Sorge. Und es tut mir leid, Hay. Deswegen.« Er wies mit einem Kopfnicken zum italienischen Botschafter.

»Keine Sorge. Ich werde es schon wieder hinbiegen.« Hay sah Adams' kleiner werdenden Gestalt nach. »Das tue ich immer«, fügte er hinzu, leise, damit sein Freund es nicht hörte.

Die Rue Lavoisier war eine kurze ruhige Strasse, die von einem der breiten Boulevards abging, die Baron Haussmann, Napoleons oberster Stadtplaner, durch das Herz von Paris geschnitten hatte, so gerade und breit wie der Schnitt, den Lesseps in Panama machen wollte. Es wurde viel von den Vorzügen dieser Straßen geredet – dem verbesserten Verkehrsfluß, der Kanalisation, dem unterirdischen Wassersystem, den Vorteilen für Handel und Industrie – aber insgesamt fand Adams diese Boulevards häßlich. Sie waren zu groß, zu breit. Die menschliche Gestalt schien durch die fünfzig Meter voneinander entfernten Straßenseiten zum Zwerg reduziert. Die Leute konnten soviel reden, wie sie wollten, von dem wissenschaftlichen und rationalen Ansatz der Stadtplanung, aber er vermutete, daß ein anderer Grund dahintersteckte, der in der Öffentlichkeit nie genannt wurde: Die Boulevards boten den Dragonern des Kaisers eine freie Schußlinie. Wenn sich bei einem politischen Aufstand die Bürger auf den Straßen versammelten, würden die Boulevards ihnen weniger Schutz bieten als die verknoteten, gewundenen Straßen, die sie ersetzt hatten. Wenn Louis XVI. seinen Soldaten diesen taktischen Vorteil hätte bieten können, dachte Adams, hätte die Revolution vielleicht einen anderen Verlauf genommen.

Die Stadthäuser in der Rue Lavoisier hatten alle die gleichen Treppen und Eisengeländer. In der feuchten Luft lag ein Hauch von Regen. Am Ende der Straße standen hohe Holzmasten, die ihre Last von Telegraphendrähten hinüber zur Börse trugen. In der anderen Richtung sah er die Chapelle Expiatoire, eine Kirche, die zum Andenken an Louis XVI. und Marie Antoinette gebaut worden war, die während der Revolution unter der Guillotine endeten. Als seine Droschke darauf zufuhr, kam ihm der Gedanke, daß der moralische Einfluß der Kapelle nicht sehr weit in die umliegende Nachbarschaft hineinreichte. Auf der Ile de la Cité stand Notre-Dame eindeutig als das moralische Zentrum der Stadt, vielleicht von ganz Frankreich.

Vielleicht hat jede Kirche eine Wirkung, vielleicht steht jede Kirche als ein Symbol für etwas im Leben jener, die in ihrem Umfeld leben. Im Vorbeifahren betrachtete er die Gebäude. In dieser Straße, in einem dieser Häuser, verkauften Frauen sich an Männer – an mächtige Männer, die die Kapelle zwangsläufig sehen mußten, wenn sie nach Befriedigung ihrer körperlichen Lust auf die Straße traten und in Gedanken schon wieder bei irgendeinem politischen Winkelzug oder Manöver waren, mit dem sie hofften, ihren Rivalen zuvorzukommen, die Taschen mit der unmoralischen Freigiebigkeit der Kanalgesellschaft gefüllt, wenn Delahayes Anschuldigungen stimmten. Er stellte sich diese Männer vor, wie sie auf Droschken warteten, sich auf ein Treffen im Klub freuten oder auf das Abendessen mit ihren Familien, mit ihren kleinen Seelen, die runzlig und lose wie eine Rosine in einer ansonsten leeren Tasse klapperten, zu klein, um die Kräfte zu fühlen, die auf sie wirken könnten.

Das konnte einem eine Lehre sein, dachte er, Kirchen Sterblichen zu widmen.

Vor der Nummer 175 ließ Adams den Kutscher anhalten. »Gewiß, Monsieur.« Der Kutscher zuckte die Achseln und grinste, wobei sich seine breite schlaffe Unterlippe fast über die Stoppeln auf seinem Gesicht stülpte. »Es ist noch früh«, sagte er. »Die Damen sind vielleicht noch nicht bereit.«

Adams sah den Mann einen Moment lang an, beschloß aber dann, daß Erklärungen zwecklos waren. Er drehte sich um und stieg die Granitstufen zur Tür hinauf.

Er wollte gerade auf die Klingel drücken, als er durch die Weizengarbenmuster hindurch, die in die Scheibe der Haustür eingraviert waren, den Rücken eines Mannes sah, der im hell erleuchteten Flur stand. Der Mann machte eine Geste mit einem Hut, den er in der Rechten hielt. Er unterhielt sich mit jemandem, einer Frau, deren Kleid wie ein lilafarbener Kranz hinter der Finsternis seines dunklen Mantels hervortrat. Seine Stimme drang durch die Tür hindurch, zwar gedämpft und undeutlich, aber unverkennbar in ihrem Ton. Er war zornig, fuchtelte mit seinem Hut herum, sprach einen leisen, knurrenden Satz und machte auf dem Absatz kehrt.

Adams trat zurück, aus dem Licht heraus. Obwohl er ihn nur flüchtig gesehen hatte, kam der Mann ihm irgendwie bekannt vor: graumeliertes Haar und ein langes, spitzes Kinn. Als der Mann auf der Treppe an ihm vorbeiging, erkannte Adams ihn: Monsieur Loubet, der Premierminister.

Zuerst Delahaye, jetzt Loubet. Wo war da die Verbindung? Er wartete im Schatten, bis Loubet sich entfernt hatte, und drückte dann auf die Klingel. Ein Dienstmädchen machte ihm auf und bat ihn zu warten. Während er mit seinem Schuh das Muster des Marmorbodens vermaß, dachte er: Was hatte Loubet so erzürnt? Hatte Madame LeBlanc wegen des Treffens mit ihm die Oper frühzeitig verlassen? Er fuhr mit dem Finger prüfend über die Politur des Treppengeländers.

Einige Augenblicke später erschien Madame LeBlanc, ihre Handschuhe in einer Hand haltend. Sie sah aus wie Mitte dreißig. Mit ihren hohen, hervorstehenden Wangenknochen und mandelförmigen Augen, die ihr etwas Katzenhaftes verliehen, konnte man sie, so nahm er an, durchaus als hübsch bezeichnen. Sie leckte sich die Zähne, ohne den Mund zu öffnen, eine Geste, die sinnlich hätte sein können, wäre sie nicht so schnell und sicher ausgeführt worden. Er versuchte zu sehen, ob sie vielleicht geweint hatte, konnte aber keinen Anhaltspunkt dafür finden. »Ja bitte?« sagte sie.

»Ich bin Henry Adams.« Er zögerte einen Moment, um abzuwarten, ob sie sich ebenfalls vorstellen würde, was sie aber nicht tat. »Ich bin auf der Suche nach einer gewissen Miriam Talbott, und ich habe Grund zu der Annahme, daß Sie mir vielleicht behilflich sein können.«

Madame LeBlanc starrte ihn an, bevor sie etwas sagte. »Kommen Sie mit.« Sie rauschte durch eine Doppeltür aus Eichenholz, die sich zu seiner Linken befand, wartete, daß er ihr folgte, und schloß die Tür hinter ihm. Er sah Sofas – reichlich mehr, als man in einem Wohnzimmer erwarten würde – und roch einen starken und blumigen Duft, der zu süß war, um echt zu sein. Es war der Duft vermischter Parfüms, so dicht und üppig wie die gepolsterten Rückenlehnen der Sofas, und es war noch etwas anderes beigemischt. Zimt, dachte er, und noch ein anderes Gewürz, und über allem der durchdringende, unverkennbare Geruch von Ammoniak. Madame LeBlanc ging an ihm vorbei und sprach erst mit ihm, als sie sich hinter dem schmalen Mahagonitisch befand, der gegenüber der Tür stand, und sich zu ihm umwandte. »Was wissen Sie über Miriam Talbott?«

»Sie ist eine Bekannte von mir.« Adams fand ihren Ton abrupt.

»Woher kennen Sie sie?«

»Ich habe einige Zeit auf dem Land mit ihr verbracht. Chartres, Pontorson. Wir haben uns angefreundet.«

Madame LeBlancs Gesicht war ausdruckslos. »Miriam Talbott ist tot.«

»Nein«, sagte Adams. »Das ist sie nicht. Der Leichnam, den die Polizei gefunden hat, ist nicht Miriam Talbott.«

»Miriam Talbott war noch nie in Chartres. Sie starb gestern irgendwann am späten Abend in der Nähe des Quai de Valmy«, sagte Madame LeBlanc kategorisch. »Ich habe den Leichnam gesehen. Glauben Sie mir, es ist ein Körper, den ich gut kenne.«

Adams war von der Vorstellung abgestoßen, daß diese Frau ein geschäftliches Interesse an der weiblichen Gestalt hatte. »Ich habe den Leichnam auch gesehen«, beharrte er, »und es ist nicht Miriam Talbott.«

Sie erwiderte nichts. Er spürte, daß sie so nicht weiterkamen. »Die Frau, die ich suche«, begann er wieder, »ist Amerikanerin, eine junge Frau, eine Malerin. Sie ist Kunststudentin und lebt hier in Paris. Sie hat blonde Haare, dunkle Augenbrauen. Sie hatte ein Grübchen im Kinn«, sagte er, indem er die Hand hob und beinahe sein eigenes Kinn berührte, »und ihre Augen ... ihre Augen sind blau. Kennen Sie eine Frau, auf die diese Beschreibung paßt? Offenbar liegt hier eine Verwechslung vor«, endete er lahm.

»Mir ist keine solche Frau bekannt«, sagte Madame LeBlanc. »Wenn Sie mich jetzt bitte entschuldigen würden, ich habe noch einige Vorbereitungen zu treffen.« Sie bewegte sich nicht, sondern griff nur mit der Hand unter den Tisch. Einen Augenblick später öffnete das Dienstmädchen die Tür hinter ihm.

»Ich habe Sie heute nachmittag in Miss Talbotts Pension gesehen«, sagte Adams.

»Unmöglich. Ich war den ganzen Tag hier und habe meine Abrechnung gemacht. Und jetzt entschuldigen Sie mich bitte. Ich habe zu tun. Avril«, rief sie, »begleiten Sie unseren Gast zur Tür.«

Das Dienstmädchen ging auf ihn zu. Adams wandte sich zum Gehen, blieb dann aber stehen. Loubet war zornig auf sie gewesen. Sie war in Miriams Pension gewesen – was höchstwahrscheinlich der Grund gewesen war, warum der Concierge dort so stumm wurde – und leugnete es. Wo war da die Verbindung? Wieso hatte Loubet gebrüllt? Wieso diese Geheimnistuerei um Miriam Talbott?

Sie würde alles leugnen. Ihm fiel so schnell keine Frage ein, mit der er die Informationen bekam, die er haben wollte. »Man sagt, der Panama-Skandal hat hier in diesem Haus begonnen. Stimmt das? War Miss Talbott darin verwickelt? Wer ist die Frau im Leichenschauhaus, von der Sie behaupten, daß es Miss Talbott ist?«

»Avril, bitte.« Das Dienstmädchen ergriff seinen Arm, und einen Moment überlegte er, Widerstand zu leisten, sah aber ein, daß es nichts nützen würde. Er ließ sich zur Tür begleiten.

»Etwas zu früh, nicht wahr, Monsieur«, bemerkte der Kutscher und spuckte auf die Straße. »Oder wurden Sie besonders effizient bedient?« Der Kutscher grinste.

Adams blickte die Straße entlang, aber es war keine andere Droschke zu sehen. »Rue Christophe-Colombe«, sagte er beim Einsteigen. »Nein«, befahl er, als er Platz nahm, »lieber zum Boulevard des Capucines.« Zurück zur Opéra. Er würde sich dort eine andere Droschke nehmen.

Adams bezahlte den Kutscher in der Nähe eines Zeitungskiosks und kaufte sich bei der Gelegenheit kurzentschlossen eine Abendzeitung. Wenn Madame LeBlanc sich als Sackgasse erwies, würde er mit dem arbeiten müssen, was er hatte: die Leiche einer Frau, die sich als Miriam Talbott ausgegeben hatte, die irgend etwas mit der Leiche eines gewissen Jacques de Reinach zu tun hatte, dessen Tod in der Abgeordnetenkammer, wo Loubet und Delahaye amtierten, einen Aufruhr verursacht hatte. Eigentlich müßte in der Zeitung etwas über diesen de Reinach stehen. Er ging die paar Schritte zurück zum Kiosk, um sich noch weitere Zeitungen zu kaufen. Es wäre besser, eine möglichst große Auswahl von Meinungen vor sich zu haben.

Er setzte sich an einen Tisch am Fenster eines ruhigen, fast leeren Restaurants, bestellte ein Glas Wein und begann mit seiner Lektüre. Für die Ausgabe dieses Tages war Delahayes Rede zu spät gekommen. Sie würde am nächsten Morgen Schlagzeilen machen. Er begann, nach der Meldung über Reinach zu suchen. Mit sechsundfünfzig an einem Schlaganfall gestorben, schrieb *Le Figaro* und erwähnte, daß er der oberste Finanzdirektor der Compagnie Universelle du Canal Interocéanique gewesen war. In *Le Temps* stand ein langer und respektvoller Bericht über sein Leben: Gründer des Pariser Bankinstituts von Kohn, Reinach et Compagnie; Eisenbahnfinanzier und Spekulant; Partner im Türr-Syndikat, zusammen mit Cornelius Herz (»dem bekannten Erfinder und Entrepreneur«), Charles Cousin (»dem berühmten Eigentümer von Frankreichs größter Eisenbahn«) und dem »Saint-Simonschen Finanzier« Isaac Periere. (Periere, so der Artikel, sei ein Anhänger der Lehren von Saint-Simon und verstehe den industriellen Fortschritt als moralische Pflicht. Für ihn war Technologie eine Art Religion. Adams erinnerte sich vage, daß Jahrzehnte zuvor eine Gruppe Saint-Simonscher Pilger mit mehr Begeisterung als Planung die Arbeiten in Suez begonnen hatte, die schließlich einen Kanal hervorbrachten.) Mit Panama hatte sich Reinachs finanzielles Glück gewendet, und der Bankrott der Gesellschaft im Jahre 1889, der, so die Zeitung, durch schlechte Betriebsführung und Manipulationen ausländischer Finanziers verursacht worden war, bedeutete das Ende für Reinach.

La Libre Parole (von Edouard Drumont verlegt – Hays schlimmem Aufrührer, wie Adams sich entsann) verurteilte Reinach als Mitglied der jüdischen Verschwörung, deren Ziel es sei, Frankreich das Lebensblut auszusaugen, und ging detailliert auf »La Débâcle« ein – den Zusammenbruch der Panamagesellschaft, der »800 000 Franzosen und Französinnen, Rentner und Witwen, in die Armut stürzte, indem ihre sämtlichen Ersparnisse fortgefegt wurden, die sie mit soviel Vertrauen hergegeben hatten.« In den zehn Jahren, in denen die Gesellschaft existierte, waren Aktien im Wert von anderthalb Milliarden Francs verkauft worden, was bedeutete, daß jährlich einhundertfünfzig Millionen Francs aus Frankreich herausgenommen worden waren, um Schlamm zu bewegen, ein kleines

Heer von Arbeitern umzubringen und Maschinen französischer Herkunft verstreut und rostend im tropischen Urwald zurückzulassen. Adams rechnete: an die dreißig Millionen Dollar, ein beträchtlicher Brocken der gesamten Wirtschaft, Jahr für Jahr. Könnte es ein Zehntel von Frankreichs Jahresinvestition gewesen sein? *Das* wäre allerdings eine feine Ironie – einen Zehnten für den neuen Gott des Dampfes. Und was hatten seine Hohepriester erreicht? Sie hatten ein paar Bäume gefällt, eine Linie über das dürre Bein eines Kontinents geritzt und an die zwanzigtausend nicht ganz freiwillige Märtyrer für die Sache geschaffen. Und sie hatten den Aussichten einen dauerhaften Knick beschert: diese Milliarden waren weg, Milliarden, die nicht für Fabriken, Schulen, Schiffe oder Heere oder irgendeine der anderen Maschinen der Macht ausgegeben worden waren. Frankreich hatte im Wettrennen um industrielle Macht an Boden verloren, war hinter den Platz zurückgefallen, den es eingenommen hätte, wären Dingler, Reinach und Lesseps nicht in diese malariaverseuchten Urwälder hineinstolziert, metaphorisch gesprochen. Adams erkannte darin eine bittere Lehre für die neue industrielle Bourgeoisie, eine, die sie von ihrem Wesen her nur mit Mühe begreifen konnte, da sie ihrer sozialen Erfahrung zuwiderlief: Kapitalfluß allein schafft keine Macht – der Geist nationaler Macht, obwohl den Wohlhabenden gewogen, läßt sich nicht mit vulgärer, verschwenderischer Zurschaustellung umwerben.

Er hatte aus dem Fenster gestarrt. Er nahm eine weitere Zeitung in die Hand und suchte nach der Todesmeldung, dann noch eine und noch eine. Die Meldungen hatten etwas deprimierend Gleichartiges. Drumont drückte das, was offenbar die Meinung der Öffentlichkeit darstellte, am deutlichsten aus, eine Meinung, die dem Franzosen, Landmann wie Politiker, ein gewisses Maß an Selbstachtung zubilligte. Der größte Teil des Geldes, so Drumonts Vorwurf, war nie zur Lösung der Aufgaben in Panama verwendet worden, sondern hatte »die

Taschen korrupter Politiker und gieriger Finanziers gefüllt. Wenn die ganze Wahrheit über Panama bekannt ist«, fuhr der Bericht fort, »wird man erkennen, daß der Jude Reinach nicht nur das französische Volk betrogen hat, sondern Justitia selbst, indem er ihr unvermeidliches Urteil vorwegnahm und ihre unentrinnbare Strafe selbst ausführte.«

Er schüttelte den Kopf. Auf welche Weise war Miriam in diese Sache verwickelt? Er sah hinaus auf die Straße, mittlerweile hatte ein leichter Nieselregen eingesetzt. Ein Kutscher in Livree entrollte die Leinenseitenvorhänge eines Wagens, damit sein Passagier nicht naß wurde, und von der Straßenlaterne hinter ihm stiegen kleine Dampfwölkchen auf, als der Regen auf das heiße Blech traf. Die Pflastersteine glänzten im Gaslicht und zerstreuten es in alle Richtungen.

Dienstag,
22. November 1892

Es hatte schon eine ganze Weile geklopft. »Adams«, rief eine Männerstimme. »Hallo? Adams?« Cameron. Adams fand seine Uhr auf dem Nachttisch und ließ sie aufschnappen. Das Klopfen hörte nicht auf.

»Einen Moment«, rief er. Der Senator war früh auf den Beinen. Meistens stand er erst gegen acht auf, wie Adams von Elizabeth wußte. Adams zog sich den Morgenmantel an und suchte seine Hausschuhe. Er hatte schon vor einer halben Stunde aufstehen und arbeiten wollen. »Ich komme.« Er ging zur Tür, wobei er unterwegs noch versuchte, mit seinem rechten Fuß in den Hausschuh zu schlüpfen.

»Ich hoffe, Sie verzeihen mir«, sagte Cameron, als Adams die Tür öffnete. »Ich muß bald in die Stadt, und ich wollte vorher noch mit Ihnen reden.«

»Verstehe.« Adams stand einen Moment da und blickte zu Cameron, auf den gefaßten Ausdruck in dessen aufgedunsenem Gesicht.

Der Senator sah aus, als hätte er die ganze Nacht kein Auge zugetan, und er roch nach Alkohol.

»Ich habe Sie geweckt, nicht wahr?« Er wartete nicht auf die Antwort. »Darf ich hereinkommen?«

»Oh. Ja, bitte.« Adams trat zurück, und Cameron schlenderte in die Mitte des Zimmers, die Hände hinter dem Rücken verschränkt.

»Kann ich Ihnen etwas Tee machen?« fragte Adams. »Ich habe leider keinen Kaffee.«

»Ein Tee wäre schön«, rief Cameron ihm über die Schulter zu. Während Adams ein Zündholz an die Gasplatte in der kleinen Kochnische hielt, sah er, wie Cameron am Fenster stehenblieb und mit einer Hand den Vorhang zurückschob. »Wunderbare Aussicht haben Sie von hier oben«, sagte er.

»Die gleiche wie Ihre, würde ich sagen«, entgegnete Adams achselzuckend.

»Nein«, sagte Cameron. »Sie sind hier viel weiter oben. Das macht etwas aus.« Adams spürte, daß Cameron ihn ansah, blickte aber nicht auf, während er den Tee in die Kanne tat. Zwei Löffel. »Nun«, sagte Cameron fröhlich, sich vom Fenster abwendend, »Paris nach einem Regen. Großartig. Gibt einem das Gefühl ... sauber zu sein. Neu. Kerngesund und jung, was?«

»Kein Kohlerauch«, meinte Adams, während er den Deckel wieder auf die Teedose drückte.

»Hmmm?«

»Kein Kohlerauch«, wiederholte er lauter. Er stellte die Teedose wieder ins Regal zurück und warf Cameron einen Blick zu. »Der Regen reinigt die Luft. Wäscht den Kohlegeruch fort.« Er fand eine zweite Tasse im Schrank und stellte sie neben seine.

»Oh.« Cameron nickte und lehnte sich zum Fenster vor, um einen Blick nach unten auf die Straße zu werfen. »Wirklich, eine prächtige Stadt. Sprudelnd. Juwel Europas. Genießen Sie Ihren Aufenthalt?«

»Bis jetzt schon. Ich habe viel zu tun gehabt.«

Cameron ließ den Vorhang wieder zufallen, und Adams sah, wie sein Blick zum Schreibtisch wanderte, wo Dinglers Photographie stand. Er hatte sie weglegen wollen. Cameron beugte sich vor, um sie sich genauer anzusehen. »Ah, der Tiger«, sagte er und tippte mit dem Zeigefinger auf das Bild. »Clemenceau.«

»Kennen Sie einen dieser Männer?«

»Den hier. Bin ihm einmal begegnet, vor ein paar Jahren.« Cameron nahm die Photographie und hielt sie sich nah vors Gesicht, hielt sie dann Adams hin, wobei er mit dem Finger auf eines der Gesichter zeigte. Adams ging hinüber, um sie sich anzusehen. »Bei so einem Parlamentarier-Freundschaftsbesuch. Ein Mann, den man nicht vergißt. Wild. Wilde Disposition, medizinisch ausgedrückt. Soll sich auch schon mal duelliert und dabei seinen Gegner getötet haben. Wegen irgendeiner Beleidigung. Trotzdem, kein schlechter Bursche, für einen Sozialisten.« Camerons Zeigefinger lag knapp über der zweiten Gestalt von links, einem großen schlanken Mann mit einer Tolle heller Haare, eingefallenen Wangen und einem dicken Schnurrbart. »Ist mit einer Amerikanerin verheiratet, wissen Sie.«

»Nein, wußte ich nicht.«

»Nein, ich wollte auch nicht andeuten, daß Sie es wissen könnten. Ich meine, wieso sollten Sie? Kein Grund dafür. Nein, eigentlich überhaupt kein Grund.« Cameron leckte sich die Lippen und stellte das Bild wieder auf den Schreibtisch. Einen peinlichen Augenblick lang standen die beiden Männer unangenehm berührt nebeneinander.

»Und was wissen Sie über Clemenceau?« fragte Adams und ging zum Herd zurück, um sich neben den Wasserkessel zu stellen. »Ist er auch irgendwie in diese Panama-Affäre verwickelt?«

»Panama-Affäre?«

»Der Skandal. Sie haben doch sicher davon gehört.«

»Ach so, ja. Das meinen Sie. Na, das wird was geben. Heute soll es eine Vertrauensabstimmung geben, wie ich höre. Wird wahrscheinlich nicht gut verlaufen, überhaupt nicht. Schade drum. Endlich hat Frankreich mal eine Regierung, mit der man reden kann, mit der man ganz gut zurechtkommt, und dann hört man sofort wieder, daß sie demnächst schon wieder gestürzt wird.« Cameron schüttelte den Kopf. »Diese Boulangisten. Ich weiß nicht. Kann mit denen keine Geschäfte machen.

Zu, zu ... fanatisch. Der einzig wahre Glaube. Alle anderen sind falsch, dumm und böse.«

»Und Clemenceau? Glauben Sie, er ist in die Sache verwikkelt?«

Cameron zuckte die Schulter. »Glaub nicht. Zu gewieft. Aber wer weiß? Wieso?«

»Nur so.« Er wollte ihm nichts von Miriam erzählen, von der Möglichkeit, daß sie darin verwickelt war, von dem Umstand, daß er jede Möglichkeit, sie zu finden, verfolgen mußte. »Aber Sie sind nicht zu mir gekommen, um sich über Clemenceau zu unterhalten.«

»Äh, nein.« Cameron stützte sich mit einer Hand auf der Schreibtischplatte ab, bemüht, entspannt zu wirken. »Es geht um Lizzie.« Er senkte bei den Worten den Blick zum Tisch. Adams wartete. Er hatte schon so etwas vermutet. Trotzdem, jetzt wo das Thema direkt angesprochen wurde, spürte er, wie sich in seinem Magen eine Grube auftat. Er versuchte, sie mit reiner Willenskraft wieder zu schließen.

Cameron holte Luft und begann. »Gestern abend war es – schwierig. Nach der Oper. Sie war gereizt, sehr gereizt. Ich – das heißt, sie; sie wollte nicht, oder konnte nicht – ich meine, das einzige, was ich aus ihr herausbekommen konnte, war, daß es irgendwie um Sie ging. Sie hat gesagt, ich soll Sie fragen.« Den Kopf zur Seite gelegt, immer noch auf den Tisch blickend, hielt Cameron eine Hand hoch, um einem Einwand zuvorzukommen, den Adams gar nicht gemacht hatte. »Ich weiß. Es ist unverschämt. Aber es ist kein Geheimnis, daß sie Sie mal sehr, sehr mag.«

Cameron schien eine Antwort zu erwarten. »Ja.«

»Und, na ja, ich habe mich gefragt, inwieweit diese ganze Geschichte auf Gegenseitigkeit beruht. Bei Ihnen und ihr. Dieses – Sichmögen eben.«

»Ob ich sie mag?«

»Nun ja, im Prinzip.«

»Ja«, sagte Adams. »Ich mag sie gerne.«

»Ja. Natürlich«, entgegnete Cameron, aufblickend. »Jeder mag sie *gern*. Wir mögen alle jeden sehr gern, oder? Aber ich meine«, sagte er, Adams' Blick begegnend, »*gern* mögen. Sie wissen schon wie.«

Adams wußte es. Aber wie konnte er ihm antworten? Für jemanden wie ihn, der so grundsätzlich ambivalent dachte – eine Denkweise, mit der er, wie sein Bruder Brooks ihn einmal gewarnt hatte, nie einen Platz in der Politik finden würde, wo einfache Sichtweisen gefragt waren; eine Denkweise, bei der Gut und Böse nie losgelöst voneinander gesehen werden konnten; bei der nichts so wichtig sein konnte, daß es einen unbedingt zum Handeln veranlassen mußte oder daß man nicht darauf verzichten könnte – für so jemanden konnte die einzig richtige Antwort auf eine derartig direkt gestellte Frage einzig und allein ein paradoxes Ja *und* Nein sein. Mußte er für sich die Überlegungen aufzählen, die auf beiden Seiten ins Gewicht fielen? In die eine Waagschale legte er Elizabeths Schönheit und ihren Charme und ja, das Mitgefühl, das er für sie empfand – insbesondere das Mitgefühl, das er ihr entgegenbrachte, weil sie mit diesem Trottel verheiratet war, diesem Exemplar von Mann, das hier vor ihm stand, der seine Braut gekauft hatte (ihre Brüder hatten auf der Partie bestanden, als einzige Möglichkeit, das Geschäft ihres Vaters zu retten; und tatsächlich war dieses Geschäft plötzlich ganz anders gelaufen, dank Camerons Kapitalspritzen nach der Hochzeit), diesem Trottel, dessen Familienwohlstand aus der zwielichtigen Verflechtung von Politik und Eisenbahn entstanden war und dessen politischer Erbanspruch keineswegs legitimer als Adams' eigener war, aber materiell viel erfolgreicher. Und da war auch, wenn er ehrlich mit sich sein wollte, sein eigenes Bedürfnis, sich in der Verehrung, die eine Frau ihm entgegenbrachte, gespiegelt zu sehen. Und Elizabeth verehrte ihn, auf bewundernswerte Weise. In den Jahren seit Clovers Tod hatte er darin großen

Trost gefunden: in Elizabeths schieferblauen Augen war er gewinnend, klug, interessant, tiefschürfend. Und wenn er gelegentlich dort sein eigenes Wesen gespiegelt sah – wenn sie launisch war oder hin und wieder ungeduldig oder uninteressiert wirkte – dann war das nur gerecht.

Aber dem stand eine gleichwertige Kraft gegenüber, ein Amalgam aus Erinnerung, Erstarrung, Angst und Gewohnheit, dessen Form er nie ganz erfassen konnte. Es erschien ihm eher wie eine Leere, wie ein großes Vakuum, das trotzdem Gewicht hatte – ein unendlich variables Gewicht, denn es paßte sich automatisch den jeweiligen Gefühlen oder Gedanken an, die sich als Gegengewicht dagegen aufführen ließen, neutralisierte sie und setzte ihn matt – so daß es ihm wie Aesops faulem Esel ging, der zwischen zwei Haufen Heu stand und verhungerte.

»Ach verdammt!« murmelte Cameron, der die Geduld mit sich selbst verlor. »Das ist mir so peinlich. Ich werde es wohl deutlich sagen müssen. Was ich Sie frage – was ich hier herausbekommen will, ist, seid ihr beide ineinander verliebt, oder was?«

Waren sie beide ineinander verliebt? Adams wollte genau antworten. Aber er konnte nur für sich sprechen. Nicht für jemand anderen. Einen Moment lang verspürte er die Möglichkeit einer rhetorischen Lösung: *»Distinguez!«* hätte Master Tower gerufen. Du mußt unterscheiden, die Frage teilen. Und wenn die Frage fehlerhaft ist, braucht sie nicht beantwortet zu werden.

Nein. Es gab keinen Platz für Sophisterei, für aggressive Streiterei um den Wortlaut statt um den Geist dessen, was gefragt wurde. Camerons Absicht war klar. Er hatte die Frage gestellt: War er verliebt?

Ja. Und natürlich, nein.

Liebe ist ein ungetrübtes Gefühl, ungemischt, eindeutig. Er fühlte sich zwiespältig. Daher –

»Na gut. Also dann. Gut.«

Er muß seinen Kopf bewegt haben. Cameron klopfte zweimal scharf gegen den Tisch, schnell, eine Geste der Endgültigkeit, oder vielleicht des Aberglaubens. Adams hatte den Eindruck, daß Cameron ein paar Zentimeter kleiner wurde, als die in ihm aufgestaute Sorge in einem großen Seufzer ausgestoßen wurde. »Lizzie und ich, na ja, es ist kein Geheimnis. Wir waren uns in letzter Zeit nicht so nahe. In den letzten Jahren. Ich hab mich bloß gefragt. Sie wirkt zur Zeit so ... so zornig. Hauptsächlich gestern. Ich weiß nicht, was es ist. Ich dachte, daß vielleicht Sie und Lizzie ... Vielleicht irgendein Arrangement ...« Der Senator zuckte die Achseln, eine Reihe von Fragen offenlassend, die er sich zweifellos vorgenommen hatte. Sein Gesicht war arglos, für alle Möglichkeiten offen. Taktgefühl, dachte Adams, ist eine steile Rampe, an der selbst die Energie besitzergreifender Neugier scheitern muß. Und doch hatte Cameron es geschafft, seine Frage zu stellen.

Adams sah Cameron in die Augen und schüttelte den Kopf. »Ich weiß nicht.« Er ging zum Herd, wo der Kessel zu zischen begonnen hatte. Das Wasser würde bald kochen. Könnte er eigentlich Tee mit Wasser machen, das noch nicht ganz gekocht hatte? Er wollte sich nicht umdrehen müssen, wollte nicht, daß Cameron sein Gesicht sah.

»Ja«, sagte Cameron, irgendwo hinter ihm. »Nun ja.«

Adams beschäftigte sich damit, Zucker und Sahne auf ein Tablett zu stellen. Als er damit fertig war, beschloß er, daß das Wasser heiß genug war. Keiner von beiden sagte etwas, als Adams es in die Teekanne goß. Als diese Handgriffe erledigt waren, fiel ihm nichts mehr ein, womit er sich beschäftigen könnte. Als er sich schließlich umdrehte, begegnete Cameron seinem Blick und musterte kühl sein Gesicht. Die anhaltende Aufmerksamkeit machte ihn unbehaglich, aber irgend etwas sagte Adams, daß er Cameron das Falsche vermitteln würde, wenn er wegsah.

»Einen Moment noch.« Dann fügte er noch hinzu: »Er muß noch ziehen.«

Cameron nickte und wandte sich um, schlenderte zum Fenster zurück, wo er wieder den Vorhang beiseite schob, um abwesend auf die Straße zu schauen. Hatte er, so fragte sich Adams, seine wahren Gedanken gelesen?

»Sie ist launisch, stimmt's? Lizzie.«

»Ja«, erwiderte Adams vorsichtig.

»Macht es manchmal schwer, mit ihr zusammenzuleben.«

»Das kann ich mir vorstellen.« War das angemessen? Sollte er einem Mann sagen, daß er sich vorstellen könne, mit seiner Frau zusammenzuleben? »Es muß schwer sein«, fuhr Adams schnell fort, »mit einer Frau zusammenzuleben, die andere Männer so anziehend finden.«

Cameron runzelte die Stirn und starrte ihn einen Moment lang an. »Ja.«

»Der Tee ist jetzt wahrscheinlich soweit«, meinte Adams. »Ich hole ihn mal.«

Cameron blieb am Fenster stehen, während Adams eingoß, und wartete, bis er damit fertig war, bevor er sprach. »Lizzie mag Sie sehr. Und deswegen denke ich, daß Sie der einzige Mensch sind, den ich um diesen Gefallen bitten kann.« Cameron wandte sich ihm zu. »Würden Sie – würden Sie so freundlich sein und heute etwas Zeit mit ihr verbringen? Wenn Sie herausfinden könnten, was sie so beunruhigt, wäre ich Ihnen sehr dankbar. Ich glaube, sie möchte den Louvre besuchen. Vielleicht könnten Sie sie dorthin begleiten.«

Adams rührte einen Löffel Zucker in seinen Tee. Als er das Gefühl hatte, daß sich die Körner ganz aufgelöst hatten, antwortete er: »Ich werde tun, was ich kann.«

Die beiden Männer standen sich, Untertassen in den Händen, in der Mitte von Adams Wohnzimmer gegenüber. »Also dann«, sagte Cameron und stellte seine volle Teetasse ab. »Vielen Dank für den Tee. Ich muß jetzt los.« Die Hand schon auf dem Türgriff, hielt er inne. »Ich freue mich, daß meine Frau so einen Freund wie Sie hat«, sagte er schnell. »Sie unterhalten sie, und ich finde Sie vertrauenswürdig. Diese Kombination ist nicht so häufig, wie Sie vielleicht denken.« Cameron sah Adams mit zusammengekniffenen Augen an, wobei sich die schlaffe Haut unter den Augen nach oben straffte, als würde sie von Fäden hochgezogen. Adams hatte den Eindruck, daß Cameron ihn gegen eine Vorstellung aufwog, die vertraut und beunruhigend war, wie ein altes Hühnerauge. »Ich werde in meinem Leben keinen Skandal hinnehmen«, sagte Cameron leise. »Meine Frau langweilt sich schnell, und unsere Ehe ist nie eine Liebesheirat gewesen. Sie wissen das, ich weiß das. Aber ich bin sicher, Sie sind ein Gentleman.«

Die beiläufige Haltung des Senators wurde vom Ton seiner Stimme Lügen gestraft. Es war offensichtlich, daß er auf irgendein Wort von Adams wartete, das Zustimmung ausdrükken würde. Ebenso offensichtlich war es, das wußte Adams, daß er es ihm unter keinen Umständen vorenthalten durfte.

»Ich verstehe«, murmelte er.

An seinem Schreibtisch versuchte Adams, Camerons Besuch aus seinen Gedanken zu vertreiben. Es war schon Jahre her gewesen, daß er die auferlegte Disziplin, sich in der Früh als erstes ans Schreiben zu setzen, als einen Zwang empfunden hatte, aber an diesem Morgen hatte er Mühe, sich zu konzentrieren. Er sah sein Notizbuch durch und fand eine Seite, die er in der Woche zuvor geschrieben hatte:

Fenestrierung: Allein schon beim Klang des Wortes wird man pedantisch und anmaßend, doch Chartres ist ganz Fenster, und diese Fenster sind glorreich wie die heilige Jungfrau dort, sie sind eines ihrer Wunder. Man kann die Fenster von Chartres ebensowenig übersehen wie das Glas, das sich in ihnen befindet. Dieses Glas ist die großartigste farbige Schmückung, die die Welt jemals sah, da kein anderes Material, weder Seide noch Gold, und keine mit einem Pinsel aufgetragene Farbe sich mit durchsichtigem Glas messen kann. Selbst die Mosaiken von Ravenna oder chinesisches Porzellan sind dagegen dunkel. Die Behauptung ist vielleicht anmaßend, aber das soll unsere Sorge nicht sein: Die heilige Jungfrau vergibt alle Sünden – einschließlich der übertriebenen Lobpreisung der Kunstwerke, die zu ihrem Ruhm geschaffen wurden.

Dies hatte er geschrieben, als er im Schiff der Kathedrale saß, gut dreißig Meter unter der Mitte der Westrose mit ihren vierzehn Metern Durchmesser, neben ihm Miriam, das Binokel in der Hand. Er brauchte kaum die Augen zu schließen, um sie sich vorzustellen: Wie sie den Kopf in den Nacken legte, den Hals reckte, ihn aufforderte zu sehen, wie das Licht im Querhaus alles Beschienene färbte, ihre Haut war abwechselnd rot, bernstein, gold und blau getönt, die Färbung subtil, wundervoll subtil ...

Beiläufig schrieb er ihren Namen in sein Notizbuch, erfreute sich am Rhythmus des Schriftzuges, spürte die reine mechanische Bewegung des Schreibens so sehr, daß er ihren Namen immer wieder schrieb. Wie ähnlich ihr Name und Clovers eigentlicher Vorname doch waren, doch wie anders war es, ihn zu schreiben: schlichter, direkter, ein kompaktes Ensemble von Strichen, nicht die Mischung von Linien und Rundungen, die ›Marian‹ bildeten.

Miriam, schrieb er wieder. Wo war sie? Was konnte ihr Verschwinden bedeuten? Wieso hatte eine Frau, die Reinachs Visitenkarte bei sich hatte, ihren Namen benutzt?

Er beschloß, etwas zu unternehmen. Schnell, ohne auf die Schönheit seiner Schrift zu achten, listete er die Möglichkeiten auf, die ihm, wie er annahm, zur Verfügung standen. Der Concierge in Miriams Pension. Madame LeBlanc. Loubet. Delahaye. Reinach, im Leichenschauhaus. Pettibois – die Polizei. Nach kurzem Nachdenken fand er eine weitere Möglichkeit: ›Schauplatz des Todes dieser Frau‹, wonach er schnell ›Leichenschauhaus‹ schrieb; dann, darunter, ›der ganze Panama-Skandal‹.

Auf der Mitte des Blattes zog er eine senkrechte Linie, womit er diese Eintragungen in eine Spalte zusammenfaßte und auf der rechten Seite des Blattes eine weitere Spalte entstand. Er würde Hilfe brauchen. ›Hay‹, schrieb er. Eine einzige Eintragung, der eine ganze Liste gegenüberstand. Im unteren rechten

Quadrat des Blattes eröffnete er eine weitere Kategorie, weder Anhaltspunkte noch Helfer, sondern etwas anderes. Er kritzelte die Namen Elizabeth, Cameron und Amanda hin. Indem er sie schwarz auf weiß niederschrieb, erschien ihm die Situation klarer: Er vergaß sie nicht, weil sie jetzt da waren. Er betrachtete wieder seine Liste und traf seine Wahl.

Auf den Dächern von Paris, die von den ersten kräftigen Sonnenstrahlen gewärmt wurden, verdampfte der Morgentau. Als Adams vor die Tür des Hotels in der Rue Christophe-Colombe trat, fiel ihm auf, daß jetzt, da die Gerüche von geschwefeltem Kohlerauch und Kanalisation verschwunden waren, die Stadt nach offenen Feldern und Wiesen duftete, als hätte der Regen Straßen und Pflastersteine vom jetzigen Wesen der Stadt gereinigt und befreit, so daß sie nun die Gerüche eines älteren Paris ausatmen konnten: süßes gemähtes Heu, Dung, feuchte Erde und Holz. Was der Regen da bewirkte, war eine Art olfaktorische Archäologie: Während Adams unter den Tulpenbäumen und Platanen entlangging, die die Straße säumten, und durch feuchtes Laub stöberte, erwartete er fast, einem Vertreter irgendeines längst veschwundenen Stammes der Franken zu begegnen, der, grob gekleidet und muskulös, ihm im Vorbeigehen zunickte.

Nachdem er in eine Droschke gestiegen war und den Boulevard entlangfuhr, fiel ihm auf, daß in der Stadt eine seltsame Atmosphäre herrschte, die er nicht richtig definieren konnte: Trotz der Morgenfrische wirkten die Menschen fahrig. Er überprüfte es anhand weiterer Beobachtungen: Immer wenn ein anderes Fahrzeug vorbeikam und er versuchte, mit dem Passagier Blickkontakt aufzunehmen, starrte dieser stets mit leerem Blick zurück oder sah weg. Und dann erkannte Adams, was ihn so befremdete. Es waren keine Stimmen zu hören, nicht einmal auf den Kreuzungen, wo der Verkehr normalerweise mit lebhaftem Geschrei und Geschimpfe vonstatten ging. Das Rattern der Räder, das hohl hallende Klopklop der Pferdehufe auf dem Pflaster, das ständige Gerassel von Geschirr und Zaumzeug, all das bildete einen unheimlichen Gegensatz zum Schweigen der Menschen. Der Verkehr wirkte langsamer, behäbiger in seinen Bewegungen, als wäre der übliche chaotische Tumult gezähmt worden. Jede Kutsche, Droschke, jeder Wagen, alle Fußgänger, die Polizistenpaare, die nebeneinander durch die Straßen gingen, jeder Arbeiter, Kutscher und jedes Pferd, jeder Mensch und jede Sache, die er sah, hatte Teil an diesem vorsichtigen Herumschleichen auf Zehenspitzen, eine Stimmung, die etwas von einer im Ansatz gebremsten Absicht hatte, wie wenn einem das Wort im Hals steckengeblieben ist.

Erst als er in einem vorbeifahrenden Wagen die Schlagzeile auf der Titelseite einer Zeitung sah, erinnerte er sich wieder: REGIERUNG KURZ VOR DEM STURZ, prophezeite *La Libre Parole* in Riesenlettern. Natürlich: Die politische Kultur der Stadt befand sich im Belagerungszustand. Es war ein Wunder, daß Paris nicht vollständig in einen Urzustand zurückgeglitten war, in einen Krieg aller gegen alle. Er beobachtete jetzt die Pariser um sich herum mit einem geschärften Blick, suchte in ihnen Anhaltspunkte dafür, daß hier ein Volk war, das über die bevorstehende Auflösung staatlicher Autorität in Kenntnis gesetzt worden war. Was er als Lethargie interpretiert hatte, erschien ihm jetzt als Vorsicht: Nicht weil sie müde waren, bewegten sich diese Menschen so langsam, sondern weil sie Angst hatten, Angst vor einer Energie, die durch die Destabilisierung von Strukturen freigesetzt würde. Jetzt kam ihm die Morgenfrische nicht mehr wie ein leuchtendes Versprechen vor, sondern wie eine Warnung, und er verspürte den Drang, seinen Kutscher anzuweisen, sie zu beachten, wenn er sie nur in Worte fassen konnte.

Im Leichenschauhaus kam er nicht weiter als bis zur Doppeltür. Weder durfte er die Leiche noch einmal sehen noch die persönlichen Gegenstände, die man bei ihr gefunden hatte. Der Leichenbeschauer sortierte hinter seinem Schreibtisch einige

Aktenstapel und behielt Adams im Auge, als der zur Tür trat und durch das mit Metall verstärkte Glas spähte. Er sah, wie sich eine Gestalt in einem weißen Kittel über die Leiche der Frau beugte und ein Metermaß anlegte.

»Was macht der Mann da?« fragte er den Leichenbeschauer.

»Bertillonage«, brummte dieser.

»Und was ist das?« fragte Adams höflich.

»Wissenschaft.« Der Leichenbeschauer zuckte die Achseln. »Identifizierung«, sagte er, während er in einem Aktenordner blätterte, und Adams dachte schon, er würde keine weiteren Erläuterungen mehr bekommen, als der Leichenbeschauer ohne aufzublicken ein Blatt aus der Akte herausnahm und über den Tisch vage in Adams' Richtung schob. Unsicher, ob es ihm gestattet war, nahm Adams es in die Hand. Der Leichenbeschauer schien nichts dagegen zu haben.

Es war ein Formular, das die Bezeichnung ›Bertillonage-Bericht‹ trug, und elf mit Nummern versehene Kästchen enthielt. Er übersetzte die Kategorien: Größe, Kopflänge, Kopfbreite, Jochbogenbreite, Länge des rechten Ohres, Länge des rechten Unterarms (Ellbogen bis Spitze des Mittelfingers), Länge des rechten Mittelfingers, Länge des Ringfingers, Länge des linken Fußes, Länge des Rumpfes, Spannweite der ausgestreckten Arme.

»Alle Daten miteinander kombiniert und man kann damit den betreffenden Menschen identifizieren«, sagte der Leichenbeschauer. »Theoretisch jedenfalls.«

Adams nickte. Einzeln hätten die Messungen keine Relevanz, kombiniert könnten sie durchaus die erforderliche Aussagekraft haben. Er betrachtete seine eigenen Finger, verglich sie. »Wieso heißt das Verfahren Bertillonage?« Er gab das Blatt zurück.

»Fragen Sie ihn«, sagte der Leichenbeschauer, »da drinnen.« Er wies mit dem Kopf schroff zu der Doppeltür, bevor er das Gesicht wieder in einen aufgeschlagenen Aktenordner steckte.

Adams ging zu der Tür und wurde von dem Räuspern des Leichenbeschauers gestoppt. Der Leichenbeschauer sah ihn stirnrunzelnd an und drohte ihm mit seinem Stift, mit dem er anschließend auf eine Bank deutete, die an der Wand gegenüber von seinem Schreibtisch stand. Er behielt Adams im Auge, bis dieser sich hinsetzte.

Als er Platz genommen hatte, wagte Adams eine weitere Frage. »Wäre es möglich, einen Blick in die Akte von dieser Frau zu werfen, die Sie provisorisch als Miriam Talbott identifiziert haben?«

Der Leichenbeschauer schüttelte den Kopf. »Unsere Informationen sind für die Öffentlichkeit nicht zugänglich.«

Adams mußte etwa zehn Minuten warten, bevor die Doppeltüren zur Leichenhalle aufschwangen und die Gestalt im weißen Kittel erschien, ein junger Mann mit lockigen Haaren. Er übergab dem Leichenbeschauer eine Mappe und redete so schnell und leise mit ihm, daß Adams nichts verstehen konnte. Adams erhob sich, stellte sich hinter ihn und räusperte sich dann. Der junge Mann hatte ein rundes, glattes Gesicht, das jedoch von seiner Tätigkeit im Leichenschauhaus zeugte. Die Härte um seine Augen herum bildete einen Gegensatz zu seinen milchgesichtigen Wangen und dem glatten, bartlosen Kinn. Es war schwer zu sagen, wie alt der junge Mann war. Er konnte ebensogut zwanzig wie fünfunddreißig sein. Er war, dachte Adams, ein Mann, der mit zunehmendem Alter besser aussehen würde.

Der junge Mann konnte Adams nicht behilflich sein. Nein, er könne ihn die Leiche nicht noch einmal sehen lassen, der Leichenbeschauer sei im Begriff, mit der Obduktion zu beginnen. Nein, er könne Adams den Bertillonage-Bericht nicht zeigen. Nein, er könne ihm nichts über die Umstände des Todes sagen. Hinter seinem Schreibtisch rollte der rundliche Leichenbeschauer auf seinem Stuhl zur Wand und lehnte sich zurück, wogegen die gefederten Scharniere des Stuhls hörbar protestierten. Er streckte die Hände aus und verschränkte sie hinter dem Kopf, darauf achtend, sein pomadisiertes Haar nicht durcheinanderzubringen, als er seine Handflächen dagegendrückte. Ein dunkler Fleck an der Wand ließ vermuten, daß er sich nicht immer die Mühe machte, seine Finger als Schoner zu benutzen. Er lächelte Adams an – ein, wie Adams fand, aufrichtiges Lächeln, und ein böses.

Der junge Mann hatte das Lächeln ebenfalls bemerkt. »Wissen Sie was«, sagte er. »Ich kann Ihnen diese Informationen nicht geben, aber mein Vorgesetzter.« Der Stuhl quietschte wieder, als der Leichenbeschauer in eine aufrechte Position schwenkte. Das Lächeln war verschwunden, durch bürokratische Teilnahmslosigkeit ersetzt. »Es sind nur ein paar Schritte«, sagte der junge Mann, wobei er ein paar Papiere in seine Aktentasche steckte und sie zumachte. »Wollen Sie mitkommen?«

Um vom Leichenschauhaus zur Polizeipräfektur zu gelangen, geht man an der Kathedrale von Notre-Dame vorbei die Seine stromabwärts entlang. Ein Tourist, der von der Spitze des Eiffelturms die Kathedrale im Licht eines Novembermorgens betrachtet, hätte den Eindruck, daß sie sich über einem unförmigen Meer teilweise entlaubter Bäume erhebt. Unbewegt in der stillen Luft und durch die Entfernung verdichtet, verleitet die Masse von Stämmen und Ästen das Auge dazu, die Dimensionen des Gebäudes falsch einzuschätzen. Das Strebewerk wirkt niedriger und ragt nicht mehr so kühn hinaus, erscheint wie ein nachträglicher Gedanke, rein dekorativ, ohne Bezug zu dem architektonischen Problem, einen riesigen Raum mit Stein zu umgeben. Auf dem Weg, den Adams und der junge Mann einschlugen, war die Kathedrale ganz durch das Laub der Bäume verdeckt. Als Adams das Gebäude zum ersten Mal durch die Lücken im Laub wahrnahm, wurde sein rationales Denken durch die enormen Dimensionen des Bauwerks zu einer irrationalen Erklärung verleitet: Im ersten Moment hatte er den Eindruck, als bestünde der Himmel aus einem graugetönten Netzwerk von Steinen ...

Er hatte sich dem jungen Gerichtsmediziner vorgestellt und im Gegenzug erfahren, daß der Mann Michel DuForché hieß. »Sagen Sie mal«, fragte Adams, »wieso werden diese Messungen ›Bertillonage‹ genannt?«

»Ach, das«, sagte DuForché. »Das ist ein System, das von Monsieur Alphonse Bertillon erfunden wurde, dem Direktor des Identifizierungsamtes, der hartnäckig daran festhält, obwohl es gar nicht so effektiv ist.«

»Nein?«

»Nein.«

Adams hatte gehofft, mehr zu erfahren. »Und wieso ist es nicht effektiv?«

»Na ja, das Messen an sich ist bereits äußerst umständlich. Die Messungen müssen sehr präzise sein, und selbst dann bin zumindest ich nicht überzeugt, daß sich damit die Einmaligkeit eines Menschen erfassen läßt. Die Katalogisierung dieser Informationen ist äußerst schwierig, wie Sie sich vorstellen können. Außerdem hat es zu der grauenhaften Nebenerscheinung geführt, daß es immer mehr Fälle von Verstümmelung gibt. Viele Diebe in Paris haben sich den Mittelfinger abgetrennt – er kommt in zwei Messungen vor. Lieber ertragen sie diesen Schmerz, als daß sie das Risiko eingehen, das höhere Strafmaß zu bekommen, das für Wiederholungstäter vorgesehen ist. Und die Mörder haben inzwischen erfahren, wie wir ihre Opfer identifizieren. Wir messen die Kopfgröße – der Kopf wird abgetrennt. Wir messen die Fingerlänge – die Hand wird abgehackt. Das«, sagte der junge Mann ernst, »sind einige unserer Probleme.«

Grausige Probleme, dachte Adams, für eine Wissenschaft der Messung.

»Es gibt eine Alternative«, meinte DuForché. »Sie wird von Ihrem Landsmann Francis Galton vorgeschlagen.«

»Von wem?«

»Galton. Einer Ihrer Wissenschaftler. Hatte eine Professur in Oxford, glaube ich.«

»Ich bin Amerikaner«, sagte Adams.

»Oh, Verzeihung.« DuForché bedachte ihn mit einem langen Seitenblick. »Solche Fehler unterlaufen mir gewöhnlich nicht.«

Er musterte Adams noch einen Moment, bevor er fortfuhr. »Galton behauptet, daß Fingerabdrücke – diese Muster auf unseren Fingerspitzen – bei jedem Individuum anders sind. Er hat sich eine ganze Zeitlang damit beschäftigt, und er hat nicht zwei gefunden, die gleich waren. Und ich glaube auch, daß das niemandem gelingen wird. Daktylologie nennt er es, und ich bin überzeugt, es ist die beste und wissenschaftlichste Methode, Menschen zu identifizieren. Er hat sogar ein Klassifizierungssystem entwickelt.«

Adams betrachtete die Linien auf seinen Fingern. Er hatte sie natürlich schon vorher gesehen, aber jetzt schienen sie auf eine besondere Art und Weise zu ihm zu gehören.

»Sie haben noch einen zusätzlichen Vorteil«, fuhr DuForché fort. »Anders als bei der Bertillonage können Fingerabdrücke gewöhnlich am Ort des Verbrechens gefunden werden.« Er erklärte Adams dies anschließend in größerer Ausführlichkeit, erzählte ihm von dem Fingerfett und wie man es durch leichtes Bestäuben mit feinem Puder sichtbar machen konnte. Wenn es stimmt, was dieser Mann sagt, dachte Adams, könnten diese Wirbel und Muster mich jedem verraten, der weiß, wie man sie lesen muß. Ein Schlüsselelement der Identität ist übertragbar geworden. Überall wo wir hingehen, lassen wir eine Art Visitenkarte zurück. Während DuForché erzählte, erkannte Adams, daß diese Entdeckung von enormer Tragweite sein mußte. Die gesamte Polizeiarbeit mußte von Grund auf umgestaltet werden. In der Welt wäre zukünftig weniger Platz für Anonymität, gerade zu einer Zeit, wo die Menschen immer zahlreicher, mobiler, anonymer wurden. Die Polizei bräuchte sich nicht mehr so sehr darauf verlassen, was Zeugen zu erzählen oder Nachbarn und Familienangehörige zu berichten hatten, weniger auf das schwierige Verständnis der kriminellen Psyche, als auf rein physische, mechanische Beweismittel. Der Fortschritt der Wissenschaft! Schluß mit der Notwendigkeit, die Logik des Motivs oder des Tathergangs zu rekonstruieren, sich etwas berichten zu lassen oder menschliche Motivation zu verstehen. Es gäbe Fingerabdrücke. Diese kleinen Wirbel, dachte er, stellten die Rationalisierung, die *Industrialisierung* der Polizeiarbeit dar. »Natürlich«, sagte DuForché, »wenn die eine wie die andere Methode etwas nützen soll, dann braucht man ein großes Archiv von Fingerabdrücken und Messungen. Deswegen führt die Polizei bei jedem, mit dem sie es zu tun hat, Messungen durch. Warum ich auch ins Leichenschauhaus gehe und die Leichen dort messe, bevor der Leichenbeschauer die Obduktion vornimmt.«

»Werde ich auch gemessen? Werden mir die Fingerabdrücke abgenommen?« fragte Adams.

»Wir können es nicht verlangen«, entgegnete DuForché. »Nicht, wenn Sie nicht wollen. Es ist vollkommen freiwillig. Sie sind ein Besucher. Bertillonage würde aber der Polizei helfen. Und Fingerabdrücke abzunehmen würde mir helfen – ich möchte eine Bank von Abdrücken aufbauen, zum Vergleich. Irgendwann wird Bertillon die Vorzüge der Fingerabdruckmethode erkennen, und wenn das der Fall ist, wird er mir dankbar sein, daß ich das Archiv begonnen habe.«

Während der Unterhaltung hatten sie den schattigen Weg verlassen und befanden sich jetzt auf dem Parvis, dem offenen Platz vor der Kathedrale, wo Tauben kopfnickend hinter den Verkäufern mit ihren Lebensmittelwagen herstaksten und Touristen plötzlich im normalen Fußgängerstrom auffielen, weil sie ihren Gang verlangsamten oder mitten im Schritt innehielten, um die Fassade der Kathedrale zu bewundern. Um DuForché und Adams herum waren die Tauben in ständiger Bewegung, wichen vor ihnen zurück und schlossen sich wieder hinter ihnen. »Bertillon ist dickköpfig«, bemerkte DuForché, »aber er ist vernünftig. Ich arbeite also daran, die Beweismittel zu ordnen. Irgendwann wird er sich überzeugen lassen müssen. Erst letzte Woche bekam ich Zeitungsausschnitte über einen Mord, der letztes Jahr in Argentinien aufgeklärt wurde. Soviel ich weiß das allererste Mal, daß ein Mordfall mit Fingerabdrücken gelöst wurde.« Der junge Mann ließ sich von dieser Geschichte und diesem Thema zunehmend beflügeln. Als sie an dem Reiterstandbild von Karl dem Großen vorbeigingen, wurde er langsamer, damit er noch alles loswerden konnte, bevor sie die Präfektur erreichten. »Eine Frau hatte ihre beiden Söhne getötet, sie erstochen, und dann behauptet, ein Nachbar hätte es getan. Sie hatte sich sogar selbst einige Stichwunden zugefügt, damit es so aussehen würde, als hätte sie Glück gehabt, mit dem Leben davongekommen zu sein. Aber sie hatte überall blutige Fingerabdrücke hinterlassen. Das war in irgendeinem kleinen Küstenort südlich von Buenos Aires. Ein Detektiv in Buenos Aires, ein Europäer, den es dorthin verschlagen hatte und der Galtons Methode kannte, erfuhr von diesem Fall und den Fingerabdrücken und telegraphierte der örtlichen Polizei. Er sagte: Besorgt mir diese Fingerabdrücke und nehmt der Frau die Fingerabdrücke ab. Er beschrieb ihnen ganz genau, was er haben wollte. Man schickte ihm die gewünschten Fingerabdrücke. Er stellte fest, daß sie identisch waren, und telegraphierte zurück, worauf die Polizei zu ihr ging und ihr auf den Kopf zusagte, sie sei die Täterin. Und dann hat sie ein Geständnis abgelegt. Dieser Detektiv hat das Verbrechen von einem Ort aus gelöst, der *meilenweit* entfernt war, dank der Fingerabdrücke.«

Adams war sich nicht sicher, ob das stimmte. Die Fingerabdrücke hatten der Mörderin angst gemacht, aber sie hatten sie nicht überführt. Das hatte ihr eigenes Geständnis getan.

Sie hatten die Place du Parvis überquert und standen jetzt am Straßenrand gegenüber der Präfektur. DuForché machte keine Anstalten, die Straße zu überqueren, sondern fuhr fort: »Ich glaube, Bertillon kann das nicht ignorieren. Ich muß jetzt nicht mehr versuchen, ihn mit einer Idee zu überzeugen. Daktylologie ist eine bestehende Tatsache.«

»Heißt das, Sie haben versucht, Bertillon mit erfundenen Fällen zu überzeugen?« Adams übernahm die Aufgabe, den Verkehr zu beobachten, nach einer Lücke Ausschau zu halten, und trat vom Bordstein herunter, aber DuForché folgte ihm nicht.

»Ja, ja, mit Möglichkeiten. Und mit Fiktion – mit Literatur. Ihr Landsmann Mark Twain – er ist doch Amerikaner, nicht?« DuForché lächelte – »läßt in einem seiner Bücher einen Mörder überführen, weil er seine Fingerabdrücke hinterlassen hat. *Leben auf dem Mississippi*. Schon vor zehn Jahren hat er alles vorausgesehen. Natürlich hat ihn niemand beachtet – Ihre eigene Polizei am allerwenigsten.«

»Faszinierend.« Adams warf einen ungeduldigen Blick zur Präfektur. Wenn und falls er Zugang zu den gerichtsmedizinischen Akten bekäme, war immer noch nicht gesagt, daß es ihn weiterbrachte, und vielleicht müßte er noch mit anderen Leuten auf seiner Liste sprechen.

»Darüber schreibe ich meine Doktorarbeit an der Sorbonne.«

»Sollen wir hinübergehen? Bereit?«

»Ich bin kein Mediziner, aber ich möchte einer werden.« DuForché eilte Adams voraus. »Aber zuerst muß ich sie überzeugen, daß ein Detektiv gute Gründe hat, sich in der Medizin auszukennen. Ich möchte Polizeidetektiv werden. Momentan haben sie mich in die Kategorie ›Polizeischüler‹ gesteckt.«

»Und das im Leichenschauhaus ist Ihre Laborarbeit?« fragte Adams, als sie die andere Straßenseite erreicht hatten.

»Nein, was ich dort mache, mache ich auf eigene Initiative. Ich nehme die Bertillon-Maße, um sie mit unseren Unterlagen zu vergleichen. Ich nehme von allen Leichen Fingerabdrücke. Bertillon mißbilligt es, aber er hat nicht gesagt, daß ich es nicht darf.«

Zwei Priester auf dem Weg zur Kathedrale kamen ihnen entgegen, und Adams wartete, bis sie außer Hörweite waren, bevor er seine nächste Frage stellte. »Diese Frau da drinnen – die angeblich Miriam Talbott sein soll – haben Sie irgend etwas Interessantes über sie herausgefunden?«

»Der Selbstmord? Nein.«

»Irgend etwas, was darauf hindeutet, daß sie vielleicht, eh, eine Dame der Nacht gewesen sein könnte? Eine Prostituierte?«

»Nein. Ich habe sie nicht untersucht.« DuForché beäugte Adams argwöhnisch. »Die *angeblich* Miriam Talbott sein soll?«

»Ich kenne Miriam Talbott. Das ist sie nicht.«

DuForché nickte. »Schade um sie. Mit ein paar Fingerabdrücken wäre die Sache sofort aufgeklärt, nicht wahr? Aber der Frau, die Sie suchen, wurden wahrscheinlich nie die Abdrücke abgenommen. Gibt es irgend etwas, von dem Sie wissen, daß sie es berührt hat?«

Adams stellte sich vor, wie sie auf der Wiese vor Pontorson mit ihren Pinseln gearbeitet und in ihre Tasche gegriffen hatte. Ihre Staffelei – sie hatte sie zusammengelegt, sie getragen. Ihre Materialien, ja, aber wo waren sie? Bei ihr. Und in Chartres: ihr Portemonnaie, ihr Binokel, der Ärmel seines Mantels. »Können Sie Abdrücke von Kleidung nehmen? Von dieser Jacke?«

»Leider nein. Haben Sie ein Buch, einen Brief? Ich habe gewisse Erfolge beim Abnehmen von Abdrücken von Papier erzielt.«

Hatte sie ihm einmal sein Notizbuch gereicht? Er war sicher, daß sie es getan hatte, aber dann hatte er es getragen, es selbst gehalten. Er erklärte das.

»Taugt nichts. Die späteren Abdrücke werden die früheren verwischt haben.«

Sie hatten inzwischen die oberste Stufe zur Präfektur erreicht, einem riesigen vierstöckigen Rechteck, das einen ganzen Stadtblock besetzte. Adams staunte über die Größe, darüber, wieviel Material und Personal der Polizeiarbeit gewidmet wurde. War dieses Gebäude nicht einmal der Palast irgendeines früheren Königs gewesen? Er versuchte sich zu erinnern.

»Warten Sie einen Augenblick, ja?« bat DuForché ihn. Der

junge Mann führte ihn zur Mauer des Gebäudes und blickte sich um. »Ich habe das hier ganz vergessen«, sagte er. Er streifte schnell seinen weißen Kittel ab, faltete ihn säuberlich zusammen und steckte ihn in seine Aktentasche. Darunter trug er die unverkennbare Uniform eines Polizeischülers. Dann zog er eine Polizeimütze aus der Tasche, und Adams sah, daß die Tasche wenig anderes enthielt. »Besser, wenn man mich nicht im Arztkittel sieht«, sagte der junge Mann und schob die Mütze zurecht. »So.« Er ging voraus ins Gebäude.

Die drei uniformierten Polizisten, die am Empfangstisch postiert waren, unterhielten sich, unterbrachen aber ihr Gespräch, um Adams und DuForché zu mustern. Hinter dem Tisch, auf der anderen Seite des Foyers, führte eine große Marmortreppe nach oben. DuForché nickte den Männern zu, und Adams sah, daß sie sich wieder entspannten. Trotzdem, einer betrachtete ihn eingehend und skeptisch, als er vorbeiging.

»Das ist neu«, bemerkte DuForché über die Schulter, als sie die Treppe hinaufgingen. »Die Wachen, meine ich. Seit diesem anarchistischen Zwischenfall vor zwei Wochen sind an allen Türen Männer postiert. Das ist ein ganz schöner Schlag für unsere Arbeitskraft, alle Stationen zu bewachen.«

»Anarchistischer Zwischenfall?«

»Ein Bombenanschlag«, sagte DuForché. »Ein Reviergebäude. Häßlich. Zwei Polizisten getötet. Es hat alle nervös gemacht. Keine Einzelpatrouillen mehr. Das ist ein Grund, warum ich draußen diesen Kittel trage«, vertraute er Adams an. »Ich bin in der Stadt viel allein unterwegs, und, naja ...« Er zuckte die Achseln. »Sie werden Bertillon persönlich sprechen wollen, wenn es geht«, murmelte DuForché, während sie durch den langen Gang schritten. »Ich bringe Sie dorthin. Es ist in der Nähe meines Büros.«

»Könnte ich mir zuerst die Fingerabdrücke abnehmen lassen?« Die Vorstellung, die Wirbel und Linien seiner Finger auf Papier erscheinen zu lassen, faszinierte ihn.

Der diensthabende Beamte vom Erkennungsdienst ging eifrig zu Werke, aber trotzdem war es Adams unbehaglich, daß ein Fremder seinen Finger so festhielt, und ihm war nicht sofort klar, wie er seinen Finger über die Abdruckkarte rollen sollte, so daß der Abdruck verschmierte. Sie fingen noch einmal von vorne an. Der endgültige klare Satz hatte eine eigene abstrakte Schönheit. Er wünschte, er hätte seine Fingerabdrücke als Andenken behalten können. Es wäre etwas Besonderes für seine Freunde in Washington gewesen.

Vom Erkennungsdienst führte DuForché ihn durch den breiten Vorraum zur Treppe. Sie kamen an einer offenen Tür vorbei, und Adams sah, daß die Fenster der inneren Büros auf einen Hof hinausgingen. Das Gebäude war längst nicht so groß, wie es seine Fassade vermuten ließ, denn es war innen hohl. Die Büros waren klein und beengt. In einem stand ein Arbeiter vornüber gebeugt und war mit irgend etwas auf dem Boden beschäftigt, ein paar Meter den Gang entlang stand ein anderer auf einer Leiter und hämmerte Nägel in die Wand. Als sie näher kamen, bemerkte Adams am Fuß der Leiter eine Spule dünnen schwarzen Kabels. Das Kabel schlängelte sich über den Marmorboden und führte dann geradewegs die Wand hoch, wo der Arbeiter es an einem Stück Stuckwerk befestigte.

»Eine wunderbare neue Sache«, erklärte DuForché. »Telephon. Haben Sie davon gehört? Im gesamten Gebäude werden jetzt Telephonleitungen verlegt. Wir bekommen morgen eins. Wenn sie installiert sind, wird man die Präfektur von jedem Postamt aus anrufen können.« Er sagte dies mit offensichtlichem Stolz. »Für die Verbrechensbekämpfung müßte es Wunder wirken. Sehr modern.« Ja, dachte Adams, sehr modern. Sehr modern, weil es abstrakter wäre, anonymer, mit jemandem zu sprechen, der weit entfernt war, mit jemandem, dessen Gesicht man nicht sehen konnte. Telephone waren natürlich der nächste logische Schritt nach der Telegraphie, aber das hieß nicht, daß sie etwas Gutes waren. Er hatte Telephone schon in

einigen Regierungsbüros in Washington gesehen, hatte selbst aber noch keines benutzt.
Im dritten Stock blieb DuForché vor einer Tür stehen, die die Aufschrift IDENTIFIZIERUNGSAMT trug. »Der Sekretär wird Ihnen sagen, daß Bertillon sehr beschäftigt ist. Haben Sie irgendein Gewicht?«

Adams verstand nicht.

»Gewicht - Einfluß. Sie wissen schon, Verbindungen.«

»Ich bin Historiker ...« sagte Adams.

»Nicht sehr gut«, erwiderte DuForché und schüttelte den Kopf. »Es sei denn ... Passen Sie auf.« Er kniff seine braunen Augen zusammen. »Wir werden ihm sagen, Sie wären Journalist, daß Sie über Methoden der wissenschaftlichen Ermittlung und Identifizierung berichten. Ich habe Ihnen schon eine Menge erzählt, und das können Sie benutzen, das hört sich so an, als hätten Sie schon recherchiert. Ja – ein Journalist. Für solche Leute hat er immer Zeit.« Adams wollte protestieren, dachte, daß eine diskrete Erwähnung von Hays Namen vielleicht wirkungsvoller wäre, bremste sich aber. Wieso Hay mit hineinziehen, wenn es nicht unbedingt nötig war?

DuForché sprach schon mit dem Sekretär in so schnellem Französisch, daß Adams nicht folgen konnte, deutete auf Adams und zeigte auf die andere Tür neben dem Schreibtisch des Sekretärs. Der Sekretär, ein junger Mann mit pomadisiertem Haar und einer Uniform, die der DuForchés ähnlich sah, rollte eine Zigarre in einem Aschenbecher, um die Asche zu lösen, und hob sie dann langsam zu seinen geschürzten Lippen, während er Adams betrachtete. Er zog an der Zigarre, blies langsam den Rauch aus und nickte. DuForché lächelte und ging zur inneren Bürotür, um sie zu öffnen. »Denken Sie dran!« flüsterte er, »Journalist!« Dann, die Hand schon auf dem Griff von Bertillons Tür, sagte er laut: »Warten Sie hier. Ich werde Sie vorstellen.«

Das Büro war gross, aber schlicht eingerichtet. Auf einer Seite befand sich ein Schreibtisch, auf der anderen, ihm gegenüber, eine Bücherwand und in der Mitte des Raumes, vor dem Schreibtisch und den dahinterliegenden Fenstern, standen drei Stühle mit geraden Lehnen. Links und rechts waren die gestrichenen Putzwände mit ungerahmten Photographien bedeckt, die mit Reißzwecken zu ordentlichen Reihen angeordnet waren. Hinter dem Schreibtisch stand ein gutaussehender Mann, Mitte dreißig, schätzte Adams, mit eindrucksvollen, klaren grauen Augen und einem blassen Teint. In seiner Hand hielt er einen in Stoff eingewickelten Gegenstand. »Ich bin Alphonse Bertillon, Leiter des Identifizierungsamtes. Freut mich, Sie kennenzulernen«, sagte der Mann. Ein vage vertrauter Geruch, der nicht mehr durch Zigarrenrauch maskiert war. Adams überkam ein unbehagliches Gefühl. »Bitte nehmen Sie doch Platz.« Den Stoff immer noch in der Hand, deutete Bertillon auf einen der Stühle gegenüber seinem Schreibtisch. »Ich würde Ihnen gerne die Hand schütteln, aber . . .« Er zuckte die Schulter. Adams sah, daß der Gegenstand, den er in der Hand hielt, ein Objektiv oder etwas Ähnliches war. Auf dem Schreibtisch zwischen ihnen lagen andere Kamerateile, darunter ein großer schwarzer Balg und ein Rahmen. »Ich hebe mir diese Herumspielerei für die Zeit auf, in der ich reden muß«, erklärte Bertillon, sich wieder setzend. »Ist effizienter so.«

»Ich ... ich«, begann Adams. Der scharfe beißende Geruch von chemischem Fixativ – er hatte Angst, ihm könnte schlecht werden. Seit Clovers Selbstmord war der Geruch unerträglich für ihn. »Sie photographieren«, brachte er mit Mühe heraus, schwer schluckend.

»Ja. Das heutzutage wirksamste Mittel der Verbrechensbekämpfung, und das am wenigsten benutzte.« Bertillon lächelte breit und ignorierte DuForchés Räuspern. »Unser gesamter Stab wird in der Technik ausgebildet – einschließlich Michel hier. Es geht nichts über eine Photographie, um dem Richter alles zu erklären – um die Lage der Leiche präzise zu fixieren, die Waffe, falls es eine gibt, das Blut, die persönlichen Gegenstände ...« Bertillon war mit dem Objektiv anscheinend zufrieden und begann, die Kamera wieder zusammenzubauen, eine Tätigkeit, die viel Aufmerksamkeit erforderte. Er beugte sich vor und schob mit einer Pinzette irgendein kleines Teilchen in einen Spalt im Kamerarahmen. »Jedes der Bilder, die Sie hier an meinen Wänden sehen, hat auf irgendeine Weise mit einem Kapitalverbrechen zu tun. Ich könnte Ihnen etwas darüber erzählen, wenn Sie es wünschen.«

Adams warf einen Blick auf die Bilder. Sein Auge blieb an einem hängen, auf dem ein Zimmer mit einem zerwühlten Bett aus einer ungewöhnlichen Perspektive zu sehen war, nämlich von oben. Auf dem Bett waren zwei Gestalten, leblos, ausgestreckt, mit den Laken verknäuelt. In der Mitte des Bettes war ein großer schwarzer Fleck. »Äh, nein. Nein danke.« Aber er sollte doch ein Journalist sein. »Vielleicht später.« Er dachte, er sollte eine Frage stellen, aber ihm fiel das Denken schwer. Ihm war schwindlig.

»Bei bestimmten Fällen nehme ich die Belichtungen selbst vor«, bemerkte Bertillon ungefragt. »Ich vertraue niemandem, wissen Sie.« Er blickte auf und lächelte Adams an, der mit einem gequälten Lächeln reagierte. »Das ist irgendwie befriedigend, wissen Sie. Stativ und Lampen aufstellen, die richtigen

Einstellungen wählen, genau die richtige Schärfe einstellen, und der Schauplatz des Verbrechens ist auf ewig festgehalten. Haben Sie selbst schon einmal photographiert, Monsieur Adams?«

Adams konzentrierte sich auf seine Atmung, bemüht, so wenig Luft wie möglich einzuatmen. »Nein. Früher einmal, aber jetzt nicht mehr.« Er besaß keine Kamera. Clovers hatte er weggeworfen. Irgendwo, in der Nähe dieses Büros, hatte Bertillon eine Dunkelkammer. Adams fühlte, daß etwas in seinem Magen anschwoll. Das passierte ihm nicht nur bei Kaliumcyanid, sondern bei allen photographischen Chemikalien.

»Sie wollen also über mich schreiben, Monsieur Adams? Was denn genau?« Bertillon sah nicht auf, sondern hantierte weiter mit seiner Kamera.

Sieben Jahre, dachte Adams, inzwischen sollte ich das wirklich kontrollieren können. Wie bekomme ich nur das, was ich haben will? »Tatsächlich«, begann er, »hat Monsieur DuForché mir schon sehr geholfen, indem er mir erklärt hat, wie Ihre Abteilung funktioniert.« Er mußte sich beinahe übergeben und hoffte, Bertillon würde es nicht bemerken. »Ich habe schon fast alles, was ich brauche. Ich wollte Sie nur kennenlernen, um Sie in meinem Artikel beschreiben zu können.«

»Da hätte ich Ihnen doch eine Photographie geben können, oder?« sagte Bertillon hinter der Kamera. Adams wußte nicht, ob das ein Scherz war.

»Und«, fuhr Adams fort, »ich brauche Ihre Zustimmung.« Adams sah nervös zu DuForché, der ihm einen verwirrten Blick zurückwarf. »Ich beschreibe Ihre Identifizierungsmethode, und ich dachte, es wäre vielleicht interessant, über einen aktuellen Fall zu berichten. Sozusagen die Methode in ihrer Anwendung zu zeigen.« Jetzt nickte DuForché ermutigend. Adams fuhr fort. »Im Leichenschauhaus befindet sich eine Leiche, die Monsieur DuForché gerade gemessen hat. Ich brauche Ihre Zustimmung, um Einsicht in die Akten zu bekommen.«

»Meine Zustimmung«, murmelte Bertillon, während er eine dünne Klammer auf den Kamerarahmen schob. Er begann, sie mit einem Schraubenzieher festzuziehen.

»Weniger Ihre Zustimmung«, unterbrach DuForché, »als Ihre Genehmigung.«

»Meine *Genehmigung*«, murmelte Bertillon. »Oh, das ist etwas anderes. Meine *Genehmigung*.« Er hielt einen Moment inne, um DuForché anzufunkeln, und betrachtete dann seine Kamera. Er schob den Schraubenzieher in einen anderen Spalt und sah auf. »Sagen Sie mir, wieso nehmen Sie nicht einen Fall, der abgeschlossen ist? Spekulieren Sie nicht mit unserem Erfolg? Was ist, wenn wir diese Leiche nicht identifizieren können?«

Adams und DuForché sahen sich an. »Daran haben wir auch schon gedacht«, sagte DuForché. »Er schreibt eine andere Art von Artikel. Er muß aktuell sein. Monsieur Adams wird mich begleiten, berichten, während es geschieht. Sehr modern. Es spielt kaum eine Rolle, ob wir erfolgreich sind oder nicht.« Als er sah, mit welcher Miene Bertillon auf diese Bemerkung reagierte, fügte er hinzu: »Ich meine, für seine Zwecke. Für den Artikel. Natürlich spielt es eine Rolle.«

Bertillon schnitt eine Grimasse und wandte sich wieder seiner Kamera zu, um irgend etwas im Innern des Balges zu justieren. »Trotzdem«, sagte er, »es stellt schon eine gewisse Herausforderung dar. Eine Leiche zu identifizieren, während ein Reporter – Verzeihung, ein Journalist – zusieht.« Adams hörte ein scharfes Klicken, und Bertillon richtete sich mit zufriedener Miene auf. »So«, sagte er und schob den Balg hin und her, »gereinigt und einsatzbereit.« Er sah die Kamera einen Moment lang bewundernd an und legte sie dann zur Seite. Nachdem er die Pinzette in die Innentasche seiner Jacke gesteckt und das restliche Werkzeug in eine Schreibtischschublade gelegt hatte, sah er Adams an und schenkte ihm zum ersten Mal seine ungeteilte Aufmerksamkeit. »Monsieur

Adams«, sagte er ruhig, »ich hätte fast Lust, Sie aus meinem Büro hinauszuwerfen. Mir so eine Geschichte aufzutischen. Ein Journalist! Sagen Sie mir die Wahrheit. Was wollen Sie von mir?«

»Ich ...« Adams spürte, daß seine Ohren ganz heiß wurden. Er versuchte, mit einem tiefen Atemzug Zeit zu gewinnen, sich gegen das beißende Aroma zu wehren. Er probierte es noch einmal. »Ich möchte eine Leiche identifizieren. Im Leichenschauhaus. Ich möchte wissen, wer es ist.«

»Identifizierung! Nun! Da sind Sie hier richtig.« Adams wußte nicht, ob das eine sarkastische Bemerkung sein sollte. Er sah zu DuForché, um festzustellen, wie er es verstanden hatte, aber der junge Mann wich seinem Blick aus.

»Lassen Sie mich raten. Michel hat Ihnen vorgeschlagen, mir dieses Märchen zu erzählen.« Bertillon blickte von Adams zu DuForché und wieder zurück, und war offensichtlich zufrieden mit dem, was er sah. »Bedauerlich«, seufzte er. »Lassen Sie uns jetzt allein, Michel«, sagte er mit einem Winken der Hand. »Warten Sie draußen. Wir unterhalten uns später.« Adams' vorwurfsvollen Blick quittierte DuForché mit einem unverbindlichen Achselzucken und verließ den Raum.

»Der Sohn meiner Schwester«, sagte Bertillon, als DuForché die Tür hinter sich zugemacht hatte. »Ein Detektiv braucht eine reiche Phantasie, aber dieser Junge ...« Bertillon schüttelte den Kopf. »Wie dem auch sei. Sie interessieren sich für einen Todesfall. Einzelheiten bitte.«

Nachdem Adams alles erklärt hatte, lehnte sich Bertillon vor. »Wer hat Sie ins Leichenschauhaus gebracht?«

»Ein Mann namens Pettibois.«

»Soso.« Bertillon überlegte einen Moment. »Könnte es einen Irrtum mit der Adresse gegeben haben?«

»Sie hatte sie selbst aufgeschrieben«, erwiderte Adams.

»Trotzdem, trotzdem ...« Bertillon schwenkte seinen Stuhl herum, um aus dem Fenster zu sehen. »Haben Sie eine Vermißtenanzeige aufgegeben?« fragte er nach einer kurzen Pause. Er wandte sich wieder zu Adams um. »Mir scheint, Sie interessieren sich mehr für die lebendige Miss Talbott als für die tote, ist das nicht so? Eine solche Anzeige ist der erste Schritt. Das ist eine andere Abteilung – mein Sekretär wird Ihnen sagen, wie Sie dort hinkommen.« Bertillon erhob sich, ein Hinweis, daß das Gespräch beendet war.

»Und das Leichenschauhaus – werde ich die Akte einsehen können?«

Bertillon musterte Adams einen Moment lang. »Selbstverständlich«, sagte er, »wenn Sie meinen, daß es Ihnen hilft.« Er beugte sich vor, um eine Genehmigung auf einen Zettel zu schreiben. »Sie werden auch Zugang zum Oduktionsbericht haben, wenn dieser vorliegt. Wenn Sie wollen. Ich sehe nicht, daß es schaden könnte.«

Adams zögerte. Es war klar, daß er gehen sollte, aber ihm war die Situation peinlich. Er wollte nicht, daß sein moralisches Versagen unkommentiert blieb. Bertillon könnte denken, Unwahrheit sei für ihn nichts Besonderes. »Darf ich fragen«, sagte er leise, »woher Sie wußten, daß ich mich für jemand anderen ausgab?« Er verspürte den plötzlichen Drang, diesem Mann alles zu erklären. »Falls Sie dachten, ich war deswegen so nervös, weil ich Ihnen nicht die Wahrheit erzählt habe: Das war nicht der Grund. Der Grund ist der, daß mir übel ist. Das kommt von den Chemikalien – die lösen das immer bei mir aus. Meine Frau –«

Bertillon hob eine Hand. »Ich wünschte, ich könnte so tun, als hätte ich es meinem detektivischen Gespür zu verdanken. Das wäre etwas, nicht? Keine Spuren von Druckerschwärze an Ihren Handballen, keine blutunterlaufenen Augen vom Kampf gegen die Drucktermine, kein typisches Augenzusammenkneifen von zu vielen mit Korrekturlesen verbrachten Nächten ...« Bertillon lächelte und schüttelte den Kopf. »Nein, Monsieur Adams, hier gibt es keine Wunder à la Sherlock Holmes. Ich weiß, daß Sie genauso wenig ein Journalist sind wie ich – obwohl Sie vermutlich früher einmal einer waren, vor einigen Jahren, wenn man die Zeit berücksichtigt, die Sie bei der *North American Review* verbracht haben.« Bertillon lächelte wieder, erfreut über den Ausdruck auf Adams' Gesicht. »Ah. Sehen Sie. Ich bin ein begieriger Leser amerikanischer Geschichte. Natürlich ist Ihr Name mir bekannt. Eine wunderschöne Geschichte, die Sie da aus der Schlacht von New Orleans gemacht haben – sehr eindringlich. Wenn Sie mich jetzt entschuldigen würden ...«

Im Treppenhaus atmete Adams wieder tiefer durch. Der Knoten in seinem Magen begann sich zu lösen. In der sauberen Luft bekam er wieder einen klaren Kopf.

»Monsieur Adams!«

Von ein paar Stufen über ihm sah Kommissar Pettibois auf ihn herunter. »Was führt Sie hierher? Spielen wir etwa immer noch Detektiv?«

»Naja, eigentlich –« Das Erlebnis mit Bertillon schmerzte noch. Er würde die Wahrheit sagen. »Ja. Ich war gerade eben im Identifizierungsamt.«

»Ah, Alphonse! Nun, seine Männer sind genau das Richtige. Wenn irgend jemand herausbekommen kann, wer unsere geheimnisvolle Frau ist, dann seine Jungs.« Pettibois war großzügig aufgelegt und lächelte. »Und, Sie sind auf dem Weg zu Ihrem Hotel? Vielleicht könnten Sie mich unterwegs absetzen – ich habe etwas in der Gegend zu erledigen ...«

»Nein. Ich gehe nach unten. Vermißtenabteilung. Ich möchte eine Anzeige aufgeben.«

»Hervorragende Entscheidung. Hervorragend! Sie können sich wieder ganz Ihren Geschäften widmen, in der Gewißheit, daß die Angelegenheit in guten Händen ruht. Sehr klug von Ihnen.« Pettibois nickte. »Aber das dürfte nicht allzu lange dauern, nicht?«

»Danach wollte ich noch einmal zum Leichenschauhaus hinübergehen.«

»Ach. Wieso?« Pettibois bemerkte Adams' Zögern und kam die Stufen zu ihm hinunter. »Na kommen Sie, Monsieur Adams. Ein guter Detektiv verachtet fremde Hilfe nicht. Ich helfe Ihnen, Sie helfen mir, vielleicht finden wir Ihre Freundin dann um so schneller. Was haben Sie im Sinn?«

Adams studierte den rötlichen Teint, die gefühlvollen Augen. »Meine Visitenkarte. Ich habe dieser Frau nie eine Visitenkarte gegeben. Diejenige, die sie hatte, hatte sie von Miss Talbott. Wenn die Tote nicht eine Diebin war, dann muß Miss Talbott sie ihr gegeben haben. Also hat Miss Talbott diese Frau irgendwie gekannt.«

Pettibois überlegte einen Moment. »Ja. Dann waren sie offensichtlich miteinander bekannt, diese Tote und Ihre Bekannte. Haben Sie irgendeine Vorstellung, wie?«

»Nein.«

»Mmmmm. Naja. Das könnte wichtig sein, nicht?« Die beiden Männer sahen sich an. »Ich habe eine Neuigkeit für Sie, Monsieur Adams«, sagte Pettibois schließlich. »Ich habe mir die Geschichte durch den Kopf gehen lassen, und mir scheint, daß die Indizienbeweise – die Papiere, die persönlichen Gegenstände – nun, man sollte denen nicht soviel Wert beimessen wie der Aussage eines einzigen vertrauenswürdigen Zeugen, der weiß, was er sagt. Also: Ich habe meinen Bericht abgeändert. Die Leiche gilt offiziell als unbekannt.« Pettibois zog etwas die Augenbrauen hoch, als Adams nicht reagierte. »Ich hatte eigentlich gedacht, das würde Sie freuen.«

Adams zuckte die Achseln. »Es ist eine gute Idee. Aber es hilft mir nicht, Miss Talbott zu finden.«

Pettibois nickte mitfühlend. »Sie müssen mich wirklich auf dem laufenden halten, wie Sie mit Ihren Ermittlungen vorankommen. Falls Sie auf irgend etwas stoßen, was mir weiterhelfen könnte, lassen Sie es mich wissen. Mein Büro ist hier, im zweiten Stock«, sagte er mit einer Handbewegung. »Kommen Sie unter allen Umständen bei mir vorbei.«

Eine seltsame Zusammenstellung, dachte Adams: Notre-Dame und dahinter, kaum zweihundert Meter entfernt, das Leichenschauhaus. Eine Ironie, zweifellos unbemerkt von all den Verkäufern, Droschkenkutschern, Touristen und Omnibus-Passagieren, die die Place du Parvis frequentierten. Hier lagen zwei große soziale Bedürfnisse in unmittelbarer Nähe. Doch wenn Architektur den praktischen Wert widerspiegeln würde, müßte das Leichenschauhaus das größere Gebäude sein, größer als jede Kathedrale. Tod, als brutale Tatsache und als ein gesellschaftliches Problem – selbst als *hygienisches* Problem – hatte logischerweise Vorrang vor dem Bedürfnis, das zu dem Bau dieser Kathedrale geführt hatte.

Oder vielleicht ergänzten sich die Kathedrale und das Leichenschauhaus gegenseitig. Denn war nicht das Problem des Todes der eigentliche Grund für das Entstehen beider Bauwerke? Das eine Gebäude war den praktischen Aspekten unserer Sterblichkeit gewidmet, das andere den Konsequenzen für Theorie, Glaube, Bewußtsein. Ja, es machte Sinn, daß beide Gebäude sich hier befanden, auf der Ile de la Cité, genau im Herzen von Paris, dem Ort seines geschichtlichen Ursprungs. Die Entsorgung der Toten, die kontrollierte Ordnung spiritueller Sehnsucht: beides war in jeder Kultur notwendig.

Der Leichenbeschauer saß in seinem kleinen Büro hinter seinem Schreibtisch mit dem Rücken zu Adams, neben seinem

Ellbogen eine geöffnete Aktenschublade. Adams räusperte sich, wartete, grüßte dann. Der Mann rührte sich nicht. Höchstwahrscheinlich war er von der Endgültigkeit seiner Aufgabe derart gelangweilt, daß er eingeschlafen war. Sein Körper verdeckte das, was er vielleicht gerade gelesen hatte. Adams näherte sich dem Tisch und rief noch einmal »hallo«, diesmal lauter, aber der Mann reagierte immer noch nicht. Auf dem Tisch herrschte Unordnung. Adams begann, die Papiere darauf zu überfliegen, versuchte, sie verkehrt herum zu lesen. Er räusperte sich und blickte sich verlegen um. Er hielt nach einem Buch Ausschau, das er fallen lassen könnte. Der laute Schlag wäre genau das richtige, dachte er, aber er sah nur loses, stummes Papier. Schließlich ging er mit einem unbehaglichen Gefühl um den Tisch herum.

Der Leichenbeschauer saß da mit einem braunen Umschlag in den Händen, und vorne in seinem Hemd, über dem Umschlag, waren zwei an den Rändern ausgefranste Löcher, aus denen ein stetiger Fluß schwarzen Blutes strömte. Bevor er die Augen schloß, erblickte Adams Fleisch von der Farbe rohen Schweinefleisches. Er zwang sich, wieder hinzusehen. Die obere Wunde befand sich genau in der Mitte der Brust, knapp über der Einbuchtung, wo sich der Bauch und die gerundeten Formen der Brustmuskeln trafen. Adams sah weiße Splitter in der Wunde, ein zertrümmerter Knochen, der dem Loch Tiefe und Profil gab, wie eine grausige Schraffur. Während er hinsah, befreite sich ein winziges Stück Knochen und wurde auf einem Rinnsal von Blut hinausgetragen, ein Bach, der zum Bauch des Toten herunterfloß, von wo er sich zu einem Fleck ausbreitete, der sein Hemd auf beiden Seiten durchtränkte.

Adams stieß die Luft aus, die er unbewußt angehalten hatte. Es war das erste Mal, daß er einen erschossenen Menschen sah, und irgendwie war er erleichtert, daß er so gut damit fertig wurde. Vielleicht sollte er Pettibois' Rat beherzigen: Wie würde ein Detektiv denken? Er sah sich um und dachte, es muß einen Grund für diesen Tod geben, und dieser Grund muß in diesem Raum zu finden sein.

Wahrscheinlich hatte der Mörder direkt vor seinem Opfer gestanden: Zwischen dem Beamten und der Wand war genug Platz für einen Mann, aber Adams hatte nicht die Absicht, sich jetzt dort hinzustellen. Er ging vorsichtig um den Tisch herum, auf die andere Seite, wo der Aktenschrank stand, dessen eine Schublade geöffnet war. War der Leichenbeschauer gestört worden, oder hatte der Mörder sie offenstehen lassen, vielleicht nachdem er etwas herausgenommen hatte? Er sah die Reihe der Etiketten durch, jedes mit einem Namen beschriftet, der für eine Seele stand, die diesem bedauernswerten Beamten in die Ewigkeit vorausgegangen war. Adams konnte an diesem Register nichts Verdächtiges feststellen. Man mußte wissen, wie die Ordnung aussah, bevor man die Unordnung entdecken konnte. Er warf einen Blick auf die Aktenmappe in den Händen des Toten, verschränkte den Hals, um den Namen auf dem Etikett zu lesen, wobei er darauf achtete, daß er nicht den Körper berührte. Miriam Talbott, stand da, mit dem Datum der Einlieferung: *21. November 92*. In der Mappe befand sich der Obduktionsbericht des Leichenbeschauers, und – Adams bewegte den Bericht leicht mit einem Fingernagel, eingedenk dessen, was DuForché über Fingerabdrücke gesagt hatte – weiter nichts. Von dem Bertillonage-Bericht keine Spur.

Adams trat vom Tisch zurück und ging rückwärts aus dem Büro hinaus, prägte sich die Szene ein, verkleinerte ihren Maßstab, je mehr er sich davon entfernte. Der Anblick rührte ihn nicht mehr groß. Er würde die Polizei holen. Erst als er draußen war, im Tageslicht vor dem Leichenschauhaus, fiel ihm ein, daß der Mord noch ganz frisch war und daß der Schütze noch irgendwo in der Nähe lauern konnte. Er mußte sich für einen Moment an die Mauer des Gebäudes lehnen. Mit dem Verstand konnte er sich vielleicht einreden, daß die Sache ihm nicht naheging, aber sein Körper ließ sich nichts vormachen.

Hatte er nicht Erkundigungen über Miriam Talbott eingeholt? War er nicht zu ihrer Wohnung gegangen? Hatte er nicht mit dem Concierge gesprochen, und mit Madame LeBlanc, die beide ohne weiteres alle möglichen unangenehmen Typen kennen konnten? Ohne es eigentlich beschlossen zu haben, rannte er, weg vom Leichenschauhaus, vorbei an der Kathedrale, auf den Platz hinaus, wo die Tauben in einer großen gefiederten Welle aufflogen, ein Geräusch, wie wenn Spielkarten gemischt werden. Er schlängelte sich zwischen Kutschen und Droschken hindurch auf die Rue de la Cité. Er hörte erst wieder auf zu rennen, als er die Tür der Präfektur erreichte.

Sein älterer Bruder Charles hatte ihm einmal einen guten Rat gegeben, der auf seine Erfahrung im Bürgerkrieg gegründet war: ›Wenn du die Wahl hast, halt dich an die Generäle.‹ Und so blieb Adams in Bertillons Vorzimmer sitzen, auch nachdem der erste Trupp Beamte zum Leichenschauhaus aufgebrochen war. DuForché war nirgends zu sehen, und Bertillon trommelte, als er schließlich erschien, ein halbes Dutzend Assistenten aus einem Labor nebenan zusammen und führte sie dann zum Hof, wo sie zwei von Pferden gezogene Wagen bestiegen, die beide die Aufschrift POLIZEI auf den Seiten trugen. Die Männer nahmen schnell und schweigend ihre Plätze ein, als wäre vorher alles abgesprochen gewesen. Bertillon selbst schwang sich auf die Kutscherbank eines der beiden Wagen und ließ den Blick über den Hof schweifen. »Nun?« sagte er, als er sah, daß Adams zögerte. »Kommen Sie mit?«

Beim Leichenschauhaus ging Bertillon unverzüglich hinein, dicht gefolgt von Adams. »Verdammt noch mal, aufhören!« brüllte Bertillon, und Adams zuckte zusammen. »Sie da! Raus! Aus meinen Augen! Verschwinden Sie!« Er wollte schon kehrt machen, als er den Grund von Bertillons Zorn bemerkte: Ein Gendarm, der geschäftig die Schreibtischfläche untersuchte, Papiere und Mappen in die Hand nahm. »Man tut sein Bestes, sie auszubilden«, murmelte Bertillon, »aber sie wollen nicht lernen. Sie lesen nicht die Mitteilungen, die man ihnen schickt. Sie kommen zu einem Tatort und führen sich wie die Affen auf, müssen immer alles anfassen.« Er seufzte. »Also gut, Louis«, sagte er zu einem seiner Männer. »Halten wir diese Szene fest, wie unser selbstvergessener Kollege sie uns gnädigerweise überlassen hat. Jean-Pierre, gehen Sie ihm bitte zur Hand.«

Während ein Mann ein großes Stativ aufstellte, dessen Beine auszog, bis die Oberseite der darauf montierten Kamera die Decke berührte, stellte ein anderer mehrere Metallständer im Raum auf, an denen schmale Schalen angebracht waren, während ein dritter die Schalen mit Magnesium füllte. Ein vierter packte eine kleine lederne Gerätetasche aus und bestäubte die Papiere, die auf dem Schreibtisch lagen, mit feinem Puder, den er stoßweise aus einem Gummifläschchen drückte. Adams versuchte sich zu erinnern, ob er irgend etwas berührt hatte. »Ich dachte, Sie glauben nicht an Fingerabdrücke«, sagte er.

»Nicht an sie glauben? Aber da sind sie«, erwiderte Bertillon und wies mit einer Hand auf die andere. »Wie sollte ich nicht an sie glauben?«

»Ich dachte, Sie sammeln sie nicht am Tatort.«

»Wer hat Ihnen das erzählt?«

»DuForché.«

Bertillon drehte den Kopf auf die Seite und streckte den Nakken mit einer rollenden Schüttelbewegung. »Nein. Damit Sie's wissen: Ich bin nach wie vor nicht überzeugt, daß jeder Abdruck einzigartig ist. Das wird die Zeit zeigen. Bis das endgültig geklärt ist, wäre ich ein Tor, nicht jede Methode zu benutzen, die irgendeine Aussicht auf Erfolg bietet.«

»Einschließlich Ihrer eigenen.«

»Einschließlich meiner eigenen.«

»Irgend jemand«, sagte Adams, »hat soviel von Ihrer Methode gehalten, daß er einen Bertillonage-Bericht gestohlen hat.« Er deutete auf die Mappe im Schoß des Leichenbeschauers.

»Als ich heute morgen hier vorbeikam, hatte DuForché ihn gerade ausgefüllt. Jetzt ist er weg.«

»Was hat der da in der Hand?« fragte Bertillon den Mann, der am Tisch arbeitete.

Der Mann untersuchte die Mappe, ohne sie zu berühren. »Ein Umschlag, dunkelbraun, ungebleichte Faser. Staatsdruckerei, in Paris hergestellt. Inhalt: Bericht des Leichenbeschauers, heute unterschrieben und datiert. Etikett: *Miriam Talbott, 21. November 92.*« Er wandte sich wieder seinem Puder zu.

»Nun, Monsieur Adams. Wie es scheint, haben Sie das Motiv entdeckt«, sagte Bertillon forsch. »Vielen Dank. Wenn Sie nun bitte ...«

»Kommissar Bertillon«, rief ein Mitglied des Teams von der Tür zur Leichenhalle. »Das sollten Sie sich mal lieber ansehen.«

Adams folgte ihm hinein, und sein Blick wurde sogleich auf den Tisch gelenkt, wo am Abend zuvor die Leiche der Frau, die nicht Miriam war, gelegen hatte. Dort befand sich, teilweise vom Tuch bedeckt, ein Kadaver, dessen Bauch mit einem langen Schnitt von Brust bis zum Becken geöffnet war. Irgend jemand hatte die Leiche systematisch ausgeweidet. Adams sah unwillkürlich weg, nach unten, wo er entdecken mußte, daß der stetige Strom von Wasser, das in dem gekachelten Kanal am Fußende des Tisches gurgelte, rosa von Blut war. Als er aufsah, war da wieder dieses weiße, blutleere Fleisch der Einschnitte. »O mein Gott«, rief er. Auch Bertillon und der Detektiv, der ihn hereingerufen hatte, konnten nicht hinsehen. Beide standen in der Nähe des Tisches vornübergebeugt, geschwächt von Übelkeit.

Aber dann begriff Adams, daß die Polizisten sich nicht vor Ekel krümmten, sondern um etwas zu untersuchen. Er verrenkte den Hals, um etwas zu sehen. Er sah den Arm der Leiche vor Bertillons Gesicht herunterhängen. Die Hand war entstellt, die Finger waren zu stummelig, als wären sie durch irgendeine perspektivische Täuschung gekürzt worden. Nein, erkannte

Adams, es lag nicht an der Perspektive. Die Fingerspitzen waren nicht mehr rund. Sie waren stumpf, zu stumpf, ein bißchen ...

»Hmmm.« Bertillon angelte kurz in seine Jackentasche und holte mit einer eleganten Bewegung ein Vergrößerungsglas und eine Pinzette hervor. »Fingerspitzen fehlen. Das gehört nicht zur Obduktion.« Er verdrehte den Kopf, um die Hand aus verschiedenen Winkeln zu untersuchen und hob sie mit der Pinzette in die gewünschte Position. »Kleine Knochenfraktur hier. Sie wurden abgeschnitten, nicht abgesägt. Schnell. Schlampig.« Er ging noch etwas tiefer in die Hocke und spähte zur Hand hinauf. »Was immer sie dazu benutzt haben: Es war ziemlich scharf.«

Als sie wieder in Bertillons Büro waren, bot der Leiter des Identifizierungsamtes Adams einen Teil seines Mittagessens an. Etwas, das in Metzgerpapier eingewickelt war – Adams schüttelte den Kopf und rückte seinen Stuhl ein paar Zentimeter näher an das Fenster heran, das er eine Handbreit geöffnet hatte. Es kam ein leichter Windhauch herein, der den zurückgebliebenen Geruch von Chemikalien und Zwiebeln verteilte. »Suchen Sie Pettibois«, befahl Bertillon einem Untergebenen. »Er kriegt einen Anfall, wenn wir ohne ihn anfangen.«

Als der Untergebene gegangen war, schüttelte Bertillon den Kopf. Er warf einen Blick auf Adams, dessen leeres Starren er als Zurückhaltung mißdeutete. »Pettibois ist eine andere Sorte Polizist als ich«, erklärte er vorsichtig. »Hält Eile nicht für so entscheidend.« In seinem Ton lag keine versteckte Andeutung, er stellte nur nüchtern eine Tatsache fest. Er griff wieder in sein Metzgerpapier, nahm ein belegtes Brot heraus und biß gedankenverloren und doch präzise davon ab. Adams wandte sich ab. Er beobachtete, wie draußen im Hof die trockenen Blätter einer Pappel im Wind raschelten und sich drehten wie ein Schwarm Fische. Das Rennen, die Aufregung, der grausige Anblick des geöffneten Körpers dieser Frau, die Chemikalien, der starke Essensgeruch – er fühlte sich müde, alt und mehr als nur ein bißchen beunruhigt. Er fragte sich, ob sein Freund Hay in seinem Büro in der Botschaft war.

»Das ist Zeitverschwendung«, verkündete Bertillon. Er wikkelte sein Brot wieder ein und legte es an den Rand seines Schreibtischs. »Fangen wir an. Wie wär's, Monsieur Adams, wenn Sie mir erzählen, was Sie getan haben, nachdem Sie das Leichenschauhaus betraten.«

»Wieso haben Sie nicht direkt einen Gendarm geholt, als Ihnen klar wurde, daß er erschossen worden war? Wieso noch um den Tisch herumgehen, um sich die Mappe anzusehen?«

»Daß er erschossen worden war, hatte ich erst bemerkt, nachdem ich um den Tisch herumgegangen war.«

»Ja, ja, aber Sie haben doch gerade gesagt, Sie hätten sich vorgebeugt, um sich die Mappe in seinem Schoß anzusehen, und dann das Terrain erkundet. Wieso sind Sie nicht gleich losgegangen, um Hilfe zu holen?«

»Ich war neugierig.«

»*Neugierig*«, Bertillon wiederholte das Wort, als prüfe er seine Stärke, seine Wahrheit. »Mmmm.« Er sah Adams mit einer hochgezogenen Braue an. »Sie haben nichts berührt?«

»Ich habe vielleicht den Aktenschrank berührt. Und den Bericht des Leichenbeschauers.«

»Wieso?«

»Um zu sehen, was sich in der Mappe befand. Um zu sehen, ob der Bertillonage-Bericht drin war.«

Es klopfte an der Tür, und bevor Bertillon etwas erwidern konnte, öffnete Pettibois die Tür und rauschte ins Büro. »Alphonse«, sagte er fröhlich mit einem kleinen Nicken. »Tut mir leid, ich bin etwas spät. Ich habe etwas für Sie.« Er lächelte und entblößte ein Gebiß, das von einem Paar spachtelförmiger Schneidezähne beherrscht wurde. Seine Wangen waren vor Aufregung gerötet. Er hielt Bertillon zur Begutachtung einen großen Bolzenschneider hin, der schwer und neu aussah. »Von einer Waffe keine Spur, aber der hier wurde in einem Gebüsch hinter dem Leichenschauhaus gefunden. Offenbar das Werkzeug, mit dem die Fingerspitzen der Frau abgeschnitten wurden.« Er hielt ihn dicht vors Gesicht, um die Schneiden zu betrachten. »Wahrscheinlich schwieriger mit sich herumzutragen als eine Pistole. Vergleichsweise gar nicht soviel Blut drauf. Aber sie war ja auch schon tot, nicht wahr?«

Bertillon untersuchte den Bolzenschneider. »Ich nehme an«, sagte er langsam, »Sie haben die Griffe nicht auf Fingerabdrücke untersuchen lassen?«

Pettibois starrte ihn ungläubig an. »Ich bin wirklich ein Idiot«, sagte er schließlich. »Wirklich, das bin ich, wirklich. Nein, bedauerlicherweise nicht.« Er schüttelte den Kopf. »Verzeihen Sie mir.«

Bertillon seufzte. »Nun. Da kann man nichts machen. Bitte. Nehmen Sie Platz. Ich habe gerade angefangen, Monsieur Adams zu befragen.«

Pettibois zog sich einen Stuhl heran. »Bitte, machen Sie weiter. Tut mir leid.«

Bertillon erkundigte sich bezüglich der Leiche, ob Adams sie bewegt oder berührt habe. Und dann bat er Adams, ihnen genau zu erzählen, wie er die Leiche vorgefunden habe. Er ließ Adams antworten, nickte ihm aufmunternd zu. »Haben Sie irgendein Geräusch aus der Leichenhalle gehört?« fragte er, als Adams fertig war.

»Nein«, sagte Adams. »Wenn es eins gab, dann ist es mir nicht aufgefallen.«

»Haben Sie irgend jemanden hereinkommen oder hinausgehen sehen? Irgend jemanden?«

»Nein.«

Bertillon nickte. »Ja. Das wäre dann alles.« Er schwenkte zu seinem Schreibtisch herum und wandte sich an Pettibois. »Sie müssen davon ausgehen, daß irgend jemand vermeiden möchte, daß die Identität dieser Frau bekannt wird. Der Bertillonage-Bericht, die Fingerspitzen.«

»Mmmmm«, murmelte Pettibois zustimmend. »Haben Sie den Obduktionsbericht gesehen? Er ist fertig. Wer den Leichenbeschauer getötet hat, muß ihn erwischt haben, kurz nachdem der Bericht fertiggestellt war.«

»Ja«, sagte Bertillon. Er blickte auf den Schreibtisch, wo sich jetzt die Mappe befand, die im Schoß des Leichenbeschauers gelegen hatte. »Suizid.«

»Monsieur Adams glaubt, sie war womöglich in diesen Panama-Skandal verwickelt«, meinte Pettibois und blickte beide abwechselnd an. »Hat er Ihnen das gesagt?«

Bertillon drehte sich zu Adams um. »Nein. Wieso – wie kommen Sie darauf, Monsieur Adams?«

Adams erzählte Bertillon von Reinachs Visitenkarte auf dem zweiten Tisch. »Das muß überhaupt nichts bedeuten«, sagte er aus Respekt vor Pettibois.

»Nein, nein, Sie sind da wirklich auf etwas gestoßen«, meinte Pettibois. Er strich sich beim Sprechen mit einer Fingerspitze über den Schnurrbart. »Zu dem Zeitpunkt dachte ich, dem Leichenbeschauer wäre ein Irrtum unterlaufen, er hätte seine Gegenstände mit ihren vermischt, aber ich glaube, es lohnt sich, der Sache nachzugehen.« Er zog sich mit dem Daumen und dem gekrümmten Zeigefinger der rechten Hand am Ohrläppchen.

»Beide gleichzeitig tot«, bemerkte Bertillon nickend. »Ein sehr merkwürdiger Zufall.«

Pettibois zuckte die Achseln. »Er ist an einem Schlaganfall gestorben. Sie hat Suizid begangen. Vielleicht ist es einfach so, wie es ist.«

Bertillon saß einen Moment schweigend da und lehnte sich dann in seinem Stuhl zurück. »Daß der Bertillonage-Bericht entwendet wurde, kann ich verstehen. Eine obduzierte Leiche ist nicht gut zu vermessen. Aber mit den Fingern ist das eine andere Sache. Wieso sie jetzt noch abschneiden? Die Abdrücke sind doch schon genommen worden. Michel!« rief Bertillon Richtung Vorzimmer. »Sie haben doch dieser Leiche die Fingerabdrücke abgenommen und archiviert, oder?«

»Ja, Monsieur«, sagte DuForché von der Tür. »Erst heute morgen. Es wird mindestens einen Tag dauern, bevor die Kollegen herausgefunden haben, ob wir einen entsprechenden Satz haben, Monsieur.«

»Mindestens einen Tag«, murmelte Bertillon. Er sah mit hochgezogenen Augenbrauen zu Adams hinüber, ein Blick, der auf irgendein gemeinsames Leiden hinzudeuten schien, ein gegenseitiges Einverständnis, aber Adams konnte nicht feststellen, ob Bertillon damit die Langsamkeit der Fingerabdruckspezialisten meinte oder den beflissenen Ton, den DuForché jetzt anschlug, oder vielleicht seine Nachsicht für die Theorien seines Neffen. Als Adams zurücklächelte, erhob sich Bertillon und streckte Adams die Hand entgegen. »Monsieur Adams, vielen Dank, daß Sie sich die Zeit genommen haben. Sie waren uns sehr behilflich. Ich bedaure sehr, daß Sie in diese unangenehme Situation geraten sind.«

Die Droschke, die auf Adams' Ruf hin hielt, wurde von einem derart heruntergekommenen Pferd gezogen, daß er sie zuerst wieder wegschicken und eine andere suchen wollte. Aber der Kutscher selbst wirkte noch heruntergekommener – klein, hängende Schultern, Stoppeln, die ungestört in den tiefen Falten seines Gesichts wuchsen – und schien dringend Kundschaft zu brauchen.

»Nein, warten Sie«, sagte Adams, als er Platz genommen hatte und der Kutscher Anstalten machte, die Vorhänge zu entrollen. »Es regnet nicht. Lassen Sie die oben.«

»Verzeihung, Monsieur. Den Kunden ist es lieber so. Wegen der Anarchisten.« Der Mann nickte ständig zu einem verborgenen Rhythmus, eine unwillkürliche Bewegung. Beim Lächeln stülpten sich seine Lippen in den Mund hinein, was ihm den für Zahnlose so typischen Gesichtsausdruck verlieh. Er hatte eine steife Haltung, konnte den Kopf nicht drehen, ohne die Schultern mitzudrehen. »Die sind jetzt überall. Haben einen Mann erschossen, wirklich wahr. Springt auf seinen Wagen auf, eine Waffe in die Rippen, und schon ist es passiert.« Er zielte mit einem Finger wie mit einer Pistole und grinste, wobei er einen schwarzen Gaumen entblößte.

»Wann war das? Wo?«

»Auf den Champs-Elysées. Ja! Ist raufgeklettert, hat ihn erschossen und ist weggelaufen. Erst Mittwoch vor einer Woche.« Der alte Mann kletterte mit einiger Mühe auf seinen Sitz hinter dem Dach der Droschke. »Was meinen Sie, das hat ganz schön was verändert. Ja! ›Porrr-romme-naaade?‹ fragt man. Und sie sagen ›*Ah non, non merci, non!*‹ Nein, der Herr, wollen nicht mehr raus, die Herrschaften. Kann's ihn' nicht verübeln, wirklich nicht.« Mit einem ausladenden Schütteln der Zügel setzte er die Pferde in Bewegung.

»Zur amerikanischen Botschaft«, rief Adams. »Gab es einen Grund? Wen haben sie erschossen?«

»Einen Reichen«, erwiderte der Kutscher, jetzt eine körperlose Stimme, die von oben kam. »Das war ein Reicher, und wie.« Adams lehnte sich in den Ledersitz zurück. Die Zügel, die von oben in sein Blickfeld gerieten, zitterten leicht. »Grund genug für die«, rief der Kutscher als nachträglichen Gedanken hinunter.

Was war aus Paris geworden? Bombenanschläge, wahllose Überfälle, eine mißmutige und argwöhnische Bevölkerung, Angriffe auf die Polizei, und die Regierung kurz vor dem Sturz, ein ermordeter Leichenbeschauer und eine verschwundene Amerikanerin – das Paris des Panama-Skandals kam ihm wie ein Betrüger vor, ein verdrießlicher, streitsüchtiger Fremder, der die Stadt, die er aus seiner Jugend kannte, von ihrem Platz verdrängt hatte.

Während die Gebäude vorbeischlichen und die Hinterbacken des Pferdes vor ihm rhythmisch hin und herschaukelten, gab sich Adams seinen Erinnerungen hin: Er war vor etwa dreißig Jahren zum ersten Mal in Paris gewesen, unterwegs, um die rechtlichen Institutionen Deutschlands zu studieren,

Bestandteil einer ausgehandelten Erholungspause von den hochgespannten Erwartungen seines Vaters. Es hatte ihm gut getan, fortzusein. In Boston waren zu viele Brüder. Er entdeckte für sich die Grenzen der Trinitarier, indem er sie überschritt, sowie die moralische Vision, deren Mittelpunkt das alte Haus in Quincy war. Selbst die Einsamkeit war Medizin: Eine Übung im Abstandhalten von der Familie. Manchmal wirkte sich ihre Existenz korrumpierend auf ihn aus – er wußte, mit einer Zuversicht, der er sich zu widersetzen bemühte, daß sein Name große Achtung genoß.

In Paris hatte er sich zum ersten Mal in einer Kultur befunden, in der sein Name nur wenigen bekannt war, einem sehr kleinen Kreis von Leuten, von denen er sich sowieso befreien wollte. Er fühlte sich zu den Dichtern, Malern und Schriftstellern hingezogen, zu jenen, deren Musen selten über gesellschaftliche, politische oder juristische Angelegenheiten sprachen. Und in diesen Kreisen war der Verhaltens-, Mode- und Bekleidungskodex so wunderbar neu und fremdartig. Vor allem die Frauen waren anders – kühner, provokativer. Sie zeigten eine Dreistigkeit, die den amerikanischen Frauen unbekannt war. Diese Eigenschaft fand sich in allen Schichten der französischen Gesellschaft. Es war äußerst beunruhigend, von einer Frau schöne Augen gemacht zu bekommen, die im groben dunklen Stoff der Armut gekleidet war. Damals hatte er das Phänomen auf Frankreichs radikalen Egalitarismus zurückgeführt, ein Vermächtnis der Revolution. Jetzt war er sich nicht mehr so sicher. Auch schon davor, so glaubte er, hatte es dem französischen Wesen grundlegend widerstrebt, das Bewußtsein von Körperlichkeit durch irgendeine Form von Zurückhaltung abzuschwächen, und das erlaubte Frauen und Männern, sich ungeachtet ihrer gesellschaftlichen Position gegenseitig zuallererst als körperliche, als sexuelle Wesen zu verstehen. Wie zivilisiert sie auch sonst sein mochten, waren die Franzosen doch nie sehr weit von ihrer animalischen Natur entfernt.

Das erklärte eher den egalitären Drang in der französischen Gesellschaft als andersherum.

Und natürlich ließ sich so auch viel leichter die Gewalttätigkeit erklären, die Schnelligkeit, mit der politische Differenzen in Unruhen umschlugen. Bombenanschläge auf Polizeireviere waren eine Sache, aber jetzt gab es schon wahllose Morde auf den Straßen. Daß ein Anarchist dazu kam, ein so eindeutig anonymes Ziel wie einen Pariser Bürger zu wählen, der es sich in seiner Kutsche bequem machte, war ein Zeichen dafür, daß sich, parallel zur Macht des Staates, ein politischer Symbolismus entwickelt hatte. Es waren nicht mehr nur die Obersten oder Oberen, die die Kugel des Attentäters zu fürchten hatten. Die Gesellschaft war nach dem Bild der industriellen Produktion so grundlegend umgewandelt worden, daß sie als ein Block dastand, als eine große, klappernde, aufsässige Maschine, und der Anarchist hatte recht – ein Angriff auf ein Teil davon war ein Angriff auf das Ganze.

Seine Droschke fuhr an einem Park vorbei, dessen Kieswege ihn mit ihren vereinzelten Reitern an Clover erinnerten. Sie hatten fast jeden Nachmittag einen Ausritt im Rock Creek Park unternommen, wenn er sein Tagespensum an Arbeit hinter sich hatte. Er wußte, daß es wahrscheinlich ein Kunstgriff der Erinnerung war – die Erinnerung mit ihrer Schönfärberei – aber ihm schien jetzt, als seien sie bei ihren Ausritten immer glücklich gewesen. Sicher, Clover hatte ihre Launen, Schwierigkeiten und Stimmungsschwankungen. Seine Familie war allerdings der Ansicht, eine anständige, gottesfürchtige Frau müsse in der Lage sein, sich zu beherrschen. Aber wenn sie zusammen ausritten, waren sie glücklich und Clovers Laune war unbeschwert, und seine Familie war weit weg.

Es machte ihn nicht mehr traurig, daran zu denken, wie es damals war, aber dieses Glück würde er nie wieder erleben. Er wünschte sich, es gäbe eine Möglichkeit, diese Augenblicke wieder zu besitzen, wünschte, daß sich die Erinnerung nicht jedesmal, wenn man sie sich ins Gedächtnis rief, verschönte, so daß das, woran man sich erinnerte, nicht mehr die unverfälschte Substanz des tatsächlich Erlebten war, sondern nur noch die schillernde Erinnerung an etwas, das mit jedem neuen Erinnern unter einer weiteren Schicht eingeschlossen wurde. Nicht genug Blau in diesem Licht, hätte Miriam vielleicht gesagt. Kein Wunder, daß es sich weigerte, lebendig zu werden.

Und dann, als käme er aus einer unvertrauten Richtung wieder auf eine vertraute Straße – so wie die Straße, auf die man wieder trifft, nachdem man zu Pferde eine Abkürzung durch den Wald genommen hat, einem gleichzeitig seltsam vertraut und seltsam neu vorkommt – erinnerte er sich daran, wie Dingler seine Pferde in jener Schlucht erschossen hatte.

Er klopfte gegen das Dach der Droschke und rief dem Kutscher ein neues Ziel zu.

In der Staatsbibliothek machte sich Adams daran, Jules Dingler aufzuspüren. Da er vom Hauptkatalog keinerlei Hilfe erwartete, nahm er sich gleich die Register für Zeitungen vor. In der Meldung über den Tod des Mannes würde er am ehesten eine Schilderung seines Lebens finden. Er fand ein halbes Dutzend im Register für das Jahr 1885 – das Jahr, in dem Clover starb – und notierte die Angaben auf Bestellzettel. Die Meldungen über Dinglers Tod kamen Anfang November, was bedeutete, daß er wenige Monate nach seiner Rückkehr aus Panama gestorben war. Das einsame Leben hatte er nicht sehr lange durchgehalten, hatte ohne seine Frau nicht annähernd so lange weitergemacht wie er, Adams, mit seinen sieben Jahren, die es diesen Dezember werden würden. Aber Dingler hatte seine Pferde erschossen. In dieser Tat erkannte Adams den Wunsch eines Mannes, sein Schicksal zu beschwören, indem er es packte und sich seiner bemächtigte. Es war dieselbe seltsame Logik, die Menschen mit Höhenangst zum Springen trieb, die Logik, die besagt, daß die Antwort auf unkontrollierbare Anfälle von Höhenangst ein vorsätzlicher Sprung in die Tiefe ist. Je verblüffender die Reaktion, desto weniger würde sie als ein Akt der Besänftigung erscheinen, als eine sinnlose Bestätigung einer Sache, die bereits entschieden war. Was er am meisten haßte, was Dingler am meisten gehaßt haben mußte, war das Gefühl der Machtlosigkeit. Dingler hatte diese Pferde erschossen, und er selbst hatte seine Tagebücher und Briefe verbrannt, alles, was von Clover erzählte.

Er war sich nicht sicher, wonach er eigentlich suchte.

Adams gab seine Bestellzettel an einem langen Eichentisch gegenüber dem Haupteingang ab und ging dann zu einem Tisch an einem Fenster. Während er wartete, ließ er sich den Rücken vom Sonnenlicht wärmen, das in großen Quadraten geteilt hereinschien.

Der Bibliothekar näherte sich mit einem einzigen großen ledergebundenen Folianten, den er vorsichtig auf den Tisch legte. »Ehm, die anderen ...?« fragte Adams. »Sind sie ...« Er versuchte sich an das Wort für ›ausgeliehen‹ zu erinnern, und begnügte sich dann mit ›besetzt‹.

»Der Reihe nach«, entgegnete der Bibliothekar, wobei er die Lippen schürzte und hinter seiner Silberrandbrille leicht die Stirn runzelte. Er hatte tiefe Ringe unter den Augen, sah aber ansonsten jung aus. Liest wahrscheinlich immer bis spät nachts, schätzte Adams.

Adams seufzte. »*Merci.*« Als er den Folianten aufschlug, wirbelten Staubwölkchen auf und umrissen den Lichtkegel, der durchs Fenster fiel. Der Band enthielt einen Monat *Le Temps* aus dem Jahre 1885. Das billige Papier war schon vergilbt. Als er sich mit der Sonne im Rücken ins Licht setzte, fiel sein Schatten auf die wirbelnden Wölkchen und wurde dadurch zu einer dreidimensionalen erweiterten Silhouette seiner selbst.

Die Seite, auf der die Meldung über Dinglers Tod hätte stehen sollen, fehlte. Adams überprüfte noch einmal die Seitenzahlen und das Datum, um sicherzugehen, daß er sich nicht täuschte. Kein Zweifel: Sie war nicht da. Er beugte sich vor, um den Einband zu untersuchen. Die Seite war herausgerissen worden.

Adams brachte das Buch zum Ausleihetisch und erklärte die Situation. Der junge Mann mit der Brille sah ihn mißtrauisch an, erklärte sich aber bereit, einen weiteren Band zu bringen.

Als der Bibliothekar den Band von November 1885 von *Le Figaro* vor ihn legte, dankte Adams ihm und sah sofort in der Ausgabe nach, die laut Register die Meldung enthalten sollte. Auch dieser Band war mißhandelt worden. Der Bibliothekar zog eine Augenbraue hoch, sagte aber nichts. Adams konnte ihn überzeugen, die anderen Bestellscheine anzunehmen und die restlichen Bände alle auf einmal zu bringen. Sie gingen sie zusammen durch auf der Suche nach der Notiz über Dinglers Tod. Ausnahmslos fehlte jede Seite, die Material über Dingler enthielt.

Adams ließ den Bibliothekar mit seiner Bestürzung allein und kehrte zu den Registern zurück. Wieso hatte jemand systematisch sämtliche Informationen über Dingler aus den Bänden entfernt? Was sollte da versteckt werden? Er durchsuchte das Register nach Geschichten über die Kanalgesellschaft und ihr Scheitern und notierte Titel und Angaben auf Bestellzettel. Vielleicht könnte die Geschichte der Gesellschaft einen Hinweis liefern.

Als seine Bände einer nach dem andern eintrafen, erfuhr er, daß die Gesellschaft in den achtziger Jahren eine Reihe von Anleihen aufgelegt hatte, deren Ergebnisse sich zunehmend verschlechterten, als das Kapital immer knapper wurde. Man hatte versucht, auf die Abgeordneten Einfluß zu nehmen, um ein Gesetz durchzubekommen, das die Ausgabe von Lotterieanleihen gestattete, wodurch ein Teil des gesammelten Geldes den Aktionären als Gewinn zurückerstattet würde. Es schien eine ungeheuer große Anzahl zuversichtlicher Artikel über die Gesellschaft zu geben. Der allgemeine Konsens war, daß der Kanal so gut wie fertig sei, die Arbeiten reibungslos vorangingen und alles Gerede über Schwierigkeiten unpatriotischer Pessimismus sei. Schließlich, im April 1888, hatte die Abgeordnetenkammer einem Lotteriegesetz zugestimmt – das Gesetz, für dessen Verabschiedung, wenn man Delahaye glauben sollte, die Kammer durch und durch bestochen worden war.

Als er den Band zurückbrachte, nahm ihn der Bibliothekar mit den Nachteulenaugen wieder entgegen und räusperte sich dann, um etwas zu sagen. Er sah einen Augenblick lang hoch, als müsse er sich erst an etwas erinnern. »Monsieur interessiert sich für die Kanalgesellschaft?« fragte er langsam auf englisch. »Vielleicht möchten Sie die Micros-Artikel von *La Libre Parole*?«

War das nicht die Zeitung, die Hay erwähnt hatte? »Die Micros-Artikel?«

»Ähm, ja, die Serie, die über den Skandal geht.«

»Ja. Sehr gern.«

Der Bibliothekar ging zu einem Aktenschrank hinter dem Tisch und kam im nächsten Moment mit einer Mappe voller Zeitungsausschnitte zurück, die er Adams wortlos hinlegte. Sie stammten alle aus Drumonts Zeitung *La Libre Parole*, und waren alle unter dem Pseudonym ›Micros‹ veröffentlicht.

Im ersten, vom 10. September, wurde behauptet, die Petitionen, die im Jahr 1886 der Kammer vorgelegt worden waren und in denen um die Genehmigung der Lotterieanleihen für die Kanalgesellschaft gebeten worden war, seien gar keine Spontanidee der Aktionäre gewesen, wie es den Anschein hatte. Sie seien von den Direktoren der Gesellschaft organisiert worden. Nicht gerade eine welterschütternde Enthüllung, fand Adams, obwohl das Blatt es als eine solche behandelte. Vielleicht entging ihm irgendeine Nuance des französischen politischen Systems. Entweder das, oder die Franzosen waren naiver, als er dachte. Der zweite Artikel erhob den Vorwurf, die Gesellschaft hätte bis zu zwanzig Mitglieder der Kammer bestochen, um die Verabschiedung des Lotteriegesetzes durchzusetzen. Das war allerdings skandalös, dachte Adams. Jacques de Reinach wurde als der Bestecher genannt. Ein Mann namens Henri Cottu, hieß es in dem Artikel, sei auch beteiligt gewesen. Der dritte und vierte Artikel konzentrierte sich auf Reinach, wiederholte den Vorwurf der Bestechung und stellte seinen Patriotismus in

Frage. Er war Deutscher. Er stelle eine ›böse Präsenz‹ unter den Direktoren der Gesellschaft dar. Den ganzen Monat lang, jeden Tag, gab es einen Artikel über den Skandal, der gewöhnlich um irgendeine vage Beschuldigung aufgebaut war. An einem Tag verriet Micros, daß ›ein paar Senatoren‹ ebenfalls bestochen worden seien, am nächsten wurde behauptet, daß das Geld der Gesellschaft schlecht verwaltet worden sei, daß Tausende für sinnlose oder extravagante Dinge verschleudert worden seien. Ein weiterer erhob den Vorwurf, daß bei der Vergabe von Verträgen Korruption im Spiel gewesen sei, daß Gustave Eiffel, dessen Unternehmen für die Weltausstellung von 1889 den Turm gebaut hatte, große Verträge bekommen habe, ohne ein Angebot gemacht zu haben.

Beim Durchblättern der Artikel sah Adams, daß Reinachs Name oft vorkam. Er wurde stets als ›der deutsche Jude, Baron de Reinach‹ bezeichnet. Nach einer Weile wiederholten sich die Artikel. Es war klar, daß Micros das Thema ausschlachtete, ein paar harte Tatsachen zu einer immer dünner werdenden Serie streckte. Ende September enthielten die Artikel bereits keinerlei neue Informationen mehr. Aus der Serie waren hysterische Leitartikel über die Verseuchung Frankreichs durch deutsche Finanziers geworden.

Dann, Anfang Oktober, gab es eine Veränderung. Der Schwerpunkt hatte sich verlagert, und die Artikel wurden eindeutiger. Jeden Tag gab es irgendeine Enthüllung über das Vorgehen der Gesellschaft, irgendeinen detaillierten Bericht über eine moralisch abstoßende Transaktion: Der Vorsitzende des Ausschusses, der das Lotterieanleihengesetz in der Kammer prüfte, hatte von der Gesellschaft eine Spende von dreißigtausend Francs erhalten. Der Vorsitzende wurde namentlich genannt. Die Gesellschaft hatte einer langen Liste von Zeitungen Geld gegeben, die sich dann in Leitartikeln zugunsten der Lotterieanleihen ausgesprochen hatten. Adams ging die Liste durch. Jede Zeitung von Rang und Namen war dort vertreten, und viele andere. (*Das Imkerjournal?* dachte Adams. Wieso in Gottes Namen sollte irgend jemand Geld ausgeben wollen, um die Leitartikelpolitik des *Imkerjournals* zu beeinflussen?) Micros nannte einen Redakteur, der der Panamagesellschaft angeblich vorgeschlagen haben soll, ihn zu bezahlen, damit er *nicht* über die Arbeiten in Panama schrieb. So hatte Bestechung eine Art Erpressung erzeugt, die sich gegen den Bestecher richtete. So ging es weiter, mit Daten und Beträgen und, normalerweise, Namen. Ein Artikel stellte fest, daß nicht weniger als 150 Mitglieder der Abgeordnetenkammer Bargeld oder andere Zuwendungen von der Gesellschaft erhalten hatten. Hier jedoch nannte Micros keine Namen.

Was Adams interessierte, war die Frage der Quelle. Offenbar hatte sich dieser Micros im Oktober eine neue verschafft. Es mußte jemand gewesen sein, der die Gesellschaft sehr genau kannte. Adams hatte eine Vermutung und blätterte zum Anfang der Serie zurück, um sie zu überprüfen. Reinach, Reinach, Reinach. Der Name des Mannes war überall, jeden Tag, immer als ›dieser Deutsche‹, ›dieser Jude‹, ›der deutsche Judenbaron‹, ›der deutsche Finanzier‹. Aber dann, im Oktober, war er verschwunden. In diesem Monat wurde Reinach nicht erwähnt. Kein einziges Mal. Das letzte Mal wurde der tote Baron namentlich in dem Artikel vom 24. September genannt. Danach verschwand er einfach von der Bildfläche.

Irgend jemand, vermutete Adams, hatte angefangen, Reinach zu schützen. Irgend jemand hatte begonnen, diesen Journalisten mit Informationen zu füttern, die von dem Baron wegführten, und das Material war zu gut, um es nicht zu verwerten.

Was das für seine Suche nach Miriam bedeutete, konnte er noch nicht annähernd entschlüsseln, aber er merkte es sich.

Adams war bereit, seine Recherchen zu beenden. Er blätterte noch einen Stoß Seiten durch, schon im Begriff, die Mappe zu schließen, hielt aber inne, als er eine Schlagzeile sah: ERBAUER DES PANAMAKANALS STIRBT. Am 19. Juni 1888, einen Tag vor Ausgabe der neuen Lotterieanleihen, war Ferdinand de Lesseps tot aufgefunden worden. Mit diesem Ereignis, so der Leitartikel der Zeitung, war das Schicksal der Gesellschaft besiegelt: ohne *Le Grand Français* bestand keine Hoffnung mehr auf den Kanal. Man erwartete, daß die Anleihen scheitern würden, sogar scheitern *sollten*. Es war nicht zu erwarten, daß die Direktoren noch irgendwelches Kapital aufbringen konnten, nicht einmal mittels Lotterieanleihen.

Eigentlich, dachte Adams, war das Schicksal der Gesellschaft in dem Moment besiegelt, als Lesseps einen Finger auf die Landkarte gelegt und gesagt hatte ›Grabt ihn hier‹. Lesseps wäre nicht so zuversichtlich gewesen, hätte er vorher in Panamas Hitze geschwitzt oder den Druck dieser unentrinnbaren Sonne gespürt oder wäre er in einen dieser Regenzeitmonate getreten oder hätte er die malariaverseuchte Luft eingeatmet oder mit eigenen Augen den dichten, alles verschlingenden Urwald gesehen. Der fleischfressende Urwald, wie, so erinnerte er sich, Miriam ihn genannt hatte.

Er streckte sich und schlug dann die Mappe zu. Die Sonne, die ihm den Rücken gewärmt hatte, war schon längst zum Tisch weitergewandert, von dort auf den Boden gefallen, wo sie sich, zu einem schmalen Parallelogramm reduziert, an die Wand schmiegte, als weiche sie vor Adams' intensiver Konzentration zurück, oder vor dem Staub, den seine Recherchen im Raum freigesetzt hatten. Er sah auf die Uhr. Schon weit nach drei. Wenn er Hay noch besuchen wollte, dann sollte er sich lieber beeilen.

»Mein Gott, Adams, ist alles in Ordnung?« fragte Hay, nachdem Adams ihm von seinem Besuch im Leichenschauhaus erzählt hatte. Adams winkte ab. »Hat dieser – dieser Bertillon – hat er irgendwelche Verdächtige?«

Adams hatte nicht daran gedacht, Bertillon diese Frage zu stellen. »Ich weiß nicht.«

»Derjenige, der den Leichenbeschauer getötet hat, war hinter den Fingerspitzen her«, spekulierte Hay. »Der Leichenbeschauer war einfach nur im Weg. Meinen Sie nicht?« Er stand neben dem Bodenglobus, der sich in einer Ecke seines Wohnzimmers befand, und drehte ihn leicht. Hay konnte im Stehen besser nachdenken. Adams wußte aus seinen Jahren als Akademiker, daß er besser im Sitzen nachdenken konnte. Er saß jetzt in einem Ohrensessel beim Fenster, die Zehenspitzen auf den Boden gestellt.

»Vermutlich. Ja, höchstwahrscheinlich. Und der Bertillonage-Bericht«, erinnerte Adams ihn. »Irgend jemand will ihre Identität verschleiern. Deswegen denke ich, daß es entscheidend ist, herauszufinden, wer sie ist. Und dann ist da das Material über Dingler, der Versuch, Informationen über ihn zu verbergen.« Adams schüttelte den Kopf. Es schien alles so verwirrend.

»Da ist noch etwas, Adams. Ich habe mich umgehört und etwas herausgefunden, das Sie wissen sollten.« Hay blickte düster drein.

»Was?«

»Ich weiß, wie wichtig Ihnen diese junge Frau ist, diese Miriam Talbott. Aber die Dinge sind nicht immer so, wie sie scheinen. Ich meine, Leute können einem ...« Er hielt inne, und die Pause verlängerte sich zu einem Schweigen.

»Sagen Sie's mir einfach.«

Hay atmete tief aus und wieder ein. »Miss Talbott war Reinachs Mätresse.«

Adams saß da, den Kopf zur Seite gelegt, als wartete er immer noch auf die Mitteilung. »Ich habe mit etlichen Leuten gesprochen«, fügte Hay hinzu. »Es scheint allgemein bekannt zu sein.« Adams' Haltung und Miene veränderten sich nicht, bis auf eine Brechung in seinem Blick. Er blickte nach unten zum Boden. Er schwieg lange – so lange, daß Hay, der sich Sorgen machte, welche Wirkung diese Nachricht auf seinen Freund haben könnte, erleichtert war, als dieser sich räusperte, um etwas zu sagen. Aber was Adams dann sagte, überraschte ihn.

»Kennen Sie diesen Clemenceau? Den Abgeordneten? Er war einer der Direktoren der Kanalgesellschaft.« Er war auf Dinglers Photographie vom Direktorium gewesen, dachte Adams, und das machte ihn zu einem Schnittpunkt zwischen der Kanalgesellschaft und der Abgeordnetenkammer. Er hatte eine exzellente Position, um etwas zu wissen.

»Georges Clemenceau. Abgeordnetenkammer. Sozialist. Feuriger Redner. Ich weiß ein bißchen über ihn. Aber – was ist mit Miss Talbott? Sind Sie ... sind Sie nicht ein wenig ...« Er konnte den Gedanken nicht zu Ende bringen, denn Adams starrte ihn teilnahmslos an.

»Sie ist wie sie ist«, sagte Adams leise. »Ich habe mich in ihrer Gesellschaft wohlgefühlt.«

»Aber – glauben Sie nicht, daß sie ... Reinach war sicher ein abstoßender Mensch, würden Sie mir nicht zustimmen? Der Mann, der die Kammer bestochen hat? Und sie, seine Geliebte ...?«

»Das wissen wir nicht mit Sicherheit. Und wenn sie es war, was geht uns das an? Was immer sie getan hat, sie hatte ihre Gründe dafür – Gründe, die zu beurteilen ich mich nicht anmaßen würde. Nicht«, sagte er scharf, »ohne sie vorher zu kennen.« Sein Stirnrunzeln machte deutlich, daß er keine weiteren Bemerkungen über dieses Thema duldete. »Also, dieser Clemenceau. Er kannte Reinach. Wenn es stimmt, was Sie sagen, dann besteht eine gute Aussicht, daß er Miss Talbott kennt. Wie stelle ich es an, daß ich mit ihm reden kann?« Er war ein Risiko eingegangen, indem er Clemenceau und Reinach miteinander in Verbindung brachte, denn sein einziger Beweis dafür war diese Photographie, und er wollte Hay gegenüber nicht zugeben, daß er Gelegenheit gehabt hatte, sie sich genau anzusehen. Aber das Risiko schien gerechtfertigt, und er erwartete das Ergebnis mit der gelassenen Distanz von jemandem, der zusieht, wie eine Algebragleichung zu einer Lösung hin durchgerechnet wird: Würde es so gehen oder andersherum?

»Zweifellos in der Kammer. Er muß dort ein Büro haben, zusammen mit den Chéquards.«

Gut. Hay hatte nichts bemerkt. »Den was?« fragte Adams.

Hay erklärte: Die Franzosen seien nicht so abgebrüht, um sich mit Bargeld zu bestechen, statt dessen hätten die Abgeordneten ihre Stimmen gegen Schecks verkauft, die auf den Namen des Überbringers ausgestellt waren. Die Wechselscheine hinterließen natürlich eine Spur. »Ein liebenswerter Menschenschlag, finden Sie nicht? Die Bezeichnung macht in ganz Paris die Runde. Es gibt sogar schon einen Abzählreim, den ich heute gehört habe: »Wer hat heut' seinen kleinen Scheck noch nicht bekommen?«

»Es gibt also irgendwo einen Haufen Schecks mit all den Namen?«

»Sehr gut möglich. Sogar wahrscheinlich. Sie müßten alle zu Reinach zurückgekommen sein, und er hatte vielleicht seine Gründe, sie zu behalten.«

Adams ließ sich das durch den Kopf gehen.

Hay zuckte die Achseln. »Ich weiß nicht, wie hilfreich dieser Clemenceau wäre. Er ist arrogant. Und ehrgeizig. Man handelt ihn als zukünftigen Premierminister, wenn die Sozialisten jemals den Auftrag bekommen sollten, die Regierung zu bilden. Das kann nur geschehen, wenn er es schafft, eine Koalition gegen die Boulangisten zu bilden – eine Situation, die dieser ganze Skandal beschleunigen könnte.«

»Wieso?«

»Naja, sehen Sie mal. Wir haben hier eine republikanische Regierung, eine Regierung des Zentrums« – Hays Hände legten sich über eine unsichtbare Melone – »die eigentlich eine bunt zusammengewürfelte Gruppe ist, die die Boulangisten und all die anderen abwehren – die Bonapartisten, die Royalisten, alle – auf der Rechten, und die Kommunisten, Sozialisten und Radikalen auf der Linken. So, wenn sich jetzt herausstellt, daß eine republikanische zentristische Regierung korrupt gewesen ist, daß alle Abgeordneten und Minister Dreck am Stecken haben« – er wackelte mit den Fingern –, »dann werden die extremistischen Parteien davon profitieren. Clemenceau wird alles daransetzen, daß die Sozialisten diejenigen sind, denen dieser Skandal zugute kommt, genauso Delahaye mit seinen Boulangisten. Clemenceau hat es schwerer, wegen seiner Verbindung zu der Gesellschaft, aber beide wollen, daß diese Sache für die Republikaner das große Fiasko wird.«

Adams stellte sich Clemenceau und Delahaye als Antipoden vor: gepaarte und entgegengesetzte Kräfte, so ähnlich und so fern voneinander wie diese Veranden von Dinglers *Folie.* »Was, wie ich vermute, bald passieren wird. Loubet wird ein Vertrauensvotum beantragen, korrekt? Das meint jedenfalls Cameron. Und ich würde meinen, je länger Loubet es vor sich herschiebt, desto mehr Informationen werden ans Tageslicht kommen.«

Hay schüttelte den Kopf. »Wenn Cameron meint, Loubet will eine Abstimmung, dann hat er bessere Informationen als ich.«

Es war klar, daß Hay nicht dieser Meinung war. »Und von wegen: vor sich herschieben. Nein. Nicht unbedingt. Loubet hat ein paar Leute bearbeitet, die in seiner Schuld standen, und hat erreicht, daß das Untersuchungsgesetz noch durch einen Zusatz ergänzt wurde, bevor es verabschiedet wurde, was vielleicht erklärt, warum er es nicht heftiger bekämpft hat. Die Vorladungsvollmacht des Ausschusses läuft Ende der Woche ab.«

Geschickt, dachte Adams. »Wenn Delahaye diese Liste, von der er gesprochen hat, bis Freitag nicht präsentiert hat, dann wird die Kammer die ganze Sache fallen lassen. Es würde dann so aussehen, als hätte Delahaye nur große Worte geschwungen. Und Loubet hätte sich öffentlich für die Aufdeckung der Wahrheit ausgesprochen.«

»Genau.«

Ach, die Gesetzgebung, dachte Adams, nicht anerkannter Verwandter des Theaters. Eigentlich eine Art Marionettentheater, wenn man es richtig besah: Jeder Parlamentarier war gleichzeitig Marionette und Puppenspieler, der die öffentliche Darstellung seiner selbst zu seinen Gunsten manipulierte, um die Geschichte so darzustellen, wie er sie erzählt sehen möchte. Wer wußte schon, wie Loubets private Puppenspielermotive aussahen? Wieso hatte er eine Frist von einer Woche gesetzt? Adams stellte sich das lange, fahle Gesicht vor, das graumelierte Haar, die glatte Adrettheit des Mannes. Was versteckte sich dahinter? Eine Frist zu setzen und sie auszusitzen, würde nur Sinn machen, wenn er wußte, daß Delahaye die Liste nicht in seinem Besitz hatte – und wenn er wußte, daß es schwierig für ihn wäre, sie zu bekommen. In seinem Kopf begann eine Idee Gestalt anzunehmen. »Ich habe ihn gestern abend bei Madame LeBlanc gesehen«, sagte Adams. »Loubet, meine ich. Ich glaube, er wollte etwas von ihr haben und bekam es nicht. Sie hat mich angelogen, als sie sagte, daß sie nicht in Miss Talbotts Wohnung gewesen sei. Ich habe das Gefühl, daß sie weiß, wo Miss Talbott ist.« Und dann war es ihm plötzlich klar: »Miriam hat die Schecks – oder zumindest die Liste der Abgeordneten, die Bestechungsgelder angenommen haben. Deswegen versteckt sie sich. Sie war Reinachs Mätresse, er führte die Bestechungen durch, sie hatte Zugang zu all den Namen. Das muß es sein, Hay.«

Hay dachte das durch. Gedankenverloren ließ er seine Finger über den Globus wandern, bis die Meerenge von Panama ins Blickfeld kam. »Möglich. Es handelt sich zwar um Vermutungen, aber möglich ist es.«

»Natürlich ist es möglich. Nicht nur das, es ist wahrscheinlich. Das erklärt alles. Sie müssen mir helfen, sie zu finden, ihr helfen, diese Liste herzugeben.«

Hay versetzte dem Globus eine leichte Drehung. Es war unmöglich, etwas aus dem kleinen Dreieck von Mund herauszulesen, das sich unter dem weißen, an den Seiten lang herunterhängenden Schnurrbart zeigte, über den wirbelnden Strähnen seines weißen Kinnbarts. Genauso wenig vermochte Adams in Hays Blick einen Hinweis auf seine Gedanken zu finden. Dieser blieb unfokussiert, auf etwas gerichtet, das weit entfernt von dem Globus vor ihm war. »Soso«, sagte Hay schließlich. »Sie wollen also Delahaye und den Rechten helfen.«

»Nein, darum geht es nicht.«

»Aber es wird genau den Effekt haben.« Hay sah vom Globus auf und richtete seine dunklen Augen direkt auf Adams. »Ich kann Ihnen nicht helfen. Ich glaube eigentlich nicht, daß es im Interesse der Vereinigten Staaten wäre, die Sache der Boulangisten zu fördern.«

»Die Liste könnte genauso gut diesem Clemenceau gegeben werden. Hay, Sie müssen helfen. Sie ist amerikanische Staatsbürgerin und hat ein Anrecht auf den Schutz ihres Staates.«

»Es gibt keinerlei Beweise, daß sie in Schwierigkeiten ist, keine Beweise, daß sie Schutz braucht.«

»Beweise! Was wollen Sie denn noch haben, blutige Fingerabdrücke auf einer Botschaft in zittriger Handschrift, in der sie um Hilfe bettelt? Natürlich ist sie in Schwierigkeiten!«

Aber Hay blieb resolut. »Ich habe nicht die Autorität einzugreifen.«

»Autorität! Das Mädchen steckt in *Schwierigkeiten.*«

»Das mag sein.« Hay schüttelte den Kopf. »Es tut mir leid, aber ich habe hier gewisse Pflichten.«

»Und die wären genau?« In Adams' Stimme hatte sich ein nörglerischer Tonfall eingeschlichen, den er lieber vermieden hätte.

»Adams, wir haben nie Geheimnisse voreinander gehabt, weil Sie immer so taktvoll waren, nicht zu bohren.«

»Ja, aber jetzt will ich es wissen.«

Hay ging wortlos zum Fenster und sah hinaus. »Sie bringen mich in eine schwierige Situation.« Er strich mit dem Finger über den Mittelpfosten des Fensters und bemerkte, daß er staubig war. Er wischte sich die Hand an der Hose ab. »Ich kann es Ihnen nicht sagen.«

»Nein?« entgegnete Adams. »Na gut. Dann sage ich es Ihnen.« Hay stand immer noch am Fenster, und Adams konnte sein Gesicht nicht sehen. »Sie haben den Auftrag, bei den Franzosen zu sondieren, was die Arbeit, die in Panama geleistet wurde, ihrer Meinung nach wert ist. In Washington besteht auf höchster Ebene Interesse daran, die Konzession zu erwerben. Sie, Hay, würden liebend gerne einen Vertrag zustande bringen, in dem die französischen Rechte unter der Konzession auf uns übertragen werden. Aber im Moment ist es ein bißchen problematisch, nicht wahr? – der Skandal, kurz vor einem Regierungswechsel? Mit wem soll man verhandeln? Und wenn Sie sich zu interessiert zeigen, steigt der Wert – oder dann könnten die Franzosen darauf kommen, daß es falsch wäre, die Konzession abzugeben. Und wenn die Botschaft, daß die Konzession zum Verkauf ansteht, allzu weit verbreitet wird, könnten andere Länder anfangen, sich dafür zu interessieren. Das würde den Preis nach oben schnellen lassen, oder? Besonders für die Eisenbahn. Die bringt Geld, so wie sie ist. Die Hauptverbindung zwischen zwei Ozeanen. Und sie ist von entscheidender Bedeutung – ohne sie kann man keinen Kanal bauen.« Adams hielt inne, da er die Wirkung seiner Worte einschätzen wollte, aber Hay blieb weiterhin am Fenster stehen und kehrte ihm den Rücken zu. »Das ist doch alles allzu naheliegend, oder?« fragte Adams.

Schließlich drehte Hay sich um. »Ja, wahrscheinlich schon.« Er seufzte und wirkte erleichtert. »Jetzt treiben Sie nur bloß nicht die Eisenbahnaktien in die Höhe, klar?« Hay grinste ihm zu, konnte seinem Freund aber kein Lächeln abringen. »Hören Sie, ich würde ja gerne helfen, aber ich kann es nicht. Es würde nicht gut aussehen. Ich kann Ihnen verraten, daß ich in einige äußerst heikle Verhandlungen verwickelt bin, und wenn diese Leute, mit denen ich rede, Wind davon bekommen, daß ich herumschnüffle und meine Nase in ihre kostbaren Panama-Geheimnisse stecke, naja, das könnte dann das Ende bedeuten. Ich habe schon eine Menge mit dem riskiert, was ich über Miriam Talbott herausgefunden habe. Wenn ich so weitermache, werden diese Leute noch glauben, daß ich ihre Verhandlungsposition schwächen will. Und sie hätten recht. Je mehr der Skandal enthüllt wird, desto offensichtlicher ist es, daß Frankreich mit Panama am Ende ist – und um so schwächer ist ihre Position. Ich wünsche Ihnen Erfolg. Aber ich kann nicht helfen. Man darf mich nicht sehen, wie ich Ihnen helfe, und ich kann es nicht riskieren, es heimlich zu tun. Von all den Menschen, die Sie bitten könnten, Ihnen zu helfen, bin ich zweifellos am allerwenigsten geeignet, es zu tun.«

»Mal was Neues«, bemerkte Adams. »Ein moralisches Argument.«

»Na gut«, sagte Hay mit einem warnenden Ton in der Stimme. »Selbst wenn ich es wollte, selbst wenn ich dazu befugt wäre und selbst wenn es kein Fehler wäre, könnte ich es nicht.« Er zuckte die Achseln, um seine Hilflosigkeit zu bekunden. »Diese Panama-Geschichte beansprucht meine ganze Zeit. Heute mußte ich zum Beispiel den italienischen Botschafter aufsuchen. Ich mußte das Büro verlassen, in meinen Wagen steigen, quer durch die Stadt fahren und ihn aufsuchen. Es scheint, irgend jemand hat ihm einen überaus schlechten Dienst erwiesen, indem er ihm Alkohol eingeflößt hat.«

»Er ist ein Dummkopf.«

»Trotzdem. Er ist ein wichtiger Dummkopf. Ich mußte trotzdem hingehen.« Hay schüttelte langsam den Kopf, wagte dann wieder ein Lächeln. »Sie sind ganz schön wild.«

»Was hat er mit Panama zu tun?« fragte Adams.

Hays Lächeln verschwand. »Wer behauptet, daß er irgend etwas mit Panama zu tun hat?« Seine schwarzen Augen waren halb geschlossen. »Es gibt Dinge, die man lieber nicht wissen sollte. Ich wünschte, ich könnte es Ihnen sagen, aber ich kann es nicht. Irgendwann – später. Zu Hause. Glauben Sie mir.«

»Ja«, sagte Adams, wobei er so leicht den Kopf schüttelte, daß Hay es vielleicht nicht bemerkt hatte. »Zu Hause.«

Während er in der Droschke hin- und hergeschüttelt wurde, ging er alles zum zehnten Mal durch. Die Leiche der Frau – Nicht-Miriam, wie er sie inzwischen nannte, weil er irgendeinen Namen brauchte, sich aber der Tatsache bewußt war, daß er dem, was sie gewesen war, Unrecht tat, indem er ihre Existenz negativ definierte – ist plötzlich tot, im Fluß ertrunken, Selbstmord. Irgend jemand will ihre Identität verschleiern und hackt ihr deswegen die Finger ab – und bringt dafür den Leichenbeschauer um. Aber es waren ihr schon Abdrücke abgenommen worden. Die Frau war mit dem Baron bekannt, der selbst Selbstmord begangen hatte, um der Strafverfolgung für seine Verbrechen zu entgehen, und der sich Miriam Talbott als Mätresse hielt, eine amerikanische Malerin, die aller Wahrscheinlichkeit nach irgendwo mit einer Liste der *Chéquards* untergetaucht war. Als er bei Hay war, hatte er versucht, die Neuigkeiten, die sein Freund ihm über Miriam erzählt hatte, nur als eine weitere Tatsache zu betrachten, die untergebracht werden mußte, aber jetzt begann er deren Wucht zu spüren. Miriam, eine Mätresse. Die Mätresse eines Franzosen. Das machte sie höchstens noch ... unwiderstehlicher. Sie hatte eine gesellschaftliche Position inne, die durch Sex definiert war, durch die Tatsache einer sexuellen Beziehung. Das schien ihm besonders kühn. Er stellte sich vor, wie sie vor ihm her ging, in ihren männlichen Malerkleidern, der unförmigen Wollhose, die sie getragen hatte, und wie gerne er ihre ausschreitenden Beine betrachtet hatte.

Sie wird ihre Gründe gehabt haben. Dessen war er sich sicher.

Wie paßte die Tote da hinein? Wieso hatte sie versucht, sich als Miriam auszugeben? Was hatte das damit zu tun?

Er erinnerte sich an das Grübchen in Miriams Kinn, an das klare Blau ihrer Augen und an diese bemerkenswerten dunklen Augenbrauen. Sie war Reinachs Geliebte gewesen. Und erst da erkannte er: Sie war von einem Selbstmörder verlassen worden.

Er hoffte, sie trug es mit Fassung.

In Miriams Gesicht war Charakterstärke deutlich sichtbar gewesen: Sie strahlte keine Spur von Unterwürfigkeit aus, sondern etwas Festentschlossenes, den Willen, ihren Weg im Leben zu gehen, zu tun, was richtig war. Das war der Zug, der ihn damals vor zwanzig Jahren zu Clover hingezogen hatte – Clover mit ihrem scharfen Witz, sie, die befreit zu sein schien von den Tyranneien des Anstandes und der Rücksicht auf andere, eine Last, die er selbst allzu sehr empfand.

Er spürte einen Kloß im Hals, den er nicht herunterschlucken konnte. Wie sehr er sich geirrt hatte! Er hatte sie aus Boston herausgeholt, weg von seiner Familie, und hatte

Freunde kultiviert, die in der Lage waren, Clover zu schätzen, aber es hatte nicht gereicht. Es war noch zuviel Welt in der kleinen Welt gewesen, in die er sie gesetzt hatte, und er hatte sie nicht davor schützen können, war nicht in der Lage gewesen, daraus eine Welt zu machen, in der sie gebraucht wurde. Er hatte Clover nicht deutlich gesehen, überhaupt nicht. Die Kräfte, die ihn zu ihr hinzogen, die Eigenschaften, die seiner Meinung nach tiefverwurzelte Bestandteile ihres Charakters waren, waren tatsächlich etwas anderes, ein Schild, den sie erschreckenderweise um so unbeschwerter fallenließ, je behaglicher sie sich bei ihm fühlte, und der sie in ihrer ganzen Schwäche enthüllte. Ihre Stärken schienen auf der Oberfläche zu liegen, wurden von außen auf sie projiziert. Weit davon entfernt, draufgängerisch und selbstbewußt zu sein, schien sie sich nur in dem Maße zu schätzen, wie sie einen Wert für ihre Familie darstellte, vor allem für ihren Vater. Als wären die verwirrenden emotionalen Ranken der Hoopers, die Tragödien, die die Familie heimsuchten, das Gitterwerk, auf dem Clover sich zeigte. Und gerade diese Beziehungen hatte er ihr weggenommen. Allein war sie zu schwach gewesen, sich aufrecht zu halten. Die Briefe an ihren Vater waren nicht nur aus kindlichem Pflichtgefühl geschrieben worden, sondern weil sie ihr einziges dürftiges Mittel waren, ihre Existenz zu erfüllen und zu bestätigen. Ein Brief pro Woche, jeden Sonntag – während ihrer Hochzeitsreise noch öfter. Damals schrieb sie einen Brief am Tag, eine dünne papierne Spur, die sich den breiten Nil hinunterzog, über Europa, über den Ozean, wieder nach Hause, wie Brotkrumen, eine Briefspur, die ihren Weg ins Exil im Land der Ehe markieren sollte. Und selbst das hatte nicht gereicht. In Assuam hatte sie die Hochzeitsreise abzukürzen gebeten, und er hatte zugestimmt. So sehr hatte sie ihren Vater gebraucht.

Er fing an zu weinen, leise. Sind alle Tränen Tränen des Selbstmitleids? Er hatte Mitleid mit Clover, mit Miriam und, ja, mit sich selbst.

Im Hotel fand er eine Visitenkarte von Delahaye in seinem Fach. Er registrierte diese Tatsache, war aber zu erschöpft, um darüber nachzudenken. Er wollte sich jetzt nur in sein Zimmer setzen und eine beruhigende Tasse Tee trinken. Auch lag da noch ein Brief in einer vertrauten Handschrift, so vertraut wie seine eigene – Elizabeths. Mit einem Stich fiel ihm sein Versprechen ein, das er Cameron am Morgen gegeben hatte. Er hatte es vollkommen vergessen. Während er durchs Hotelfoyer ging, öffnete er den Umschlag und wappnete sich dabei schon für das Schuldgefühl. Sie hatte den ganzen Vormittag auf ihn gewartet. O Gott. Das mußte er wieder ausbügeln.

Die Treppe schien ihm so gewaltig, daß er beschloß, gleich zu Elizabeth zu gehen, anstatt zuerst zu seiner Suite hinaufzusteigen und dann wieder hinunterzugehen. Als er an der Tür geklopft hatte, wurde er von Amanda ins Wohnzimmer gelassen. Sie bot ihm eine Tasse Tee an, als eine Art Gnadenfrist: Elizabeth habe sich zur Ruhe gelegt. Amanda war so eine schöne junge Frau! Graziös, charmant. Sie freute sich, ihn zu sehen, und war begierig, ihm von ihrem Nachmittag im Louvre zu erzählen. Er ließ sich in einem weichen Sofa nieder, um ihr zuzuhören. Sie hatte den Tee schon gemacht. Sie schenkte ihm ein und schien diese Gelegenheit auszukosten, die Gastgeberin zu spielen, was sie mit ebensoviel Eleganz tat wie ihre Stiefmutter. Während sie erzählte, folgte ihr sein Bewußtsein nur teilweise, folgte nur der Teil hinter den Augen, der von dem Tee gewärmt wurde. Der tiefere Teil seiner Aufmerksamkeit wurde nicht von diesem Geschehen beansprucht, sondern von der Erinnerung, von allen Momenten, die er jemals mit Amanda und Elizabeth verbracht hatte. Und in diesem größeren Moment, der sich bis zu Amandas Kindheit und Elizabeths Ankunft in Washington als frischgebackene Gattin des Senators erstreckte, verspürte er einen Stich von Traurigkeit. Alles veränderte sich, alles veränderte sich.

»Aber Onkel Henry«, sagte Amanda, »du mußt mir erzählen, wo *du* warst. Mutter hat gesagt, du würdest uns heute begleiten, und wir haben gewartet und gewartet, aber ...«

»Ja«, sagte Elizabeth kühl. Sie stand in der Tür, in einen dunkelblauen bestickten Morgenmantel gehüllt. Wie lange hatte sie schon da gestanden? »Amanda hat sich Sorgen um Sie gemacht.«

»Dieses ganze Gerede über Anarchisten und daß die Regierung stürzen soll. Ist das nicht aufregend? Sie waren doch nicht etwa in Schwierigkeiten, oder?«

»Nein, nein.«

»Wo waren Sie denn?«

»Ich –« begann Adams und hielt dann inne, um sich die Ergebnisse des Tages zu vergegenwärtigen. Was konnte er ihr erzählen? »Ich war auf der Suche nach Miriam.« Das mußte genügen. »Immer noch kein Glück. Ich habe den größten Teil des Tages damit verbracht«, fügte er hinzu, in der Hoffnung, einen detaillierten Bericht vermeiden zu können.

»Ach? Und wie kommen Sie mit Ihrer Arbeit voran?« Elizabeth zog den Gürtel ihres Morgenmantels fester und schlenderte ins Zimmer. »Kommen Sie zum Schreiben? Ich dachte, Sie wären vielleicht zu sehr mit Ihren Recherchen beschäftigt, um uns zu begleiten. Oder auch nur, um uns Nachricht zu geben.«

»Es tut mir leid, Elizabeth.« Er dachte, sie würde ihn besser verstehen, wenn er ihr von dem Leichenbeschauer erzählen könnte, aber er wollte Amanda nicht mit Gruselgeschichten erschrecken.

»Was? Sie können ruhig vor ihr reden.« Elizabeth setzte sich in einen Ohrensessel Adams gegenüber und griff nach der Teekanne, um sich einzuschenken. Sie verzog das Gesicht, als nur noch ein bitterer Rest herauskam.

»Nein, nein«, sagte Amanda, sich erhebend. »Ich wollte gerade gehen. Ich wollte meine französischen Zeitschriften studieren.« Nachdem sie sich verabschiedet hatte, erzählte Adams Elizabeth von seinem Tag, ohne die Schwierigkeiten zu überspielen, aber auch ohne die Darstellung seiner Probleme zu übertreiben. Was Amanda ihm erzählt hatte, ließ er unerwähnt. So etwas sollte Elizabeth nicht über Miriam erfahren. »Also – es tut mir sehr leid, daß ich Euch heute nicht begleiten konnte. Aber Sie müssen zugeben, es passiert nicht alle Tage, daß man über einen Erschossenen stolpert und in eine Untersuchung hineingezogen wird.«

»O Gott, nein«, murmelte Elizabeth. »Das klingt ja grauenhaft. Natürlich verzeihe ich Ihnen.« Sie lächelte und schüttelte den Kopf. »Und natürlich war ich Ihnen böse. Es passiert nicht alle Tage, daß ich Donald dazu bringen kann, Sie aufzufordern, mich zu eskortieren.« Sie setzte sich neben ihm aufs Sofa und lächelte wieder, zog seitlich die Beine an und wandte sich ihm zu. »Wir könnten es morgen noch einmal probieren. Hätten Sie Lust? Ich habe Amanda schon versprochen, die Tuilerien zu besuchen, und ich weiß, daß sie sich sehr freuen würde, wenn Sie mitkämen.« Als Adams nicht reagierte, fügte sie beiläufig hinzu: »In letzter Zeit verspreche ich eine ganze Menge, und es ist allmählich Zeit, daß ich einiges davon einlöse.«

Wäre Adams aufmerksamer gewesen, hätte er vielleicht die unterschwellige Botschaft gespürt, die Elizabeth vermittelte. Die Beiläufigkeit ihres Tons wurde durch ihren großäugigen, fragenden Blick verraten und durch die Art, wie sie sich sanft auf die Unterlippe biß. Aber Adams war von einem Gedanken, einem Vergleich abgelenkt worden: Elizabeth verhielt sich zu Clover wie Miriam zu Nicht-Miriam. Clover und diese arme Nicht-Miriam hatten Selbstmord begangen. Und war Elizabeth nicht irgendwie eine Frau, die sich aushalten ließ, nicht ganz eine Mätresse, aber in der Substanz eigentlich nichts anderes? Cameron hielt sie sich in der gleichen dezidierten Art, wie ein Baron sich eine verarmte Kunststudentin halten könnte.

»Henry? Ich habe Sie gefragt, ob Sie morgen mit uns zu den Tuilerien gehen möchten?«

Und er sah auch noch andere Verbindungen: Miriam und Nicht-Miriam waren durch diesen Namen miteinander verbunden, eine zur Hälfte gemeinsame Identität, während Clover und Elizabeth durch die Tatsache miteinander verbunden waren, daß er sie beide liebte. Aber was, wenn man sie auf die dritte Weise nebeneinander stellte? Clover und Miriam waren Künstlerinnen. Hatten Elizabeth und Nicht-Miriam irgend etwas gemeinsam?

Er wußte es nicht. Elizabeth war seine engste Freundin, die Frau, die er am allerbesten kannte. Nicht-Miriam war irgendeine tragische, anonyme, armselige Frau, über die er nichts wußte.

Elizabeth sah ihn erwartungsvoll an, ihre weichen, vollen Lippen etwas angespannt vor Sorge.

»Ja«, brachte er heraus. »Ja, das würde mir gefallen. Sicher.« Aber er konnte den Gedanken nicht mehr abschütteln. Eine Art Mätresse. Wie Miriam. Er merkte, daß er zornig auf sie wurde.

»Henry? Was ist denn los? Irgend etwas beunruhigt Sie immer noch, nicht wahr? Weil Sie die Leiche gesehen haben?«

»Nein.«

»Dann eben Miriam. Sie machen sich Sorgen um sie. Ich glaube, das brauchen Sie nicht«, sagte sie mit sachlichem Ton. »Die Polizei wird sich um alles kümmern. Dazu ist sie da.« Sie lehnte sich in das Polster zurück und legte den Ellbogen auf den oberen Rand. Mit einem Finger streichelte sie das weiche Velour, drückte den Flor hin und her.

Ihre Versicherung wirkte so, als wollte sie die Sache damit abtun. »Die haben viel zu tun. Sie versuchen herauszubekommen, wer die Tote ist, und natürlich ermitteln sie in dem Mord an dem Leichenbeschauer. Die haben Besseres zu tun, als sich um irgendeine amerikanische Malerin zu kümmern, deren Bekannter sie nicht finden kann.«

»Sie haben doch eine Vermißtenanzeige aufgegeben, oder? Mehr können Sie nicht tun.«

Konnte er doch, dachte Adams. Wenn alle wußten, daß Miriam Talbott Reinachs Mätresse gewesen war, dann könnten ihm vielleicht die Geschäftspartner des Toten etwas über sie erzählen. Alles mögliche könnte hilfreich sein, alles mögliche könnte einen Hinweis zutage fördern, wo sie sich aufhielt. Clemenceau, mit Sicherheit – aber was war mit diesem Charles Lesseps, dem auf dem Bild? Wenn man ihn finden könnte –

»Haben Sie schon mit Hay gesprochen? Kann er nicht helfen?«

»Daran habe ich auch schon gedacht. Nein. Er sagt, er hätte zuviel zu tun.«

»Wenn es Ihnen hilft, könnte ich ja mit Donald reden. Natürlich nur, wenn Sie das möchten. Ich weiß nicht, was er tun könnte –«

»Nein. Ziehen wir ihn nicht in die Sache hinein.« Das war schärfer herausgekommen, als er vorgehabt hatte. »Ich glaube nicht, daß es nötig sein wird«, sagte er, seinen Tonfall mäßigend.

»Wie Sie meinen.« Elizabeth streckte die Hand, die auf dem Rückenpolster lag, nach ihm aus. Sie hätte ihm vielleicht die Schläfe gestreichelt, hätte er sich nicht bewegt.

»Ich muß jetzt los«, sagte er. Er stellte seine Tasse ab und erhob sich. »Es war mir ein Vergnügen.«

»O ja, natürlich. Ich will Sie nicht aufhalten.« Irgend etwas in ihrer Stimme veranlaßte ihn, sich zu ihr umzudrehen, gerade rechtzeitig, um noch die wegwerfende Handbewegung mitzubekommen. »Und machen Sie sich bitte nicht die Mühe, mir zu sagen, was Sie vorhaben. Ich bin es gewohnt, daß man mir nichts sagt. Allein und unwissend, so heißt doch das Motto, oder? Sie und Donald, ihr solltet einen Klub gründen.«

Es gab keine Veranlassung, ihn und ihren Mann in dieselbe Schublade zu stecken. »Elizabeth«, sagte er scharf. Er blickte auf sie hinunter, in ihr Gesicht, sah in ihren blauen Augen den zarten schwarzen Rand um die Iris. Sie funkelte ihn an und lehnte sich ins Sofa zurück, das eine Bein unter sich, das andere nachlässig auf dem Boden baumelnd, entblößt vom Schenkel bis zur Zehe, und obwohl sie ihn böse anfunkelte, dachte er: Die meisten Männer Washingtons würden mich hierum beneiden, nur um das hier. Auf wen war sie böse? Auf Miriam? Auf Cameron? »Es tut mir leid.« Er wollte schon zu einer Erklärung ansetzen, aber es erschien ihm plötzlich zu schwer, es gab zu viele Gefahren, die umschifft werden mußten: Miriams Stellung als Reinachs Mätresse, seine Sorge um sie, die Verwirrung seiner Gefühle für sie, eine Verwirrung, der er nicht näher auf den Grund gehen wollte, schon gar nicht gemeinsam mit Elizabeth. Und dann waren da seine eigenen Gefühle für Elizabeth, vermischt mit der Mischung aus Neid und Verachtung, die er gegenüber Donald Cameron empfand. Und da war auch noch das Versprechen, das er dem Senator gegeben hatte. Es war viel zu kompliziert. »Ich erkläre es Ihnen alles später«, versprach er. »Zu Hause.« Wenn Hay ihn jetzt hören könnte.

»Sicher.« Ihre Stimme war eisig.

Während er die Stufen zu seinem Zimmer hinaufging, dachte er sich einen Plan aus. Er würde den Droschkenstand suchen, der den Büros der Kanalgesellschaft am nächsten lag, dort einen Kutscher aufspüren, der Lesseps kannte und sich daran erinnerte, ihn heimgefahren zu haben. Er wusch sich gerade das Gesicht, als er etwas Seltsames bemerkte: Ein schwarzer Schmierer auf dem weißen Porzellan des Waschbeckens. Asche. Und im Ausfluß war ein dreieckiges Stück Papier, jede Seite etwa zwei Zentimeter lang, eine Seite war schwarz verkohlt. Jemand hatte irgend etwas verbrannt und es dann mit Wasser weggespült. Er wollte es schon aufheben, bremste sich noch rechtzeitig und beugte sich vor, um es zu untersuchen. Eine Photographie. Er holte zwei Federhalter von seinem Schreibtisch und hob das Papier vorsichtig mit den Spitzen auf. Dann brachte er es zu seinem Schreibtisch hinüber, die beiden Stifte wie eine Wünschelrute vor sich her tragend. Erst als er es wieder ablegte, bemerkte er, daß auf seinem Schreibtisch Dinglers Photographie von den Direktoren der Kanalgesellschaft fehlte. Jemand hatte das Zimmer betreten, die Photographie verbrannt und den Rahmen mitgenommen. Sonst fehlte nichts, sonst war nichts angerührt worden.

Er setzte sich. Was konnte das bedeuten? Die Privatsphäre seines Zimmers - seines Schreibtischs - war verletzt worden. Er sah sich um. Das Zimmer erschien ihm nicht mehr ein gemütlicher Hafen wie noch wenige Minuten zuvor. Jemand war mit dem klaren Ziel hierhergekommen, diese Photographie zu vernichten, jemand, der ihn kannte und wußte, womit er sich beschäftigte.

Nun, wenn von dem Stück Papier Fingerabdrücke genommen werden konnten, könnte er vielleicht erfahren, wer dieser jemand war. Er schob ein sauberes Blatt Papier unter die verbrannte Ecke und fischte mit der anderen Hand einen Umschlag aus einer Schublade. Er manövrierte den Fetzen hinein, faltete den Umschlag und steckte ihn in die Brusttasche. Vielleicht konnten Bertillon oder DuForché etwas damit anfangen, obwohl es jetzt schon zu spät war, sie noch in ihrem Büro zu erreichen. Morgen, beschloß er. Morgen zur Polizei. Heute abend zu Lesseps.

Der Kutscher mußte erst mit fünf anderen reden, bis er einen fand, der die Adresse kannte: ganz draußen im Villenviertel in der Nähe des Bois de Boulogne, des großen Parks im Nordwesten. »Sind Sie sicher, daß Sie da hinwollen?« fragte ihn ein Kutscher. Er stand am Bordstein, eine alte Melone tief ins Gesicht gezogen, seine Peitsche unter einen Arm gesteckt.

»Natürlich«, sagte Adams. »Wieso sollte ich nicht?«

»Von mir aus gerne.« Er kletterte hinauf und schüttelte die Zügel. »Bis jetzt haben's die Anarchisten noch nicht auf Kutscher abgesehen.« Seine Stimme, die oben von seinem Sitz kam, war undeutlich neben dem Geratter der Räder. »Räuber, Diebe, Anarchisten, so was treibt sich da draußen rum. Alles ist außer Kontrolle geraten. Der General hätte da schon längst aufgeräumt – hätte es gar nicht erst dazu kommen lassen.«

»Der General?« Adams lehnte sich vor und reckte sich auf seinem Platz, um besser hören zu können.

»General Boulanger persönlich. Der beste Mann, der je französische Luft geatmet hat. Der hätt's denen gezeigt. Nicht wie diese Tölpel, die wir jetzt haben.«

»Aber er ist doch tot.«

»Das ist er, ja, und das ist jammerschade. Alle sagen, er hätt's selber gemacht, aber ich weiß es, ich weiß einfach, *die* sind das gewesen.«

»Wer ist die?«

»Die Regierung. Diese verdammten Republikaner. Er war ihnen zu stark. Zu beliebt. Er wäre Premier geworden, hätte denen die Hölle heiß gemacht.«

»Er hat immer noch eine ziemliche Gefolgschaft, nicht wahr?«

»Die hat er, auf jeden Fall. Überall, wo die Leute Frankreich lieben, überall, wo es richtige Franzosen gibt, naja, da wird der General geliebt. Er ist ein wahrer Patriot, das können Sie mir glauben.«

Und dort, dachte Adams, wird man politische Überzeugungen in der Rüstung von Patriotismus stecken sehen. Auf beiden Seiten des Atlantiks war dies die neue Krankheit der Politik: Politische Macht neigte, genauso sehr wie wirtschaftliche Macht, zum Monopol. Parteigänger auf allen Seiten verkündeten, sie allein seien die Tugendhaften. Washington, Paris, London, Berlin – es spielte kaum eine Rolle, man konnte beobachten, wie die Entwicklung den gemeinsamen Boden einer politischen Kultur wegfraß, bis nur noch die Extreme übrigblieben. Oder vielleicht konnte man sie nicht einmal Extreme nennen: Der Terminus implizierte eine Distanz von einem Zentrum, das nicht mehr existierte.

»Ihr General – wollte er den König wieder einsetzen?«

»Ja, das wollte er. Der wollte uns wieder auf die richtigen Gleise bringen.«

Er redete also gerade mit einem überzeugten, ausgewiesenen Royalisten. »Was hat Ihr General eigentlich vom Panamakanal gehalten?«

»Er hätte sie an die Wand gestellt, das steht fest. Gefängnis ist viel zu gut für dieses Gesindel.«

Adams war zuerst etwas verwirrt. »Ich meine den *Kanal*. Was hat er davon gehalten, vom Panamakanal?«

»Naja, er war ganz und gar dafür. Zum größeren Ruhme Frankreichs, Pfad zwischen den Meeren, und so. Er hätte schon ein Wörtchen zu sagen gehabt zu diesen gottverdammten Juden, die alles ruiniert haben, das kann ich Ihnen sagen.«

Darauf erwiderte Adams nichts.

Lesseps' Haus war zur Strasse nur durch einen Eisenzaun und einen Vorgarten abgeschirmt, der so dicht bewachsen war, daß er völlig undurchdringlich wirkte. Die untere Etage war von den im Zwielicht noch dichter wirkenden Büschen und Sträuchern vollständig verdeckt. Adams bat den Kutscher, auf ihn zu warten, und stieg aus. Er fragte sich einen Moment lang, was die Pariser Etikette bei einem unangekündigten abendlichen Besuch erforderte. Zuhause machte man so etwas jedenfalls nicht. Er schwang das Tor auf und verdrängte das Gefühl, daß er sich unerlaubt Zutritt verschaffte.

Vom Kiesweg aus konnte er sehen, daß das Gelände vor dem Haus tatsächlich einmal ein richtiger Garten im englischen Stil gewesen war, bei dem man Symmetrien vermieden hatte, so daß die Hand des Architekten nicht mehr erkennbar war. Auf kleinen Holztäfelchen, von denen die Farbe abblätterte, standen die Namen der Büsche und Sträucher. Er zwängte sich unter einem wuchernden Fliederbusch hindurch und sah sich einem dunklen Tunnel gegenüber, der sich durch das Buschwerk schlängelte und dessen Ende – wenn er überhaupt eins hatte – sich dem Blick entzog. Der Schieferplattenweg unter seinen Sohlen war mit einer weichen, teerartigen Schicht bedeckt, einer Ablagerung aus feuchtem, vermoderndem Laub. Die Arme über dem Kopf, die Ellbogen ausgedreht, um mögliche Zweige und Äste abzuwehren, arbeitete er sich geduckt vor, voller Angst, er könne das Gleichgewicht verlieren und stürzen. Er war erleichtert, als er endlich das großzügig geschwungene Portal erreichte.

Er fand die Klingel und drückte sie. Einige Augenblicke später ging ein Licht an – plötzlich, ohne das übliche weiche Glühen, bevor der Docht ganz angezündet und entflammt wird. Im durchscheinenden Glas der Haustür erschien die Silhouette eines Mannes, eines Dieners. Adams gab ihm seine Visitenkarte und wurde wortlos in die Diele geführt. Ein dicker Teppich bedeckte die Stufen, und auf dem Endpfosten des Treppengeländers ruhte eine Kristallkugellampe, deren weißes Gleißen die Diele ohne einen Schatten ausleuchtete. Elektrizität: Nur das Neueste vom Neuesten für das Haus eines Ingenieurs, dachte Adams. Links und rechts von der Treppe waren dazu passende Mahagonitüren, deren Holz dunkel glänzend poliert war. In jede war eine große Scheibe aus Milchglas eingelassen, in deren Mitte etwas eingraviert war. Adams trat näher, um eine genauer zu betrachten: Ein Schaufelbagger.

Schließlich kam ein müde aussehender Mann in einem dunklen Straßenanzug die Treppe herunter. Von Dinglers Photographie erkannte Adams ihn als Charles de Lesseps, was der Mann bald bestätigte, als er sich vorstellte. Seine Hand lag leicht auf dem Geländer, während er die Stufen herunterkam, aufrecht und elegant. Er hatte etwas Vertrautes, das nicht von Adams' Kenntnis der Photographie herrührte. Mit seinem kurzen, schmucken Bart und Stirnglatze hätte man ihn in einem schlechten Licht leicht für Adams' eigenen Bruder Charles halten können. »Was kann ich für Sie tun?« fragte er.

Adams stellte sich mit einer kleinen Verbeugung vor. »Ich würde gerne mit Ihnen einige Worte über die Kanalgesellschaft wechseln, wenn das möglich ist.«

»Ich fürchte, daß ist ganz und gar unmöglich.« Der Mann schien über ihm zu thronen. Adams warf einen schnellen Blick auf die unterste Stufe, um sich zu vergewissern, daß Lesseps nicht mehr darauf stand. »Unser Anwalt empfiehlt uns, nicht darüber zu reden.«

Adams wollte schon sagen, daß seine Fragen nicht kompliziert wären, nicht das Thema berühren würden, das zu meiden ein Anwalt seinem Mandanten empfehlen würde, aber das stimmte natürlich nicht. Und als der Antrieb für seine Behauptung schwächer wurde, drängte sich ihm ein neuer Gedanke auf: Dieser Mann war auf dem Bild. Vielleicht hätte er irgendeine Idee, weshalb jemand in Adams' Zimmer einbrach, um die Photographie zu verbrennen. Während ihn diese Gedanken beschäftigten, bemerkte er, daß Lesseps ihn erwartungsvoll ansah und zum Sprechen ansetzte, als ihm klar wurde, daß Adams verstummt war. »Ich möchte etwas über Jacques de Reinach erfahren«, sagte Adams schnell. »Es geht nicht um seine Geschäfte, sondern um etwas ... Persönlicheres. Sein Privatleben. Sie kannten ihn doch, nicht? Dürfte ich Ihnen ein paar Fragen stellen?«

Lesseps' Gesichtsausdruck war unergründlich. »Nein«, sagte er geradeheraus. »Ich kann Ihnen nicht helfen. Und Sie werden jetzt gehen müssen, Monsieur – Monsieur ...«

»Adams. Henry Adams.«

»Ja, also dann, Monsieur Adams. Sie werden –«

»Charles!« ertönte eine Stimme hinter der Tür zu Adams' Rechten. »Wer ist da? Wer ist da gekommen? Verdammt noch mal! Antworte! Ich will meine Besucher empfangen!«

»Entschuldigen Sie mich«, sagte Charles de Lesseps würdevoll und ging bedächtig zur Tür, die er leise hinter sich schloß. Im nächsten Moment kam er wieder. »Sie werden jetzt gehen müssen«, sagte er zu Adams.

»Wer ist da?« ertönte die Stimme wieder. »Lassen Sie sich von ihm nicht aufhalten, verdammt! Kommen Sie hier rein, damit ich Sie sehen kann! Wer sind Sie?«

Adams sprach trotz der Warnung, die er in Lesseps' Gesicht sah. »Henry Adams«, rief er, wie er hoffte, laut genug, um gehört zu werden.

»Henry Yaddams?« erwiderte die Stimme, bemüht, die englische Aussprache zu imitieren. »Machen Sie, daß Sie hier reinkommen!«

Langsam ging Adams zur Tür, ohne Lesseps aus dem Auge zu lassen. Lesseps protestierte nicht. »Ermüden Sie ihn nicht«, bat er, als Adams die Tür öffnete und vorbeischlüpfte.

Adams betrat ein Arbeitszimmer, das durch ein in der Ecke aufgestelltes Bett in ein Krankenzimmer verwandelt worden war. Das gedämpfte Licht kam von einer Schirm-Petroleumlampe, die auf dem Schreibtisch stand. Die Bücherregale und Bilder an den Wänden schienen heranzuschweben, kurz davor, Gestalt anzunehmen, bevor sie wieder in die Dunkelheit zurückwichen. In einem Lichtkreis auf dem Tisch stand ein Tablett mit dem Geschirr vom Abendessen, das bis auf Knochen und eine Kruste leergegessen war. Zwei Fenster gingen auf die Veranda, und Adams konnte weder durch sie hindurchsehen noch in ihnen irgendeine Spiegelung des Zimmers finden: Die Dunkelheit drinnen entsprach genau der hereinbrechenden Dunkelheit draußen, hinter der umgebenden Wand der Büsche.

Er brauchte einen Augenblick, um die weißhaarige Gestalt zu erkennen, die, in einen zerknitterten Anzug gekleidet, in einem Sessel gleich rechts von ihm saß. Trotz der schweren Säcke unter den Augen und der allgemeinen Unordentlichkeit seiner Kleidung erkannte Adams ihn: *Le Grand Français, Ferdinand de Lesseps* persönlich, immer noch mit dieser vollen weißen Mähne, die ihm jetzt ungekämmt und wirr vom Kopf stand. Er sah im Gesicht des Vaters die gleiche Ähnlichkeit mit der Adamschen Familienphysiognomie, die er schon beim Sohn bemerkt hatte. Trotz des dichten Haarschopfes war da irgendeine wesentliche Beziehung zwischen den Zügen, irgend etwas zwischen Augen, Nase und Wangen, das väterliche Autorität vermittelte. »Henry Yaddams«, sagte der alte Mann mit einer tiefen rauhen Stimme. »Amerikaner. Ihr Vater ist Charles Francis Adams, Botschafter in England?«

Adams nickte.

»Dachte ich mir. Ich habe ihn kennengelernt. Ich war auch einmal Botschafter, wissen Sie.«

»Nein«, sagte Adams. »Das wußte ich nicht.« Ich wußte nicht einmal, daß Sie noch leben, dachte er.

»Ja«, sagte der Greis und sah Adams fest an, der den Blick erwiderte, in der Erwartung, daß der ältere Lesseps weitersprechen würde. Er tat es nicht. »Setzen Sie sich!« sagte der Alte schließlich. »Setzen Sie sich!« Er zeigte auf einen Sessel, der in einer Ecke des Zimmers stand, und dann zu einer Stelle vor sich. »Hierher, wo ich Sie sehen kann.«

Adams zog den Sessel heran, wie ihm befohlen wurde.

Der Alte wartete, bis Adams sich gesetzt hatte, und lehnte sich dann in seinem Sessel vor. »Oh, die haben mich reingelegt«, sagte er und schüttelte den Kopf. »Die Dreckskerle! Ich hatte alle glücklich und zufrieden gemacht. Ich hatte viel zu tun. Hier verhandeln, dort verhandeln, schmeicheln, schmeicheln, besänftigen, reden, reden, reden. Aber ich hatte sie. Ich! Mazzini, Garibaldi, der Papst – alle wollten sie tun, was ich sage. Und was dann?«

Adams war verwirrt. Er hatte gedacht, Lesseps rede von Panama, und er konnte sich nicht vorstellen, was italienische Nationalisten und der Papst mit dem Kanal zu tun haben sollten.

Lesseps' Pause war rein rhetorisch gewesen. »Dieser verdammte Rattensauger schickt Truppen. Ich, ich handele für ihn einen Frieden aus, und was macht er? Er greift an!« Lesseps warf die Hände hoch und sank in seinen Sessel zurück. Seine Geschichte war zu Ende.

Adams hatte das Bedürfnis, ein paar Punkte zu klären. »Der, ehm, Rattensauger – war das ein General? Der kommandierende Offizier?«

»Neeeein!« Lesseps sah ungeduldig aus. »Napoleon III. *Bevor* er sich selbst zum Kaiser ernannt hat. Einfach Louis Napoleon. Louis. Der Prinz-Präsident.« Er lehnte sich wieder vor und senkte die Stimme. »Ich sage Ihnen, er konnte seinem Onkel nicht das Wasser reichen. Hat nicht einmal dafür getaugt, die Pferde seines Onkels zu füttern, wenn Sie mich fragen.« Er lächelte befriedigt.

»Das war das Ende Ihrer diplomatischen Laufbahn?« Adams versuchte sich zu erinnern: Wann muß das gewesen sein? 1849? Er selbst war damals elf Jahre alt, zu jung, um sich an diese Zeit noch zu erinnern. Wenn Lesseps damals Mitte vierzig war, dann mußte er jetzt Ende achtzig oder Anfang neunzig sein, obwohl er nicht so alt aussah.

»Ja, ja, natürlich«, erwiderte Lesseps ungeduldig. Er redete leise, schaffte es aber trotzdem, ein Gefühl von Kraft zu vermitteln, von Willen, und von der Macht zu befehlen. Wildes weißes Haar, volle drahtige Augenbrauen, leuchtende Augen unter schweren Lidern – noch ein Bart dazu, und man könnte ihn für einen biblischen Patriarchen halten. Oder für einen Propheten. Was, dachte Adams, er ja auch in gewisser Weise war: ein Prophet, der das Versprechen eingelöst hatte, das die Saint-Simonianer in der Wüste von Suez vernommen hatten, ein Prophet des kommenden Zeitalters, des Zeitalters, das die säkularen Götter von Kohle und Stahl anbetete.

Und dann, in Panama, war er gescheitert. In der Kirche konnte demjenigen, der scheitert, die Anwärterschaft auf Märtyrertum winken, wenn das Scheitern spektakulär genug war, weil Erhöhung durch Glauben zustande kam, nicht durch Werke. Aber in der Kirche industrieller Macht wurde Seligkeit durch Erfolg und allein durch Erfolg herbeigeführt. Scheitern war unverzeihlich. Nicht weil Scheitern eine unauslöschbare Schuld schuf, nein, Scheitern war keine Sünde. Aber Scheitern entlarvte einen als jemanden, der zu Unrecht erhöht worden war. Scheitern schickte den Unternehmer wieder hinunter zu dieser Masse von Menschen, deren Zahl Jahr um Jahr anstieg, Menschen, die Untertanen waren, nicht Handelnde, Menschen aus der riesigen anonymen Masse, deren Bewegungen,

Ziele und Leben nicht von innen heraus entstanden, sondern von außen bestimmt wurden.

Während er den Mann, der da vor ihm saß, betrachtete, konnte Adams ihn sich vorstellen, erfüllt von der Jugend, die ihm diese große Leidenschaft zeitweilig verlieh, konnte sich vorstellen, wie er ausgesehen hatte, als er auf der ganzen Welt als *Le Grand Français* bekannt gewesen war, der Große Franzose, die Personifizierung der Macht einer gesamten Nation. Das war seine Rache an Napoleon III. gewesen! Und doch saß er jetzt hier in diesem stillen Zimmer, seine Leidenschaft war längst versprüht, seine Energie und sein Ansehen wie Asche zusammengefallen. »Es war eine Frage der Ehre«, sagte Lesseps und richtete sich in seinem Sessel auf.

Adams nickte. »Ich dachte, Sie seien tot. Das habe ich in der Zeitung gelesen.«

»Bah! Die haben versucht, mich zu ruinieren.«

»Wer?« drängte Adams.

Lesseps antwortete nicht sogleich. »Die Welt«, sagte er schließlich. »Die Welt und alles in ihr.«

Es überraschte nicht, befand Adams, diesen Mann am Leben zu finden, denn in diesem dunkel werdenden Raum war er vollkommen und unveränderlich, jenseits des Hin- und Hergezerres, der Wünsche und Sehnsüchte der Menschheit. Der Greis saß still da, den Blick auf seinen Besucher gerichtet, in einer Dunkelheit, die so dicht war, daß man sie fast einatmen konnte, in einer Dunkelheit, die, wie Adams befürchtete, ansteckend sein könnte. Nein! dachte er. Mit einem Gefühl, das an Ungeduld grenzte und nicht ganz frei von Zorn war, wollte er den Fluch brechen. Er wollte die Welt hereinströmen sehen, wollte sehen, wie *Le Grand Français* sich bewegte, handelte und reagierte. Der Historiker unterdrückte den Drang, durch den Raum zu greifen, der sie trennte, und den Unternehmer in den Bauch zu stubsen. Man kann sich nicht schützen, dachte er. »Ich war auch einmal im diplomatischen

Dienst«, hörte er sich sagen. »Ich habe in der Botschaft in London für meinen Vater gearbeitet. Aber ich verließ ihn wieder. Mußte ihn verlassen.« Der Greis erwiderte nichts – signalisierte nicht einmal Interesse. »Einige Artikel, die ich geschrieben hatte – anonym, für eine amerikanische Zeitung – wurden zu mir zurückverfolgt ... von jemandem im Innenministerium. Ich war in meinen Beschreibungen nicht sehr diskret gewesen, in meinen Beurteilungen der britischen Gesellschaft und Bürokratie. Es erregte großes Aufsehen. Es, ehm, brachte meinen Vater in eine sehr peinliche Situation.«

Lesseps saß mit teilnahmsloser Miene da.

»Ich war dumm, ich weiß. Ich hätte wissen müssen, daß man dahinterkommen würde. Es gab sonst niemanden in London, der diese Artikel hätte schreiben wollen, schreiben *können.*« Wieso, fragte er sich, erzählte er Lesseps das alles? Adams bemerkte seine eigenen Hände, die Hände eines Fremden am Ende seiner Arme, wie sie nervös an seinem Ehering drehten. *Im Dezember vor sieben Jahren hat sich meine Frau umgebracht*, wollte er sagen. Würde Lesseps nicht verstehen, daß die Welt allzu kompliziert geworden war? Würde er es nicht verstehen, was das für ein Gefühl war, die Größe nicht zu erreichen, zu der man sich berufen fühlte, nicht weil man etwas Übles verbrochen hatte, sondern weil irgendein riesiger unsichtbarer Mechanismus in der Welt sich verschoben hatte, diesen Weg versperrte und andere eröffnete, die zu fern, zu fremd waren? Lesseps nickte sanft, als wollte er den Gedanken zustimmen, die er gelesen hatte. Er schien nicht darauf zu warten, daß Adams weiterredete. Sie verstanden einander vollkommen. Eine Frage drängte sich Adams auf, und er stellte sie, ohne zu zögern. »Was würden Sie tun, wenn Sie so alt wären wie ich? Wenn Sie vierundfünfzig wären?«

»Ich«, sagte der weißhaarige Franzose emphatisch, »ich würde einen Kanal bauen. Durch *Panama.*«

Adams konnte als Antwort darauf nur langsam nicken. Einen Moment lang empfand er die Beteuerung des Mannes als einen moralischen Befehl. Ja. Ein Kanal. Durch Panama. Er mußte gebaut werden. Dann erinnerte sich Adams an den traurigen Anblick der kaputten Maschinen, die aus dem Culebra-Durchstich geborgen worden und dem Rost überlassen worden waren, nachdem sie sich der Aufgabe, die sie erfüllen sollten, nicht gewachsen gezeigt hatten. Der Schlamm, die Seuche, das Heer von Arbeitern, das der Malaria geopfert wurde, und überall das greifende Grün, die stumme, üppige, teilnahmslose Vitalität des Urwaldes: Es hatte sich nicht verändert. Wie kam er dazu anzunehmen, daß er sich verändert hätte? »Die Natur hat Sie besiegt«, sagte er langsam zu dem Greis.

Der Große Franzose schüttelte leicht den Kopf, hielt sich eine Hand ans Ohr, bog es nach vorn, bis es wie eine weiße Feige aussah. Adams wußte, was er wollte. Er sagte den Satz noch einmal, lehnte sich vor, und als er ihn wiederholte, schien der Satz falsch zu sein.

»Die Natur hat mich besiegt!« rief der Alte, als er verstanden hatte. »Die Natur hat mich *nicht* besiegt!« Er schlug auf die Armlehne des Sessels. »Bankiers haben mich besiegt. Anwälte. Lackaffen von Buchhaltern! Feige Anleger, verdammte gierige Politiker! Nicht die Natur! Niemals!«

Adams sah nervös über die Schulter zur Tür hin, besorgt, daß der Sohn den Lärm hören und ihn wegholen könnte. »Ja, ja, ich verstehe«, sagte er, so besänftigend, wie er konnte. Trotzdem, dachte Adams, die Natur hatte diesen Mann *doch* besiegt. Seine Maschinen waren für den Urwald und den Schlamm zu schwach gewesen, hatten sich als unfähig erwiesen, zwei Ozeane miteinander zu verbinden. Zwei Ozeane miteinander zu verbinden: Allein schon dieser Satz vermittelte etwas von der puren Hybris des Versuchs. Jetzt redete niemand mehr von Hybris, dachte Adams. Die Katechismen des industriellen Fortschritts lehnten allein schon die Vorstellung von Hybris ab, als Ketzerei gegenüber dem Namen der Macht.

Als Lesseps sich wieder beruhigt hatte, fiel Adams der Anlaß seines Besuchs ein. »Ich bin hierher gekommen, um Sie etwas über Ihre Gesellschaft zu fragen«, begann er. »Genaugenommen über einen Direktor Ihrer Gesellschaft, Jacques de Reinach. Und eine Frau, Miriam Talbott. Können Sie mir irgend etwas über den einen oder die andere sagen?«

»Wer?« fragte Lesseps.

»Jacques de Reinach und Miriam Talbott.«

Lesseps lächelte und schüttelte den Kopf.

»Sie kennen sie nicht?«

Lesseps starrte Adams an und saß reglos da, bis auf die Spitze seines Zeigefingers, mit der er auf der Armlehne seines Sessels ein winziges *s* zeichnete, hin und her. »Charles!« brüllte er plötzlich. Er schwieg, stirnrunzelnd, bis sein Sohn den Raum betrat.

Der jüngere Lesseps stellte sich vor Adams und streckte einen Arm aus, um ihn aufzufordern, sich zur Tür zu bewegen. »Sie haben eine Frage über Panama gestellt, nicht wahr? Auf Anraten unseres Rechtsbeistandes ist es meinem Vater und mir untersagt, über die Panama-Affäre zu sprechen.«

»Ich verstehe«, sagte Adams. Seine spontane Reaktion war aufzustehen, und er hatte dazu schon die Füße zusammengezogen, aber dann erkannte er, daß ein weiteres Gespräch nur möglich war, wenn er sitzenblieb. Er lehnte sich in seinen Sessel zurück und begann zu erklären. »Ich komme in keinerlei offiziellen Angelegenheiten zu Ihnen.« Er versuchte, ruhig und langsam zu sprechen, merkte aber, daß dem jüngeren Mann allmählich die Geduld ausging. »Ich bin jedenfalls Amerikaner und werde bald heimreisen. Mein Interesse an der Affäre hat nichts mit Politik, Gesetzen oder Justiz zu tun.« Taktischer Fehler, dachte er. Damit unterstelle ich, daß diese Männer etwas von der Justiz zu befürchten hatten. Vielleicht merkten sie es nicht. »Ich suche eine Frau. Die Polizei glaubt, daß sie tot ist, aber sie ist es nicht. Sie war mit einem der Direktoren Ihrer Gesellschaft bekannt, Jacques de Reinach.«

»Miriam Talbott?« sagte Charles Lesseps in einem scharfen Ton. »Was wissen Sie von Miriam Talbott?«

Irgendwie machte der Eifer des Mannes Adams stutzig, und er nahm sich vor, genau zu überlegen, bevor er antwortete. Der jüngere Lesseps deutete mit der Hand zur Tür. »Kommen Sie mit«, sagte er. Zu seinem Vater sagte er mit lauterer Stimme: »Ich werde Monsieur Adams hinausbegleiten.« Als Adams sich erhob, warf er einen Blick auf den Greis und hielt inne, um eine kleine Verbeugung zu machen, die er dann abkürzte, als er sah, mit welcher Heftigkeit der Alte ihn anfunkelte.

Während er Charles de Lesseps nach draußen folgte, erkannte Adams, was das Interesse des Hausherrn geweckt hatte: die Möglichkeit, etwas zu erfahren. Er hätte gleich auf diese Karte setzen sollen. Lesseps machte die Tür des Arbeitszimmers hinter sich zu und zog Adams zur Treppe. Er drehte sich um und sagte: »Was wissen Sie über Miriam Talbott?«

Adams räusperte sich. »Es geht eigentlich um zwei Frauen. Miss Talbott ist eine Bekannte von mir. Sie ist verschwunden. Die andere Frau ist tot.« Diese Information bewirkte, daß Lesseps gespannt die Augen zusammenkniff. Gut, dachte Adams. »Die Polizei glaubt, daß meine Bekannte die Tote ist.«

»Mmm-hmmm. Aber Sie behaupten, daß die sich irren.«

»Ja. Ich weiß, daß die Leiche, die die Polizei hat, die Frau, die im Leichenschauhaus liegt, nicht Miriam Talbott ist.«

Lesseps nickte. »Weil Sie eine Bekannte von Ihnen war.«

Es schien, als wollte Lesseps noch etwas sagen, tat es aber nicht. »Was können Sie mir erzählen?« fragte Adams ihn. »Über diesen Reinach.«

»Sie haben ihn nicht gekannt?«

»Nein.«

»Mmmm.« Der Sohn von *Le Grand Français* hielt inne, um seine Worte sorgfältig zu wählen. »Dieser Reinach hat meinen Vater vollkommen ausgenommen. Die ganze Gesellschaft hat er ausgenommen. Es ist gut möglich, daß wir für das, was er getan hat, ins Gefängnis gehen müssen.«

»Er hat Ihren Vater erpreßt?«

Lesseps schien die Feststellung als eine Beleidigung zu betrachten. »Mein Vater hat nie etwas getan, weswegen man ihn erpressen könnte. Nein. Reinach hat die Gelder der Gesellschaft veruntreut. Er hat Millionen genommen. Millionen von Francs. Er war ein widerwärtiger, hinterhältiger, willensschwacher Dieb. Man wird sagen, wir hätten es wissen müssen.«

Adams dachte, es würde nicht schaden, sich als teilnahmsvoller Zuhörer darzustellen. »Aber Sie haben es natürlich nicht gewußt.«

»Nein.« Lesseps taxierte ihn einen Moment lang sorgfältig. »Nein, wir wußten es nicht. Aber ich werde Ihnen sagen, wer es wußte. Ich kann es ruhig tun. Früher oder später werden Sie mit Sicherheit auf ihn stoßen. Cornelius Herz.« Adams nickte, um ihm zu signalisieren, daß er den Namen schon einmal gehört hatte. »Mein Vater und ich haben Fehler gemacht. Sie müssen verstehen, daß der Kanal für uns Vorrang vor allem anderen hatte. Wir mußten die Gesellschaft zusammenhalten, durften die Arbeiten nicht aussetzen lassen, mußten dafür immer mehr Geld auftreiben. Reinach sagte, er kenne einen Mann, der uns helfen könne. Dieser Mann, Herz, wurde von uns beauftragt, eine erfolgreiche Finanzierung sicherzustellen – mit der Ausgabe von Anleihen.«

»Er war also Bankier?«

»Nein, nein. Ein – wie würden Sie sagen – Publizist? Ich glaube, bei Ihnen gibt es ein Wort dafür, Lobbyist, ja. Wir machten einen Vertrag mit ihm. Er sollte für die Gesellschaft werben, in der Abgeordnetenkammer und dem Senat eine für uns günstige Stimmung schaffen.« Lesseps kniff die Augen zusammen. »Wir gaben Reinach freie Hand. Eine zu freie Hand. Ich war höchst erstaunt, welche Beträge er Herz zur Verfügung gestellt hatte und wie das Geld ausgegeben worden war.«

»Das Geld wurde für Bestechungen ausgegeben.«

Lesseps zuckte die Achseln und musterte ihn ernst. Adams hoffte, er konnte nicht den Gedanken lesen, der ihm gerade durch den Kopf ging: Er hätte es wissen müssen. »Ich kann Ihnen ruhig erzählen, was jedermann weiß. Herz steht unter Anklage, weil er einem Abgeordneten in einem Café im Bois Geld zugesteckt haben soll. Der Staatsanwalt sagt, daß er von den Hunderten von Gesetzesübertretungen, die Herz begangen hat, diejenigen ausgewählt habe, die er am schnellsten beweisen kann. Ich vermute, hier ist Politik im Spiel – der fragliche Abgeordnete ist Syndikalist, der keine Freunde in der Kammer hat. Wie dem auch sei. Wahrscheinlich ist, daß ein Teil des Geldes auch für Reinachs Laster ausgegeben wurde, zu denen die Frauen gehörten. Weswegen ich daran interessiert bin, mit dieser Bekannten von Ihnen zu sprechen, dieser Miriam Talbott. Unser Anwalt sollte ihr einen Besuch abstatten.«

Adams hatte nicht daran gedacht, daß seine Nachforschungen weitere Ereignisse in Gang setzen könnten, daß diese Möglichkeit existierte, machte ihn etwas mulmig. »Ich – ich weiß nicht, wo sie ist. Sie ist verschwunden.«

Lesseps lächelte dünn. »Dann kann mein Anwalt natürlich nicht mit ihr reden. Erst wenn man sie gefunden hat, oder?«

»Ich hatte gehofft, Sie könnten mir irgend etwas sagen, das mir helfen könnte, sie zu finden. Vielleicht kennen Sie einige ihrer Gewohnheiten, oder vielleicht hatten sie und dieser Reinach irgendeine Lieblingsbeschäftigung, irgendein Stammrestaurant ...«

»Wie gut haben Sie sie denn eigentlich gekannt?« Lesseps sah verwirrt aus. »Sind das nicht Dinge, die ein Bekannter eigentlich wissen könnte?«

»Ich weiß, daß sie eine Liste der Chéquards hat.« Adams war sich dessen nicht so sicher, wollte aber irgendwie seine Position verstärken. Und es konnte nicht schaden, die Behauptung auf den Prüfstand zu stellen.

»Mmmmm.« Lesseps zog eine Augenbraue hoch. »Ja. Und was hat sie jetzt damit vor? Weitere Erpressungen? Oder steht die Liste jetzt nur zum Verkauf für den Meistbietenden an?«

Miriam eine Erpresserin?

»Sie haben keine Ahnung, wovon ich rede, nicht wahr? Wirklich, wie gut haben Sie diese Frau eigentlich gekannt?«

»Ich – wir –« Er setzte noch einmal an. »Sie und ich ...« Lesseps starrte ihn an und wartete. »Sie war meine Freundin«, sagte Adams einfach.

Lesseps schüttelte den Kopf. »Ich nehme an, sie hat Ihnen nichts von ihren Erpressungsversuchen erzählt. Nein, vermutlich kannten Sie sie nicht so gut, als daß sie Ihnen von den Erpressungen erzählt hätte, die sie durchgeführt hat.« Der Sarkasmus, den er da hörte, gefiel Adams nicht, aber er konnte nichts dagegen tun.

»Wen könnte sie mit der Liste erpressen? Irgend jemanden, der da draufstand?«

»Ja – oder jemanden, egal, ob er draufstand oder nicht, der nicht wollte, daß die Liste der Öffentlichkeit bekannt wird, egal aus welchem Grund. Ihre Miss Talbott hat verschiedene Abgeordnete besucht, mit der Absicht, von ihnen Unterstützung für ihren Baron zu bekommen. Wollte, daß die Zeitungen zurückgepfiffen wurden, wollte irgend etwas als Gegenleistung für seine Aussage aushandeln. Es hat nicht viel genützt. Und deshalb ist sie jetzt untergetaucht.«

»Ja.« Aber etwas hatte es doch genützt: Reinachs Name war aus den Micros-Artikeln verschwunden, der Serie, die den Skandal ins Rollen gebracht hatte, das war irgendwann im Oktober. War es ihr gelungen? War das der Grund, warum sie jetzt von der Bildfläche verschwunden war? Weil sie die Liste versteckt halten mußte, um die Abmachung einzuhalten? Er versuchte sich vorzustellen, ob Miriam eine solche Abmachung hätte treffen können. Das erforderte eine Härte, eine Bereitschaft zu Entschlossenheit.

»So Gott will, und falls es jemals wieder eine französische Kanalgesellschaft geben sollte, wird sie untergetaucht *bleiben*, zusammen mit dieser Liste.« Lesseps schritt zur Tür. »Genug. Unser Gespräch ist zu Ende.« Adams protestierte, aber sein Gastgeber schüttelte den Kopf. »Nein.« Er hielt die Hände hoch. »Bitte. Nichts mehr. Sie müssen jetzt gehen.« Er legte eine Hand unter Adams' Ellbogen und schob ihn vor sich her.

»Was ist mit Micros?« fragte Adams schnell. »Welche Rolle spielt er?«

Lesseps blieb stehen. »Was wissen Sie über Micros?«

Adams überlegte. Er wußte nur, was er in der Zeitung gelesen hatte. Er hatte keine Ahnung, wer Micros war oder wer ihn mit den Informationen gefüttert hatte. Aber das Thema hatte Lesseps' Aufmerksamkeit erregt. Adams gab sich Mühe, keine Miene zu verziehen, während Lesseps ihn anstarrte und wartete.

»Sie wissen nichts«, sagte Lesseps nach einer kurzen Pause. »Wer immer Ihr Micros ist, ich hoffe, daß er nachts schlafen kann. Er hat Reinach in den Selbstmord getrieben.«

»Selbstmord? Ich dachte, er ist an einem Schlaganfall gestorben.«

»Das behaupten einige. Andere nicht.«

Die beiden Männer sahen sich einen Moment lang an. »Micros muß eine gute Quelle innerhalb der Gesellschaft gehabt haben«, sagte Adams geradeheraus. »Waren Sie das?«

»Kaum.«

»Herz?«

»Wirklich, Monsieur – wie, sagten Sie, heißen Sie? – Adams? Sie müssen jetzt gehen.« Er griff nach dem Türgriff hinter Adams und öffnete die Tür.

»Herz hat Ihnen eine Menge Schwierigkeiten bereitet. Und doch hat man sich nicht von ihm getrennt. Sie haben zu ihm gehalten.« Adams ließ sich bis zur Schwelle zurückdrängen, ging aber nicht weiter. »Wieso? Wieso, wenn er Sie nicht erpreßt hat? Was hatten Sie davon?«

Lesseps starrte ihn einen Augenblick lang an. »Das werde ich Ihnen sagen. Er hat sehr gute Verbindungen«, sagte er langsam. »Ein Freund von Clemenceau.«

Adams spürte, wie sein Herz schneller schlug. Steckten Clemenceau und Herz unter einer Decke? Half Clemenceau ihm, andere Abgeordnete zu bestechen?

Lesseps hielt eine Hand hoch. »Schluß jetzt! Monsieur Adams, wirklich, Sie müssen jetzt gehen. Auf Wiedersehen.« Bestimmt, ohne Spielraum für Widerstand zuzulassen, begann Lesseps, die Tür zuzumachen, und drückte sie dabei gegen Adams. Sie ging mit einem Klirren zu, dann stand er allein auf der Veranda.

Kaum hatte er einen Schritt den Weg entlang getan, wurde das Licht im Haus gelöscht. In der Dunkelheit konnte nichts die vordringende Vegetation daran hindern, eine ganze Welt abzuschirmen.

Mittwoch,
23. November 1892

Er hatte überhaupt nicht gut geschlafen. In den stillen Morgenstunden, wenn sich Angst am leichtesten als Gewißheit maskieren kann, war er mit dem Gedanken aufgewacht, daß derjenige, der Dinglers Bild verbrannt hatte, wiederkommen würde. Während er da im Bett lag, die Augen in der Dunkelheit weit aufgerissen, mit allen Sinnen gespannt auf jedes Geräusch lauschend, das von der Stadt heraufdrang, wußte er, daß es zu spät war, irgend etwas anderes zu tun – zu spät, um einzupacken und die Sache mit Hay wieder auszubügeln, zu spät, um die Treppe hinunterzuschleichen und Elizabeth zu bitten, ihm Zuflucht zu gewähren. Viel zu spät für Elizabeth, dachte er. Jedesmal, wenn er das Klappern von Pferdehufen auf der Straße hörte, hielt er den Atem an.

Seine Suche nach Miriam führte unweigerlich mitten in den Panama-Skandal hinein. Zuerst hatte es den Anschein, als würde diese Suche den Skandal nur am Rande berühren, sich vorsichtig an der Peripherie bewegen, wie die Ringer, die er zusammen mit LaFarge in Japan gesehen hatte, die ungeheuer dicken Männer, die sich langsam um ein gemeinsames Zentrum drehten, bevor sie sich mit einem Klatschen von Fleisch und einem tiefen Grunzen gegeneinander lehnten. Aber obwohl das Gefühl innerster Bedrohung angemessen war, war das Bild eines Ringkampfes nicht richtig. Nein, es war eher ein verwirrendes, ineinandergreifendes Netz von Alternativen, das sich durch die Materie seines Unwissens sponn, als wäre die Panama-Affäre ein durchweichter Klumpen Urwaldboden, um den er herum alles sehen konnte, aber dessen Substanz, durch Tausende kleiner Wurzeln zusammengehalten, undurchsichtig war. Ein Gedanke von Schiller kam ihm in den Sinn, nach dem die Welt keinerlei Verpflichtung hat, für uns einen Sinn zu machen. Man stolpert, so gut man eben kann, vor sich hin, von jedem korrigierbar, der es besser weiß.

»Schiller.« Adams sprach den Namen laut aus, während er auf dem Rücken lag. Schiller war ein Romantiker, noch romantischer, als er selbst es jemals gewesen war, auch als er noch jung war. Adams zuckte bei dem Gedanken zusammen, wie sehr er Schiller geliebt hatte, wie er Clover mit seinem Werk vertraut gemacht hatte, wie sie sich auf ihrer Hochzeitsreise abwechselnd aus seiner Geschichte des Dreißigjährigen Krieges vorgelesen hatten. Sie lasen es auf Deutsch, wobei die Vertrautheit wiederkam, die er in Schülerzeiten mit der Sprache hatte, und Clover ihn mit ihrer flüssigen Aussprache überraschte, mit der Leichtigkeit, mit der sie die Gutturallaute aus der Kehle nach oben rollte.

Als er sich daran erinnerte, empfand Adams plötzlich Abscheu vor sich selbst. Miriam Talbott! Miriam Talbott, *Erpresserin*, dachte er. Mätresse eines anderen Mannes. Was genau wollte er eigentlich tun, wenn er sie gefunden hatte? Sie mit nach Hause nehmen, sie auf ein Sofa setzen, im Kamin ein Feuer anmachen, sich zurücklehnen und ihr auf deutsch Gedichte vorlesen? Mein Gott! Er war kein bißchen besser als ein hoffnungslos verliebter junger Student, der ziellos herumstrich, bereit, sich an alles zu hängen, was einen Rock trug. Er sollte das Andenken seiner Frau ehren und die Finger von der Sache lassen.

Er versuchte sich Clover vorzustellen, versuchte, ein Bild von ihr zu konstruieren, wie er sie so viele Male gesehen hatte: zu Pferd, mit Stiefeln, in dieser Jacke, die sie immer trug und die er so deutlich sah, als hätte er sie jetzt vor sich. Was verschwommen blieb, was immer verschwommen blieb, war ihr Gesicht. Er konnte es nie richtig sehen, und deshalb konnte er nicht einmal versuchen, es sich in Erinnerung zu rufen, ohne seine Trauer zu verschlimmern.

Ein seltsames Licht, das durch das Fenster kam, lockte ihn aus dem Bett. Die Straße unten war ruhig, die Gaslichter schnitten das dunkle Pflaster in weiche Tümpel aus Stein. Hinter dem Gebäude auf der anderen Straßenseite, am Horizont der Stadtdächer, erschien die Spitze, der erste goldene Keil von etwas, das sich als illuminierter Obelisk entpuppte. Er war viel zu groß, um eine menschliche Erfindung zu sein, auf diese Entfernung viel zu groß und vollkommen die falsche Form für einen Heißluftballon – selbst wenn (unwahrscheinlich, dachte er) ein Ballon zu dieser Tageszeit in der Luft sein könnte und dazu gebracht werden könnte, aus jedem Atom, das er besaß, Licht auszustrahlen. Einen Augenblick lang war er von Verwunderung und Furcht erfüllt, und von einer heftigen Erregung: Hier war ein Wunder, hier war das Werk irgendeines unbekannten und unvorstellbaren Wesens oder Mediums. Alles war möglich! Aber kaum hatte er die Aufregung dieser Vorstellung gespürt, da war er schon eines Besseren belehrt: Der Obelisk war der erste dünne Keil einer Mondsichel, ein schmaler Schwanz, der sich in die Höhe bog, wunderschön, ja, aber ein gewöhnliches Wunder.

Wenn seine Suche nach Miriam nach außen hin etwas Erbärmliches hatte, dann war das vielleicht ein Zeichen, daß die kontrollierende Hand hier nicht gänzlich seine eigene war: Umstände hatten in diesen vergangenen beiden Tagen sein Leben in einer Weise verändert, die er nicht vorausgesehen hatte. Das hieß aber nicht, daß er nicht weitermachen sollte, hieß nicht, daß der Wunsch, der ihn antrieb, klein und hinterhältig war. Gewiß, seit er ihr gefolgt war, zu der Wiese, wo sie das Kloster auf dem Berg malte, hatte er gewußt, daß die

Anziehung, die sie auf ihn ausübte, ein Element enthielt, das hoffnungslos körperlich war. Und sein Gefühl für sie war verändert worden, als er erfahren hatte, daß sie Reinachs Mätresse war und daß sie Menschen erpressen wollte, um ihm zu helfen. Aber er suchte sie, nicht weil sie schön oder intelligent war, nicht wegen ihrer moralischen Standhaftigkeit, oder weil er spürte, daß er vielleicht etwas von ihr lernen konnte; nicht einmal, weil sie ihn an Clover erinnerte, wenn er auch erkannte, daß das mehr gezählt hatte, als ihm klar gewesen war, und daß sich seine Enttäuschung vergrößerte, als er erfuhr, daß sie eine Mätresse und Erpresserin war. Nein, er suchte Miriam, weil er sie kennengelernt hatte, sie ihm gefallen hatte und ihn vielleicht brauchte.

Ein Geräusch im Flur ließ ihn hochfahren. Er horchte angespannt. Im nächsten Moment hatte er sich vergewissert, daß es nichts gewesen war – Holz, das in der Nacht knackte. Aber die Angst, die Wachsamkeit – es war unerträglich. Er war hier ängstlicher, in der dunklen Stadt Paris, als er es in Dinglers *folie* gewesen war, als er wachgelegen hatte und den unheimlichen Rufen der Nachttiere gelauscht hatte. Der Dschungel von Paris war beunruhigender, weil er ein Konstrukt des Menschen war. Es gab hier keinen Stock, Stein oder Ziegel, den nicht irgendein Mensch geplant hatte, obwohl dem Ganzen, wie im Dschungel von Panama, Ordnung, Muster oder Plan fehlten. Wer wußte denn, welche Bedrohung da draußen in dieser schwarzen, anonymen Nacht auf ihn wartete? Es war schrecklich, sich dem ganz allein stellen zu müssen. Am Morgen würde er ein paar Dinge zusammenpacken und zu Hay ziehen. Wenn er die Sache mit ihm wieder ausbügeln konnte.

Hier war er, dachte er, eine armselige Imitation des heiligen Michael, des kämpferischen Engels vom Mont-Saint-Michel, der auf das Meer blickt, auf das gewaltige Beben des Ozeans. Wie der Erzengel sah sich Adams einer Gefahr gegenüber, die aus jeder Richtung kommen konnte. Der heilige Michael war insgesamt weniger ängstlich als ein bedauernswerter alter Historiker allein in seinem Zimmer, aber deswegen nicht weniger auf Umstände, Umgebung und Feinde eingestellt. Adams zündete seine Lampe an, fand seinen Federhalter, ein frisches Blatt Papier, und begann zu schreiben.

Der Kriegerengel war eine Kraft für Einheit, band seine Gefolgschaft in ein Ganzes ein, aber es war eine Einheit, die nie Frieden finden konnte. Und was besitzen wir in diesem Jahrhundert an seiner Statt? Einen Glauben an Kohle? An Dampf? An die Redlichkeit einer menschlichen Natur, der solche Kräfte zu Gebote standen? Die Panama-Affäre gibt eine endgültige Antwort auf diese Frage. Ist erst die Gelegenheit und die sich allem bemächtigende Hybris der Industrie gegeben, erweisen sich Menschen als korrumpierbar, rachsüchtig, gierig, besessen von der Aussicht – der Last, die sie erstreben – Dinge zu kontrollieren, die Natur und sich selbst in Schach zu halten. Jeder für sich war vielleicht immer schon so, und das, könnte man sogar sagen, machte einen Teil des Charmes dieser Spezies aus, und war die Herausforderung, die der Engel sie aufgerufen hatte zu bezwingen. Aber das politische Gefüge von heute ist ein anderes als das von vor einem halben Dutzend Jahrhunderten, und so ändern sich auch die Götter, die Heiligen und deren Diener: Dampf und Kohle dienen der Erhöhung von Menschen, die unter ihresgleichen geboren werden. Fanatisch, amoralisch, unfähig, Mehrdeutiges zu erkennen. Ohne Bewußtsein.

In der Stille der Nacht betrachtete er das, was er geschrieben hatte, und dachte: »Ich habe angefangen zu beschreiben, wie die Welt in diesem Augenblick geworden ist!«

Er fuhr fort: »Die Fäule, die sie in sich tragen, besitzt nichts Tiefes, nichts Abgründiges. Das Böse, das sie tun, erreicht keine Größe, nicht einmal als Böses. Es ist flach, nur Oberfläche, nur Erscheinung. Das ist seine Substanz.«

Er las das noch einmal durch, den Stift in der Hand, und dann kam ihm ein letzter Gedanke: »Aber das wird das Böse nicht daran hindern«, fügte er hinzu, »beliebig viele Unschuldige mit in die Tiefe zu reißen.«

»Monsieur Adams?« Der Mann, der sprach, hatte ein Gesicht wie eine Schaufel, hohe Backenknochen und lange flache Wangen. Der andere, mit blauen Augen und einer Nase wie ein scharfer Schnabel, stand bewegungslos einen halben Schritt hinter ihm am Empfangstisch des Hotels. »Würden Sie uns bitte begleiten?«

»Warum?«

»Hauptinspektor Pettibois möchte Sie sprechen«, erklärte der Beamte. Er stand neben Adams, übte leichten Druck auf seinen Ellbogen aus und schob ihn sanft vor sich her. Der Beamte mit den blauen Augen bezog auf seiner anderen Seite Position, und Adams sah, daß er mitkommen mußte. »Kann ich meine Tasche bei Ihnen lassen?« fragte er den Hotelangestellten, während er sie auf den Tisch hievte. Es blieb keine Zeit, zu klären, was mit seiner Post geschehen sollte. Mit einem Blick über die Schulter vergewisserte er sich, daß der Mann die Tasche sicher verwahrte, und trat dann aus dem Hotel hinaus, flankiert von den beiden Beamten.

Er stellte überrascht fest, daß am Straßenrand weder eine Kutsche noch ein Wagen wartete. Offenbar würden sie zu Fuß gehen. Aber die Präfektur war eine Meile entfernt. Oben an der Straße gingen seine Bewacher in die entgegengesetzte Richtung von der Innenstadt und der Präfektur und führten ihn statt dessen zu den Boulevards, durch eine Straße voller Läden.

»Sagen Sie – sollten wir nicht eigentlich in die andere Richtung gehen? Zur Präfektur geht es da lang. Und wo ist Ihr Wagen?« fragte Adams.

»Wir müssen nur noch ein Stück diese Straße hinunter«, sagte der Beamte mit den blauen Augen. »Kommissar Pettibois möchte Sie sprechen. Es hat einen ... einen Zwischenfall gegeben.«

»Was? Was ist passiert?« fragte Adams, aber der Beamte schüttelte bloß den Kopf. Keiner der beiden sprach mehr mit ihm. Passanten machten einen großen Bogen um sie und drehten sich nach ihnen um. Er bemühte sich, beiläufig zu gehen, nicht wie ein Mann, der sich in Polizeigewahrsam befindet. Als er sich vorstellte, warum Pettibois ihn sprechen wollte, was es für einen Zwischenfall gegeben haben konnte, hatte er ein taubes, teigiges Gefühl im Magen. Vielleicht wurde er zu einer weiteren Identifizierung gebracht, einer weiteren Leiche. Diesmal vielleicht eine, die er wiedererkennen würde ...

Er versuchte sich zu beruhigen, indem er sich die Ladenschaufenster unterwegs ansah, aber die Apparate und Geräte, die er dort sah, beunruhigten ihn in ihrer Fremdheit. Sogar das Mobiliar des Lebens veränderte sich – wann hatten die Gegenstände und Geräte dieser Welt angefangen, so seltsam auszusehen? Räder, Hebel, Trichter, Klingel und Kreisel, oder schlanke abgerundete Formen mit Griffen. Alle, zusammengenommen, waren unheimlich, um so mehr, weil sie so neu und glänzend waren. Welche gefährlichen Dinge taten die Pariser daheim, für die sie solche Apparate brauchten?

Er wurde immer noch angestarrt, aber solange er die Ladenschaufenster betrachtete, konnte er so tun, als würde er die Aufmerksamkeit nicht bemerken, die er hervorrief.

Sie gingen an einem Tabakladen vorbei, einem Schuster, einer Bücherei. In einem Türeingang hinter der Bücherei sah er ein Plakat, das für eine Kunstschule warb, die sich im ersten Stock befand. *Eine Kunstschule.* Natürlich, dachte Adams. Da hat Pettibois sie gefunden. Sie hatte doch gesagt, daß sie Studentin sei ...

Er war verwirrt, als sie an dem Eingang vorbeigingen. Dann dachte er, vielleicht hat er sie gefunden und sie irgendwo hingebracht, um sie zu verhören. Falls Pettibois Miriam gefunden hatte, wäre es ganz natürlich, daß er Adams da haben wollte, damit er mit ihr redete. Und er würdc Miriam auch zu der Toten befragen wollen. Aber dann dachte er, das würde doch eher in der Stadt geschehen, in der Präfektur, es sei denn, es gab einen guten Grund ...

Einen halben Block hinter der Kunstschule sah Adams auf dem Bürgersteig eine Traube von Menschen und auf der Straße einen Polizeiwagen. Von irgendwo in der Nähe eines Rohrpostamtes richtete sich eine müde Baritonstimme an die Menschenmenge. »Bitte Platz machen«, sagte sie. »Weitergehen, weitergehen. Hier gibt es nichts zu sehen.« Durch eine Lücke in der Menge erhaschte er einen Blick auf eine Uniform und das rote Gesicht eines Wachtmeisters, der im Eingang stand. Die Mehrheit der Zuschauer war mit seiner Beurteilung der Situation nicht einverstanden, gehorchte aber, indem sie zurückwich. Der Beamte mit den blauen Augen nahm Adams' Ellbogen und führte ihn durch die Menge, bis sie zu der freien Stelle kamen, die der Wachtmeister geschaffen hatte. Adams konnte die Blicke der Schaulustigen auf seinem Rücken spüren und war dankbar, als sie hineingingen.

Das kleine Amt kam ihm vertraut vor – offenbar wurden sie nach einem Standardplan gebaut. Auf den ersten Blick sah er keine Leiche, war sich aber nicht sicher, ob es nicht doch eine gab, irgendwo versteckt, vielleicht hinter der Theke. Er blickte genauer hin: zu seiner Linken sah er eine Reihe von uniformierten Botenjungen, die auf einer Bank warteten, nervös und schüchtern, und keine Sendungen zuzustellen hatten. Einer von ihnen saß zusammengesunken auf seinem Platz, er hatte die Augen geschlossen und hielt den Kopf unbequem schief.

Pettibois und ein weiterer Polizeibeamter, der ein Riechsalzfläschchen in der Hand hielt, kümmerten sich um ihn. Er sah, daß es keinen Platz gab, wo Miriam verborgen liegen könnte, und atmete allmählich etwas langsamer. Hinter der hohen Theke, an der Kunden standen, um ihre Mitteilungen zu schreiben, befand sich ein kleiner Arbeitsplatz. Ein Teil davon war von einem Schreibtisch besetzt, mit einem Regiment von runden Fächern darüber, aber der meiste Platz wurde von der *raison d'être* eingenommen, dem Eisenrohr der Rohrpost, dessen große Schlaufe sich zum Klappensystem hochzog, ganz aus glänzendem Messing, Kupfer und Nickel.

»Monsieur Adams! Schön, daß Sie kommen konnten.« Pettibois ließ von dem Jungen ab, um Adams zu begrüßen.

»Ich hatte den Eindruck, daß ich gar keine andere Wahl hatte.«

Pettibois überhörte das. »Höchst seltsam, höchst seltsam. Ich dachte, Sie sollten zu Rate gezogen werden.«

»Was gibt es?«

»Hier«, sagte Pettibois und führte ihn zum Ende der Theke, wo ein Teil mit Scharnieren versehen war, um den Durchgang zu ermöglichen. »Ich möchte Ihnen etwas zeigen.«

Hinter der Theke sah Adams einen Eimer, der einige Dutzend Büchsen enthielt, etwa zwanzig Zentimeter lange Messingzylinder, an beiden Seiten mit Dichtungsringen aus Filz und Leder versehen. Auf dem Schreibtisch, mitten auf dem Löschbogen des Schalterbeamten, lag eine einzige Büchse, die an ihrem Längsscharnier geöffnet war. Pettibois trat zurück zum Klappenmechanismus, um Adams Platz zu machen. »Sehen Sie sich das mal an.«

Adams spähte auf den Zylinder, während er langsam näherkam. Dort, auf dem dunklen Filzbelag, lagen eine Reihe von kleinen weißen Würstchen. Mit einem Schreck erkannte er, was es war: Fingerspitzen. Menschliche Fingerspitzen. Er wandte sich ab.

»Sie sind gerade eben mit der Rohrpost gekommen« – Pettibois blickte prüfend auf eine Wanduhr – »vor dreißig Minuten. Wir haben keine Ahnung, auf welcher Station sie aufgegeben wurden, und es gibt keine Möglichkeit, es festzustellen. Bizarr, nicht? Wirklich gruselig.«

Adams trat zurück, bis er nicht mehr in die Büchse blicken konnte. Der Gedanke an diese blutleeren Finger, diese leblosen, blutleeren Finger, von ihrer Besitzerin abgetrennt, bereitete ihm Übelkeit. »Wieso haben Sie nach mir geschickt?« Ihm war schwindlig.

»Ah ja, das ist das Interessanteste daran.« Pettibois griff auf den Tisch und hob einen Papierstreifen auf, der dort lag. *An Monsieur Henry Adams«*, las er, *»Hotel Vendrielle 56*, *rue Christophe-Colomb*, *Paris*. Die waren an Sie adressiert.«

»An mich?« fragte Adams. Er dachte flüchtig an das Riechsalz. »Wieso wurden sie denn an mich geschickt?«

»Das haben wir uns auch gefragt«, sagte Pettibois mit einem angespannten papierdünnen Lächeln. »Genau das haben wir uns auch gefragt.«

In der Präfektur wurde Adams in einen Raum geführt, dessen Mobiliar aus einem leeren, an einer Wand stehenden Tisch und einem halben Dutzend Stühlen bestand. Die Polizisten gingen und ließen die Tür hinter sich auf. Adams setzte sich auf einen Stuhl und erhob sich gleich wieder. Er blickte zur Tür hinaus und sah, daß seine Bewacher im Flur Stellung bezogen hatten. Er setzte sich wieder hin. Vom Fenster aus konnte er die Rue de la Cité sehen, eine Ecke vom Place du Parvis und das Krankenhaus – das Hôtel Dieu – das jeglichen Blick auf Notre-Dame versperrte.

Er blieb eine halbe Stunde lang allein und ohne weitere Ablenkung.

Als Hauptkommissar Pettibois schließlich kam, warf er Adams beim Hereinkommen ein breites Lächeln zu. »So! Monsieur Adams! Es tut mir leid, daß ich Sie habe warten lassen. Ich mußte mich noch um eine andere Kleinigkeit kümmern. Ich hoffe, meine Männer haben Sie höflich behandelt.«

»Das haben sie«, sagte Adams. »Wenn Sie die Unhöflichkeit außer Betracht lassen, daß Sie meine Zeit verschwenden.«

»Bedauerlich. Wirklich. Bitte«, sagte Pettibois. »Bleiben Sie sitzen.« Adams hatte keine Anstalten gemacht, sich zu erheben. Pettibois setzte sich lässig auf den Schreibtisch neben Adams. »Ich habe von Ihrer Episode mit dem italienischen Botschafter neulich erfahren. Schwieriger Mann.« Er schüttelte den Kopf. »Sie haben ihm Alkohol gegeben?«

»Aus Versehen.«

Pettibois nickte und lächelte verschmitzt.

»Wirklich, es geschah aus Versehen«, wiederholte Adams. Er war immer noch nicht sicher, daß man ihm glaubte.

Pettibois lehnte sich vor und sagte liebenswürdig: »Mit Verlaub gesagt, der italienische Botschafter ist eine Kanaille. Schwer mit auszukommen. Diese ganze scheinheilige Abstinenzlerei. Ich selbst hatte auch schon Gelegenheit –«

»Wo ist der Punkt?« unterbrach Adams.

Pettibois war überrascht, gewann aber schnell seine Fassung zurück. »Verzeihen Sie. Sie sind ein vielbeschäftigter Mann. Fangen wir an.« Er erhob sich und stellte sich vor Adams. »Ich hielt es für klug, einen kleinen Umweg über die Fingerabdruckkartei unseres Freundes Alphonse zu machen, bevor ich zu Ihnen kam. Die Fingerspitzen gehören tatsächlich der bedauernswerten Frau, die sich ertränkt hat, die Frau, die Sie im Leichenschauhaus begutachtet haben. Ich glaube, wir würden dieser Sache beide gern auf den Grund gehen, nicht?« Adams nickte. »Nun, fangen wir an.«

»Sicher«, sagte Adams und rückte auf seinem Stuhl herum, der ihm während des langen Wartens unbequem geworden war. »Ganz meine Meinung.«

Pettibois öffnete die Tür und rief etwas hinaus, zwei Männer betraten den Raum. Einer ging schnell zu einem Stuhl, setzte sich und legte sich dann einen Notizblock und einen Stift einsatzbereit aufs Knie. Der andere war ein eleganter älterer Mann mit kurzen grauen Haaren und tiefliegenden Augen, deren schwere Lider er mit offensichtlicher Mühe aufhielt, was ihm einen Ausdruck von dauernder Überraschung verlieh. Sein teurer Anzug unterstützte den Eindruck, daß er ein Fremder in der Welt der Polizeiarbeit war. »Der Präfekt wird uns Gesellschaft leisten«, sagte Pettibois. Obwohl das kaum als

Bekanntmachung gelten konnte, begegnete Adams seinem Blick und nickte ihm zu, erhielt aber keine Reaktion.

»Also«, sagte Pettibois. »Erzählen Sie uns doch mal, was Sie über diese Frau wissen, diese Leiche im Leichenschauhaus, die Sie identifizieren sollten.«

Adams erzählte die Geschichte, vermutlich für den Stenographen, oder vielleicht für den Präfekten, da Pettibois sie ja bereits kannte.

»Und diese andere Frau«, half Pettibois weiter, »diese andere Miriam Talbott? Wie sieht sie aus?«

»Die echte Miriam Talbott? Sie hat ungefähr meine Größe, einssechzig, und ist etwa fünfundzwanzig Jahre alt. Sie hat blonde Haare, blaue Augen und dunkle Augenbrauen. Sie hat ein spitzes Kinn mit einem Grübchen, hier.« Adams zeigte auf die entsprechende Stelle seines Gesichts, wobei ihm einfiel, daß er gedacht hatte, das Grübchen sehe wie eine Narbe aus.

»Und wie haben Sie sich kennengelernt?«

»In Pontorson, als ich den Mont-Saint-Michel besuchte. Sie war auch dort und malte.«

Pettibois nickte. »Haben Sie sie mit irgend jemandem zusammen gesehen?«

Adams schüttelte den Kopf.

»Für das Protokoll, Monsieur Adams.«

»Wie bitte?«

»Der Stenograph. Sie müssen sprechen. Gab es noch irgendeine andere Person, die Sie mit ihr zusammen gesehen haben?«

Über seine eigene Begriffsstutzigkeit errötend, schüttelte er wieder den Kopf und sagte: »Nein.«

»Sie haben sie nicht in ihrem Hotel getroffen, haben sie nicht mit irgend jemand anderem reden sehen?« wollte der Präfekt wissen.

Adams schüttelte den Kopf. »Nur die Personen, mit denen ich zusammen war. Elizabeth und Amanda Cameron. Die haben mit ihr gesprochen.«

»Gibt es sonst noch irgend etwas, was Sie uns über sie erzählen können?« fragte Pettibois. »Irgendwas Ungewöhnliches, irgend etwas, an das Sie sich erinnern?«

»Nein. Sie ist Amerikanerin, mehr weiß ich nicht. Ich glaube, sie sagte, sie wäre seit einem Jahr in Paris.«

»Mmm-hmm.« Pettibois legte den Kopf zurück und musterte die Decke. »Und nun, Monsieur Adams, möchte ich, daß Sie mir helfen, einige Gedanken weiterzuspinnen. Welche Geschichte steckt hinter dieser Sache, welche Rolle spielen diese Fingerspitzen in unserem kleinen Drama?« Als Adams nicht sogleich reagierte, richtete Pettibois den Blick auf ihn. »Sie sind mit dieser Methode nicht vertraut? Meiner Auffassung nach macht das die Polizeiarbeit aus: das Sinnlose nehmen und ihm einen Sinn geben. Jeder Aneinanderreihung von Tatsachen kann Sinn gegeben werden, wenn man die richtige Erklärung findet, die zu Charakter und Umständen passende Ursache. Sie finden die sinnvolle Erklärung, und sie weist direkt auf den Kriminellen. Natürlich«, fügte er leutselig hinzu, »wenn man den Philosophen glauben mag, dann ist schon jeder, der das Gesetz mißachtet, ein wenig verrückt, nicht wahr? Sie haben doch sicher Rousseau gelesen? Er stellt das Gesetz als Ausdruck des Guten in der Gesellschaft als das Ergebnis vernunftbestimmten Eigeninteresses so überzeugend dar, daß es schwer fällt, jeden Kriminellen nicht als ein wenig, nun, gestört zu betrachten, nicht wahr?« Pettibois lächelte. Adams dachte, er wolle damit nur den Präfekten beeindrucken. »Aber das ist bloß Theorie. In Wirklichkeit hat ein Verbrechen eine innere Logik. Und genau die müssen wir finden, diesen Sinn in der vorliegenden Angelegenheit. Lassen wir unsere Phantasie spielen. Warum würde Ihnen jemand diese Fingerspitzen schicken?«

Adams wartete, weil er dachte, es sei eine rhetorische Frage. Als deutlich wurde, daß das nicht der Fall war, entgegnete er: »Ich weiß nicht.«

Pettibois nickte weise. »Könnte es sein, um einen Verdacht auf Sie zu lenken?« Er sah Adams mit großen Augen an, um in seinem Gesicht zu lesen. Adams starrte zurück, versuchte die aufkommenden Gedanken zu ordnen, befürchtete, daß sein Gesicht ihn verraten könnte. Ihm wurde mulmig bei dem Gedanken an diese Fingerspitzen, blaß und blutleer, und er verspürte eine leichte Panik bei der Vorstellung, daß er durch ihr Auftauchen irgendwie in Ereignisse verwickelt wurde, die er nicht begriff. Ohne zu wissen, was passiert war, ohne den Zusammenhang dieser Ereignisse zu kennen, die ihn hineinzogen, hatte er Angst, daß er seine Unschuld nicht hinreichend beweisen konnte. Einzelne Umstände seines Lebens könnten an einem falschen Punkt zusammenlaufen, könnten sich in zu vielen Einzelheiten ergänzen und ein Muster bilden, das er noch nicht erkennen konnte, das ihn aber schuldig sprach. Und er *fühlte* sich schuldig – nicht nur wegen Clover und jetzt Elizabeth, sondern hier, jetzt, wegen dieser Fingerspitzen. Unter all den Millionen Bewohnern von Paris waren sie zu ihm gekommen. Wieso? Wieso war er ausgewählt worden? Er verspürte ein entmutigendes Gefühl von Verantwortung und Versagen. Er durfte es sich nicht anmerken lassen. Wie macht man das, unschuldig aussehen? Bestimmt hat Unschuld nichts Zögerndes, Nervöses. Er schluckte, bevor er sprach – gefragt war jetzt ein leises, kontrolliertes »Ich weiß nicht« –, aber bevor er etwas sagen konnte, schüttelte Pettibois leicht den Kopf. »Nein«, sagte er. »Wenn Sie sie *erhalten* haben, dann ist klar, daß Sie sie nicht *gehabt* haben.«

Adams nickte.

»Vielleicht«, meinte Pettibois, indem er die Handflächen aneinander legte und die Finger gegeneinander klopfte, »sollten sie Ihnen Angst einjagen.«

»Das könnte sein.«

»Haben Sie Angst?« Pettibois wertete das, was er in Adams' Miene sah, als Bestätigung. »Nehmen wir an, das ist genau der Effekt, den der unbekannte Absender erreichen wollte.«

Wenn das zutraf, dachte Adams, war die Botschaft etwas unklar. Er war entnervt, ja, aber falls ihn jemand dazu bringen wollte, daß er aufhörte, etwas zu tun, hatte er keine Ahnung, was das sein sollte. »Wenn das eine Drohung sein soll, ist sie nicht sehr deutlich.«

»Die kriminelle Denkweise ist nicht sehr komplex, Monsieur Adams.« Pettibois warf einen Blick zum Präfekten. »Aber fremd. Wir müssen sie durchschauen, sie rekonstruieren.« Pettibois lehnte sich vor und sagte so leise, daß der Stenograph, wie Adams fand, ihn schwerlich verstehen konnte: »Was will der Kriminelle? Er will dies oder jenes, aber das spielt kaum eine Rolle, denn das Entscheidende dabei ist, daß er bereit ist, gesetzesfreien Raum zu betreten, um es zu bekommen. Was er letztendlich verfolgt, ist die Durchsetzung seines Willens. Er möchte sein Bedürfnis befriedigen, sich seiner Leidenschaft hingeben, er will der Protagonist seiner eigenen Geschichte sein. Und das, glaube ich, ist der Schlüssel zu seiner Gestörtheit, das, was ihn in Konflikt mit der Gesellschaft bringt – mit *uns*, Monsieur Adams. Weil jeder Staat darauf besteht, sein eigener Protagonist zu sein, nicht? Kann es in einer Gesellschaft, die vom Gesetz regiert wird, Platz für solche individuellen Eskapaden geben? Das, das ist die epische Frage, das ist der epische Kampf, zwischen dem Ich und der Notwendigkeit, im größeren Ganzen dem Ich zu entsagen. Es ist das Ganze, was überlebt, gedeiht, Leben gibt, nicht wahr? Das ist mein Ziel als Polizist – dieses Leben des Ganzen zu sichern.« Pettibois hielt inne und schüttelte den Kopf. »Sie sehen, in der Durchführung von Gesetz und Ordnung steckt auch Philosophie«, fügte er mit einem ironischen Lächeln hinzu. »Aber unsere Aufgabe, das, was wir entdecken müssen, ist die Geschichte, die unser Mann sich selbst erzählt. Ich habe die starke Vermutung, daß, wer immer diese Fingerspitzen geschickt hat, auch den Leichenbeschauer getötet hat. Das macht Sinn, liegt sogar nahe, was meinen Sie?«

Adams nickte. »Was ist mit Fingerabdrücken? Haben Sie den Zettel auf Fingerabdrücke überprüft? DuForché hat mir erzählt, daß er damit experimentiert hat, Fingerabdrücke von Papier abzunehmen.«

Pettibois starrte Adams einen Moment an, bevor er die Augen hochzog. »Das ist eine gute Idee. Ich sollte mit Gendarm DuForché reden. Obwohl ich überrascht wäre, wenn wir welche finden würden. Nein, ich glaube, wir haben es hier mit einem sehr schlauen Mann zu tun, Monsieur Adams. Sehr schlau.« Er schüttelte langsam den Kopf, stand dann auf und ging zum Fenster. »Vielleicht versucht unser Krimineller eine Stimmung zu erzeugen, ein Gefühl von Gefahr. In dem Fall braucht die Drohung nicht sehr deutlich zu sein.«

»Nein, vermutlich nicht.«

Pettibois nickte ernst. »Andererseits könnte es sein, daß der Kriminelle Sie davon abbringen möchte, irgendwelche Nachforschungen zu betreiben. Sie haben doch eigene Ermittlungen angestellt, nicht wahr?«

Adams nickte.

»Erzählen Sie mir doch, was Sie gemacht haben, mit wem Sie gesprochen haben.«

Adams berichtete das Wesentliche von dem, was er erfahren hatte: Miriam Talbott war Reinachs Mätresse gewesen, sie war mit einer Liste der Chéquards untergetaucht, sie hatte, dem jungen Lesseps zufolge, andere zu erpressen versucht, Reinach hatte Gelder veruntreut und der Panamagesellschaft das Lebensblut ausgesaugt ...

Pettibois lächelte erfreut. »Sehr eindrucksvoll. Und natürlich hatten Sie vor, mich aufzusuchen, um mir das alles zu erzählen, nicht wahr?« Adams nickte und schluckte. Daran hatte er nicht als erstes gedacht. »Also, Monsieur Adams, da ist eine Sache, die ich sehr rätselhaft finde.« Er erhob sich und begann, langsam Adams' Stuhl zu umkreisen. »Vor allem im Lichte Ihrer Bekanntschaft mit Miriam Talbott und angesichts der Tatsache, daß Sie derjenige waren, der den Leichenbeschauer tot aufgefunden hat.« Pettibois blieb hinter Adams stehen, der sich den Hals verrenkte, um ihn zu sehen. Er spürte den Druck der Hände des Polizisten auf seiner Stuhllehne. »Meine Männer berichten mir, sie hätten Sie heute morgen mit einem Koffer in der Hand angetroffen, abreisebereit. Und doch geht aus einem Scheck in Ihrem Hotel hervor, daß Ihre Reservierung bis zur Mitte des nächsten Monats durchgezahlt wurde. Ein Aufbruch in aller Eile, Monsieur Adams? Wieso die plötzliche Abreise?« Pettibois' Augen waren kalt: angeborenes, berufliches Mißtrauen.

»Es ist nicht, was Sie denken.«

»Nein? Was denke ich denn, Monsieur Adams?« Langsam vollendete er die Umkreisung des Stuhls und blieb vor Adams stehen. Er beugte sich vor und kam mit seinem Gesicht unbehaglich nah heran.

Adams ärgerte sich, daß man seine Ängste aus ihm herauszerren wollte. »Ich wollte dort einfach nicht mehr bleiben, weiter nichts.«

Pettibois lächelte und richtete sich wieder auf. »Das hat nicht zufällig etwas mit einem eifersüchtigen Ehemann zu tun, oder? Mit Madame Cameron und der, sagen wir, Zuneigung, die zwischen Ihnen besteht?« Pettibois schürzte die Lippen und blickte geduldig drein.

»Nein!« Dieses Verhör war unvorstellbar grauenhaft. Mit wem hatte Pettibois geredet? »Wovon in aller Welt reden Sie da?«

Pettibois zuckte die Achseln. »Wieso dann, Monsieur Adams? Was veranlaßt Sie, sich mit unbekanntem Ziel zu entfernen?«

Adams holte tief Luft. Er konnte es ihnen sagen. Ja. »Ich wollte gerade los, um mich bei einem Freund einzuquartieren. Hay. John Hay. Ich wollte nicht mehr in meinen Zimmern bleiben. Ich habe mich dort nicht mehr sicher gefühlt. Gestern, irgendwann am Nachmittag, ist dort jemand eingebrochen und hat etwas vernichtet. Ein Bild.«

»Ein Gemälde?«

»Nein. Eine Photographie.« Adams beschrieb sie.

»Und wie sind Sie an diese Photographie gekommen?«

»Sie hat Jules Dingler gehört. Ich – ich habe sie mitgenommen. Aus seinem verlassenen Haus in Panama. Ich dachte, es hätte niemand etwas dagegen.«

»Dingler, Dingler. Ich kenne den Namen nicht.«

»Er war eine Zeitlang Chefingenieur bei der Kapitalgesellschaft in Panama. Er ist vor einigen Jahren gestorben.«

»Chefingenieur«, sagte Pettibois langsam. »Hmmm. Sehr interessant.« Er blickte Adams nachdenklich an. »Nun«, sagte er nach einer kurzen Pause, »also jedenfalls niemand, den Sie in Paris gesehen haben. Korrekt? Kann irgend jemand Ihre Geschichte bestätigen? Hat irgend jemand gewußt, daß Sie dieses Bild hatten, haben Sie es irgend jemandem gezeigt?«

Adams schüttelte den Kopf, aber dann fiel es ihm wieder ein. »Nein. Moment. Donald Cameron hat es auf meinem Tisch gesehen. Sie könnten ihn fragen.« Er war erleichtert, daß Cameron so neugierig gewesen war, daß er selbst so vergeßlich gewesen war, die Photographie dort zu lassen, wo sie jeder sehen konnte.

Pettibois nickte. »Reden wir von anderen Dingen. Es interessiert Sie vielleicht zu erfahren, daß wir begonnen haben, die Bewegungen Ihres Freundes Monsieur Jacques de Reinach zu rekonstruieren, am Abend seines Todes. Ein sehr komplexer Mann, Monsieur Adams.«

Es war klar, daß Pettibois das ironisch meinte, aber es war immerhin ein Stenograph anwesend. »Für das Protokoll«, sagte Adams energisch, sich zum Stenographen lehnend. »Jacques de Reinach ist nicht mein Freund.« Der Stenograph gab nicht zu erkennen, daß er ihn gehört hatte, kritzelte aber mit gesenktem Kopf kontinuierlich weiter. Adams war im Begriff, seine Bemerkung zu wiederholen, als Pettibois ihn ablenkte, indem er ihm einen Zettel reichte.

»Er ging zu dieser Adresse. Ist sie Ihnen bekannt?«

Adams las sie. Sie war ihm bekannt. »Das ist Hays Adresse. John Hay. Sonderbeauftragter des Präsidenten. Mein Freund.« Das Gefühl, Hay mit diesem Eingeständnis irgendwie im Stich gelassen zu haben, wurde von einer zunehmenden Beunruhigung verdrängt: Was hatte Reinach von ihm gewollt? Und wenn Hay Reinach kannte und dies Adams nie erzählt hatte, wie wahrscheinlich war es, daß er auch etwas über Miriam Talbott wußte?

Pettibois schien seine Gedanken gelesen zu haben. »Wieso ist Reinach dorthin gegangen? Welche Geschäfte führten ihn zu Hay?«

»Ich weiß nicht. Das sollten Sie Hay fragen. Ich frage ihn auf jeden Fall.«

»Tun wir ja auch. Ich dachte nur, es kann nicht schaden, Sie zu fragen. Aber wie ich sehe, habe ich Sie aufgeregt. Weiß Hay irgend etwas über diese Frau, diese Miriam Talbott, die Sie suchen?«

»Das weiß ich wirklich nicht. Mr. Hay hat mich nicht in seine Geheimnisse eingeweiht.«

Pettibois nickte teilnahmsvoll. »Ja, ja, ich verstehe.« Er wartete einen Moment, wie aus Respekt vor verlorenem Vertrauen, bevor er das Thema wechselte. »Eine andere Adresse, Monsieur Adams. Diesmal im Quartier Latin. Kennen Sie die?« Er zeigte sie ihm. »Ein sehr dicker Concierge«, sagte er, um ihn zu einer Antwort zu animieren. »Ein sehr dicker Concierge mit Phoskiefer. Das ist Ihnen bestimmt aufgefallen.«

»Ich glaube schon. Phoskiefer?«

Pettibois überhörte die Frage, strich sich aber selbst über den Kiefer unter seiner molligen Wange. »An dem Abend, an dem er starb, verbrachte Monsieur Reinach einige Zeit in diesem Haus. Wir haben mit einem Kutscher gesprochen, der sich daran erinnert, ihn dort hingebracht zu haben. Das paßt zu dem, was Sie erfahren haben – daß Miriam Talbott Reinachs Mätresse war. Sie hat ihn Ihnen gegenüber nie erwähnt?«

»Nein.«

»Hat sie über irgendwelche anderen Männer gesprochen, die sie in Paris kannte?«

»Nein, nein. Das Thema wurde nie angesprochen. Wir unterhielten uns über –« Adams unterbrach sich, weil er glaubte, daß ihre Unterhaltungen komisch erscheinen würden, angesichts dessen, was er jetzt über Miriam wußte.

»Ja? Worüber unterhielten Sie sich?«

Er wehrte einen Seufzer ab. »Kunst. Glasmalerei. Kathedralen, solche Dinge. Sie ist sehr belesen«, fügte er als Reaktion auf Pettibois' skeptischen Blick hinzu. Der Hauptkommissar betrachtete ihn aufmerksam mit zusammengekniffenen Augen. Adams dachte, der Mann wartete vielleicht darauf, daß er fortfuhr. Er würde ihm aber nicht mehr erzählen. Nein.

Nach einer Pause fragte Pettibois leise: »Waren Sie der Mann, der sich nach ihr erkundigt hat? Am Montagnachmittag?«

»Ja.«

»Mmmmm. Das hatte ich mir schon gedacht.« Pettibois nickte und wandte sich dann dem Präfekten zu, der die ganze Zeit so unbewegt und stumm geblieben war, daß er ebenso gut hätte Rechenaufgaben lösen können. »Monsieur Adams ist unser großer Unbekannter«, sagte Pettibois, sich vom Tisch erhebend. »Ich glaube, wir brauchen nicht fortzufahren. Monsieur Adams, Sie ahnen ja nicht, wie kurz wir davor waren, Ihre Personenbeschreibung auf die Schwarzen Bretter der Polizei in ganz Paris zu setzen. Ich danke Ihnen für Ihre Geduld und Mühe. Sie können gehen.«

Darauf erhob sich der Präfekt. »Phoskiefer«, verkündete er. »Eine schwächende Knochenerkrankung. Von Phosphor. Chronisch bei Arbeitern in Zündholzfabriken.« Er nickte Adams zu, ohne ihn zu sehen, und ging zur Tür hinaus.

»Darf ich Sie etwas fragen?« Adams drehte sich zu Pettibois um, der zu seiner Überraschung direkt hinter ihm stand. »Haben Sie irgendeine Nachricht von ihr? Ich meine von Miriam Talbott?«

Pettibois schüttelte den Kopf. »Nein, und ich habe auch nicht mehr viel Hoffnung, Monsieur Adams. Ihre Bekannte hat die besten Informationen, um bei der Untersuchung der Kammer auszusagen. Ich nehme an, sie würde an die Öffentlichkeit gehen, wenn sie es könnte. Und ich glaube, unsere Erfahrung mit dem Leichenbeschauer lehrt uns, daß wir es mit skrupellosen Männern zu tun haben, die vor nichts zurückschrecken.«

»Vielleicht will sie mit der Untersuchung nichts zu tun haben und taucht nach dem Freitag wieder auf, wenn alles vorbei ist.«

»Vielleicht, vielleicht. Das ist sicherlich besser als die andere Alternative, nicht wahr, Monsieur Adams?« Pettibois steuerte auf die Tür zu, blieb aber stehen, um sich umzusehen. »Sie können gehen, aber bitte – kommen Sie uns nicht in die Quere.«

Adams nickte stumm. Der Stenograph beendete ein paar letzte Eintragungen auf seinem Block und machte ihn dann schnell zu. Er blickte Adams kurz mit großen Augen an, dann verließ auch er den Raum.

Adams war erschöpft. Er sammelte sich und ging hinaus in den Flur. Er fühlte sich alleingelassen in der Welt. Es gab einige Dinge, die man lieber nicht wußte, hatte Hay gesagt. Zu Hause, hatte er gesagt, zu Hause. Was schön und gut war, wenn man Hay war, mit einer rundlichen, willensstarken Hausfrau als Gattin, die am Herd verankert wartete und mit beharrlicher Phantasielosigkeit die unerschütterliche Basis bildete, von der aus man seine Kreise zog. Selbst als Clover noch lebte, hatte Adams das nicht gehabt – hatte es gar nicht gewollt. Er hatte eine Partnerin gewollt. Und jetzt ... jetzt wußte er, daß er beweglicher in der Welt geworden war, weniger an einem bestimmten Ort verwurzelt.

Was hatte Hay ihm sonst noch verschwiegen?

Er zog seine Uhr hervor: fast Mittag. Der gesamte Vormittag war verschwendet. Aber vielleicht war sein Umweg über die Präfektur nicht ganz überflüssig gewesen. Er blickte nach rechts und links den Flur entlang, ging dann nach rechts, wo sich der Flur zu einem weiteren, kleineren Foyer erweiterte. Er stellte sich dort dem Mann vor, der an einem Empfangstisch saß. »Könnten Sie mir sagen«, fragte er, »an wen ich mich wenden müßte, um eine Liste der Kunstschulen der Stadt zu bekommen?«

Eine Stunde später kam er die Stufen des Innenministeriums herunter, mit eben einer solchen Liste in den Händen.

Am Empfangstisch des Hotels ließ er sich vom Portier seine Reisetasche wieder aushändigen. Als er allein in seinem Zimmer war, überprüfte er seine Sachen. Alles in Ordnung. Er hatte Hay weder in der Botschaft noch zu Hause finden können und hatte sich dagegen entschieden, eine Nachricht zu hinterlassen. Was er zu erledigen hatte, mußte er persönlich erledigen. Und da es ihm nicht gelungen war, Hay ausfindig zu machen, würde er eine weitere Nacht in seinem eigenen Zimmer verbringen müssen. Er hatte vorgehabt, Hay so schnell zu verzeihen, daß er als Übernachtungsgast in Frage kam. Nachdem er etwas Suppe aufgewärmt und verspeist hatte, holte er Papier, Feder und Tintenfaß hervor und legte sie sorgfältig auf den Schreibtisch. Es war schon seit langem seine Gewohnheit, auf Papier nachzudenken, und er glaubte, daß diese Praxis ihm auch jetzt dienen könnte.

»Das Problem ist«, schrieb er, »daß ich keinerlei Kontrolle über die Informationen habe, die mich erreichen. Ich suche und finde nicht, und doch mangelt es mir nicht an Material zum Nachdenken. Es sind Informationen, die nicht informieren, Fakten, die nichts klären und keinen Zusammenhang haben. Wem ist in diesem Sumpf zu glauben?«

Die Anstrengung, zu begreifen, was vor ihm lag, war enorm. Wo sollte er beginnen? Vielleicht wäre es das beste, einfach zu beschreiben.

›Die Kunstschulen haben bis jetzt keine Spur von Miriam Talbott erbracht. Es ist kaum zu glauben, daß die Hälfte der Pariser Bevölkerung an der einen oder anderen Kunstschule gemeldet ist, aber genau das scheint der Fall zu sein. Es ist gleichfalls kaum zu glauben, daß dies tatsächlich das Ausmaß der Begabung für plastische Darstellung unter der Bevölkerung widerspiegelt …‹ Das war nicht die Richtung, die er hatte einschlagen wollen, aber er beschloß, es stehenzulassen. Er legte seine Feder hin und rieb sich die Augen, um nachzudenken. Er mußte verstehen, wie Reinach, Herz, Lesseps, Dingler, LeBlanc und Miriam zusammenpaßten. Und Hay – wie paßte Hay da hinein? Aber die Kunstschulen … das hatte etwas Bizarres, so viele Kunstschulen. Die neue Bourgeoisie wollte Kunst, und was die Bourgeoisie wollte, konnte sie erschaffen, wie der mythische Kaiser von China, der mit seinem Zauberstab ganze Heere aus dem Boden zaubern konnte. Würde die Herstellung von Kunst so industrialisiert werden, wie es die Herstellung von Waffenteilen oder Schuhen bereits war? Er konnte sie schon sehen, lange Reihen von Studenten, die alle das gleiche Bild malten und von einem Vorarbeiter angetrieben wurden, der die Gänge hinauf- und hinuntereilte, verzweifelt bemüht, irgendeine Quote zu erreichen. Die Studenten würden nach Bild bezahlt, würden genötigt, Überstunden zu machen, würden zum Ton einer Dampfpfeife ihre Arbeit beenden, beginnen und ihre dürftigen Mittagsbrote verspeisen. Jeder hatte ein gleißendes elektrisches Licht und ein Telefon neben seiner Staffelei, und viele versuchten, beim Malen in den Hörer zu sprechen. Das Gebäude war höhlenartig, leer, verlor sich in der Dunkelheit. War dies die Nachtschicht? Man hörte das pochende Grummeln von irgendeiner riesigen Energiequelle, die Energie, die – was antrieb? Die teewagenartigen Gefährte, die den Arbeitern die Farben brachten? Die bienenfleißigen Maler klatschten die Farbe auf ihre Leinwände und verteilten sie, schmierten sie drauf, ohne etwas zu verschütten, und jeder erstellte auf wunderbare Weise mit breiten, eiligen Pinselstrichen das gleiche Bild, immer wieder aufs neue – eine ländliche Idylle, Hudson-River-Schule. Mit einem Ruck erhoben sich alle Arbeiter gleichzeitig, nahmen eine fertige Leinwand und stellten sie auf ein Fließband, das in die Dunkelheit rasselte. Er näherte sich, um eines der Bilder anzusehen, und das Fließband verwandelte sich in eine große Glasröhre, wo jetzt jedes Bild in seinem eigenen filzbeschlagenen Behälter versiegelt war. Das Bild stellte ein Picknick dar, eine Szene im Grünen, flankiert von einer Kathedrale, die auf einem Felsen stand. Es war flach, ohne Perspektive, und wie auf einem von Miriams Bildern war jede Farbfläche mit einer schwarzen Linie umrandet. In der Mitte des Bildes saß Elizabeth, eine nackte Madonna auf einem Feld von Blau, ein Korb neben ihrem Ellbogen, sie winkte ihn heran, hielt irgendeine Delikatesse hoch, die er nicht genau erkennen konnte, lud ihn ein, sich zu ihr zu gesellen. Sie war in dem Bild, aber irgendwie auch real und lebendig. Ihre Nacktheit war ihm peinlich, und er mußte wegsehen. Er wußte, daß er nicht zu ihr konnte, daß er nicht die Welt des Bildes betreten konnte, und wollte ihr das gerade sagen, als plötzlich ein Fauchen von Druckluft erklang, die Behälter in der Röhre ratterten und dann verschwanden.

Er wachte langsam wieder auf, versuchte sich zu orientieren. Sein erster bewußter Gedanke war, daß er sich nicht rühren durfte. Er wollte das Tintenfaß nicht verschütten. Als er die Finger seiner rechten Hand bewegte, spürte er ein Prickeln und Stechen. Bemüht, die Arme nicht zu bewegen, hob er langsam den Kopf, er fühlte sich dabei seltsam mechanisch, da die einzelnen Teile seines Körpers voneinander isoliert waren. Etwas Speichel war aus seinem Mund getropft und hatte einige Wörter auf dem Papier verschmiert. Er löschte es, wiegte den Holzgriff hin und her. Sein linkes Auge wollte nicht scharf sehen. Der Knöchel seines Fingers hatte darauf gedrückt. Wo war seine Feder? Er fand sie, probierte sie kurz aus und klopfte sie gegen den Tisch, um die Tinte herauszuholen, bevor er sie zuschraubte.

Wie lange hatte er geschlafen? Er angelte nach seiner Uhr. Fast sieben! Sollte er die Lampen anzünden und weiterarbeiten oder lieber ins Bett gehen und früh am nächsten Morgen anfangen? Er erhob sich, um sich zu strecken, und dachte immer noch darüber nach, als ein Klopfen an der Tür ertönte. Seine Nackenmuskeln krampften sich vor Schreck zusammen. Er rief sich ins Bewußtsein, daß ein Eindringling mit bösen Absichten vermutlich nicht anklopfen würde. Trotzdem blieb er auf der Hut, als er zur Tür ging.

Es war DuForché, verschwommen und undeutlich im trüben Licht, seine dunkle Polizeiuniform vermischte sich mit dem Schatten im Flur. Adams kniff die Augen zusammen und winkte den jungen Mann herein. »Oh, Verzeihung«, sagte DuForché beim Eintreten. »Haben Sie gerade geschlafen? Ich habe Sie geweckt.« Er ging in die Mitte des Zimmers, die Mütze in der Hand, und blickte sich um.

»Nein, nein«, erwiderte Adams. »Ich war gerade am, ehm, Schreiben.« Irgendwie war es ihm peinlich zuzugeben, daß er ein Nickerchen gemacht hatte.

»In dieser Dunkelheit?« fragte DuForché.

»Eigentlich habe ich nachgedacht.« Adams fühlte sich noch etwas benommen. Er sollte irgend etwas anbieten – Tee oder Kaffee. Nicht Kaffee. Er hatte keinen. Das Blinzeln tat seinem Auge weh. Er setzte sich.

DuForché nickte. »Ich weiß, was Sie meinen. Ich denke auch manchmal im Dunkeln nach.«

»Möchten Sie irgend etwas?« Er wollte kurz angebunden klingen, aber DuForché verstand ihn falsch.

»Nein. Nein, vielen Dank.« Der junge Mann wandte sich ihm zu und drückte die Schultern nach hinten. »Ich bin gekommen, um mich zu entschuldigen. Wegen gestern, im Büro meines Onkels. Meine Phantasie ist mit mir durchgegangen.«

»Ja. Nun ja. Danke. Ich verzeihe Ihnen.«

DuForché lächelte, machte aber keine Anstalten zu gehen. »War das alles?« fragte Adams. »Oder gibt es noch etwas?«

Der junge Mann griff in seine Mütze. »Ich habe etwas für Sie. Ich habe Ihre Post mitgenommen.«

Es war ein Hotelbriefpapier, mit Wachs versiegelt. Adams entfaltete es und überflog es schnell, wobei er das Auge schloß, das nicht scharf sehen konnte. So war es viel besser: Er sah zwar nicht dreidimensional, aber wenigstens mußte er sich nicht anstrengen.

»Was ist es?« fragte DuForché. Adams befremdete diese Frage. Seine Post war seine Privatsache. Er überlegte, ob er ihn rügen sollte, entschied sich dann aber dagegen. Er konnte es ihm ruhig sagen. »Es ist vom Abgeordneten Clemenceau.«

»Was will er?«

Unhöflich, dachte Adams, bis ihm klar wurde: Das gehört zu dem Fall. »Er will mich sprechen.« Adams legte den Kopf schief, um zu lesen. »Sehr höflich. Entschuldigend. ›Ich sollte Sie aufsuchen, aber bestimmte Pflichten erfordern es, daß ich in der Nähe der Kammer bleibe.‹ Bittet mich, morgen früh in sein Büro zu kommen.« Delahaye und Clemenceau, politische Gegner, beide an ihm interessiert. Das hatte eine gewisse Symmetrie. »Ich wette, er glaubt, daß ich irgend etwas weiß. Etwas über diesen Skandal.«

»Gehen Sie hin?«

Clemenceau war ein Freund von Herz gewesen. Vielleicht wußte er genug, um ihm zu erklären, wie Miriam in die Sache verwickelt war. »Ja.«

»Sie könnten etwas verpassen«, sagte DuForché, und er lächelte selbstzufrieden, zufrieden, weil er etwas wußte, was Adams nicht wußte.

Adams hatte für so etwas Nerven. »Was?« fragte er in scharfem Ton.

»Eine Beerdigung.«

Adams brauchte einen Augenblick. »Die Frau aus dem Leichenschauhaus – Nicht-Miriam? Ihre Beerdigung?«

»Ja.«

»Wieso sollte ich hingehen?«

»Oh, man geht immer auf die Beerdigung.« DuForché setzte eine wissende Miene auf. »Da hat man die größte Chance, den Mörder zu finden. Die kommen fast immer. Man braucht nur herumzustehen und die Trauergäste zu beobachten, und dann kommt man ziemlich genau dahinter, wer es getan hat.«

»Sie hat doch Selbstmord begangen.«

»Nicht *ihr* Mörder. Der des Leichenbeschauers. Derjenige, der ihn getötet hat, wollte ins Leichenschauhaus und ihre Leiche verstümmeln. Er wird bestimmt zur Beerdigung erscheinen.« Adams' Skepsis mußte sich in seiner Miene gezeigt haben. »Zumindest könnten wir eine gute Spur bekommen«, meinte DuForché. »Es lohnt den Versuch. Hören Sie, ich gehe mit Ihnen zu Clemenceau, und dann gehen wir zusammen zur Beerdigung. Sie ist um zehn Uhr, auf dem Père-Lachaise. Wissen Sie, wo das ist?«

Adams wußte es. Auf dem Père-Lachaise, nach dem Jesuitenpriester benannt, dessen Landsitz sich vor Jahren auf dem Gelände des späteren Friedhofs befunden hatte, bevor sich die Stadt so weit ausdehnte, lag Pierre Abélard begraben, der berühmteste Logiker des zwölften Jahrhunderts, heftigster Kritiker der Kirche, der Philosoph, der wegen seiner ketzerischen Rechtfertigungen des christlichen Glaubens vom Papst verurteilt und von seiner Pariser Schule verbannt wurde, der Mann, der wegen seiner Liebesromanze mit der schönen Héloïse, der Nichte des Canon Fulbert, auf dessen Befehl kastriert wurde. Adams hatte das Grab bereits bei seinem ersten Aufenthalt in Paris besucht, um ihm seine Ehrerbietung zu erweisen. »Clemenceau hat nicht geschrieben, daß er Sie sprechen will. Wir treffen uns auf dem Friedhof.«

»Wie Sie wollen.« DuForché zuckte die Achseln und ging zur Tür. »Vielleicht haben Sie Lust, heute abend mit mir zu kommen. Wenn Sie wollen, dürfen Sie«, sagte er spitz.

»Wo gehen Sie hin?«

DuForché sah Adams mit zusammengekniffenen Augen an. Langsam zog er ein gefaltetes Dokument aus seiner Brusttasche. »Dies ist ein Haussuchungsbefehl«, sagte er feierlich. Er hielt ihn, gefaltet, vor Adams in die Luft und steckte ihn wieder ein, ohne den Blick von Adams zu wenden. »Ich werde der Wohnung der Toten einen Besuch abstatten.«

Auf der Fahrt ins Quartier Latin erzählte Adams DuForché von der verbrannten Photographie und der beunruhigenden Geschichte mit der Rohrpost. »Wer, meinen Sie, hat das getan?« fragte DuForché, als Adams geendet hatte.

»Derjenige, der die Fingerspitzen abgeschnitten hat, hat sie mir geschickt«, sagte Adams gereizt, verärgert, daß die Reaktion des jungen Mannes kein bißchen teilnahmsvoll, sondern ausschließlich analytisch war. »Und ich habe keine Ahnung, wer das Bild verbrannt haben könnte.« Der einzige, der es gesehen hatte, war Donald Cameron. Konnte Cameron es aus irgendeinem obskuren Grund verbrannt haben? Um ihn zu bestrafen? Er verwarf den Gedanken. Elizabeths Zuneigung war schon seit langem erkaltet, und Adams hatte Cameron gegeben, was er haben wollte, als er ihn aufgesucht hatte. Trotzdem, der Senator hatte sich nicht sehr deutlich über den Zweck seines Aufenthaltes in Paris geäußert. Konnte er irgendwie in den Skandal verwickelt sein? Irgend etwas, das mit der Eisenbahn zu tun hatte, etwas, weswegen er und Hay gleichzeitig in Paris waren? Unwahrscheinlich, aber möglich, es war möglich. Blieb immer noch die rätselhafte Frage, warum das Photo vernichtet worden war. Was konnte es gezeigt haben? »Ich habe eine Ecke davon gerettet«, erzählte er DuForché. Er hatte es zwischendurch vollkommen vergessen. »Vielleicht ist da ein Fingerabdruck drauf. Könnten Sie das überprüfen?«

»Gleich morgen früh.«

»Und der Papierzettel, der mit den Fingerspitzen gekommen ist?«

DuForché versprach, sich darum zu kümmern. »Wissen Sie, warum ich glaube, daß es die gleiche Person war – mit der Photographie und den Fingerspitzen?«

»Nein.«

DuForché lächelte. »Meine Theorie ist«, verkündete er, »daß auf dem Bild gar nichts war, was versteckt werden mußte. Es wurde allein zu dem Zweck verbrannt, Ihnen Angst einzujagen. Wenn das zutrifft, dann ist klar, daß die Fingerspitzen Ihnen auch angst machen sollten und sie von derselben Person geschickt wurden.«

Irgend etwas an dieser Argumentation erschien Adams fehlerhaft. Er versuchte, dem auf die Spur zu kommen. Er hatte das starke Gefühl, daß die Photographie verbrannt wurde, weil auf ihr etwas zu sehen war. Aber das konnte er nicht bloß behaupten. Genau darum ging es. Er versuchte, die Gründe zu bestimmen, warum er dachte, daß sie irgend etwas zeigte. Zunächst einmal, falls jemand ihm angst machen wollte, gab es Dutzende, vielleicht Hunderte von anderen Dingen, die er hätte zerstören können, wenn er sich erst einmal Zutritt zu Adams' Räumen verschafft hatte. Sein Tagebuch zum Beispiel: viel persönlicher und bedrohlicher. Und Zerstörung bis zum Punkt des völligen Verschwindens war längst nicht so bedrohlich wie Verunstaltung – wenn jemand ihm hätte angst machen wollen, hätte dieser jemand alles auf seinem Schreibtisch zerfetzen können, und er hätte Angst gehabt, sehr große Angst. Und jemand hatte Informationen über Dingler vernichtet, Informationen, die er hatte bekommen wollen. Vielleicht ging es hier um genau das gleiche. DuForchés Theorie versuchte, ein Ereignis in Bezug zu einem anderen zu setzen, das später passiert war. Sie setzte eine Verbindung zwischen zwei Ereignissen voraus, zwischen denen vielleicht keine bestand, wo doch das

Hauptproblem darin bestand, herauszufinden, ob es überhaupt eine Verbindung gab.

Aber, wie DuForché auf diesen Einwand hin bemerkte, setzte Adams' Alternative den gleichen Kreis in die andere Richtung voraus, indem er von der Annahme ausging, daß das Bild irgendeine Bedeutung hatte.

Er war matt gesetzt.

Adams hatte wenig auf den Weg geachtet, den sie fuhren, und war daher überrascht, als DuForché sein Kabriolet vor dem Gebäude mit dem dicken Concierge anhielt, bei der Adresse, die Miriam Talbott ihm im Zug von Pontorson gegeben hatte. »Wieso halten wir hier? Was ist los?«

»Das ist die Adresse der Toten. Wieso?«

Sein Magen schien sich um ein kaltes Eisenkügelchen herum zusammenzuziehen. Hatte diese Tote Miriam vollkommen verschluckt, sich ihren Namen, ihre Wohnung angeeignet, sogar das Bild, das andere von ihr hatten? »Das ist Miss Talbotts Adresse«, murmelte er.

Drinnen sprach DuForché mit dem Concierge, der mit einem aufreizend langsamen Watscheln den Schlüssel suchen ging und ihnen bedeutete, ihm zu folgen. Diesmal gab seine Kleidung eindeutige Hinweise auf sein Geschlecht: ein miserabel geschnittener blauer Anzug aus irgendeinem undefinierbaren Material, der lose an seinem Körper hing, wie ein Segeltuch in der Flaute. Adams zwang sich, nicht ständig das mißgestaltete Gesicht des Mannes anzustarren. DuForché hielt sich beim Treppensteigen direkt hinter dem Concierge, der einen Geruch von Schweiß und ausgeschabter Tierhaut ausdünstete, der rohe, ungewaschene Gestank von Armut. Adams konzentrierte sich auf den Geruch von modrigem Putz und Staub, ein vergleichsweise harmloser Geruch, den man noch einatmen konnte. Vielleicht, dachte er, war Miriam von dieser Frau doch nicht verschluckt worden, vielleicht gab es eine bessere Erklärung. »Wann werden Sie«, fragte der Concierge, als er die Treppe bewältigt hatte und wieder zu Atem gekommen war, »diese Bude ausräumen?« Es war weniger eine Frage als eine Klage. Sein dicker Körper versperrte den engen Flur, so daß Adams und DuForché gezwungen waren, auf der Treppe stehenzubleiben. »Ich hab hier ein Geschäft zu führen«, fügte er hinzu. »Oder wollen Sie die Wochenmiete zahlen?«

»Sie leisten der Republik einen Dienst«, erwiderte DuForché mit einem Blick hinter sich zu Adams. »Wir wissen Ihr Opfer zu schätzen. Glauben Sie mir, man wird es zur Kenntnis nehmen. Es ist in der Stadt schon an verschiedenen Stellen kommentiert worden. Erst neulich hat der Präfekt Sie als Beispiel hochgehalten für die Art von selbstloser Kooperation, auf die die Polizeitruppe angewiesen ist, wenn sie die kriminellen Elemente in dieser Stadt erfolgreich eindämmen will.« Die Worte waren aalglatt, ohne zu stocken über DuForchés Lippen gekommen. Adams fragte sich, ob er es ehrlich meinte, ob es eine Standardrede oder im Augenblick erfunden worden war. Er schien ein besonderes Talent für dergleichen zu haben. Der Concierge grunzte unbeeindruckt.

Er beugte sich herunter, um den Schlüssel im Schloß zu drehen, und stieß die Tür auf. Durch diese Anstrengungen schwer ins Keuchen gekommen, trat er ein paar Schritte zurück in den Flur, an der Tür vorbei, um ihnen Platz zu machen. »Bitte«, sagte er, als er sich zu ihnen umwandte, »schließen Sie die Tür hinter sich ab und geben Sie mir den Schlüssel wieder zurück, bevor Sie gehen.«

DuForché betrat das Zimmer, doch Adams zögerte. Er wollte eine Theorie überprüfen. »Von den zwei Frauen, die hier gewohnt haben«, begann er, »war wenigstens eine Malerin. Die mit den helleren Haaren. Sie müssen gesehen haben, daß sie Leinwände, Farbtuben und Staffeleien hin- und hertrug.« Adams stand mitten im Flur und versperrte den Durchgang.

»Kann sein, daß sie Malerin war, aber ich habe nichts dergleichen gesehen.«

Er hatte nicht abgestritten, daß es zwei Frauen gewesen waren. Es kam ihm jetzt so logisch vor. Wie konnte er es nur vergessen haben? Miriam hatte ihm doch erzählt, daß sie eine Zimmergenossin habe. Das erklärte, wie die Tote in den Besitz seiner Visitenkarte gekommen war. Sie hatte sie von Miriam. »Sie haben sie kommen und gehen sehen?«

»Ja, aber solche Sachen hat sie hier nicht hin- und hergetragen.« Der Concierge trat von einem Bein aufs andere.

»Wann haben Sie diese Frau zum letztenmal gesehen? Die Malerin?«

Der Concierge funkelte Adams an und schwieg. Adams begegnete seinem Blick mit eiserner Geduld. »Ich weiß nicht«, sagte der Concierge schließlich, ohne wegzusehen. »Vor einer Woche, vor zwei Wochen. Ich stell keine Fragen, ich kümmer mich nicht drum.«

»Das letzte Mal, als ich hier war, hatten Sie sie noch nie gesehen«, bemerkte Adams, einen vielsagenden Blick auf DuForché werfend, der wieder zur Tür gekommen war, um dem Gespräch zuzuhören. »Wieso erzählen Sie mir jetzt eine andere Geschichte?«

Er bekam keine Antwort. Er versuchte es mit einer anderen Richtung. »Gab es einen Mietvertrag? Wer hat ihn unterschrieben?« Adams wollte wissen, ob der Zufall die beiden Frauen zusammengebracht hatte, und wenn ja, welche von beiden hier nur vorübergehend wohnte.

»Nein, kein Mietvertrag.«

»Welche hat dann die Wohnung bezahlt? Wer hat Ihnen die Miete gebracht?«

»Der Scheck für die Miete kam mit der Post. Sehr regelmäßig, keine Probleme, ich habe keine Fragen gestellt. Wenn Sie mich jetzt bitte ...« Der Concierge streckte die Hand aus, die Handfläche senkrecht, womit er seinen Wunsch äußerte, vorbeigelassen zu werden. Worte und Geste waren höflich, aber seine Miene verriet eine zunehmende Ungeduld.

DuForché knurrte eine Frage: »Und welche von beiden hat den Mietscheck ausgestellt? Oder haben sie sich abgewechselt?« Adams freute sich, daß DuForché hier seinem Gedankengang gefolgt war, aber er wünschte, der junge Mann hätte dem Concierge nicht eine mögliche Antwort suggeriert. Der Concierge gab keine Antwort.

»Beantworten Sie die Frage«, sagte Adams, bemüht, seiner Stimme einen tiefen, warnenden Ton zu verleihen.

»Weder noch«, erwiderte der dicke Mann langsam. »Es war immer ein Scheck von irgendeinem Mann. Irgendein Freund der Damen. Ich bin ihm nie begegnet, ich habe keine Fragen gestellt. Ich weiß nicht einmal, wie er aussieht.«

Aber du kennst den Namen, stimmt's, dachte Adams. »Reinach, Jacques de Reinach.«

»Nein. Der war oft hier, aber der war es nicht.« Der Concierge sagte das mit offensichtlicher Genugtuung.

»Wer war es dann? Wessen Name stand auf den Schecks?«

Der Concierge gab keine Antwort.

Adams öffnete den Mund, um einen weiteren Namen zu raten, bremste sich aber.

»Sie können unsere Fragen hier beantworten«, sagte DuForché im Plauderton, »oder wir können Sie zum Verhör auf die Präfektur bringen.«

Der Concierge schwenkte mit seinem Blick langsam zu DuForché und grinste ihn hämisch an.

»Es ist schon etwas spät, um jetzt noch eine Droschke zu finden, meinen Sie nicht, Monsieur Adams? Ich glaube, wir werden laufen müssen. Bewegung tut gut. Vielleicht würden wir alle drei einen kleinen Spaziergang genießen. Einen flotten Spaziergang. Vielleicht sogar einen Dauerlauf. Nur einen kleinen Dauerlauf, na, sagen wir eine Meile, zur Präfektur hinüber. Wäre das nicht genau das Richtige, Monsieur Adams?«

»Ja«, sagte Adams langsam. »Genau das Richtige.«

DuForché griff schon nach dem Ärmel des Mannes, um ihn mit sich zu ziehen. Der Concierge wich vor DuForché zurück und wandte sich an Adams.

»Herz. Cornelius Herz«, sagte er langsam.

Natürlich. Reinach hatte ihn in die Panamagesellschaft eingeführt, in ein, wie sich später herausstellte, sehr lukratives Arrangement. Vielleicht hatte Herz sich revanchiert, indem er hier und dort Reinachs Ausgaben übernahm, vor allem diejenigen, die er vor den neugierigen Blicken der Verwandtschaft verbergen wollte. »Kann ich jetzt gehen?« fragte der Concierge in gelangweilten Ton.

»Noch eine Frage«, sagte Adams. »Was haben Sie mit Madame LeBlanc zu tun? Wieso war sie am Montag hier?« Adams freute sich, diesmal eine Reaktion zu sehen, ein unwillkürliches Zucken einer Augenbraue, bevor der Blick wieder hart wurde.

»Sie hat ein Eigentums-Interesse an den Unterkünften.«

»Soll das heißen, daß diese Frauen – daß die Frauen, die hier wohnen, ihre ...?«

»Nein. Das soll heißen, daß sie Eigentümerin des Gebäudes ist. Aber manchmal wohnen ihre Mädchen auch hier. Ihre, mmm, Angestellten.«

Angestellte. »War irgendeine dieser beiden Frauen ihre ›Angestellte‹?«

Vielleicht spürte der Concierge, wie sehr er dieser Antwort entgegenfieberte. Adams wappnete sich dafür, nahm sie voraus, dachte, es gäbe Situationen im Leben, in denen es als Verbesserung gelten konnte, Mätresse eines Mannes zu werden, als erhebliche Verbesserung. Die Miene des Concierge veränderte sich nicht, sein Blick blieb fest, aber sein Kopf hob sich leicht beim Einatmen. Adams stellte fest, daß sein Anblick ihn allmählich wütend machte. »Nein«, sagte der Concierge. »Das waren sie nicht.«

»Aber sie hatten Herrenbesuche?« DuForché kam näher.

»Nur den einen – Reinach.« Der Concierge zuckte die Achseln. Er blickte von Adams zu DuForché. »Kann ich jetzt gehen?«

Adams spürte, daß DuForché ihn ansah, drehte sich aber nicht zu ihm um. Der junge Mann mußte Adams am Ärmel ziehen, damit dieser die Tür freigab und den Concierge vorbeiließ.

»Sie waren gar nicht übel mit Ihrem Verhör«, bemerkte er zu Adams, als der Concierge fort war. »Vielleicht steckt in Ihnen noch eine zweite Berufung.«

Adams hörte ihn nicht. Er war bei dem Gedanken hängengeblieben, wie bereitwillig er sich Miriam als Prostituierte vorgestellt hatte – vielleicht nicht unbedingt bereitwillig, sondern offen für die Möglichkeit, als einen möglichen Teil ihrer Geschichte. Er war überzeugt gewesen, daß er sie im wesentlichen kannte, wußte, wer sie im Kern ihres Wesens war. Die Art und Weise, wie er sie jetzt wahrnahm, war fließend, zu fließend, und das beunruhigte ihn.

DuForché hingegen schien sich in Hochstimmung zu befinden. Er quasselte vor sich hin, während er das kleine trübe Zimmer durchforstete, in die Hocke ging, um sich Dinge im Licht, das durch die Tür fiel, anzusehen. »Detektivarbeit ist ein schwieriges Geschäft. Seine Fragen an den Mann zu bringen, immer auf der Hut vor Lügen oder Ungereimtheiten, wissen müssen, wann man grob und wann man kumpelhaft sein muß, dabei immer versuchen, vorauszudenken. Was anderes als die Historikerwelt, wie? Sie können in aller Ruhe sieben und sortieren. Sie können immer wieder zu den Quellen zurückgehen, wenn Sie irgendwas stört. Aber wissen Sie – wenn ein Detektiv mit jemandem redet, ist es jedesmal anders. In der Präfektur gibt es ein Sprichwort: Man kann denselben Zeugen nicht zweimal befragen. Das zweite Mal ist er ein anderer Mensch. Mit dem, was man sie gefragt hat, hat man sie verändert. Man muß seine fünf Sinne beisammen haben, weil man nur diese eine Chance bekommt, sie beim ersten Mal zu erwischen.«

Adams sah mit unbeteiligter Miene zu, wie DuForché die Wohnung durchsuchte. Sie war klein, zwei Zimmer, adrett in ihrer Ausstattung und Möblierung, aber irgendwie schäbig, als hätten es die größten Bemühungen ihrer Bewohner nie geschafft, die uralte Farbe, den rissigen Putz zu besiegen. Oder vielleicht lag es an dem, was er über die Bewohnerinnen der Wohnung wußte – die eine eine Selbstmörderin, die andere Mätresse eines mächtigen Mannes – daß ihm die Wohnung so schmutzig und armselig vorkam. »Manchmal geht es auch beim zweiten Mal besser«, räumte DuForché ein. »Wie bei diesem Mann. Das macht Sinn. Sie haben mit diesem Mann gesprochen, er hat Ihnen nichts gesagt. Jetzt ist er bereit, mit uns zu reden. Wer weiß, was in der Zwischenzeit passiert ist? Ihre Fragerei hat bei ihm etwas ausgelöst, hat ihn nachdenklich gemacht, und er hat beschlossen, doch hilfsbereit zu sein.«

»Ja. Oder jemand hat ihm angst gemacht.«

»Gewöhnlich hat das die entgegengesetzte Wirkung«, sagte DuForché gedankenverloren. »Daß sie den Mund überhaupt nicht mehr aufkriegen.« Er untersuchte die Gaslampe, und als er für einen Moment das Ventil öffnete und ein Zischen hörte, klopfte er seine Taschen nach Zündhölzern ab.

Als Adams sah, was er suchte, reichte er ihm eine Schachtel.

»Vielleicht hat derjenige, der ihn überzeugt hatte, nichts von Miriam Talbott zu erzählen, inzwischen seinen Einfluß auf den Mann verloren. Vielleicht ist er weg, oder tot, oder hat aufgegeben.« Mittlerweile hatte er die Gaslampe angezündet, und in dem zischenden Licht konnten sie das Zimmer in den zwei Fenstern gespiegelt sehen, die auf die Straße hinausgingen. Es gab ein kleines Ruhebett, das noch als zusätzliche Sitzgelegenheit für den Tisch in der Mitte diente. In der Kochnische stand schmutziges Geschirr in einem Spülbecken, das mit schleimigem, grauem Wasser gefüllt war. Es waren keine Leinwände oder Farbtuben zu sehen. Adams untersuchte den Boden: keine Farbflecken. Er nahm an, der Concierge hatte die Wahrheit gesagt – sie hatten die Wohnung nicht als Atelier benutzt, es sei denn, sie waren ganz besonders vorsichtig gewesen.

Er hatte genug gesehen. Er wollte gehen.

»Ich persönlich glaube das nicht«, sagte DuForché und ging in die Hocke, um seinen Ausrüstungskoffer auf dem Boden auszupacken. Er holte das kleine Gummifläschchen mit Puder hervor, feine Pinsel, saubere Bögen weißen Papiers. »Ich kann Ihnen nicht sagen warum, aber ich glaube es einfach nicht.« Er wandte sich zu Adams und sagte schnell: »Bitte nichts berühren oder bewegen. Alles, was hier ist, muß katalogisiert werden, aber ich will mir ein paar Fingerabdrücke holen. Für meine Sammlung.«

Adams lächelte in sich hinein. DuForché war wahrscheinlich nicht berechtigt, ihn zu einem Ort mitzunehmen, wo polizeilich ermittelt wurde, und jetzt wurde der junge Mann nervös. Sie waren zusammen gekommen, und sie mußten zusammen gehen. Er würde warten, bis DuForché fertig war.

In der Kochnische stellte Adams sich vor, wie Miriam vor dem Gasherd mit den zwei Flammen stand und für sich und ihre Zimmergenossin kochte, auf dem Kopf dieselbe jungenhafte Mütze, die sie beim Malen getragen hatte. Sie, eine Malerin, Partnerin eines korrupten Geschäftsmannes. Es kam ihm alles unendlich traurig vor.

Er begutachtete das Schlafzimmer von der Tür aus. Es gab nicht viel zu sehen: zwei mit blauen Decken bezogene Betten, ein Schrank, ein nackter Holzstuhl. Er machte den Schrank auf und sah einige Kleider auf Bügeln. Auf dem Boden standen ein paar Frauenschuhe. Er sah sich die Kleidung genau an, versuchte, irgend etwas wiederzuerkennen, das sie in Pontorson getragen hatte, konnte aber letztendlich nicht feststellen, ob irgendwas davon Miriam gehörte. Er neigte dazu, nicht darauf zu achten, was Leute trugen. Er machte den Schrank vorsichtig wieder zu.

Als er wieder im Hauptzimmer war, sah er DuForché vor einem schmalen Sekretär knien, den Adams anfangs nicht bemerkt hatte. Er war zwischen dem Fußende des Ruhebetts und der Tür zum Schlafzimmer untergebracht. DuForché hatte einen Gummiballon mit Puder in der Hand und neben sich auf dem Boden mehrere Blätter Papier. »Hier sind keine Fingerabdrücke«, sagte er. »Überhaupt keine.«

»Oh. Pech.« Adams war zum Fenster gegangen, um zu sehen, was für einen Ausblick die Wohnung hatte. Nichts Berauschendes: Die Fenster waren ein paar Meter von der schwarzen Backsteinmauer des Nebengebäudes entfernt. Als er sich vorlehnte, bis sein Gesicht fast an der Scheibe war, konnte er einen dünnen Streifen gasbeleuchteter Straße sehen.

»Ich glaube, Sie verstehen nicht«, sagte DuForché. »Hier gibt es nicht mal verschmierte Fingerabdrücke. Hier gibt es überhaupt keine. Keine auf dem Herd, keine auf dem Tisch, keine auf diesem Sekretär. Überhaupt keine.«

»Und das ist ein Problem?«

»Jeder hinterläßt Fingerabdrücke, Monsieur Adams. Wenn keine Fingerabdrücke da sind, bedeutet das, daß jemand sie weggewischt hat.« Er hob sein Blatt Papier und ging zur Wohnungstür, um den äußeren Griff zu untersuchen. »Beunruhigend. Sehr beunruhigend. Der beweispraktische Wert dieser Wohnung ist gleich null.«

»Kann ich nachsehen, was in dem Sekretär ist?« fragte Adams.

»Natürlich, aber benutzen Sie ein Taschentuch«, rief DuForché ihm. »Hinterlassen Sie keine Fingerabdrücke.«

Die oberste Schublade enthielt Damenwäsche, weiße Unterwäsche und Strümpfe, deren Anblick ihn etwas verlegen machte. Trotzdem kramte er sie durch, auf der Suche nach irgend etwas, das interessant sein könnte. Ganz unten, in der hintersten Ecke, spürte er etwas Glattes, Rundes und Metallisches.

»Was ist das?« fragte DuForché, als er es mit dem Taschentuch hochhielt.

Es war ein runder Metallbehälter, etwa acht Zentimeter im Durchmesser und einen Zentimeter tief. »Bettleman und Söhne«, las Adams auf dem Deckel. »Pigmente- und Öl-Handel. Orpiment.« Er stand auf, um es besser sehen zu können. Die Knie taten ihm vom Hocken weh. »Sie ist Malerin«, sagte er, indem er DuForché die Dose zur Begutachtung hinhielt. Die Dose war glatt und rutschig unter dem Taschentuch. Er drehte sie um, um die Unterseite zu begutachten, wobei er darauf achtete, sie nicht an dem Tuch abzuwischen. Der Boden war aus glattem, weißem Blech. »Da ist nur eine davon. Das ist seltsam. Es müßte einen ganzen Satz geben. Wieso nur eine?« Er versuchte, die Dose zu öffnen, aber das bemalte Metall war zu rutschig unter dem Taschentuch.

»Tun Sie sie lieber zurück«, sagte DuForché. »Wenn mein Onkel wüßte, daß wir hier mit Beweismitteln hantieren ...«

Die zweite Schublade war gar keine Schublade, sondern eine falsche Front, die sich zu einer Schreibfläche herunterklappen ließ und hinter der Fächer für Papiere und ähnliches zum Vorschein kamen. Neben einem Bündel Briefumschläge befand sich ein Stapel unbeschriebenen blaßblauen Schreibpapiers. In einem anderen Fach waren empfangene Briefe, aufgerissene Umschläge. Mit seiner vom Taschentuch umhüllten Hand zog Adams sie heraus und legte den kleinen Stapel auf die Schreibfläche. Es gab ungefähr ein halbes Dutzend Umschläge, die an Miriam Talbott adressiert waren. Er bog die Ecken mit einem Fingernagel um, damit er die Absender sehen konnte.

»Die haben wir schon alle durchgesehen«, sagte DuForché, der jetzt neben ihm stand. »Die geben leider nicht viel her.«

Adams hielt bei einem vertrauten Namen inne: Madame Dingler, mit einer Adresse in Sablonville, gleich hinter der Stadtgrenze. Er spürte, wie sich die Haare in seinem Nacken aufrichteten. »Das hier ist aber was«, wandte er ein. Der Poststempel war eine Woche alt, der Umschlag war leer. Wieso sollte, wie *konnte* Miriam Post von der verstorbenen

Frau des Ingenieurs bekommen, lange nachdem sie gestorben war?

»Was?« DuForché drängte sich hinzu, um über seiner Schulter mitzulesen. »Madame Dingler? Wer ist das?«

»Jules Dingler war Chefingenieur der Panamagesellschaft. Hat Frau und Kinder in Panama verloren.« Er sah sich zu dem jungen Mann um. »Das habe ich Ihnen nicht erzählt, aber dieser Dingler hat mein Interesse erregt, und ich habe versucht, in der Bibliothek mehr über ihn zu erfahren. Alles, was in den Zeitungen über ihn stand, ist herausgeschnitten worden.« Er sah DuForché vielsagend an.

»Und das bedeutet?« fragte der junge Mann.

»Daß irgend jemand etwas verbirgt«, sagte Adams ungeduldig. Er hob den Umschlag auf, hielt ihn mit seinem Taschentuch. »Seine Frau ist vor Jahren in Panama gestorben. Das macht keinen Sinn.«

»Vielleicht hat Ihr Ingenieur wieder geheiratet«, schlug DuForché vor.

Die Vorstellung überraschte Adams. Das hätte er nicht für möglich gehalten. Sicher, Dingler hatte sich eine Zeitlang in Paris aufgehalten, bis auch er der Malaria erlag. Vielleicht hatte er jemanden kennengelernt ... hatte jemanden von früher gekannt ... Aber es war nur eine Sache von Monaten gewesen. »Nein, ich glaube nicht.« Er übergab Taschentuch und Umschlag DuForché. »Notieren Sie diese Adresse. Wir sollten ihr einen Besuch abstatten.«

Im Hôtel Vendrielle kamen ihm die Stufen steiler vor als sonst. Er war in der Droschke eingeschlafen, nachdem er DuForché bei dessen Wohnung auf der Ile St. Louis abgesetzt hatte. Der Kutscher mußte ihn wachrütteln. Während er die Stufen erklomm, dachte er nur an sein Zimmer und an sein Bett, bis er zum Treppenabsatz vom zweiten Stock kam und es ihm wieder einfiel: Elizabeth. Die Tuilerien. Amanda. Er hatte es vollkommen vergessen.

Er wußte, er hatte keine Wahl. Benommen, ohne irgendein Gefühl für das, was ihn erwartete, ging er leise den Flur entlang zur Tür der Camerons. Unter dem Türschlitz trat ein weicher Lichtschein hervor, gut sichtbar in dem für die Nacht abgedunkelten Flur. Er klopfte leise und vorsichtig und legte dann das Ohr an die Tür. Er brauchte ja niemanden zu wecken, den er nicht wecken mußte. »Elizabeth?« Er fühlte die Kühle an seiner Wange. Bitte laß es Elizabeth sein. Obwohl, wenn er es sich recht überlegte, war er sich nicht sicher, ob es insgesamt nicht leichter wäre, mit Cameron zu sprechen. Er klopfte wieder, ein wenig lauter, und horchte: Drinnen hörte er das Rascheln von Bewegung.

Die Tür öffnete sich fünfzehn Zentimeter, und dort, etwas über ihm, war Elizabeths Gesicht. Überrascht von ihrer Nähe, wich er zurück. Sie trug einen Morgenmantel, blau, passend zu ihren Augen, ein anderer als der, in dem er sie am Vortag gesehen hatte. Ihre dunklen, glänzenden Locken fielen über das Spitzenoberteil. Sie hatte ihr Haar schon gelöst, bereit, schlafen zu gehen.

»Darf ich hereinkommen?«

»Nein, Sie dürfen *nicht* hereinkommen, *Mister* Adams.« Ihre Augen unter diesen feinen, langen Brauen waren groß und grimmig, und ihre Stimme, ein Flüstern, war barsch. Sie öffnete die Tür und langte mit einer Hand hindurch, um ihn zurückzuschieben, dann schlüpfte sie, ihm folgend, hinaus in den Flur. Sie zog die Tür leise hinter sich zu. »Was ich Ihnen zu sagen haben, werde ich Ihnen hier draußen sagen.« Sie zischte ihm die Worte entgegen. »Ich bin böse. Was ist passiert?«

»Elizabeth – ich – es tut mir leid. Die Polizei kam heute morgen und hat mich mitgenommen, um – ich habe gesehen –« Er bemühte sich, aus den Elementen des Tages eine Ausrede zusammenzuschustern, einen Augenblick lang glaubte er, daß sich die Anteilnahme, die ihm am Tag zuvor zuteil geworden war, weil er über eine Leiche gestolpert war, hier wiederholen ließ (Ja! Da war diese grausige Geschichte mit den Fingerspitzen und die Tortur, die seine Vernehmung für ihn bedeutet hatte), aber er hielt sich zurück. In Wahrheit hatte er sie vollkommen vergessen. Er war schuldig, und es hatte keinen Zweck, das abstreiten zu wollen. Er hatte ihren Zorn verdient. Er schloß die Augen und schluckte schwer und hielt die Hände hoch, um seine Unterwerfung zu zeigen. »Es tut mir furchtbar leid.«

»Es geht wieder um diese Miss Talbott, stimmt's?«

Er nickte.

»Was ist passiert?« Ihr Blick war scharf, aber interessiert. Ein blasseres, graueres Blau als Miriams, dachte er. Er erzählte ihr, wie er in das Rohrpostamt gebracht worden war, was er dort gesehen hatte, wie er vernommen worden war und die Kunstschulen von Paris abgesucht hatte.

Sie taxierte ihn lange, bevor sie etwas sagte. »Ich weiß nicht, ob Sie das von mir hören wollen oder nicht, aber ich muß es sagen. Sie verhalten sich dumm, was diese Frau betrifft. Sie benutzen sie für irgend etwas.«

»Sie braucht meine Hilfe, Elizabeth.«

Sie nickte. »Ich weiß, daß sie Hilfe braucht. Aber es steht nirgends geschrieben, daß ausgerechnet Sie es sein müssen, der ihr hilft.« Ihr gefiel die Wirkung dieses Satzes nicht. »Das klingt gemein, ich weiß. Aber hören Sie mir zu.« Sie lehnte sich etwas vor. »Ich versuche, Ihnen das als Ihre Freundin zu sagen. Sie benutzen sie, um zu flüchten, Henry. Sie laufen vor Ihrem Leben davon. Ihr Leben ist hier direkt vor Ihnen, nicht da draußen, wo Sie sich in alle möglichen grausigen Dinge verwickeln lassen oder Ihre Zeit damit vergeuden, kreuz und quer durch die Stadt zu irren, die Sie nicht einmal kennen, auf der Suche nach einer Frau, von der Sie nicht einmal genau wissen, ob sie gefunden werden will.« Sie lehnte sich zurück und schwieg einen Moment. »Ein Abenteuer. Das ist es, worauf Sie aus sind. Auf Abenteuer, wie ein junger Mann.«

Er hörte genau zu, hatte jedes Wort mitbekommen, aber diese einzelnen Wörter, die jedes für sich genommen wohlbekannt und verständlich waren, weigerten sich, sich zu einem Gedanken zu verbinden, den er begreifen konnte. Er sah, daß sie das erkannte, sah, wie sie sich von ihm zurückzuziehen begann.

»Elizabeth? Bitte. Verzeihen Sie mir.« Er griff nach ihrer Hand. Sie war weich, weiß, warm. Er hielt sie und umschloß sie mit seinen Händen. Er sah auf ihre Hand hinunter, sah sie dort in seinen Händen. Sie bewegte sich, und er dachte, absurderweise, *wie ein gefangener Fisch*. Er schüttelte den Kopf, holte tief Luft und atmete langsam aus. »Ich bin – müde. Es tut mir leid. Ich wollte nur ...« Seine Zunge fühlte sich geschwollen an, und ihm fielen keine Worte mehr ein. Er zuckte mit den Schultern, um seine Hilflosigkeit zu signalisieren. Worte waren so glatt, und Gedanken, Gedanken waren so zähflüssig!

Sie würde ihn so verstehen müssen. Er versuchte, ihr sein Herz zu zeigen. Bedauern. Reue. Zuneigung. Guter Wille.

Sie sah auf ihre Hand hinunter, dann in sein Gesicht. Langsam entzog sie ihm ihre Hand und nickte. »Sie sehen grauenhaft aus«, sagte sie. »Ruhen Sie sich aus.«

Donnerstag,
24. November 1892

Die Marmorstufen draussen vor der Abgeordnetenkammer waren glatt und rutschig vom Regen. Trotz Regenschirm war Adams' Mantel an den Schultern völlig durchnäßt, und das versetzte ihn in eine üble Laune. Er hatte schlecht geschlafen, er war müde. Der Regen war ein unaufhörliches Nieseln, stärker als Dunst, aber immer noch fein genug, um von der Luft getragen zu werden. Adams ging die Stufen hinauf. Hinter ihm, für ihn nicht zu sehen, wälzte sich hinter dem grauen Schleier des Wetters die Seine in ihrem Bett dahin. Irgendwo da unten pfiff eine Dampfbarkasse, im Regen ein naher und fremdartiger Klang. Im Foyer schüttelte sich Adams die Nässe aus dem Mantel. Er legte seinen Schirm zusammen und erfuhr aus dem Verzeichnis, daß sich Clemenceaus Büro im zweiten Stock befand.

Oben schlich er durch den Flur. Er begegnete niemandem. Ob das üblich war um diese Zeit, wußte er nicht. Vielleicht war es eine normale Morgenleere, die durch den Regen verstärkt wurde und kälter wirkte. Am hinteren Ende des Flurs fiel durch ein Fenster Licht auf den Boden, wodurch das sanfte perlmuttartige Wellenmuster sichtbar wurde. An einer Ecke blickte er sich um und sah, daß seine Schuhe Abdrücke hinterlassen hatten.

Clemenceaus Tür stand offen. Adams betrat ein kleines Büro mit einem Fenster ohne Vorhänge, durch das er die große

Kuppel und den Turm des Invalidendoms erkennen konnte, das oberste Kreuz nur noch schemenhaft sichtbar im Dunst. Ein hagerer Mann, den er von Dinglers Photographie her erkannte, stand vornüber gebeugt vor einem Bücherschrank.

Der Abgeordnete spürte seine Anwesenheit und blickte hoch, zog dann ein Buch unten aus einem Regal, bevor er sich wieder aufrichtete. »Ja bitte – Sie wünschen?« Sein Haar – kurz, rötlich blond – war die einzige leuchtende Farbe in dem Raum. Neben der dunklen Täfelung des Büros und dem grauen Nieseln des Morgens ließ es ihn einzigartig lebendig wirken.

»Monsieur Clemenceau«, sagte Adams, »Henry Adams.«

»Ah, Monsieur Adams! Wunderbar, Sie kennenzulernen. Danke, daß Sie gekommen sind.« Clemenceaus Lächeln war breit genug, um durch den dicken Schnurrbart hindurch zu scheinen. »Was für ein grauer Morgen«, fügte er in liebenswürdigem Ton hinzu. »So ein Morgen, an dem man sich so richtig müde und zerschlagen fühlt. Wissen Sie, was ich meine? Bitte, bitte, nehmen Sie Platz.« Er deutete auf einen lederbezogenen Stuhl gegenüber seinem Schreibtisch und setzte sich auf einen passenden Stuhl dahinter. »Offenbar haben Sie meinen Brief erhalten. Danke, daß Sie gekommen sind.«

Adams nahm den Dank an. »Was wollen Sie von mir?«

Clemenceau beäugte ihn einen Moment, überlegte, was er von dieser direkten Frage halten sollte. »Ja. Also. Ich möchte mit Ihnen über die Liste der Chéquards reden. Ich möchte sichergehen, daß Sie verstehen, von welch entscheidender Bedeutung diese Liste für die politische Zukunft Frankreichs ist. Sie muß vor Freitag bekannt gemacht werden. Ich möchte Sie überzeugen, sie mir für diesen Zweck zukommen zu lassen.«

»Ich habe sie nicht.«

»Das habe ich auch nicht angenommen.«

Adams überlegte: Clemenceau erwartet offenbar, daß ich sie bald finde. Glaubt er, daß ich kurz davor bin, Miriam zu entdecken? Wieso? Welche von seinen Nachforschungen hatte irgendeinen Fortschritt dargestellt? Er versuchte nachzudenken: Clemenceaus Brief war am Ende des Tages eingetroffen, irgendwann während seines Nickerchens. War er in einer der Kunstschulen über einen Hinweis gestolpert? Wenn ja, wie konnte die Nachricht dann so schnell hierher zu Clemenceau gelangen?

Und: Wenn ja, wieso hatte Clemenceau dann nicht selbst Nachforschungen angestellt?

Wahrscheinlich war: Clemenceau wollte sich vor einer bestimmten Möglichkeit schützen. Und vielleicht – eine Möglichkeit, die er nicht ausschließen konnte – stand Clemenceaus Name auf der Liste. Vielleicht wollte er die Liste haben, und vielleicht wollte er auf alle Fälle verhindern, daß sie bis Freitag bekannt gemacht wurde.

Clemenceau hatte sich vorgebeugt, wobei er aufmerksam Adams' Miene beobachtete, und wartete. »Ich habe nicht die Absicht«, sagte Adams vorsichtig, »mich in das Rechtssystem Ihres Landes einzumischen.«

Clemenceaus Kopf zuckte zur Seite, ein kurzer ungeduldiger Reflex, dann beugte er sich noch weiter vor, um zu sprechen. »Monsieur Adams. Gewiß ist Ihnen klar, daß Justiz und Politik zwei völlig unterschiedliche Dinge sind. Justitia ist blind, die Politik nicht. In der Rechtsprechung spielt es keine Rolle, wie oder von wem dem Gericht Beweise vorgelegt werden. Jeder Fall wird nach vorliegenden Tatsachen entschieden. Politik, Wahlkampfpolitik, ist etwas ganz anderes. Wer diese Liste beibringen kann, dessen Partei wird der Held der Stunde sein. Sie wird die Gelegenheit haben, Frankreich ihren Stempel aufzudrücken. Ich weiß nicht, ob Sie es spüren, Monsieur, aber wir befinden uns an einem Wendepunkt.« Clemenceau machte eine Pause, ließ seine Rede wirken. Als Adams nichts erwiderte, fuhr er fort: »Das Panama-Fiasko trifft uns schwer. Wie wird es weitergehen? Werden wir voranschreiten, oder werden wir uns darin verausgaben, die Vergangenheit zum Sündenbock zu machen? Ich habe ein Interesse daran, uns voranschreiten zu sehen.«

Adams glaubte zu wissen, was Clemenceau meinte, und widersprach: »Die Gerechtigkeit sollte siegen.«

»Ja, ja, natürlich.« Clemenceau tat Adams' Bemerkung mit einem Kopfschütteln ab. »Aber *nachdem* Gerechtigkeit gesiegt hat, *nachdem* die Chéquards genannt und bestraft worden sind, was dann? Das ist es, was mir Sorgen bereitet, Monsieur Adams. Ich fürchte ... Ich fürchte, viele Abgeordnete glauben, daß die einzige Medizin für die französische Seele nur eine Art ruhmreicher Sieg sein kann, ein militärischer Sieg. Blödsinn, natürlich reiner Blödsinn. Ich habe vor, das zu verhindern. Diese Liste wäre ein Segen.«

»Und was ist mit der Möglichkeit«, sagte Adams vorsichtig, »daß Ihr Name auf der Liste steht? Dann hätten Sie einen anderen Grund, sie besitzen zu wollen.«

»Ich kann Ihnen versichern, ich bin nicht auf dieser Liste. Ich bin unberührt.«

»Und Ihr Freund Cornelius Herz – ist der auch unberührt?«

Clemenceau blickte säuerlich drein und verzog angewidert den Mund. »Nein. Herz ist nicht ›unberührt‹. Er ist angeklagt worden. Wie ich höre, ist er geflüchtet. Er kann mir gestohlen bleiben!« Clemenceau blickte Adams lange an, ohne mit der Wimper zu zucken. »Sie können darüber denken, was Sie wollen, aber eins sage ich Ihnen: Sobald ich seine Unehrlichkeit erkannt hatte, habe ich mich von ihm losgesagt. Ich weiß, ich habe mangelhafte Urteilskraft bewiesen, daß ich ihn überhaupt in meine Nähe gelassen habe. Eine Jugendsünde. Es scheint schon so lange her zu sein.« Clemenceau schüttelte den Kopf, stieß ein kleines Lachen aus und sagte in vertraulichem Ton: »Es ist schon seltsam, hier sitze ich und rechtfertige mich vor Ihnen, und Sie sind gar kein Wähler, Sie sind nicht einmal französischer Staatsbürger. Aber mit dieser

Liste haben Sie die Macht, viele Menschen zu beeinflussen.«

»Ich bin weniger an der Liste interessiert als an der Frau, die sie besitzt, wie ich vermute«, erwiderte Adams. »Miriam Talbott. Können Sie mir irgend etwas über sie erzählen?«

»Sie ist doch tot, oder nicht?« Clemenceau hob die Augenbrauen.

»Das hat die Polizei behauptet – aber sie hat sich geirrt. Ein Fall von vertauschter Identität.«

Clemenceau nickte nachdenklich. »Ich kenne sie nicht. Habe sie nie gesehen. Reinach, ja, aber sie, nie.«

»Sie haben keine Idee, wo sie sein könnte?«

»Nein.«

»Dann ist da ein Bild, eine Photographie, die im Januar 1883 aufgenommen wurde, auf einer Feier zu Ehren von Jules Dingler. Sie sind auch mit drauf. Haben Sie irgendeine Idee, warum sie jemanden veranlassen könnte, sie zu zerstören?«

»Einen Moment.« Clemenceau öffnete eine Schreibtischschublade und holte nach kurzem Herumkramen eine gerahmte Photographie hervor, die identisch war mit der, die Adams aus der *folie Dingler* mitgenommen hatte. Er warf einen Blick darauf und gab sie Adams. »Ich kann nichts Bemerkenswertes darauf erkennen.«

Adams fragte nach den Namen der Männer auf dem Bild und bekam eine Liste: Im Hintergrund die beiden Lesseps, vorne Istvan Türr, einer der Gründer des Türr-Syndikats und ein Direktor der Gesellschaft; ein Direktor namens Lévy-Crémieux; Clemenceau selbst; der Bankier Emile de Girardin; dann Dingler, der Henri Bionne (dem Generalsekretär der Gesellschaft) die Hand schüttelt; Henri Cottu (ein weiterer Bankdirektor); ein Mann, den Clemenceau nicht kannte; Reinach; und noch einer, an den er sich nicht erinnern konnte. »Wie Sie sehen, ist es kein bemerkenswertes Bild. Der Anlaß war Dinglers Amtseinführung als Chefingenieur. Ich war als ein Freund der Gesellschaft anwesend. Ich glaube, ich war der einzige Nicht-Direktor.«

Adams untersuchte die Photographie, suchte nach einem Hinweis, irgendeinem Hinweis auf eine Bedeutung, die jemand verbergen wollte.

»Ich hatte gestern Besuch von Ihrem Freund Monsieur Hay«, sagte Clemenceau. »Er hatte bezüglich der Kanalarbeiten sehr überzeugende Vorschläge zu machen.«

Adams blickte von dem Bild auf. »Und was hat Monsieur Hay mit mir zu tun?«

»Ich dachte nur, daß Sie das interessieren würde. Ich finde, die Vereinigten Staaten sollten die französische Konzession in Panama übernehmen. Es wäre gut für die Vereinigten Staaten und gut für Frankreich. Wenn der Preis stimmt.«

»Das interessiert mich nicht.«

»Aber es interessiert Monsieur Hay. Und ich möchte Ihnen nur andeuten, daß alles, was Sie tun, um meine Position in dieser Panama-Affäre zu stärken, die Zustimmung von Monsieur Hay finden dürfte.«

Adams war sich nicht sicher, ob er die Zustimmung von Monsieur Hay brauchte oder wollte. Er zog die Augenbrauen hoch. »Die Liste der Chéquards ist nicht in meinem Besitz, und wenn ich Miriam Talbott finde, wird sie es immer noch nicht sein. Ich habe nicht den geringsten Anspruch darauf.«

»Ich verstehe. Ich rede als ein Freund Ihres Freundes mit Ihnen.«

Adams gefiel der einschmeichelnde Ton nicht. »Und als ein ehrgeiziger Mann, der sich auf verschiedene Eventualitäten einstellt?«

Clemenceau bedachte Adams mit einem kühlen Blick und sagte leise: »Ich möchte sichergehen, daß wir uns verstehen. Ich glaube, das tun wir.«

»Ja, das glaube ich auch.« Adams hielt Clemenceaus Blick

lange genug stand, um einmal langsam auszuatmen, bevor er sich zum Gehen erhob.

»Danke, daß Sie gekommen sind«, sagte Clemenceau, bevor Adams zur Tür hinausging.

Er hatte kurz daran gedacht, Clemenceau von der Visitenkarte zu erzählen, die er am Dienstagnachmittag von Delahaye bekommen hatte, aber nachdem er ihn kennengelernt hatte, erschien ihm eine derartig vertrauliche Mitteilung nicht ratsam. In der Eingangshalle blieb er stehen, um die Nummer von Delahayes Büro nachzusehen, aber er ging nicht wieder nach oben. Er sah auf seine Uhr: Er würde sich beeilen müssen, wenn er noch rechtzeitig zur Beerdigung kommen wollte.

Draußen hatte der Regen nachgelassen.

Auf dem Friedhof knirschte der Kiesweg unter seinen Schritten – feucht, schwermütig, wie Hafer im Maul eines Pferdes. Ein Schild am Torhäuschen hatte ihm den Weg gezeigt. Père-Lachaise war nicht gerade ein Armenfriedhof. Er fragte sich, wer das Ganze bezahlt hatte. Links und rechts passierte er die Denkmäler und Mausoleen der Wohlhabenden, Namhaften und Geehrten: Dantan, ein Bildhauer; Fould, ein Finanzminister; Rossini, der Komponist; Arago, ein Astronom; Auber, ein Komponist, dessen Büste von Dantan stammte; Clément-Thomas und Lecomte, die ersten Opfer der Kommune im Jahr 1871.

Ich befinde mich auf einem Friedhof, dachte er. Natürlich. Das war ihm nicht klar gewesen, als DuForché ihn aufgefordert hatte, zur Beerdigung mitzukommen, aber natürlich würde eine Beerdigung auf einem Friedhof stattfinden. Dieser hatte wenig, was ihn an den Friedhof von Rock Creek erinnerte, auf dem Clover lag, aber trotzdem war es ein Friedhof, hatte die gleiche Art von Grabsteinen, die gleichen Grünflächen, die gleichen Bäume, die in der Herbstkälte knochenkahl wurden. Er fühlte sich Clover seltsam nah, spürte innerlich ihre Gegenwart, genauso stark, wie wenn er dasaß und auf das starrte, was Saint-Gaudens vollbracht hatte, das Denkmal auf ihrem Grab, das als Tribut an ihr Andenken überdauert hatte, die verhüllte Gestalt einer sitzenden Frau, in irgendeiner Träumerei von

Kummer oder Erkenntnis verloren. Er erinnerte sich daran, wie Clover morgens ausgesehen hatte, wenn sie sich in ihrem Morgenmantel vom Bett erhob, und er verspürte einen so starken Stich von Sehnsucht, daß er stehenbleiben mußte.

Von einer Bank aus sah er zwischen den Bäumen einen kleinen Ausschnitt der Stadt. Sie lag feucht und grau im späten Morgen da, unter einem hohen, ozeanblauen Winterhimmel, der vom Rauch aus Tausenden von Kaminen verschmiert war. Dort unten, von hier nicht zu sehen, verliefen die Mäander der Seine, ein schlängelnder Beweis des indirekten Weges, den der Fluß zum Meer nahm. Wasser sucht stets den Ausgleich, ja, aber es ist ungeheurer Geduld fähig, sogar schlauer Täuschung. Wieso war Paris ausgerechnet an dieser Schleife des Flusses gewachsen und nicht an irgendeiner anderen? Er nahm an, daß zwei Wege sich hier gekreuzt hatten, vor langer Zeit, in irgendeinem ansonsten von keiner Spur gezeichneten Wald. Alles übrige war Trägheit – die Kraft, die ihn jetzt im Dezember schon sieben Jahre trug.

Er zwang sich, die leicht ansteigende Allee weiterzugehen, zu einem gepflegten Rasen, der eine kleine Kapelle umgab. Das Gras dort war dicht, gleichmäßig und extrem kurz geschnitten. Er blieb an der Wegkreuzung vor der Kapelle stehen und blickte sich um. Er sah niemanden. Er drehte sich wieder zur Kapelle und schlug dann den Weg ein, der nach links führte, zu ein paar Denkmälern für die Kriegsopfer. Hundert Meter weiter vor sich auf dem Weg sah er einen Leichenwagen, der sich langsam vorwärtsbewegte.

Sie sollte in Sichtweite der Bronzebüste von Bizet beerdigt werden, auf halbem Wege die Avenue de la Chapelle entlang. Als Adams dort ankam, stand der Leichenwagen knapp neben dem Kiesweg, die Pferde schnaubten dampfigen Atem und scharrten ungeduldig mit den Hufen. Drei schwarzgekleidete Sargträger entluden umständlich den Sarg. Ihre rauhen Gesichtszüge und billige Kleidung verrieten, daß sie Friedhofsangestellte waren. Adams blieb hinter dem Leichenwagen stehen und nahm das Grab in Augenschein. Er konnte DuForché nirgends entdecken. Der junge Mann hatte gesagt, er würde dort sein. Wo steckte er nur? Es waren nur noch zwei weitere Personen zu sehen: zwei Männer, die ihm gegenüber neben der Grube vor einem Haufen feuchter Erde standen. Die Griffe von drei Schaufeln ragten senkrecht aus der Erde. Man hatte sich nicht einmal die Mühe gemacht, die Schaufeln zu entfernen, dachte Adams, und das stimmte ihn traurig.

Einen der Trauergäste erkannte er sofort als den dicken Concierge von Miss Talbotts Quartier, in demselben großen, schlechtsitzenden Anzug gekleidet, den Adams schon das letzte Mal an ihm gesehen hatte. Einige Schritte entfernt stand ein anderer Mann, dessen blasses, aufgedunsenes Gesicht auf eine schlechte Ernährung hindeutete. Seine Nase war groß und knollig, und über dem Kragen wölbte sich ein rotes Doppelkinn. Sein Hemd und seine schwarze Jacke sahen aus, als wären sie ihm einige Nummern zu klein. Beide Männer warfen einen Blick auf Adams, als er um den Leichenwagen herumkam und sich ihnen gegenüber in der Nähe des Grabes aufstellte. Die Stiefel des Unbekannten waren rissig und verschmiert und zeigten Spuren vieler Reparaturen. Könnte er Cornelius Herz sein? Adams hielt das für unwahrscheinlich. Der Mann sah aus, als hätte er geweint. Der Concierge starrte Adams argwöhnisch an. Adams nickte ihm zu und kniff die Augen zusammen.

Die Sargträger hievten den Sarg über das Grab und legten ihn auf die Seile, die zu beiden Seiten der Grube an Pfählen befestigt waren. Da ihre Arbeit für den Augenblick beendet schien, zog einer von ihnen, ein großer schlaksiger Mann, eine Pfeife aus der Tasche und machte Anstalten, sie anzuzünden. Einer der anderen Sargträger sah ihn böse an und bedeutete ihm mit einem schroffen Kopfnicken, sich vom Grab zu entfernen. Schließlich zogen sich alle drei in respektvolle Entfernung zurück und bezogen neben dem Leichenwagen Stellung. Man hatte keine Verkleidung um den Sarg gelegt, nichts, um das große gähnende Loch darunter zu verbergen, nichts, um darüber hinwegzutäuschen, daß, während diese armseligen Menschen ihre paar Worte über der Kiste sprachen, diese über der gähnenden Leere schwebte. Bei Clovers Beerdigung hatten Teppiche auf dem Boden gelegen, und der Sarg war an Samtbändern herabgelassen worden, und drumherum hatte eine Art Volant gelegen, der leicht im Wind flatterte und die nackte Erde darunter verbarg. Sie war sanft in einem Bett von Blumen und schönem Stoff versunken, so daß die Erde, die auf den Sarg geworfen wurde, wie etwas Fremdes gewirkt hatte, in diesem Augenblick zu etwas rein Symbolischem reduziert. Aber hier gab es keine Blumen, keine Verkleidung, keinerlei Illusion, nichts, um die harte Tatsache zu mildern, daß der Tod eine Rückkehr zur Erde war.

Ein Priester (woher war er gekommen? Adams hatte ihn nicht kommen sehen) nahm seinen Platz am Kopfende des Sarges ein, und mit einem teilnahmsvollen Blick zu den drei Männern begann er, aus dem kleinen, ledergebundenen Buch, das er in der Hand hielt, die Liturgie zu rezitieren. Das Latein war vertraut, beruhigend. Adams erinnerte sich, warum er gekommen war, und behielt den Concierge im Auge, der ihn ein- oder zweimal mit leerem Blick anstarrte, und den anderen Mann, der nirgendwo hinsah außer auf den Sarg und hin und wieder hörbar schniefte. Der Mann war zu jung, um der Vater dieser Frau zu sein, und sah auch überhaupt nicht wie ein Bruder aus. Wer war es? Als der Priester fertig war und den Sargträgern ein Zeichen gegeben hatte, hatte Adams den Entschluß gefaßt, daß er mit dem Mann reden und es herausfinden würde. Die Sargträger falteten das Leichentuch zusammen und lösten die Seile auf der einen Seite des Grabes. Wortlos und mit eingespielten Handgriffen langjähriger Routine ließen sie den Sarg in die Grube gleiten – schnell, undramatisch, wie Arbeiter, dachte

Adams. Er wandte sich zum Gehen – das Geräusch von Erde auf Holz hatte er schon oft genug gehört, er brauchte es nicht mehr, um sich an die Endgültigkeit des Todes erinnern zu lassen – doch der Priester hob die Hand. »Es ist üblich, daß jeder Trauergast eine Schaufel voll Erde auf den Sarg wirft«, sagte er.

Adams warf einen Blick auf den Concierge und den anderen Mann. Der Priester schob dem Concierge den Griff einer Schaufel hin, der das Gerät nahm und es pflichtbewußt in die weiche Erde stieß. Er hielt die beladene Schaufel zögernd über das Grab, wiegte sie dann hin und her, um den Sarg mit der Erde zu besprenkeln. Es machte den Eindruck, als hätte er sich schon seit langem nicht mehr so verausgabt. Das Geräusch klang fern und metallisch, wie ein Socken voller Münzen, der sachte auf einen Tisch gelegt wird, langsam, wieder und immer wieder.

Der Concierge gab die Schaufel an den Mann mit dem roten Doppelkinn weiter, der sie mechanisch entgegennahm und sie mit seinem Stiefel in die Erde stieß. Ohne irgendeine überflüssige Bewegung hievte er sie hoch und schwenkte sie über die Grube. Der dumpfte Aufschlag der Erde klang wie eine gedämpfte Trommel.

Der Mann machte eine Bewegung mit der Schaufel, als wollte er sie Adams über das Grab hinweg reichen. Adams ging um die offene Grube herum und nahm sie ihm ab. Er hatte das Gefühl, unter Vorspiegelung falscher Tatsachen hier zu sein. Er hatte diese Frau nicht gekannt und war eigentlich nicht gekommen, um sie zu betrauern. Der Griff war glatt in seinen Händen, abgenutzt von zahllosen Beerdigungen, und das Blatt schnitt mühelos in die weiche Erde ein. Er brauchte seinen Fuß nicht zu benutzen. Er hielt die Schaufel einen Augenblick lang über das offene Grab und stellte sich die Tote vor, wie er sie gesehen hatte, nicht das letzte Mal, verstümmelt, sondern das erste Mal, als ihre Züge im Tod ihren natürlichen Ausdruck wiedererlangt hatten und er sich gefragt hatte, wovor sie in ihrem Leben

Angst gehabt hatte. Dieser Augenblick der Besinnung schien ihm das mindeste zu sein, womit er ihr die letzte Ehre erweisen konnte. Er hatte sie nicht gekannt. Niemand kannte ihren Namen.

Wo zum Teufel war DuForché?

Er drehte die Schaufel um und sah, daß sie eine kurze heftige Bewegung machte. Das überraschte ihn. Das hatte er nicht absichtlich getan. Irgend etwas hatte ihn veranlaßt, sich für einen kurzen Moment gehen zu lassen. Er stand nahe genug am Rand, um zu sehen, wie die Erde herunterfiel, dumpf auf dem Sarg aufschlug und sich verteilte. Die Wände des Grabes waren erstaunlich gerade, durch mehrere Bodenschichten hindurchgeschnitten, die sanfte Schattierungen aufwiesen. Alles wirkte überdeutlich, allzu real und voneinander isoliert, und dann verschwomm alles, nur ganz leicht, als ihm Tränen in die Augen stiegen. Adams spürte eine Hand auf seinem Arm. Der Priester nickte feierlich, fürsorglich, und zog ihn fort. Er war fertig. Adams lächelte ihm schwach an. Er wollte die Träne auf seiner Wange erklären, tat es aber nicht. Sollte der Priester denken, was er wollte. Ihm fiel ein, daß er noch die Schaufel in den Händen hielt, und reichte sie ihm.

Adams ging davon, über das kurze Gras, vorbei an dem schnaubenden Pferd, vorbei an Bäumen und unzähligen Grabsteinen, jeden Gegenstand sah er klar und deutlich, wie durch eine unsichtbare Grenzlinie von den anderen getrennt, die Ränder gebrochen von Tränen, die er nicht wegblinzeln wollte.

Was machten sieben Jahre aus? Offenbar so gut wie nichts. Wie ein Flußlauf, dem man folgt und der einen genau in Rufweite der Stelle zurückbringt, von der man losgegangen war, etwas weiter unten, ja, aber vorangekommen ist man nicht, überhaupt nicht. Er hörte das Knirschen und Klirren eines Fahrzeugs hinter sich und trat beiseite, um eine Kutsche vorbeizulassen. Was hatte er in den Jahren ohne Clover getan? Er hatte seine Geschichte beendet – *seine Geschichte*, dachte er, über die Ironie der Doppelbedeutung stolpernd – hatte einige Reisen unternommen, war in das Haus gezogen, das sie zusammen bewohnen wollten. Was noch? Nichts von Bedeutung. Nichts von dem, was nach Clovers Tod gewesen war, hatte irgendeine Bedeutung. Vor sieben Jahren hatte er mit dem Schlußwort zu seinem Leben begonnen, und jetzt blieb ihm nur noch abzuwarten, wie lange es noch gehen würde.

Er stand schon eine ganze Weile neben der Kapelle, als ihm wieder einfiel, daß er vorgehabt hatte, mit dem Unbekannten zu reden. Er schreckte auf und sah sich um. Ihm war nicht einmal aufgefallen, ob der Mann am Grab geblieben war oder nicht. Wo war er? War er gegangen?

Er entdeckte ihn, unten am Tor, und eilte ihm nach.

Der Mann wartete in der Rue de la Roquette auf einen Omnibus, vor einem Blumenladen, und Adams schaffte es gerade noch einzusteigen, bevor der Kutscher die Pferde in Bewegung setzte. Es gab keine freien Plätze. Adams stand ein paar Passagiere hinter dem Mann und betrachtete ihn, versuchte, von der weichen rötlichen Haut in seinem Nacken auf seinen Charakter zu schließen.

Am Place de la Bastille stieg der Mann aus, um eine andere Linie zur Rue de Rivoli zu nehmen. Adams hielt sich in sicherem Abstand hinter ihm und folgte seinem Beispiel.

Am Place de la Concorde stieg der Mann aus. Adams wartete, bis der Omnibus weiterfuhr, bevor er sich hinausdrängelte. Auf die bösen Blicke, die er dabei erntete, achtete er nicht. Es hatte wieder ein leichter Regen eingesetzt. Da merkte er, daß er irgendwo seinen Regenschirm liegengelassen hatte. Egal: Die kalte, klamme Luft fühlte sich gut an, wie eine Art Sühne.

Sie passierten den Springbrunnen und den Obelisken in der Mitte des Platzes – zwei Fußgänger, scheinbar ohne Beziehung zueinander, durch Adams' Absicht unsichtbar zusammengebracht. Der Mann steuerte direkt auf den Fluß zu. Weiter hinten, über dem Buckel der Pont de la Concorde, konnte Adams die Säulenfassade der Abgeordnetenkammer sehen. War dieser Mann ein verkleideter Chéquard? Adams achtete darauf, auf Distanz zu bleiben.

Aber anstatt über den Pont de la Concorde zu gehen, wandte der Mann sich zu einer Reihe von Stufen, die zum Kai hinunterführten. Adams warf einen Blick stromaufwärts, Richtung Notre-Dame. Es war niemand auf den Brücken, nirgendwo war jemand zu sehen. Irgend etwas in der Luft über dem Fluß – der Geruch von Abfall, der Schrei eines Vogels – gab einem das Gefühl, als wäre das Meer nicht mehr weit, als bräuchte man nur ein paar Minuten auf dem bleifarbenen Wasser entlangzugleiten, um zum Meer zu gelangen, zum riesigen, gleichgültigen Meer. Er zog die Aufschläge seines Mantels zu und ging die Stufen hinunter. Er stellte fest, daß seine Handschuhe völlig durchnäßt waren. Er würde das Leder sorgfältig trocknen müssen, sonst wären sie ruiniert.

Der Mann hatte sich nach links gewandt, stromaufwärts am Quai des Tuileries entlang, war etwa vierzig Schritte vor ihm und näherte sich der Anlegestelle für die Taxi-Barkassen, die den Fluß befuhren. Die regendunklen Ulmen und Kastanien entlang der Uferbefestigung hatten über Nacht ihre letzten Blätter abgeworfen, und dieser feuchte Abfall, der sich in den Ecken und am Fluß der Mauer und Balustrade gesammelt hatte, nahm den Steinwinkeln des Kais etwas von ihrer Härte. Gerade kam eine Barkasse näher, bewegte sich schnell stromabwärts, mehr von der Strömung als von der träge pochenden Maschine getrieben. Am Bug stand ein Mann mit einem aufgerollten Tau und beäugte Adams, als das Boot vorbeitrieb. Die Maschine erhöhte ihre Geschwindigkeit und stieß stotternd schwarzen Rauch aus. Das Boot wendete Richtung stromaufwärts und steuerte im schrägen Winkel auf den Kai zu. Adams beeilte sich, die Distanz zu dem Mann in den schäbigen Kleidern zu verringern, besorgt, er könne ihn verlieren, wenn die Barkasse ihre Passagiere entlud. Beim Näherkommen sah er, daß das Boot fast leer war und sich niemand zum Aussteigen erhob. Und es gab niemand, der an Bord gehen wollte. Die Bootsleute machten sich nicht einmal die Mühe anzulegen, sondern hielten das Boot einen Moment lang mit dem Motor neben den Kai und schwenkten es dann in den Fluß zurück.

Vor sich, zwanzig Meter hinter der Anlegestelle, sah Adams seinen Mann auf einen weißen Schuppen zugehen, der aus der Mauer ragte. Der Mann hantierte vorne mit irgend etwas, öffnete dann eine Tür und trat ein.

Als Adams näherkam, sah er, daß der Schuppen tiefer war, als es den Anschein hatte, in eine Nische in der mit Spalten versehenen Mauer hineingebaut. Der Eingang war von zwei kurzen, schlecht gepflegten Spalierbäumen flankiert. An der Mauer hing ein Schild, auf dem die Gebühren fürs Baden angegeben waren. Hatte Pettibois nicht gesagt, daß man sie an einem öffentlichen Badeplatz aus dem Wasser gezogen hatte? Könnte es hier gewesen sein? Die Vorderseite des Schuppens war kaum breiter als die Tür – eine quergeteilte Tür, dachte er, an der der Pächter wahrscheinlich kassierte.

Im Sommer bekam man für ein paar Francs einen Platz zum Umkleiden, ein Handtuch, und, wenn man fertig war, vielleicht einen Sitzplatz an einem kleinen Tisch am Kai, und das beruhigende Gefühl, daß man innerhalb des Netzes nicht von irgendwelchen Fischen belästigt wurde. Gegenüber des Schuppens führte eine Reihe Stufen zum Fluß hinunter. Das Netz war entfernt worden, für den Winter verstaut, vermutete er.

Er begann, Kai und Fluß methodisch abzusuchen. Er wußte nicht genau, wonach er suchte. Sicherlich nichts so Aufschlußreiches wie einen Fußabdruck, angesichts des Steinpflasters und des Wassers. Er starrte auf das vorbeiwirbelnde Wasser. Es war Zeuge gewesen. Es hatte den Körper empfangen, ihn berührt und dann freigegeben. Aber alles, was es gewußt hatte, war verschluckt und davongetragen. Dies waren nicht die Wassermassen, die den Körper der armen Frau getragen hatten. Jener Fluß, der Fluß, wie er damals war, war längst ins Meer geflossen. Das, dachte Adams, hätte Heraklit sagen sollen: Man kann nicht zweimal im selben Fluß ertrinken.

Er wanderte umher, untersuchte das Gelände aus verschiedenen Perspektiven, suchte den Kai ab, um sicherzugehen, daß nicht irgend etwas, vielleicht ein Ohrring oder eine Zündholzschachtel, zurückgelassen worden war. Er konnte nichts finden. Der Schuppen war fest verschlossen. Er stand am Kairand und starrte auf die schmutzige, vom Regen durchlöcherte Oberfläche des Flusses, als er hinter sich ein Knarren hörte. Die obere Hälfte der Tür schwang auf und klapperte gegen die Wand, so daß Gesicht und Oberkörper des Mannes sichtbar wurden, dem er gefolgt war. Er trug noch dieselbe Kleidung. Adams sah weg, und dann wieder hin. Es half nichts, er war erkannt worden.

Der Mann winkte ihn heran, offenbar erfreut, ihn zu sehen, denn er lächelte und nickte ihm zu, als er näherkam. Aus der Nähe konnte Adams sehen, daß die Nase des Mannes stark geädert war. »Kaffee?« fragte er und hob dann mit strahlendem Gesicht von irgendwo unterhalb der Türöffnung eine volle Tasse mit Untertasse hoch. Er blickte auf irgendeinen Punkt jenseits des Flusses und vermied es, Adams anzuschauen, eine Geste, die etwas Hündisches an sich hatte. Adams erwartete fast, den Körper des Mannes zittern zu sehen, angetrieben von einem wedelnden Schwanz.

»Nein, vielen Dank.« Vom Dach tropfte ihm ein stetes Rinnsal auf die Schulter, und er lehnte sich zurück, um ihm auszuweichen.

»Sie sind wegen dem Mädchen hier«, sagte der Mann. Er hob die Tasse und schlürfte, wobei er Adams über dem Tassenrand betrachtete. Adams nickte. »Schrecklich«, meinte der Mann.

»Haben Sie irgend etwas gesehen?« Adams versuchte, an dem Mann vorbei ins Innere des Schuppens zu sehen, was ihm nicht gelang, da es drinnen dunkel war und der Mann die Türöffnung ganz ausfüllte. Stand er auf irgend etwas? Er wirkte größer als am Grab.

Der Mann schüttelte bloß den Kopf.

»Sind Sie hier der Pächter?«

Der Mann nickte, immer noch lächelnd. »Marcel Desmondes«, sagte er und setzte seine Tasse auf der Untertasse ab, um Adams eine Hand entgegenzustrecken. »Erfreut, Ihre Bekanntschaft zu machen.« Er sagte den französischen Satz, wie ein Kind ihn aufsagen könnte, mit Sorgfalt und Stolz, wie eine frisch auswendig gelernte schwierige Floskel. Adams ergriff die Hand und drückte sie. »Ich hoffe«, fügte der Pächter hinzu, »es wirkt sich nicht ungünstig auf das Geschäft aus.« Sein Lächeln wirkte unpassend. »Kaffee?« fragte er wieder, Adams die Tasse hinhaltend. Adams schüttelte den Kopf, erleichtert, daß er das Angebot schon beim ersten Mal abgelehnt hatte, da der Mann anscheinend vorgehabt hatte, aus einer gemeinsamen Tasse zu trinken. Er spürte einen schwachen Luftzug auf seinem Gesicht und bemerkte, daß der Dampf von der Tasse zu ihm hin trieb. Es muß noch einen anderen Eingang geben, dachte Adams.

»Haben Sie das Mädchen gekannt?«

»Oh«, sagte der Mann, den Blick abwendend, »sie hat hier gebadet. Die ganze Zeit hat sie hier gebadet. Den ganzen Sommer über. Ein hübsches Mädchen. Ich sehe sie alle.« Er hob die Augenbrauen. Arglos und offen, aber auch neugierig, vermittelte er den Eindruck, ein Verschwörer in irgendeinem harmlosen Kinderstreich zu sein. Irgend etwas in der Art des Mannes deutete darauf hin, daß er dachte, Adams müßte ihn um seine Arbeit beneiden.

»Sind Sie deswegen zur Beerdigung gegangen?«

»Ja.« Adams wartete, und vielleicht weil dies nicht genug zu sein schien, ergänzte der Mann: »Sie war mein liebster Gast.«

»Hat sie irgend jemanden mitgebracht?«

»Zwei Männer. Immer. Bis August. Dann war Schluß mit dem Baden. Dann – tot.« Der Mann zuckte die Achseln.

»Wie sahen diese Männer aus?«

»Bärte, Schnurrbärte, große Männer, wichtig. Wie Männer.« Der Pächter sah, daß er Adams mit dieser Beschreibung nicht erfreute, und sein Lächeln verschwand. »Sie sahen sie.« Er zuckte entschuldigend die Achseln. »Die Männer, die sehe ich nicht mehr so oft.«

»Würden Sie sie wiedererkennen?«

Der Pächter zuckte wieder mit den Schultern, machte große Augen und legte den Kopf zur Seite. Wäre er ein Hund gewesen, hätte Adams ihm den Kopf gekrault. Er seufzte. Als Informationsquelle ließ dieser Mann viel zu wünschen übrig. »Und Sie leben hier?« fragte er.

»Da hinten.« Als er sich umdrehte, konnte Adams in der Hinterwand des Schuppens eine weitere Tür erkennen.

»Kann sein, daß ich noch einmal vorbeikomme.«

Der Pächter nickte erfreut. »Freue mich immer, wenn ich der Polizei behilflich sein kann«, sagte er.

Der Polizei? »Ich bin nicht von der Polizei«, erwiderte Adams.

»Oh.« Der Pächter nahm diese Information freundlich entgegen.

»Ist die Polizei hier gewesen, um mit Ihnen zu reden?« fragte Adams.

Der Mann legte den Kopf schief. »Sie waren da, um die Leiche wegzuschaffen, und sind wieder gegangen. Niemand hat was gesagt.«

Adams nickte. Sie hatten nicht ermittelt, hatten den Tod dieser armen Frau überhaupt nicht untersucht. »Danke.«

Der Pächter nickte ebenfalls, mit ernster Miene. Er las Adams die Sorge vom Gesicht ab. Als Adams sich umsah, stellte er fest, daß der Pächter ihn immer noch betrachtete. Er lehnte sich aus dem Türrahmen und winkte zaghaft. Im Regen leuchtete seine Handfläche auf, kurz und schüchtern.

Sablonville ist ein Dorf außerhalb der Stadtmauern an der Rue de la Grande Armée, deren halbkahle Ulmen der Droschke von Adams und DuForché wenig Schutz vor dem Regen boten. Sie verließen die Stadt durch die Porte Maillot, und die Häuser, an denen sie vorbeifuhren, wurden zunehmend älter, rückten näher an die Straße heran, vermischt mit Geschäften, die den Bedürfnissen der Reisenden dienten. DuForché hatte die Beerdigung versäumt, aber mit dem Mann vom Friedhofsamt gesprochen, von dem er erfuhr, daß die Beerdigung der Frau auf dem Père-Lachaise gar nicht so ungewöhnlich war, wie es aussah. Eine Grabstelle auf dem Friedhof konnte für ein, zwei, drei, fünf oder beliebig viele Jahre gemietet werden. Nach Ablauf der Mietzeit wurden die Überreste auf ein dafür vorgesehenes Gelände außerhalb der Stadt verlegt. Als amerikanische Staatsbürgerin war sie sozusagen auf Rechnung beerdigt worden. Die Vorschriften der Stadtverwaltung verlangten eine Bestattung innerhalb von vier Arbeitstagen, und es waren keine anderslautenden Maßnahmen veranlaßt worden. Die Botschaft würde eine Rechnung erhalten.

Adams berichtete von seinem Gespräch mit dem Pächter. »Er hat gedacht, ich sei von der Polizei.«

DuForché murmelte eine teilnahmsvolle Bemerkung. Adams befürchtete, er hatte ihn mißverstanden. »Hätte nicht jemand dort hingehen müssen, um Beweismittel zu sammeln, um sich seine Geschichte anzuhören?«

»Wegen eines Selbstmordes? Davon gibt es Hunderte jedes Jahr, Monsieur Adams. Einsame, anonyme Menschen. Sie kommen von weit her, suchen Arbeit, und wenn die Dinge nicht gut laufen, haben sie das Gefühl, keine Wahl mehr zu haben. Das ist nicht ungewöhnlich. Es klingt herzlos, aber Ermittler sind anderswo besser eingesetzt, bei Fällen, die irgendein Problem, eine Frage aufwerfen – irgendein *Geheimnis.*«

»Aber das hier *ist* geheimnisvoll. Wer war sie?«

DuForché nickte. »Als Frage ist das nicht von so großer Bedeutung. Es löst keine Strafverfolgung aus. Es ist für *Sie* wichtig. Und für mich«, fügte er hinzu, als er merkte, wie Adams ihn ansah.

Das Haus war einstöckig, ein altes Bauernhaus aus weißgekälktem Mörtel und Stein. Die Stadt war um das Gehöft gewachsen, hatte die Felder und Äcker mit Wohnhäusern und Straßen besetzt. Nach der Größe zu urteilen, schätzte Adams, mußte es einmal ein wohlhabender Hof gewesen sein. Er stieg aus und bat den Kutscher zu warten.

DuForché ging voran zu dem Torbogen, der zum Innenhof des Gebäudes führte. Links an der Mauer war ein Adressenschild. Das Bauernhaus war in Wohnungen aufgeteilt. Dingler, Nummer 8.

Die linke und rückwärtige Seite des Hofs wurde von einem palladischen Bogengang begrenzt, einem ziegelgedeckten Vordach, von runden Säulen getragen. Rechts erhob sich die Mauer des Bauernhauses ein Stockwerk hoch bis zum Ziegeldach. Entlang der Rückseite, unter dem Bogengang, waren früher Ställe gewesen, und die Kühe, Ziegen und ein paar Schweine waren vielleicht unter dem anderen gehalten worden. In der Mitte des Hofs gab es eine Wasserpumpe und einen Trog, außerdem Stangen, zwischen denen Leinen zum Wäscheaufhängen gespannt waren. Der Hof war leer.

Auf der Rückseite, in einem schmalen Durchgang, der vom Hof abging, fanden sie die Nummer 8. »Wer ist da?« fragte eine Frauenstimme, als Adams klopfte.

»Henry Adams, der Madame Dingler einen Besuch abstatten möchte.« Er blickte zu DuForché, um ihn wissen zu lassen, daß er ihn nicht aus Vergeßlichkeit unerwähnt gelassen hatte.

»Wer sind Sie? Was wollen Sie?« kam es in einem schroffen und schrillen Ton zurück. Die Stimme war verärgert und vielleicht etwas ängstlich. Sie klang alt.

»Ich bin Amerikaner. Historiker. Ein Freund und ich würden Sie gerne sprechen. Wir sind Bekannte von Miriam Talbott, von der wir Ihre Adresse bekommen haben.« Das war nicht direkt gelogen, dachte er. Er hörte, wie der Riegel zurückgeschoben wurde, und dann ging die Tür ein wenig auf.

Er sah einen schummrig beleuchteten Raum, in dem sich Kisten, Kartons und Papierhaufen stapelten. Wer immer die Tür geöffnet hatte, stand dahinter gebeugt und hantierte mit irgend etwas, so daß nur eine breite, in einem weiten Rock stekkende Hüfte im Durchgang sichtbar war. »Vorsichtig, die Katze, Vorsicht, die Katze«, sagte die Frau hinter der Tür. Adams hielt Ausschau nach einer Katze, konnte aber keine entdecken. Er sah nur Stapel über Stapel von Papieren und Kästen. »Nun, wollen Sie vielleicht Wurzeln schlagen oder wie? Wollen Sie vielleicht, daß mir die Katze entwischt? Kommen Sie rein, wenn Sie reinkommen wollen!« Die Frau blieb vornüber gebeugt. Es gab kaum genug Platz für Adams und DuForché, um sich an ihren Röcken vorbeizuzwängen oder in dem Raum zu stehen, als sie drin waren. Adams gelangte mit seitlichen Schritten hinein. Um DuForché genügend Platz zu machen, damit er auch hereinkommen und die Tür schließen konnte, mußte sich Adams nah an sie drücken. Er tat es, indem er sich so dünn wie möglich machte, ohne sie, wie er hoffte, allzu unzüchtig zu berühren. »Na endlich«, sagte die Frau, wobei sie sich aufrichtete und sich ihm zuwandte. Sie strich sich die Haare zurück und sah ihn böse an. Ihre Haare waren weiß und die Wangen hohl. Die Schwerkraft hatte ihr Gesicht im Laufe der Zeit zu einer ausdruckslosen und traurigen Maske heruntergezogen. Hinter der Tür hielt sie eine dünne Siamkatze in Schach. »Ich sage immer: Kommen Sie, wenn Sie kommen wollen, und gehen Sie, wenn Sie gehen wollen, aber bleiben Sie nicht in meiner Tür stehen.« Ihr Gesicht war fast auf gleicher Höhe mit seinem, und er stand nahe genug vor ihr, um ihren stark nach Fisch riechenden Atem zu bemerken. Adams zog immer noch den Bauch ein. Die Kästen und Kisten, die schulterhoch um sie herumgestapelt waren, hinderten ihn daran, einen Schritt zurück zu tun. »Sie spielt gerne«, sagte die Frau, auf die Katze deutend. »Stimmt's, du kleiner Wildfang? Darf sie nicht rauslassen. Alle anderen Katzen kommen dann und wollen mit ihr spielen.«

Adams stellte sich statt mit einer richtigen Verbeugung mit einem Kopfnicken vor, das Kinn zur Brust gedrückt. »Und das hier ist ein Freund von mir, Michel DuForché. Sie sind ...?«

»Bernice Dingler. Bernice, Madame Dingler, ist mir egal.« Sie winkte ab. »Bekannte von Miriam Talbott, sagten Sie?«

»Ja –«

»Wer ist das?«

Adams und DuForché tauschten einen Blick aus. »Sie haben ihr geschrieben«, sagte Adams. »Vor nicht allzu langer Zeit. Wir haben Ihren Umschlag unter ihren Sachen gefunden.«

»Dann ist sie in irgendwelchen Schwierigkeiten?«

Bevor Adams antworten konnte, lächelte sie ihm zu und streckte die Hand aus. Sie versetzte ihm einen leichten Klaps auf die Schulter und drückte ihn gegen einen Stapel Kartons. »Folgen Sie mir.« Sie drückte sich an ihm vorbei.

Es gab eine Art Mittelgang zwischen den Kartons und Stapeln von Zeitungen und Büchern, und er folgte ihr diesen Gang entlang, wobei ihm auffiel, daß weitere Gänge davon abgingen, die manchmal bis zu den Wänden auf beiden Seiten führten und manchmal in eine Sackgasse von einem Durcheinander von Kästen und Papieren endeten. Nirgends war das gestapelte Material niedriger als hüfthoch, an manchen Stellen berührte es die Decke. Er folgte ihr zu einem Fenster, wo ein Ohrensessel und ein Tisch gerade noch Platz gefunden hatten. Über den Sessel war eine bunte Afghanendecke gebreitet. »Möchten Sie etwas Tee?« fragte Madame Dingler, während sie sich setzte und die Zipfel der Afghanendecke über ihren Schoß schlug. »Sie – wie heißen Sie? Adams? Schenken Sie ein.« Sie deutete mit einer Handbewegung zum Tisch, auf dem sich Zeitschriften und Bücher stapelten. Auf einem Stapel balancierte eine Teekanne, auf einem anderen befand sich eine Öllampe.

Adams nickte und trat zum Tisch. Es gab nur eine Tasse, die auf einer monatealten Ausgabe von *La Rive Droite* ruhte. Er hielt die Untertasse am Rand fest. Er war verwirrt. In der Tasse war Tee, sie war halbvoll.

»O ja. Das ist meine. Sie brauchen Ihre eigene. Da hinten durch, in der Küche.« Adams nickte, als würde auch das Sinn machen, und wandte sich um, um sich einen Weg zwischen den Papieren hindurch zu bahnen. DuForché mußte sich dünn machen, um ihn vorbeizulassen. »Wahrscheinlich werden Sie eine abspülen müssen«, rief Madame Dingler ihm hinterher. »Und Sie – DuForché? – Sie werden ein paar Stühle da freiräumen müssen.« Von seinem Standort zwischen den Papierstapeln konnte Adams sie murmeln hören: »Ich weiß nicht. Ich komme einfach nicht mit. Gefunden?« rief sie ihm zu. »Ganz recht – direkt vor Ihnen, da durch.« Adams konnte sie nicht sehen, wie zum Teufel konnte sie wissen, wo er gerade war? Er stand vor einem Türrahmen, dessen zwei Glastüren auf der einen Seite mit einem runden glatten Stein und auf der anderen mit einem dicken Buch offengehalten wurden. Er beugte sich herunter, um die Aufschrift auf dem Rücken zu lesen: *Tätigkeitsberichte der Ingenieur-Akademie, Neue Serie.* Band XXXIII. »Na also«, rief sie, »Sie stehen direkt davor.«

Die Küche war zwar frei von Druckerzeugnissen, aber dafür herrschte in ihr ein Durcheinander von Küchenutensilien, Geschirr, weißemaillierten Töpfen und Pfannen. Es gab kein Fenster, und wegen der hohen Papierstapel im Wohnzimmer kam kaum Licht von dort herein. Eine einsame Kerze über dem Spülstein spendete ein trübes und sparsames Licht. Etwas Graues beäugte ihn vom Tisch aus. Es war die Katze, die heruntersprang und auf lautlosen Pfoten verschwand. Es gab keinen Quadratzentimeter auf dem Küchentisch oder der Anrichte, der nicht belegt gewesen wäre, wenn auch nur von einem angetrockneten Fleck. In der Spüle fand er eine Teetasse, untersuchte sie und kam zu dem Ergebnis, daß sie nach einer kurzen Säuberung benutzbar war, dann suchte er eine für DuForché.

Auf dem Rückweg sah er, daß sich unter der Papierlast tatsächlich Möbel befanden. Unter einem Tisch stapelten sich alte Zeitungen und auf ihm ebenfalls, so daß er kaum noch wie ein Tisch wirkte, sondern eher wie eine Schicht Mahagoni in einer Ablagerung von Druckerzeugnissen. An der Wand hinter dem Tisch bemerkte er seltsame Beschriftungen in blauer Kreide. *66 27a ecr*, lautete eine. Und *Trav de Feu 1879*. Und *Ponts, 18 à 47*.

»Hier entlang«, rief Madame Dingler, als er an einer Kreuzung in Sicht kam. DuForché hatte inzwischen einen Stuhl ausgegraben und entfernte einen Stapel Papiere von einem weiteren, stellte ihn neben eine Holzkiste, die mit dicken braunen Umschlägen gefüllt war. Adams mußte darüber steigen, um zu seinem Platz zu kommen.

»Schöner Tee«, sagte Madame Dingler und nippte an ihrer Tasse. »Ich bekomme so selten Besuch. Wirklich, es lohnt sich nicht, groß aufzuräumen.«

»Was bedeuten die Markierungen an den Wänden?« fragte Adams sie. Er goß zwei Tassen Tee ein und reichte eine DuForché, darauf achtend, nichts zu verschütten. Nicht daß es sie stören würde, dachte er, aber Tee auf Papier zu verschütten war für ihn ein Sakrileg.

»Die, ach die.« Sie nahm eine Hand von ihrer Tasse, um sie hin und herzuschlenkern. »Das ist mein Archivierungssystem. Alles an seinem Platz, wissen Sie. Es ist eigentlich alles geordnet.«

Adams und DuForché tauschten einen skeptischen Blick aus. »Sind Sie mit dem Mann verwandt, der als Chefingenieur die Arbeiten in Panama leitete?« fragte DuForché. Es gab weder Milch noch Zucker, fiel Adams auf. Er würde seinen Tee schwarz trinken. Er wollte nicht noch einmal in die Küche.

»Allerdings. Mein Sohn. Der schlimmste Fehler seines Lebens. Hat ihn umgebracht.« Die Katze erschien plötzlich aus irgendeinem geheimen Durchgang in der Unordnung und kletterte an der Seite des Ohrensessels hinauf, wobei ihre Krallen zerschlissenen Stoff rissen. Sie zog sich ganz nach oben und setzte sich dann direkt hinter Madame Dinglers Kopf auf die Rückenlehne des Sessels.

»Malaria«, sagte Adams. Diese Krankheit, die der Körper nie vollkommen besiegt, die nach der ersten Ansteckung immer wieder ausbrechen kann und den Anspruch der Vergangenheit auf die Gegenwart geltend macht, bis sie am Schluß endlich siegt. Sein Tee war bitter und lauwarm. Er stellte seine Tasse auf einem Stapel Zeitungen ab.

»Das können Sie ruhig behaupten, wenn Sie wollen.« Madame Dingler schüttelte ihren kleinen Kopf vorwurfsvoll, eine Bewegung, die die Katze einen Moment lang ihre halbgeschlossenen Augen öffnen ließ. »Aber ich glaube nicht daran. Er war gut. Er wußte, was er tat, und er war ein guter Mann. Gute Männer werden nicht einfach so krank. Nein, ich glaube keinen Augenblick an diese Malaria-Geschichte. Ich glaube, es war was anderes. Ich glaube, die haben ihn erwischt. Haben doch auch seine Frau umgebracht.« Sie blickte beide an, um ihre Reaktion auf diese Behauptung zu erfahren.

»Die Panamagesellschaft«, sagte Adams, weil eine Antwort angebracht schien.

»Ja, ja«, sagte sie schnell, so erfreut, als hätte er ihr zugestimmt.

Anscheinend hatte Dingler seine seltsamen Theorien über Krankheit direkt von seiner Mutter bezogen. »Wir sind zu Ihnen gekommen«, begann Adams, »weil wir uns gefragt haben, wie gut Sie Miriam Talbott kennen, und ob Sie vielleicht wissen, wo sie ist.«

»Miriam Talbott, Miriam Talbott.« Sie verdrehte die Augen zur Decke, als könnten ihre Erinnerungen dort in dem vergilbenden Putz gelesen werden. Als sie wieder sprach, behielt sie das Gesicht nach oben gerichtet und sah Adams aus den Augenwinkeln an. »Ich kenne den Namen. Wieso?«

»Sie wird vermißt.«

»Kenne keine vermißten Leute«, sagte die Frau und schüttelte den Kopf, als sei die Angelegenheit damit erledigt.

Adams warf DuForché einen Blick zu. »Nun«, sagte der junge Mann und räusperte sich dann ein wenig. »Wir wissen nicht, wie gut Sie sie kennen, aber Sie wissen es.«

»Wir dachten, Sie könnten uns behilflich sein, sie zu finden«, fügte Adams hinzu.

»Kann ich aber nicht. Ich habe keine Ahnung, wo sie ist. Was soll sie sein, vermißt?«

»Sie haben ihr geschrieben«, sagte DuForché sanft. »Worüber?«

Madame Dingler sah den jungen Mann einen Moment an, bevor sie antwortete. »Ich hatte vor einiger Zeit einen Brief von ihr bekommen. Oh, dieses Gedächtnis! Was war das nur?« Sie biß sich auf die Lippe und blickte wieder zur Decke. Adams fiel auf, daß die Haut des Halses, wenn er gestreckt war, fast glatt war. »Politische Sachen. Was weiß ich.«

»Es ist sehr wichtig«, bohrte DuForché. »Können Sie sich erinnern, was genau es war?«

Die Frau beäugte sie beide argwöhnisch. »Jetzt erinnere ich mich wieder«, verkündete sie nach einem Augenblick. »Jules hatte einmal einem Mann geschrieben, den sie kannte, vor Jahren schon, wegen irgendeiner Buchhaltungsgeschichte, für die Gesellschaft. Das weiß ich nicht mehr so genau. Ich glaube, sie hat sich gefragt, ob ich seine Bücher noch habe und ob sie vorbeikommen und sie sich ansehen könnte.«

»Ist sie gekommen?«

»Nein.«

»Haben Sie ihren Brief? Wenn wir ihn sehen könnten, könnte er uns vielleicht helfen, sie zu finden.«

Madame Dingler starrte Adams an, ohne etwas zu erwidern.

»Ich dachte nur«, sagte er, »wenn Sie ihn hätten.«

Madame Dingler lachte kurz, kehlig und gebrochen. »O ja, ich habe ihn.« Sie wies mit der Hand auf das Material, das den Raum füllte, obwohl ihre Augen auf seine gerichtet blieben. Sie beugte sich vor. »Ich habe ihn. Was glauben Sie wohl. Ich bewahre alles auf.« Sie lehnte sich unter der Afghanendecke zurück und ließ den Blick durch das Zimmer wandern. »Ich habe jedes Stück Papier gesammelt, das jemals irgend etwas mit meinem Jungen zu tun hatte, soweit es möglich war. Jedes Stück Papier, das er jemals beschrieben hat, jeden Brief, den er jemals erhalten hat. Das hat dieses ganze Chaos hier im Haus verursacht, wenn Sie mich fragen. Aber ich muß es tun. Ich konnte nicht einfach alles verschwinden lassen. Nein, mein Herr.« Sie wechselte ihre Stellung unter der Afghanendecke, zog sie sich bis an den Hals, wobei sie mit den Händen darunter schlängelnde Bewegungen machte. »Und ich bin beschäftigt, wissen Sie. Sehr beschäftigt.«

»Sie sind beschäftigt?« fragte Adams.

»Sie zu ordnen.« Sie schien überrascht, daß er nicht selbst darauf gekommen war. »Sie zu archivieren. Was nützt es, sie zu haben, wenn man sie nicht finden kann, stimmt's? Soll ich Ihnen mein System erklären?«

»Ach, nein. Ich glaube, das wird nicht nötig sein.« Adams hatte Mühe, ein Lächeln zu unterdrücken. Er empfand eine Art

Bewunderung für die Obsession dieser Frau, aber sie war eindeutig gestört. Nach dem Durcheinander zu schließen, unter dem ihre Wohnung begraben war, konnte er sich nur schwer vorstellen, daß es überhaupt irgendein System gab. »Wenn Sie uns einfach nur ihren Brief zeigen würden, dann glaube ich, daß wir –« Er sah, wie DuForché ihn mit einem Stirnrunzeln ansah.

»Also nicht nötig. O Nein. Natürlich nicht. Nicht nötig«, sagte Madame Dingler. Sie hatte dieses Lächeln bemerkt, und es war ein Fehler gewesen. »Gewiß. Ich werde Sie nicht zwingen.« Sie zog an der Afghanendecke und rieb ihre Schulter gegen den Sesselrücken, hin und her, wie eine Katze, die sich auf ihrem Plätzchen einkuschelt. Die Katze war nicht mehr auf dem Sessel. Adams hatte sie nicht verschwinden sehen. »Dies ist eine Privatsammlung, wissen Sie. Nicht irgendeine öffentliche Bücherei. Ich brauche Ihnen gar nichts zu zeigen. Ich brauche Sie nicht einmal reinzulassen.«

»Madame Dingler«, sagte DuForché sanft und stellte seine Teetasse auf einem Haufen Zeitungen ab. »Ich finde es ganz bewundernswert, wie Sie es geschafft haben, die Papiere Ihres Sohnes zu sammeln. Das beweist den Instinkt einer wahren Archivarin. Und ich glaube, Sie können verstehen, daß Männer wie Monsieur Adams und ich dankbar sind für einen solchen Instinkt, wenn wir ihm begegnen, weil Talente wie das Ihre so notwendig sind für den Erfolg unserer Bemühungen. Wir waren leider nicht ganz offen in der Beschreibung unseres Vorhabens.« Er warf einen vorwurfsvollen Blick zu Adams. »Monsieur Adams und ich versuchen, diesen Panamaskandal aufzudecken. Es sind dort Missetäter am Werk, Missetäter, die im Dienst der Panamagesellschaft standen, und es ist unsere Absicht, daß diese Männer zur Rechenschaft gezogen werden. Wir glauben, daß sie dieser jungen Frau etwas angetan haben. Wir möchten herausbekommen, wer es getan hat.«

»Na fein«, sagte Madame Dingler schroff, eindeutig nicht gewillt, ihm entgegenzukommen. »Ein paar schmeichelhafte

Sätzchen, und alles ist bestens.« Bevor einer von beiden antworten konnte, fuhr sie fort: »So macht man das nicht. Einfach mir nichts, dir nichts hier hereinplatzen und dabei fast meine Katze herauslassen. Weiß Gott, was mit ihr passieren konnte. Die spielen mit ihr, wissen Sie. Und dann fangen Sie auch noch an, hier alles herumzuschieben und in Unordnung zu bringen.« Sie zeigte auf die Stapel, die DuForché auf den Gang getan hatte. »Nein, nein, nein, nein«, sagte sie, wie zu einem eigensinnigen Kind oder einer ungezogenen Katze. »Sie kommen hierher, ich sehe Sie mir an, wir schlürfen ein wenig Tee, wir plaudern. Wir plaudern über dieses und jenes, wir statten uns einen Besuch ab. Und Sie gehen und kommen wieder. Wir lernen uns allmählich kennen. Langsam.« Sie schenkte ihm ein dünnes Lächeln. »So wird das gemacht. Dann werden wir sehen. Wir werden sehen, ob wir uns mögen, sehen, ob ich Sie angenehm finde. Dann sehen wir weiter.« Sie hielt inne und sah die Männer mit leerem Gesicht an. »Kommen Sie morgen wieder.«

»Könnte ich –« begann Adams.

»Morgen! Vielleicht dann«, sagte sie schroff und griff nach ihrem Tee. Adams warf DuForché einen Blick zu. Der junge Mann zuckte die Achseln in einer Geste der Hilflosigkeit. »Wie war doch gleich Ihr Name?«

»Adams. Henry Adams. Ich bin Amerikaner –«

»Schön. Monsieur Adams. Und Sie?«

»Michel DuForché.«

»Monsieur DuForché. Morgen, mehr werde ich Ihnen jetzt nicht sagen.« Sie schloß die Augen und drückte die Lippen zusammen, eine Pose, die auf einem jüngeren Gesicht vielleicht Demut ausgedrückt hätte, auf ihrem war die Wirkung die einer Totenmaske. »Bitte finden Sie den Weg nach draußen allein«, sagte sie nach einem Augenblick, ohne die Augen zu öffnen. »Und geben Sie acht auf die Katze.«

Als Adams die Tür schloß und das Tier mit seinem Fuß daran hinderte hinauszuschlüpfen, blickte es zu ihm auf und stieß einen einzigen klagenden Schrei aus, der seltsam menschlich klang.

»Michel«, sagte Bertillon etwas überrascht, »haben Sie nicht irgendwas zu tun? Oder ist das Ihre Aufgabe – in meinem Vorzimmer herumzulungern?«

»Ich habe hier mit Monsieur Adams gewartet«, sagte DuForché mit Unschuldsmiene.

Bertillon blickte zu Adams und dann wieder zu dem jungen Mann. »Arbeiten Sie an einem Fall? Habe ich Sie unserem amerikanischen Gast zugewiesen?« Die Fragen schienen rein rhetorisch zu sein. DuForché wollte etwas erwidern, besann sich dann aber. »Sie finden mich im Laboratorium«, sagte er zu Adams.

Bertillon seufzte, als sich die Tür hinter DuForché schloß. »Der Sohn meiner Schwester. Oder habe ich Ihnen das schon erzählt?« Er schüttelte den Kopf. »Monsieur Adams, ich bin heute sehr beschäftigt, und ich habe keine Neuigkeiten für Sie, falls Sie deswegen gekommen sind. Ich erwarte demnächst einige Berichte, vielleicht schon heute nachmittag, aber –« Bertillon zuckte die Achseln, die Hände ausgebreitet, und wies auf sein Büro hinter sich, wo die Arbeit wartete. »Wenn Sie mich jetzt also entschuldigen würden –«

»Ich habe nur eine Frage ...«

»Ja?« fragte Bertillon sachlich.

»Naja, eigentlich mehrere. Wieviel braucht man von einem Fingerabdruck, um jemanden zu identifizieren?« Adams wußte, daß dies eine Frage war, die DuForché besser beantworten konnte, aber er stellte sie trotzdem. »Hat irgend jemand Cornelius Herz vor seiner Flucht vernommen? Und wer leitet die Ermittlungen in dem Todesfall von dieser Frau, dieser Nicht-Miriam-Talbott?«

Bertillon nickte nachdenklich. Er sah hinter sich und schob einige Papiere auf dem Schreibtisch seines Sekretärs weg, bevor er sich auf den Rand hockte, ein Bein in der Luft, der andere Fuß noch auf dem Boden.

»Von wem haben Sie erfahren, daß Cornelius Herz fort ist?«

»Von Clemenceau.« Als Bertillon die Augenbraue hob, ergänzte Adams: »Er hat mir eine Nachricht geschickt, und ich habe ihn heute morgen besucht. Er ist an der Liste der Chéquards interessiert.«

»Ja.« Bertillons Blick senkte sich, und einen Moment lang sah er durch Adams hindurch, bevor er weitersprach. »Die Antwort auf Ihre Frage lautet nein. Soviel ich weiß, wurde er nie vorgeladen. Leider. Wenn man die Wahrheit aus ihm herausbekommen hätte, wären eine Menge Dinge geklärt worden.«

»Er war der Bestecher.«

Bertillon nickte. »Er hatte enormen Einfluß. Nicht bloß Geld, obwohl das natürlich auch da war, sondern er stand für eine Institution. Die Kanalgesellschaft, *Le Grand Français*, französischer Stolz und Ehre – das alles war unzertrennlich. Eine Zeitlang war in Frankreich jeder stolz darauf, Panama-Anleihen zu besitzen. Herz spielte mit diesem Chauvinismus. Ich glaube, es gibt eine Menge Leute, die seine Zwecke als löblich und seine Mittel als falsch, aber notwendig bezeichnen würden.« Er zuckte die Achseln. »Aber das zu wissen hilft uns auch nicht weiter. Und nun zu Ihrer ersten Frage – ist sie rein theoretisch, oder hat sie irgendeinen praktischen Bezug?«

Adams zog den Umschlag aus seiner Jackentasche, öffnete ihn und klopfte mit dem Finger dagegen, um die Ecke der Photographie auf die Umschlagklappe gleiten zu lassen. »Glauben Sie, daß hier ein Fingerabdruck drauf sein könnte? Derjenige, der es verbrannt hat, hat es zweifellos an dieser Ecke festgehalten.«

»Ah, eine Frage der Identifizierung. So ist es recht.« Bertillon fischte seine Pinzette aus der Jackentasche und hob das verkohlte Fragment vorsichtig auf. »Ich glaube nicht, daß wir hier sehr viel bekommen werden. Nein, nicht viel«, sagte er, während er es untersuchte. »Aber wir werden es probieren. Kommen Sie mit.«

Bertillon verließ sein Büro, die Pinzette mit dem Fragment in einer Hand vor sich hochhaltend, und Adams folgte ihm den Flur entlang ein halbes Dutzend Stufen zu einem Laboratorium hinunter, vor dessen Tür Bertillon stehenblieb. »Ich muß Sie bitten, nichts zu berühren, Monsieur Adams, und sich an meiner Seite zu halten. Im Laboratorium dürfen sich keine unbegleiteten Besucher aufhalten. Wir hatten einige Probleme mit Material, das uns abhanden gekommen ist. Photographien, die für die Beweisführung bestimmt waren – ein ganzer Fall ist deswegen zusammengebrochen.« Er machte Anstalten einzutreten, zögerte aber. »Nicht, daß ich Sie für fähig halten würde, etwas Derartiges zu tun«, sagte er vorsichtig. »Aber ich hoffe, Sie verstehen.«

»Natürlich«, erwiderte Adams.

Bertillon nickte einem Angestellten in einem weißen Kittel zu, der von irgendeiner Tätigkeit an einem Tisch am Fenster aufblickte. Immer noch die Pinzette vor sich haltend, führte er Adams zu einem zentralen Eichentisch, der für Fingerabdruckarbeiten eingerichtet war. Hier zog er einen Hocker heran und legte das Stück Photographie auf eine kleine Glasplatte. »Was Ihre anderen Fragen betrifft, Monsieur Adams«, sagte er, während er nach einem Gummifläschchen griff, das in einem Gestell auf dem Tisch hing, »muß ich sagen, daß ich mir nicht bewußt bin, daß eine Untersuchung im Gange ist. Wieso?«

»Ich habe heute den Pächter kennengelernt – den Mann, der dort arbeitet, wo die Leiche gefunden wurde.« Bertillon drückte ein zartes Puderwölkchen auf das Papierdreieck und hob es dann mit der Pinzette hoch, um den überschüssigen Puder abzuklopfen. »Er hielt mich für einen Polizisten, weil nie jemand gekommen war, um mit ihm zu reden.« Adams blickte sich um, ob DuForché irgendwo zu sehen war, aber er konnte ihn nirgends entdecken. War das Ganze nicht eher DuForchés Gebiet? Wieso war Bertillon hier zugange?

»Mmm-hmmmm.« Bertillon drehte das Stück Photographie um und wiederholte die Prozedur mit dem Puder, hielt dann das Bild hoch, um es sich anzusehen. »Nein, ich glaube nicht«, murmelte er. »Aber probieren wir es.« Er bedeckte die Glasplatte mit einer zweiten, so daß das Fragment jetzt zwischen beiden eingeklemmt war. »Und Sie machen sich natürlich Sorgen deswegen.«

»Ja, schon. Meinen Sie nicht, daß eine gründliche Untersuchung zu diesem Mann geführt hätte? Er hätte vernommen werden müssen.«

Bertillon sah zu Adams hoch, bevor er sich über das Mikroskop beugte, um die Glasplatte einzulegen. »Ja«, murmelte er. »Der Puder ist gut rausgekommen. Nur ein Problem«, fügte er hinzu, indem er sich zurücklehnte und Adams mit einer Handbewegung einlud, selbst einen Blick hineinzuwerfen.

»Was ist das?« fragte Adams, als er das Auge an das Okular legte. Zuerst sah er nichts, nur Schwärze, aber als er den Kopf bewegte, flitzte eine weiße Scheibe durch sein Blickfeld. Er bewegte den Kopf wieder leicht, um die Scheibe zu fokussieren, die nun in die entgegengesetzte Richtung schoß. Nach einem Augenblick schaffte er es, die Scheibe zu zentrieren und still zu halten. Auf ihr sah er verschwommene graue Linien, ungefähr parallel zueinander, die sich nach unten bogen.

»Was wir hier vorliegen haben, ist nicht eindeutig. Der zentrale Wirbel oder Bogen – das ist der Teil, den man sehen muß. Das hier kommt von der äußersten Spitze des Fingers. Nicht sehr gut.«

»Sie können also nicht feststellen, wer es ist?« Adams richtete sich wieder auf.

»Ach, ich weiß nicht«, sagte Bertillon. »Vielleicht. *Wenn* sich dieses Fragment als ausreichend erweist. *Wenn* wir die Fingerabdrücke dieser Person registriert haben. Das ist ziemlich unwahrscheinlich.« Er zog die Glasplatte heraus, drehte sie um und legte sie wieder ein. »Auf dieser Seite ist es die gleiche Geschichte. Leider«, sagte er, als er es scharf gestellt hatte. »Leuchtet ein. Man hält ein brennendes Stück Papier sehr vorsichtig, nicht? So –« er streckte eine Hand aus und kniff Daumen und Zeigefinger zusammen, wobei er das Auge auf dem Mikroskop behielt. »Haben Sie irgendeine Idee, wessen Abdrücke es sein könnten? Damit wir einen vollständigen Satz davon nehmen können, zum Vergleich?«

Adams hatte keine Idee – das heißt, keine, die er verraten wollte. Sein Verdacht, daß Cameron es getan hatte, gründete auf nichts Konkreterem als der Tatsache, daß Cameron der einzige gewesen war, der wußte, daß er das Bild hatte. So naheliegend wie das auch war, so war es doch reiner Zufall. Und es wäre ihm peinlich, wenn Cameron erführe, daß er ihn verdächtigte, egal wie vage. Außer natürlich, Cameron war es wirklich. Vielleicht konnte er selbst einen Satz Fingerabdrücke von Cameron nehmen, zum Vergleich, und sie herbringen. Nein – Bertillon würde es nicht zulassen. Unprofessionell.

Er schüttelte den Kopf. »Ich wüßte niemand. Ich kann mir nicht vorstellen, daß irgend jemand einen Grund hätte, es zu verbrennen.«

Bertillon legte den Kopf zurück und reckte das Kinn in die Luft. Adams konnte auf der Spitze seines Kinns eine kleine sternförmige Narbe sehen, heller als die umliegende Haut. »Vier Gründe«, sagte Bertillon nach einer kurzen Pause. »Vier *Arten* von Gründen. Erstens, wegen dem, was auf dem Bild zu sehen war. Zweitens, weil es ein Bild war, das sich in *Ihrem* Besitz befunden hat.« Er blickte Adams mit zusammengekniffenen Augen an. »Dies ist ein ziemlich kleines Fragment. Trotzdem, vielleicht *sollten* Sie es finden. Es war feucht, nicht? Vielleicht hat Ihr Brandstifter die Ecke extra aufgehoben, damit Sie sie auch bestimmt entdecken.«

»Aber es gibt genug andere Dinge, die er hätte verbrennen oder vernichten können, wenn es seine Absicht war, mir Angst einzujagen.« Adams hatte das bereits mit DuForché durchgesprochen.

»Wohl wahr. Was diese zweite Kategorie unwahrscheinlich macht. Drittens: etwas, was dem Bild beigefügt war, etwas, was sich darin befand, oder irgendeine Eigenschaft seiner Existenz als Gegenstand, aber nicht die Photographie an sich. Das werden wir höchstwahrscheinlich nie entdecken, da uns der Gegenstand für eine Untersuchung nicht mehr zur Verfügung steht.«

»Und viertens?«

»Viertens: etwas, was auf dem Bild nicht zu sehen ist. Auch dies können wir jetzt nicht erfahren. Aber ich habe eine Vermutung.« Adams wartete, während der Polizist die Glasplatte aus dem Mikroskop entfernte. »Wer immer diesen Fingerabdruck hinterlassen hat, hat vielleicht auch noch andere in Ihren Räumen hinterlassen. Dieser ist zu klein, um brauchbar zu sein, aber vielleicht finden wir andere, die größer sind.«

Natürlich! Adams hatte sich ganz auf diesen Gegenstand fixiert, das winzige Papierdreieck, und dabei vergessen, daß der Gegenstand nur das auffälligste Ergebnis einer Handlung war, einer Handlung, die vielleicht auch noch andere physische Spuren hinterlassen hatte. Bertillon klebte die beiden Glasplatten zusammen und ließ sie in einen Umschlag gleiten, auf dem BEWEISMITTEL stand, und tat dann den Umschlag in eine Schublade des Eichentisches. »Sagen Sie – was hat diese Photographie mit Ihrer mysteriösen vermißten Bekannten zu tun?«

»Das weiß ich nicht genau. Sie hat mit einem der Männer auf dem Bild korrespondiert – Jules Dingler, dem Chefingenieur der Arbeiten in Panama. Und die Frau, die am Montag tot aufgefunden wurde – sie hatte Reinachs Visitenkarte zwischen ihren Sachen. Er ist auch auf dem Bild. Es ist eine Photographie von den Direktoren der Gesellschaft, anläßlich Dinglers Ernennung zum Chefingenieur.«

»Wer ist sonst noch drauf?«

Adams nannte sie, soweit er sich noch erinnern konnte.

»Das sind acht. Sie haben gesagt, es seien zwölf gewesen? Es gibt also noch vier weitere.«

»Ja. Ich weiß nicht, wer sie sind.«

»Zwölf Männer, vier davon unbekannt.« Bertillon schüttelte den Kopf. »Schade, daß ich das Bild nicht mehr zu Gesicht bekommen habe. Ich hätte sie vielleicht erkannt. Höchstwahrscheinlich sind es Prominente. Meinen Sie, Sie könnten sie mir beschreiben?«

»Vielleicht weiß ich noch etwas Besseres«, sagte Adams.

Eine Stunde später sass Adams in einer Droschke und betrachtete die Photographie. Von den zwölf abgebildeten Personen kannte er acht, und vier hatte er in Fleisch und Blut gesehen. Jetzt erkannte er die beiden Lesseps wieder, Vater und Sohn, sie standen auf den Stufen, die zu den Büroräumen der Panamagesellschaft hinaufführten. Zweiter von links war Clemenceau, großgewachsen, gebieterisch, mit seiner charakteristischen Haartolle, die im Schwarz-Weiß der Photographie hell leuchtete. Und mehrere Plätze links von dem unglückseligen Reinach der ebenso vom Unglück verfolgte Dingler. Adams betrachtete Dingler, versuchte, seine Miene zu lesen. Hatte er irgendeine Vorahnung von seiner Zukunft? Als er nach Panama aufbrach, starben dort schon französische Arbeiter en masse. Vielleicht war das, was Adams in seiner Miene als feierlichen Stolz interpretiert hatte, tatsächlich unruhige Besorgnis. Der ältere Lesseps stand in Habachtstellung, aber in seiner Miene war ein Anflug von Unmut zu erkennen; er schien bereit zu sein, im nächsten Moment die Treppe hinaufzugehen, begierig, zu seiner Arbeit und seinem Büro zurückzukehren. Charles de Lesseps stand mit ausdrucksloser Miene pflichtbewußt neben seinem Vater. Clemenceau, dem die Photographie gehörte, starrte in die Kamera, zornig oder ungeduldig. Als Gegenleistung für das Überlassen des Bildes hatte Adams vage angedeutet, daß er sein Möglichstes tun werde, um Clemenceau die Liste der Chéquards zukommen zu lassen.

Wieder in Bertillons Büro, überreichte Adams ihm die Photographie: »Besser als eine Beschreibung: die Gesichter selbst.«

»Hmmmm. Ja, ja.« Bertillon beugte sich tief über die Photographie und ließ den Blick darüber wandern, nahm die Männer einzeln in Augenschein. Dann drehte er die Photographie mit einer schnellen Bewegung um, entfernte sie fachmännisch aus ihrem Rahmen und wiederholte die Untersuchung. »Ich erkenne sie nicht. Die vier, die Sie mir nicht nennen können. Das hier ist natürlich Clemenceau, der hier Lesseps, und daneben Lesseps Junior, aber diese anderen werden Sie mir erklären müssen.«

Adams nannte ihm die Namen zu den Gesichtern. »Sie müssen das Bild zurückgeben, nicht?« fragte Bertillon. »Ich glaube, es wäre nützlich, wenn wir eine Kopie davon hätten, für unsere eigenen Zwecke.« Er führte Adams wieder in das Laboratorium, diesmal zu einem anderen Tisch, auf dem sich ein großer Apparat mit einem nach unten gerichteten Lederbalg befand. Er erinnerte Adams an ein ähnliches Gerät, das Clover in ihrer Dunkelkammer gehabt hatte.

»Könnten Sie zwei Abzüge machen?« fragte Adams. »Einen für mich? Und können Sie sie irgendwie vergrößern? Ich habe da noch eine andere Idee.«

Nachdem er die Photographie in die richtige Lage gebracht hatte, schob Bertillon den verzinkten Filmschlitten auf einem Holzgriff in einen Schlitz im Apparat und zog ihn dann wieder heraus, zählte die Belichtungszeit langsam mit deutlich artikulierten Zahlen ab und schob dann den Schlitten wieder hinein, um den Film zu entfernen. Er wiederholte den Vorgang mit einem anderen Schlitten. Als er fertig war, drehte er sich wortlos um und schritt durch das Laboratorium. Adams folgte.

Erst als er die Tür hinter sich geschlossen hatte, erkannte Adams seinen Fehler. Er befand sich in Bertillons Dunkelkammer. Auf Augenhöhe befanden sich mehrere parallel gezogene Wäscheleinen, an denen glänzende Photographien von Verbrechensszenen hingen. Sie waren durch Bertillons Bewegungen ins Schwingen geraten. In dem trüben roten Licht erkannte er den dicken Leichenbeschauer. Was ihn an der Dunkelkammer beunruhigte, waren nicht die Photographien, sondern der Geruch: Chemikalien. Scharfe, beißende Chemikalien, die ihm den Magen umdrehten. Er hätte es wissen müssen. Jetzt saß er fest, die Tür konnte erst wieder geöffnet werden, wenn Bertillon fertig war. Er ging unter den Photographien hindurch und postierte sich neben Bertillons Ellbogen. Nein – zu nah. Er ging zur Tür zurück, wo er hoffte, vielleicht etwas frischere Luft zu finden. Hatte die Tür ein Schlüsselloch? Er kniete sich nieder, um nachzusehen.

»Monsieur Adams? Ist alles in Ordnung?«

Adams nickte lahm. »Die Chemikalien.« Kein Schlüsselloch, aber knien tat gut. Er hörte Flaschen klirren, fließendes Wasser, dann Stille: eine vertraute Abfolge. »Das tut mir leid«, sagte Bertillon über die Schulter. »Ich habe mich schon so daran gewöhnt. Man vergißt, wie es auf andere wirkt. Ich mag den Geruch sogar – scharf, adstringierend. Reinigt den Kopf.«

Und den Magen, dachte Adams. Er konzentrierte sich darauf, flach zu atmen.

»Ich sag Ihnen Bescheid, sowie ich fertig bin.« Das Wasser lief wieder, hörte auf. Aus dem Wasserbad heraus, in den Fixierer hinein. Bald. Noch eine Minute. So lange würde er durchhalten. Der Magen saß ihm in der Kehle. Die Speiseröhre brannte vor Galle und Säure. Noch eine halbe Minute ...

Sobald es möglich war, öffnete er die Tür und ergriff die Flucht.

Wieder im Büro, stellte Adams sich ans offene Fenster hinter dem Schreibtisch und atmete tief ein. Dabei fiel sein Blick auf die Papiere, die auf Bertillons Schreibunterlage lagen. »Die Nachforschung, die Sie am 22. November 1892 beantragt hatten, ist abgeschlossen. Die fraglichen Fingerabdrücke sind tatsächlich die von Miriam Talbott. Sie ist amerikanische Staatsbürgerin, ledig, am 23. Juni 1870 in New York geboren. Ihr Paß wurde im November 1889 in Washington ausgestellt, und sie wohnt seit zwei Jahren in Paris.«

Wie war es Bertillon gelungen, sie zu finden? Wieso hatte man ihm nichts gesagt?

Als Bertillon mit zwei großen Kopien von Clemenceaus Photographie zurückkam, die er, eine in jeder Hand, an einer Ecke hochhielt, und auf einem Bein balancierend die Tür hinter sich mit der Fußspitze zustieß, wartete Adams nicht lange.

»Wo ist sie?« wollte er wissen.

»Wie bitte?«

»Miriam Talbott. Irgendwie haben Sie doch ihre Fingerabdrücke bekommen. Dann müssen Sie also wissen, wo sie ist.« Bertillon sah ihn verständnislos an. »Ich weiß, daß Sie sie nicht aus ihrer Wohnung haben – die war saubergewischt. Ich war mit DuForché dort. Wo haben Sie sie gefunden? In einer Kunstschule? Daran hatte ich auch gedacht. Aber ich hatte noch nicht die Zeit, sie aufzuspüren.«

Bertillon stand einen Moment da, wobei er die Photographien langsam hin und her wedelte, und sah Adams mit leerem Blick an. Er ging zu seinem Schreibtisch, um die Photographien abzulegen. »Ah«, sagte er, Adams' Blick zu den Papieren auf dem Tisch folgend. »Die Aktennotiz.« Er schien nicht überrascht. »Ich glaube, ich erwähnte Ihnen gegenüber, daß ich heute neue Informationen erwarte«, fuhr er fort und ging um seinen Tisch herum. Er stellte sich neben Adams' Stuhl, lehnte sich dabei leicht gegen den Schreibtisch und nahm das Papier in die Hand. »Dies ist ein Bericht über die Fingerabdrücke, die wir von der Leiche genommen haben«, sagte er, den Kopf zurücklegend, um zu lesen. »Ich habe Miriam Talbott gefunden, ja. Sie ist tot. Ihre Bekannte ...« Bertillon zuckte die Achseln. »Ihre Bekannte ist jemand anders, Monsieur Adams.«

»Sind Sie sicher?«

»Ich würde sagen, mit an Sicherheit grenzender Wahrscheinlichkeit.« Bertillon zog die Augenbrauen hoch. »Die Fingerabdrücke stimmen überein. Wir wissen natürlich nicht, wie groß die Wahrscheinlichkeit ist, daß es sich hier um einen Zufall handelt, aber mathematisch gesehen müßte sie extrem gering sein.« Bertillon fuhr fort, erklärte genau die Ambivalenz, die er bezüglich Fingerabdrücken empfand, gab Adams dabei eine kurze Lektion in Statistik und in Wahrscheinlichkeitsrechnung, aber Adams hörte nicht zu. Er versuchte, diese neue Information zu verarbeiten. Diese Geschichte, die sie ihm erzählt hatte, von den Spitznamen, die man ihr in der Schule gegeben hatte, war das alles erfunden? Wenn Miriam nicht Miriam war, wer war sie dann? Er versuchte, in seiner Erinnerung einen Hinweis darauf zu finden, daß sie bezüglich ihres Namens gelogen hatte, konnte aber keinen entdecken. Seine Erinnerungen an sie stellten sich jetzt ganz anders dar. Die Frau, mit der er in dem bunten Lichtkegel in Chartres gestanden hatte, als er die Kraft jenes Glaubens gespürt hatte, in dessen Dienst diese und so viel andere Kunst geschaffen worden war: das war nicht Miriam. Die Frau, deren Profil er sich heimlich eingeprägt hatte, als sie vor ihm stand, während sie die Bucht und den Kathedralenfelsen vom Mont-Saint-Michel malte: nicht Miriam. Die Frau, mit der er im Zug gelacht hatte, die Frau, die an seiner Schulter geschlummert hatte, die Frau, deren Gesellschaft ihm, wie flüchtig auch immer, geholfen hatte, Freude am Leben zu empfinden: nicht Miriam. Ihm wurde klar, daß alles, was er über sie gedacht hatte, falsch sein konnte. Sie hatte ein falsches Spiel mit ihm getrieben.

Bertillon hatte ihn etwas gefragt. Was?

»Ich habe gesagt, wieso Ihre Bekannte es für nötig gehalten hatte, Sie bezüglich ihres Namens anzulügen. Haben Sie irgendeine Ahnung?«

»Nein.« Adams sagte das laut, denn Bertillon schien auf einmal ganz klein und fern geworden zu sein. Der Geruch von Chemikalien war wieder da. Er lehnte sich näher ans Fenster und schloß die Augen, wobei er unwillkürlich ein Bild vom Hof festhielt: Tauben, die auf dem Dachsims nisteten, das Gemäuer unter ihnen voll mit Kot, die Pappeln klein und zerbrechlich neben der Massigkeit des Gebäudes.

»Was hatten Sie da vorhin von einer Kunstschule gesagt?« fragte Bertillon.

»Sie studiert an einer Kunstschule«, erwiderte Adams, ohne sich umzudrehen. »Wußten Sie das nicht?« Er konnte das Gurren der Tauben hören, als wären sie bei ihm im Raum. Falsch, alles falsch. Wieviel von dem, was er wußte, wußte er über die falsche Frau? Ihm wurde allmählich klar, daß ihm einige der Konsequenzen gefielen: Konnte das bedeuten, daß sie doch nicht Reinachs Mätresse gewesen war? Daß sie keine Erpresserin war?

»Wie soll ich das wissen, wenn Sie es mir nicht gesagt haben? Wirklich, Monsieur Adams. Das eröffnet uns einige Möglichkeiten. Einige interessante Möglichkeiten.« Adams sah ihn, weit entfernt, Papiere auf seinem Schreibtisch hin- und herschieben.

»Vielleicht ... nun, ich sollte lieber nicht spekulieren. Aber das könnte sich als nützlich erweisen. Sagen Sie, gibt es noch irgend etwas, was Sie mir bis jetzt noch nicht erzählt haben? Irgend etwas?«

Er überlegte. Mit jedem Atemzug nahm der Druck in seiner Brust ab. Aber das Schwindelgefühl war noch nicht ganz weg: Der Boden kam ihm noch etwas schief vor. Er versuchte nachzudenken. Gab es irgend etwas, was er wußte und Bertillon noch nicht erzählt hatte? Die letzten Tage waren keine Abfolge säuberlich getrennter Ereignisse und Informationen, sondern ein Wirbel von Erlebnissen. In seiner Erinnerung war alles gleichzeitig präsent, ohne Ordnung, und brodelte wie ein dicker, heftig kochender Eintopf, von dieser einen Tatsache bewegt: Miriam hatte gelogen. Nein, nein, sie war nicht einmal Miriam. Jetzt war *sie* Nicht-Miriam, statt dieser anderen Frau. Sie hatte ihn angelogen – nicht irgend jemanden, sondern ihn. Er war sich nicht sicher, aber das hier war schlimmer als die Vorstellung, daß sie Reinachs Mätresse gewesen sein könnte.

Bertillon wartete, klein und adrett, die Hände vor sich gefaltet. Er blickte Adams befremdet an. »Vor ein paar Tagen war ich in der Bibliothek, um Informationen über Jules Dingler zu suchen«, sagte Adams. Er empfand den Klang seiner eigenen Stimme als etwas Beruhigendes, auch wenn er etwas hohl wirkte. Das Reden tat ihm gut. Er würde noch mehr sprechen. »Jemand war vor mir dort und hat sie entfernt. Herausgeschnitten.« Adams versuchte zu überlegen: Wer hatte gewußt, daß er dort hingehen würde? Wurde er beschattet? Ahnte jemand seine Gedanken?

»Dingler. Der auf der Photographie.«

»Genau«, sagte Adams und legte den Finger auf die Photographie, erstaunt, daß sie sich in seiner Reichweite befand. Er fühlte sich etwas besser, als er seine eigene Hand am Ende seines Ärmels sah, wie sie sich in der Welt bewegte. »Der Chefingenieur in Panama. Hat seine Pferde erschossen, nachdem seine Familie gestorben war.« Es wirkte so abrupt, Dinglers Tragödie auf diese Weise zu komprimieren, aber er hatte nicht den Atem für eine längere Erklärung. »Er starb schon vor Jahren. An Malaria. Wie seine Familie. Ein Rückfall. Aus seiner Vergangenheit.« Er schüttelte den Kopf: eine Verletzlichkeit, die jeder Historiker verstehen konnte.

»Sie haben den Verdacht, daß er etwas mit dieser Panama-Affäre zu tun hat – hatte?«

Adams versuchte nachzudenken, suchte seine Gedanken nach dem ab, was er dachte, wie ein überarbeiteter Angestellter bei der Inventur. »Ich weiß nicht. Seine Mutter glaubt, er wurde umgebracht. Weswegen? Vielleicht wußte er irgend etwas

Wichtiges, was mit dem Skandal zu tun hatte. Er kann gesehen haben, wie wenig von dem Geld in Panama landete, konnte sich ausrechnen, daß riesige Summen irgendwo unterwegs verschwanden. Und ich hatte einen Abzug dieses Bildes – Dinglers Abzug – und irgend jemand brach in meine Räume ein und verbrannte ihn.«

»Ja. Das haben Sie mir schon erzählt. Wann haben Sie von dieser Liste der Chéquards erfahren?«

Adams hielt inne, um sich zu erinnern. Er mußte die Tage rückwärts zählen: Heute war Donnerstag, gestern war Mittwoch ... »Dienstag. Irgendwann am Dienstag.«

Bertillon erhob sich und ging zu dem anderen Fenster, von wo er auf den Hof hinunterstarrte. Adams konnte sein Gesicht nicht sehen. Der Franzose wippte auf den Hacken. »Verwirrend«, hörte Adams ihn murmeln. Im nächsten Moment drehte Bertillon sich um. »Nun, Monsieur Adams. Kommen wir wieder zur Sache. Würden Sie so freundlich sein, mir zu erzählen, was Sie mit dieser Photographie vorhaben, die ich für Sie gemacht habe?«

»Ich möchte damit zum Pächter gehen und ihm diese Männer zeigen. Vielleicht kann er sie identifizieren. Er sagte, zwei Männer seien den ganzen Sommer lang zum Baden dort hingekommen, zusammen mit dieser Frau. Mit der Toten. Mit Miriam Talbott.« Es widerstrebte ihm, ihren Namen auszusprechen. »Vielleicht sind diese Männer auf dem Bild.«

»Und was würde das beweisen?« fragte Bertillon.

»Nun ja, daß sie sie kannten. Daß sie in diese Panama-Geschichte verwickelt ist.«

»Und das wäre ein Trost für Sie?«

Adams war verwirrt. Ein Trost? Wieso sagte Bertillon solche Sachen? »Nein, natürlich nicht. Aber es könnte Ihnen helfen, herauszubekommen, wieso sie sich umgebracht hat und was sie mit dieser Panama-Affäre zu tun hat. Und das könnte helfen, Miriam zu finden. Meine Miriam, meine ich. Die andere. Die

Nicht-Miriam. Sie waren Zimmergenossinnen – hatte ich Ihnen das erzählt? Sie haben in derselben Wohnung gelebt.«

Bertillon schüttelte den Kopf. »Nein, ich glaube, das haben Sie mir nicht erzählt.« Er seufzte und sah aus dem Fenster. »Es ist alles verworren, nicht? Und Sie wollen derjenige sein, der es entwirrt.« Er lächelte Adams an. »Es tut mir leid, wenn ich Ihnen schwierig erscheine, Monsieur Adams«, sagte er sanft. »Lassen Sie mich ganz offen zu Ihnen sein: Mich interessiert Ihr Vermißten-Fall. Weil es sich um eine Identifizierungsfrage handelt, ist es eine Sache, die dieses Büro angeht, und weil es mich persönlich interessiert, bin ich bereit, dem Fall mehr Aufmerksamkeit zu schenken, als es bei derartigen Fällen üblich ist. Aber ich bin nicht bemächtigt, Ihnen bei der Aufklärung der Panama-Affäre zu helfen oder irgendwelche Fälle von Korruption, Mord oder Bestechung zu untersuchen. Das überschreitet eindeutig meine Kompetenzen. Für so einen Fall ist der, ach was weiß ich, der Präfekt persönlich zuständig, und das Ziviltribunal. Oder die Kammer – die führen ihre eigene Untersuchung durch. Nichts davon hat irgend etwas mit mir zu tun, es sei denn, man bittet mich um Hilfe, was ich sehr hoffe, falls es irgend jemanden zu identifizieren gibt. Habe ich mich deutlich genug ausgedrückt?«

Adams nickte.

»Also, die Frage ist, sollen wir Ihr Problem als eine Angelegenheit betrachten, die das Identifizierungsamt betrifft, oder nicht?«

»Was meinen Sie?«

Bertillon wandte sich wieder um und blickte in den Hof. »Die Identifizierung der Toten als Miriam Talbott basiert auf Fingerabdrücken, einer Methode, die meiner Meinung nach noch nicht vollständig erprobt ist. Bis jetzt hat sie noch nicht versagt, aber ich nehme mir das Recht, meine Zweifel zu behalten. So: Ich habe diese unbewiesenen Fingerabdrücke, die das eine sagen, und einen Augenzeugen, der jetzt hier in meinem Büro sitzt und etwas anderes sagt. Ein Zeuge, der gesagt hat, sie kann nicht Miriam Talbott sein, weil er Miriam Talbott kennt und diese Frau nicht die Tote ist.« Bertillon drehte sich zu Adams um, die Hände hinterm Rücken verschränkt, sein Gesicht war jetzt die Maske eines Bürokraten. »Aufgrund dieser Diskrepanz können wir sagen, daß die Frage der Identität dieser Frau noch nicht gänzlich beantwortet ist. Bis sie zu meiner Zufriedenheit beantwortet ist, besitze ich die Autorität, jede Art von Untersuchung durchzuführen, die meiner Meinung nach zu einem Ergebnis führt.« Bertillon sah ihn mit hochgezogener Augenbraue an und betrachtete seine Miene. »Ich denke, Sie verstehen mich, nicht wahr?«

Adams nickte und bejahte.

»Gut.« Bertillons Mund verzog sich zu einem dünnen Lächeln, das schnell wieder verschwand. »Nun, obwohl zweifellos diese Frage der Identität sehr viel leichter zu lösen wäre, wenn wir mit dieser anderen Frau reden könnten, mit Ihrer Miriam Talbott – oder Nicht-Miriam-Talbott, wie auch immer – glaube ich, daß ich Ihnen bei Ihrem Vermißtenfall behilflich sein kann. Ich werde einen meiner Männer losschicken, der mit einer Beschreibung dieser Frau, dieser Vielleicht-Miriam-Talbott, die Kunstschulen aufsuchen soll, um zu sehen, was er finden kann. Wenn ich richtig verstanden habe, haben Sie und Michel schon einige Nachforschungen angestellt?« Adams nickte. »Ich vertraue darauf, daß Sie mich über alle interessanten und relevanten Erkenntnisse auf dem laufenden halten. Ich werde umgekehrt das gleiche tun.« Bertillon hielt inne, begegnete Adams' Blick, und Adams hatte das Gefühl, dies sei ein Moment, sich die Hände zu schütteln, wenn sie nicht so weit voneinander entfernt gestanden hätten. »Und jetzt«, fuhr Bertillon fort, »mache ich Ihnen einen Vorschlag.« Er nahm die Originalphotographie in die Hand. »Die Herkunft und die Umstände dieser Photographie sind mir nach wie vor unklar. Wenn jemand sie verbrannt hat, um die Information zu zerstören, die sie enthielt, dann könnten uns diese Umstände helfen, daraus die Information abzuleiten, die sie enthält.« Er drehte die Photographie um. »Meinen Sie nicht, daß es interessant wäre, mit dem Mann zu reden, der dieses Bild aufgenommen hat?« Er legte seinen schlanken Zeigefinger unter die Textzeile, die in einer zartblauen Schrift auf die Rückseite gestempelt war, von einem geometrischen Rand umrahmt.

Adams erhob sich und lehnte sich vom Fenster weg, um sie zu lesen: *St. Cyr et Fils, Photographie, 348, rue Ventadour.*

Adams fühlte sich krank. Er mußte nachdenken.

Eine Zeitlang hatte er den Eindruck, als sei die Panama-Affäre, wenn schon nicht klar, dann doch wenigstens eine geordnete Angelegenheit. Jede Tatsache deutete auf eine Handlung hin, auf einen nächsten Schritt, auf eine angemessene und logische weitere Nachforschung. Aber als er draußen vor der Präfektur stand, verzweigten sich seine Fragen so verwirrend wie die Abstammungslinien in einem Dorf von Polygamisten, bis er sich nicht mehr sicher war, wer was erzeugt hatte und was wie miteinander verwandt war. Sein Gespräch mit Bertillon hatte nicht nur enthüllt, daß die Frau, die er suchte, eine Lügnerin war, sondern ihn auch gezwungen, etwas zu sehen, was er schon die ganze Zeit hätte sehen müssen: Jeder, der in diese Affäre verwickelt war, hatte seine eigenen Beweggründe, seine eigene Wahrnehmung, seine eigene Sichtweise der Ereignisse, seine eigenen Grenzen. Die Interessen der unterschiedlichen Beteiligten waren notwendigerweise entgegengesetzt. Und doch gab es auch Allianzen, Beinah-Übereinstimmungen von Interessen, die auf Wünschen basierten, die so ähnlich waren, daß der subtile Unterschied zwischen ihnen erst dann völlig klar wurde, wenn sie, wie die Stoffmuster eines Schneiders, im guten klaren Licht des Tages nebeneinander gehalten wurden.

Es war klar, daß Bertillon innerhalb praktischer und politischer Grenzen arbeitete. Es war klar, daß er sich um diese Grenzen Sorgen machte. Seine Arbeit sollte nur durch die Grenzen des menschlichen Denkens eingeschränkt sein, aber letzten Endes mußte der Chef des Identifizierungsamtes seinen Platz in der Bürokratie akzeptieren. Vielleicht tat er das mit soviel Würde, wie er konnte, aber trotzdem: Sein Leben wurde nicht durch die vollständige Hingabe an die Suche nach der Wahrheit geprägt, sondern durch die Kräfte, die auf ihn einwirkten. Er, wie jeder andere, trug den Stempel des äußeren Zwangs. Was hatte Clemenceau gesagt? Justitia ist blind, Politik nicht. Er hatte Bertillon für einen Sachverwalter der Justiz gehalten, blind gegenüber dem politischen Kontext. Das war er nicht.

Und als Adams dies erkannte, verlor er irgendwie das Zentrum, den beruhigenden Mittelpunkt, um den sich alles andere gedreht hatte. Es gab keinen Meilenstein mehr, von dem aus alle anderen Meilensteine gemessen wurden. Nein, die Affäre würde für jeden Beteiligten anders aussehen. Clemenceau, Reinach, Madame LeBlanc, Miriam Talbott – beide, Miriam Talbott, die Tote, und seine Nicht-Miriam-Talbott, die Lügnerin! – Lesseps, Vater und Sohn, der Pächter, der dicke Concierge, der tote Leichenbeschauer, Herz, Dingler, Delahaye, die Chéquards, die betrogenen Investoren, die Boulangisten, überhaupt die ganze verdammte Abgeordnetenkammer, und das Türr-Syndikat und diese verrückten Saint-Simonianer, und Hay und Cameron und vielleicht sogar Elizabeth und Amanda, alle: Jeder hatte einen spezifischen Platz, einen einzigartigen Platz in der Sache.

Er auch. Und die Position, die den meisten Sinn für ihn machte, die Vorstellung, die ihn mit ihrem verführerischen Versprechen von Einfachheit anzog, war, sie alle als seine Gegner anzusehen, Teil einer riesigen Verschwörung. Ja. Sie wollten, daß er allein blieb, uninformiert, frustriert, verängstigt, einsam. Nun, wenn es keinen zentralen Meilenstein geben sollte, dann würde er sein eigener sein – er, Adams, das Maß aller Dinge! Jeder sein eigenes Maß – *das* war das moderne Leben, das war das Ergebnis von Geschichte, die in dem Karussell des Fortschritts herumgewirbelt wurde, auf den Kopf gestellt und endlos herumgeschleudert durch schiere Kraft: Kohle und Dampf.

Auf der anderen Seite des Boulevards stand Notre-Dame, Emblem einer anderen Art von Energie. Im Zug auf dem Rückweg von Chartres hatte Miriam (nein, nicht »Miriam«: *Nicht*-Miriam) soviel Interesse gezeigt an seinen Gedanken über Kirchen, über die Evolution der Architektur: Mont-Saint-Michel war die militante Kirche, erbaut durch die Energie der Expansion, während die Kathedrale von Chartres das Produkt einer völlig anderen Kirche war, der vergebenden Kirche, der Kirche, die nicht auf Felsen gebaut war, sondern auf dem Versprechen der heiligen Jungfrau, auf ihrem Versprechen von reiner, edelmütiger Gnade. Ha, dachte er, hätte er es damals wissen sollen? Daß sie gelogen hatte? Die heilige Jungfrau war auch Kraft, genügend, um eine gesamte Kultur zu beleben. Sie war der Sammelpunkt für all die verstreuten Künste und Wissenschaften des zwölften Jahrhunderts gewesen, die er kannte. Aber ihre Zeit war längst vorüber. Neue Mächte – Dampf, Elektrizität, Telegraphen und Telephone, Fabrikproduktion, selbst die Vakuumleitungen unter der Erde, durch die grausige Botschaften hierhin und dorthin flitzen konnten, und besonders die politischen Gruppierungen, die diese Erfindungen schufen, die Syndikate und Unternehmen, die neuen Bündnisse von Wohlstand und Interesse, Gier und Planung – diese waren jenseits ihrer Reichweite. Diese neuen Mächte ermöglichten den Menschen, seine Ziele in der Welt zu erreichen, gaben ihm mehr Kontrolle über die Naturkräfte, ja, aber trotz alledem vermochte keine dieser Mächte eine ganze Welt zusammenzuhalten, nicht so, wie die heilige Jungfrau es getan hatte. Keine hatte etwas anzubieten, was über eine partielle Vision hinausging.

Er fand eine Droschke und gab dem Kutscher die Adresse des Photographen. Und was wäre, wenn die Welt wieder eine vereinende Kraft finden könnte? Es gab keinen Anlaß zu hoffen, daß eine solche Macht heutzutage ein so gütiges Regime führen würde wie das der heiligen Jungfrau. Es war beruhigender, das Problem insgesamt abzulehnen – sich zu weigern, die Fragmentierung zu sehen, die Vorstellung von Verschwörung zu akzeptieren, die Vorstellung, daß die Gesellschaft von irgendeinem dunklen Syndikat kontrolliert wurde, das Böses und Schmerzen zufügen wollte. Das gab der Welt einen Sinn – es erklärte sicher die Welt der Politik, den dichten Dschungel des Panama-Skandals, die zunehmend brutale Art, wie Menschen miteinander umgingen! – ohne daß man gezwungen war, den Glauben an die Vorstellung von Ordnung zu verlieren. Und es war, erkannte er, eine Art, das Ich zu behaupten, eine Art, ausnahmsweise die emotionale Antwort des Ich zu bewerten, wenn es sagte (wie das Ich schon immer gesagt hatte), *ich* bin die Nullmarke, der einzige Meilenstein, dem man vertrauen kann, das Zentrum, von dem aus alles gemessen wird und um das sich alles dreht. Dies *muß* sein, weil ich es *fühle*, weil ich es so *will!* Welche Verwendung hätte so ein Ich noch für Vernunft und Beweise? Und was würde es für einen Schaden anrichten? Wen würde er verletzen, wenn er das tat?

Noch nie hatte er seine Einsamkeit stärker empfunden als jetzt. Er verlor den Halt, verlor sich in dieser neuen und verwirrenden Welt, in der selbst eine so einfache Sache wie Identität etwas Unsicheres wurde, weniger eine Frage des Wissens als der Vermutung, eine vage Verteilung von Wahrscheinlichkeiten, so unbehaglich und schwer zu packen wie eine Wolke tropischer Moskitos, die summen, landen und davonflitzen.

Seltsamerweise empfand er dieses Bild als beruhigend. Eine Wolke von Moskitos hat ein gemeinsames Ziel, eine mehr oder weniger bewußte Absicht. Und, so dachte er, selbst wenn Nicht-Miriam ihn angelogen hatte, wird sie ihre Gründe gehabt haben. Er sollte ihr vertrauen. Er wollte nicht, daß ihr durch etwas, das er beeinflussen konnte, irgendein Schaden zugefügt wurde, irgend etwas, das er tun sollte und nicht tat, oder nicht tat, aber tun sollte. Und er spürte, daß er ihr irgendwie, auf eine Art, die er nicht beschreiben konnte, schaden würde, wenn er sich durch die einfache Logik der Paranoia von der schwierigen Wahrheit wegführen ließ. Er sollte ihr gerecht werden. Lügnerin oder nicht, sie gehörte nicht zu der Welt, die sich gegen ihn formiert hatte.

Und nachdem er sie erst einmal aus der Masse gefiltert hatte, nachdem er diesen Prozeß der Unterscheidung begonnen hatte, sah er, daß es ein Prozeß war, den er natürlich nicht aufhalten konnte. Nein, sie waren nicht alle Teil eines Ganzen. Jeder Beteiligte an dieser Affäre hatte seine oder ihre eigene Motivation, seine oder ihre Perspektive. Nur durch Egoismus, durch seine eigene Ichbezogenheit konnten sie als ein Ganzes wirken. Er wußte, daß er nichts erreichen würde, wenn er das nicht erkannte und durchdachte.

Die Droschke brachte ihn zu dem Photographen, ohne daß er sich dessen bewußt war. Als er dann hinaussah, stellte er fest, daß er schon einmal dagewesen war: Das ausgebrannte Gebäude stand mit klaffenden Fensterlöchern da wie ein obdachloses Kind mit eingesunkenen Augen, das zu dumm war, vernünftigen Schutz zu suchen. Als Adams aus der Droschke stieg und in den leichten Nieselregen trat, spürte er, wie sich seine Nackenhaare sträubten. Er hatte das Gefühl, verspottet zu werden: Entweder war dies ein Zufall, der alle möglichen Mißdeutungen zuließ, oder ein weiterer Beweis für eine bösartige Verschwörung, die er doch gerade eben erst als Erklärungsmöglichkeit verworfen hatte. Seit dem Brand waren einige Tage vergangen – drei, wie er feststellte, als er nachzählte – aber er konnte immer noch deutlich die kristallene Spur des dampfspeienden Ungetüms erkennen, das ratternd die Straße entlanggefahren war.

Er erklomm die Stufen des Gebäudes, vorbei an der Stelle, wo der Feuerwehrmann die Flaschen in einer Reihe aufgestellt hatte. Die verkohlte Tür stand offen. Adams spähte in das Atelier, in dem ein Geruch der Zerstörung hing, feucht, scharf und sauer.

Das Innere war völlig ausgebrannt. Weit unten, auf dem Kellerboden, war ein Haufen Müll zusammengeschaufelt worden: zerbrochene Flaschen und teilweise verbranntes Holz, seltsam geformte Überreste und die unterschiedlichsten Gegenstände, die durch Nässe und Asche eine Masse geworden waren.

Aus irgendeinem Grund dachte er an die Dunkelkammer, die sich Clover im Haus am Lafayette Square hatte einrichten wollen. Der Raum wartete immer noch auf sie. Was wäre gewesen, wenn er sie nicht zur Photographie ermutigt hätte? Dann hätte sie die Chemikalien nicht zur Verfügung gehabt. Was, wenn er an jenem Sonntagmorgen nicht zum Zahnarzt gegangen wäre, sondern in dieser Stunde bei ihr geblieben wäre, in der sie, wie gewöhnlich, an ihren Vater schrieb? Sonntage waren immer schwierig, seit dem Tod ihres Vaters. Das hatte er gewußt.

In den letzten sieben Jahren hatte er ihre Dunkelkammer gemieden, auch die schmerzhaften Fragen, die sie aufwarf.

Er hätte Nachforschungen anstellen können, er hätte Nachbarn über die Ursache des Brandes befragen können und über das Schicksal und den gegenwärtigen Aufenthaltsort des Photographen, er hätte versuchen können, die Bedeutung der Überreste dort vor ihm herauszufinden. Aber das hier war Bertillons Angelegenheit. Er war sich nicht ganz sicher, was er suchte, und die Tatsache dieses Zufalls – genauer gesagt, seine Gewißheit, daß es kein Zufall war, dieser Brand im Atelier des Photographen, der Jahre zuvor ein Bild von ein paar Männern auf ein paar Stufen aufgenommen hatte – sagte ihm soviel, wie er wissen wollte.

Er griff sich an den Nacken und machte kehrt, um zu seiner Droschke zurückzugehen. Der Regen fiel jetzt stetiger, und auf dem Gehsteig spülte er eine dünne schleimige Schicht Asche in den Rinnstein.

Der Botschaftssekretär war ein mürrisch dreinblickender junger Mann mit pomadisierten Haaren und einem spitzen Kinn. Er behielt Adams, der auf Hay wartete, im Auge, sichtlich mißtrauisch.

Adams seufzte und suchte das Vorzimmer nach Ablenkung ab. Nachdem ihm in der feuchten Einsamkeit der Droschke unbehaglich geworden war und weil er einem schleichenden Angstgefühl entfliehen wollte, hatte er beschlossen, Hay aufzusuchen. Sich wieder mit ihm zu versöhnen, sich im Schoß der Freundschaft wieder willkommen zu fühlen, würde ihn trösten. Aber der Sonderbeauftragte Hay war nicht da. Er wurde demnächst erwartet. Würde Adams bitte warten?

Ja. Und nein. Adams war aber erfreut, als er auf einem Stuhl auf der anderen Seite des Zimmers ein Exemplar der Morgenausgabe von *Le Temps* erspähte. Er erhob sich, um es zu holen, und brachte sogar ein Lächeln für den Sekretär zustande. Er stellte befriedigt fest, daß die Zeitung noch ungelesen war. Er mochte die glatte Kompaktheit einer druckfrischen Zeitung, bei der die Seiten noch exakt übereinanderlagen. Clover hatte das gewußt und immer dafür gesorgt, daß er die Zeitung zuerst bekam.

Er überflog den Bericht über die Panama-Affäre auf der Titelseite. Loubet versprach, die Chéquards zur Rechenschaft zu ziehen, es waren keine neuen Haftbefehle ausgestellt worden, und die Kammer wählte ihren Untersuchungsausschuß – die

Sozialisten verlangten, daß die Sache von den Gerichten aufgegriffen werde (eine gründlichere, unparteiische Untersuchung, lautete ihr Argument), und die Boulangisten hatten sich enthalten, indem sie sagten, daß keine von der Kammer geführte Untersuchung legitim sein könne. Da haben sie recht, dachte Adams. Die Zeitung bemerkte ferner, daß nicht bekannt sei, wer genau die Chéquards waren, und äußerte die Meinung, daß sich der verantwortungsbewußte Bürger angesichts dieser Ungeklärtheiten mit seinem Urteil nur zurückhalten könne.

Als Adams schon zu den Korrespondentenberichten von der Krim übergegangen war, traf Hay ein. »Ich werde jetzt mit Mr. Adams sprechen«, sagte Hay zu dem Sekretär, indem er Adams bedeutete, ihm zu folgen. »Ich hoffe, es stört Sie nicht«, sagte Hay, als sie beide Platz genommen hatten. Er hielt einen Brieföffner mit Elfenbeinschneide und Silbergriff in der Hand. »Ich muß mich darum kümmern.« Er deutete auf den Stapel von Nachmittagspost auf seinem Schreibtisch. Wieder diese offizielle Art, dachte Adams. Das macht es ihm leichter, mich auf Abstand zu halten. »Haben Sie Lizzie heute schon gesehen?« fragte Hay in einem geistesabwesenden Ton, während er, ohne aufzublicken, einen Umschlag öffnete. Adams beobachtete, wie er einen Blick auf den Brief warf, ihn und den Umschlag dann in die Holzablage auf der linken Seite seines Schreibtisches ablegte.

Schließlich sah Hay ihn an. Nein, er hatte sie nicht gesehen. »Nicht seit gestern abend.« Er würde die Einzelheiten ihrer Unterredung für sich behalten.

Hay nickte. »Sie und Cameron hatten Besuch von der Polizei. Sie ist sehr erregt darüber. Anscheinend war die Polizei unhöflich. Beleidigend, sagte sie. Vielleicht übertreibt sie. Trotzdem.«

»Tut mir leid, das zu hören.«

Hay entfaltete ein weiteres Blatt, warf einen Blick drauf und legte es in die Ablage. »Ja. Naja. Irgendwas wegen einer verbrannten Photographie? Die Polizei hat gesagt, sie seien aufgrund Ihrer Beschwerde gekommen.«

»Nein. Das müssen die falsch verstanden haben.« Er hatte sich nicht beschwert. »Hay, ich muß Sie etwas fragen. Wieso hat Reinach Sie am Abend seines Todes besucht?«

Hay schlitzte einen Briefumschlag auf, aber Adams hatte den Eindruck, als verlangsamten sich seine Bewegungen einen Moment lang. »Sie haben sich wohl umgehört, wie?« Als Adams nicht antwortete, legte Hay den Brieföffner hin und blickte ihn über den Schreibtisch an. »Es ging um die Eisenbahn.« Aber mit so lapidaren Antworten ließ sich Adams nicht mehr abspeisen. Er fixierte Hay und wartete auf eine ausführlichere Erklärung. »Na gut, ich werd's Ihnen sagen. Ich sondiere die Möglichkeit eines Angebots für die Eisenbahn, getrennt von der Kanalkonzession. Interesse dafür ist vorhanden, mal sehen. Die Bahn ist der Schlüssel für den Kanal – ohne sie kann der Kanal nicht gebaut werden – und ich wäre sehr überrascht, wenn man verkaufen würde. Ich bin also sehr gespannt. Reinach war einer meiner Kontakte mit der Gesellschaft. Er gab mir zu verstehen, daß die Gesellschaft, wenn sie nach einem Bankrott neu gebildet wird, derart hungrig nach Kapital sein wird, daß sie gewillt wäre, die Eisenbahn abzutreten. Den einen Vermögenswert verkaufen, um den anderen, die Konzession, zu schützen. Wir haben uns zwanzig Minuten lang unterhalten – er hielt es für ratsam, sich nicht in seinem Büro zu treffen –, dann war er weg.«

Das besänftigte Adams. »Wie gut kannten Sie ihn?«

»Wenn Sie meinen, ob ich ihn überhaupt kannte, dann lautet die Antwort nein. Ich habe mich ein paarmal mit ihm getroffen. Hatte mit ihm korrespondiert, bevor ich hierher kam.«

»Kannten Sie Miriam Talbott?«

Hay schüttelte den Kopf. »Nie von ihr gehört. Wußte gar nicht, daß sie seine Mätresse war, bevor ich gefragt habe.«

»Wen haben Sie gefragt?«

»Adams, wirklich. Ich kann nicht –« Hays dunkle Augen taxierten Adams' Stimmung, und er überlegte es sich anders. »Henri Cottu. Ein anderer Direktor, den ich kenne.«

»Ja.« Er war auf der Photographie.

Hay beobachtete, wie Adams das aufnahm. »Sind Sie jetzt zufrieden? Ich bin ganz ehrlich zu Ihnen, wirklich.« Er lächelte erfreut, als Adams nickte. »Was ist jetzt mit diesem Besuch der Polizei bei Cameron? Was ist passiert?«

Adams erzählte ihm von der Sache mit der Photographie, von den Fingerspitzen, die mit der Rohrpost gekommen waren, von seinem Verhör in der Präfektur. Er habe bloß eine Vermutung geäußert, weiter nichts. Cameron hatte das Bild gesehen. Vielleicht hätte Adams nichts sagen sollen. Nein, er hätte nichts sagen sollen. Es war ein Fehler, auch nur einen Verdacht zu formulieren. Aber er war beunruhigt, eigentlich geängstigt, wegen dieser Fingerspitzen. Er hatte nicht klar denken können. Die ganze Geschichte hatte ihn aus dem Gleichgewicht gebracht – er fühlte sich müde und deprimiert. Wußte Hay, daß Miriam nicht einmal Miriam war, sondern Nicht-Miriam? Sie hatte also gelogen. Er wußte nicht, was er davon halten sollte. Und dann war da das Atelier des Photographen, dieser Zufall, wenn es einer war. Wenn man das alles zusammennahm, das verschwundene Material über Dingler, die Fingerspitzen und den Mord am Leichenbeschauer, dann sah es allmählich so aus, als stecke hinter diesen Ereignissen irgendeine finstere Verschwörung ...

Hay ließ ihn ausreden und sagte dann leise: »Dieses Bild – ist das aus Panama? Aus der *Folie Dingler?*«

Adams nickte. Er hatte es vergessen. Die Ohren brannten ihm vor Verlegenheit. Er versuchte, kraft seines Willens die Errötung verschwinden zu lassen. Hay sah ihn einen kurzen Moment stumm an und griff dann nach einem weiteren Umschlag. »Lizzie ist ziemlich böse auf Sie.« Die Augenbrauen über seinen dunklen Augen hoben sich zu einer Frage.

»Ich muß es irgendwie wieder gutmachen.« Vielleicht sollte er jetzt zu ihr gehen. Er hatte sie ignoriert, auf der Jagd nach dieser Frau, dieser Nicht-Miriam. Was machte er da mit seinen Freundschaften? Natürlich war sie nicht gut auf ihn zu sprechen.

Hay studierte den Inhalt des Briefes, den er ausgebreitet in der Hand hielt. »Hier. Das ist etwas für Sie.«

Es war ein Formular, eine Sterbeurkunde, auf französisch. Oben war ein Siegel mit den Worten *Leichenbeschauer, Paris*. Der Name der Verstorbenen war Miriam Talbott. Neben *Todesursache* war das eine Wort *Mord* mit Tinte hineingeschrieben. Hay reichte ihm ein weiteres Blatt: *Bericht des Leichenbeschauers*. Er warf einen Blick auf den unteren Teil, auf die Unterschrift und das Datum: Dienstag, 22. November. Der Tag, an dem der Leichenbeschauer gestorben war. Wie war das zu erklären?

»Sie war amerikanische Staatsbürgerin«, erinnerte Hay ihn. Er streckte die Hand nach den Papieren aus und bekam sie zurück. »Wenn ein Ausländer stirbt und es vor Ort keine Verwandten gibt, dann schickt der Leichenbeschauer die Sterbeurkunde an die Botschaft.«

Adams nickte. »Da steht Mord. Aber auf dem Bericht, den man auf seinem Schreibtisch im Leichenschauhaus fand, stand Suizid. Durch Ertrinken.«

Hay zog die naheliegende Schlußfolgerung. »Wer immer den Leichenbeschauer getötet hat, hat die Berichte ausgetauscht, aber nicht gewußt, daß dieser hier und die Sterbeurkunde schon in der Post waren.«

»Ja.« Er griff nach der Urkunde. »Bertillon und Pettibois müssen das hier sehen.«

Hay hielt seine Hand fest. »Ich erlaube Ihnen, sie mitzunehmen«, sagte Hay, »aber ich will sie wieder zurückhaben. Ich muß sie an die Familie der Toten schicken. Und Sie müssen mir etwas versprechen, das hiermit nichts zu tun hat.«

»Was?«

»Wenn Sie diese Liste der Chéquards finden, geben Sie mir so frühzeitig wie möglich Bescheid, bevor Sie sie abgeben. Es würde mir sehr helfen, nicht überrascht zu sein.«

Adams nickte – eine geringere Stufe der Zustimmung, dachte er, als ein ausdrückliches Versprechen. »Ich werde mein Bestes tun«, sagte er immerhin.

»DIE HABEN SIE WO GEFUNDEN?« wollte Bertillon wissen.

»In der Botschaft. In der amerikanischen Botschaft. Sie war amerikanische Staatsbürgerin – der Leichenbeschauer hat eine Kopie an die Botschaft geschickt.«

Bertillon hielt sich das Blatt dicht vors Gesicht, um etwas zu prüfen. »Ist das eine erwiesene Tatsache oder eine Vermutung aufgrund der Beweislage?«

»Es ist meine Vermutung«, sagte Adams.

»Es ist das beste, wenn man seine Vermutung als solche kennzeichnet.«

»Ja.« Adams hätte fast »Sir« hinzugefügt. »Das ist der normale Vorgang. Diplomatische Höflichkeit.« Er korrigierte sich: »Hay sagt, es ist ein normaler Vorgang – daß der Leichenbeschauer einen Bericht an die Botschaft schickt.«

Bertillon schien ihn nicht zu beachten. »Mord. Wie ich mir gedacht habe«, sagte er, das Blatt weglegend.

Adams runzelte die Stirn. »Wie meinen Sie das, ›Wie Sie sich gedacht haben‹?«

Bertillon legte den Kopf zurück, blickte zur Decke und holte tief Luft durch die Nase. »Sie hatte ihre Brille nicht dabei. Selbstmörder haben immer ihre Brille dabei, wenn sie eine tragen. Das ist wahrscheinlich das letzte, was sie machen – ihre Brille ablegen und in eine Handtasche oder Tasche tun.«

»Woher wissen Sie, daß Sie eine Brille getragen hat?«

Bertillon sah ihn nicht an. »Eine Folgerung aufgrund von Beweisen, Monsieur Adams. Zwei sehr schwache rote Stellen hier, auf dem Nasensattel.« Er hielt sich den Nasensattel mit Daumen und Zeigefinger, wobei er die Hand nach unten drehte, damit er noch zur Decke sehen konnte. »Außerdem, falls das noch nicht reicht, hatte sie die Geschäftskarte eines Optikers in der Handtasche. Ihr Optiker versichert mir, daß sie eine Brille trug.« Bertillon gestattete sich ein Lächeln.

»Dann wußten Sie schon die ganze Zeit, daß es kein Selbstmord war?« fragte Adams, wobei sich ein Anflug von Verärgerung in seine Stimme schlich.

»Ich *wußte* es nicht. Ich hatte einen Verdacht. Das hier bestätigt ihn.«

Was hat er sonst noch für einen Verdacht, den er mir verschweigt, fragte sich Adams. »Und es bestätigt das Motiv für den Mord an dem Leichenbeschauer, nicht wahr?« sagte Adams. »Er wurde umgebracht, um diesen Bericht zu unterschlagen. Das Problem ist nur, daß diese Kopie schon in der Post war. Derjenige, der ihn getötet hat, kam zu spät. Aber der andere Bericht wurde ausgetauscht, der in der Akte. Er wurde also nicht getötet, damit man ihren Körper verstümmeln konnte, um ihre Identifizierung zu verhindern. Sie war ja schon identifiziert –« Abgesehen davon, dachte er, daß er durch seine eigene Beteiligung zusätzlich einige Verwirrung gestiftet haben mußte. »Wer sie verstümmelt hat, war auch ihr Mörder, und er hat versucht, seine Spuren zu verwischen, aber nicht dadurch, daß er ihre Identifizierung verhinderte, sondern indem er sie als Selbstmörderin hinstellte. Die Sache mit der Identität, die Verstümmelung, war nur ein Ablenkungsmanöver.«

Bertillon richtete den Blick wieder zur Decke. Er sagte nichts weiter, nichts über die Schlußfolgerung, die Adams angestellt hatte, und Adams war überrascht. Er sollte lieber still sein, nahm er an, und Bertillon in seinem eigenen Tempo vorgehen lassen, aber er konnte es nicht. Seine Gedanken hatten sich überschlagen, seit er dieses eine Wort unten auf dem Blatt gelesen hatte. Für ihren Mörder war es egal, für wen das Gesetz sie hielt, solange man sie für eine Selbstmörderin hielt. Und bis jetzt hat es funktioniert. Niemand hatte ermittelt, niemand hatte mit dem Pächter auch nur gesprochen. Das würde sich jetzt ändern. »Ihr Mörder ist also auch der Mörder des Leichenbeschauers. Und dieselbe Person, die mir die Fingerspitzen mit der Rohrpost geschickt hat. Was bedeutet, man will nicht, daß ich Miriam finde – ich meine Nicht-Miriam, meine Bekannte. Er versucht, mich zu verscheuchen. Irgendwie ist also Nicht-Miriam eine Bedrohung für ihn. Wenn sie die Liste der Chéquards hat, dann ist die Sache klar. Irgendein Mitglied der Abgeordnetenkammer steckt dahinter. Wer immer es war, muß gewisse Kenntnisse über gerichtsmedizinische Verfahren haben. Das müßte den Kreis der Verdächtigen eingrenzen. Eine Verwicklung in den Skandal plus Kenntnisse über Polizeiarbeit. Können Sie mir sagen, wissen Sie, weiß dieser Clemenceau irgend etwas über Polizeiarbeit? Wie steht's mit Loubet?«

Bertillon rollte mit seinem Stuhl vorwärts und beugte sich zu seinem Schreibtisch vor. Er nahm den Bericht des Leichenbeschauers in die Hand und betrachtete das Siegel. »Das sieht jedenfalls echt aus.« Es war, als hätte er Adams überhaupt nicht gehört. »Wir werden zur Sicherheit die Unterschrift überprüfen, aber ich glaube, sie ist echt.« Er lehnte sich wieder zurück und wischte sich mit der Handfläche übers Gesicht, von der Stirn über den Nasenrücken, bis er sich die Wangen mit Daumen und Fingerspitzen hielt. Zum ersten Mal bemerkte Adams einen Ehering. Bertillon sah müde aus.

»Es war wohl ein langer Tag für Sie?« fragte Adams. Er war selbst müde, und in seinen nassen Schuhen fühlte er sich eingeengt und unförmig. Das Gesicht immer noch auf die Hand gestützt, betrachtete Bertillon Adams von der Seite. Ihm kam es vor, als suche er Adams' nebensächliche Bemerkung nach irgendeiner versteckten Bedeutung ab. Adams rückte auf seinem Stuhl herum.

»Ja«, sagte Bertillon schließlich. »Das war es.«

»Ah, ich habe mich gefragt, ob Sie vielleicht –«, sagte Adams, sich auf seinem Stuhl vorbeugend. Er deutete auf den Bericht des Leichenbeschauers. »Ich glaube, ich habe das nicht alles verstanden. Die medizinischen Begriffe sind mir nicht vertraut. Was steht da? Da drin, in dem technischen Teil?«

»Da steht«, antwortete Bertillon und richtete sich auf, »daß wir lieber vorsichtig sein sollten. Da steht, daß Miriam Talbotts Mörder in das Leichenschauhaus ging und den Leichenbeschauer tötete, um sich zu schützen. Da steht, daß der Mörder mit Polizeiverfahren vertraut ist und aller Wahrscheinlichkeit nach dem Leichenbeschauer bekannt war. Das steht da drin.«

Adams nickte unsichtbar. »Und die, ich meine, eh, da stehen ein paar Sachen drin ... Wie heißt das Wort hier –«

»Lassen Sie mich übersetzen.« Bertillon nahm das Blatt in die Hand. »Die Leiche, oh, mal sehen. Sie brauchen das nicht Wort für Wort zu wissen, nein. Ich überspringe das Übliche.« Bertillon überflog das Blatt. »Gewebe- und Organschäden, die auf Anwesenheit von Toxinen hindeuten. Keine Sicherheit, aber wahrscheinlich Arsen. Mmm-hmmmm. Wasser in den Lungen nachgewiesen, beidseitig, nicht diffundiert, und als eine leichte Pleuralembolie, linksseitig. Pleurocentesis zwischen vierter und fünfter Rippe, beidseitig, Eintritt durch den Warzenhof, offenbar Herzstillstand. Kein nennenswerter Blutverlust durch diese Wunden.«

»Sie wurde erstochen? Vergiftet und erstochen?«

Bertillon schüttelte den Kopf. »Vergiftet, ja, aber nicht erstochen. Nicht so, wie Sie das meinen.« Er legte den Bericht auf den Schreibtisch und betrachtete ihn dort einen Moment lang. »Der Leichenbeschauer ist – war – ein guter Mann, ging nie über reine Beschreibung hinaus. Er ließ Absicht und Motiv immer dort, wo sie hingehörten. Aber Sie können trotzdem sehen, wie sein Gehirn funktionierte. Er hat immer die richtigen Fragen gestellt.« Er seufzte. »Jemand hat sie vergiftet, Monsieur Adams, und hat ihr dann Wasser in die Lungen injiziert. Durch die Brustwarze, um den Einstich zu verbergen.«

Adams erbleichte. »Wieso?«

»Es sollte so aussehen, als hätte sie sich ertränkt.« Er zuckte mit den Achseln und starrte Adams nachdenklich an. »Schon einmal von *Aurum Pigmentum* gehört, Monsieur Adams? Ein hellgelbes Pigment? Es wird aus Arsen hergestellt. Arsentrisulfid. Orpiment würden Sie es nennen. Ich glaube, die Vermißte, diese Bekannte von Ihnen, war Malerin, nicht wahr? Hätte sie ein solches Pigment besessen?«

Er griff mit der Hand nach unten zu seinem Fuß. Als er sich wieder aufrichtete, hatte Bertillon einen Schuh in der Hand. Adams dachte, er würde ihn benutzen, um damit irgend etwas zu demonstrieren, was mit Arsen zu tun hatte, aber nein: Er drehte ihn über seiner Schreibtischunterlage um und bewegte ihn so lange hin und her, bis ein kleines Steinchen herausfiel.

Er beugte sich vor, um den Schuh wieder anzuziehen, während Adams ihn anstarrte. »So, Monsieur Adams«, sagte Bertillon leise, als er sich wieder aufgerichtet hatte. »Sagen Sie mir, was Sie wissen. Und sagen Sie mir, was Sie denken. Trennen Sie beides, und lassen Sie nichts aus.«

Die Nacht brach über die Stadt herein. Der Regen hatte aufgehört, und ihm folgte eine scharfe Brise, frisch und kalt, ein Vorbote des bevorstehenden Winters. Der Wind trug einen Geruch von Fisch und Kloake vom Fluß herauf. Die Gebäude der Ile de la Cité, die Adams umgaben und ihm tagsüber durchaus vertraut waren, verschmolzen in der Dunkelheit zu ungewohnten, undeutlichen Formen und raubten ihm die Orientierung. Das Gaslicht der Straßenlaternen wirkte machtlos gegen die feuchte Nacht. Er schlug nicht den Weg zum Hotel ein, sondern zum Fluß, zum rechten Ufer, gegenüber dem düster aufragenden Parlamentsgebäude, wo sein Tag begonnen hatte. Er war allein am Kai.

An der öffentlichen Badestelle bollerte Adams mit dem Handballen gegen die Tür. Der Wind bewegte die Bäume über dem Kai gegeneinander, und Adams hämmerte laut, um bei dem Quietschen und Knarren gehört zu werden. Der Schuppen sah verlassen aus. Adams versuchte, in der Dunkelheit irgendeine Andeutung von Licht am Rand der Tür zu entdekken, aber da war nichts. Entweder war die Tür fest eingepaßt, oder es war dunkel drinnen. Am unteren Teil hing ein großes Vorhängeschloß, aber da es eine quergeteilte Tür war, hatte das nichts zu bedeuten. Und es gab noch einen anderen Eingang. Es könnte doch jemand drin sein. Adams klopfte wieder, blickte den Kai entlang, wünschte, der Mann würde endlich antworten, wünschte, er selbst wäre irgendwo, wo es warm und trocken war.

Schließlich hörte Adams, wie ein Riegel zurückgeschoben wurde. Er wich aus, um die Tür aufschwingen zu lassen. Der Pächter stand vor ihm, eingerahmt in die obere Hälfte der Türöffnung, dasselbe leere Lächeln auf dem Gesicht, das Adams beim ersten Mal gesehen hatte. Adams konnte nicht feststellen, ob der Mann ihn erkannte oder ob die Zeitspanne eines Tages sein Erinnerungsvermögen überstieg. Auf die noch verschlossene untere Hälfte der Tür weisend, fragte Adams: »Darf ich hereinkommen?« Der Mann lehnte sich nach links, vermutlich um einen Schlüssel zu suchen, und beugte sich dann vor, um das Vorhängeschloß zu öffnen. So konnte Adams an ihm vorbei in den Raum blicken. Es war dunkel, die einzige Beleuchtung bestand aus zwei an der Wand angebrachten Kerzen, deren Flammen im Zug zischten und knisterten, kurz davor auszugehen.

Als die Tür hinter ihm geschlossen wurde, hörten die Kerzen auf zu flackern. Adams stampfte ein bißchen mit den Füßen, um die Kälte zu vertreiben. »Ich möchte Ihnen ein paar Photographien zeigen.« In dem Raum war es warm, trotz der nackten Steinwände. Adams entdeckte die Wärmequelle – ein Ofen, der sich direkt rechts von ihm befand – und drehte ihm den Rücken zu, die Schöße seines Mantels beiseite schiebend, um die Wärme hindurchzulassen. Der Pächter verriegelte die Tür, nickte Adams lächelnd zu und wies ihn zu einem kleinen runden Tisch in der Mitte des Raumes. Dahinter befand sich ein Durchgang, der im Schatten lag. Auf dem Tisch stand eine einfache Schale. Als seine Augen sich an das trübe Licht gewöhnt hatten, erkannte Adams die Dinge, die darin lagen: ein kleines Büschel Fell, ein Stück weißer Knochen von komplexer Form und unwahrscheinlicher Zartheit, wie von einem Vogelschädel, ein paar nicht weiter bemerkenswerte Steine, ein gefaltetes Stück Dekorpapier, eine kleine silberne Photographiendose.

Der Pächter bemerkte, wie Adams' Blick auf diesen letzten Gegenstand fiel, und griff danach. Er klappte die Dose auf und zeigte sie ihm: »Die heilige Jungfrau Maria. Die Mutter Gottes.« Er nickte, hielt sie Adams hin, bedeutete, daß er sie nehmen könne.

Die Dose war länglich und rechteckig, nicht mehr als fünf Zentimeter hoch, mit einer erhabenen Lilie auf Vorder- und Rückseite. Im rechten Porträtoval war eine Miniatur der heiligen Jungfrau, eine winzige Reproduktion von Parmigianinos *Madonna mit dem langen Hals*, offenbar aus einem Gedenkbild herausgeschnitten. Das linke Oval war leer.

»Sie wird wiederkommen, wissen Sie.« Der Mann zog sich gegenüber von Adams einen Stuhl heran und nickte ihm zu.

»Tatsächlich?« fragte Adams, während er die Dose zurückgab. Was war denn das für ein Christentum?

Der Mann nahm die Dose wieder an sich und nickte. »Die Tote. Ich habe sie gerufen.« Als der Pächter lächelte, wölbte sich seine Unterlippe vor. »Vielleicht könnten Sie mit ihr reden?«

»Äh ...« Adams wußte nicht, was er sagen sollte. Er konnte mit Aberglauben nichts anfangen, betrachtete ihn als den verzweifelten Glauben der Dummen und Machtlosen, aber in den Muskeln seines Rückens war jetzt eine Kälte, die der Ofen nicht wärmen konnte. Er wußte, daß Spiritismus existierte, daß gewisse Leute behaupteten, mit den Toten kommunizieren zu können. Aber zu erkennen, daß so ein Phänomen existiert, heißt noch lange nicht, daß man es am eigenen Leib erfahren möchte. Der Pächter redete über Kommunikation mit den Toten, als wäre es etwas ganz Normales. Adams ließ den Blick schnell durch den Raum wandern, auf der Suche nach Beweisen, daß die Gesetze der Welt, so wie er sie kannte, nicht aufgehoben waren. Ein Spülbecken, darüber Regale mit einigen Dingen drauf (ein Paar Gläser mit Wasserspritzern, eine Suppenschale, ein weißemaillierter Topf), daneben ein schlichter Küchenschrank aus Kiefernholz. Die Wände des Raumes waren aus Stein. Durch ihre Festigkeit beruhigt, wandte er sich wieder dem Pächter zu und wollte ihm schon eine knappe Antwort geben, als er es sich noch einmal überlegte. Was immer es war, woran dieser Pächter glaubte – er schien mit unerschütt-licher Gewißheit daran zu glauben. Und seine Überzeugungen gingen Adams nichts an. »Nein«, sagte er sanft. »Ich glaube nicht. Trotzdem vielen Dank. Ich bin zu Ihnen gekommen, um Sie um einen Gefallen zu bitten.« Er griff in seine Brusttasche nach dem Päckchen Photographien. Er hatte die Vergrößerung, die Bertillon gemacht hatte, in einzelne Bilder zerschnitten, die jeweils etwa so groß wie eine Visitenkarte waren.

»Hier sind Bilder von einigen Männern«, sagte er vorsichtig, das Päckchen hochhaltend. »Ich möchte Ihnen dazu ein paar Fragen stellen.« Adams legte die Bilder in einer ordentlichen Reihe nebeneinander auf den Tisch, so daß der Pächter sie richtig herum sah. »Sind die beiden Männer dabei, die Sie mit dieser Frau gesehen haben – mit der Toten?«

Der Pächter warf einen Blick auf die Bilder, stand auf, nahm einen klumpigen Kerzenstummel aus einem der Halter an der Wand und kehrte damit zum Tisch zurück. Schweigend untersuchte er jedes einzelne Bild, und nachdem er sie alle betrachtet hatte, kehrte er zu Reinach mit der hohen Stirn und den kleinen tiefliegenden Augen zurück. Adams hoffte, der Mann würde keinen Wachs auf die Bilder tropfen lassen.

»Der hier«, sagte der Pächter schließlich, mit einem schmutzigen Fingernagel auf Reinach tippend. »Vielleicht. Den anderen sehe ich hier nicht.« Er blickte zu Adams auf, um zu sehen, ob seine Worte auf Gefallen gestoßen waren.

»›Vielleicht‹?« wiederholte Adams. »Sie sind sich nicht sicher?«

»Kann nicht sicher sein.« Das Lächeln des Mannes verblaßte, als er Adams' Miene sah. »Naja«, sagte er, wieder auf die Bilder blickend. Er prüfte sie eingehend, schob das Gesicht ganz nah an den Tisch heran, so daß seine Haut in dem schwachen gelben Licht der Kerze die Farbe von verdorbenem Teig annahm. »Ja«, sagte er schließlich. »Er ist es.«

»Sind Sie sicher?«

Der Mann blickte wieder auf und zuckte die Achseln.

Adams nickte. »An dem Abend, an dem die Frau gefunden wurde – die Tote – haben Sie da irgendwas gesehen?«

»Ja«, erwiderte der Mann.

»Was? Was haben Sie gesehen?«

»Zwei Männer. Sie haben sie gebracht. Sie schlief.«

»War er einer der beiden Männer?«

Der Pächter schüttelte den Kopf. »Nein.« Nicht Reinach. Adams deutete auf Clemenceau. »Der hier? Ja? Nein?«

Der Pächter beugte sich wieder vor, betrachtete das Bild, sah dann zu Adams hoch. »Vielleicht. Die Männer, die Männer hab' ich nicht so gut gesehen.«

»Meinen Sie, Sie konnten die Männer nicht sehen, oder daß Sie sie hier nicht sehen können?«

»Ich hab sie gesehen. Sie sind hier nicht dabei!«

»Wie haben sie ausgesehen?«

Der Pächter schüttelte den Kopf. »Kann ich nicht sagen.« Etwas in der Art, wie er das sagte, ließ Adams vermuten, daß mehr dahintersteckte.

»Aber Sie wissen, wer es war?«

»Nein«, sagte der Pächter mit ängstlicher Miene.

»Haben Sie eine Ahnung, wer es gewesen sein könnte?«

»Neeein«, antwortete er gedehnt.

Komm schon, dachte Adams. Er holte Luft, um sich zu beruhigen. »Hören Sie. Ich kann nicht erraten, was Sie denken. Ist da noch was? Warum sagen Sie es mir nicht einfach? Was ist es?«

Der Pächter zögerte und beugte sich dann vor. »Sie haben sie ausgezogen. In einem der Zelte. Sie hatte nichts dagegen. Der Mann, der hatte irgendwas, was die Ärzte haben, und hat sie gestochen. Sie hat nichts gesagt, hat sich nicht bewegt, hatte überhaupt nichts dagegen.« Er schüttelte verwundert den Kopf.

»Sie war bereits tot.«

Der Pächter schielte zu Adams hinüber und ließ sich das durch den Kopf gehen. Sein Blick wurde starr. »Sie müssen gehen«, sagte er abrupt, und Adams war sich nicht sicher, ob das eine Frage, ein Befehl oder einfach eine Feststellung war. »Aber zuerst muß ich Ihnen etwas zeigen.« Er stand auf, nahm den Kerzenstummel und winkte Adams zum Durchgang im hinteren Teil des Raumes.

Adams sammelte seine Bilder ein und folgte ihm.

Hinter dem Durchgang bogen sie scharf um die Ecke und gingen einen steinernen Gang hinunter, der parallel zum Kai verlaufen mußte. Nach ein paar Metern drehte sich der Pächter um und legte den Finger auf die Lippen. »Hier«, flüsterte er. Adams stellte sich neben ihn. Der Pächter zeigte auf die Wand. »Ich schaue von hier«, sagte er, auf ein kleines Eisengitter deutend, das etwa fünfzehn Zentimeter breit war und sich auf Brusthöhe befand. »Sie war mein Liebling.«

»Was schauen Sie?« flüsterte Adams zurück.

»Schwimmerinnen. Damen.« Der Pächter lächelte. »Beim Anziehen und Ausziehen.« Er legte eine Hand an die Kehle, als wolle er einen Knopf aufmachen, und veranstaltete eine kleine Pantomime, mimte das Entfernen von Kleidung. Die Umkleidezelte, dachte Adams. Dieser bedauernswerte kleine Mann sorgte immer dafür, daß eines vor diesem Loch stand. »Schauen Sie durch«, flüsterte der Pächter.

»Nein«, sagte Adams.

»Los! Schauen Sie durch!«

Mit einem mißtrauischen Blick zu dem Mann beugte Adams das Gesicht zu dem Gitter herab. Er wollte weg, fortgehen, aber aus irgendeinem Grund würde es den Mann glücklich machen, wenn er ihm diesen Gefallen tat. Er würde es tun und dann gehen.

Zuerst sah er nichts. Dann wich die Finsternis einer helleren Dunkelheit, der gasbeleuchteten Nacht von Paris. Hatten sich seine Augen daran gewöhnt oder hatte jemand die Öffnung verdeckt? Als er hindurchsah, hörte er ein leichtes Husten, dann sah er einen Funkenschauer, als eine Zigarre am Rand des Kais landete. Adams zog sich zurück.

»Da draußen ist jemand«, flüsterte er.

Der Pächter nickte. »Sie müssen gehen«, sagte er.

Der Pächter führte Adams weiter den Gang hinunter, von seinem Schuppen weg. Das Kerzenlicht warf seltsame, flackernde Formen auf den feuchten Stein: Der ständige Wechsel machte Adams schwindlig. Er konzentrierte sich auf das Licht, das die Kerze auf den Boden warf. Ein Dutzend Meter, dann ein weiteres Dutzend. Sie gingen schweigend. Schließlich kamen sie zu einer Treppe. »Hier hoch«, sagte der Pächter. »Da ist eine Tür. Sie müssen fest dagegentreten. Sie klemmt.« Er trat beiseite, um Adams vorbeizulassen.

Da war tatsächlich eine Tür, und sie klemmte, und Adams trat dagegen. Vorbei mit einem lautlosen Abgang, dachte er, als die Tür scheppernd aufging. Er drehte sich um, blickte die Treppe hinunter und sah im Kerzenlicht das Gesicht des Pächters, der mit den Lippen stumm das Wort »Auf Wiedersehen« formte. Neben seiner Wange krümmten sich die Finger seiner Hand zu einem kindischen Winken, bei dem es Adams kalt den Rücken hinunterlief.

Draußen war es nicht vollkommene Dunkelheit. Das weiche Licht der Gaslaternen oben auf dem Boulevard leuchtete durch die vom Regen gereinigte Luft. Adams warf einen schnellen Blick in beide Richtungen, sah niemanden, konzentrierte sich dann auf den Kaiabschnitt flußabwärts beim Schuppen. War das eine Gestalt, was da an der Mauer lehnte? Die Steine des Kais glänzten im Dunkeln, und das machte es schwer, Genaueres zu erkennen. Er überlegte sich kurz, ob er weglaufen sollte. Nein: Er konnte nicht schnell laufen, und er war zu weit von der Treppe und der nächsten hell erleuchteten Straße entfernt. Verdammt, dachte er. Plötzlicher Zorn stieg in ihm auf. Er hatte genug von diesen verstohlenen, düsteren Drohungen. Er war bereit, sich dieser zu stellen. Er tat ein paar Schritte den Kai hinunter, seine Hände unbewußt zu Fäusten ballend. »Wer sind Sie? Was wollen Sie?« Er stampfte mit dem Fuß auf den Steinboden auf. »Zeigen Sie sich, verdammt noch mal!«

Er hatte den Eindruck, als bewege sich die Gestalt. Ja – etwas Dunkles löste sich von der Steinmauer und bewegte sich schnell zum Kai. Kam sie auf ihn zu? Gut! Adams ging näher. Nein, die Gestalt bewegte sich von ihm weg. Er hörte Schritte, eilige Schritte. Die Person rannte. Adams nahm die Verfolgung auf, bemühte sich trotz seines feuchten, schweren Mantels, der ihm mit jedem Schritt gegen die Knie schlug, schnell zu laufen. Er konnte nicht aufholen. Er zwang sich, noch schneller zu rennen. Das Kopfsteinpflaster war naß und rutschig, und Adams hatte eine flüchtige Vorahnung, daß er sich den Knöchel verstauchen und auf das Pflaster stürzen würde.

Als er auf der Höhe des Pächterschuppens war, sah er, daß es zwecklos war. Die Gestalt rannte immer noch, und er war ihr kein Stück nähergekommen. Seine Beute verschwand zwischen den Flügelmauern des Pont de Solférino und verlor sich in Schatten.

Adams blieb stehen. Er meinte das gleichmäßige Getrappel von Schritten zu hören. Das Geräusch wurde abwechselnd leiser und lauter in der böigen Luft. Oder war es seine Einbildung, die irgendeinen anderen Laut zu ihren Zwecken veränderte?

Adams atmete ein paarmal tief durch, um seinen Herzschlag zu verlangsamen, ging dann zu der Stelle, wo der Flüchtige gestanden hatte, und untersuchte das Kopfsteinpflaster nach Spuren. Da war doch eine Zigarre gewesen. Vielleicht war der

Stummel noch da, und Bertillon konnte einige Fingerabdrücke abnehmen. Er fand nichts auf dem Kai.

Er blickte den Fluß entlang. In diesem Moment wünschte er sich nichts Sehnlicheres, als sicher daheim in seinem Haus am Lafayette Square zu sein, mit einem Feuer im Kamin, einem Buch auf dem Schoß und einer Tasse Tee neben sich. Er zitterte, klopfte dann seine Taschen nach dem Zettel ab, auf dem DuForchés Adresse stand. Mit einem letzten tiefen Atemzug, eigentlich einem Seufzer, wandte Adams sich stromabwärts, Richtung Hotel. Neben ihm floß die Seine dahin, konturenlos und stumm in der Pariser Nacht.

Und dann, unter dem Pont de Solférino, erhaschte sein Auge das Aufblitzen eines Mantels hinter einem Pfeiler, bevor er den Schlag in den Magen spürte. Er krümmte sich, und die Welt verschob sich seltsam, ihr Bild löste sich aus der Macht der Schwerkraft und drehte sich so weit aus der Horizontalen weg, daß er überzeugt war, es könne nie wieder in die richtige Lage zurückkehren, in der Horizont und Schwerkraft in rechtem Winkel zueinander standen. Einen Moment lang empfand er Bedauern, aber keine wirkliche Überraschung, daß die Welt auf diese Art zerbrochen war. Dann traf sein Gesicht auf die unnachgiebige Härte der Steine.

Er schnaubte durch die Nase. Die Anstrengung verursachte einen scharfen Schmerz tief im Innern seiner Stirnhöhle. Er schwebte und irgend etwas drückte auf sein Gesicht. Benommen versuchte er es wegzuschieben, aber er konnte die Hände nicht heben. Sie waren festgebunden oder durch irgend etwas behindert, festgeklemmt durch das, was ihn niederdrückte. Es drückte so sehr, daß es weh tat. Er zog sein Gesicht zurück und verspürte sofort ein Ziehen im Nacken. Seine Wange hatte auf dem nassen Kopfsteinpflaster gelegen. Er senkte den Kopf wieder, spürte die Feuchtigkeit und den Splitt auf seinem Gesicht. Er rollte den Kopf zur Seite und sah den formlosen Schein einer Gaslaterne weiter unten am Kai. Im

Lichtkegel darunter konnte er eine verschwommene Gestalt erkennen. Ein Mann.

Sein Gesicht pochte.

Er stand vorsichtig auf, torkelte ein-, zweimal in der Senkrechten, konnte sich aber gerade noch fangen, bevor er umfiel. Die Gestalt unter der Straßenlaterne war jetzt deutlicher zu sehen. Er sah, wie sie ein brennendes Zündholz wegwarf, das einmal hüpfte und dann erlosch. Adams überkam eine Welle von Übelkeit, und er ging ein paar taumelnde Schritte, um sich gegen die Mauer zu lehnen. Als er sich wieder aufrichtete, hörte er ein Geräusch, das wie Hufschläge auf Torf klang, und er wollte schon nach der Quelle suchen, als er erkannte, daß es sein eigenes Herz war. Sein Magen schien gleichzeitig zu voll und zu leer. Langsam fuhr er sich mit der Hand ans Gesicht und zuckte zusammen, als er seine Nase berührte. Als er auf seine Hand blickte, war sie rot. Adams tastete nach seinem Taschentuch, ohne die Gestalt auf dem Kai aus dem Auge zu lassen. Der Mann bewegte sich in die Dunkelheit hinein, und wenn Adams ihn nicht verlieren wollte, dann würde er ihn jetzt verfolgen müssen. Seine Hände funktionierten noch nicht richtig, und das Taschentuch fiel ihm herunter. Als er sich danach bückte, wäre er fast kopfüber gefallen. Sich das Taschentuch ans Gesicht haltend, tat er einen Schritt, dann einen zweiten. Mit zunehmender Übung fiel es ihm leichter, sich aufrecht zu halten.

Er folgte der Gestalt, weil er nicht wußte, was er sonst tun sollte.

Nach ein paar Dutzend Metern war er wieder klar genug, um zu begreifen, daß es klüger wäre, sich an die Mauer zu schmiegen, damit der Mann ihn nicht entdeckte, falls er sich umdrehte. Als er das Taschentuch vom Gesicht nahm, roch er Zigarrenqualm. Das Aroma war stark, fast schmerzhaft in seiner Nase. Die Muskeln in seinem Magen fühlten sich wund an, und mit jedem Schritt verspürte er einen zerrenden Schmerz. Der Mann, der ihn geschlagen hatte, wirkte von hinten gänzlich unbesorgt. Er schlenderte mitten über den Kai, ohne sich einmal umzublicken. Adams kam es sogar vor, daß er nun besonders stolz gehe.

Der Mann ging eine Treppe hoch, die vom Kai wegführte. Adams wartete, bis er verschwunden war, und eilte dann so schnell er konnte hinterher. Oben angekommen sah er den Mann gerade auf die Place de la Concorde treten. Adams folgte ihm über den Platz, auf Distanz bedacht, und weiter in den Boulevard Malesherbes hinein. Er hätte ihm allein durch den Geruch der Zigarre folgen können, der ihm scharf in der Nase brannte und durch das Blut dort merkwürdig medizinisch roch. Erst als sie an der Chapelle Expiatoire vorbeigingen, ahnte Adams allmählich, wohin der Weg führte. Er wurde langsamer, blieb dann hinter einem Baum stehen, während der Mann die Stufen von Nummer 175 hinaufging: zu Madame LeBlanc.

Der Mann betrat das Haus, ohne zu klingeln.

Adams ging ebenfalls die Stufen hoch und spähte durch die Türscheibe. Bei dem flüchtigen Blick, den er auf seinen Angreifer hatte werfen können, bevor er verschwunden war, hatte Adams sein Gesicht nicht erkennen können. Er wurde plötzlich wütend und klingelte Sturm. Aber das reichte ihm längst nicht, und so begann er, mit der Handfläche ungeduldig gegen die Tür zu hämmern, fester und fester. Vernünftigerweise erkannte er, daß die Scheibe zerbrechen könnte. Er verlagerte seinen Angriffspunkt auf den ausreichend widerstandsfähigen Türpfosten.

Die Tür wurde von Madame LeBlancs Dienstmädchen geöffnet, das überrascht wirkte und Angst zu haben schien, ihn zu sehen. Er beachtete sie nicht, sondern schob sich an ihr vorbei, und, anstatt zu warten, daß er empfangen wurde, schritt er in die Diele und riß die Tür zum Salon auf. Drinnen fand er Madame LeBlanc mit drei Männern vor: Loubet, der grauhaarige, spitzgesichtige Premier, der dunkelhaarige Boulangist Delahaye, und Clemenceau, der schlaksige Sozialist mit rotblondem Haar.

»Einer von Ihnen wird die Gerechtigkeit des Gesetzes zu spüren bekommen!« brüllte Adams sie an. »Wer von Ihnen war das? Wer hat es getan? Ich werde Sie vor Gericht bringen! Wegen schwerer Körperverletzung!« Er schüttelte die Faust, und als er sie da am Ende seines Armes bemerkte, dachte er: eine Waffe. Schade, daß er nicht wußte, gegen wen er sie richten sollte. Er kam näher und verzeichnete mit Befriedigung die Überraschung und Angst in ihren Mienen. Loubet, der ihm am nächsten stand, wich zurück. Adams richtete seinen Zorn auf ihn. »Ich sollte Sie verprügeln! Allesamt! Was meinen Sie denn, mit wem Sie es zu tun haben?« Er schrie. Aber bevor er im passenden Abstand für einen Schlag war, verlor er den Mut. Der Schrei hatte ihm in der Kehle weggetan, ein Schmerz, der ihn befreite. Er wußte, daß er sich wie ein verrückter alter Mann anhörte. Er war erleichtert, als Clemenceau, plötzlich an seiner Seite, seinen Arm festhielt, um ihn zu bremsen. Er schüttelte seine Faust noch einmal gegen niemand bestimmten und trat dann zurück, wand sich aus Clemenceaus Griff. Ihm war nach Weinen zumute.

»Vorsicht, Monsieur Adams«, riet ihm Clemenceau. »Sie sind hier ein Eindringling.«

Adams ließ den Blick durch den Raum wandern. Delahaye, Loubet, Clemenceau. Drei Abgeordnete. Keiner hatte einen Mantel an. Keiner hatte die richtige Körpergröße oder Gestalt, um der Mann zu sein, der ihn geschlagen hatte. Keiner rauchte Zigarre.

»Monsieur Adams«, sagte Madame LeBlanc mit ruhiger Stimme von einem gepolsterten Stuhl am Kamin. »Sie sehen ja grauenhaft aus. Bitte nehmen Sie Platz. Sie müssen Schmerzen haben. Avril, kannst du dich um unseren Besucher kümmern? Ein Handtuch vielleicht? Was immer er braucht.«

Adams ließ zu, daß man ihn auf eins der Sofas setzte. Jetzt, da sein Zorn nachließ, fühlten sich seine Beine kraftlos und schlaff an. Er legte seinen Kopf auf das Kissen und spürte, wie ihm das Blut in seiner Nase die Kehle herunterrann. Da war Blut, sein eigenes, auf Mantel und Anzug. Wohin war sein Angreifer verschwunden? »Ich glaube, Sie sollten einander vorgestellt werden«, sagte Madame LeBlanc vornehm, bevor er fragen konnte. »Abgeordneter Delahaye, darf ich Ihnen Monsieur Adams vorstellen.«

»Angenehm.« Delahaye verzog das Gesicht in Adams' Richtung. Adams hielt den Kopf nach hinten geneigt, warf Delahaye einen schiefen Blick zu und hob zur Erwiderung eine Hand. Sie war schwer. Adams war plötzlich müde. Delahayes dunkles Haar, eng an den Schädel geschmiegt, glänzte vor Pomade.

»Den Abgeordneten Clemenceau kennen Sie schon, glaube ich. Und das ist Premierminister Loubet. Monsieur Premierminister, Henry Adams.« Der Premierminister nickte vage in Adams' Richtung, ohne ihn richtig anzusehen, wandte sich dann ab und fixierte irgendein Stück Verzierung am anderen Ende des Zimmers, das ihn mehr interessierte. Adams wollte ihm schon sagen, daß er ihn schon einmal gesehen habe, auf den Stufen eben dieses Hauses, besann sich aber eines Besseren. »Jemand hat mich geschlagen«, sagte er unnötigerweise. Er legte wieder den Kopf zurück. »Ich bin ihm hierher gefolgt. Ich habe vor, ihn zu finden.«

Madame LeBlanc, die immer noch am Kamin saß, stieß einen Seufzer aus. »Monsieur Adams.« Er bemerkte in ihrer Sprechweise ein leichtes Zischen, durch einen schwachen Überbiß verursacht, den er bis dahin noch nicht bemerkt hatte. Ihre Vorderzähne standen so weit vor, daß ihre obere Lippe, die sie bedeckte, nach vorne geschoben wurde. Das war nicht unattraktiv und gab ihr etwas Mädchenhaftes. »Nach altem Brauch ist mein Haus eine politisch neutrale Zone. Ein Mann, der dieses Haus betritt, ist von allem befreit. Hier werden keine alten Rechnungen beglichen, keine Kämpfe ausgefochten, es gibt keine Vergangenheit, keine Aussichten oder Absichten jenseits der naheliegenden, die den Besucher hierherziehen.« Sie lächelte, aber über ihren hohen Wangen waren ihre Augen kalt. »Es hat sich herausgestellt, daß diese Sitte sehr geschäftsdienlich ist. Verstoßen Sie nicht dagegen, Monsieur Adams.«

Das Dienstmädchen kam mit einer großen Schale warmen Wassers und einem Tuch wieder und versorgte Adams' Gesicht. Er versuchte, über das sich bewegende Tuch die Gesellschaft im Auge zu behalten. »Der Mann, der mich geschlagen hat –« begann er, konnte aber nicht zu Ende reden. Avril und ihr Tuch verhinderten weitere Worte.

»Könnte ebensogut nicht mehr da sein.« Madame LeBlanc beendete den Satz für ihn. »Denken Sie nicht mehr an ihn. Wirklich, ich muß darauf bestehen. Dies ist ein sicherer Hafen.«

Adams schob die Hand des Dienstmädchens weg. »Und daher dieses Treffen?« Er versuchte, sich aufzusetzen, aber die Bauchmuskeln schmerzten zu sehr. Auf der linken Seite seiner Zunge war eine Wunde. Seine Zähne fühlten sich scharf an, wenn er dagegen kam. Er zuckte zusammen, als das Dienstmädchen ihm über die Nasenwurzel wischte. Etwas fühlte sich da drinnen gebrochen an. Sie war nicht sehr sanft. Adams betrachtete ihr Gesicht, als sie sich über ihn beugte, die natürliche Reaktion, wenn sich ein anderes menschliches Gesicht in nächster Nähe befindet, aber Avril ignorierte ihn. Weder fürsorglich noch böse, verrichtete sie ihre Arbeit, säuberte mechanisch etwas, das gesäubert werden mußte. Als sie das Tuch ausspülte, sah er, daß sich das Wasser in der Schale rosa verfärbte. Er wehrte sie ab, bevor sie ihm noch einmal wehtun konnte.

Irgendeine unausgesprochene Verständigung zwischen ihnen hatte hier stattgefunden. Wieso waren sie alle hier? Delahaye und Clemenceau, politische Gegner, Loubet, der Zentrist, der einer korrupten Regierung vorstand, die sich kurz vor dem Sturz befand. Er hatte eine Ahnung. »Die Chéquards«, sagte er. »Die Liste. Jeder von Ihnen will sie haben. Madame LeBlanc weiß, wie man mit –« – er konnte sie nicht Nicht-Miriam nennen, nicht vor diesen Leuten – »mit dieser Frau Verbindung aufnehmen kann, die sie hat.«

»Monsieur Adams«, sagte Delahaye, »Sie täten gut daran, nicht so neugierig zu sein. Sehen Sie zu, daß Sie wieder in Ordnung kommen, und gehen Sie. Das hier betrifft Sie nicht. Gehen Sie nach Hause. Man wird sich um alles kümmern.«

»Und *ob* es mich betrifft. Ich will wissen, wo meine Bekannte ist. Die Amerikanerin. Sie brauchen mir nur zu sagen, wo sie ist, und ich werde gehen.«

»Das können wir leider nicht tun«, sagte Clemenceau.

»Können oder wollen nicht?«

»Können nicht«, murmelte Madame LeBlanc. Sie lachte leise auf. »Louise ist an einem sicheren Ort. Alle wollen wissen, wo sie ist. Sie ist in letzter Zeit eine sehr begehrte junge Frau geworden.«

»Sie heißt Louise?« fragte Adams. Louise, wiederholte er stumm. Louise.

»Ja«, sagte Clemenceau, »Louise Martin –«

»Also wirklich, Léonide, ich muß doch bitten.« Loubet schnitt Clemenceau das Wort ab. »Er muß jetzt gehen. Ich bestehe darauf. Ich bin höchst beunruhigt über diese Störung unserer Zusammenkunft. Sie haben mir Ihr Wort gegeben. Niemand sollte von dieser Sache etwas erfahren.« Sein Blick zu Clemenceau machte seine Abscheu vor Öffentlichkeit deutlich.

»Schon gut, Monsieur le Premier«, sagte Clemenceau in einem besänftigenden Tonfall, den der Premier leicht als herablassend hätte interpretieren können. »Die Anwesenheit von Monsieur Adams kann Madame LeBlanc kaum zur Last gelegt werden. Sie ist sehr mächtig, ja, aber ich glaube, nicht allmächtig. Ein unvorhergesehenes Ereignis, weder positiv noch negativ in seiner Art. Ist das nicht so, Monsieur Adams? Wir werden sehen, was er hiermit anfängt. Vielleicht können wir ihn überzeugen, Diskretion zu wahren.«

Auf einer Seite hörte Adams Delahaye leise ein knappes, protestierendes »Ha!« ausstoßen. Als er ihm den Kopf zuwandte, sprach Delahaye ihn direkt an: »Das hier geht Sie nichts an.«

Adams wollte Delahaye in beiden Fällen zwar instinktiv eines Besseren belehren, wollte aber auch mehr Informationen bekommen, und war sich deswegen nicht sicher, wie er vorgehen sollte. In diesem Raum gab es Wissen, Wissen, das ihm helfen würde, Louise zu finden. Wissen, das auch seines werden könnte, wenn er nur wüßte, wie. Auf einmal fielen ihm die Photographien in seiner Tasche ein. Clemenceau, dachte er, ist verletzlich. »Ich habe etwas, das *Sie* angehen könnte.« Er zog die Photographien heraus und legte sie eine nach der anderen auf dem Tisch vor dem Sofa aus. »Lesseps Senior. Lesseps Junior. Reinach. Türr. Alle korrupt. Mehr Korruption. Mehr, mehr.« Er sagte dies, um die Namen zu kaschieren, die er nicht kannte, und machte weiter. Die Photographien lagen schief aufeinander. »Und noch einer. Und noch einer.« Dinglers Bild fiel auf den Tisch. »Noch einer.« Ein Stich des Bedauerns: Dingler war nicht korrupt gewesen. Aber der Zwang des Augenblicks, die dramatische Kraft der Wiederholung ... »Noch einer. Und dieser hier.« Er hatte es so eingerichtet, daß Clemenceaus Bild den dramatischen Abschluß bilden würde. »Sie können sie behalten«, sagte er und winkte mit einer kalkulierten Handbewegung ab. »Es gibt noch mehr, da wo diese herkommen.« Er hätte beinahe hinzugefügt, daß ein Abzug im Besitz der Polizei sei, hielt es aber für besser, diese Tatsache nicht zu verraten. Die implizite Drohung der Enthüllung könnte sich als nützlich erweisen. »Diese stammen aus einer einzigen Photographie. Jemand ist in meine Räume eingebrochen und hat sie verbrannt. Einer von Ihnen? Wer?«

Er blickte von einem Gesicht zum anderen, fand aber niemanden, der ihm antwortete. Loubet kaute ungeduldig auf der Unterlippe und starrte zur Wand, während Delahaye grinste und langsam den Kopf schüttelte. Niemand sagte etwas.

Clemenceau seufzte. »Monsieur Adams, Sie haben keine Veranlassung, mir zu vertrauen. Ich wünschte aber, Sie würden es tun. Denn wenn es je einen Moment gab, in dem Ihren Interessen gedient wird, dann ist es dieser. Sie sind in etwas verwickelt, das Sie nicht verstehen. Ihre Anwesenheit hier wird immer weniger nützlich. Es wäre besser, Sie würden uns verlassen, damit wir hier fortfahren können. Das würde sogar Ihr Wiedersehen mit der jungen Frau beschleunigen, die Sie suchen.«

Von seinem Platz auf dem Sofa aus starrte Adams mißmutig in die Runde. Ein kleiner Teil von ihm wollte die Möglichkeit akzeptieren, daß Clemenceau es ehrlich meinte, aber diese vorsichtige Stimme kam nicht gegen die größere Flut seines Zorns und Mißtrauens an. Adams hatte das sichere Gefühl, daß er recht hatte: Clemenceaus Versicherungen dienten dessen eigenen Interessen. Clemenceau hatte gelogen, als er sagte, er wisse nicht, wo Nicht-Miriam – nein, Louise – steckte, und ihm war nicht zu trauen. »Ich möchte Louise sehen«, sagte er. »Ich bestehe darauf.«

Delahaye schnaubte. »Wir würden diese junge Frau alle gern sehen, Monsieur Adams. Sie können unserem Club beitreten.« Loubet sah Delahaye angewidert an.

»Ich gehe hier nicht weg«, versicherte Adams ihm.

»Das reicht mir jetzt«, sagte Loubet. »Mädchen!« rief er scharf nach Avril, die sich diskret zur Tür zurückgezogen hatte. »Mantel und Hut!«

»Ein Kompromiß, ein Kompromiß«, schlug Clemenceau vor, mit einer abwehrenden Handbewegung in Avrils Richtung. Er wandte sich Madame LeBlanc zu. »Monsieur Adams könnte Louise eine Mitteilung schreiben. Vielleicht wird ihn das zufriedenstellen. Wenn sie ihn treffen möchte oder ihm ihren Aufenthaltsort verraten möchte, kann sie ihm das in einer Antwort schreiben.«

»Ich will ihr nur helfen«, erklärte Adams, der glaubte, Clemenceaus Vorschlag brauche Unterstützung.

»Das tun Sie am besten, wenn Sie sie in Ruhe lassen«, sagte Delahaye scharf. »Wenn Sie sie finden, woher wollen Sie wissen, daß Sie nicht irgend jemand direkt zu ihr führen, jemanden, der ihr Böses will?« Er schien in diesem Moment besonders Clemenceau anzusehen.

Adams erkannte, daß dieser Einwand berechtigt war. Er holte tief Luft und überlegte. Ja. Seine Aufmerksamkeit könnte ihr schaden. Wollte Clemenceau diese Liste so dringend haben, daß er bereit war, Louise wehzutun, um sie zu bekommen? Oder Delahaye? Oder Loubet? Nichts, was er in ihren Mienen sah, verriet ihm das eine oder andere. Nein, er ging besser nicht zu ihr, traf sie besser nicht. Noch nicht. Aber – »Eine Mitteilung würde keinen Schaden anrichten.«

»Ich stimme zu«, meinte Delahaye. »Eine Mitteilung von Monsieur Adams wäre angemessen.«

»Vorausgesetzt, der Bote wird nicht verfolgt«, sagte Clemenceau mit einem Blick auf Delahaye.

»Einverstanden«, sagte Delahaye langsam.

»Loubet?« fragte Clemenceau.

»Na gut«, sagte Loubet. Er sah zu Delahaye, Clemenceau, Madame LeBlanc und starrte dann Adams an. Sein Kiefer arbeitete, er drückte die Unterlippe zweimal gegen die obere Zahnreihe und wandte sich dann ab. »Wenn Sie wollen. Einverstanden.«

»Dann ist das also geklärt«, verkündete Clemenceau.

»Ich werde tun, was ich kann«, sagte Madame LeBlanc. »Es liegt nicht vollständig in meiner Hand.«

Adams sah von einem Gesicht zum anderen, von Clemenceaus sommersprossigem Gesicht zu Loubets spitzem Profil und zu Delahaye mit seinem pomadisierten Haar und der wächsernen Räubermiene. Allein Madame LeBlanc begegnete seinem Blick. Die Lippen geschürzt, die Augenbrauen gehoben, wirkte sie amüsiert und erwartungsvoll. Sie wartete darauf, daß er etwas sagte.

Er räusperte sich. »Etwas zum Schreiben?« fragte er. »Und woher weiß ich, daß sie es auch bekommt?«

Madame LeBlanc fand das nicht komisch. »Monsier Adams, wenn Sie damit andeuten wollen, daß ich von Ihnen eine Mitteilung entgegennehme, sie nicht weiterleite und dann eine Antwort erfinde, dann ist das eine Beleidigung!«

Natürlich, es würde eine Antwort geben. Daran würde er es merken. Er dachte nicht richtig nach.

»Sie könnten sie bitten, Ihnen etwas zu sagen, was nur sie wissen kann«, schlug Clemenceau vor, mit einem Seitenblick auf Madame LeBlanc. »Dann haben Sie die Gewißheit, daß ihre Antwort echt ist.«

Adams fand diese Idee gut. »Und wann bekomme ich meine Antwort?«

»Morgen. Morgen nachmittag, hier«, sagte Madame LeBlanc. »Um Zwei. Das müßte genügend Zeit sein.«

»Ein versiegelter Brief«, sagte Adams.

Zwischen den Sachen, die Madame LeBlanc ihm auf dem Tisch zeigte, hinter dem sie bei Adams' erstem Besuch gestanden hatte, befand sich auch ein Siegel. Er nahm Platz und holte Papier, Feder und Tintenfaß aus der Schublade. Als sie ihm zu nahe kam, starrte er sie an und zwang sie, sich zurückzuziehen. *Liebe Louise*, schrieb er in seiner eckigen, regelmäßigen Handschrift. *Ich schreibe Ihnen, um* ... Um was? Um zu sagen, daß ich endlich deinen Namen erfahren habe? Um dir zu sagen, daß ich dich vermisse? Um dir zu sagen, wie gut ich weiß, daß zuviel Blau das Leben ebenso flach macht wie zuwenig?

Er war es nicht gewohnt, vor Publikum zu schreiben. Er versuchte sich auszuschließen. Da niemand merken sollte, daß er noch einmal von vorne anfing, zerknüllte er das Blatt nicht, sondern schob es leise unter ein frisches. Er startete einen zweiten Versuch. *Madame LeBlanc versichert mir, daß Ihnen diese Zeilen überbracht werden. Wenn Sie sie erhalten, geben Sie mir bitte Antwort, und beginnen Sie ihre Antwort mit einer Beschreibung des Bildes, an dem Sie an dem Tag arbeiteten, an dem wir uns kennenlernten. Auf diese Weise werde ich wissen, daß Ihre Antwort echt ist.* Er hielt inne, um zu überlegen. *Ich habe Sie gesucht und mir Sorgen um Ihre Sicherheit gemacht. Kann ich irgend etwas tun, um Ihnen zu helfen?* Er wollte der Mitteilung eine persönliche Note geben. Er wollte ihr etwas von der Dringlichkeit vermitteln, die er empfand, ein Gefühl von der Standhaftigkeit, die er die ganze Woche hindurch bewiesen hatte. Komm aus deinem Versteck, wollte er sagen. Offenbare dich mir!

Das konnte er auch nicht sagen. *Mein Hilfsangebot ist aufrichtig gemeint. Ich verbleibe Ihr ergebenster Diener*, und er unterschrieb einfach mit »Henry«. Dann fiel ihm ein, daß er sie erst zwei Monate zuvor kennengelernt hatte und es fast sechs Wochen her war, daß er sie zuletzt gesehen hatte, und er fügte »Adams« hinzu. Der vollständige Name wirkte zu förmlich, zu distanziert. Aber etwas in der Mitte gab es nicht, und rückgängig machen ließe es sich nur, wenn er den Brief noch einmal abschrieb. Er beschloß, es dabei zu belassen. Er blies auf das Papier, um die Tinte zu trocknen, dann faltete er das Blatt und steckte es in einen Umschlag. In der Schublade fand er etwas Wachs und ein Siegel. Er steckte seinen mißlungenen ersten Versuch in die Tasche, erhob sich und übergab Madame LeBlanc das Couvert.

»Morgen nachmittag. Um zwei Uhr.«

Adams nickte.

Die Stufen, die zu DuForchés Wohnung hinaufführten, waren steil und dunkel. Durch die Anstrengung des Treppensteigens begann sein zerschlagenes Gesicht zu pochen, und wenn er zu tief einatmete, spürte er wieder diese Faust in seinem Bauch, ein runder harter Knoten unter seinem Zwerchfell.

»Mein Gott!« sagte DuForché, als er Adams hereinließ. »Was ist denn mit Ihnen passiert?« Seine lockigen Haare waren auf einer Seite vom Schlaf angedrückt.

»Ein schwerer Tag.« Er blickte hoch, um zu sehen, ob DuForché Ironie schätzte, konnte es aber nicht feststellen. Er erlaubte dem jungen Mann, ihm aus dem Mantel zu helfen. »Ich muß mich ausruhen. Ich kann nicht bei mir schlafen. Könnte ich bei Ihnen bleiben?«

»Natürlich, natürlich.« DuForché lotste ihn zu einem Stuhl, wo Adams sich sofort die Schuhe aufschnürte, voller Vorfreude auf die Erleichterung, die er bei der Befreiung seiner Füße empfinden würde.

Einige Minuten später hatte DuForché ihm ein kühles feuchtes Tuch aufs Gesicht gelegt, hatte Mantel und Jacke zum Trocknen aufgehängt und ihm eine heiße Tasse Tee hingestellt. Als Adams sich über seine Füße beklagte, kam der junge Mann kurz darauf mit einer Schüssel warmer Epsom-Salz-Lösung an. »Das ist das beste dagegen«, sagte er, während er Adams' Socken herunterkrempelte. Adams protestierte – niemand sollte jemand anderem die Socken ausziehen müssen –, aber der junge Mann handelte schnell, zu schnell, und außerdem tat es gut, sich von jemandem umsorgen zu lassen. DuForché plauderte besänftigend vor sich hin. »Das mache ich auch immer, wenn ich zuviel auf den Beinen gewesen bin. Der Freund des Polizisten. Ich glaube, die Hälfte der Epsom-Salz-Packungen, die in dieser Stadt abgesetzt werden, gehen auf das Konto der Polizei. So, wie ist das?«

Adams mußte zugeben, daß es sich gut anfühlte. DuForché hatte sogar ein Paar dicke Bücher mitgebracht, um sie unter die Schüssel zu legen, die dann so hoch stand, daß Adams seine Füße ganz eintauchen konnte.

»Vielen Dank. Vielen Dank.«

»Ist es nicht zu heiß?«

»Nein. Gerade richtig.« Seine Zunge fühlte sich geschwollen an, und er wollte nicht reden.

»Erzählen Sie mir, was passiert ist.«

Adams stöhnte ein wenig. Aber wie konnte er es ihm verwehren? Er nahm einen Schluck Tee, umschloß die Tasse mit beiden Händen und begann. »Ich bin zur Badestelle gegangen. Der Pächter hat den Mord an Miriam Talbott beobachtet. Ach ja, Miriam Talbott wurde ermordet. Das steht im Bericht des Leichenbeschauers; deshalb hat ihr Mörder auch den Leichenbeschauer getötet, um den Bericht auszutauschen. Ich habe den Bericht bei meinem Freund John Hay gesehen, weil der Leichenbeschauer eine Kopie an die Botschaft geschickt hat. Sie muß schon in seinem Postkorb gewesen sein, als er starb.« Der Tee war süßer, als er ihn üblicherweise trank, und die Wärme verbreitete sich ungleichmäßig in seinem Mund. Er prüfte seine Zunge und spürte, daß sie auf einer Seite taub wurde. »Ich nehme an, jemand ist mir dorthin gefolgt. Zu dem Badeplatz. Als ich ihn verfolgen wollte, hat er mich niedergeschlagen. In den Bauch getroffen. Das Gesicht habe ich mir beim Sturz aufgeschlagen.« Er griff danach, aber die Schwellung dort hielt ihn von einer festeren Berührung ab, also drückte er nur so leicht, daß es nicht wehtat. »Ich glaube, ich habe mir die Nase gebrochen.« Wo war er stehengeblieben? »Und dann bin ich ihm gefolgt – dem Mann, der mich niedergeschlagen hat. Sehr interessant.«

»Wieso? Was? Was ist passiert?«

Adams berichtete von der Zusammenkunft, in die er hineingeplatzt war, und von der Vereinbarung, daß er am nächsten Tag Louises Antwort erhalten sollte.

»Na bitte. Mord, Selbstmord, Erpressung, Nötigung, Korruption«, sagte DuForché. Er hatte einen Stuhl von seinem Küchentisch ins Wohnzimmer gebracht und sich rittlings draufgesetzt, das Kinn auf die verschränkten Arme gestützt, während Adams berichtete. »Es ist alles vertreten. Widerwärtig! Sie verkaufen ihre Stimmen für Geld, und dann töten sie, um den Verkauf geheimzuhalten.« Er schüttelte den Kopf. »Und da haben Sie auch Ihr Motiv. Reinach bringt sich um, aber man könnte sagen, Herz hat ihn dazu getrieben. Und Miriam Talbott hat versucht, diese Abgeordneten zu erpressen, also wird sie von einem von ihnen umgebracht. Oder vielleicht von mehreren. Wie ein Gemeinschaftsunternehmen«, fügte er sarkastisch hinzu. »Loubet, Clemenceau und Delahaye AG.«

»Nein, das glaube ich nicht.«

»Richtig, ja. Delahaye und Clemenceau würden profitieren, wenn die Liste der Chéquards an die Öffentlichkeit käme. Die hat sie natürlich nicht erpreßt. Was sage ich da. Natürlich nicht. Es sei denn, sie hat es versucht, und sie haben sie ausgelacht und zu ihr gesagt: ›Seien Sie doch nicht dumm!‹« Er überlegte einen Moment. »Ihre Freundin, diese Louise, sie bekommt die Liste der Chéquards von Miriam Talbott. Sie wohnen zusammen. Miss Talbott hatte sie ursprünglich von Reinach. Er besaß diese Liste, hat vielleicht versucht, sie gegen Herz zu verwenden, und ihm gesagt: ›Ich gehe mit dieser Liste zur Zeitung, bringe die gesamte Regierung zu Fall, lasse Sie wegen Bestechung anklagen, wenn Sie nicht einen Teil dieses Geldes für mich abzweigen.‹ Es ist eine gute Drohung, und Herz leistet die Zahlungen, aber vielleicht wird Reinach zu gierig, und schließlich sieht Herz einen Ausweg: Er bringt ihn einfach um. Aber Miss Talbott – sie bekommt die Liste, aber sie macht es anders. Sie kämpft. Sie sieht, was mit Reinach passiert, und taucht unter. Reinachs Mörder können sie nicht finden, sonst hätten sie sie gleich mit umgebracht. Und sie will Rache, Vergeltung gegen diese bösen Männer, die ihren Liebhaber getötet haben. Sie will sie bestrafen. Aber sie macht einen Fehler, und sie wird aufgespürt und ebenfalls getötet.«

Adams schüttelte den Kopf. »Das ist doch nur wild herumphantasiert, oder haben Sie etwas Konkretes?«

»Ob ich etwas Konkretes habe?« Der junge Mann lächelte. »Allerdings habe ich etwas.«

Adams wartete. »Michel, bitte, ich bin müde.«

»Das liegt doch auf der Hand, oder? Lesseps hat gesagt, Reinach hätte die Gesellschaft ausgesaugt. Das ist die Version, die Sinn macht. Herz hat all diese Abgeordneten bestochen, und zwar mit Schwarzgeld, und Reinach hat sich überlegt, wie er etwas davon abbekommen konnte. Schmiergeld von Herz.«

»Und wenn es genau andersherum lief?« DuForché verstand nicht. »Was, wenn Herz Reinach erpreßt hat? Und Reinach die Zahlungen aus den Konten für Öffentlichkeitsarbeit und Lobbyisten genommen hat, die Herz zur Verfügung standen? Sie haben recht – es war Schwarzgeld, er konnte sich also soviel davon nehmen, wie er brauchte.« Adams hielt das nicht für wahrscheinlich, wollte DuForché aber zeigen, daß die Tatsachen ambivalent waren.

»Das gefällt mir. Das gefällt mir noch besser. Und das erklärt etwas.«

»Was?«

DuForché lächelte und hob einen Finger hoch. »Sehen Sie, ich habe einige Dinge erfahren. Zum Beispiel: Der Besuch, den sie kurz vor ihrem Tod unternahm, den Besuch, den sie und Clemenceau bei Herz abstatteten, direkt vor Reinachs Tod. Das war ihr Fehler. Sie tauchte zu lange aus ihrem Versteck auf, um sich mit Herz zu treffen. Sie muß gedroht haben, Herz und die Chéquards bloßzustellen, wenn Herz nicht aufhörte. Aber natürlich ist es eine Drohung ohne große Wirkung: Herz ist kein Franzose. Ihm ist es egal, ob die Regierung stürzt, ob Frankreich zur Hölle fährt.«

Clemenceau! Wußte er mehr, als er zugab? Oder ließ DuForché seiner Phantasie zu sehr freien Lauf? Adams' Gedanken fühlten sich allmählich so an wie seine Füße, matschig, formlos, unfähig weiterzugehen. Er begann zu gähnen, bremste sich aber, bevor es anfing zu schmerzen, verschluckte es mit heruntergedrücktem Unterkiefer und fest verschlossenem Mund. Vielleicht sollte er zu Loubet gehen und herausfinden, wie Clemenceaus Interesse an dieser Sache aussah. Oder zuerst zu Delahaye, um ihn wegen Loubet zu fragen, so daß er dort nicht unvorbereitet erscheinen müßte und Loubets Reaktion richtig einschätzen könnte. Oder zu Clemenceau selbst, um ihn wegen Delahaye zu befragen ...

»Aber ist Ihnen klar, was das bedeutet? Das bedeutet, daß Reinach sich nicht umgebracht hat. Nein –«

Adams hielt eine Hand hoch. »Es tut mir leid, Michel«, sagte er leise. »Ich schlafe gleich ein. Ich muß ins Bett. Sprechen wir morgen weiter darüber.«

Freitag,
25. November 1892

Adams erwachte in DuForchés Wohnzimmer vom merkwürdigen Klang einer murmelnden Stimme. Adams hatte darauf bestanden, auf dem Sofa zu schlafen, obwohl DuForché ihm gerne das Bett überlassen hätte. Er öffnete die Augen und rührte sich nicht, versuchte festzustellen, woher die Stimme kam, obwohl er niemanden sah. Das Gemurmel war leise und monoton, undeutlich bis auf die Zischlaute, die die Luft mit einem eigenen Rhythmus durchschnitten. Unmöglich zu sagen, wie lange es schon so ging. Er setzte sich argwöhnisch auf, eine Anstrengung, bei der sein Bauch schmerzte, und spähte über die Rückenlehne des Sofas. DuForché kniete in der Ecke des Zimmers, das Gesicht zur Wand gerichtet.

Adams legte sich wieder zurück. Jetzt, da er die Quelle kannte, war das gedämpfte Sprechen besänftigend. Mit einer leichten Kopfwendung konnte er aus dem Fenster sehen. Dort, auf dem stumpfen Kupfer eines benachbarten Dachs, hatte der Schatten eines Kamins den Nachtfrost vor der Morgensonne geschützt, wodurch ein breites weißes Band zurückgeblieben war. Der Himmel über der Dachlinie war klar, hell und blau. Sein Körper schmerzte, und er fühlte sich zerschlagen, aber auch ganz einfach aufgeregt, wie ein Kind: Er würde von Louise hören. Er wollte draußen sein, in diesem frischen Morgen.

Als DuForché in die Küche ging, stand Adams auf. Er schlüpfte in seine Kleidung und legte in aller Ruhe seine

Decken zusammen. Gegen das Blut vorne auf seinem Hemd konnte er nichts machen. Während er seine Manschetten befestigte, ihren schlaffen, verschmutzten Zustand bedauerte, ging er zu der Ecke hinüber, wo DuForché gekniet hatte. Dort an der Wand befanden sich, in den gegenüberliegenden Ecken, zwei alte Music Hall-Plakate. Ihre Farben vertrugen sich nicht: Das eine hatte schwarze Buchstaben auf einem gelblich-orangefarbenen Hintergrund, das andere, mit dem Bild einer Frau, die an einem Trapez hängend sang, war hauptsächlich rosa. Beide warben für dieselbe Sängerin. Auf einem Tisch darunter stand eine einzelne Kerze und ein Bild in einem Silberrahmen von einer jungen Frau, die ein Kind hielt. Er beugte sich vor, um es zu betrachten. Ein professionell hergestelltes Porträt, in einem Atelier aufgenommen, und die Frau war auffallend schön. Sie stand in einem Abendkleid vor einem vollkommen weißen, konturenlosen Hintergrund, ihr Gesicht strahlte übernatürlich friedlich, gefaßt und freundlich. Das Kind war leicht verwackelt. Es hatte sich während der Belichtung bewegt. Clover war es immer gelungen, etwas von ihrer eigenen Konzentration auf die Menschen, die sie photographierte, zu übertragen, hielt sie ganz entspannt, doch in perfekter Bewegungslosigkeit fest. Aber mit Kindern hatte sie nie gearbeitet. Kinder waren sicher schwierig.

»Meine Mutter«, sagte DuForché hinter ihm. »Sie war Sängerin.«

Adams richtete sich auf. »Oh.« Es schien, daß mehr erwartet wurde. »Sie ist sehr hübsch.«

»War sehr hübsch. Sie starb, als ich noch ein Kind war.« Da war keine Klage in seiner Stimme, er stellte nur eine Tatsache fest.

»Sind Sie das?« fragte Adams mit einem Kopfnicken zu dem Bild.

»Ja.«

Adams' Manschette war befestigt, aber er hantierte weiter damit herum, weil er die Ablenkung brauchte. Auf dem Bild war kein Mann zu sehen. Er fragte sich, ob DuForché Waise war oder von seinem Vater großgezogen worden war. »Das muß hart für Sie gewesen sein.« Er warf einen Blick hinter sich.

DuForché legte den Kopf zur Seite und starrte ihn mit großen Augen an. War die Bemerkung verletzend gewesen? Zu persönlich. DuForché sah so aus, als versuche er, in Adams' Miene irgendeinen Hinweis zu finden, der seine Kühnheit erklärte. Adams begann sich unter seinem Starren allmählich unbehaglich zu fühlen.

»Ihre Augen, da um die Nase herum,« sagte DuForché, »eine unglaublich violette Färbung.« Er schüttelte verwundert den Kopf. »Das sollten Sie mal sehen.«

Er sah in den Badezimmerspiegel und stellte fest, daß es stimmte. Der Bluterguß sah aus wie eine Maske, breitete sich über der Nasenwurzel aus, verdunkelte die Haut über und unter beiden Augen. Es ließ ihn müde aussehen, und gefährlich.

»Kommen Sie frühstücken«, rief DuForché. »Ich möchte Ihnen etwas zeigen.« Das Frühstück bestand aus starkem, bitteren Kaffee, Käse und Stücken alten Brots, die von einem langen Laib abgebrochen waren. Adams setzte sich. »Sehen Sie hier.« DuForché zeigte auf einen Zeitungsausschnitt bei Adams' Teller. »Gestern abend waren Sie zu müde, aber ich dachte, es interessiert Sie.«

Adams las den Zeitungsausschnitt. Es war eine alte Geschichte über die Panama-Affäre. Er fragte sich, aus welcher Zeitung er stammte, denn in ihm wurde Cornelius Herz von jeder Schuld freigesprochen. Er wurde wegen eines Falls von Bestechung angeklagt – Adams erinnerte sich: der Fall, in dem der Staatsanwalt glaubte beweisen zu können, daß ein syndikalistischer Abgeordneter beteiligt war – aber zu dem Zeitpunkt, an dem Herz im Restaurant de la Cascade hätte sein sollen, um einen Scheck über den Tisch zu schieben, war er tatsächlich meilenweit entfernt, bei einem Mittagessen der Kanalgesellschaft, und konnte es beweisen. »Und?« fragte er DuForché und gab ihm den Ausschnitt zurück.

»Sehen Sie? Das Motiv für das Verbrennen Ihres Bildes.«

Adams sah es nicht.

»Welches Datum stand auf der Photographie?«

»Daran kann ich mich nicht erinnern.«

»Ich schon. Der 25. Januar 1883. An welchem Tag fand Herz' Treffen im Bois de Boulogne statt?« Er gab ihm den Ausschnitt zurück.

»Der 25. Januar 1883?« Er hatte das Datum nicht beachtet.

»Genau.«

»Und was beweist die Photographie?«

»Daß Herz nicht bei dem Essen war, dem Abschiedsessen für diesen Dingler. Wäre er da gewesen, wäre er auf dem Bild zu sehen.«

»Deswegen bräuchte er das Bild doch nicht zu vernichten. Er könnte sich irgendeine Geschichte ausdenken, irgendeine Erklärung, wieso er da war, aber nicht auf dem Bild.«

»Ja, schon. Aber wieso ein Risiko eingehen? Er rechnet damit, daß die Leute ein lückenhaftes Gedächtnis haben, aber wenn es stichhaltige Beweise in die eine oder andere Richtung gäbe, wären die schwer zu widerlegen.«

»Aber er kann die Photographie nicht verbrannt haben. Er ist geflohen.«

»Entweder hat er einen Handlanger oder nicht«, erklärte DuForché. »Jemand, der seine Anweisungen ausführt. Daß der Leichenbeschauer von jemandem umgebracht wurde, der verhindern wollte, daß die Tote identifiziert wird, gibt Anlaß zu der Vermutung, daß sein Mörder ein solcher Handlanger ist.«

Adams nahm den langen Laib Brot und brach ein Stück ab. Während er kaute, dachte er über DuForchés Bemerkung nach. Wieso wollte Herz, daß Miriam Talbott umgebracht wurde? Wer war Herz' Handlanger?

»Sie verhandeln also mit dieser Frau, dieser Nicht-Miriam, um die Liste der Chéquards?« fragte DuForché zwischen zwei Bissen.

»Sie heißt Louise. Louise Martin.« Adams wollte nicht, daß ihre Identität in dem Durcheinander verlorenging. Er empfand eine Art Loyalität ihr gegenüber, auch wenn sie ihn angelogen hatte. »Ja. Offenbar.«

»Louise Martin.« DuForché sprach den Namen aus, bevor er ein weiteres großes Stück trockenes Brot abbiß, und als er den Mund aufmachte, um es hineinzustecken, sah Adams kurz halbgekauten Käse. Er sah weg, auf seinen eigenen Teller hinunter. »Wissen Sie«, sagte DuForché, »dieses Treffen« – er schluckte – »ist äußerst ärgerlich. Das ist eine sehr schlimme Sache. Ein schlechtes Zeichen.« Der junge Mann griff nach seinem Kaffee.

»Was meinen Sie damit?«

»Hinterzimmer, geheime Beschlüsse, kleine Kabalen und Verschwörungen. Wir haben eine Revolution gemacht, um mit solchen Geschichten ein für allemal aufzuräumen.«

Adams fühlte sich an diesem Morgen einer politischen Diskussion nicht gewachsen. »Ja. Hören Sie, ich glaube, wir sollten so schnell wie möglich hinüber zur Präfektur und mit Ihrem Onkel reden. Über das verbrannte Bild, Miss Martin, Herz, dieses Treffen, alles.«

DuForché stimmte ihm zu.

Draußen war der Morgen frisch und klar. Der Frost lag nicht in einer durchgehenden Decke auf dem Pflaster, sondern nur in ein paar Linien und Bändern, die hier und dort in Winkeln über die Straße verliefen. An manchen Stellen war er nur ein paar Zentimeter breit und an anderen einen ganzen Meter. Was für ein seltsamer Umstand hatte diesen Effekt bewirkt? fragte sich Adams. Es war zu geometrisch, zu genau, um zufällig zu sein. Wieso sollte Tau, der auf diese Stelle fällt, sich in Frost verwandeln, während er es ein paar Zentimeter weiter nicht tat?

»Wissen Sie, woher das kommt? Von den Abwasserkanälen und Rohren«, sagte DuForché, als Adams seine Verwunderung zum Ausdruck brachte. »Über Nacht ist die kalte Luft in sie eingedrungen. Deswegen ist das Pflaster darüber kälter als auf der übrigen Straße.«

Adams brauchte einen Moment, um das zu begreifen. Unter den richtigen Bedingungen könnte das gesamte unterirdische Netz von Rohren und Tunneln mit Eis markiert sein, für alle sichtbar auf der Oberfläche gezeichnet. Und dann, wenn der Tag wärmer wurde, würde die Offenbarung wieder wegschmilzen. Er beugte sich herunter und berührte das Weiß und sah, wie es allmählich verschwand. Um jede Fingerspitze herum wuchs eine Blüte Feuchtigkeit auf dem Stein.

Er schickte DuForché fort, weil er in Ruhe nachdenken wollte. Er erinnerte sich an eine Szene, die an seinem Zugfenster in Panama vorbeigeflitzt war, und dachte, nur die Oberfläche zu sehen, aber dabei verstehen, daß man nicht tiefer schauen konnte, wäre vielleicht das Höchste, was man erreichen konnte. Wieso hatte DuForché sofort den Grund für die Frostlinien erkannt und er nicht? Für die Franzosen war Form – Oberfläche – alles. Und ein Mann tat besser daran, mit großartiger Geste seinen Finger auf eine Karte zu legen, wie *Le Grand Français* es getan hatte, als eine Expedition zu organisieren, um die wirtschaftlich geeignete Route zu ermitteln.

Die entsprechende Gefahr für den amerikanischen Geschmack wäre es, die äußeren Konturen einer komplexen Form für deren Inhalt zu halten, Rohre, Leitungen und Hebel zu sehen und zu glauben, daß man die bewegende Kraft des Feuers selbst erspäht habe, die immer ein Geheimnis bleiben wird. Oder, einfacher ausgedrückt, Frostlinien auf einer Straße zu sehen und zu glauben, daß ihre Erklärung oben im Freien, in der Luft liege. Oder noch einfacher: zu glauben, daß jeder für sich handelt und niemand für den anderen. Jeder Mensch sein eigener Meilenstein oder Teil einer Kabale – was war richtig?

Beides konnte ein Fehler sein, und insgesamt war er sich nicht sicher, welcher der größere war. Frankreichs Schwäche für Oberfläche hatte zum Scheitern in Panama geführt, mit Folgen, die jetzt um ihn herum Wellen schlugen. Amerika war ein jüngeres Land. Vielleicht lagen die bittersten Konsequenzen, die aus seinem Wesen folgten, in der Zukunft.

Auf der Ile de la Cité ging er an der Kathedrale von Notre-Dame vorbei, ging durch den langen Schatten, den sie im Morgenlicht warf. Über den blattlosen Bäumen sah er Rauchfahnen in den Himmel steigen, dünne Bänder verdampfenden Frosts, von hinten von der Sonne beschienen. Drinnen würde das große Rosenfenster in der Ostwand zum Leben erwachen. Ja, es würde gut tun, wieder von Louise zu hören.

Er fischte vier bronzene Sous-Stücke aus der Tasche und gab sie dem Jungen, der *Le Journal des Débats* verkaufte. Er überflog die Titelseite, während er in Richtung Präfektur ging. Der Panama-Ausschuß war endlich am Tag zuvor zu seiner ersten Sitzung zusammengetreten. Die Mitglieder der Rechten – mit Ausnahme von Monsieur Déroulède, der ersetzt wurde – hatten eingewilligt, daran teilzunehmen. Brisson, ein ehemaliger Premierminister und Zentrist, aber ohne erkennbare Eigeninteressen, war zum Vorsitzenden gewählt worden. Heute, am Freitag, war geplant, daß sie mit Premier Loubet über das Ausmaß ihrer Kompetenzen berieten, und am Montag sollten sie anfangen, die Beweismittel durchzusehen, die vor Ablauf der Frist an diesem Nachmittag gesammelt und versiegelt worden waren. Es gebe, so berichtete die Zeitung, immer noch keine eindeutigen Informationen, wer die Chéquards waren oder ob eine maßgebliche Liste mit ihren Namen vorgelegt werde. Unter solchen Bedingungen waren Spekulationen nicht zu vermeiden. Mindestens zwei Rangeleien in der Garderobe der Abgeordnetenkammer gingen auf gegenseitige Anschuldigungen zwischen gegnerischen Abgeordneten zurück.

Adams legte die Zeitung zusammen und steckte sie weg. Worauf wartete Louise noch? Würde sie die Liste der Chéquards heute vorlegen und die Sache damit beenden? Wieso hatte sie die Liste nicht Delahaye oder Clemenceau gegeben? Oder einer Zeitung?

Die Beamten, die in der Eingangshalle der Präfektur postiert waren, verwehrten Adams den Eintritt. Seine Blutergüsse. Entweder erkannten sie ihn nicht, oder er sah zu unappetitlich aus. Er ließ DuForché benachrichtigen, daß er herunterkommen und ihn abholen solle, setzte sich dann und blätterte die Zeitung durch. Auf Seite 7 sah er einen Bericht mit der Schlagzeile DOPPELSELBSTMORD ERWEIST SICH ALS MORD, BEHAUPTET POLIZEI. Der Bericht lieferte nicht viel Zusätzliches: »Unwiderlegbare Beweise, die gestern der Polizei zur Verfügung gestellt wurden, ergeben eindeutig, daß es sich bei dem Tod einer jungen Frau, von der man zuvor angenommen hatte, sie habe durch Ertrinken Selbstmord begangen, tatsächlich um einen Mord handelt. Die Polizei zog ihre Leiche am Montagmorgen aus der Seine. Aus Kreisen der ermittelnden Behörde verlautet, daß ein Verdächtiger identifiziert worden sei und eine Verhaftung kurz bevorstehe. Es wurden keine weiteren Einzelheiten bekanntgegeben, da die Polizei die Aussichten auf einen Erfolg nicht beeinträchtigen möchte.« Adams lächelte. Es bereitete ihm Genugtuung, zu sehen, daß seine Arbeit als Teil der Nachrichten Resonanz fand. Auf eine kleine bescheidene Weise, dachte er, hatte er dazu beigetragen, die Welt wieder auf einen wahrhaftigeren Kurs zu bringen. Er fragte sich, ob die Polizei wirklich einen Verdächtigen im Auge hatte oder ob das offizieller Optimismus war, um die Öffentlichkeit zu beruhigen.

Wieso brauchte DuForché so lange?

Schließlich erschien der junge Mann und meldete ihn an. »Mein Onkel hat eine Neuigkeit für Sie«, vertraute er ihm an, als sie sich auf der Treppe befanden. Er sprach leise, nachdem er sich umgeblickt hatte, um sicherzugehen, daß sie allein waren.

»Was?«

DuForché legte den Finger auf die Lippen und schüttelte den Kopf. »Nicht hier. Er wird es Ihnen erzählen.«

»Haben Sie ihm von Clemenceau erzählt, über den Besuch bei Herz? Und von dem Pächter? Und von meiner Mitteilung an Miss Martin?«

»Ja, ja.«

»Und?«

»Und was? Und nichts.« DuForché zuckte die Schulter, ein eindeutiges gallisches Schulterzucken. Das mußte ihnen schon im Kindesalter beigebracht worden sein. »Er ist der Meinung, daß uns nichts davon irgendwie weiterbringt. Herz ist fort, nach England geflohen, an dem Tag, an dem die Vorladungen ausgestellt wurden. Wir haben keine Ahnung, wer der andere Mann war. Herz könnte den Leichenbeschauer getötet haben, also« – DuForché sah ihn aus den Augenwinkeln an – »läuft da draußen immer noch ein Mörder frei herum.«

»Was ist mit Clemenceau?«

»Fällt nicht in seinen Bereich.«

Sie schwiegen beide einen Moment, während sie die Treppe weiter hinaufstiegen. »Die Polizei sagt, sie hätte einen Verdächtigen für den Mord an Talbott.« Adams hielt die zusammengefaltete Zeitung hoch. »Ich nehme an, damit ist Herz gemeint.«

DuForché sah überrascht aus. »Muß Pettibois gewesen sein«, sagte er, nachdem er ihn gelesen hatte. Er legte die Zeitung zusammen und gab sie Adams zurück, der die schlampige Faltung wortlos registrierte. »Mein Onkel hat sich nicht damit beschäftigt. Er hätte mir davon erzählt.«

Als sie zum Büro kamen, öffnete DuForché die innere Tür und winkte ihn hinein. Bertillon saß an seinem Schreibtisch und schrieb.

»Einen Moment«, sagte Bertillon und erhob sich. Er ging zur Tür des Vorzimmers. »Ich bin in einer Besprechung«, sagte er zu DuForché. »Keine Störung.« Er kehrte zu seinem Schreibtisch zurück und bedeutete Adams, sich zu setzen. »Mein Empfangssekretär ist möglicherweise zwei Wochen fort«, bemerkte er, setzte sich und zog den Stuhl zum Tisch. Er blickte auf die geschlossene Tür und seufzte, bevor er sich wieder über sein Schreiben beugte.

Adams fragte sich, ob er gehen solle. Aber nein, wenn Bertillon wollte, daß er ging, würde er es sagen. Er saß still da und wartete.

SCHLIESSLICH FALTETE BERTILLON das Blatt zusammen, das er geschrieben hatte, steckte es in einen Umschlag und wandte sich Adams zu. »Und? Haben Sie mir irgend etwas zu sagen?«

»Ich nehme an, Ihr Neffe hat Ihnen bereits meine Neuigkeiten berichtet. Über Louise Martin, über Herz, Clemenceau, den Pächter. Das Treffen bei Madame LeBlanc.«

»Ja. Gute Arbeit. Vielen Dank.«

»Und ich nehme an, er hat Ihnen auch gesagt, daß ich heute nachmittag eine Mitteilung von Louise Martin erwarte. Wir haben Veranlassung anzunehmen, daß sie im Besitz der Liste der Chéquards ist.«

»Ja.«

»Ich hätte gedacht, sie würde die Liste heute der Kammer zur Verfügung stellen, als Beweismittel. Ich kann mir nicht vorstellen, warum sie es nicht getan hat.«

Bertillon hob eine Augenbraue. »Vielleicht war Miss Talbotts Erpressung erfolgreich? Und Ihre Bekannte fühlt sich verpflichtet, sich an die Bedingungen zu halten?«

Das hielt Adams für unwahrscheinlich. Reinach war tot. »Michel hat mir erzählt, Sie hätten mir etwas zu sagen?«

»Ja. Nicht zu sagen. Etwas zu zeigen. Haben Sie das hier schon einmal gesehen?« Er öffnete eine Schublade und reichte Adams über den Tisch eine kleine runde Dose. Bettlemen und Söhne, Vertrieb von hochwertigen Pigmenten: Orpiment.

»Ja, ich glaube schon. In Miriam Talbotts Wohnung. In einer Schublade versteckt.« Er schob sie über den Tisch zurück. »Falls es dieselbe ist.«

»Es ist allerdings dieselbe.« Bertillon nahm sie und rieb sie nachdenklich mit einem Daumen. »Sie war mit Ihren Fingerabdrücken bedeckt.«

Adams wußte nicht genau warum, aber dieser Umstand schien eine Erklärung zu erfordern. »Nun, wie gesagt, ich habe sie schon einmal gesehen. In Miriam Talbotts Wohnung. Ich habe versucht, vorsichtig damit umzugehen, sie nur mit einem Taschentuch anzufassen, aber offenbar war ich nicht vorsichtig genug.« Und dann, als das nicht ausreichend zu sein schien, fügte er hinzu: »Tut mir leid.«

»Tut mir leid«, wiederholte Bertillon. Er bewegte die Dose zwischen Daumen und Finger hin und her, wie eine große dicke Münze. »Das kann ich mir denken, daß es Ihnen leid tut. Man hätte Sie wirklich nicht in die Nähe eines Tatorts lassen dürfen. Nicht Ihre Schuld, vermutlich. Aber: Sie sind Ausländer und haben kein Recht, sich in unsere Angelegenheiten einzumischen. Wir spielen hier nicht Theater oder Detektiv. Das hier ist sehr real, *Mister* Adams« – er betonte die englische Anrede – »und wenn jemand kommt und die Beweismittel verfälscht, erleichtert das nicht gerade meine Arbeit.«

»Michel ...« setzte Adams an, in der Absicht, sich durch die Mittäterschaft des Jungen zu entschuldigen, brach dann aber ab, als er erkannte, wie unschicklich das war. Nein, er war aus freien Stücken mitgegangen. Er sollte die Schuld nicht auf den Jungen schieben. Aber als er darüber nachdachte, fühlte er sich beleidigt: Er hatte eine Art Kollegialität mit Bertillon empfunden, hatte sich auf gewisse Weise ihm ebenbürtig gefühlt. Anscheinend war das nicht der Fall.

»Mit Michel habe ich schon gesprochen. Ich wollte Sie wissen lassen, welche Probleme mir Ihre Fingerabdrücke verursacht haben.«

»Das ist mir klar. Es tut mir leid«, sagte er kurzangebunden.

»Sie können gehen. Bitte. Ich hoffe, Sie sind bald wieder mit Ihrer Bekannten vereint.«

»Danke.« Er verbeugte sich leicht und wollte schon gehen, als ihm etwas einfiel. »Sie haben hier etwas, was ich Ihnen gebracht habe und was ich wieder mitnehmen müßte. Der Bericht des Leichenbeschauers.«

Bertillon sah von dem Brief, den er schrieb, nicht auf, und einen Moment lang war das Geräusch der Federspitze auf Papier der einzige Laut in dem Raum.

»Der Bericht des Leichenbeschauers ist ein Beweismittel. Er ist das Eigentum der Bürger Frankreichs.«

»Ich dachte, Sie könnten ihn photographieren ...«

»Nein, ich muß das Original haben.«

»Aber es gehört Hay. Er muß es der Familie der Toten schikken.«

»Es tut mir leid. Die Antwort ist nein.«

Adams erkannte, daß es keinen Zweck hatte zu streiten. Er seufzte, als er zur Tür ging. Als er sie erreichte, blickte Bertillon auf. »Tut mir leid, daß Ihnen das da mit Ihrem Gesicht passiert ist. Geben Sie auf sich acht.«

»Mein Onkel hat schlechte Laune«, erklärte DuForché, als Adams die Tür zugemacht hatte. »Ich hoffe, Sie nehmen es ihm nicht übel. Er hatte heute morgen eine Besprechung mit dem Präfekten. Ich weiß nicht, was passiert ist, aber der Präfekt ist ein Trottel ohne Rückgrat, und mein Onkel ist immer sehr schlecht gelaunt, wenn er mit ihm geredet hat. Und außerdem«, sagte er, sich vorbeugend, »*ich* finde, Sie haben richtig gehandelt, daß Sie ihm den Bericht des Leichenbeschauers gebracht haben. Ich hätte das gleiche getan.«

»Danke.« Er steuerte auf die Tür zu. »Viel Glück«, fügte er zum Abschied hinzu.

»Viel Glück? Wieso? Wo gehen Sie hin?«

»Ich will hiermit nichts mehr zu tun haben. Ihr Onkel hat recht. Es geht mich wirklich nichts an. Ich werde heute eine Antwort von Miss Martin bekommen. Ich habe sie gefunden. Mehr wollte ich nicht ...« Er verstummte.

»Sie geben also auf?« DuForché sah wütend aus.

»Naja, aufgeben vielleicht nicht.« Adams wollte den jungen Mann nicht enttäuschen. »Vielleicht langsam aufhören.« Er sah, daß das nicht funktionierte. »Ich will weniger darin verwickelt sein. Es betrifft mich wirklich nicht, wissen Sie. Es ist interessant, aber ... aber ich habe andere Dinge zu tun.«

»Natürlich.« DuForché war mißmutig. »Und was ist, wenn Miss Martin Ihre Hilfe braucht? Was ist, wenn es ihr nicht gelingt, heute die Liste der Chéquards zur Kammer zu bringen? Haben Sie daran schon gedacht?«

»Wenn sie meine Hilfe braucht, wird sie es sagen. Ich bekomme ihre Nachricht um zwei.«

DuForché schnaubte. »Das könnte zu spät sein. Wer hat die Zeit gewählt? Sie? Nein. *Die.*« DuForché schüttelte den Kopf. »Die Sache gefällt mir ganz und gar nicht.«

Adams lehnte sich über den Tisch, berührte den Arm des jungen Mannes und sagte leise: »Was mit dieser Liste geschieht, ist nicht meine eigentliche Sorge, sondern Miss Martin. Und selbst das –« Er richtete sich auf und lächelte dünn. »Ich habe sie vor ein paar Monaten kennengelernt«, erklärte Adams. »Sie ist bloß eine Bekanntschaft. Alles andere ... alles andere ist Phantasie, Vermutung, Erfindung. Verstehen Sie?«

»Sie würden ihr also nicht helfen?« fragte DuForché.

»Michel, Michel«, seufzte Adams. »So ist das nun auch wieder nicht.«

Vor Madame Dinglers Tür stand ihre Siamkatze, allein, den Schwanz hochgestellt, und beobachtete Adams mit heftigem Argwohn.

Seltsam, dachte er. Was macht die Katze hier draußen? Er hatte ein ungutes Gefühl bei ihrem Anblick, und er glaubte allmählich, daß DuForché vielleicht recht gehabt hatte. Der junge Mann hatte ihn gedrängt, die Reise zu machen – ein nutzloser Gang, dachte er, aber es war dem Jungen wichtig gewesen. Angenommen, hatte er gesagt, Louise hat die Liste der Chéquards nicht vorgelegt, weil sie sie gar nicht besitzt? Angenommen, ihre Räume sind ausführlich durchsucht worden. Wo könnte die Liste dann sein? Tatsache ist, daß Miriam mit Madame Dingler korrespondiert hat und daß Madame Dingler eine bekannte Vorliebe fürs Archivieren hat. Zwei und zwei: Besuchen wir Madame Dingler.

Nur: DuForché war an seinen Schreibtisch gefesselt. Nun, der Tag drohte sich ohnehin endlos bis zwei Uhr hinzuziehen. Eine Unternehmung würde die Zeit beschleunigen.

Als er an die Tür klopfte, stieß die Katze ihren Kopf gegen seine Wade und rieb dann ihren ganzen Körper an seinem Bein entlang. Nichts. Er wartete und klopfte nochmals. Er probierte die Tür, machte sich bereit, sie einzutreten, wenn es sein mußte. Das war nicht nötig. Sie war offen.

Die Katze flitzte hinein, sobald die Tür einen Spaltbreit

aufstand. Als sich die Tür weiter öffnete, gab es für Adams mehr Grund zur Beunruhigung: Die Wohnung war leer. Bis auf ein paar Möbelstücke – ein paar Stühle und den Mahagoni-Eßtisch – war alles leer. Wo er auch hinblickte, sah er kahle weiße Wände. Keine Kisten, keine Kästen, keine Papierstapel, kein einziges Stück Papier. Langsam betrat er die Wohnung. Das mußte irgendein Versehen sein. Er warf einen Blick zur Tür hinaus, zum Durchgang. Kein Irrtum. Das war der Flur, der auch gestern da gewesen war. Und dort am Fenster war ihr Sessel mit der Afghanendecke.

Und ihre Katze, die an den Türen mit den Glasscheiben kratzte, die zur Küche führten. Adams machte auf. Das wilde Durcheinander dort war auch verschwunden. Die Katze ging zu einer Schranktür unter der Spüle und wartete. Adams öffnete den Schrank, um ihr etwas zu fressen zu geben, fand aber nichts. Die Katze ging in den Schrank, miaute einmal laut und drehte sich zu ihm um. »Ich weiß, ich weiß«, sagte er, in der Absicht, sie zu beruhigen, und kam sich im nächsten Moment albern vor.

Er ging wieder ins Wohnzimmer zurück. Er sah keine der Archivierungsnotizen, die Madame Dingler an die Wände geschrieben hatte. Mit dem Finger prüfte er die Farbe. Frisch gestrichen. Sogar der Boden war gescheuert worden. Der einzige Hinweis, daß hier überhaupt einmal jemand gelebt hatte, waren die Möbel.

Er mußte herausbekommen, was mit ihr passiert war.

Die erste Nachbarin, mit der er sprach, eine verdrießliche junge Frau mit einem pausbackigen Kind auf der Hüfte, warf einen Blick auf sein zerschlagenes Gesicht und knallte die Tür zu. Danach versuchte er, beim Reden das Gesicht abgewandt zu halten oder demütig nach unten zu richten. Der zweite Nachbar öffnete die Tür einen Spalt und weigerte sich, irgend etwas zu sagen, den schmalen Ausschnitt von Adams' Erscheinung von oben bis unten taxierend. Ein Mann in dunkler, schlammverkrusteter Arbeitskleidung, den Adams beim Überqueren des Hofes ansprach, wohnte dort nicht und wußte nichts. Adams ging methodisch von einer Tür zur nächsten um den Hof herum. In den meisten Fällen war niemand zu Hause, und wenn jemand zu Hause war, behauptete derjenige, Madame Dingler entweder nicht zu kennen oder nichts gesehen zu haben.

Schließlich, oben im ersten Stock, in einem Raum, von dem man einen Blick auf die Straße hatte, fand er jemanden, der etwas wußte. »Ach, die Wagen«, sagte die alte Frau, nachdem sie die Tür eine Handbreit geöffnet hatte. Man konnte Gastfreundschaft an diesen Zentimetern messen, dachte er. »Sieben Wagen. Sieben! Unglaublich. Einfach unglaublich. Dutzende von Männern. Keinen Moment zu früh, wenn Sie mich fragen. Sie hatte sie nicht alle.« Die Frau stellte einen Fuß in die Tür, und Adams sah, daß sie ihrer eigenen Katze den Durchgang versperrte. »Sie hat ständig von ihrer Katze geredet. Stimmt's, Etienne? Hat gedacht, sie wär die einzige in der ganzen Welt, die eine Katze hat, so wie sie immer geredet hat. Das ist mein Etienne«, sagte sie, hinunterblickend. »Ich hab ihn nach meinem Schwager benannt, wegen der Ähnlichkeit.« Die Katze legte den Kopf schief und roch an dem Rand der Tür. Unbeeindruckt drehte sie sich um und verschwand in der Wohnung. »Friede seiner Seele.«

»Wissen Sie, wo sie sie hingebracht haben, Madame ...?«

»Cherdlieu. Wie die Katze. Nein. Ich weiß nicht, wer, ich weiß nicht, wohin.« Sie seufzte, um die eigene Sittlichkeit zu betonen.

»Wann? Wann ist das passiert?«

»Gestern nacht, gegen zehn. Ein Krach? Und wie!« Ein Krach, den niemand sonst gehört haben wollte, dachte Adams. Sie haben Angst. »Das ist keine Art zu leben, hören Sie«, sagte Madame Cherdlieu. »Dieser ganze Schmutz und diese Unordnung. Eine Brandgefahr, wenn Sie mich fragen.«

Auf dem Weg zurück zur Präfektur verspürte er eine Ängstlichkeit, die er sich kaum erklären konnte. Wer oder was formte diese Welt? Welche Macht stand dahinter? Das Ausmaß an Organisation, das erforderlich war, um das zu bewerkstelligen, was bei Madame Dingler geschehen war, überstieg die Möglichkeiten einer einzelnen Person. Ihm fiel nur eine Einheit ein, die diese Art von Energie besaß. »Das Reich der Gewalt«, hatte Pascal es genannt: »Das Reich der Phantasie regiert eine Weile, und ist süß und ungehindert, aber das Reich der Gewalt herrscht ewiglich.« So hatte Pascal unbewußt erklärt, wieso die Vergebende Kirche vom Militanten Staat verdrängt worden war. Hatte DuForché recht? War die Liste der Chéquards irgendwo in dieser Wohnung gewesen? Während er an ihnen vorbeifuhr, fand er die Denkmäler, Häuser, Fußgänger und den Verkehr von Paris, die visuelle Ausstattung normalen Stadtlebens, nicht im geringsten beruhigend. Sie schienen bloß Fassade zu sein, eine Regelmäßigkeit, die das Bösartige tarnte. Wie ein unwissendes Malariaopfer wurden sie von innen von einem erbarmungslosen Parasiten verzehrt.

In der Präfektur mußte DuForché wieder herunterkommen und ihn durchlassen. Eine der Wachen musterte eingehend Adams' Gesicht, und Adams starrte mit einem einschüchternden Blick zurück. »Was führt Sie zurück?« fragte DuForché, als er sich über das Register beugte. »Ich dachte, Sie wollten mit uns nichts mehr zu tun haben.«

Adams behielt den Wachmann im Auge und schüttelte den Kopf. »Ich muß Ihnen etwas erzählen. Oben.«

Er wartete, bis sie sich im Vorzimmer von Bertillons Büro befanden. DuForché nahm seinen Platz hinter dem Schreibtisch ein, und Adams setzte sich auf den Besucherstuhl. »Ich dachte, Sie würden es gerne erfahren«, sagte er ruhig. »Madame Dingler ist verschwunden. Alles ausgeräumt.«

»Ausgeräumt? Von wem?«

»Ich weiß nicht. Ich dachte, Sie und Ihr Onkel könnten da mal ermitteln.«

»Das Identifizierungsamt? In einem Vermißtenfall ermitteln?«

Und wieso nicht? Bevor Adams seinen Einwand äußern konnte, ging die Tür von Bertillons Büro auf, und Pettibois kam heraus. »Monsieur Adams. Schön Sie zu sehen.«

Er nickte und lächelte, wobei sich die rosa Wangen hochschoben und die Augen zu Schlitzen verkleinerten. »Wie ich von Alphonse höre, haben wir einige sehr interessante Entwicklungen zu verzeichnen, nicht wahr? Identitäten endlich geklärt, wenigstens das.« Er schüttelte den Kopf. »Das muß eine Erleichterung für Sie sein. Für alle Beteiligten. Ich jedenfalls bedauere, daß es so lange gedauert hat, die Wahrheit festzustellen, die Sie von Anfang an so eindeutig bezeugt haben.«

»Ich – ja. Ich bin froh, daß die Angelegenheit geklärt ist.«

»Adams? Monsieur Adams?« rief Bertillon aus seinem Büro. »Bitte kommen Sie einen Moment herein.«

Adams entschuldigte sich bei Pettibois und erhob sich mit einem Blick zu DuForché, der die Augenbrauen hochschnellen ließ: Er wußte nichts.

»Monsieur Adams«, sagte Bertillon, als sie wieder saßen. »Entschuldigen Sie meinen Ton von heute morgen. Ich war flegelhaft, was in meinem Pantheon der Sünden die unentschuldbarste ist. Aber ich bitte Sie, mir zu verzeihen.«

»Das tue ich gern.«

»Vielen Dank. Deswegen wollte ich Sie sprechen, wegen dieser Entschuldigung. Aber ich habe auch noch etwas anderes, ein Angebot. Diese Frau, diese Louise Martin. Sie erwarten, bald von ihr zu hören?«

»Um zwei Uhr. Es ist vorgesehen, daß ich bei Madame LeBlanc eine Nachricht von ihr abhole.«

»Brauchen Sie Hilfe? Eine Eskorte? Lassen Sie mich erklären«, sagte Bertillon, eine Hand hebend. »Wenn Ihre Vermutung stimmt und diese Frau eine Liste der Chéquards hat, dann ist es möglich, daß irgendwelche Übeltäter ihr Möglichstes tun werden, um sie daran zu hindern, sie heute herauszugeben. Das könnte selbst dann passieren, wenn sie die Liste gar nicht hat. Es reicht schon, daß man denkt, sie hat sie, oder daß man die Möglichkeit für wahrscheinlich hält. Vielleicht weiß man darüber Bescheid, daß Sie dieser Frau einen Brief geschrieben haben. Vielleicht wissen es diese Leute und halten es für mehr als es ist. Wenn Dokumente zwischen Personen ausgetauscht werden, von denen die eine über brisante Informationen verfügen soll – es würde nicht wehtun, etwas Gesellschaft zu haben.« Adams' Skepsis muß ihm wohl anzusehen gewesen sein, denn Bertillon sagte: »Lassen Sie mich Ihnen wenigstens Michel mitgeben.«

Adams war sich nicht sicher, ob der Seitenhieb auf den Neffen beabsichtigt war. »Ich glaube nicht, daß irgendwelche Hilfe nötig sein wird.« Irgendeine Begleitung mitzubringen erschien ihm wie eine Verletzung der Vereinbarung.

»Monsieur Adams, ich glaube, ich sollte Sie warnen –«

Er hielt inne, weil DuForché die Tür aufgemacht hatte. »Brauchen Sie mich, Onkel?«

Bertillon starrte den jungen Mann einen Moment lang an.

»Ich dachte, ich hätte meinen Namen gehört. Ich dachte, vielleicht brauchen Sie mich.«

Bertillons Miene war ausdruckslos. »Nein«, sagte er knapp. »Laß uns allein.«

»Eh, Onkel?« sagte DuForché ruhig. »Wo ich Sie schon gestört habe, kann ich Ihnen das hier gleich geben.« Er lächelte Adams entschuldigend zu, während er hinter die Tür griff und einen Umschlag hervorholte. »Er ist gerade für Sie gekommen.«

Bertillon wartete, bis DuForché die Tür wieder hinter sich geschlossen hatte, bevor er den Umschlag anrührte. Adams sah, daß er versiegelt war und mit *dringend und persönlich* gekennzeichnet war. Bertillon drehte seinen Stuhl zum Fenster herum, um ungestört zu sein. Als er den Inhalt gelesen hatte, drehte er sich wieder um, ließ den Brief vor Adams fallen und drehte sich wieder zum Fenster um.

Adams nahm an, er solle den Brief lesen. »An alle Abteilungen«, stand da. »Vom Amt des Präfekten. Gegen folgende Person wird Haftbefehl erlassen: Henry Adams, Bürger der Vereinigten Staaten von Amerika, der im Zusammenhang mit den Morden an Miriam Talbott, amerikanische Staatsbürgerin, und François Giradoux, Leichenbeschauer der Stadt Paris, gesucht wird. Jeder Beamte der Polizei, der diesen Mann sieht, hat den Befehl, ihn festzunehmen und dieses Amt umgehend davon in Kenntnis zu setzen.«

»Er könnte sich in meiner Wohnung verstecken«, bot DuForché an.

»Dieser Haftbefehl erscheint mir absurd«, sagte Bertillon, während er aus dem Fenster starrte und langsam den Kopf schüttelte. »Es sei denn, es gab irgendein Mißverständnis bezüglich der Fingerabdrücke auf der Orpiment-Dose ... Ich war der Meinung, ich hätte das geklärt.«

»Ich muß mit Hay reden«, sagte Adams.

Bertillon drehte seinen Stuhl vom Fenster weg. »Interessante Möglichkeit. Die Botschaft ist extraterritorial.«

Daran hatte Adams zwar nicht gedacht, aber er erkannte, daß es stimmte: Dort könnte man ihn nicht verhaften.

»Das ist absurd«, rief DuForché aus. »Das ist ein Irrtum. Irgend jemand hat einen Fehler gemacht. Vielleicht sollte er sich stellen, sich anklagen lassen, die ganze Sache aufklären.« Er wandte sich von seinem Onkel zu Adams. »Die können keine Beweise haben, mit denen sie Sie festhalten können. Stellen Sie sich, klären Sie die Sache. Dann schwebt Ihnen das nicht ständig über dem Kopf.«

»Wie lange würde das dauern?« fragte Adams.

»Den Nachmittag, höchstens. Ich glaube nicht, daß man Sie über Nacht festhalten würde«, meinte Bertillon. »Wenn es tatsächlich keine Beweise gibt.«

Adams schüttelte den Kopf. »Nein.«

»Was für Beweise könnte es denn geben?« fragte DuForché. »Es sei denn, der Präfekt hat einen Haftbefehl unterschrieben, ohne daß es welche gibt. Würde er das tun?« Adams sah zu Bertillon, eine Antwort erwartend, aber der hatte sich wieder umgewandt, um aus dem Fenster zu sehen.

»Michel«, sagte Bertillon schließlich, ohne sich umzudrehen. »Ich möchte, daß Sie etwas für mich tun. Gehen Sie zum Amt des Präfekten hinauf und finden Sie heraus, was dahintersteckt. Gehen Sie diskret vor. Monsieur Adams, Sie warten hier.«

Nachdem DuForché gegangen war, betrachtete Bertillon Adams mit einem festen Blick, unter dem der sich unbehaglich fühlte. Sah Bertillon nicht, was hier passierte? Der Haftbefehl bedeutete, daß Adams zu nahe an irgend etwas herangekommen war. Das Muster war zu klar, als daß es sich noch abstreiten ließ: Er wollte Informationen über Dingler einholen, und sie waren verschwunden. Er ging zur Mutter des Mannes, und dann verschwand *sie*. Dinglers Photographie war in seinem Zimmer verbrannt worden, irgend jemand schickte ihm diese Fingerspitzen mit der Rohrpost, er war verfolgt und in den Bauch geschlagen und als tot zurückgelassen worden. Jetzt, da er im Begriff war, mit Louise Verbindung aufzunehmen, wollte irgend jemand ihn daran hindern, indem er ihn verhaften ließ. Offenbar machte sich jemand Sorgen darüber, was er von ihr herausbekommen würde, was er erhalten würde. Die Liste der Chéquards. Irgendein Abgeordneter oder dieser Herz. Oder vielleicht Delahaye – vielleicht hatte er gehört, daß Adams die Liste Clemenceau übergeben wollte, wenn er sie bekäme. Ein Spielverderber – vielleicht versuchte Delahaye dafür zu sorgen, daß niemand die Liste bekam, wenn er selbst sie nicht bekommen konnte.

Adams holte Luft, um etwas zu sagen, überlegte es sich dann aber anders. Wenn der Präfekt einen Haftbefehl gegen ihn erlassen hatte, bedeutete das, daß der Präfekt hinter dem

Brand im Photo-Atelier steckte? Und die Fingerspitzen in der Rohrpost? Und der Tod des Leichenbeschauers, und Madame Dinglers Hausputz? Könnte Delahaye hinter all dem stecken? Er mußte gründlich darüber nachdenken. Und an was war er eigentlich so nahe herangekommen? Vielleicht war der Haftbefehl legitim. Nicht, daß er schuldig wäre, aber vielleicht wurde der Haftbefehl ausgestellt, weil er schuldig aussah. Schließlich hatte er, Adams, den Leichenbeschauer tot aufgefunden, und dann waren diese Fingerspitzen an ihn geschickt worden. Seine Fingerabdrücke waren auf dieser Dose Orpiment, und Miriam Talbott war vergiftet worden. Es war alles zu verwirrend, um etwas Klares zu ergeben, und das Argument, das er Bertillon vortragen wollte, daß alles eindeutig auf Delahaye hindeutete, begann sich aufzulösen.

»Was?« fragte Bertillon.

»Nichts. Ich habe nichts gesagt.«

»Aber Sie wollten gerade etwas sagen.«

»Nein, nein. Wirklich.«

»Monsieur Adams.« Bertillons Tonfall war ermahnend, aber er sah Adams nicht an. Sein Blick war auf seinen Schreibtisch gerichtet. Er wirkte abwesend, schien beiläufig irgendwelche Worte von sich zu geben, während er an etwas ganz anderes dachte. »Sie wollten gerade etwas sagen. Sie brauchen nichts zu sagen, wenn Sie es sich anders überlegt haben. Aber bitte bestreiten Sie es nicht.«

»Ja, ich wollte gerade etwas sagen.«

Damit schien die Angelegenheit geklärt.

Einen Augenblick später räusperte Adams sich. »Vielen Dank«, sagte er.

»Wofür?«

»Daß Sie mich nicht den Behörden ausgeliefert haben.«

»Monsieur Adams, ich bin eine der Behörden.« Bertillon blickte von seinem Schreibtisch auf. »Ich habe Sie in Gewahrsam, oder nicht?«

»Ja, aber –«

Bertillon hob eine Hand. »Ich weiß, ich weiß. Ich habe nicht vor, Sie nach unten zu bringen und vorführen zu lassen. Und ich habe den Präfekten nicht benachrichtigt. Warten wir einmal ab, was Michel herausfindet, ja?«

Sie warteten in angespanntem Schweigen.

Als DuForché zurückkehrte, erstattete er kurz Bericht. »Der Sekretär des Präfekten weiß nichts.«

»Haben Sie gefragt, wer in letzter Zeit den Präfekten aufgesucht hat?« Bertillon verzog das Gesicht. »Haben Sie gefragt?«

»Nein.« DuForché lächelte. »Was Besseres. Ich habe seinen Terminkalender durchgeschaut. Er lag offen da, mitten auf dem Tisch.«

»Und?« Der Onkel wurde allmählich ungeduldig.

»Er hatte heute morgen mehrere Besucher. Der Bürgermeister des siebten Arrondissements. Henri Cottu. Eine Abordnung der belgischen Handelsmission, wegen diesem Zwischenfall in der Botschaft. Pettibois. Loubet.«

»Cottu und Loubet«, wiederholte Bertillon. Natürlich, dachte Adams: Loubet hatte mehr zu verlieren. Delahaye und die Boulangisten haben die Chance, bei der nächsten Wahl an die Macht zu kommen, aber Loubet und seine Koalition werden auf jeden Fall verlieren. Loubet will den Schaden begrenzen. Er will diese Liste unterdrücken.

Er behielt seine Gedanken für sich.

Bertillon starrte auf seinen Schreibtisch. »Monsieur Adams, ich bin mir nicht sicher, weshalb der Präfekt einen Haftbefehl gegen Sie ausgestellt hat. Ich glaube, wir gehen am besten so vor, daß ich Sie hierbehalte, bis die nötigen Ermittlungen angestellt worden sind, um die Sache zu klären.«

»Aber Onkel«, protestierte DuForché. »Sie glauben doch nicht etwa, daß Monsieur Adams für diese Morde verantwortlich ist. Der Haftbefehl ist eindeutig politisch motiviert. Das ist ein Witz. Sie können ihn nicht festhalten.«

»Ich würde gerne Madame LeBlanc heute nachmittag treffen, um meine Nachricht von Miss Martin zu erhalten«, fügte Adams hinzu. Ihm war klar, daß er eigentlich keine richtige Verhandlungsposition hatte.

»Monsieur Adams«, sagte Bertillon, sich in seinem Stuhl zurücklehnend, »können Sie sich vorstellen, wieso dieser Haftbefehl gegen Sie ausgestellt worden ist? Das heißt, angenommen, daß man ihn als strafrechtliche Angelegenheit nicht ernst zu nehmen braucht?«

»Ich – ich nehme an, weil irgend jemand denkt, daß ich kurz davor bin, die Liste der Chéquards in die Hände zu bekommen. Loubet hat den Präfekten aufgesucht, um ihn von irgend etwas zu überzeugen, um ihn zu überzeugen, mich zu verhaften, weil Loubet verhindern will, daß die Liste der Chéquards an die Öffentlichkeit gerät. Wird die Liste bekannt, wird seine Koalition auseinanderfallen, und dann verliert er nicht nur sein Amt, sondern seine Partei verliert jegliche Chance, die nächste Regierung zu bilden.«

»Einleuchtend, einleuchtend«, stimmte Bertillon zu. »Ich neige dazu, Ihnen recht zu geben. Also, angenommen, das stimmt: Können Sie erkennen, daß derjenige, der diesen Haftbefehl beantragt hat, einen taktischen Fehler begangen hat?«

»Wie das?«

»Wäre es nicht sinnvoller, Sie als, wie sagt man, Strohmann einzusetzen? Sie können frei herumlaufen und werden dabei beschattet. Sobald Sie die Liste finden, greifen die ein und nehmen sie Ihnen ab. Wäre das nicht viel sinnvoller? Dafür darf man Sie aber nicht festhalten.«

Adams überlegte. »Aber die können sich nicht sicher sein, daß die Liste nicht sowieso an die Öffentlichkeit gerät, auch ohne mich. Ich stehe in Verbindung mit Miss Martin, ja, aber vielleicht hat sie diese Liste gar nicht.« Er erzählte Bertillon kurz von der Sache mit Madame Dingler und ihrer Wohnung. »Das Beweismittel, hinter dem alle her sind, könnte ohne weiteres irgendwo zwischen all ihren Papieren liegen, wo immer die jetzt sein mögen.« Er empfand einen perversen Stolz darauf, der Überbringer dieser neuerlichen Verwicklung zu sein. »Vielleicht wissen die das nicht. Aber die wissen, wenn sie mich daran hindern, sie zu bekommen, bedeutet das nicht, daß nicht jemand anders sie bekommt oder sie veröffentlicht. Also müssen sie gegen mich vorgehen, während sie gleichzeitig selbst die Liste suchen.« Plötzlich wurde ihm etwas klar: »Deswegen sind die gegen Madame Dingler vorgegangen. Nicht weil sie *wußten*, daß sie die Liste hat, sondern weil die *Möglichkeit* bestand, daß sie sie haben könnte.«

Bertillon nickte. »Diese Miss Martin, die ebenfalls im Besitz der Liste sein könnte – wir können davon ausgehen, daß zumindest Loubet nicht weiß, wo sie ist. Deswegen will er, daß Sie verhaftet werden, um zu verhindern, daß Sie zu ihr gehen. Wir können auch annehmen, daß er sie sucht.«

»Ja.«

Bertillon überlegte einen Moment. »Monsieur Adams, weil der Haftbefehl gegen Sie politisch motiviert zu sein scheint, lasse ich Sie frei. Aber bitte – verlassen Sie nicht die Stadt.«

»Vielen Dank.«

Bertillon lächelte. »Gern geschehen.« Er erhob sich hinter seinem Schreibtisch. »Die gesamte Abteilung weiß, daß Sie hier ein und aus gegangen sind. Ich wünschte, ich könnte Ihnen die Gastfreundschaft meiner Büroräume anbieten, aber unter den Umständen ...«

»Ich verstehe.« Adams erhob sich zum Gehen. »Meinen Sie, ich werde irgendwelche Schwierigkeiten an der Tür bekommen? Glauben Sie, man wird mich erkennen?«

Bertillon starrte Adams einen Moment lang gedankenversunken an.

»Hier«, sagte DuForché. »Ich habe genau das Richtige.« Er verließ das Büro und kam mit einer Aktentasche wieder. Er öffnete sie und zog den Laborkittel heraus. »Ziehen Sie das hier an. Wir können zusammen hinausgehen und völlig natürlich wirken. Ein Polizist und ein Arzt im Gespräch.« Adams krempelte die Ärmel hoch, schlug sie zu sorgfältigen Rechtecken um, damit sie wie Manschetten aussahen. »Wissen Sie«, fügte DuForché hinzu, »vielleicht sollten Sie sich rasieren.«

Adams runzelte die Stirn. »Nein.« Seitdem er erwachsen war, hatte er einen Bart getragen. So hatte Clover ihn gekannt.

Als sie den Platz vor der Präfektur überquert hatten, zog Adams den Kittel aus und gab ihn DuForché zurück. Der junge Mann steckte ihn wieder in seine Aktentasche. »Ich möchte Ihnen einen Rat geben. Sie sollten mich den Brief von Miss Martin holen lassen.«

»Wieso?«

»Loubet weiß, daß Sie um zwei Uhr dort eintreffen wollen. Er war bei dem Treffen dabei, oder? Er hat gehört, was vereinbart wurde. Es wäre ein leichtes, Sie dort verhaften zu lassen.«

Adams leuchtete der Einwand ein. »Aber Madame LeBlanc wird ihn Ihnen nicht geben. Die Nachricht ist für mich.«

»Geben Sie mir eine Bescheinigung mit Ihrer Unterschrift.«

Adams kritzelte Madame LeBlancs Adresse und eine kurze Mitteilung auf eine Karte und gab sie DuForché. »Das müßte reichen.«

Er hatte sich schon verabschiedet und war ein paar Schritte gegangen, als DuForché ihm hinterherrief: »Aber wo wollen wir uns danach treffen? Hier?«

Adams blickte zur Kathedrale hoch, zu dem großen Glockenturm und dem Rosenfenster darunter. »Ja. Ja, das wäre gut. Aber drinnen, im Längsschiff.« Im Licht.

Hay war nicht in der Botschaft, wurde aber in einer Stunde zurückerwartet. »Meinen Sie, Sie könnten mir einen kleinen Gefallen tun?« fragte Adams den Sekretär im Vorzimmer. »Eine Besorgung?« Der Mann blickte skeptisch drein. »Ich brauche ein paar Sachen von der Apotheke.« Er konnte nicht in sein Hotel zurückkehren, soviel war sicher. Der Präfekt hatte dort mit Sicherheit Männer postiert. Der Sekretär erklärte sich einverstanden, und Adams gab ihm einen Zehn-Franc-Schein und bat ihn, ein Rasiermesser zu kaufen – schön scharf, weil er kein Leder hatte –, Rasierseife, einen Pinsel und eine Rasierschale.

Als der Sekretär mit den Sachen zurückgekommen war, schloß Adams sich in dem kleinen Waschraum neben Hays Büro ein und machte sich ans Werk. Es war lange her. Er war neugierig auf das Ergebnis. Das Rasiermesser – mit Beingriff, wie er feststellte, er fragte sich, wieviel es gekostet hatte – war scharf, und als er seinen Bart erst einmal auf Stoppellänge zurückgestutzt hatte, ging die Arbeit schnell voran. Als er fertig war, säuberte er das Waschbecken, richtete sich dann auf, um Gesicht und Hals in dem kleinen Spiegel zu betrachten. Nase und Oberlippe waren noch wund, so daß er einen dichten Schnurrbart übriggelassen hatte, der auf beiden Seiten des Mundes herunterhing und das Kinn vom restlichen Gesicht trennte. Ohne den Bart sah sein Gesicht unausgeglichen aus:

Wegen der vorstehenden Stirn und dem fliehenden Kinn machte sein Kopf den Eindruck, als würde er nach oben hin größer werden. Sein Anblick gefiel Adams überhaupt nicht, erfüllte aber voll und ganz seinen Zweck. Die Blutergüsse unter den Augen waren wirklich sehr hilfreich: Er sah vollkommen anders aus. Wenn er seine Stirnglatze noch mit einem Hut verdeckte, bezweifelte er, daß selbst Hay ihn wiedererkennen würde.

Während er das Rasiermesser zusammenklappte und es in die Tasche steckte, kam ihm eine Idee. Vielleicht könnte er Madame LeBlanc um zwei Uhr selbst treffen. Er legte die nasse Seife und den Pinsel in die Schale und versuchte, beides richtig herum in einer der großen Außentaschen seines Mantels unterzubringen. Es hatte keinen Sinn, sie hierzulassen. Er hatte nicht vor, sich jeden Tag neues Rasierzeug zu kaufen. Nein, er sollte Madame LeBlanc nicht treffen, aber er könnte in der Nähe sein, sich ein paar Häuser weiter aufhalten, wenn DuForché hinging. Das wäre sicher, fand er, und er würde ihre Antwort um so schneller bekommen. Die Schale in seiner Tasche war recht sperrig, aber sie paßte hinein.

Er beschloß, draußen auf Hay zu warten. So leise er konnte schlüpfte er durch die Seitentür aus dem Büro, ohne noch einmal an dem Sekretär vorbeizugehen. Zweifellos wäre der Mann verwirrt, wenn er nicht mehr erschien, aber Adams wollte nicht, daß irgend jemand, nicht einmal ein Sekretär in der amerikanischen Botschaft, ihn mit seinem neuen Gesicht in Verbindung brachte.

Eine Weile machte er sich Sorgen, daß Hay nicht kommen könnte, aber dann, kurz nach ein Uhr, fuhr ein Wagen vor, aus dem Hay und ein Mann stiegen, den Adams nicht deutlich sehen konnte, ein kleiner Mann in einem dunklen Mantel. Er wartete, bis sie das Gebäude betreten hatten, danach noch ein paar Minuten und überquerte schließlich die Straße.

Adams wollte dem Sekretär zur Begrüßung zunicken, aber

der Mann schien ihn nicht zu erkennen. »Ich melde Sie bei Mr. Hay an«, sagte er.

»Sehr gut.«

»Ich glaube, ich habe Ihren Namen nicht mitbekommen?«

Adams war auf die Frage nicht vorbereitet. »Mmm, Kaurgh«, sagte er, sich räuspernd.

»Murtaugh?« wiederholte der Sekretär. »Sind Sie amerikanischer Staatsbürger?« Adams nickte. »Es ist gerade jemand bei ihm, Mr. Murtaugh, aber ich glaube, er wird gleich frei sein. Kann ich ihm sagen, worum es geht?«

»Eine Rechtsfrage.« Er sollte etwas sagen, das Hay neugierig machte, damit er schneller zu ihm konnte. »Die Panama-Affäre.«

»Haben Sie Probleme mit den Behörden?«

»Ja, eigentlich schon.«

Der Sekretär sah ihn von der Seite an und kniff die Augen zusammen. Ich muß wohl ziemlich verwirrt wirken, dachte Adams. Der Sekretär klopfte an Hays Tür an, trat ein, als er dazu aufgefordert wurde, und kehrte einige Augenblicke später wieder zu seinem Platz zurück.

Während er gegenüber dem Sekretär wartete, versuchte Adams, das Gesicht hinter dem Kragen seines Mantels zu verstecken. Als er erkannte, daß er dadurch den Teil seines Gesichts versteckte, der am unbekanntesten war, und den Teil zeigte, der sich nicht verändert hatte, streckte er den Hals und schob das Kinn vor. Der Sekretär dachte, er sei im Begriff, etwas zu sagen, und blickte auf. Adams reagierte, indem er die Augenbrauen hob und versuchte, auf eine ungewohnte Art die Lippen zu schürzen. Er schüttelte den Kopf, um anzudeuten, daß er nichts sagen wollte.

Nachdem der Sekretär sich wieder seiner Schreibarbeit zugewandt hatte, ließ Adams den Blick durch den Raum wandern. Er wünschte, er hätte eine Zeitung, die er aufschlagen und hinter der er sich verbergen konnte.

Einige Minuten später ging Hays Tür auf, und der Mann aus Hays Wagen kam heraus. Adams hatte ihn noch nie zuvor gesehen. Hinter ihm sagte Hay: »Machen Sie sich keine Sorgen. Ich werde mich so bald wie möglich drum kümmern.« Adams erkannte, daß er jetzt Gelegenheit hatte, seine Verkleidung auf die Probe zu stellen, und wartete, bis Hay den Mann hinausbegleitet hatte.

»Mr. Murtaugh? Was verschafft mir die Ehre ...?«

Adams zog die Augenbrauen hoch, als er die Verwirrung in Hays Miene sah. Er schürzte schnell die Lippen und schüttelte leicht den Kopf. Er würde irgendeinen Hut brauchen.

»... dieses Besuchs? Kommen Sie herein«, sagte Hay, und faßte sich wieder. »Kommen Sie rein.«

Als er die Tür hinter ihnen zugemacht hatte, drehte Hay sich um und starrte ihn an. »Sie machen es sich allmählich zur Gewohnheit, mich zu überraschen. Was in Gottes Namen ist denn mit Ihrem Gesicht passiert?«

»Ich hab mich rasiert. Es gefällt mir richtig. Es erinnert mich an meine Jugend.«

»Aber dieser Bluterguß!«

Das hatte Adams ganz vergessen. »Ich wurde überfallen. Gestern abend.«

Hay schüttelte langsam den Kopf. »Waren Sie bei einem Arzt? Das sollte sich wirklich jemand ansehen.«

»Es wird schon gehen.«

»Nun, ich freue mich, Sie wiederzusehen. Wo haben Sie gesteckt? Sie sind gestern abend nicht nach Hause gekommen.«

»Überprüfen Sie mein Kommen und Gehen?«

»Nein, aber Lizzie. Sie sagt, sie muß unbedingt mit Ihnen sprechen.« Hay wartete, daß Adams darauf antwortete, aber als er es nicht tat, fuhr er fort: »Sie wissen es wohl nicht, oder? Natürlich nicht. Wie könnten Sie.«

»Was? Was weiß ich nicht?«

»Gestern nachmittag wurden Lizzie, Cameron und Amanda beinahe überfahren. Lizzie und Amanda ist nichts passiert – Cameron konnte sie gerade noch rechtzeitig zur Seite stoßen, aber er ist verletzt worden. Nicht schwer. Aber genug, um für ein paar Tage ins Krankenhaus zu müssen. Er hat auch ein paar Blutergüsse. Ich schätze, die passen ziemlich gut zu Ihren.«

»Ein durchgegangenes Pferd? Mein Gott!« Er spürte, wie ihm der Magen schwer wurde, als er sich vorstellte, zu welchen Katastrophen es hätte kommen können: gebrochene Knochen, Tetanus ...

»Lizzie ist überzeugt, daß es das nicht war. Sie hat gesagt, sie hätte gesehen, wie der Mann, der die Zügel hielt, direkt auf sie zusteuerte.« Hay zuckte die Achseln. »Wer kann das genau sagen? Wagen und Kutscher waren gleich um die Ecke verschwunden.«

»Was meint Cameron?«

»Er kann nichts sagen. Er hat nichts gesehen.« Hay ging um seinen Schreibtisch herum und setzte sich. »Sie haben es den Behörden gemeldet, aber es besteht natürlich keine Chance, den Mann zu finden. Lizzie hat den restlichen Nachmittag und den ganzen Abend auf Sie gewartet. Als sie Sie heute morgen nicht in Ihren Räumen angetroffen hat, kam sie zu mir, um mich zu fragen, ob ich wüßte, wo Sie sind. Sie glaubt«, sagte er langsam, »daß Sie vielleicht diese Miriam Talbott gefunden haben, daß Sie vielleicht die Nacht mir ihr verbracht haben.«

»Nein.« Wie konnte sie so etwas denken? »So heißt sie noch nicht einmal. Sie heißt Louise – Louise Martin. Ich habe sie nicht gefunden.« Für was für eine Frau hielt Elizabeth Louise? Er würde sie das nächste Mal, wenn er sie sah, von diesem Vorurteil befreien müssen. Und Cameron – hatte irgend jemand versucht, Cameron zu töten, weil er Dinglers Bild gesehen hatte? Hatte er die Camerons gefährdet, weil er das erzählt hatte? »Hay, ich bin in Schwierigkeiten. Es wurde ein

Haftbefehl gegen mich erlassen. Es ist völlig aus der Luft gegriffen. Können Sie irgend etwas dagegen unternehmen? Irgendwas?«

Hay musterte seinen Freund. »Wie fühlen Sie sich? Haben Sie genug Schlaf bekommen?«

»Hay –«

»Ich kann mich an den Anblick von Ihnen ohne Bart einfach nicht gewöhnen.« Hay schüttelte den Kopf. »Das sind Sie gar nicht. So wie es vorher war, war es viel besser.«

Hatte Hay ihn nicht gehört? Er wiederholte, was er gesagt hatte.

»Wie lautet die Beschuldigung? Rauferei?«

Machte Hay Scherze? Adams wurde ungeduldig. »Hören Sie, ich werde beschuldigt, einen Mord begangen zu haben, einen *Mord.*« Adams hielt inne, damit das auch richtig ankam. »Nicht nur einen. Den an dem Leichenbeschauer und den an Miriam Talbott.«

»Die Frau, die es nicht gibt?«

»Nein. Es gibt sie. Es hat sie gegeben – sie ist tot. Sie haben mir ihren Totenschein gegeben, wissen Sie noch? Den ich«, fügte er schnell hinzu, »zurückgeben werde, sowie Bertillon damit fertig ist. Sie ist die wirkliche Miriam Talbott. Ich suche Louise Martin.«

»Oh.« Hay runzelte die Stirn. »Sie sind doch unschuldig, oder?«

Adams ließ sich nicht herab, darauf zu antworten.

»Also, ich weiß nicht«, sagte Hay, ihn beobachtend. »Sie haben dieses Bild in Dinglers Haus mitgenommen, nachdem ich Sie gebeten hatte, es nicht zu tun. Sie kommen hier rein und sehen ganz anders aus, zusammengeschlagen, es ist alles sehr seltsam. Ich habe das Gefühl, ich kenne Sie gar nicht mehr. Was ist mit Ihnen los?«

»Nichts. Ich bin übrigens unschuldig. In Ordnung?« Der Zorn in seiner Stimme war deutlich zu hören.

Hay nickte. »Sie brauchen also Hilfe. Was kann ich tun? Wollen Sie hierbleiben? In der Botschaft?«

»Ja. Nein, ich meine, nicht jetzt. Ich weiß nicht. Ich weiß nicht, was ich will. Ich habe das alles so satt.« Den Ellbogen auf die Armlehne seines Stuhls gestützt, griff er sich mit der Hand an die Stirn. War er fiebrig? Er fühlte sich schlaff, mit den Nerven am Ende. Vielleicht hatte er Malaria. Aus reiner Sympathie. Das wäre passend, dachte er. Hier war er, wie Dingler, und versuchte, einen geraden Weg durch wirres Gelände zu pflügen, durch diesen Dschungel einer Stadt, wobei er bei jeder Wende die ihm nahestehenden Menschen gefährdete. Und er hatte versagt. Dingler hatte wenigstens den Dschungel niedergeschnitten und etwas Erde bewegt. Er hatte zumindest eine klare Vision davon gehabt, wie sein Erfolg aussehen könnte. Und als er Panama verließ, wußte er, wie weit er sein Ziel verfehlt hatte. Adams hatte keine Ahnung, wo er war oder wie weit er noch zu gehen hatte. Es gab Verbindungen, Handlungen, Machenschaften in dieser Panama-Affäre, die für ihn unsichtbar waren. »Wer war dieser Mann, der vor ein paar Minuten hier weggegangen ist?« fragte er Hay plötzlich.

»Ein Angehöriger der deutschen Mission. Er wollte über Auswanderungsquoten reden.« Hays Augenbrauen hoben sich, und er erwiderte gleichmütig Adams' Blick.

Adams sah Hay einen Moment lang an und fuhr sich dann mit der Zunge über die Lippen. Er mußte ihm glauben. Er seufzte. »Ich möchte das alles hier möglichst schnell hinter mich bringen.« Das würde er auch, sobald er seine Nachricht von Louise erhalten hatte. »Wieviel Uhr ist es?«

Hay sah auf seine Uhr. »Kurz nach halb zwei.«

»Ich muß gehen.«

Er fuhr mit der Droschke bis zur Chapelle Expiatoire und ging dann zu Fuß weiter. Er sah auf seine Uhr: fünf Minuten vor zwei. Gut berechnet. Er ging langsam die Straße entlang, nicht zielgerichtet, sondern so, daß man ihn für einen Anwohner halten könnte, der gerade einen Spaziergang macht. Als er nur noch ein paar Häuser von Madame LeBlancs' Haus entfernt war, blieb er vor einer niedrigen Steinmauer stehen. Er wollte nicht direkt vor dem Haus stehen, wenn DuForché eintraf. Er blickte die Straße entlang. Von DuForché war nichts zu sehen, obwohl weiter unten ein paar Kutschen unterwegs waren. Er setzte sich auf die Steinmauer und wartete. Als ein Einspänner vorbeigerattert kam, erwartete er, daß er an den Bordstein fahren und DuForché aussteigen würde, aber er hielt nicht an. Danach kam ein großer Vierspänner vorbei. Das farblich passende Gespann fuhr unter dem leichten Peitschenschlag eines gelangweilten Kutschers in Livree im langsamen Galopp dahin. Allein die Pferde mußten ein Vermögen gekostet haben. Der Wagen war dicht verschlossen – nicht so sehr wegen des Wetters, da war sich Adams sicher, sondern wegen der Möglichkeit, von Anarchisten überfallen zu werden. Dieses Bombenattentat auf die Polizeiwache war irgendwo hier in der Nähe gewesen. Am Ende der Straße verschwand die Kutsche um die Ecke. Er sah auf seine Uhr: kurz nach zwei.

Schließlich sah Adams DuForché rechts die Straße heraufkommen, jenseits von Madame LeBlancs Haus. Er kam anscheinend nicht direkt von der Präfektur. Adams beobachtete, wie er stehenblieb, die Hausnummer vom Gehsteig aus noch einmal überprüfte und dann die Stufen hinaufging. Die Tür ging auf. Von dort, wo er saß, konnte Adams nicht sehen, wer aufgemacht hatte. Er verspürte den Drang, näher heranzugehen, widerstand ihm aber. Er konnte warten.

Wie offenbar auch DuForché. Wer immer ihm aufgemacht hatte, hatte ihn nicht hereingebeten, sondern auf der Schwelle stehenlassen. Nach einer Minute ging die Tür wieder auf, und eine Frau trat heraus. Als die Tür hinter ihr ins Schloß fiel, sah Adams, daß es Madame LeBlanc war, die da mit dem jungen Mann zusammen auf der Schwelle stand. Sie hatte ein Stück Papier in der Hand – den Umschlag. Sie gab ihn ihm nicht gleich. Während sie sich unterhielten, blickte sie einmal zu Adams hinüber, und er sah sofort weg. Langsam, irgendwelche schnellen Bewegungen vermeidend, die die Aufmerksamkeit auf ihn lenken könnten, wandte er den Kopf, um aus den Augenwinkeln zur Tür zu schauen. Madame LeBlanc war mit DuForché ins Gespräch vertieft. Vielleicht fiel es ihr schwer, seine Beglaubigung zu akzeptieren. Schließlich sah er, wie sie ihm den Umschlag gab. DuForché legte die Hand grüßend an die Mütze und entfernte sich.

Adams beschloß, ihn abzufangen, bevor er zu weit die Straße in die Richtung hinunterging, aus der er gekommen war. Außerdem wäre es interessant zu sehen, wie nah er kommen mußte, bis DuForché ihn erkannte. Es wäre eine Möglichkeit, seine Verkleidung auf die Probe zu stellen. Links von sich hörte er das Geklapper eines Pferdegespanns und bemerkte halb, wie der Vierspänner, jetzt in langsamem Tempo, zurückkehrte. Er muß um den Block gefahren sein, der Kutscher sucht eine Adresse, dachte Adams. Auf dem Gehsteig wandte sich DuForché nach links und kam Adams entgegen. Adams beobachtete

DuForchés Augen, jetzt nur zehn Meter von ihm entfernt, und wartete auf den Augenblick des Wiedererkennens. Vielleicht konnte er direkt an ihm vorbeigehen. DuForché sah aber nicht zu ihm, sondern zu der Kutsche.

Eine Sekunde, bevor er den Schuß hörte, sah er, wie sich DuForchés Gesicht verwandelte. Der junge Mann sank auf dem Gehsteig zusammen, mit langsamen Bewegungen, noch während Adams spürte, daß sein eigenes Gesicht das Erstaunen wiederholte, das er gerade eben auf DuForchés gesehen hatte. Mit unheimlicher Deutlichkeit hörte Adams das Klatschen der Zügel des Vierspänners und das Schnauben der Pferde, als er an ihm vorbeifuhr. Er meinte den Lauf eines Gewehrs zu sehen, der wieder eingezogen wurde, während die Kutsche die Straße hinunterraste. Einen kurzen Moment lang überlegte er sich, ob er sie verfolgen sollte, erkannte aber, daß es sinnlos war.

DuForché wand sich auf dem Gehsteig. In seiner Bauchgegend verwandelte sich das Dunkelblau seiner Uniform in ein glänzendes, feuchtes Schwarz. Während Adams zusah, strömte die Flüssigkeit auf das Pflaster des Gehsteigs. Er kniete sich neben ihn, unsicher, was er tun sollte. »Verdammt, verdammt, verdammt«, schrie DuForché durch seine klappernden Zähne. Mit der Rechten hielt er sich den Bauch, und Adams sah Blut zwischen seinen Fingern heraussickern. »Oh, Scheiße, verdammt, verdammt.«

»Schon gut, schon gut«, sagte Adams, und fühlte sich im gleichen Moment völlig nutzlos. »Schon gut, es wird schon wieder«, versuchte er es erneut, bekräftigender. Er hatte Angst, es könne nicht wahr sein. »Bleiben Sie still liegen. Lassen Sie mich sehen.« Er tätschelte sanft DuForchés Hand. Die andere Hand legte er unter den Kopf des jungen Mannes, wollte ihn hochziehen, verspürte irgendeinen atavistischen Drang, ihn aufzurichten, ihn wieder zum Stehen zu bringen, so wie ein lebendiger Mensch stehen sollte, und ihn nicht auf dem Boden eines Gehsteiges in irgendeiner Nebenstraße in Paris liegen zu lassen, aber dann erkannte er, daß es für den Jungen besser war, wenn er liegenblieb. Aber der Gehsteig war hart. Adams legte linkisch ein Knie unter DuForchés Kopf, um ihn zu betten, hielt ihn so, halb in seinem Schoß. Der Blick auf dem Gesicht des Jungen war schmerzverzerrt. »Verzeihung. Nein, nein, still liegen bleiben. Ich weiß nicht, ich weiß nicht, ich weiß nicht«, murmelte er, auf die Frage antwortend, die er meinte, in DuForchés Augen lesen zu können. Er streichelte das Gesicht des Jungen, dieses Gesicht, das, wie er einst gemeint hatte, keine Spuren von Erfahrung trug. Die Wangen verloren schon ihre Farbe. »Ich weiß nicht, ich weiß nicht. Schon gut, schon gut.«

»Oh, Gott. Oh. Mir ist kalt«, sagte DuForché.

Adams erkannte, daß er nichts für DuForché tun konnte, wenn er seinen Kopf im Schoß hatte. Sanft legte er den Kopf ab, stand auf und riß sich den Mantel vom Leib. Er deckte ihn damit zu. Das Blut, das sich über das Pflaster ausbreitete, wirkte auf obszöne Art dünn und wässrig. DuForché versuchte sich zu bewegen und stöhnte heftig vor Schmerzen. Adams erkannte, daß er versuchen mußte, die Blutung zu stillen. »Meine Beine, oh Gott, meine Beine, oh –« Adams schob seinen Mantel beiseite und zog vorsichtig an den Schichten von Uniform über DuForchés Bauch. Das Loch in der Jacke war kleiner, als er angesichts der Blutmenge gedacht hatte. Sein Taschentuch – das würde er nehmen. Er suchte in seiner Tasche.

»O mein Gott –« sagte eine Stimme hinter Adams. Er blickte auf. Es war Madame LeBlanc, keuchend, außer Atem. »O mein Gott.«

»Holen Sie Hilfe«, sagte Adams. »Gehen Sie.« Erstaunlicherweise hatte er eine Idee: »Finden Sie ein Telephon. Das geht am schnellsten. Rufen Sie die Polizei an. Alphonse Bertillon, Leiter des Identifizierungsamtes. Sagen Sie ihm, sein Neffe ...« Adams konnte den Satz nicht beenden. Er nahm sein

Taschentuch und legte es auf die Wunde, drückte es hinein, versuchte das Blut aufzuhalten. Der Druck ließ DuForché zusammenzucken, und ein Wimmern entfuhr ihm.

»Hier, lassen Sie mich.« Schnell zog sie ihren Rock hoch und riß einen Fetzen Stoff von ihrem Unterrock herunter. Daraus machte sie einen Verband, den sie, niederkniend, mit sachlicher Effizienz anbrachte.

»Wir brauchen Hilfe«, sagte Adams, ihr das Feld überlassend.

»Dann holen Sie welche«, sagte sie, ohne aufzublicken.

Adams stand auf. Seine Hände waren mit DuForchés Blut bedeckt, und auf seinem Hosenbein hatte es einen großen Fleck hinterlassen. Als er aufblickte, sah er das entsetzte Gesicht von Madame LeBlancs Dienstmädchen. »Sie da!« brüllte Adams sie an, als wäre sie weit entfernt. »Stehen Sie nicht einfach da rum, holen Sie Hilfe!« Sie blickte weiter verständnislos von Adams zu DuForché. »Ein Telephon. Suchen Sie ein Telephon. Im Rohrpostamt. Rufen Sie die Polizei.« Sie machte keine Anstalten, sich zu bewegen, und Adams, seine tropfenden Hände vor sich haltend, wollte sie ohrfeigen, nicht aus Zorn, sondern aus der praktischen Notwendigkeit, sie zum Laufen zu bringen. »Gehen Sie! Jetzt!« brüllte er. Sie setzte sich langsam in Bewegung, schaute immer wieder zurück. »Rufen Sie seinen Onkel. Alphonse Bertillon. In der Präfektur.« Er winkte sie fort. Sie bewegte sich langsam, als hätte sie keine eigene Energie, sondern könne sich nur durch Adams' Antrieb bewegen. »Ja, ja, gehen Sie! Gehen Sie!« Schließlich drehte sie sich um und rannte los. »Leiter des Identifizierungsamts«, rief er hinter ihr her. »Bertillon!«

Als die Polizei eintraf, wurde alles mit beruhigender Effizienz gehandhabt. Es wurde photographiert und vermessen, man hielt die Schaulustigen zurück, die sich um das Stück Gehsteig vor Madame LeBlancs Haus versammelt hatten. Adams war sich ihrer vage als ein Kreis ernster Gesichter bewußt, der ihn umgab. Ein Kreis von Zeugen. Sie nahmen die Szene in ihr Blickfeld auf, umringten sie, so daß kein Anblick, keine Perspektive davon verlorengehen und vergessen werden konnte. Die Oberfläche der Straße schien seine Füße festzuhalten, als er versuchte, sich zu bewegen. Um ihn herum schwirrten Männer hin und her – uniformierte Polizisten in ihren blauen Capes, Mediziner in weißen Kitteln, andere Männer, Kutscher, Fuhrmänner, alle bewegten sich langsam, traten hierhin, um irgend etwas zu holen, stellten sich dorthin, um zu reden, gingen einzeln oder in Paaren hin und her, kamen zusammen, trennten sich, kamen erneut zusammen, mieden immer den schrecklichen Fleck auf dem Gehsteig, traten nie darüber, störten nie die Luft darüber, lösten nie die greifbare Leere auf, die dicht darüber lag. Das war DuForché, nicht wahr, dachte er, der Raum, den sein Körper eingenommen hatte, der Raum, den niemand verletzten würde. Die Lache von DuForchés Blut, die zuerst dunkel und glänzend gewesen war, war durch das Trocknen körnig geworden und in den Stein gesickert. Jeder bewegte sich langsam, langsam und weit weg. Wie rücksichtsvoll, dachte Adams, daß sie das taten. Er setzte sich auf die Steinmauer und versuchte, regelmäßig zu atmen.

Er hörte, wie ein Beamter etwas zu seinem Kollegen murmelte: »Der Idiot war allein.« Adams wollte widersprechen, wollte ihm erklären, was DuForché getan hatte, wieso er da gewesen war, wie es dazu gekommen war. DuForché hatte Besseres verdient, als für einen Idioten gehalten zu werden. Er wäre fast aufgestanden, um etwas zu sagen, bremste sich aber. Er konnte es nicht. Sie waren alle zu weit weg, viel zu weit weg. Die Welt mußte ohne ihn weitermachen. Er wollte nicht zu ihr zurückkehren. Er wollte nur noch zusehen.

Adams hatte an DuForchés Seite gekniet, bis der Krankenwagen gekommen war, und ihm soviel Trost gespendet, wie er konnte. Er dachte, DuForché war noch am Leben, als er auf den Wagen geladen wurde, aber er war sich nicht sicher. Manchmal ist der Atem des Körpers so zart, daß man ihn nicht finden kann. Vor allem nach einem Schock: Der Funken im Innern wird still und klein, weil er sich vor der Gefahr zurückzieht, von dem ungastlichen Platz, zu dem das Fleisch geworden ist. Durch diese Zartheit versteckt er sich vor dem Tod, hat Erfolg, wenn es ihm gelingt, zu unbedeutend zu sein, um bemerkt zu werden. Er will den Tod täuschen, daß er seine Dreistigkeit übersieht, sein Verlangen, seine Gier nach Leben – seinen hoffnungslosen, erbärmlichen Wunsch, zu beleben, zu verursachen, zu fühlen, zu wissen. Es war etwas Natürliches, dieser Schutz. Ja. DuForché würde es schaffen.

Er wußte, daß das nicht stimmte.

Er stand in Madame LeBlancs Salon, ohne zu wissen, wie er dort hineingekommen war. Jemand hatte ihn gebeten, sich für eine Vernehmung bereitzuhalten, und nun war er da. Es war eine Offenheit in dem Haus, die ihn beunruhigte, ein Strom von Luft in den Fluren und ein Gedränge von Menschen, die ihm nichts bedeuteten, wie ein Umzugstag, wie jene frühen Herbsttage, als der Haushalt in Quincy zusammengepackt und nach Boston verlegt wurde, Männer, die kamen und gingen, offenstehende Türen, durch die Luftzüge voll mit den Düften von Feldern und Marschland zu ihm herübergeweht kamen und ihn an den Verlust dieses Abschiedes erinnerten. Jetzt roch er nichts. Er spürte immer noch DuForchés Kopf auf seinem Schenkel, und als er die Augen schloß, sah er, wie sich die Blutlache unter ihm ausbreitete, immer größer und größer wurde, größer als die Lache von Kaliumzyankali unter Clover, blauschwarz glänzend auf dem kalten Stein des Gehsteigs, weit ausgebreitet auf dem Pflaster ohne Geruch, ohne jeglichen Geruch. Ihr Fixativ hatte einen scharfen Mandelgeruch gehabt, der in seine Stirnhöhle stieg, dort eindrang und sich ausbreitete, keinen Platz für irgend etwas anderes ließ, nicht einmal für Zweifel, während er sich ihm in den Kopf bohrte. Es war weniger ein Kopfschmerz als ein massiver Block von Schmerz, der in seinem Schädel eine definitive Größe und Gestalt annahm. Nachdem er diesen Geruch gerochen hatte, konnte er ein ganzes Jahr lang nichts mehr riechen. Erst in Japan, in einem Chrysanthemengarten, während der Reise, auf die man ihn in Begleitung von LaFarge geschickt hatte, kam sein Geruchssinn wieder. Auch ihr Kopf hatte auf seinem Schenkel geruht. Er hatte ihr Gesicht nicht nur gestreichelt, sondern es geküßt, hatte sich gekrümmt, um ihre Wange zu berühren, hatte sie an sich gezogen in Sehnsucht und Panik, bis er ihr Gesicht an seinem spüren konnte, die Wärme nahm viel zu schnell ab, und er fühlte, wie absolut und endgültig dies war, ihre letzte Reaktion auf die flüsternden Stimmen, die sie heimsuchten, auf dieses verführerische Murmeln, das sie ihr ganzes Leben begleitet hatte. Und wissend, daß es zu spät war, hatte er trotzdem den Mund auf ihre Lippen gelegt, die blau, aber noch nicht kalt waren, sie zuerst sanft geküßt, sich dann aber verloren, dachte *Das ist nicht passiert, laß es nicht geschehen*, als könne die schiere Kraft seines Willens, durch Mund und Zunge gepreßt, diese Sache wieder rückgängig machen, die sie sich angetan hatte. Er wollte nur mehr Zeit haben. Wieso konnte er etwas so Einfaches nicht bekommen? Wie konnte sie nicht an ihn denken? Er hatte wirklich ihre Erinnerung erzwingen wollen, ihre Rückkehr von dieser Flucht, als hätte sie etwas vergessen: Verlaß mich nicht! Ja, sie würde sich bewegen, aufwachen und die Arme nach ihm ausstrecken.

Aber sie tat es nicht. Und in diesem Kuß fand er den Geschmack ihres Todes: bittere giftige Mandeln aus beißendem Metall. Sein Mund hatte ihn zurückgewiesen, hatte sofort versucht, ihn auf einer Flut von Speichel wegzuwaschen, und er hatte geschluckt, wieder und immer wieder, auf dem Boden kniend, ihren Kopf in seinem Schoß. Sein Magen schmerzte von der Erinnerung daran, und er hatte soviel Wasser im Mund, daß er glaubte, er müsse sich übergeben. Er konnte nicht schlucken.

Mit geöffneten Augen atmete er durch die Nase, spürte, wie sein Mund sich wieder füllte.

Er mußte ein Spülbecken finden und seinen Mund ausspülen. Im Flur stand ein Polizist, neben Madame LeBlanc. Hinter der Treppe: Da mußte es irgendeine Küche geben. Der Polizist rief ihm nach, aber er beachtete ihn nicht. Sein Mund war zu voll.

Er fand die Küche und das Becken und spuckte mit großer Erleichterung hinein. Einen Moment lang beugte er sich keuchend darüber, bevor er den Hahn aufdrehte. Er wollte seine Mundhöhle ausspülen. Er hatte diesen Geschmack vergessen, diesen Augenblick auf dem Boden neben Clovers Körper. Gott, hatte er das wirklich getan?

Er spülte sich den Mund aus, bis der Geschmack weg war, beugte den Kopf so in die Porzellanschale unter den Hahn, daß das Wasser direkt in den Mund fließen konnte.

Er war jetzt wieder ruhiger und wusch sich das Gesicht. Es fühlte sich unter seinen Händen anders an: kalt und glatt – wie DuForchés, dachte er, und er empfand einen Augenblick der

Angst, bis er sich daran erinnerte, daß er sich den Bart abgenommen hatte. Er konnte kein Handtuch finden. Er wischte sich das Gesicht mit den Händen ab, schüttelte sie, wischte wieder. Sie waren nicht trocken genug. Er wollte sie sich an der Hose abwischen, aber nein, das konnte er nicht, seine Hose war naß vor Blut. Er steckte die Hände unter den Mantel, bis zu den Achselhöhlen, und wischte sie sich am Hemd ab. Man würde es nicht sehen. Und die Wärme seiner Achselhöhlen tat ihm gut. Er ließ die Hände dort, umarmte sich selbst, lehnte sich mit geschlossenen Augen gegen die Wand, bis er sich besser fühlte.

Er mußte mit Bertillon reden.

In der Diele fragte er, wo er ihn finden konnte.

»Da drin«, sagte der Polizist, mit dem Kopf zu einer Tür weisend, die gegenüber dem Salon lag. »Aber Sie können da jetzt nicht rein. Er vernimmt gerade jemanden.«

Adams beachtete ihn nicht und betrat das Zimmer. Bertillon lehnte gegen Madame LeBlancs Schreibtisch und redete mit einer Frau, die auf einem der dick gepolsterten Sofas saß. »Es tut mir so leid!« sagte Adams. »Wegen DuForché. Ihr Neffe. Er war ein guter Junge. Das ist grauenhaft. Ich bin sicher, derjenige, der auf Ihren Neffen geschossen hat, wollte eigentlich auf mich schießen. Ich hatte DuForché gebeten, hierherzukommen. Ich hätte es wissen müssen. Es ist meine Schuld.«

»Das müssen Sie nicht denken«, sagte Bertillon. »Es ist die Schuld des Mannes, der auf ihn geschossen hat. Sie hatten daran keinen Anteil.« Das erschien Adams eine weise Feststellung, aber er war sich nicht sicher, ob er ihr glauben konnte. Bertillon legte Adams eine Hand auf die Schulter. »Lassen Sie mich mit dieser Frau weitermachen. Ich bin fast fertig. Wir unterhalten uns danach.« Er führte Adams zur Tür.

Als Bertillon ihn hereinrief, setzte Adams sich dorthin, wo die Frau gesessen hatte, und erzählte ihm alles, jede Einzelheit, an die er sich erinnern konnte: die Mauer, in deren Nähe er sich aufgehalten hatte, die Farbe der Pferde vor dem Vierspänner, sein Ehrgeiz, die Verkleidung auszuprobieren, der Ausdruck auf dem Gesicht von Bertillons Neffen, der Schuß. Er redete wie in Trance, sah Einzelheiten, von denen ihm gar nicht klar war, daß er sie gesehen hatte. Er wollte alles richtig darstellen, erklären, wie es gewesen war. Ein vollständiges Zeugnis abzulegen, war seine Pflicht. Und es war seine einzige Hoffnung, sich nicht so allein zu fühlen. Die Sprache sollte seine Last tragen, damit andere es erfahren könnten.

Bertillon nickte, während er sprach. »Vielen Dank«, sagte er, als Adams fertig war. »Monsieur Adams, unter keinen Umständen dürfen Sie sich die Schuld geben. Dies ist eines der Risiken der Polizeiarbeit. Wir kennen sie alle, und wir akzeptieren das Risiko bereitwillig. Verstanden?«

»Er hat mir den Gefallen getan, dort hinzugehen, wo ich erwartet wurde.«

»Das mag sein. Er hatte auch einen Auftrag von mir. Ich hatte damit gerechnet, daß es Probleme geben würde. Er wäre dort gewesen, selbst wenn Sie ihn nicht gebeten hätten.« Bertillons Stimme war bestimmt. Die beiden Männer sahen sich schweigend an. Adams wollte etwas haben, womit er sich die Nase putzen konnte. Er hatte sein Taschentuch vergessen oder es irgendwo liegenlassen.

Bertillon reichte ihm seins. »Behalten Sie's«, sagte er. Er sah zu, wie Adams sich schneuzte. Als Adams das Tuch zusammengefaltet und in die Tasche gesteckt hatte, fuhr Bertillon fort. »Ich habe etwas über Ihren Haftbefehl herausgefunden«, sagte er einfach.

»Was?«

»Anscheinend beruht der Haftbefehl auf Fingerabdrücken, die in Ihren Räumen gefunden wurden. Abdrücke der Toten – Miriam Talbott – wurden auf verschiedenen Oberflächen gefunden.«

»Aber das ist – ich habe sie doch nie gesehen, erst als sie tot war. Das müssen Sie mir glauben. Im Leichenschauhaus. Das ist unmöglich.«

»Ich habe die Abdrücke gesehen«, sagte Bertillon ruhig. »Sie stimmen überein.«

»Aber ...« Das war unmöglich, dachte Adams. »Aber Sie selbst sind doch eher skeptisch, was Fingerabdrücke betrifft, oder? Hatten Sie das nicht gesagt?«

Bertillon schüttelte den Kopf. »Nein, Monsieur Adams. Ich habe vielleicht beschlossen, eine Untersuchung offen zu halten aufgrund eines Zweifels, den wir beide teilen, aber wir wollen uns nicht vormachen, daß wir uns etwas vormachen. Sie stimmen genau überein. Alle Finger. Alle zehn. Egal, ob jeder Abdruck einmalig ist oder nicht, es wäre höchst ungewöhnlich, wenn zwei Personen zehn gleiche Fingerabdrücke hätten.«

Adams verspürte ein bleiernes Gewicht im Magen. »Nein. Sie kann es nicht gewesen sein. Irgend jemand mit den gleichen Abdrücken ...«

Bertillon setzte eine bedauernde Miene auf. »An dieser Stelle ist es schlichte Mathematik, Monsieur Adams, wie ich Ihnen, glaube ich, gerade erklärt habe. Wollen Sie es noch mal hören?«

»Sie werden mich verhaften, nicht wahr?« Adams stellte sich plötzlich einen Prozeß vor. Zuerst Clover, jetzt DuForché. Wie hatte er jemals glauben können, daß er dem Tag der Abrechnung entkommen könnte?

Bertillon schüttelte den Kopf. »Nein.« Er wartete, daß Adams ihn ansah. »Es gibt hier eine Reihe von Unregelmäßigkeiten. Erstens: Der Präfekt hat ohne mein Wissen von meiner Abteilung Gebrauch gemacht. Mir wurden die Abdrücke zwar gezeigt, aber ich war nicht dabei, als sie genommen wurden, mir wurde auch kein Zugang zu Ihren Räumen gewährt. Das ist nicht das übliche Verfahren, und es beunruhigt mich. Es muß irgendeinen Grund dafür geben. Zweitens ist es nach meiner begrenzten Erfahrung höchst ungewöhnlich, in der Praxis zehn perfekte Abdrücke zu sammeln. Auf der Präfektur, wenn man jemanden verhaftet, ja, aber von Tischen, Gläsern, Oberflächen draußen in der Welt, nein.«

»Was wollen Sie damit sagen?« fragte Adams.

Bertillon schüttelte den Kopf. »Ich biete keine Schlußfolgerungen an. Aber hier ist eine Hypothese. Nein. Lassen Sie mich das als eine Feststellung darstellen. Die Fingerspitzen dieser Frau wurden von ihrem Körper entfernt. Sie waren an Orten, wo ihr Körper nicht war.«

Adams brauchte einen Moment, bis er begriff, was Bertillon meinte. »Sie glauben, jemand hat ihre Fingerspitzen in meine Räume gebracht und – und –« Er konnte den Gedanken nicht zu Ende führen. Das Bild war zu grauenhaft.

Bertillon zuckte die Achseln. »Unerhört. Ja. Unerfreulich. Aber nicht unmöglich, vielleicht.«

»Aber was ist mit dem, eh, ist das nicht dieses Fett auf der Haut, das – das man bräuchte ...?«

Bertillon legte schweigend einen Finger neben seinen Nasenflügel, wischte und zeigte Adams achselzuckend seinen Finger.

»Wer würde denn so etwas tun?«

Er lächelte schwach. »Was fragen Sie mich das?« Er drehte für einen Moment den Kopf heftig zur Seite, als wolle er seinen Hals vom Kragen befreien. »Irgend jemand, der dafür sorgen will, daß Sie verhaftet werden, selbst wenn die Verhaftung nur vorübergehend ist. Vielleicht jemand, der nicht möchte, daß Sie sich mit dieser Frau treffen. Vielleicht hat man sich aber nur verrechnet und glaubt wirklich, daß sich wissenschaftliche Technik von konstruierten Beweisen täuschen läßt.«

Adams erinnerte sich, wer an diesem Morgen den Präfekten aufgesucht hatte. Es schien eine Ewigkeit her zu sein, daß DuForché mit den Informationen heruntergekommen war. »Könnte Loubet das getan haben?«

»Ich weiß nicht. Das ist eine interessante Schlußfolgerung. Aber vielleicht können wir diese Sache durch eine direkte Zeugenaussage klären.« Bertillon starrte Adams an und mußte die Verwirrung auf seinem Gesicht sehen. »Ich glaube, weitere Untersuchungen in Ihrem Hotel könnten Licht in die Sache bringen«, erklärte er. »Er hat Ihre Räume aufgesucht? Es muß irgendwann am Dienstag gewesen sein – nachdem die Leiche verstümmelt wurde, aber bevor die Fingerspitzen am Mittwochmorgen in der Rohrpost entdeckt wurden.«

Als Bertillon ihn vor Madame LeBlancs Haus zu einem Polizeiwagen begleitete, fragte sich Adams, ob die Schaulustigen, die sich immer noch am Tatort aufhielten, glaubten, er würde verhaftet. Es war ihm egal. Als er sich umdrehte und sich in den Wagen setzte, war er überrascht, daß Bertillon immer noch am Bordstein stand. Er war in die Ecke gerückt, um Platz zu machen, aber Bertillon folgte ihm nicht. Er verspürte einen panischen Moment des Alleingelassenwerdens. »Kommen Sie nicht mit?«

»Ich kann nicht. Ich habe hier eine Untersuchung zu leiten. Keine Sorge. Sie kommen schon zurecht. Finden Sie heraus, ob man irgend jemand in Ihre Räume gelassen hat. Das dürfte nicht allzu schwierig sein.« Er sprach besänftigend und nickte dabei leicht mit dem Kopf.

»Ja. Nein. Ich meine, natürlich.« Er versuchte sich zu überzeugen, daß er zurechtkommen würde.

»Ach, und noch etwas«, sagte Bertillon. »Ich habe etwas herausbekommen, das Sie interessieren könnte. Über Ihre Freundin Madame Dingler.«

»Was?«

»Sie wurde verhaftet. Mit einem Haftbefehl, der vom Leiter der Nationalbibliothek beantragt wurde.« Adams runzelte die Stirn. Das ergab keinen Sinn. »Offenbar waren sie schon eine ganze Zeitlang hinter ihr her«, fuhr Bertillon fort. »Zerstörung von Staatseigentum. Diebstahl von Bibliothekenmaterial. Ich glaube, es ist, mmmh, gerechtfertigt.« Bertillon schüttelte den Kopf. »Anscheinend lief sie ständig mit der Schere herum und stahl alles, worin ihr Sohn erwähnt wurde. Eine Art Besessenheit. Eine gestörte Frau.«

Sie also hatte die Informationen über ihren Sohn herausgeschnitten, wiederholte Adams in Gedanken. Er zwang sich, die Worte zu verstehen. Aber wenn es keine Verschwörung gab, um Informationen über den Skandal zu unterdrücken, wieso hatte man dann auf DuForché geschossen? »Haben Sie irgendeine Ahnung, wer es getan hat?« fragte Adams. »Das mit Ihrem Neffen, meine ich. Wer ihn erschossen hat?«

Bertillon sah in die Ferne, zur Chapelle Expiatoire. »Die Zeitungen werden wahrscheinlich schreiben, daß es das Werk von Anarchisten war«, sagte er langsam. »Ich glaube, als provisorische Hypothese ist das gar nicht so verkehrt.« Er beugte sich in den Wagen und gab Adams einen leichten Klaps aufs Knie. »Denken Sie nicht, was alles hätte sein können, Monsieur Adams. Das ändert doch nichts mehr.«

Während er in dem Wagen herumgeschüttelt wurde, starrte Adams mit leerem Blick auf die Straßen, durch die er fuhr und deren nachmittäglicher Verkehr so turbulent vorbeiströmte wie seine Gedanken. Das Leben der Stadt ging weiter, und er fühlte sich um so einsamer.

»Er war ein guter Mann«, sagte er laut zu niemandem. »Das solltet ihr wissen. Er war ein guter Mann.«

Er wartete eine Viertelstunde lang vor seinem Hotel. Falls der Präfekt Beamte postiert hatte, die ihn abfangen sollten, dann konnte Adams sie nirgendwo entdecken. Drinnen war das Foyer menschenleer.

Am Portiertisch befragte Adams den Hotelangestellten, der mit kühlem Blick seine Blutergüsse, die fleckige Kleidung und sein bartloses Gesicht musterte. Hatte er Dienstag gearbeitet? Ja. Hatte er irgendwann am Dienstag jemanden in seine Räume gelassen? Nein. War irgend jemand nach oben gelassen worden, irgendein nicht registrierter Besucher? Nein. Und Monsieur Adams solle wissen, daß der Geschäftsführer, nachdem er durch Monsieur Cameron von der Sache mit der verbrannten Photographie erfahren hatte, besondere Sicherheitsmaßnahmen ergriffen hatte, um sicherzugehen, daß seine Räume und persönlichen Sachen nicht angerührt wurden. Die üblichen Reinigungsarbeiten seien vorläufig eingestellt worden, so daß auch die Dienstmädchen, die die Schlüssel abgeben mußten, keinen Zugang mehr zu den Räumen hatten. Von den zwei Dutzend Besuchern, die seit dem Tag gekommen waren, sei keiner von seinem angegebenen Ziel abgewichen. Dafür könne er, der Hotelangestellte, persönlich bürgen, denn er habe jeden von einem Pagen verfolgen lassen. Es gebe keinen Irrtum.

Adams verdaute diese Information. Niemand konnte die Fingerabdrücke dort angebracht haben, und doch waren sie dagewesen. Es mußte irgendeinen Weg durch das Fenster geben, vielleicht vom Dach aus ... Nein. Irgend jemand war am Dienstag in seine Räume eingedrungen, um das Bild zu verbrennen. Dienstag war der Tag, an dem die Fingerabdrücke plaziert worden waren. Gott, die Vorstellung, daß er dort gewesen war, in demselben Raum, den ganzen Tag lang, mit den Dingen, die diese Finger berührt hatten ...

»Monsieur Adams?«

»Mmmmh?«

»Gibt es irgendwelche Probleme, vielleicht mit der Polizei?«

War die Polizei hier gewesen? Hatte dieser Angestellte den Auftrag bekommen, nach ihm Ausschau zu halten? »Nein. Wieso fragen Sie?«

»Sie waren hier, um Ihre Räume zu untersuchen. Mittwoch morgen.«

»Ich weiß.« Der Angestellte wollte offensichtlich mehr erfahren, aber Adams war nicht in der Stimmung, irgend etwas zu verraten. Wenn man im Hotel wußte, daß gegen ihn Haftbefehl erlassen worden war, gäbe es keinen Ort mehr, wo er hingehen konnte. »Wir nahmen an, es hatte etwas mit dieser Photographie zu tun.«

Adams antwortete nicht.

»Sie hatten einen Durchsuchungsbefehl, so daß wir ihnen den Eintritt nicht verwehren konnten.«

»Nein. Natürlich nicht. Eine Untersuchung. Natürlich ermitteln sie in der Sache.«

Der Angestellte nickte. »Ja. Naja. Der Geschäftsführer ist mit ihnen hochgegangen und dort geblieben, um sicherzugehen, daß nichts durcheinandergebracht wurde. Er hat gesagt, sie hätten ein paar sehr sonderbare Dinge gemacht. Mit Puder und Pinsel, und hätten sich alles genau angesehen.«

Er hatte nicht die Kraft, es zu erklären. »Ja. Neue Polizeimethoden. Sehr wissenschaftlich.«

»Dann ist hoffentlich alles in Ordnung?«

»Ich weiß nicht. Ich war seitdem kaum in meinen Räumen.«

Der Angestellte nickte, weniger mitfühlend als weise, und sah betont auf Adams' blutbefleckte Kleidung hinunter. Was dachte er? Adams war zu erschöpft, um über die Möglichkeiten nachzudenken. »Eine andere Geschichte. Ein Unfall, bei dem ich zufällig anwesend war. Ich habe es der Polizei gemeldet. Sehr beunruhigend.« Er schüttelte den Kopf, beendete die Bewegung mit einem kleinen Zittern, um das Ausmaß seiner Verzweiflung zu demonstrieren, und machte sich dann auf den Weg nach oben.

»Monsieur Adams?«

War seine Antwort nicht zufriedenstellend? Er drehte sich langsam um.

»Sie haben Ihre Post vergessen.« Er hatte nicht mitbekommen, daß der Angestellte ein paar Umschläge auf den Tisch gelegt hatte, und dann fiel ihm mit einem Stich ein, daß er seine Antwort von Louise noch nicht bekommen hatte. War der Umschlag noch bei DuForché? Hatte der Junge ihn in die Tasche gesteckt? Er ging die Szene noch einmal vor seinem geistigen Auge durch, konnte sich aber nicht erinnern, den Umschlag gesehen zu haben, nachdem er von Madame LeBlanc in DuForchés Besitz übergegangen war. Wie hatte er ihn vergessen können? Er begann sich Vorwürfe zu machen, bremste sich aber. Natürlich hatte er ihn vergessen. Gerne hätte er den Umschlag mit seiner Antwort von Louise gegen die Möglichkeit umgetauscht, zurückzugehen, DuForché aufzuhalten und diese ganze Sache ungeschehen zu machen.

Der Angestellte rief ihn nochmals. Adams hatte wie erstarrt am Portiertisch gestanden. Er entschuldigte sich. Er mußte die Antwort von Louise haben. Eine heikle Sache, jetzt, da mit Haftbefehl nach ihm gefahndet wurde. Aber er würde es tun. Er würde zu Madame LeBlancs Haus zurückkehren, Bertillon finden und sich von ihm helfen lassen. Aber zuerst mußte er sich umziehen.

Auf der Treppe warf er einen Blick auf die Umschläge. Es gab zwei: Einer von Elizabeth, der andere von der Präfektur. Er meinte zu wissen, was der erstere enthalten könnte. Die Vorladung wäre insgesamt leichter zu ertragen. Erschöpft erklomm er die Stufen, ein Fuß nach dem anderen. Seine feuchte Hose zog mit jedem Schritt an seinen Beinen.

Die Luft in seinen Räumen roch abgestanden, ein käsiger, warm-süßlicher Geruch von Gaslicht und altem Putz. Er legte die beiden ungeöffneten Umschläge auf seinen Schreibtisch und setzte sich. Etwas Pulver auf dem Schreibtisch war die einzige Spur, die von der Arbeit der Fingerabdruckspezialisten zeugte. Kein Wunder, daß es ihm nicht vorher aufgefallen war. Er achtete darauf, nichts zu berühren, denn er hatte jetzt das Gefühl, als würde er sich unerlaubt in seinen eigenen Räumen aufhalten, und er wollte kein Zeugnis seiner Anwesenheit zurücklassen. Er setzte sich zaghaft an seinen Schreibtisch und öffnete das Fenster. Die kühle Luft trug Geräusche der nachmittäglichen Straße herein, das Klappern von Geschirr und das Rattern von Rädern, und weit entfernt, vom Gare du Nord, das Pfeifen eines Zuges.

Er fand es auf einmal unerträglich, DuForchés Blut auf seiner Hose zu spüren. Er mußte sich umziehen. Er stand auf und zog sich aus, schälte sich aus Weste, Hemd, Kragen und Manschetten, Hose, Strümpfen, Strumpfhalter, Unterwäsche, allem, bis er nackt an seinem Schreibtisch stand. Er trug den Kleiderhaufen in die Küche und warf alles in den Müll. Mit einem Putztuch vom Spülbecken wusch er sich die Schenkel ab.

Als er sich wieder angekleidet hatte, ging er an den Schreibtisch zurück. Geistesabwesend riß er den Brief der Präfektur auf.

Es war keine Vorladung. Es war vom Amt für Vermißtenmeldungen. Nachdem er das Blatt entfaltet hatte, stieß er ein kurzes sarkastisches Schnauben aus: Er wußte jetzt genau, wo Miriam Talbott war. Sie war auf dem Père-Lachaise, tot und begraben. Er überflog den Bericht. Miriam Talbott, 23 Jahre alt, amerikanische Staatsbürgerin. Am 23. Juni 1869 in New York geboren. Zuletzt wohnhaft im Quartier Latin. Studentin an der Ecole des Beaux-Arts. Sie hatte kein erkennbares Einkommen, und man nahm an, daß sie von elterlichen Zuwendungen lebte. Allerdings, so stellte der Bericht fest, sei ihre Miete per Scheck von einem Konto bei der Crédit Lyonnais bezahlt worden, das für die amerikanische Botschaft auf den Namen von John Hay eingerichtet war.

ADAMS ZOG SEINEN BLUTBEFLECKTEN MANTEL AN und stopfte den Bericht in eine Tasche. Wenn Hay für die Wohnung der Frau bezahlt hatte, dann mußte er die ganze Zeit gewußt haben, wer sie war. Er mußte gewußt haben, daß die Frau, die Adams in Pontorson kennengelernt hatte, jemand anders war. *Er mußte das von Anfang an gewußt haben*. Er zwang sich, die Stufen vorsichtig zu nehmen. Wieso hatte Hay ihm diese Verbindung verschwiegen? Wie die Spitze einer Mondsichel begann sich ein kalter, unerhörter Gedanke aus seiner Magengrube herauszuzwängen und sich erhellend in sein Bewußtsein zu schieben. Was hatte Hay über den Skandal gesagt? Je mehr Korruption die Panama-Affäre an den Tag brachte, desto klarer sei es, daß Frankreich mit Panama am Ende war. Arbeitete Hay daran, den Skandal aufzudecken? Oder konnte es sein, daß er sein Möglichstes getan hatte, ihn zu verursachen? Erpressung, Bestechung und Nötigung zu unterstützen? Oder schlimmer: Es lag in Hays Interesse, daß die Chéquards bekannt wurden, eine Enthüllung, die Miriam Talbott angedroht hatte, die sie aber letztlich nicht wollte, wenn ihre Erpressung erfolgreich war. Was, wenn Hay sie irgendwie hintergangen hatte? Konnte Hay an ihrem Tod beteiligt gewesen sein? Konnte er ihn veranlaßt haben?

Adams wurde übel bei dem Gedanken. Die Person oder Macht, die Miriam Talbott getötet hatte, war ebenso feindselig gegenüber Louise Martin eingestellt. Und wenn Hay wußte, wer diese Frau war, und er ihre Miete gezahlt hatte, wie sollte er ihre Zimmergenossin dann nicht kennen?

Er mußte mit Bertillon reden. Und er mußte Louises Antwort bekommen.

Er nahm sich eine Droschke zu Madame LeBlancs Haus.

Schon vom Ende der Straße aus sah er, daß die Untersuchung dem Ende zuging. Es waren nur noch zwei Polizeiwagen da, und die Menge der Schaulustigen hatte sich zerstreut. Er stieg aus der Droschke. Er wollte nicht wissen, wo DuForchés Blutfleck war, aber er war machtlos gegen den Drang zu schauen, sich daran zu orientieren: Dort, ein Dutzend Meter entfernt.

Drinnen erfuhr er von einem Beamten, daß Bertillon gegangen war. »Wissen Sie wohin?«

»Nein. Höchstwahrscheinlich zurück zur Präfektur.«

Der Krankenwagen mit DuForchés Leiche – und mit Louises Antwort – war längst abgefahren. Zum Leichenschauhaus, sagte der Beamte. Leichenschauhaus, Präfektur – wenigstens waren sie nicht weit voneinander entfernt. Aber vielleicht – ja. Aber er hatte noch eine Frage an Madame LeBlanc.

Er fand sie im Salon, aufrecht auf einem Diwan sitzend, die Hände auf der Lehne gefaltet, und eine glatte katzengleiche Wange auf den Unterarm gelegt. Sie rührte sich nicht, als er eintrat. »Ich muß mit Louise Martin reden. Wo ist sie?«

»Sie haben ihre Antwort bekommen.« Sie sah ihn kaum an.

Nein, erklärte er, hatte er nicht. »Sie wissen, wo sie ist. Sagen Sie es mir.«

»Ich weiß nicht, wo sie ist.«

»Wie haben Sie ihr meine Nachricht zukommen lassen?«

»Meine Arrangements gehen Sie nichts an.«

Er sah ein, daß er sehr direkt gewesen war. Er erklärte ihr alles geduldig. Madame LeBlanc beäugte ihn skeptisch, bis er geendet hatte, und wandte sich dann ab. »Ich kann Ihnen trotzdem nicht helfen: Avril ist die einzige, die es weiß, und sie wurde von der Polizei zur Präfektur mitgenommen.«

Als er wieder in der Droschke saß, befand er sich in einem Zustand höchster Erregung. Er mußte sich entscheiden: Leichenschauhaus oder Präfektur? Diese Avril finden? Bertillon von Hay berichten? Seine Antwort von Louise holen? Was davon? Schließlich entschied er sich für das Leichenschauhaus, in der Annahme, er würde Bertillon, wenn er mit der Leiche hingefahren war, um so eher sehen.

Aber Bertillon war nicht da. Zum Glück hatte der Beamte im Leichenschauhaus nichts dagegen, Adams zu der Leiche zu lassen. Sie lag immer noch auf der Bahre, auf der man sie hereingetragen hatte, an der Wand in einer Ecke des Saals, der Adams inzwischen so vertraut war. Es hatte sie noch niemand angerührt. Adams stellte sich neben die verhüllte Gestalt und versuchte, nicht ungeduldig zu wirken. Er war erleichtert, daß die Leiche des jungen Mannes noch bekleidet war – nicht nur weil die Kombination von Nacktheit und Tod sehr beunruhigend war, mehr als eines für sich allein sein konnte, sondern weil es seine Suche nach dem Brief erleichterte. Der Beamte, ein Polizist mit einem schaufelförmigen Kinn, ging fürsorglich mit ihm um, und Adams wollte nicht aus seiner Rolle fallen, indem er zu brüsk wirkte. Aber DuForché hätte es verstanden – er mußte Bertillon, Avril und Louise finden. Er nickte dem Gesicht des Jungen grimmig zu. Hübsch. Mit dem Alter immer hübscher. Er streckte die Hand aus, um seinen Scheitel zu berühren, diese dichten Locken. »Er –« Er mußte noch einmal anfangen. »Zum Zeitpunkt seines Todes hatte er einen Brief bei sich. An mich adressiert. Er hatte ihn für mich abgeholt. Ich muß ihn sehen.«

»Ich weiß nicht ...« Der Beamte verstummte und ließ den Blick durch den Raum wandern, Adams' Blick ausweichend. Ich bekomme nicht, was ich haben will, dachte Adams. Er versuchte es noch einmal.

»Hören Sie. Er war an mich adressiert. Ich will ihn nur sehen. Ich muß ihn nicht mitnehmen. Ich muß ihn sehen. Sie können ihn wiederhaben. Hat er ihn noch?« Ohne auf Erlaubnis zu warten, griff Adams unter DuForchés Mantel und fand den Umschlag in der Innentasche.

Die Nachricht war auf billigem Notizpapier geschrieben, der Umschlag war unversiegelt. Er entfaltete das Blatt und las:

Ich malte ein Porträt des Erzengels in Gefahr: Stein, viele Ufersteine, und der Gegenstand der Aufmerksamkeit getäuscht und gefangen, weit davon entfernt, triumphierend zu sein. Sie erinnern sich – der Schlüssel, der absolute Schlüssel, war die kleine Holzschlange. Ich glaube jetzt, daß ich mit dem Blau zu optimistisch war. Sie wissen, was es mir bedeutet! Ich glaube, wenn ich es diese Woche noch einmal malen würde, hätte ich mein ganzes Blau bis Freitag verbraucht. Das muß reichen. Ein Wiedersehen wäre wunderbar, aber wie Sie wissen, liegt es nicht in meiner Macht zu sagen, wann. Irgendwie bald, hoffe ich. Je eher, desto besser.

Die Arme, dachte er. Sie hatte es geschafft, ihm genug zu sagen, selbst unter den Augen ihres Bewachers. Er hoffte, ihm blieb genug Zeit.

Adams eilte an Notre-Dame vorbei und ging dann nach rechts, blickte den breiten Boulevard hinunter zum Pont au Change und zur Rive Droite. Eine Droschke, eine Droschke, er brauchte eine Droschke. Es war eine Meile flußabwärts. So weit konnte er nicht laufen.

Als er zu der Brücke kam, hatte er immer noch keine Droschke gefunden. Er sah sich verzweifelt um. Vielleicht sollte er versuchen zu rennen. Es war nur eine Meile. Nein, das wäre dumm. Von der Brücke hörte er das stetige Tuckern einer Fähre am Kai. Sie wendete, schlug ein, war im Begriff weiterzufahren, während ein Matrose die Taue freimachte.

Er rannte die Steinstufen hinunter, zwang seine Füße, Schritt zu halten, während er vorwärtsstürmte. Das Boot zog schon an, stromabwärts. Während er den Kai entlangrannte, bereitete er sich auf den Sprung vor und schleuderte sich in die Luft.

Er landete mit einem dröhnenden Schlag auf dem Deck, stürzte und prallte gegen die Beine der Passagiere, die am Bug saßen. Er rappelte sich langsam auf, setzte sich in den Schneidersitz und fühlte, ob er sich bei dem Sturz verletzt hatte. Er schien sich nichts gebrochen zu haben, obwohl ihm sein Magen wieder weh tat. Er nickte den Gesichtern über ihm entschuldigend zu, eine Ansammlung ernster, stummer Zeugen.

Der Kontrolleur wirkte gänzlich unbeeindruckt, als würde es ständig passieren, daß Passagiere sich übers offene Wasser auf sein Boot warfen, und er wandte sich an Adams, um zu kassieren. Adams kramte in seiner Manteltasche und fischte seine Brieftasche heraus.

Er war zu aufgeregt, um sich zu setzen. Seine Ankunft hatte Aufmerksamkeit erregt, aber die anderen Passagiere sahen schnell weg, wenn er ihren Blicken begegnete. Er schritt zum Heck des Bootes und holte ein paarmal tief Luft, bis er sich erholt und beruhigt hatte. Sein Kopf war jetzt soweit klar, daß er wieder Angst empfinden konnte. Er stellte sich vor, in welchem Zustand er Louise vorfinden würde. Er konnte nicht stillstehen und ging nach vorne zum Führerhaus.

»Sie müssen sich hinsetzen. Sie dürfen sich nicht soviel bewegen. Gehen Sie schon«, sagte der Kassierer und scheuchte ihn auf einen Platz zurück.

Er nahm am Bug auf der Steuerbordseite Platz, in der Absicht, der erste zu sein, wenn das Schiff anlegte. Die anderen Passagiere machten einen weiten Bogen um ihn. Auf beiden Seiten zogen sich die Ufer der Seine entlang wie langsame Bänder. Die Fähre wurde von einem Trio Möwen begleitet, die Flügel in Gleitflugstellung in Form eines weit ausgebreiteten M. Er suchte den Kai auf der Steuerbordseite ab, überprüfte jeden Fußgänger, suchte nach einem vertrauten Gesicht, hatte Angst davor, das Gesicht zu sehen, mit dem er am meisten rechnete. Ein paar Menschen schlenderten am Fluß entlang, normale Pariser, die einen Spätnachmittags-Spaziergang genossen. Die ganze Szene wirkte flach, langsam, leer, besonders weil das Licht, das durch die kahlen Bäume drang, geisterhaft, direkt und klar war, durch die Jahres- und Tageszeit jedoch die Fähigkeit zu wärmen verloren hatte. Er hatte keine Ahnung, was er tun sollte, wie er Louise helfen könnte.

Die nächste Haltestelle für die Fähre befand sich jenseits der Badestelle. Während der Schuppen vorbeiglitt, sah er, daß die untere Hälfte der Halbtür zwischen den beiden Spalierbäumen gähnend weit offenstand. Sie konnte nicht mehr als fünfzehn

Meter entfernt sein, es hätten ebensogut hundert sein können. War das nur ein Tischbein, was er da sah, oder war da etwas anderes zu sehen, hinten im Raum? Er stand auf, um das Bild im Blick zu behalten, während sie vorbeiglitt, sah genau hin, bis die Fähre anlegte, und paßte auf, ob jemand den Schuppen betrat oder verließ.

Sobald er sicher war, daß er es schaffen würde, sprang er an Land und rannte los, ohne auf die Rufe der Bootsleute zu achten.

Vor der Tür hielt er inne, um zu lauschen. Nichts. Er bückte sich, um unten hindurchzusehen. Im Raum waren Tisch, Stühle, die Sachen des Pächters, aber keine Menschen. Er ging unter der Tür in die Hocke. Etwas in seiner Manteltasche stieß gegen seinen Oberschenkel. Die Rasierschale. Er zog sie heraus. Und da war doch auch noch ein Rasiermesser. In welcher Tasche? Er stand auf und klopfte schnell seinen Mantel ab, bis er es fand. Das geöffnete Rasiermesser in der Hand, tat er einen vorsichtigen Schritt nach vorn. Er spürte, wie ihm ein kleiner Luftzug ins Gesicht wehte.

In diesem Raum war alles so, wie es vorher gewesen war. Langsam, das Rasiermesser vor sich haltend, bewegte er sich auf den Vorhang hinten im Raum zu, der sich leicht in der Luft blähte.

Als er ihn beiseite schob, war nichts dahinter. Rechts war der Gang, durch den er am Abend zuvor gelaufen war. Links befand sich ein anderer Gang. Beide waren dunkel. Er hielt inne, um zu lauschen, erkannte dann, daß es vielleicht nicht klug war, mitten im Eingang zu stehen. Er drückte sich schnell flach gegen die Wand. Er lauschte wieder, hörte aber nichts. Der Gang zu seiner Rechten hatte keine Fenster, nur das eine Gitter, durch das der Pächter ihn genötigt hatte hindurchzusehen und durch das jetzt ein kleiner Fleck diffusen Lichts auf den Boden fiel. Adams konnte nicht weiter sehen als bis dahin, aber er wußte, daß der Gang bei einer weiteren Tür aufhörte. Dort unten würde Louise nicht sein. Ufersteine, der Kai, sie mußte hier irgendwo sein.

Darauf achtend, so vorsichtig wie möglich aufzutreten, steuerte er auf die andere Seite des Durchgangs zu. Hier spürte er wieder einen Luftzug im Gesicht. Der Gang verlief drei Meter geradeaus und machte dann wieder eine Biegung. Den Rücken gegen die Wand gedrückt, das Rasiermesser fest umklammert, lauschte er.

Nichts.

Trotzdem war diese Richtung die vielversprechendere. Er ging hinunter, spürte das Knirschen des Steinbodens unter seinen Füßen, hielt das offene Rasiermesser vor sich. Der Gang machte eine Biegung – nach rechts, dann nach einem Dutzend kleiner Schritte nach links, dann wieder nach rechts – und dann wurde es so dunkel, daß er seine eigene Hand nicht mehr sehen konnte.

Nach einem Dutzend weiterer Schritte stieß sein Rasiermesser mit einem leisen Klirren gegen etwas Unnachgiebiges: eine Steinwand, direkt vor ihm. Der Gang hatte wieder eine Biegung gemacht. Er tastete an der Wand entlang und fand eine Kante: Wieder hatte der Gang eine Biegung nach links genommen. Entweder das, oder er hatte sich zu einer Art Kammer geöffnet. Ja. Ein sehr schwaches Licht sickerte von irgendwo herein, oder seine Augen hatten sich einfach an die Dunkelheit gewöhnt. Er konnte undeutlich unter und vor sich eine trapezartige Form ausmachen. War es ein Tisch? Ein seltsamer, abgestandener Geruch haftete diesem Ort an, ein Geruchsgemisch aus feuchtem Stein und etwas anderem, etwas Stumpfem, Beißendem und Muffigem. Er klopfte sich auf die Taschen, auf der Suche nach einer Schachtel Zündhölzer, und als er sie fand, wollte er das Rasiermesser ablegen, um eins anzuzünden. Er verfehlte den Tisch, aber das Messer fiel nicht klappernd auf den Boden. Da war ein leises gedämpftes Plop, dann das Geräusch von Metall auf Stein.

Adams wollte seine Waffe wieder an sich bringen, aber die Hand in der Dunkelheit nicht nach dem ausstrecken, was den Fall gebremst hatte. Nicht ohne etwas Licht. Er zündete ein Holz an, konnte aber im ersten Moment nicht über den Rand des Lichtscheins hinaussehen.

Direkt unter ihm lag der Pächter, mit dem Gesicht nach oben. Seine Augen blickten leer, groteskerweise unbesorgt über den seltsamen Winkel, den sein Hals zum Körper bildete. Irgendein Fremdkörper steckte in seinem Mund. Kurz bevor das Zündholz ausging, sah Adams, daß er an Händen und Füßen gefesselt war.

Er zündete ein zweites Holz an. Dort auf dem Boden beim Hals des Mannes lag sein Rasiermesser. Im Mund des Mannes steckte eine Art Puderdose, deren Inhalt verschüttet war und eine gelbe Kruste auf Lippen und Zunge bildete.

Orpiment.

Adams fröstelte. Er richtete sich langsam auf und blickte sich um. Dies war offenbar das Schlafzimmer des Pächters. Es gab keine Spuren von einem Kampf. Als das Zündholz ausging, zündete er ein weiteres an und hielt es hoch. Eine eiserne Bettstelle, deren Kopf- und Fußteile wie Leiern geformt waren, stand links an der Steinwand. Eine dunkle Decke lag auf der Matratze, militärisch stramm gezogen. Auf dem Tisch stand eine Gaslampe. Adams zündete ein frisches Streichholz und machte die Lampe an, ging vorsichtig an der Leiche vorbei. Als er den Docht gekürzt hatte, nahm der Raum um ihn herum Gestalt an. In der Ecke stand ein billiger Sekretär, und an der Wand darüber hingen Bilder – Bilder von der heiligen Jungfrau von Postkarten und Gottesdienstblättchen. Sie waren um eine Photographie herum arrangiert, die Photographie einer Frau, die auf dem Rücken auf einem weißen Laken lag. Ein Bild von oben: eine junge Frau, nackt, vielleicht Anfang zwanzig, ihr Körper sah blaß und verloren aus, wie sie da lag, der Kopf von langen dunklen Haaren umgeben, die auf dem weißen Laken wie eine schwarze Aura wirkten. Sie lag ausgestreckt auf dem Bett, ein Knie gebeugt, das andere Bein gestreckt, wodurch alles enthüllt wurde, was durch das Schamgefühl einer lebendigen Frau aufs Sorgfältigste verhüllt wurde. Sie sah aus, als würde sie schlafen. Bis auf ihre Augen, die unnatürlich auf irgendeinen Punkt hinter der Kamera starrten. Er begriff, mit einem dumpfen Zucken im Magen, daß die Frau auf der Photographie tot war. Zu beiden Seiten ihrer Füße sah er die Beine des Stativs, das benutzt worden war, um die Kamera über ihr zu postieren.

An den anderen Wänden hingen weitere Photographien, manchmal vermischt mit ausgeschnittenen Bildern der heiligen Jungfrau. Adams hielt die Lampe nahe heran, um sie sich genauer anzusehen. Alle zeigten tote Frauen, mehr oder weniger entkleidet. Eine von ihnen war die arme Miriam Talbott, frisch aus dem Wasser der Seine gezogen, auf dem kalten, harten Stein des Kais photographiert. Kleid und Mieder waren aufgerissen, so daß lange weiße Schenkel und runde weiße Brüste enthüllt wurden. Adams starrte angewidert auf die Leiche am Boden. Er konnte sich vorstellen, zu welchem Zweck diese Photographien verwendet worden waren. Wie war der Mann an sie gekommen?

»Monsieur Adams. Was für eine Überraschung, Sie hier anzutreffen.«

Er drehte sich um. Dort, im Eingang des Zimmers – wer war das? Adams hatte ihn nicht kommen hören.

»Oh je, Monsieur Adams, das sieht aber gar nicht gut aus. Ganz und gar nicht.« Adams hielt die Lampe hoch und sah Pettibois langsam den Kopf schütteln, wobei der Schatten seiner Nase auf dem runden vollen Gesicht mal länger und dann wieder kürzer wurde. »Allein mit einer Leiche. *Schon wieder.* Ihre Gier nach schwerer Körperverletzung scheint unstillbar zu sein. Sie werden mit mir kommen müssen.« Pettibois tat einen Schritt auf ihn zu. »Was hat Sie dazu getrieben? Wieso? Wieso dieses sinnlose Töten?«

»Das habe ich nicht getan.«

»Monsieur Adams.« Pettibois seufzte. »Es wird leichter für Sie, wenn Sie mir einfach die Wahrheit erzählen.« Er rückte noch einen Schritt vor.

Adams hielt die Lampe vor sich und wich zurück. Es gab keine andere Fluchtmöglichkeit aus dem Zimmer.

»Ich tue Ihnen nichts«, sagte Pettibois mit sanfter Stimme. »Aber, Monsieur Adams, Sie müssen wegen Ihrer Verbrechen zur Rechenschaft gezogen werden. Das hier« – er deutete auf die Leiche am Boden – »das geht einfach nicht. Wir können es nicht zulassen, daß Sie frei herumlaufen und unseren Bürgern Schaden zufügen, wie widerwärtig und erbärmlich sie auch sein mögen.« Er sprach mit einer tiefen leiernden, hypnotischen Stimme, und Adams fand diesen Versuch, ihn zu besänftigen, sogar noch bedrohlicher. Während Pettibois sprach, tat er noch einen langsamen Schritt nach vorn. Wieder wich Adams instinktiv zurück. Er spürte, wie die Tischkante gegen sein Gesäß drückte. Er konnte nicht mehr weiter zurückweichen. »Ich sage Ihnen doch, ich war das nicht. Ich bin gerade eben erst gekommen. Ich – ich – ich habe eine Nachricht bekommen. Von Miss Martin, Louise Martin ...«

Pettibois nickte. »Ihre berühmte abwesende Freundin. Und wie geht es ihr?«

»Ich – ich weiß nicht. Sie hat es nicht gesagt.«

»Nein, das hat sie nicht. Ganz schön schlau, die Kleine, meinen Sie nicht?«

Klein Holz, erkannte Adams. *Petit bois*. Die kleine Holzschlange. Louise hatte versucht, es ihm zu sagen, und er hatte sich nicht die Mühe gemacht, es herauszubekommen.

Es war absolut notwendig, zwischen sich und Pettibois einen Abstand zu halten.

»Zu ihrer Rettung herbeigeeilt, wie, Monsieur Adams?« Pettibois kam einen Schritt näher. »Sehr heldenhaft von Ihnen. Sehr edel. Und, das sollte ich Ihnen sagen, vorhersehbar. Und wenn ich Ihnen sage, daß sie gefunden wurde, Monsieur Adams? Man hat sie gefunden und sich um sie gekümmert. Sie brauchen sich keine Sorgen mehr zu machen. Es ist alles vorbei.« Pettibois hörte sich an, als spräche er mit einem Kind. Natürlich, natürlich. Adams sah jetzt alles vor sich. Wer hatte den Bolzenschneider gefunden und die Fingerabdrücke ruiniert? Pettibois. Wer hatte den Präfekten an dem Morgen aufgesucht, als der Präfekt einen Haftbefehl gegen Adams erließ? Pettibois. Die Fingerspitzen in der Rohrpost? Pettibois. Jedesmal Pettibois. Es schien so naheliegend. Der Handlanger von Herz.

Aus dem Augenwinkel erblickte Adams sein Rasiermesser auf dem Boden. Er konnte es erreichen, bevor Pettibois ihn überwältigte. Er mußte es schaffen. »Aber ich glaube, das wissen Sie schon, Monsieur Adams. Ich vermute sogar, daß Sie derjenige sind, der sich um sie gekümmert hat. Ein weiteres Opfer, eine schöne Frau diesmal, in der Blüte des Lebens niedergestreckt. Sinnlos, Monsieur Adams. Wieso? Wieso diese Mordorgie?« Pettibois schüttelte ernst den Kopf. »Wollen Sie damit irgendeinen dunklen Trieb befriedigen? Irgendeinen unreifen und widerwärtigen Trieb? Solche Dinge erleben wir immer öfter, wissen Sie, je größer Paris wird, aber von einem Mann Ihrer Statur – nun, ich bin überrascht, sehr überrascht.«

Adams bückte sich schnell und hob das Rasiermesser auf. Er öffnete es mit einer schnellen Bewegung aus dem Handgelenk. Es fühlte sich in seiner Linken unhandlich an, aber das ließ sich jetzt nicht ändern, nicht ohne mit der Lampe zu hantieren. Er wollte Pettibois keine Sekunde aus den Augen lassen. Er muß Dinglers Bild gesehen haben, als er Adams abgeholt hatte, um mit ihm zum Leichenschauhaus zu fahren, und sofort erkannt haben, daß es Herz' Alibi widerlegte. Deshalb war er wiedergekommen und verbrannte es. Vielleicht hatte er Adams gar nicht gebraucht, um Miriam Talbotts Leiche zu identifizieren. Vielleicht hatte er jemanden gesucht, dem er die Schuld an ihrem Tod in die Schuhe schieben konnte, und Adams war ihm gerade in dem Moment über den Weg gelaufen und dabei in Ereignisse hineingeraten, die er unmöglich verstehen konnte. Und dann, als er so nachdrücklich behauptet hatte, daß Miriam Talbott nicht Miriam Talbott sei, muß das für Pettibois neue Möglichkeiten eröffnet haben ...

»Na na, Monsieur Adams, das brauchen Sie nicht. Das wird nicht nötig sein.« Adams drückte sich gegen den Tisch und konnte nur mit dem Kopf schütteln. War Pettibois nähergekommen? Er schien den ganzen Raum auszufüllen, sich auf ihn zu drücken, jede Hoffnung auf Flucht zu blockieren. Was hatte er gemeint, als er sagte, man habe sich um Louise gekümmert?

»Sie werden feststellen, daß ich ein Mann bin, mit dem man reden kann, Monsieur Adams. Wirklich, ich kann sehr verständnisvoll sein.« Pettibois trat wieder einen Schritt näher und nickte. »Behalten Sie ruhig das Rasiermesser. Überlegen Sie sich, wie Sie es benutzen könnten. Denken Sie daran, in welch einer ausweglosen Lage Sie sich befinden. Das ist doch nicht zu bestreiten, oder? Ich bin sicher, wenn Bertillon es überprüft, wird er Ihre Fingerabdrücke auf dieser kleinen Dose Farbe dort finden. Schon wieder.« Pettibois grinste ihn an, mit einer Kopfbewegung zur Leiche deutend. »Sie könnten sich vielleicht sehr viele Peinlichkeiten ersparen. Und Ihrem Freund Monsieur Hay einen großen, schmutzigen, internationalen Skandal. Bekommen die Herren Hay und Cameron die Eisenbahn, auf die sie so versessen sind? Nicht, wenn ihrem Freund Adams ein spektakulärer Prozeß gemacht wird. Tun Sie etwas Ehrenhaftes, Monsieur Adams. Ein weiterer Mord plus Selbstmord. Ein Doppelmord plus Selbstmord, wenn wir das Mädchen mitzählen. Es ist schließlich nicht so, als wäre so etwas noch nie dagewesen, oder?« Er lächelte gnädig. »Schön und sauber, alles geklärt. Nein, wirklich, die Idee gefällt mir richtig«, sagte er, als antwortete er auf einen Widerspruch von Adams. Er tat wieder einen Schritt vor. »Die Leute werden sich fragen, was Sie dazu getrieben hat. Sie würden einen gewissen Ruhm erlangen. Es würde Sie über das Gewöhnliche erheben. Jack the Ripper, Blaubart, diese Frau, diese Engländerin, wie heißt sie doch gleich?« Pettibois überlegte, zuckte mit der Schulter und tat einen Schritt.

»Nein. Halt. Keinen Schritt näher.« Adams hielt das Rasiermesser hoch. »Sie sind böse.« Die Worte waren ihm völlig unbewußt herausgerutscht, wie ein Reflex.

»Oh, Beschimpfungen. Sehr produktiv.« Pettibois kam einen Schritt näher. »Ja«, sagte er und verfiel wieder in seinen besänftigenden Ton. »Naja, verständlich. Sie sind erregt.«

»Sie haben ihn getötet«, sagte Adams mit einem Kopfnicken zu dem Pächter. »Und Miriam Talbott. Und den Leichenbeschauer.«

»Vorsicht, Monsieur Adams. Sie sind äußerst unachtsam. Sind Sie sicher, daß Sie da keinen Unsinn erzählen?«

»Sie müssen von Anfang an gewußt haben, wer Miriam Talbott war. Sie und Hay. Sie haben ihre Identität vertuscht, um die Ermittlungen durcheinanderzubringen. Sie haben ihr die Fingerspitzen abgehackt und sie mir geschickt, nachdem Sie damit – damit – überall in meinem Zimmer Abdrücke hinterlassen haben. Dann haben Sie einen Haftbefehl gegen mich ausstellen lassen.«

»Sehr interessant. Und warum habe ich das alles gemacht? Aus welchem möglichen Grund?«

»Sie stecken mit Herz unter einer Decke, und Sie versuchen die zu schützen, diese – diese – diese ...« Adams fiel das Wort nicht ein. Verdammt! Er stotterte wie ein Trottel. »Diese Chéquards.«

Pettibois seufzte. »Ach, Monsieur Herz, ein geeigneter Sündenbock, finden Sie nicht? Ja, schieben wir ihm die Schuld zu. Ich stecke unter einer Decke mit Herz, und Herz mit dem Teufel.« Pettibois lächelte und schüttelte den Kopf. »Und wieso sollte er oder ich irgendein Interesse an den Chéquards haben? Können Sie mir einen Grund dafür nennen? Wie geht die Geschichte, Monsieur Adams? Sie sind Historiker, erzählen Sie mir eine Geschichte.« Als er weiterredete, war seine Stimme härter, kälter. »Genug. Das ist jetzt nicht mehr komisch. Geben Sie mir das Rasiermesser, Monsieur Adams. Sie sind festgenommen.«

Einen Moment lang erwog Adams die Möglichkeit, sich zu unterwerfen. Es war immerhin ein Haftbefehl gegen ihn im Umlauf, dieser Mann war ein Beamter der Justiz. Vielleicht wäre es das beste, alles auf der Präfektur aufzuklären. Aber so wie er Pettibois jetzt einschätzte, war er sicher, daß er nicht die Absicht hatte, es soweit kommen zu lassen.

»Nein.«

Er würde etwas tun müssen, wenn Pettibois noch einen Schritt näherkam. Er hatte keinen Plan im Kopf, aber er wußte, daß er Pettibois auf Abstand halten mußte. Er zwang sich zum

Nachdenken. Er könnte Pettibois die Lampe vor die Füße werfen, heftig, heftig genug, daß sie zerbrach, und sich dann mit dem Rasiermesser auf ihn stürzen. In dem Durcheinander würde er an ihm vorbei und durch die Tür kommen. »Keinen Schritt näher«, sagte Adams. »Ich warne Sie.« Er fuchtelte sowohl mit der Lampe wie mit dem Rasiermesser, versuchte, ihre Gefährlichkeit zu demonstrieren.

Die Geste mußte albern aussehen, und irgendein lästiger Teil seines Bewußtseins sagte ihm, daß diese Drohgebärde am besten mit einem einzelnen Gegenstand funktionierte – geteilte Aufmerksamkeit verminderte die Wirkung.

»Geben Sie mir das Rasiermesser.« Pettibois streckte Adams die Hand entgegen und tat noch einen Schritt.

Adams hob die Lampe hoch über den Kopf und warf sie, schleuderte sie so fest er konnte dem Mann vor die Füße. Die Lampe zerbrach bei dem Aufschlag, und das Petroleum trat in einem niedrigen Feuerball aus, der kleiner war, als Adams erwartet hatte. Er duckte sich, bereit zum Sprung, das Rasiermesser schnell in die rechte Hand nehmend. Aber Pettibois hatte ihn die Lampe heben sehen, hatte vorausgesehen, was er beabsichtigte, und war zurückgesprungen. Auf der anderen Seite des Raumes wurde sein Gesicht von den kleiner werdenden Flammenzungen beleuchtet, die vom Boden aufstiegen. »Nana, Monsieur Adams. Das war nicht sehr geschickt. Widerstand gegen die Staatsgewalt. Ich fürchte, ich werde Sie überwältigen müssen.« Eine kleine Lache Petroleum von der Lampe bereitete sich über den Boden aus und floß mit unheimlichem Flammengezüngel zur Leiche des Pächters. Langsam griff der Inspektor unter seine Jacke und zog eine Pistole hervor. »Ich verwende das hier mit einigem Bedauern.« Er richtete die Waffe auf Adams und lächelte, ein schnelles Lächeln, das einmal kurz und wenig überzeugend über seine Wangen huschte und im nächsten Moment wieder verschwand. »Also gut. Wir ändern den Plan. Legen Sie sich auf den Boden. Nein, zuerst fassen Sie diese Dose da in Marcels Mund an.«

Adams, der beim Anblick der Pistole instinktiv die Hände vom Körper weghielt, rührte sich nicht.

»Los, verdammt noch mal.« Pettibois wedelte mit dem Lauf der Pistole, versuchte ihn dazu zu bringen, sich zu bewegen. »Fassen Sie sie nur soweit an, daß Ihre Fingerabdrücke draufbleiben.«

Adams bewegte sich langsam, dem Befehl folgend, versuchte nachzudenken. Vielleicht könnte er sich im Petroleum wälzen und die Flammen ausmachen. Ein schwarzer rußiger Rauch stieg vom Feuer am Boden auf.

»Jetzt hinlegen. Direkt neben ihn, dahin.« Pettibois deutete mit der Waffe auf die Petroleumlache, die mit kleinen gezähnten Flammenreihen bedeckt war. Nein, es würde seine Kleidung durchtränken, und es stünde noch schlechter um ihn.

Pettibois wedelte mit dem Lauf der Pistole. »Schnell, Monsieur Adams.«

Adams streckte so langsam, wie er wagte, die Hand zum Boden aus. Seine einzige Hoffnung, dachte er, war irgendeine Ablenkung, ein Augenblick der Unaufmerksamkeit, in dem er nach der Waffe greifen konnte. Mitten in der Hocke innehaltend, den Blick auf Pettibois gerichtet, sagte er so aufrichtig wie er konnte: »Vorsicht! Vor Ihren Füßen! Das Feuer – es kommt näher.«

Pettibois schüttelte den Kopf. »Wirklich, Monsieur Adams.« Er deutete mit einer behandschuhten Hand über das Feuer. »Bewegen Sie sich. *Jetzt.*«

»Nein. Sie werden mich erschießen müssen.«

Pettibois entsicherte die Pistole und seufzte. Er schoß einmal, auf den Boden, nahe genug, daß Adams den Hagel von Steinsplittern gegen sein Hosenbein spüren konnte. Das Geräusch war unerträglich laut. »Ich meine es ernst, Monsieur Adams. Lassen Sie es nicht darauf ankommen.« Pettibois hob die Waffe und zielte mitten auf Adams' Brust. »Legen Sie sich hin. Neben Marcel. Es ist nur unwesentlich bequemer für mich, wenn Sie durch Feuer sterben anstatt durch die Kugel. Ich könnte beides erklären.« Beißender Rauch hatte sich unter der Decke gesammelt, und Pettibois duckte sich leicht, um den Kopf herauszuhalten.

»Sie könnten mich doch verhaften. Ihr Plan ist sehr schlau. Ich glaube, ich könnte mich da nicht mehr herauswinden. Ihr Wort steht gegen meins, und ich bin Ausländer. Ich bin sicher, das Gericht –« Adams brach ab, hustete und dachte dabei, wenn ich nur lange genug rede, werden wir ersticken. Er zuerst – er ist größer.

Pettibois antwortete ihm mit einem weiteren Schuß auf den Boden.

Adams sah auf das brennende Petroleum hinunter. Zaghaft stampfte er mit dem Fuß auf, in der Hoffnung, ein bißchen Platz zu schaffen, aber das verteilte das Feuer nur und spritzte Petroleum auf die Leiche des Pächters. Er mußte etwas unternehmen. Er hörte, wie die Pistole wieder entsichert wurde. Er bückte sich schnell, um seine Bereitschaft zu zeigen, daß er dem Befehl Folge leisten wollte, hielt aber wieder inne, um zu husten. Er versuchte, sich eine Hand vors Gesicht zu halten, um den Rauch zu filtern. Es nützte nichts. Wenn er sich vornüber beugte, war die Luft jedoch weniger rauchig. Er versuchte, nicht zu atmen. Er würde sich bücken und sich dann seitlich gegen Pettibois werfen. Er hatte keine klare Vorstellung, was das bewirken würde. Es würde bestenfalls ein Handgemenge geben, er müßte sich der Waffe bemächtigen, Pettibois war größer, aber das bot zumindest etwas Hoffnung, etwas Besseres, als sich einfach hinzulegen und zu verbrennen.

Er beugte sich zum Boden herab, achtete darauf, daß seine Hände nicht mit der brennenden Flüssigkeit in Berührung kamen, und spannte sich an für den Seitwärtssprung.

»Legen Sie die Waffe weg, Inspektor.«

Wer war das? Adams konnte nicht an Pettibois vorbeisehen. Er hob den Kopf, als Pettibois sich umdrehte und Bertillon hinter sich stehen sah, eine Laterne in der Hand. Er stand im Türeingang und bückte sich unter dem schlimmsten Rauch. »Das reicht.«

»Ah, Hauptkommissar Bertillon. Ich bin Ihnen dankbar für Ihre Hilfe. Ich war gerade im Begriff, diesen Mann zu verhaften.« Pettibois, ebenfalls vorgebeugt, trat zurück und postierte sich so, daß er Adams wie Bertillon im Blickfeld hatte, und schwenkte seine Waffe herum, so daß sie auf Bertillon zeigte. »Er verhält sich sehr widerspenstig.« Aus irgendeinem Grund bewirkte der Luftzug, daß der Raum unter Hüfthöhe frei von Rauch blieb. Über Schulterhöhe war der Rauch inzwischen unerträglich dicht geworden und drückte auf die drei Männer herab, die gebückt dastanden, Bertillon mit den Händen auf den Knien.

»Ja.« Bertillon registrierte die auf ihn gerichtete Waffe, bevor er zu Adams auf der anderen Seite des Zimmers blickte. Adams konnte aus seinem Blick nichts herauslesen. »Sollten Sie nicht lieber zuerst das Feuer da löschen?« sagte Bertillon zu Pettibois und deutete mit dem Kopf auf die Leiche, an deren Kleidung bereits Flammen züngelten. Er hustete, wobei er sich die behandschuhte Hand vor den Mund hielt. »Sie wollen doch sicher nicht, daß Beweismittel vernichtet werden, oder?« Seine Stimme war ein Krächzen. Einen Moment lang war Adams von der Absurdität ihres in gebückter Haltung geführten Geplauders gebannt.

Pettibois zögerte und fing an zu husten.

»Ich kann auch meine Kollegen draußen hereinrufen, wenn Sie meinen, daß wir ihre Hilfe brauchen«, fügte Bertillon hinzu. Er hielt sich die Hand über Mund und Nase und duckte sich noch tiefer.

Pettibois schüttelte den Kopf und hob die Pistole. »Nein. Nein, ich glaube, wir kommen schon zurecht«, sagte er zwischen zwei Hustenanfällen. Langsam steckte er die Waffe wieder in den Gurt unter der Jacke. »Geben Sie mir mal die Decke von dem Bett da herüber«, sagte er zu Adams. Adams ging in gebückter Haltung rückwärts zum Bett und zog ohne hinzusehen die Decke weg, wobei er Pettibois keinen Moment aus den Augen ließ.

Adams warf Pettibois die Decke zu, der sie auffing und sich daran machte, das Feuer zu ersticken. Alle drei husteten, Adams und Bertillon saugten die Luft gefiltert zwischen ihren Fingern ein. Keiner von beiden ließ Pettibois aus den Augen, der die brennenden Teile der Lampe löschte und die Decke um die Leiche wickelte. Der Raum war mit den schweren Petroleumdämpfen und dem schrecklichen, schwefeligen Gestank von verbranntem Haar und Fleisch erfüllt.

»Aus welchem Grund wollen Sie diesen Mann verhaften?« fragte Bertillon, als das Feuer gelöscht war.

»Es ist ein Haftbefehl gegen ihn ausgestellt.« Pettibois hustete. Er hatte wieder seine Pistole gezogen, der Lauf zeigte in die Nähe von Adams' Füßen. Adams rückte nervös hin und her und stellte beunruhigt fest, daß der Lauf ihm folgte.

»Er ist aufgehoben. Heute nachmittag. Auf Anweisung des Präfekten.«

Pettibois sah einen Moment lang überrascht aus und hustete dann wieder. »Er war hier, allein, mit der Leiche.«

»Vor kaum einer halben Stunde war er noch im Leichenschauhaus«, erwiderte Bertillon. Seine Stimme war ein Flüstern: Er versuchte, keinen kostbaren Atem zu vergeuden. »Wir werden herausbekommen, wie lange dieser Mann schon tot ist.«

»Wir sollten hier weg«, schlug Adams vor. »Der Rauch wird uns umbringen.«

Es war, als hätte er nicht gesprochen. Weder Pettibois noch Bertillon nahmen den Blick voneinander. »Ich glaube«, sagte

Pettibois und fuchtelte mit seiner Pistole, »daß Sie seine Fingerabdrücke auf der Dose Gift dort finden werden, die da im Mund des Toten steckt.«

»Er hat mich gezwungen, sie anzufassen!« Adams konnte nichts gegen den jammernden Tonfall machen, der sich in seine Stimme schlich. Seine Augen tränten von dem Rauch – er hatte Angst, sie könnten denken, er würde weinen.

»Also, so eine Unverfrorenheit!« sagte Pettibois. »Seien Sie nicht albern. Alphonse, hören Sie. Der Mann hat –«

»Ruhe!« befahl Bertillon. Er sah zu Adams, zu Pettibois und dann zu der verhüllten Leiche, bevor er langsam und deutlich sprach. »Wir werden alles auf Fingerabdrücke überprüfen. In der Zwischenzeit gibt es etwas anderes, was Sie für mich tun können, Inspektor Pettibois.« Er streckte die Hand aus. »Könnte ich Ihre Dienstpistole haben?«

»Wieso?«

Adams spürte, daß Bertillon seine Antwort vorsichtig abwog. »Ich suspendiere Sie von Ihren Aufgaben. Vorläufig. Ich halte es für das Beste.«

»Das ist höchst ungewöhnlich, Alphonse. Ich kann mich nicht entsinnen, daß so etwas schon einmal vorgekommen ist, wirklich nicht.«

»Wie Sie sagen«, sagte Bertillon ruhig, »es ist ungewöhnlich. Aber notwendig.« Bertillon ging auf Pettibois zu, langsam, linkisch. Er streckte die Beine durch, behielt aber den Kopf gesenkt, indem er sich in der Hüfte vorbeugte. »Ich könnte meine Kollegen hereinrufen. Vielleicht lassen Sie sich von ihnen eher überzeugen. Sie sind da draußen.«

Pettibois ließ sich das einen Moment lang durch den Kopf gehen. »Ich weiß nicht«, sagte er beiläufig. »Es ist so schwer zu wissen, wem man trauen kann, finden Sie nicht auch, Monsieur Adams? Was meinen Sie?«

Adams war so erstaunt, daß er kein Wort herausbrachte.

»Mir können Sie trauen«, sagte Bertillon. Er tat einen weiteren entschiedenen Schritt nach vorne. »Vorübergehend. Bis diese Angelegenheit geklärt ist.«

Seine Antwort schien Pettibois zufriedenzustellen, er streckte ihm die Pistole entgegen.

»Halten Sie sie am Lauf fest, wenn Sie so freundlich wären«, sagte Bertillon. »Man kann nicht vorsichtig genug sein.«

»Natürlich.« Langsam drehte Pettibois die Waffe herum und übergab sie Bertillon.

»So«, sagte Bertillon, als er die Pistole in der Hand hielt. »Wo ist das Mädchen?«

»Wer?« fragte Pettibois in unschuldigem Ton.

»Sie wissen schon. Mademoiselle Martin. Louise Martin.«

»Irgendwo hier in der Nähe, glaube ich«, sagte Pettibois. Er blickte sich um, als könne er sie dadurch zum Vorschein bringen, und zuckte dann mit den Achseln. Der Blick, den Bertillon ihm zuwarf, ermutigte ihn, aufrichtiger zu sein. »Sie ist in einer anderen Kammer. Den Gang hinunter. Soll ich Sie dort hinbringen?«

»Lebt sie noch?« fragte Adams.

Pettibois lächelte Adams an. »Gehen wir doch einfach hin und sehen nach.«

»Nein. Keine gute Idee.« Bertillon hielt die Pistole schußbereit, nicht direkt auf Pettibois gerichtet, aber auch nicht von ihm weg. »Aber ich möchte Sie bitten, uns hier herauszuführen. Es ist zu verraucht hier drin.« Bertillon trat zur Seite, um Pettibois durchzulassen, und folgte ihm dann. Als Adams sich ihm anschloß, flüsterte Bertillon ihm über die Schulter zu: »Verzeihen Sie, daß ich nicht früher gekommen bin. Ich hatte ein paar schwierige Verhandlungen mit dem Präfekten wegen Ihres Haftbefehls.«

Nachdem er unter der halben Tür hindurch in die Dämmerung hinausgetreten war, entdeckte Adams, daß sich draußen eine kleine Menschenmenge versammelt hatte. Nervös blickte er zu Bertillon, der Pettibois mit einem mehr als beiläufigen Griff am Arm packte. Bertillon drehte sich wieder zu Adams um. »Monsieur Pettibois und ich werden zur Präfektur zurückkehren, um ein Gespräch mit dem Präfekten zu führen. Ich möchte, daß Sie hier Wache halten. Gehen Sie nicht hinein, berühren Sie nichts. Sorgen Sie dafür, daß auch sonst niemand etwas anrührt, bevor meine Leute hier eintreffen. Können Sie das tun?«

»Wo sind denn Ihre Leute?« Er wollte Louise suchen gehen.

»Ich werde sie schicken. Nur bis sie da sind, Monsieur Adams.« Als er Adams' Gesichtsausdruck sah, fügte er hinzu:

»Eine strategische Verdrehung der Tatsachen. Verzeihen Sie mir.«

»Und was ist mit Miss Martin?«

Bertillon schüttelte den Kopf. »Es wäre das beste, wenn meine Leute –« Er hielt inne, sah von Adams zu Pettibois und wieder zu Adams. »Wir brauchen sichere Beweise. Sie können mir am besten helfen, indem Sie hier Wache halten.«

»In Ordnung.« Adams mußte schlucken, aber sein Kehlkopf schnitt ihm wie ein scharfkantiger Würfel in den Hals.

»Es tut mir leid, daß ich Sie hier alleinlassen muß«, sagte Bertillon. »Ich sehe keine andere Möglichkeit.«

»Unangenehm, nicht wahr?« feixte Pettibois, als Bertillon ihn am Arm zog, damit er den Kai hinaufging.

Adams sah sich um. Das Grüppchen neugieriger Bürger starrte in dumpfer Erwartung zurück. Schließlich gelang es ihm, wieder zu schlucken. Er wollte, daß diese Leute weggingen. Er wartete, aber niemand rührte sich. »Weg hier! Weg hier!« krächzte er, die Arme hebend. Das einzige, das darauf folgte, war ein Zurückweichen der Leute, die direkt vor ihm standen. Hinten wurde geschoben, anscheinend um einen besseren Blick zu bekommen.

Die Aufmerksamkeit, die man ihm schenkte, machte ihn nervös. Er verspürte kurz den Drang, zur Anlegestelle und zur Treppe zu laufen, beherrschte sich dann aber. Er mußte bleiben. Bertillon hatte ihn darum gebeten. Er blickte wieder in den Halbkreis von Menschen, die ihn anstarrten, und tat einen halben Schritt nach hinten.

Er würde drinnen warten. Das wäre leichter.

In dem Zimmer mit den Steinwänden hingen Rauchschwaden, die nahe der Tür vom Luftzug erst nach unten und dann hinausgezogen wurden. Keiner von ihnen, so fiel ihm jetzt auf, hatte daran gedacht, den oberen Teil der Tür zu öffnen. Sie hatten sich alle darunter geduckt, weil sie so wenig wie möglich berühren wollten. Er blieb einen Moment lang still stehen, spürte ganz bewußt die Distanz zwischen sich und den Oberflächen und Gegenständen, die er berühren könnte und die er nicht berühren sollte.

Er wartete, sein Blick wanderte vom Tisch mit seiner Schale seltsamer Artefakte zu den groben Regalen über dem Spülbekken, von dort zu dem Schrank und dann zum gußeisernen Ofen, der rechts von der Tür stand. Schließlich hielt er die Ungewißheit nicht mehr aus. Er mußte Louise suchen.

Er nahm eine Kerze vom Tisch und wühlte in seiner Tasche nach einem Streichholz. Eine Hand schützend vor die Flamme haltend, ging er den Gang entlang, der zu dem Raum führte, in dem er die Leiche gefunden hatte. Er schob die Füße vorsichtig über den Steinboden, in gebückter Haltung, damit er mit dem Kopf nicht in den dichten Qualm geriet. Ein durchdringender Gestank hing in der Luft, und bei dem Gedanken, daß ein Teil davon von verbranntem Fleisch herrührte, mußte er beinahe würgen. Es schien nicht nur ungesund zu sein, ihn einzuatmen, sondern unmoralisch. Am Eingang zum Schlafzimmer des Pächters ging ein weiterer Gang nach rechts ab. Er hielt die Kerze hoch und blickte in das Schlafzimmer: Dort, gerade noch sichtbar, lag die in die Decke gehüllte Leiche des Pächters. Er wich zurück, drehte ihr den Rücken erst wieder zu, als er schon weit im Gang war.

Nach drei Metern kam er zu einer Tür, die von außen verriegelt war. Er schob den Riegel zurück und machte sie auf, unsicher, was er finden würde.

Im Licht der Kerze sah er etwas, das er zuerst für einen Haufen Kleidung hielt, es lag in der Ecke der leeren steinernen Kammer. Frauenkleidung – ein Kleid, eine Bluse ...

Der Haufen bewegte sich, kauerte sich weiter in die Ecke hinein, und sofort verspürte er Erleichterung. »Louise? Louise! Ich bin's, Henry Adams.« Der Haufen schien sich zu entfalten. Er konnte ihr Gesicht kaum erkennen, in der Dunkelheit sah es verschwommen und schmutzig aus. Sie antwortete nicht. Er sah, daß man sie geknebelt hatte. Er setzte die Kerze ab, ließ sie beinahe fallen in seiner Hast, Louise zu befreien. Ungeduldig suchte er den Boden nach einer flachen Stelle oder einem Spalt ab, in den er die Kerze klemmen könnte. »Es ist alles in Ordnung«, sagte er besänftigend. »Ich befreie Sie sofort von dem Ding hier.« Schnell kniete er sich neben sie und band den Knebel auf. Ihr zu einem losen Zopf gebundenes Haar war verfilzt und schmutzig.

»Oh«, sagte sie, als er sie von dem Knebel befreite. »Oh mein Gott. Vielen Dank.« Sie schob sich vor, um sich von ihm die Hände aufbinden zu lassen. »Gott sei Dank, Gott sei Dank, Gott sei Dank.« Adams kniete hinter ihr und machte sich an ihren Fesseln zu schaffen, aber es war zu dunkel, um irgend etwas zu sehen. Wenn er nicht die Kerze umstellte oder Louise dazu bringen konnte, sich umzudrehen, müßte er nach Gefühl arbeiten. »Kriegen Sie es auf?« fragte sie.

»Ja, eine Sekunde.« Sie machte es ihm nicht leichter. »Entspannen Sie sich, legen Sie die Fäuste zusammen.« Man hatte sie mit Stoffetzen gefesselt, und es war schwierig, die einzelnen Schlaufen des Knotens voneinander zu unterscheiden. Ihre Handgelenke waren dünn, ihr Arm schien nur aus Sehnen und Knochen zu bestehen. Einen Moment lang überlegte er sich, ob er die Kerze holen und den Stoff versengen sollte. Nein. Das Rasiermesser – damit würde es gehen. Er angelte in seiner Tasche danach und zog es heraus. »So«, sagte er, als er den Knoten durchtrennt hatte. Sie beugte sich sofort vor, um die Fußfesseln zu lösen. »Hier. Nehmen Sie das.« Er reichte ihr das Rasiermesser.

»Ich bin sehr froh, Sie zu sehen, Mr. Adams«, sagte sie, während sie am Stoff herumschnitt. »Sie haben meine Nachricht erhalten.«

»Ja.« Er setzte sich zurück, kniend, die Hände auf den Oberschenkeln. Er wollte nicht zugeben, daß er einen Teil davon nicht verstanden hatte. Während sie mit dem Rasiermesser hin und her schnitt, betrachtete er ihr Profil, sah die Konzentration in ihrem Gesicht, das Kinn mit dem Grübchen, diese dunklen Augenbrauen, die im trüben Licht der Kerze beinahe in der Dunkelheit verschwanden. Ihr Mund war leicht geöffnet, und er sah Kerzenlicht auf ihren Zähnen. Sie lebt, dachte er. Vollkommen lebendig. Die Masse ihrer langen strohblonden Haare hing schwer nach unten, streifte ihre Schulter, wippte leicht, während sie an ihrer Fessel schnitt. Er konnte den winzigen weichen Haarflaum vor ihren Ohren sehen. Sie war ganz sie selbst, perfekt in Bewegung, lebendig. Er mußte sich auf die Lippen beißen, um ein Lachen zu unterdrücken.

»Waren Sie schon bei Madame Dingler? Wissen Sie, wer sie ist?«

»Ja, ja«, erwiderte er. Sie durchschnitt den Stoff und wickelte ihn von ihren Fußgelenken.

»Oh Gott. Dann haben Sie also die Photographie.« Er bewunderte ihre forsche Tüchtigkeit. Ihre weiße Bluse, von der Berührung mit dem Schmutz des Steinbodens verdreckt, klebte an ihrem Körper, weitete sich, klebte, weitete sich, während sie mit rhythmischen Bewegungen die Stoffschlingen von ihren Füßen entfernte. Als sie fertig war, streckte sie die Beine aus und griff hinunter, um sich die Fußgelenke und Waden zu massieren. Adams sah diskret weg.

Die Photographie, die er sich von Clemenceau ausgeliehen hatte? Von der konnte sie doch nichts wissen, aber er fragte trotzdem. Als er sah, daß sie nicht verstand, beschrieb er es für sie. »Ein Dutzend Männer auf den Stufen zu den Büros der Kanalgesellschaft. Die beiden Lesseps, Clemenceau, Dingler, Reinach –«

»Ich weiß nicht, wovon Sie reden. Ich rede von einer Photographie, die ich von Miriam bekommen habe, eine Photographie von einer Sammlung von Scheckabschnitten. Von dem Konto, aus dem die Chéquards bezahlt wurden. Reinach hat die Originale verbrannt, aber bevor er das tat, hat Miriam davon diese Photographie machen lassen. Sie hatte irgendeinen Plan – sie wollte ihm helfen. Es ist zu kompliziert, jetzt alles zu erklären. Das ist die Liste der Chéquards. *Beweismittel*«, betonte sie.

Adams verstand. Aber bevor er antworten konnte, stellte sie eine weitere Frage. »Wie spät ist es?«

Adams tastete nach seiner Uhr, zog sie an der Kette heraus und klappte sie auf. »Nein«, sagte er zu ihr. »Ich habe sie nie gesehen.« Auf seiner Uhr konnte er nichts erkennen: zu dunkel. Er hielt sie dicht an die Kerze, lehnte sich an Louise. »Fünf Uhr. Fünf nach, genau genommen.«

»Wir haben nicht viel Zeit.« Sie erhob sich unsicher und griff mit einer Hand nach der Wand. Sie klopfte ihren langen Rock ein paarmal ab. »Die Beweismittel werden heute nachmittag versiegelt, nicht wahr? Ich habe Miriam hoch und heilig versprochen, daß ich ihr helfen würde. Mein Gott, ich sehe bestimmt schrecklich aus«, murmelte sie. »Gehen wir.«

»Wohin? Wo gehen wir hin?«

»Zu Madame Dingler. Wir müssen diese Photographie holen.«

»Louise«, sagte er leise und schüttelte den Kopf. »Nein.«

»Es ist also nichts mehr bei Madame Dingler? Keine Sachen mehr von ihr? Keine Papiere?«

Daß sie lebte, war für ihn von derart großer Tragweite, daß er Mühe hatte, sich auf das anstehende Problem zu konzentrieren. »Nein. Ich habe keine Ahnung, wo sie sind. Ihre Wohnung ist vollständig leergeräumt. Es ist nichts mehr da.«

Sie standen einen Moment schweigend da. »Die Polizei hätte das nicht alles weggeschmissen«, überlegte Louise. »Würden Sie das Material nicht sichten, um zu sehen, was zurückgegeben werden muß?«

»Das sollte man meinen.« Jetzt, da er bei ihr war, fiel es ihm schwer, ihre Wirklichkeit mit seiner Erinnerung an sie zu vereinen. Sie war nicht so groß, wie er gedacht hatte, und ihre Gesichtszüge waren strenger. Vielleicht lag es daran, daß sie verdreckt und schmutzig war. Oder hatte man ihr nichts zu essen gegeben? Könnte sie abgenommen haben? Oder waren es einfach die Strapazen der Woche, die sich auf ihrem Gesicht zeigten? Vielleicht hatte er sich gar nicht so gut an sie erinnert. Bei ihren Augen hatte ihn sein Gedächtnis nicht im Stich gelassen: ein klares Himmelblau. Sie blickten ihn jetzt fragend an, und in seinem Bauch, innerhalb des Restschmerzes von dem Schlag, den er am Abend zuvor eingesteckt hatte, verspürte er dieses herrliche Gefühl des Sich-Zusammenziehens, das er jetzt immer noch fühlen konnte, wenn er an Clover in ihren glücklichen Momenten dachte. Das Sterngefühl hatte Clover es genannt. Er hielt die Kerze höher, um ihr Gesicht besser zu beleuchten.

»Also muß das Zeug irgendwo gelagert sein. Wir könnten uns bei der Präfektur erkundigen.« Sie blickte ihn an, von einem Auge zum anderen. Versuchte seine Gedanken zu lesen.

Er brauchte einen Moment, bis ihm klar wurde, wovon sie redete. »Ja. Ja, das könnten wir.« Sofort drehte sie sich um und ging an ihm vorbei, und er verspürte den Drang, sie aufzuhalten, nach ihr zu greifen und sie festzuhalten, so daß sie sich von Angesicht zu Angesicht gegenüberstanden. Die Präfektur und Madame Dinglers Archiv und die ganze Panama-Affäre konnten ihm gestohlen bleiben. Aber statt dessen ging Louise weiter. Er verspürte ein panikartiges Bedauern darüber, wie schnell dieser Augenblick verstrich, dessen Wichtigkeit er nicht richtig ausdrücken konnte. Sie ging fort, nahm ihren Teil des Augenblicks mit.

Er beeilte sich, ihr den Gang hinunter zu folgen, zum Büro des Pächters. Wo gingen sie hin? Zur Präfektur? Das machte Sinn: »Bertillon wird sowieso mit Ihnen reden wollen.« Seine Beine waren schwach und gummiartig und wollten sich kaum bewegen. Er war erschöpft. »Sie müssen eine Aussage machen. Gegen Pettibois.«

Sie schüttelte den Kopf, und ihr loser Haarzopf wippte hin und her. Sie marschierte schon davon, genau wie an dem Tag am Mont, und wieder mußte er sich anstrengen, um mit ihr Schritt zu halten. »Keine Zeit. Nicht jetzt«, sagte sie. Im Büro des Pächters hielt sie sich nicht weiter auf, sondern bückte sich schnell unter der Tür hindurch, ohne sich umzusehen. Einen Augenblick lang wurde er durch die Verpflichtung gegenüber Bertillon festgehalten, durch die Notwendigkeit, den Tatort zu bewachen. Aber er konnte sie nicht alleine gehen lassen. Außerdem gab es Dinge, die er wissen mußte. Fragen, die nur sie beantworten konnte.

Am Kai standen immer noch Schaulustige herum, hielten aber sorgfältig Distanz zur Tür. Louise, die flußabwärts ging, hatte schon einen Vorsprung von einem Dutzend Metern. Er würde laufen müssen, um sie einzuholen. Er versuchte, einem der Umstehenden die Aufgabe zu übertragen, aber sie wichen alle vor ihm zurück. Er war sich nicht sicher, ob man ihn richtig verstanden hatte.

Er holte Louise ein und hielt sich ein paar Schritte hinter ihr, da er irgendwie nicht in der Lage war, neben ihr herzugehen. Er beobachtete, wie sie sich bewegte, und verspürte so etwas wie Besitzerstolz: Sie zog in der Welt wieder ein Kielwasser hinter sich her, und er befand sich in diesem Kielwasser, hinter ihr, spürte ihren Strom durch den Raum, nachdem er sie gefunden und befreit hatte.

Im Moment war das genug. Aber nur aus der Entfernung wahrnehmen ist auf die Dauer nicht befriedigend. Er wollte ihre Stimme hören, ihr Gesicht sehen. Er ging jetzt neben ihr, lächelte, als sie zu ihm blickte. Er wollte wissen, was sie zu sagen hatte, wollte das Warum und Wozu ihrer Taten wissen. Warum hatte sie ihn bezüglich ihres Namens angelogen? Was wußte sie über Reinachs Tod – war es Selbstmord oder Mord? War Pettibois der Mann, den der Pächter in jener Nacht am Kai gesehen hatte? Warum? Warum hatte Pettibois diese Dinge getan? Wußte sie es? Und Hay – auf welche Weise war Hay bloß in diese Sache verwickelt?

Plötzlich schien jede Frage, die er hatte stellen wollen, zu groß, als daß sie ohne weiteres in den kleinen Raum zwischen ihnen hineingepaßt hätte. Jetzt, da er neben ihr ging, wurde ihm klar, daß sie die ganze vergangene Woche über der zentrale, sinngebende Grund seines Lebens gewesen war, und daß er während der Suche nach ihr auf nichts anderes geachtet hatte. Aber das wußte sie natürlich nicht. Für sie war er ein netter alter Mann, den sie kennengelernt hatte, ihr Retter, ja, aber niemand, von dem sie je etwas erwartet hätte, und sicherlich niemand, von dem sie erwartet hätte, daß er es sich zur Lebensaufgabe machte, sie zu finden ...

»Was ist los?« fragte sie und blickte sich um.

»Nichts. Alles in Ordnung.«

»Sie sind langsamer geworden.«

»Es ist nichts.«

Sie beäugte ihn eingehend, als er wieder aufgeholt hatte. »Sie sehen anders aus.«

Vielleicht hatte er sich doch geirrt. Sie kannte ihn gut genug, um zu sehen, was die Woche mit ihm angestellt hatte. Natürlich sah er anders aus. Es war nur richtig, daß es ihr auffiel. »Hmmm«, sagte er.

»Ihr Bart. Sie haben ihn abrasiert. Und dieser Bluterguß – das ist neu.«

Er hatte es ganz vergessen.

Im Profil aus ihrer Miene etwas herauszulesen war unmöglich. Ihre Bewegungen waren fließend, mit jedem langen Schritt stieß ihr Bein gegen den schlaffen, schmutzigen Stoff des Rockes. Beim Gehen hatte sie den Blick auf den Horizont gerichtet. Er sah auch dorthin, die Seine hinauf Richtung Ile de la Cité, und aus irgendeinem unbegreiflichen Grund fühlte er sich an Elizabeth erinnert. Er hatte sie nicht beachtet, weder hier in Paris noch vorher in Pontorson. Sie würde ihm verzeihen, aber er wunderte sich über das, was er getan hatte. Was hatte ihn dazu bewegt? Was genau hatte er dadurch gewonnen? Es gab Gründe, sehr glaubhafte Gründe, für das, was er getan hatte, aber Elizabeth hatte recht: Seine Suche nach Louise Martin war ebenso sehr eine Flucht gewesen wie etwas, das aus sich selbst heraus Berechtigung hatte. Eine Flucht wovor? Vor Clover, vor dem leeren Haus am Lafayette Square, vor Elizabeth? Er hatte geglaubt, von Achtung, Pflicht und Sorge angetrieben worden zu sein. Aber was hatte ihn denn letztendlich gezwungen? Was war er ihr schuldig? Eigentlich nichts. Überhaupt nichts. Er betrachtete sie wieder, das Profil, das er sich einst hatte einprägen wollen. Wie konnte er etwas für jemanden empfinden, den er eigentlich gar nicht kannte?

Louise hatte seinen Blick bemerkt. »Was? Was ist? Was wollen Sie?«

»Nichts.« Ein Teil von ihm wollte nichts mehr von ihr wissen. Er sollte sich einfach damit zufriedengeben, daß er sie gefunden hatte, daß er das Puzzle gelöst hatte. Und jetzt ging sie neben ihm, in ihrer ganzen physischen Wirklichkeit. Er würde mit Elizabeth reden, sich entschuldigen. Er wandte sich von Louise ab, um den Fluß zu betrachten, und eine Fähre tuckerte vorbei. Elizabeth und Amanda könnten unter den Passagieren sein. Es gab keinen Grund anzunehmen, daß sie es tatsächlich waren, aber möglich war es. Irgendwo mußten sie ja sein. Sie konnten überall sein. Er musterte die Gesichter, die an der Reling zu sehen waren. Zu weit weg.

Nein. Er mußte es wissen. »Wieso haben Sie mich angelogen? Wieso haben Sie mir einen falschen Namen genannt?« Das kam schärfer heraus als beabsichtigt.

Als sie antwortete, war ihre Stimme müde. »Es ist eine lange Geschichte. Ich möchte nicht darüber reden.«

Adams hob eine Hand, eine zweideutige Geste. Ebenso besänftigend wie abwehrend. »Natürlich. Ich respektiere Ihre Zurückhaltung.« Als ihm diese Worte eingefallen waren, hatten sie teilnahmsvoll geklungen, aber als er sie aussprach, hörte er einen sarkastischen Unterton. »Es tut mir leid«, sagte er. »Eigentlich schulden Sie mir gar nichts. Wirklich.«

»Aber doch. Sie haben mich gerettet. Es ist nur – ich will jetzt nicht darüber reden. Nicht jetzt.«

Sie gingen einige Minuten lang schweigend nebeneinander her. »Ich nahm den Namen meiner Zimmergenossin an, weil sie mich darum gebeten hatte«, sagte sie, ohne ihn anzusehen. »Es sollte ihr irgendwie helfen. Ich wollte nichts Genaueres wissen.«

»Dann sind Sie also durch Paris gelaufen und haben sich als sie ausgegeben?«

»Nein. Nur das eine Mal, in Pontorson. Sie kaufte auf ihren Namen eine Bahnkarte für mich, machte die Reservierung, und ich zog für die Reise ihre Sachen an.« Sie drehte sich zu ihm um, ohne langsamer zu werden. »Zufrieden?«

Er hatte noch ein Dutzend weiterer Fragen. »Ja.« Aber sein Vorsatz hielt nicht lange. Nach kurzer Zeit fragte er: »Wissen Sie, warum sie das getan hat?«

»Es hatte irgend etwas damit zu tun, Reinach zu helfen. Sie sagte, es würde nicht funktionieren, wenn irgend jemand wüßte, daß sie in Paris sei. Alle mußten glauben, sie sei meilenweit entfernt.«

Das machte nicht sonderlich viel Sinn, aber wer konnte sagen, welche Geschichte die Tote erzählt hatte? Jeder hatte seinen Plan, seinen Weg durch den Skandal, seine eigene Perspektive. »Miriam wollte, daß Clemenceau mit Herz redete«, erzählte er ihr. »Herz erpreßte Reinach, und sie wollte Clemenceau überreden, Herz zu stoppen.« Adams wußte nicht, ob ihr das bekannt war.

»Clemenceau? Sie hat gesagt, Loubet.«

Er überlegte einen Moment. »Vielleicht hatte sie es bei beiden probiert. Vielleicht auch bei Delahaye.« Delahaye hatte im Abgeordnetenhaus gesagt, er habe die Liste gesehen, und dann war er ja auch an dem Abend bei Madame LeBlanc gewesen. Ja. Bei diesem Treffen sollte beschlossen werden, wie und wann die Liste veröffentlicht werden sollte, weil alle drei davon wußten, weil Miriam sie allen drei einzeln gezeigt hatte, um Hilfe für Reinach zu erkaufen – zu erpressen. Und das war der Grund, warum Clemenceau und Delahaye Adams sprechen wollten – sie waren daran interessiert, Louise zu finden, die einzige Person, die wußte, wo die Liste war. »Wann hat Pettibois Sie gefangengenommen? Er wollte Sie zwingen, ihm zu sagen, wo die Liste ist, nicht? Hatte

Madame LeBlanc irgend etwas damit zu tun? Sie hat mir gesagt, Sie würden geschützt ...«

Louise schnaubte. »Geschützt. Nein. Wer ist Madame Le-Blanc?«

Er beschrieb sie ihr kurz.

»Bin ihr nie begegnet.«

»Avril hat für sie gearbeitet.«

»Oh.«

Mehr schien sie nicht sagen zu wollen. »Was ist mit Pettibois? Wieso hat er Sie gefesselt?«

»Er hat mich nicht gefesselt.« Adams wartete, daß sie weitersprach, und als sie es nicht tat, sah er sie an, betrachtete ihr Gesicht. Wenn Pettibois sie nicht gefesselt hatte, dann mußte es dieser seltsame Mann getan haben, der Pächter. Angesichts der religiösen Bilder und der schrecklichen Photographien an den Wänden wußte Gott allein, was er dabei für Absichten gehabt hatte. »Es muß furchtbar für Sie gewesen sein«, sagte er schließlich. »Es tut mir leid.«

»Ja. Nun ja.« Sie behielt den Blick auf den Horizont gerichtet, ohne darauf einzugehen.

»Wenn ich irgend etwas für Sie tun kann ...« Er streckte die Hand aus, wollte ihre ergreifen, sie beruhigen, ihr sagen, daß sie in Sicherheit war.

»*Fassen* Sie mich nicht an!« Sie wich zurück und richtete beim Gehen den Blick auf den Kai. Adams betrachtete sie, suchte in ihrer Miene irgendeinen Hinweis auf ihre Gefühle, aber sie schien entschlossen zu sein, nichts zu enthüllen. Sie ist so tapfer, dachte Adams. Schließlich zeigte seine beharrliche Aufmerksamkeit offenbar doch Wirkung, denn sie drehte sich nach ihm um. »Mr. Adams, ich bin Ihnen wirklich sehr dankbar, daß Sie mich gefunden haben. Ich kann Ihnen gar nicht genug danken. Sie haben mich gerettet. Aber ich kann einfach nicht ... ich ...« Sie wandte sich ab und blickte zu den kahlen Ästen eines Baumes hoch, unter dem sie gerade hergingen. Er folgte ihrem Blick nicht, sondern behielt sie im Auge und dachte, wie kindlich sie wirkte, als sie mit großen Augen hochsah. »Sie kennen mich nicht. In Pontorson habe ich mich für jemand anderen ausgegeben. Es tut mir leid. Wenn ich Sie an der Nase herumgeführt habe, dann tut mir das wirklich sehr leid. Das habe ich nicht gewollt.«

An der Nase herumgeführt? Wovon redete sie? »Nein. Oh Gott, nein. Dachten Sie ...? Nein, das hatte ich auch nicht gemeint.« Er wollte sie nur wissen lassen, daß sie sich jetzt sicher fühlen konnte, daß er sich um sie kümmern würde – wenn sie das wollte. Etwas anderes interessierte ihn nicht. »Es tut mir leid. Ich versuche nur, hinter diese Panama-Affäre zu kommen. Ich will nichts von Ihnen.«

»Na gut. Solange wir uns da verstehen.«

Sie gingen zusammen den Kai hoch in Richtung der Ile de la Cité. Ein Mann mit dickrandiger Brille kam ihnen entgegen. Er führte einen Spaniel an einer Leine, und als sie sich näherten, zog er die Leine ein, um einen großen Bogen um sie zu machen. Louise beachtete ihn nicht, sie war unerschütterlich. Adams drehte sich nach dem Mann um, nachdem sie an ihm vorbeigegangen waren, und sah, wie er mit dem Hund an der kurzen Leine stehenblieb und ihnen nachblickte. Als müsse er, so dachte Adams, in ihrem Kielwasser erst wieder sein Gleichgewicht finden.

»Ich hätte nur gern ein paar Antworten«, sagte er zu Louise. »Wenn es Ihnen nicht zuviel Mühe macht. Um zu verstehen, wie Sie da hineingezogen wurden, meine ich.«

Sie holte tief Luft. »Ich schätze, soviel bin ich Ihnen schuldig.« Sie redete, ohne langsamer zu gehen. »Ich wußte, daß Mims keinen Selbstmord begangen hatte. Sie hatte sehr große Angst. So große, daß sie mir diese Photographie mit den Scheckabschnitten gab. Sie drückte sich sehr deutlich aus. Falls ihr irgend etwas passierte, sollte ich Madame Dingler die Photographie schicken und es keiner Menschenseele erzählen.

Und als sie dann starb und diese Freundin von ihr, diese Avril, vorbeikam und danach fragte und über alles Bescheid zu wissen schien, konnte ich ihr nicht sagen, daß ich die Liste nicht hatte. Sie sagte, sie kenne jemand, bei dem ich in Sicherheit wäre. Sie hat mich dahin gebracht« – sie wedelte mit der Hand hinter sich, auf den Schuppen des Pächters deutend – »mit diesem, diesem –« Louise schauderte. »Am Anfang ging es, aber eines Nachts kam er herein und packte mich ...« Sie sprach nicht zu Ende.

Adams merkte, daß ihr Gespräch einen anderen Verlauf nahm, und hielt sich an den Skandal. »Er wollte die Liste der Chéquards von Ihnen haben.«

»Nein«, sagte sie. »Aber Pettibois. Aber ich hatte sie nicht. Schließlich sagte ich ihm, wo sie war. Pettibois, meine ich. Er sagte, er würde mich sowieso töten, aber er müsse noch warten. Eine Woche oder zwei. Zu viele Todesfälle gleichzeitig würden verdächtig wirken.« Adams hörte, wie sie schluckte.

»Was hatte Pettibois mit der Sache zu tun?«

»Ich weiß nicht.«

»Wollte Miriam den Sozialisten oder den Boulangisten helfen?«

Louise schnaubte. »Das war ihr völlig egal. Sie hat bloß die Kanalgesellschaft gehaßt. All diese Männer. All diese schlechten Männer.«

Diese schlechten Männer. Er hatte noch eine Frage an sie. »Wieso wurde die Miete für Ihre Wohnung von John Hay bezahlt?«

»Wurde sie das? Das wußte ich nicht.«

Konnte es sein, daß sie ihm die Wahrheit erzählte? Sie sagte das etwas zu leichthin. »Sind Sie sicher?«

»Natürlich bin ich sicher.« Er hatte sie erzürnt. »Also wirklich, Mr. Adams, wenn Sie meine Worte anzweifeln wollen ...«

»Ich hielt es nur für ... unwahrscheinlich. Tut mir leid.«

Sie funkelte ihn einen Moment lang an, bevor sie sich entschloß fortzufahren. »Wir haben uns die Miete geteilt, aber ich war schon im Begriff auszuziehen. Wollte nach Hause. Mims hatte Geldprobleme. Sie gingen mich nichts an, und ich habe keine Ahnung, was sie dagegen unternahm. Wer ist John Hay?«

»Sie haben den Namen noch nie gehört?« Adams beobachtete sie genau.

»Nein. Wieso?«

Er glaubte ihr. »Es ist nicht wichtig. Überhaupt nicht wichtig.«

Montag,
28. November 1892

»Lizzie, ich muss mich bei Ihnen entschuldigen. Wieder einmal. Ich habe mich abscheulich benommen.« Er flüsterte ihr über die schlafende Gestalt von Donald Cameron zu, dessen linkes Bein im Streckverband hing. Sie trug einen blauen Umhang über einem Nachmittagskleid, und auf ihren dunklen Locken saß ein neuer Pariser Hut – ein Florentiner – im gleichen Ton, mit blaßblauen Rosetten auf einer Seite des Kopfes und einem Halbschleier, der von der Krempe herabhing.

»Ja, allerdings.« Sie sprach leise, ein Flüstern, obwohl sich der Schlaf ihres Mannes bereits bei normaler Unterhaltung als unstörbar erwiesen hatte. Hinter ihr konnte Adams durchs Fenster die Präfektur sehen. Zur Linken, durch ein anderes Fenster, sah er die Place du Parvis, wo Cameron, wenn er wach war, einen erhebenden Blick auf das Reiterstandbild von Karl dem Großen hatte. Ein Eckzimmer im Erdgeschoß des Hôtel-Dieu, des neuesten, modernsten Krankenhauses von Paris – der Senator konnte das Beste verlangen.

»Ich weiß, und ich entschuldige mich. Es tut mir leid, daß ich« – er schaffte es nicht zu sagen: ›Sie vollkommen vergessen habe‹, und improvisierte daher – »Sie so vernachlässigt habe. Ich wußte nicht, was ich tat.«

»Ich habe schon gewußt, was Sie taten.«

Er hob eine Augenbraue. Sie konnte ihn immer noch überraschen.

Elizabeth sah hinab auf die Decke auf dem Bett, die wie ein Zelt über dem Bein ihres Mannes lag. Sie berührte sie, stubste sie sanft, prüfte ihre Spannung. Sie fuhr mit dem Finger die Schräge entlang. »Sie haben sich auf die Geschichte mit dieser Frau gestürzt, um mich zu meiden. Nicht nur das. Sie wollten jemanden anderen als sich selbst retten. Sie wollten jemanden retten, den sie retten *konnten*. Jemanden, der sie ebenso sehr gebraucht hat wie Clover.«

Er wollte ihr widersprechen, aber sie schüttelte den Kopf und hielt ihre behandschuhte Hand hoch, damit er schwieg. Sie war noch nicht fertig. »Sie glauben nicht, daß ich der Rettung bedarf. Nicht so dringend.«

»Elizabeth, ich –« Er sah zu Camerons Gesicht, als erwarte er Hilfe. Der Senator döste weiter, flach auf dem Rücken, sein Kopf lag in einem unbequemen Winkel seitlich auf dem Kissen, und seine leichten Atemzüge bewegten seinen Schnurrbart. Im wachen Zustand setzte Cameron ein leichtes Stirnrunzeln auf, ein charakteristischer Gesichtsausdruck, der, wie er zu Recht glaubte, seinen Zügen einen Ausdruck von Adel und Intelligenz verlieh. Schlafend, die Augenbrauen im Ruhezustand, mit geöffnetem Mund, ein dunkler Fleck Speichel auf dem Kopfkissen, fiel es schwer, ihn für eine einflußreiche Kraft im Senat der Vereinigten Staaten zu halten.

»Es stimmt. Es geht mir gut mit Donald. Aber wir beide, Sie und ich – wir hätten über das allgemein Akzeptierte hinausgehen können. Das dachte ich jedenfalls.«

Adams war sich nicht sicher, wie sehr er zustimmen sollte, ob er protestieren sollte. »Mmmmm.« Stimmte er zu? Er war sich nicht sicher, ob er sie richtig verstanden hatte. Er mußte selbst etwas sagen. »Ich bin alt, Elizabeth. Schon ziemlich alt. Ich habe meinen Platz schon gefunden.«

Sie schürzte die Lippen, runzelte die Stirn und sah ihn an, als wollte sie sagen, sei nicht albern. »Wenn Sie das glauben, dann besteht die große Gefahr, daß es auch tatsächlich stimmt.«

»Stimmt's? Stimmt«, murmelte Cameron, ohne sich zu rühren, schloß den Mund, öffnete ihn wieder. Adams sah beunruhigt zu Elizabeth.

»Es ist leichter, sich nach jemandem zu sehnen, der nicht in der Nähe ist, nicht wahr?« Sie ließ sich nicht ablenken. Adams betrachtete Cameron. Er schien wieder zu schlafen, aber wie tief? »Sehr bequem, und eine Praxis, die Ihnen zweifellos sehr vertraut ist. Nun, dann will ich Ihnen mal etwas sagen, Henry Adams. Das Leben mit einer wirklichen Frau, einer Person aus Fleisch und Blut, ist schwerer. Es würde Sie verändern, täuschen Sie sich da nicht. Glauben Sie nicht, daß Sie sich verändert hätten, wäre Clover jetzt noch am Leben?« Sie sprach energisch, obwohl sie fast flüsterte. Ihr Tonfall war gemessen und regelmäßig, konnte ihren Zorn aber nicht verbergen. »Kein Wunder, daß Sie sich für alles entscheiden, was davon wegführt, bei jeder Gelegenheit.«

»Lizzie, ich –« Es war unmöglich. Cameron konnte jeden Moment aufwachen. Wie konnte sie nur im Traum darauf kommen, ein derartiges Gespräch in der Gegenwart ihres Mannes zu führen? Er wollte, daß sie beide hinausgingen, irgendwohin, in den Flur, nach draußen ...

Sie bemerkte seine Sorge, ließ ihn einen Moment lang zappeln. »Morphium«, sagte sie schließlich. »Gegen die Schmerzen. Sie brauchen sich keine Sorgen zu machen. Selbst wenn er uns hören würde.« Sie zuckte die Achseln. »Angeblich soll die Wirkung bei Trinkern besonders stark sein.«

Adams kam sich vor wie jemand, der beim Kartenspiel getäuscht worden ist. Er wollte schon protestieren, bremste sich aber. Das war interessant, dieser harte Ton, den sie da anschlug. Und obwohl er nicht richtig begreifen konnte, was sie gesagt hatte, vermutete er, daß sie im Prinzip recht hatte. Er hatte nie Grund gehabt, ihr Urteil zu bezweifeln. Sie war sehr scharfsinnig in der Beurteilung von Menschen und ihren Beweggründen. Er sah an ihr vorbei, aus dem Fenster, auf den

Verkehr, der in der kühlen Novemberluft zwischen dem Hôtel-Dieu und der Präfektur floß. Soviel Verkehr! Es war ein anhaltender Strom, der Lärm wurde von den Fensterscheiben zwar gedämpft, war aber immer noch zu hören.

Als er wieder zu Elizabeth blickte, bot sich ihm folgendes Bild: Sie stand vor dem Fenster, ihr Umhang ein fließender Farbfleck, aus dem zwei zarte Hände in Handschuhen herausschauten. Diese klaren, blauen Augen, wütend, aber offen für ihn, versuchten, seine Gedanken zu lesen, gekrönt von diesen beiden langen, geschwungenen Augenbrauen, die unter ihrem Hut gerade noch zu sehen waren. Er konnte sie sich so wie sie war vorstellen, nur lächelnd, neben dem Kamin im Salon am Lafayette Square, in diesen blauen Umhang gehüllt. Nein, Hut und Umhang wären nicht da, außer Sichtweite, in einem Wandschrank verstaut. Sie würde sich am Kamin wärmen, wäre erfreut, ihn zu sehen. Er erinnerte sich daran, wie sich ihr weicher Busen an ihn gedrückt hatte, erinnerte sich an alles, was er mit seinem Arm gespürt hatte, bis zu dem Fischbeinkorsett, das in irgendeiner tiefen Falte ihrer Kleidung verborgen war.

»Lizzie, heiraten Sie mich.«

»Haben Sie den Verstand verloren? Seien Sie nicht verrückt.« Ihre Augen sahen ihn blitzend an und dann auf ihren Mann hinunter.

»Machen Sie sich Sorgen wegen Donald? Er wird zurechtkommen.«

»Es ist nicht nur Don.«

»Was dann?« Er fragte sich, ob er zu ihr gehen sollte, um das Bett herum, konnte sich aber nicht entscheiden, sich zu bewegen, denn sich bewegen hieße zuerst, sich weiter von ihr weg zu bewegen. Wenn ein Mann einen Antrag macht, sollte er nah sein. Er hatte alles falsch gemacht. Vielleicht sollte er über das Krankenbett greifen und sie berühren? Nein, angesichts dieses schlafenden Ehemannes zwischen ihnen war das keine gute Idee. »Wieso? Amanda?«

»Teilweise wegen ihr, ja, aber nicht nur.« Sie hatte sich zum Fenster gewandt, und er versuchte, die Nuancen ihrer Stimme und ihrer Haltung zu interpretieren. Er hielt es für das beste, zu bleiben, wo er war. »Oh«, sagte sie mit einem tiefen Seufzer. »Ich denke, ich hätte nicht –« Weinte sie? Adams konnte es nicht sehen. Er wartete, daß sie weitersprach. »Ich hatte mir etwas eingebildet«, sagte sie. »Das hätte ich nicht tun sollen. Es kann nichts daraus werden. Es ist zu unpraktisch.«

»Wenn Sie mit unpraktisch ›nicht in Praxis‹ meinen, ja natürlich. Als Ehemann hatte ich lange keine Praxis. Sie und ich, als Liebende, sind sehr unpraktisch. Wir sind ganz Theorie.« Er lächelte, wollte sie zum Lächeln bringen, fragte sich, ob er Erfolg hatte.

Sie sah sich um, und er stellte fest, daß es ihm gelungen war, ein wenig. »Sie sind sehr süß, Henry«, sagte sie. »Dieses Gespräch hätten wir schon viel früher führen sollen. Schade! Ich wünsche mir wirklich, wir hätten so miteinander reden können.« Sie wandte sich wieder zum Fenster, als wolle sie im Verkehr der Stadt irgendeine Spur des Weges suchen, auf den sie verzichtet hatte.

»Vorher – wann? Vor Pontorson? Bevor ich mich auf die Suche nach Louise machte?« Elizabeth antwortete nicht. Er wartete. Er mußte es wissen. »Wäre es da anders gewesen?«

Sie überlegte lange, bevor sie antwortete. »Nein«, sagte sie leise, sich ihm zuwendend. »Wahrscheinlich nicht.«

Hatte sie womöglich recht? Aus einer bestimmten Perspektive schien es so, als hätten ihrer beider Leben auf diese Übereinstimmung abgezielt, auf diesen Antrag, auf ein Leben zu zweit: Sie, die sie die Unwürdigkeiten ihrer Ehe mit Cameron ertrug, er, der in der harten Lektion des Witwertums gemäßigt wurde, und beide auf diese Weise darauf vorbereitet, sich gegenseitig zu schätzen, sich miteinander zu verbinden. Aber einem kälteren, klareren Auge würden sie vollkommen unterschiedlich erscheinen. Aus dieser Perspektive hätten sie wenig mehr gemeinsam als Witz, Charme und die Bereitschaft zum Flirten. Seine Rolle war die des Ersatz-Freiers gewesen, des Katers, dem man die Krallen gezogen hatte. Sie war die auf ein Podest gestellte, perfekte Gastgeberin, die Empfängerin von Aufmerksamkeiten, die nur ein wenig überschwenglicher waren als jene, die den gesellschaftlichen Erfordernissen entsprachen. War ihre Übereinstimmung eine künstliche gewesen, mehr von den Umständen geprägt, in die sie geraten waren, als durch irgendein Eigenleben? Vielleicht. Er starrte hinunter auf die Decke von Camerons Bett, verlor seinen Blick in ihrem blauen Wollflor. Und wenn schon? Es war keine Schande, daß sie so gelebt hatten. Eine Zeitlang hatte es ihnen gepaßt, und sie hatten es beide ganz angenehm gefunden. Aber es war eine begrenzte, geschützte Welt, scharf abgezirkelt durch das, was sie bot und erlaubte. Hatte jeder von ihnen die Grenzen klar genug gesehen, um über ihre Umwandlung zu verhandeln? Vielleicht hätten sie es versuchen können, in Pontorson und Paris.

Es wäre möglich gewesen, begriff er, wenn er nicht abwesend gewesen wäre.

»Ich glaube, Sie haben recht«, sagte er schließlich.

Elizabeth kam ums Bett herum und stellte sich neben ihn, nahm seine Hand in ihre. Sie nickte. »Amanda holt mich hier zum Tee ab. Bleiben Sie so lange. Don«, – sie nickte zu der liegenden Gestalt –, »würde Sie sicher gerne sehen. Er wird nicht den ganzen Nachmittag schlafen.«

Er lächelte, freute sich über die Bitte. Aber er mußte den Kopf schütteln. »Ich würde sehr gerne. Aber ich kann nicht.« Er mußte noch an anderer Stelle etwas in Ordnung bringen.

»HABEN SIE SICH JEMALS ÜBERLEGT, wieso Loubet nicht verhaftet wurde?« fragte Hay.

»Ich habe eine Vermutung«, erwiderte Adams ruhig. Die beiden standen im Mittelschiff von Notre-Dame und bewunderten die riesige Fläche der nördlichen Fensterrose, auf der sich die heilige Jungfrau und das Christuskind in der Mitte der konzentrischen Kreise aus leuchtendem Blau, Violett und Rot befanden: sechzehn Teile im ersten Ring, zweiunddreißig im zweiten, jeder endete am breiten Ende in einem Medaillonbild von Priestern, Richtern und Propheten des Alten Testaments. »Entweder ist der Präfekt vollkommen korrupt, oder Loubet hat seine Verwicklung dermaßen geschickt getarnt, daß sie ihm nichts anhaben können. Ich glaube nicht, daß der Präfekt völlig korrupt ist – sonst hätte er meinen Haftbefehl nicht rückgängig gemacht. Deswegen schätze ich, daß einfach nicht genügend Beweise gegen Loubet vorliegen. Bertillon hat mir erzählt, es seien hauptsächlich Indizienbeweise. Ich hätte Loubet von Anfang an verdächtigen sollen.«

»Wieso?«

»Von den drei Abgeordneten, die die Liste von Louise Martin haben wollten, die drei Männer, die sich bei Madame LeBlanc trafen, war er der einzige, der nicht versucht hat, mit mir in Verbindung zu treten.«

»Das heißt?«

»Das heißt, daß er Miss Martin nicht suchte, weil er sie nicht zu suchen brauchte. Er wußte die ganze Zeit, wo sie steckte.«

»Und Pettibois war sein Handlanger.« Hay formulierte das nicht als Frage.

»Ja. Mehr oder weniger. Wenn Loubet nicht dahintersteckt, dann Herz. Oder Pettibois handelte auf eigene Initiative, was in gewisser Weise eine noch erschreckendere Vorstellung ist. Schwer zu verstehen, was ihn bewegt haben mag, selbst wenn man berücksichtigt, daß er Loubet half. Stolz auf Frankreich? Der Wunsch, die Kanalgesellschaft wieder obenauf und beim Ausbaggern zu sehen? Das sind doch kaum Dinge, für die es sich zu töten lohnt.«

Ein vorbeigehender Tourist machte Adams ein Zeichen, still zu sein, und Adams nickte höflich. Er drehte sich um und sah wieder zur Fensterrose hoch über ihnen. Er warf Hay einen seitlichen Blick zu, versuchte, seinen Zuhörer einzuschätzen. Jetzt oder nie, dachte er. »Diese Kathedrale ist ganz anders als die Kirche von Mont-Saint-Michel«, begann er. »Hier ist die heilige Jungfrau Balsam für eine Wunde, die Überbrückung einer Kluft zwischen dem Menschen und Gott, der Weg, die vielen mit dem einen zu vereinen.« Zeigte Hay Interesse? Er war sich nicht sicher. »Eine Kluft, die man in der Kirche vom Mont nicht einmal vermuten würde. Die Bande der Kriegsführung sind dort sehr eng, so eng, daß sie selbst metaphysische Abgründe verbinden. Und außerdem hatte die Kultur, die die Kirche auf dem Mont errichtet hatte, sehr wenig Achtung vor dem Individuum. Gott war alles, und der Mensch ein armes, erbärmliches, korruptes, sündiges, unbedeutendes Ding. Hier zeigt sich eine völlig andere Wahrnehmung. Vom Menschen, vom Charakter der Sünde. Die Kirche *muß* anders sein, die ganze Welt hat sich verändert. Und ein Teil der Veränderung ist, daß die Kirche erkannt hat, daß der Beistand in Schmerz und Schuld und nicht die Verbannung des Bösen ihre größte, dauerhafteste Aufgabe ist.«

»Mmmm-hmmmm.« Hay verrenkte sich den Hals, um das Gewölbe zu betrachten. »Was meinen Sie – hundert, hundertzehn Fuß?«

»Ja, ja. Mehr oder weniger.« Verstand Hay nicht, worauf er hinauswollte? »Manche Leute sagen, daß man vom Wesen her entweder Platoniker oder Aristotelier ist. Ich glaube, es gibt noch weitere Kombinationen. Ich glaube, Menschen sind von ihrem Wesen her entweder Mont-Saint-Michelier oder, wenn Sie so wollen, Jungfräuler.« Vielleicht war er zu indirekt. Hay sah immer noch müßig an die Decke. »Entweder betrachten sie den Schutz des Kollektivs als etwas, was seine Rechtfertigung nur dadurch bekommt, daß es der Entwicklung der individuellen moralischen Vervollkommnung dient. Da haben Sie also die grundlegende Frage: Wie sieht die eigene gesellschaftliche Pflicht aus? Das Überleben der Gruppe oder individuelle moralische Integrität? Staatsräson oder persönliche Ehre?«

Er befürchtete, das war zu direkt. Aber nein: Hay sah ihn mit gerunzelter Stirn an. Adams atmete aus und wählte seine Worte sorgfältiger. »Natürlich gehen die Meinungen darüber auseinander. Das verstehe ich. Selbst gute Freunde können darüber unterschiedliche Meinungen haben.«

»Adams, was wollen Sie damit sagen?«

Er war sich nicht sicher, ob er es geradeheraus ansprechen sollte. Doch. »Die Miete. Sie haben die Miete für Miriam Talbotts Wohnung bezahlt.«

»Und das beunruhigt Sie so?«

Alberne Frage. Adams sah ihn böse an. »Sie waren in die Panama-Affäre verwickelt. Bis zum Hals haben Sie dringesteckt. Und Sie haben mich angelogen.«

»Adams, ich –«

»Ich bin noch nicht fertig«, unterbrach Adams ihn. »Die ganze Zeit habe ich nach Miriam Talbott gesucht. Sie haben gewußt, wer sie war, wo sie war, was sie getan hatte. Wieso haben Sie es mir nicht erzählt? Sie halten mich wohl für einen Trottel.« Er stand frontal vor Hay, beugte sich ihm entgegen.

»Nein – nicht für einen Trottel. Niemals. Hören Sie, es ist nicht so, daß ich es Ihnen nicht erzählen wollte«, sagte Hay und senkte die Stimme. Er blickte sich um und vergewisserte sich, daß niemand mithörte, bevor er Adams' Blick begegnete. »Sie wissen genauso gut wie ich, daß offizielle Angelegenheiten einem Mann die Last der Verschwiegenheit auferlegen. Ich hatte keine andere Wahl.«

»Ich hätte eine Wahl gehabt. Freundschaft ist immer eine Wahl.«

»Ja. Nun ja. Das ist dann wohl der Unterschied zwischen uns, nicht wahr? Und welches Amt haben *Sie* inne?« Einen Moment lang starrten die beiden Männer einander an, wobei Adams zu ergründen versuchte, wieweit die Beleidigung beabsichtigt war, die er empfand. Er hatte nie ein öffentliches Amt haben wollen. Das wußte Hay. Im nächsten Moment wurden Hays dunkle Augen weicher. »Das ist nicht gut. Ich wünschte, Sie würden –« Hay hielt inne, und Adams sah, wie er sich mit der Zungenspitze über die Lippen fuhr, über die Unterseite der weißen Borsten seines Schnurrbarts strich. »Hören Sie«, begann Hay wieder. »Es ist relativ einfach, die Ausübung von Macht mit gutem Grund zu kritisieren, nicht wahr? Weiß Gott, Macht muß beurteilt werden. Ich behaupte ja nicht, daß das nicht so sein sollte. Aber versuchen Sie doch bitte – versuchen Sie doch bitte, etwas mehr Verständnis zu zeigen. Das wollte ich sagen.«

Adams ließ sich das durch den Kopf gehen. Vielleicht hatte sein Freund recht.

»Ich konnte den Zweck meines Aufenthaltes hier in Paris einfach nicht aufs Spiel setzen. Nicht einmal für einen Freund. Ich habe mein Allermöglichstes getan mit dem wenigen, was ich Ihnen erzählt habe.« Hay schüttelte langsam den Kopf. »Es tut mir leid. Es tut mir leid, daß ich Ihnen nicht mehr erzählen konnte.«

»Wieso haben Sie die Miete gezahlt?«

Hay atmete aus. »Vielleicht war das ein Fehler.« Er wartete, bis ein Touristenpaar außer Hörweite war, bevor er weiterredete. »Ich habe getan, was ich für richtig hielt«, sagte er leise und schnell. »Sie kam mit einer Art geschäftlichem Angebot zu mir, und ich traf eine Entscheidung. Ich glaubte, die richtige Entscheidung zu treffen.«

»Und im Tausch dafür–«

Hay schüttelte den Kopf. »Ich kann's nicht. Ich wünschte, ich könnte es, aber ich kann's nicht.«

Seine Verschwiegenheit war nicht überraschend. Aber trotzdem fragte Adams sich: Was hatte er im Austausch dafür bekommen? Es muß die Liste der Chéquards gewesen sein. Miriam Talbott muß sie ihm gezeigt haben. In diesem Fall wußte nur Hay, wer unschuldig war und wer schuldig. Nein: Hay war einer von zweien. Delahaye hatte gesagt, er hätte die Liste gesehen. Delahaye und Hay, völlig verschieden, aber vereint. Der Franzose und der Amerikaner, der Boulangist und der Bürokrat, beide Wissende unter Unwissenden.

Adams runzelte die Stirn, holte dann tief Luft und sah zum Gewölbe hoch, als hätte ihn irgendein Gedanke dort gerufen. »Ich verstehe«, murmelte er, da Hay auf eine Erwiderung zu warten schien. Langsam drehte sich Adams um, schlurfte mit den Füßen, drehte sich um die eigene Achse, um von seinem Aussichtspunkt an der Kreuzung des Mittelschiffs das gesamte Gewölbe der Kirche zu betrachten. »Sehen Sie her, Hay. Hier. Wenn Sie verstehen wollen, was heute um uns herum passiert, müssen Sie ins zwölfte Jahrhundert zurückgehen. Die gesamte Kosmologie der Kirche verlagerte sich damals, und dieses Gebäude ist der Beweis dafür. Für diese neue Betonung des Individuums, für die schwindende Bedeutung des Kollektivs. Angesichts der Allwissenheit mußte einem alleingelassenen Sünder, einem Sünder, der nicht länger mit seinem Gott gegen einen heidnischen kämpfte, mußte ihm ein Gefühl davon vermittelt werden, zu welcher Gnade sein Gott fähig war. Daher die Vorherrschaft der heiligen Jungfrau. Verständnis, wenn Sie so wollen. Die Kirche hat Verständnis gelernt.« Er sah Hay an. Gut, er hörte zu. »Aber es gab einen Preis. Täuschen Sie sich nicht, es gab einen Preis. Es gibt immer einen Preis.«

Hay wartete, hob dann eine Augenbraue. »Und der war . . .?«

Adams schüttelte den Kopf. »Nein, es würde ein Buch erfordern, um die Frage richtig zu beantworten. Sie werden sich gedulden müssen, bis das Buch da ist.«

Hay nickte. Er drehte sich zur Nordrose um, die heilige Jungfrau, von Kreisen umgeben. »Ich verstehe«, sagte er. Da er sein Gesicht nicht sah, konnte Adams nicht feststellen, ob die Ironie beabsichtigt war.

Als sie die Kathedrale verließen und hinaus in den späten Novembernachmittag gingen, ließen sie das Leichenschauhaus hinter sich und steuerten auf die Kais zu. Die Bäume über ihnen waren blattlos und der Himmel trüb und schwer, eine Ankündigung des bevorstehenden Dezembers. Adams sog die schwere kühle Luft durch die Nase ein. Sieben Jahre, dachte er, sechs Dezember. Das Jahr glitt darauf zu. Aber dieses Jahr könnte es leichter gehen. Vielleicht, dachte er, hatte die Zahl sieben etwas Magisches. Ein Sabbat-Jahr. Ein Sabbat.

Hay blieb vor dem Wagen eines Kastanienverkäufers stehen. Die Rauchfahnen, die aus dem Feuer aufstiegen, waren zu dünn, um irgend etwas zu verdecken. »Zwei Tüten, bitte«, sagte Hay. Als Hay den Arm ausstreckte, um zu zahlen, fiel Adams auf, wie grau die Haare seines Freundes allmählich wurden. Die Wärme der Kastanien in der Tüte, die Hay ihm reichte, fühlte sich gut an.

Sie gingen am Kai entlang. Jeder zog einen Handschuh aus, um eine freie Hand für die Kastanien zu haben. Hay hatte seine Tüte unter den Arm geklemmt, während Adams versuchte, sie in einer Hand zu halten, während er mit der anderen die Schale abschälte.

»Ihr Gesicht sieht wieder besser aus«, bemerkte Hay.

»Ja. Es tut nicht mehr so weh.«

Sie gingen eine Weile schweigend nebeneinander her, Kastanien schälend und essend. »Paris geht weiter, Adams. Ist das nicht erstaunlich? Letzte Woche konnte man etwas in den Straßen spüren. Eine Nervosität, eine nervöse Aufregung. Aber jetzt ist sie weg. Es haben sich alle daran gewöhnt. Es gibt einen Skandal. Dic Regierung stürzt. Das Leben geht weiter. Was hat sich verändert? Nichts.«

Adams schüttelte den Kopf. »Alles hat sich verändert. Sehen Sie doch. Die Gesellschaft ist bankrott, die Crédit Lyonnais erbt die Eisenbahn, Sie und Cameron sind nicht mehr im Rennen, die Sozialisten und die Boulangisten werden bei der nächsten Wahl Stimmen gewinnen, fast die Hälfte der gegenwärtigen Abgeordneten werden hinausgeworfen. Ich glaube, das alles hat bei jedem einen schlechten Geschmack im Mund hinterlassen. Die antisemitische Presse brüllt nach Blut. Die Franzosen sind bereit, jedem den Krieg zu erklären, nur damit sie sich wieder besser fühlen.«

»Vielleicht haben Sie recht«, sagte Hay. »Raten Sie mal, was ich heute in der Zeitung gelesen habe.«

»Weiß ich nicht.«

»Na kommen Sie, versuchen Sie's.«

Adams starrte ihn an.

Hay hielt die Hand hoch. »Na gut. Bernice Dingler. Sie hat den Diebstahl in der Bücherei gestanden. Das ist keine Überraschung. Aber sie nimmt für sich in Anspruch, daß sie das Gerücht über Lesseps' Tod in Umlauf gebracht hat.«

»Nein!«

»Doch!« lachte Hay. »Sie hat die Gesellschaft gehaßt. Sie hat einen Weg gefunden, es ihnen heimzuzahlen.«

»Wie hat sie es gemacht?«

Hay schüttelte den Kopf. »Das wurde nicht erwähnt. Den richtigen Telegraphenbeamten bestochen, ein Telegramm an eine Zeitung, wer weiß? Unsere Verrückte kann eine gesamte Millionen-Dollar-Gesellschaft in den Ruin stürzen.« Er blickte in seine Tüte und hielt sie dann Adams hin. »Wollen Sie die? Ich wollte sie eigentlich gar nicht.«

War sie so verrückt? Wie hatte sie es bloß *angestellt?* »Würde ich gerne wissen«, sagte Adams, halblaut. Er nahm die Tüte und schüttete den Inhalt in seine, zerknüllte dann die leere Tüte und stopfte sie sich in die Tasche. »Sie können sie fragen, aber es kann sein, daß sie es Ihnen nicht erzählt.«

»Wie geht es Miss Martin?« fragte Hay.

Adams warf ihm einen Blick zu. »Den Umständen entsprechend gut.« Ein Stück Kastanie war ihm zwischen zwei Backenzähnen steckengeblieben, und er steckte diskret einen Fingernagel in den Mund, um es herauszuholen. »Sie hat gesagt, sie würde schreiben.«

»Sie ist heimgefahren, nach New York?«

»Ja.«

»Mußte sie nicht bleiben, um sich als Zeugin zur Verfügung zu halten?«

»Nein. Sie haben ihre Aussage zu Protokoll genommen. Aus Rücksicht vor ihrem Zustand, so was in der Art. Haben ihr gesagt, sie könne gehen. Sie werden keine Mühe haben, Pettibois zu verurteilen.«

»Und Sie? Werden Sie aussagen müssen?«

»Ich glaube nicht.« Sein letztes Treffen mit Bertillon hatte gezeigt, wie wenig er eigentlich wußte. Er konnte sagen, der Pächter habe ihm dies erzählt, Lesseps habe ihm das erzählt, irgendein Unbekannter habe ihn in den Bauch geschlagen, ein Schütze in einem Vierspänner habe DuForché erschossen. »Ich habe eine lange Aussage gemacht.«

Hay nickte. »Ich wette, Elizabeth ist froh, daß alles vorbei ist.«

Adams warf ihm einen warnenden Blick zu.

»Na schön, na schön. Ich werde nicht einmal fragen.«

»Sie können ruhig fragen. Ich werde nicht antworten.«

Hay steckte das weg. Er zog an seinem Kragen, klappte ihn enger um den Hals, dann steckte er die Hände in die Manteltaschen. »Riecht nach Schnee.«

»Hmmmmmm.« Adams aß eine Kastanie und knüllte dann die Tüte um den Rest. Die Kastanien waren abgekühlt und schmeckten jetzt längst nicht mehr so gut. Er stopfte die Tüte zu der anderen und behielt die Hand dort. »Ich kann mir nicht helfen«, sagte er leise, »aber ich stelle mir vor, was passiert wäre, wenn wir die Liste rechtzeitig gefunden hätten.«

»Das führt zu nichts. Außerdem möchte ich wetten, daß sie auftauchen wird. Die Polizei wird sie finden.«

Vielleicht würde sie auftauchen. Die Untersuchung in der Kammer war abgebrochen worden, aber es war die Rede von Gerichten, von Prozessen gegen die Direktoren der Gesellschaft, von einem Gesuch an England, Herz auszuliefern, der, wie seine Ärzte sagten, zu krank sei, um zu reisen. Adams und Hay blieben stehen, um auf den Fluß zu starren. Beide standen Seite an Seite am Rand des Kais, die Hände in den Manteltaschen, und betrachteten das vorbeiströmende Wasser.

»Wie stehen die Aussichten für Ihren Vertrag? Die Kanalkonzession?«

Hay sah weg, flußabwärts, dorthin, wo die Abgeordnetenkammer ihre Säulenfassade den Ufern der Seine präsentierte. »Nicht gut. Für längere Zeit nicht. Im neuen Ministerium hat man davon gesprochen, daß man es noch einmal mit Panama probieren will. Wer weiß? Vielleicht schaffen es die Franzosen diesmal. Sie haben noch vier Jahre Zeit dazu.«

»In vier Jahren kann eine Menge passieren.«

»Ja.« Hay trat gegen einen Stein, der mit einem Plumps im Wasser landete. Die Ringe wurden von der Strömung fortgespült. »Wir können solange warten. Ich glaube, sie haben weder den Mut noch die Finanzen, um das Notwendige zu tun. Wenn ich nicht irre, werden sie diejenigen sein, die uns zu einer Zwei-Ozeanen-Macht machen. Und in dem Fall müßten wir sagen, ein Hoch auf sie.«

»Ja. Ein Hoch auf sie.«

Hay drehte sich zu Adams um. »Mir ist kalt. Zeit umzukehren. Kommen Sie mit?«

Adams wollte noch etwas länger spazierengehen.

»Na gut. Dann bis zum Abendessen.«

Adams ging eine Weile, setzte sich dann auf eine Bank, um den Fluß zu betrachten, diesen gewundenen Faden, der sich immer wieder zurückschlängelte. Aber vom Kai aus, aus der Nähe, besaß er eine klare, massive Kraft: allumfassend, unermüdlich. Sogar unversöhnlich in seiner ständigen Abwärtsbewegung.

Er fand ihn einen bewundernswerten Gefährten.

Er freute sich, daß er Hay von seiner Idee für ein Buch erzählen konnte. Er wollte diesen Punkt finden, irgendwo im zwölften Jahrhundert, als das Leben am ganzheitlichsten war, als Kirche und Kultur eins waren, als es noch keine Kakophonie von Stimmen und Visionen in der Welt gab, als es möglich war, sowohl ein individuelles moralisches Leben als auch das Leben der Gemeinschaft zu führen, ohne von Paradoxien gequält zu werden. Wenn er einen solchen Punkt finden konnte, sieben Jahrhunderte zurück, hätte er eine Basis, von der aus er die Veränderung messen könnte, den breiten gekrümmten Bogen der Zeit bis zur Gegenwart. Und das zwölfte Jahrhundert selbst war ein Bogen der Veränderung, zwischen Mont-Saint-Michel und den späteren Kirchen. Irgendwo auf dem Bogen war der Punkt, den er suchte. In der modernen Welt hätte er es schwerer, die Stelle zu entdecken, die er zu seinem Maßstab machen konnte. Es schien, daß die einzige Gewißheit, so begrenzt und bedingt sie auch sein mochte, die Gewißheit individueller Erfahrung war. Von der Theologie zur Psychologie – die Kurve der Veränderung verlief von der Architektur des zwölften Jahrhunderts durch die Biographie des neunzehnten Jahrhunderts hindurch.

Er klopfte seine Taschen ab auf der Suche nach seinem Stift. Worauf könnte er schreiben? Er sah sich um, dann fielen ihm die Papiertüten in seiner Tasche ein, er holte die leere heraus und glättete sie auf seinem Knie. Langsam, mit kalten Händen, begann er, sich Notizen zu machen:

Descartes und der Niedergang der Kirche: »Ich denke, also bin ich.« Zwei Bedeutungen von »ich denke«: Ich bin in einem geistigen Prozeß begriffen usw., ich bin unsicher. Seit Descartes decken sich die beiden.

Das gefiel ihm.

Und da war noch ein anderer Gedanke, einer, der ihm durch den Kopf gegangen war, seit er neben Hay in der Kirche gestanden hatte. Er beugte sich vor, um ihn aufzuschreiben.

Gott an seiner Werkbank will die Menschheit genauso, wie sie ist; er weiß, daß von einer Million vielleicht einer der Verdammnis entfliehen wird – bestenfalls eine Vision höchster Gleichgültigkeit. Nicht der beste Hintergrund für eine Kirche. Daher die heilige Jungfrau und der Erlöser im Vordergrund. Der Mensch setzte sie dort hin. Der Mensch haßt die Vorstellung eines gleichgültigen, anarchischen, multiplen oder auch nur dualen Universums. Die Welt, in ihrem Chaos, starrt dem Menschen ins Gesicht; er besteht auf ihrer Einheit zu seinem Schutz.

Er schrieb so schnell er konnte, aber die Kälte machte sich bemerkbar. Er hauchte seine Finger an, um sie zu wärmen. »Zwei Lösungen«, notierte er. »(1) Der Mensch eine Maschine – kein freier Wille. (2) Natur – Chaos, keine Ordnung. »Für keines von beiden«, fügte er hinzu, »ist die Welt bereit.«

Er steckte das Stück Papier weg. Von dort, dachte er, würde er auf eine Diskussion über Aquin hinarbeiten.

Er schob seine Schreibhand unter den Mantel und steckte sie zum Wärmen in die Achselhöhle. Bald würde er gehen müssen, es war zu kalt.

Er schloß die Augen und atmete tief. Die Arbeit, die er plante, konnte Jahre dauern, und er fand diesen Gedanken tröstlich. Der erste Schritt wäre, sich Kathedralen anzusehen. Chartres, Amiens, Tours – alle. Vielleicht würden Elizabeth und Amanda ihn begleiten. Das würde ihm gefallen.

Er saß auf seiner Bank in der Kälte der Novemberluft, atmete tief, sog den scharfen, fischigen, leicht septischen Geruch der Seine ein. Er mochte diesen Geruch. Er kam ihm warm vor – sogar menschlich, irgendwie.

EPILOG

John Hay wurde 1898 Außenminister der Vereinigten Staaten, und unter seiner geschickten Amtsführung trat sein Land als aufstrebende Welt- und Imperialmacht in eine neue Ära ein. Hay, der sich vor allem mit seiner Formulierung der Politik der Offenen Tür gegenüber China einen Namen machen sollte, handelte in den Jahren 1899 und 1901 mit Großbritannien die zwei Hay-Pauncefort-Verträge aus (der erste verfehlte die Ratifizierung im Senat), die die Vereinigten Staaten von jeglicher Verpflichtung befreiten, internationale Kontrolle für irgendeinen Kanal zu akzeptieren, den sie in Mittelamerika bauen könnten. 1903 handelte er den Hay-Buneau-Varilla-Vertrag mit der jungen Republik Panama aus, in dem er für die Vereinigten Staaten auf ewige Zeiten die Rechte auf einen zehn Meilen breiten Streifen über die Meeresenge erwarb, um dort einen Kanal zu bauen.

Lizzie Cameron und Henry Adams blieben lebenslange Freunde und Vertraute und standen bis zu Adams' Tod im Jahr 1918 in regelmäßigem Briefwechsel.

Clemenceau verlor bei den Wahlen von 1893 sein Mandat, trotz des allgemeinen Sieges der Sozialisten bei der Wahl. Die nächsten neun Jahre zog er sich aus dem öffentlichen Leben zurück, kehrte danach wieder in die Kammer zurück und wurde 1906 für drei Jahre Premierminister. Während des Ersten Weltkrieges verdiente er sich den Titel *le Père de la Victoire*, als er im Jahr 1917, erneut in das Amt des Premiers berufen, den zaghaften General Pétain durch den offensiven General Foch ersetzte und es ihm gelang, Foch zum Oberbefehlshaber der Alliierten ernennen zu lassen.

Charles de Lesseps mußte zwei getrennte Prozesse wegen seiner Rolle im Panama-Skandal über sich ergehen lassen. Im ersten wurden er und sein Vater zu einer Gefängnisstrafe von fünf Jahren und einer Geldstrafe von 3000 Francs verurteilt, ein Urteil, das später wegen eines Verfahrensfehlers aufgehoben wurde. Beim zweiten wurde er zu einem Jahr Gefängnis verurteilt und finanziell verantwortlich gemacht, für den Fall, daß Charles Baïhaut (ein Abgeordneter, der im selben Prozeß zu fünf Jahren Haft verurteilt wurde) nicht in der Lage sein sollte, die gegen ihn verhängten Geldstrafen zu bezahlen: 750 000 Francs und die Rückzahlung seiner ursprünglichen Bestechungssumme von 375 000 Francs.

Baïhaut war der einzige Volksvertreter, der wegen Straftaten im Zusammenhang mit dem Skandal verurteilt wurde. Er wurde verurteilt, weil dem Gericht nichts anderes übrigblieb: Baïhaut hatte während der öffentlichen Verhandlung ein Geständnis abgelegt. (»Selbst jetzt kann ich immer noch nicht begreifen, wie ich gesündigt haben konnte«, sagte er, die Hände vor dem Gesicht.) Anderen unempfindlichen Abgeordneten gelang es, sich der Strafverfolgung zu entziehen, obwohl ihre Initialen auf den Scheckabschnitten nachgewiesen wurden und obwohl Charles de Lesseps und andere Aussagen darüber machten, wer genau die Bestechungssummen angenommen hatte, für deren Anbieten sie verurteilt wurden.

Gustave Eiffel wurde für schuldig befunden, ihm anvertraute Gelder veruntreut zu haben, und wurde zu zwei Jahren Haft und einer Geldstrafe von 20 000 Francs verurteilt. Seine Karriere als Baumeister technischer Wunderwerke war vorüber.

England lieferte Cornelius Herz nie aus. Er starb zurückgezogen in einem Hotel in Bournemouth im Jahr 1898. Er sei zu krank, behaupteten seine Ärzte, um zum Prozeß nach Frankreich zu reisen (eine Beurteilung, die von Scotland Yard bestätigt wurde sowie vom Leibarzt der Königin und von Ärzten, die auf Einladung des Außenministeriums von der französischen Regierung geschickt wurden). In dem einzigen Interview, das er jemals gab, erzählte Herz von Reinachs Beteiligung an einer riesigen europäischen Intrige, die das Ziel hatte, die Allianzen des Kontinents umzuformen und ein Syndikat von Politikern zu belohnen, die unter Reinachs Leitung arbeiteten.

Ferdinand de Lesseps starb am 7. Dezember 1894 im Alter von neunundachtzig Jahren, ein zurückgezogen lebender und vielleicht debiler alter Mann, der (wie es scheint) nie richtig begriffen hatte, wie und warum die Gesellschaft, die er gegründet hatte, auseinandergebrochen war und dabei eine französische Regierung, das Gefühl nationaler Ehre und das Vertrauen einer gesamten Generation französischer Bürger in öffentliche Institutionen mit sich in den Abgrund gerissen hatte. In den Lobreden, die auf ihn gehalten wurden, wurde Panama mit keinem Wort erwähnt.

Als Folge des Skandals unternahm Frankreich neue Anstrengungen, den Kanal zu bauen, und 1894 wurde offiziell eine Compagnie Nouvelle du Canal de Panama gegründet. Sie hielt acht Jahre, aber erreichte nie das Ausmaß der ursprünglichen Gesellschaft. Die Höchstzahl der Arbeiter überstieg nie 3600. Der Hauptzweck der Gesellschaft schien zu sein, die Rechte auf die Konzession zu behalten (ein Ruhen der Arbeiten hätte das Auslaufen der Konzession zur Folge gehabt) und die Maschinen in Betrieb und in verkaufbarer Qualität zu halten.

Das Vermögen der Gesellschaft wurde im Jahr 1902 von den Vereinigten Staaten für 40 Millionen Dollar erworben. Eine amerikanische Untersuchungskommission hatte festgestellt, daß die Trasse durch Nicaragua bei einem höheren Preis attraktiver gewesen wäre. Im November 1903 wurde durch eine Revolution die Republik Panama gegründet, mit einer Regierung, die für amerikanische Interessen zugänglicher war als die kolumbianische. Die Vereinigten Staaten erkannten die neue Regierung telegrafisch umgehend an, bevor Teile von Panama überhaupt etwas von dem Aufstand erfahren hatten.

Die Amerikaner begannen ihre Arbeiten in Panama 1904, in dem Jahr, in dem Henry Adams' Werk über mittelalterliche Kultur und Architektur, sein *Mont-Saint-Michel and Chartres* privat gedruckt wurde, »zur Unterhaltung einiger Freunde«. Im Jahr 1913 durchquerte das erste Schiff (ein Schlepper, die *Gatun*) den Kanal von einem Ozean zum anderen – achtunddreißig lange Jahre, viele Leben und viele Millionen Dollar und Francs, nachdem *Le Grand Français* zum ersten Mal den Finger auf eine Landkarte gelegt hatte und vor einer Konferenz von Spezialisten, die zur Beratung über die beste Route herbeigerufen worden waren, gesagt hatte: »Baut ihn hier.«

Peter Ustinov
Monsieur René

Roman
Titel der Originalausgabe: *Monsieur René*
Aus dem Englischen von Hans M. Herzog
Gebunden

Die Verschwörung der Oberkellner – mit Monsieur René hat Peter Ustinov einen tragikomischen, liebenswert-skurrilen Charakter geschaffen, den seine Leser ins Herz schließen werden wie Chief Krumnagel oder das überirdische Duo »der Alte Mann und Mr. Smith«.

VERLAG
KIEPENHEUER
&WITSCH

Erlend Loe
Die Tage müssen anders werden
Die Nächte auch

Roman
Titel der Originalausgabe: *Naiv. Super.*
Aus dem Norwegischen von Hinrich Schmidt-Henkel
Gebunden

Erlend Loe erzählt von der Suche nach dem großen Zusammenhang – leicht, unterhaltend, voller Wortwitz und Situationskomik. Und doch liegt hinter jeder Zeile die Traurigkeit und das Glück einer ganzen Welt.

»Lustig, elegant und absurd – und zugleich tiefgründig und bewegend. Man denkt, so hätten wir alle die Wirklichkeit beschreiben können. Aber das ist ein Irrtum, denn nur ein wirklich guter Schriftsteller kann so schreiben.« *Erik Fosnes Hansen*

Emine Sevgi Özdamar
Die Brücke vom Goldenen Horn

Roman
Gebunden

Eine junge Türkin im Berlin und im Istanbul von 1968 zwischen Heimweh und Erwachen, zwischen Fabrikarbeit, Schauspielschule, politischem Aufbruch und Alptraum. Eine Sprache voller Magie und orientalischer Bilder.

VERLAG
KIEPENHEUER
&WITSCH

Caritas Führer
Die Montagsangst

Erzählung
Gebunden

In ihrem ersten Buch »Die Montagsangst« erzählt Caritas Führer von der mächtigen Unterdrückungsmaschine Schule und wie man sie, wenn auch nicht unbeschädigt, übersteht. Eine eindrucksvolle Erzählung in der Tradition von Hesses »Unterm Rad« bis zu Anderschs »Vater eines Mörders«.Eine ergreifende Erzählung, deren Wirkung sich niemand entziehen kann – über die Angst eines kleinen Mädchens in einem übermächtigen System.

Christine Eichel
Gefecht in fünf Gängen

Roman
Mit den Rezepten des Menüs
Gebunden

In ihrem ersten Roman »Gefecht in fünf Gängen« erzählt Christine Eichel furios, komisch und intelligent von einem glanzvollen Abendessen, das zur Bühne erotischer Verwirrungen und lustvoller Entgleisungen wird. Sechs Personen ringen um Karriere, Liebe und Verrat, leiden, genießen und prassen.

Glanz und Anarchie eines Abendessens - ein leidenschaftliches Gefecht um Karriere, Liebe und Verrat

VERLAG
KIEPENHEUER
&WITSCH